Matthew Kneale

Englische Passagiere

Roman

Aus dem Englischen von Sabine Hübner

Deutsche Verlags-Anstalt
Stuttgart München

Für Victoria Egan

Die Originalausgabe erschien unter dem Titel
»English Passengers« bei Viking Penguin, London 2000

Die Deutsche Bibliothek – CIP-Einheitsaufnahme

Ein Titeldatensatz für diese Publikation ist bei
Der Deutschen Bibliothek erhältlich

Satz: Sabon (QuarkXpress) im Verlag
Druck und Bindearbeit:
Graphischer Großbetrieb Pößneck GmbH, Pößneck
Diese Ausgabe wurde auf chlor- und säurefrei gebleichtem,
alterungsbeständigem Papier gedruckt.
Printed in Germany
ISBN 3-421-05274-3

»Ein Beweis gegen den Atheismus der Geologie: Die Wahrheit der biblischen Chronologie endlich schlüssig bewiesen anhand der neuen und wichtigen Entdeckung, daß der Garten Eden nicht, wie angenommen, in der Gegend Arabiens liegt, sondern auf der Insel Tasmanien, früherlich bekannt als Van-Diemens-Land, ergänzt durch eine vollständige und ausführliche Erklärung der Theorie der Göttlichen Erkaltung.«

Reverend Geoffrey Wilson M. A. Cantab, verlegt bei J. P. Terence, 52 Paternoster Sqare, London 1856

Kapitel Eins

Captain Illiam Quillian Kewley *Juni 1857*

Angenommen, jemand kriegt eine Kugel durch den Schädel, in irgend so einem Krieg, wo hat das dann alles angefangen? Ganz einfach, könnte man meinen: Es fängt da an, wo unser frischgebackener, fescher Held mit seinen neuen Kameraden in den Kampf zieht und grinsend den Mädchen zuwinkt. Aber stimmt das denn? Warum nehmen wir nicht den Augenblick, wo er das Handgeld einstreicht und mit aufgesperrtem Maul wie ein Ochsenfrosch den Versprechungen des Feldwebels lauscht? Oder wie wäre es mit jenem sonnigen Morgen, als er, mit gerade sechs Jahren, die Soldaten durchs Dorf marschieren sieht, große, wilde krakeelende Gesellen? Oder warum nicht sogar zurück zu jener langen, stillen Nacht, in der ein Kindlein geboren wird, das mit großen Augen in die Welt guckt und winzig kleine Händchen hat? Händchen, von denen man nie glauben würde, daß sie eines Tages stark genug sein werden, um ein langes, schweres Gewehr zu heben und unserem armen toten Freund eine Kugel durchs Hirn zu jagen.

Sollte ich entscheiden, wo all die kuriosen Begebenheiten, die mir widerfahren sind, ihren Anfang nehmen, dann würde ich sagen, an jenem Morgen, als wir mit nördlichem Kurs aus einem verschwiegenen französischen Hafen ausliefen, wo Tabak und Cognac so sagenhaft billig waren wie nirgends sonst. Damals schien es freilich nicht, als würde hier etwas seinen Anfang nehmen, schon eher, als käme etwas zu Ende, so hoffte ich zumindest. Unser Schiff trotzte wacker der steifen Brise, und ich wette, daß alle Mann an Bord während der Arbeit bereits von dem Geld träumten, das sie bald in der Tasche haben würden, und von den Freuden, die sie sich damit kaufen wollten. Ein paar würden es schneller verpraßt haben, als man über die Reling pissen kann. Die träumten von einem Mordsrausch und einer Tabakorgie und dann vielleicht vom käuflichen Leib einer mißgelaunten Dirne. Ein paar mochten im Traum auch alles bis auf den letzten Penny in eine neue Jacke oder neue Stiefel investieren, um Peel ein oder zwei Tage mit feiner Lebensart zu blenden. Die Besonneneren träumten davon, ihre Miete zu bezahlen und ihr Eheweib zu besänftigen.

Und Illiam Quillian Kewley?

Während die *Sincerity* von den Wellen gebeutelt wurde, träumte ich von der Castle Street an einem Samstagmorgen. Es herrschte reges Treiben und Gegaffe, und neben mir schritt Ealisad in einem schönen neuen Kleid, und wir trugen den Kopf hoch wie zwei Lords, und keiner sagte: »Seht nur, da sind die Kewleys – die haben auch schon bessere Zeiten gesehen«, vielleicht dachte ich aber auch an meinen Urgroßvater Juan, den ich nie kennengelernt hatte und den alle Welt den Großen Kewley nannte, weil er als einziger von uns zu Geld gekommen war, statt es bloß zu verlieren. Ich sah ihn vor mir – klar wie der lichte Tag lehnte er sich mit einem Fernrohr aus dem Himmel und rief mit Donnerstimnme: »Nun seht euch diesen Illiam Quillian an, meinen einzigen Urenkel! Das nenn ich einen Mann!«

Und dann wurden wir plötzlich aus unseren Träumen gerissen. Tom Teare, der Wache hielt, brüllte vom Masttopp herunter: »Schiff ahoi! Schiff nordwest!«

Zunächst hat sich freilich keiner etwas bei diesem Ruf gedacht. Der Ärmelkanal ist nicht gerade ein ruhiges Gewässer, und wir ließen uns keine grauen Haare wachsen, bloß weil da noch ein Schiff herumdümpelte. Die Jungs kippten fleißig Meerwasser aufs Deck und schrubbten weiter, und der Erste Maat Brew und ich standen auf dem Achterdeck und beaufsichtigten sie.

Und jetzt muß ich ein bißchen was über die *Sincerity* erzählen – ein Wunderwerk aus Holz, wenn es je eines gab! Wahrlich, ein schlichteres Schiff kann man sich kaum denken. Sie war vielleicht nicht mehr die Jüngste, der Bug rundlich und plump und ziemlich aus der Mode, und ihr Achterdeck für den heutigen Geschmack zu hoch, aber dabei wirkte sie so gewöhnlich wie das Meerwasser, in dem sie schwamm. Ich wette, man hätte einen ganzen Tag an Bord zubringen können, ohne auch nur das geringste zu merken. Es sei denn, man besaß ein ganz besonders gutes Augenmaß; oder warf zufällig einmal einen Blick auf den oberen Innenrand der Vorratskammertür.

Und das war mehr als unwahrscheinlich.

Zu Zeiten des Großen Kewley, meines Urgroßvaters, bedurfte es solcher Raffinessen freilich nicht. Damals war die Isle of Man noch frei und unabhängig, war noch nicht von lästigen englischen Politikern gekauft und eingesackt worden, und als freies, unabhängiges Land bestand sie darauf, ihre eigenen freien, unabhängigen Zölle auf Brandy und Tabak zu erheben, was darauf hinauslief, daß es so gut wie keine gab. Wahrlich, das war das goldene Zeitalter der Isle of Man. Aus allen Ecken der Welt, Europa und Afrika, West- und Ostindien, kamen die Schiffe direkt in ihre Häfen gesegelt. Auf den Kais türmten sich solche Unmengen von Fässern und Tonnen, daß man kaum auf sein eigenes Schiff gelangte. Dabei war jeder wohlfeile steuerfreie Tropfen Schnaps, jedes Tabakblatt so legal wie König Georg persönlich, und natürlich dünkte es weichherzige Manx-Männer wie meinen Urgroßvater schändlich, all den Überfluß für sich allein zu horten, wo es doch noch die armen, verzweifelten Engländer, Iren, Schotten und Waliser gab, die über ihren schändlich teuren, besteuerten Schnaps jammerten. Da war's doch wohl nur recht und billig, in einer mondlosen Nacht ein Boot zu beladen und übers Meer zu einem ruhigen Winkel Irlands oder Schottlands hinüberzurudern – oder auch nach England oder Wales, denn die Isle of Man liegt schließlich zwischen allen vieren – und den Nachbarn auszuhelfen. Dieses ganze modische Geschwätz vom Freihandel kann man getrost vergessen, die Engländer haben das bloß kopiert. Mein Urgroßvater hat schon Freihandel betrieben, bevor der überhaupt erfunden wurde.

Aber ich schweife ab. Tom Teares zweiter Ruf folgte gleich auf den ersten. »Das Schiff nordwest sieht aus wie ein Kutter!«

Jetzt, glaube ich, horchten wir alle auf. Noch gab es freilich keinerlei Gewißheit, aber »ein Kutter« war entschieden ärger als bloß ein Schiff. Es gab zwar mancherlei Schiffe, die Kutter sein *konnten*, aber es gab vor allem eine Art, die stets ein Kutter *war*, und genau dieser Art Schiff wollten wir jetzt auf keinen Fall begegnen. Niemand verlor ein Wort, die Schiffsjungen kippten Wasser übers Deck und schrubbten unverdrossen weiter, und Brew und ich schauten weiter zu, doch uns allen schwante nichts Gutes.

Unser kleiner Ausflug mit der *Sincerity* bedeutete ein Wagnis, das schon, aber er schien das Risiko allemal wert zu sein. Es ist die traurige Wahrheit, daß die Familie Kewley ein unübertreffliches Geschick darin besaß, sich alles durch die Finger rinnen zu lassen. Als der Große Kewley starb, hinterließ er ein paar Höfe, ein halbes Dutzend Häuser in der Stadt, eine Schenke und genügend Boote, um halb Peel zu einer Hafenrundfahrt einzuladen, doch als die Reihe an mich kam, war nur noch das Haus übrig, in dem wir lebten – trotz des löchrigen Dachs –, nebst einem Gehöft, auf dessen Feldern fast nur Steine wuchsen, einem Kramladen in der falschen Straße und einer kleinen schmierigen Spelunke, die keinen Gewinn abwarf. Dabei war das ganze Vermögen nicht mal verspielt worden oder für tolle Weibsbilder draufgegangen, was wenigstens noch einen Anflug von Heldentum besessen hätte. Nein, die Kewleys waren besonnene, nüchterne Leute mit dem unseligen Hang, Testamente anzufechten, und einem untrüglichen Blick für ruinöse Geschäfte. Wobei ich freilich nicht behaupten kann, daß ich mich besser angestellt hätte. Meine Kapitänsheuer dafür, daß ich dreckige kleine Kähne voller Rinderknochen und dergleichen über die irische See steuerte, war nicht mehr als ein Schluck Süßwasser im großen salzigen Ozean. Und wenn ich nicht irgendwas unternommen hätte, wäre bald alles futsch gewesen, und die Kewleys hätten auf der Big Street betteln müssen wie ordinäres Lumpenpack.

Da kam mir eines Tages zu Ohren, daß ein bankrottes Handelsschiff in den Hafen von Ramsey eingelaufen war. Die Liegegebühren waren nicht bezahlt worden, das Schiff stand zur

Versteigerung, und es ging das Gerücht, es sei billiger zu haben als Regenwetter. Ich geriet ins Grübeln. Es war nun eben mal so, daß es nur eine Sache gab, mit der die Kewleys je zu Reichtum gekommen waren – vielleicht sollte ich es noch mal damit versuchen? Das alte Gewerbe war freilich längst aus der Mode gekommen, aber das mußte ja nicht heißen, daß es sich nicht mehr lohnte. Ich konnte zumindest mal einen Blick riskieren und das gestrandete Schiff in Augenschein nehmen, also fuhr ich nach Ramsey. Der ziemlich ramponierte alte Kahn hatte ein hohes Achterdeck, wie man es damals kaum noch sah, und sogar eine Spielzeugkanone auf dem Bug, um die Möwen zu verscheuchen, aber das störte mich nicht. Schon beim Anblick des Schiffes schwoll mir vor Hoffnung die Brust. Ich sah mich schon an Deck stehen und Befehle brüllen, auf meinem eigenen Schiff, das mich reich genug machen würde, um halb Douglas aufzukaufen.

Binnen einer Woche war es mein, und ich ging daran, die letzten Reste des einst beträchtlichen Kewleyschen Vermögens zu veräußern. Meine bessere Hälfte zeigte sich freilich wenig erfreut. Ealisad ist mein Augenstern, doch wenn es etwas zu wagen gilt, zählt sie zu den vorsichtigen, abwägenden Frauen, die keinen Penny riskieren, auch wenn er ihnen fünfzig Guineen einbrächte. Ich mühte mich redlich, sie umzustimmen. Ich erzählte ihr ein bißchen von den feinen Dingen, die man mit so einem Schiff anstellen konnte, vor allem als Manx-Mann aus Peel. Ich erzählte ihr von Vetter Rob, der bei der englischen Marine angeheuert und eine Engländerin geheiratet hatte. Jetzt fing er Aale und lebte bei Maldon, kaum einen Katzensprung von London entfernt, in einem alten Haus auf einem verlassenen Strandstück, so günstig gelegen, daß er bei seinem letzten Besuch sogar im Scherz davon gesprochen hatte, was man dort alles machen könnte. Ich erzählte ihr, wieviel Gewinn man sich von einer einzigen Fahrt versprechen durfte und daß man überdies den Engländern einen Gefallen tat, wodurch das Ganze in gewisser Weise sogar einen sittlichen Anstrich bekam. Aber das nützte freilich alles nichts. Ich erntete nur böse Blicke und Bibelzitate.

»Deinetwegen werden wir von Haus zu Haus laufen und um ein paar Pennies betteln müssen, denk an meine Worte«, zeterte sie. »Oder wir landen gar im Kerker!«

»Keine Bange«, erwiderte ich. »Das wird so leicht ins Werk zu setzen sein wie Muschelsuchen am Strand. In drei Monaten fährst du sonntags mit einer vornehmen Kutsche in die Kirche.«

Natürlich kommt immer alles ein wenig anders, als man denkt. Es dauerte schon mehr als drei Monate, bis wir das Schiff soweit hatten. Erst einmal mußten wir den Kahn nach Peel schaffen, wo wir ein bißchen ungestörter waren. Dann galt es, eine ganz bestimmte Sorte Holz zu finden, die von einem erst kürzlich abgewrackten Boot stammen mußte, und zwar von einem etwas kleineren als der *Sincerity*. Dann mußten wir das Holz einpassen und ein paar Reparaturen durchführen. Dann mußte eine Besatzung her, die richtigen Burschen, also Manx-Männer aus Peel, denn nur ihnen konnte man vertrauen. Schließlich, als Schiff und Mannschaft bereitstanden, kam noch die offizielle Fracht: der klassische Pökelhering von der Isle of Man. Das alles kostete einen tüchtigen Batzen, und obwohl ich die *Sincerity* für einen Spottpreis erstanden hatte, ging mir am Schluß doch das Geld aus, so daß ich mir sogar was von Dan Gawne, dem Brauereibesitzer von Castletown, borgen mußte. Ende Mai war es dann aber endlich soweit.

Was für ein Abschied wurde uns bereitet! Halb Peel schien auf den Beinen. Die Leute drängten sich auf den Kais und in den Heringsbooten, gafften zu uns herüber, und wer einen Hut besaß, der schwenkte ihn. Wir boten aber auch einen stolzen Anblick! Frisch gestrichen, mit neuen Segeln und Tauen strahlte die *Sincerity* wie der liebe Weihnachtsmorgen, selbst die Gallionsfigur glänzte wie neu und spähte durch dunkle Locken leicht zwinkernd Richtung Horizont. Ich hatte mich neu eingekleidet und mir noch eine passende Mütze gekauft, und als ich nun an Deck stand, fühlte ich mich einfach prächtig. Doch dann kam der Wermutstropfen in Gestalt des Bischofs von Man, der sich durch die Menge zu uns durchkämpfte.

»Captain Kewley?« fragte er. »Wie ich höre, segeln Sie nach Süden?«

Ich sollte vielleicht sagen, daß der Bischof von Man ein Engländer namens Chalmers war, ein aufgeblasener alter Griesgram, der auf alles und jeden herabsah. Manche Leute sagten, das käme daher, daß man ihm keine so schöne, luftige Kathedrale wie in Winchester oder Canterbury zugeteilt hatte. Da hätte er sich spreizen können wie ein Pfau, aber statt dessen hatte man ihn auf ein Eiland voller Methodisten verbannt, deren kuriose Sprache er nicht verstand. Ich will nicht sagen, daß es sich wirklich so verhielt, aber verschiedene Leute behaupteten das.

Jetzt, wo er uns um einen Gefallen bat, war er natürlich katzenfreundlich.

»Ich muß nach Port St. Mary hinüber. Und die Straßen sind in einem so jämmerlichem Zustand, daß ich an eine kleine Überfahrt auf Ihrem Schiff dachte.«

Ich kann nicht behaupten, daß er mir an Bord willkommen war, nicht einmal für die ein oder zwei Stunden, die man nach Port St. Mary brauchte, aber so einem Bischof schlägt man schwer etwas ab. Außerdem: Wenn es in Peel überhaupt jemanden gab, der nicht wußte, was es mit der *Sincerity* auf sich hatte, dann war's der Bischof, also konnte er keinen großen Schaden anrichten. Dachte ich zumindest. Er kletterte an Deck, ganz in Purpur und mit diesem albernen Strohhut, der seinen edlen englischen Schädel vor der Sonne schützen sollte.

Kurz darauf war die Zeit zum Aufbruch gekommen. Eine alte Weisheit lautet: *Laß günstigen Wind verstreichen, und du nagst bald am Hungertuch*. Ich gab das Kommando »Leinen los«, und die beiden Schleppboote ruderten, bis sich die Taue strafften. Dann ging ein Ruck durch die *Sincerity,* und zwischen ihr und dem Kai tat sich ein schmaler Wasserstreif auf. Ich weiß noch, daß ich dachte, obwohl wir kaum drei Fuß zurückgelegt hatten, jetzt geht's los, nach all den Wochen des Wartens, und schon versank ich ins Grübeln, wie alles kommen und welche Gedanken ich wohl bei der Rückkehr haben würde. Freilich ahnte ich nicht einmal einen Bruchteil der Wahrheit, sonst wäre ich mit einem Satz zurück ans Ufer gesprungen. Ich winkte Ealisad zu, die meinen Gruß aber kaum erwiderte, weil sie mir immer noch grollte, und dann legten sich beide Bootsmannschaften in die Riemen, und langsam begann der Hafen seine Gestalt zu verändern, bis er sich hinter uns zusammenkrümmte und die winkenden Gestalten zu einer Menschenmenge verschmolzen. Jetzt war keine Zeit mehr zurückzuschauen, denn wir schaukelten tüchtig in der Dünung, und es gab viel zu tun. Wir lösten die Schleppleinen, zogen die Boote herauf, und die Jungs kletterten in die Takelage und setzten ein paar Segel. Bald schon war Peel unseren Blicken entschwunden, und es wurde Zeit, sich Gedanken darüber zu machen, wie es nun weiterging.

Und schon überkam den Bischof von Man die Langeweile. Nachdem er uns die Passage abgeschwatzt hatte, mußte er seine Freundlichkeit nicht weiter an uns verschwenden, und bald stolzierte er laut gähnend über Deck, als müßte er das Bordleben bereits seit Monaten ertragen. Dann endlich fand er einen Zeitvertreib: die Tiere. Wir hatten keine große Menagerie an Bord, nach meiner Schätzung benötigten wir nur für ein oder zwei Wochen Frischfleisch, und das Geld wartete schon an der nächsten Ecke, und so hatten wir bloß ein Dutzend Hühner, ein Schaf und ein Schwein dabei – aber dem Bischof genügte das. Da stand er nun in seinem Purpur und mit seinem albernen Strohhut, lockte gluckend die Hennen, steckte die Finger in den Hühnerkorb und wollte das Schaf streicheln, das ihn nicht leiden mochte. Er kam sich wohl wie der Heilige Franziskus vor. Was freilich noch nicht schlimm war.

Nein, richtig schlimm wurde es erst kurz darauf.

»Was für ein prächtiges Schwein!«

Wer nicht Bescheid weiß, der kann dabei nichts finden, der Eingeweihte aber durchaus. Ich selbst habe freilich nie etwas von derlei törichtem Aberglauben gehalten, einige andere an Bord aber schon. Und die hätten gesagt, daß es todsicher gewisse Wörter gibt, die niemals an Bord eines Manx-Schiffes fallen dürfen, wenn es sich auf hoher See befindet, weil ihm sonst die ganze Reise über das Pech am Kiel klebt. Wie gesagt, ich kenn mich da nicht aus, doch verschiedene Leute beharren darauf, daß es nicht Hase sondern *pommit* heißen muß. Und statt Hering *Kind*. Zu einer Katze muß man *Kratzfuß* sagen. Zu einer Maus *lonnag*. Der Wind heißt *Blasebalg*. Ratten sind *Onkel* oder *Dicke Kerle*. *Ree Yn Laa* – das heißt »König des Tages« – ist die Sonne, *Ben-rein Nyhoie* jedoch, was soviel heißt wie »Königin der Nacht«, ist der Mond. Die *blaue Judith* ist eine Meerjungfrau, der *blaue John* die See. Und niemals, unter gar keinen Umständen, heißt es Schwein, sondern immer *Sau*.

Natürlich benutzt man schon mal ein falsches Wort, doch wenn man gleich richtig reagiert, läßt sich das Pech leicht wieder abschütteln. Wer sich versprochen hat, muß meines Wissens »Wickeleisen« rufen und dann so schnell wie möglich das Wikkeleisen des Schiffs berühren. Da ist ja nichts dabei, man kann das ruhig tun, und sei es nur, um all jene zu beruhigen, die diesem törichten Aberglauben anhängen. Dummerweise war der Schuldige in diesem Fall aber ein Fremder, und ein Bischof dazu. Folglich verhielten wir uns mucksmäuschenstill, auch wenn der eine oder andere ihn mit einem finsteren Blick bedachte, was er vielleicht sogar bemerkte. Jedenfalls ließ er das Schwein bald in Ruhe, und ich erinnere mich, daß er sich über die Sonne beklagte und unter Deck verschwand.

Mir bereitete das alles kein Kopfzerbrechen, denn ich hatte keine Zeit für solche Späße, aber einigen wurde doch bange, weil sich das Mißgeschick just in dem Augenblick ereignet hatte, als die *Sincerity* zum erstenmal als Manx-Schiff mit besonderer Mission in See stach. Und so wurde über Bischof Chalmers allerhand geredet, als Tom Teare nur fünfzehn Tage später zum drittenmal vom Masttopp herunterbrüllte.

»Der Kutter hält auf uns zu!« Jetzt gab es keinen Zweifel mehr.

Wem das Pech erst einmal am Kiel klebt, der wird es meiner Erfahrung nach nicht wieder los, und Captain Clarke vom Küstenwachkutter *HMS Dolphin* war pures, schwärzestes Pech. Als das Schiff näher kam, hoffte ich noch, wir würden einen tatterigen alten Gentleman an Bord holen, der nur an seinen Ruhestand dachte, einen gichtigen Dickwanst, dem unsere Papiere nichts weiter als ein Gähnen entlockten, doch es sollte ganz anders kommen. Der Captain Clarke, der das Deck der *Sincerity* betrat, war einer dieser geschniegelten Engländer, die aus ihrer schmucken Uniform in die Welt hinausblicken und ganz versessen darauf sind, Gesetzesverstöße aufzudecken. Er brachte nicht mal ein »Guten Morgen« heraus, als er sich umsah – gefolgt von sechs Seesoldaten, damit er sich nicht so einsam fühlte. Er sagte bloß: »Captain...?«

»Kewley«, erwiderte ich höflich und händigte ihm die Schiffspapiere aus.

»Registriert im Hafen von Peel, Isle of Man«, las er und warf mir bei »Isle of Man« einen Blick zu, als wolle er sagen, *dieses Fleckchen Erde kenne ich ganz genau.* »Bringt Pökelheringe nach Maldon, Essex.« Dabei schauspielerte er ein wenig, schüttelte den geschniegelten Kopf und gab sich verblüfft. »Ich muß sagen, Ihr Bestimmungsort setzt mich in Erstaunen. Wenn ich nicht gänzlich irre, ist Maldon ein Fischereihafen. Glauben Sie denn wirklich, daß dort Bedarf an einer Ladung Heringe besteht?«

Ich zuckte nur die Achseln. »Es gibt solchen und solchen Fisch.«

Sein Hauptaugenmerk galt natürlich nicht der Fracht. Das war nur der Auftakt. »Was mir nicht in den Kopf will, Captain, ist Ihre Position. Die Reise geht von Peel nach Maldon, nicht wahr? Ich frage mich, warum Ihr Schiff dann, von Frankreich aus gesehen, nach Norden segelt?«

Ich hatte eine Antwort parat, auch wenn sie nicht sehr überzeugend war: »Wir wurden gestern von einer Sturmbö erfaßt. Sie muß uns etwa dreißig Meilen südwärts abgetrieben haben.« Zufällig hatte es am Vortag wirklich ein wenig gestürmt, und tatsächlich aus Norden. Wie lautet eine alte Weisheit: *Wähle deine Lügen, wie du dein Eheweib wählst, mit Umsicht.*

Es nützte freilich nichts. Clarke zeigte die Krallen, was er sowieso von Anfang an vorgehabt hatte. »Captain Kewley, ich muß Sie fragen, ob Sie im Widerspruch zu Ihren Dokumenten die Reise in einem fremden Hafen unterbrochen haben? Ich rate Ihnen, Ihre Antwort gut zu bedenken, da jede Unwahrheit ans Licht kommt und man Sie mit einer so hohen Strafe belegen wird, daß Sie sich wünschen werden, niemals zur See gefahren zu sein.«

Hierauf gab es nur eine mögliche Antwort, und die erteilte ich ihm, mit einem gerüttelt Maß gekränkter Würde: »Das haben wir ganz gewiß nicht getan!«

»Befindet sich außer dem hier aufgeführten Pökelhering noch andere Fracht an Bord?«

»Auch dies trifft nicht zu.«

Das schien ihn zu freuen, wie es einen Bluthund freut, wenn er Hasenfleisch wittert, und er wandte sich prompt an die sechs scharlachroten Burschen: »Dieses Schiff wird durchsucht, und zwar mit aller gebotenen Gründlichkeit.«

Da hatten wir's. Es lief doch nicht alles so glatt wie Muschelsuchen am Strand. Noch hatte man uns freilich nicht ertappt, auch wenn es wahrlich Grund zur Sorge gab. Mich quälte der Gedanke, daß mein Schiff von Fremden betatscht und befummelt wurde wie eine gemeine Straßendirne. Ich hatte möglichst viele Vorkehrungen getroffen, um ihre Reize zu verhüllen, was vor allem hieß, daß alle an Bord hinreichend beschäftigt waren, denn nichts macht einen so nervös wie Müßiggang. Und es galt auf alle Fälle zu vermeiden, daß jemand ins Stottern geriet oder hastig in die verkehrte Richtung spähte. Juan Brew, der Erste Maat, und Parrick Kinvig, der Zweite Maat, brüllten Befehle wie Sieben Teufel, scheuchten ihre Burschen über Deck und in die Takelage hinauf, ließen hier Leinen festmachen, dort einen Block auswechseln und so fort. China Clucas, der Schiffsriese, stand am Steuer, während Chalse Christian, der Zimmermann, unter Deck wie wild an einem Stück Holz herumsägte, Ritchie Moore, der Segelmacher, sich mit fliegender Nadel über ein Segel hermachte und Mylchreest, der Steward, die Kajüten aufräumte.

Bleibt nur noch Rob Quayle, der Koch, der den Schweinekoben ausmisten sollte, eine Beschäftigung, bei der er am besten aufgehoben war. Die Quayles, muß man vielleicht erklären, galten als wunderliche Leute, lauter komische Käuze. Rob Quayles Vater war gestorben, als Rob noch in den Windeln steckte – am blanken Irrsinn, wie manche Leute meinten –, und so wurde Rob von seiner Mutter großgezogen, die unten bei den Pökelheringslagern ein kleines baufälliges Haus bewohnte und ihr Geld damit verdiente, anderer Leute Wäsche zu waschen. Ob Rob Quayle deshalb so wunderlich wurde oder ob dieses wunderliche Wesen einfach von den anderen Quayles auf ihn kam, wer vermag das zu sagen.

Wunderlich war er jedenfalls, mit seinem langen Pferdegesicht und dem kummervollen Blick, seinem Hang, sich abzusondern und dauernd zu glauben, daß alle über ihn redeten, was oft natürlich auch zutraf. Nein, es nahm niemand wunder, daß er sich in Gesellschaft von Tieren wohlfühlte. Die Sau, die der Bischof von Man »Schwein« genannt hatte, wurde seine beste Freundin, und schon nach zwei kurzen Wochen auf See schienen die beiden innig vertraut. Es verstrich kaum eine Stunde, in der Quayle nicht zum Koben trabte, um mit dem Tier zu reden oder es mit irgendeinem Leckerbissen zu erfreuen. Eine eingebildetere Sau kann man sich gar nicht vorstellen. Je besser sie verköstigt wurde, desto dünkelhafter gebärdete sie sich, und Quayle zermarterte sich von früh bis spät das Hirn, was für Leckereien er ihr noch auftischen könnte, über die sie nicht den Rüssel rümpfte.

»Diese Sau hat schon alles gefressen, bis auf eins«, witzelten wir, und Quayle haßte diesen Witz: »Eine knusprige Schweinshaxe!«

Im Moment war freilich keinem von uns nach Witzen zumute, als Captain Clarke seine Seesoldaten das Schiff durchsuchen ließ. Sie begannen im Laderaum, worauf ich spekuliert hatte. Unsere Fracht konnte uns zum Vorteil gereichen. Ich hatte sie mit Bedacht gewählt, weil es nur wenige Dinge gibt, die schmieriger und glitschiger sind und widerlicher stinken als fünfzig Fässer Pökelhering.

Captain Clarke gab sich wirklich Mühe und trat etwas zurück, während seine Leute die Fässer aufstemmten, aber einer solchen Ladung Fisch kann man nicht ausweichen. Als die Rotröcke die Fässer auf große Segeltuchplanen kippten, breitete sich höllischer Gestank aus, und Öl, Hautfetzen und Gräten spritzten erstaunlich weit in alle Richtungen, so daß nicht nur die Soldaten, sondern auch Captain Clarkes geschniegelte Uniform und Schuhe kräftig was abkriegten. Das mißfiel ihm sichtlich, bremste ihn aber nicht, im Gegenteil. Auch als seine Kerle rund zwei Dutzend Fässer ausgekippt hatten, der Laderaum schlimmer stank als ein Hundemaul und sie immer noch nicht fündig geworden waren, blieb er scharf wie ein Schießhund.

»Das reicht im Moment, Sergeant«, schnappte er, als handle es sich um einen angenehmen Zeitvertreib. »Nehmen wir uns erst mal den Rest des Schiffs vor.«

Das schmeckte mir gar nicht. Sie spazierten über das Schiff und stocherten und fummelten überall herum. Ich folgte ihnen und paßte auf. Erst kam das Vorderdeck, wo die Soldaten die Seemannskisten meiner Leute durchwühlten und die Hängematten und Kleider abtasteten, die dort zum Trocknen hingen. Es folgte das Zwischendeck, wo Chalse Christian, der Zimmermann, und Ritchie Moore, der Segelmacher, mürrisch mit ihrem Holz und Segeltuch hantierten. In der Messe fuhr mir dann der Schreck in die Knochen, als Clarke plötzlich kräftig auf den Boden stampfte, nur wenige Zentimeter von einem ganz bestimmten Bodenbrett entfernt, von dem ich fürchtete, es könnte durch die Erschütterung aus seiner Verankerung springen. Noch ärger kam es in der Speisekammer. Clarke nahm sie selbst in Augenschein – das war nicht weiter schlimm –, doch statt sich mit dem Anblick von Zwieback und Pökelfleisch zufriedenzugeben, mußte er partout mit beiden Händen den Türrahmen umfassen und sich in die Kammer hineinlehnen. Einen Moment lang war ich nicht sicher, ob er vielleicht ein ganz bestimmtes Endchen Schnur ertastet hatte, das dort herabbaumelte. Erst als er sich zurückschwang und so säuerlich dreinblickte wie zuvor, atmete ich auf.

Schließlich kam die Messe an die Reihe. Hier konnte es zur Entscheidung kommen, und vielleicht wartete gerade hier die Rettung. Ich hatte mir für diesen Raum etwas ganz Besonderes ausgedacht, denn nichts schützt die Ehre einer Dame besser vor dreisten Zudringlichkeiten, als wenn man sie stattlich herausputzt. Es klappte, sogar noch besser als mit den Pökelheringen. In dem Moment, wo Captain Clarke hereintrat, glätteten sich seine Züge.

»Eine herrliche Sammlung!«

Ich packte die Gelegenheit beim Schopf. »Ein Steckenpferd von mir. Ich war schon immer ein großer Bewunderer der Familie.«

Clarke streifte durch den Raum und inspizierte ein Bild nach dem anderen. »Das von Albert ist sehr gut getroffen. Wo haben sie die alle her?«

»Aus Peel. Auf der Insel herrscht rege Nachfrage.« Na ja, das entsprach nicht ganz der Wahrheit. Eigentlich herrschte auf der Insel überhaupt keine Nachfrage, durchreisende Engländer einmal ausgenommen, und so hatte ich wegen der Stiche bis nach Liverpool schicken lassen. Aber wenn ich mich schon als Patriot gebärden mußte, warum sollte dann nicht die ganze Isle of Man hinter mit stehen?

»Victoria ist meine Favoritin. Ist das nicht wahre Majestät?«

»Wie sie sich auf den Löwen stützt, das wirkt sehr natürlich.« Zum erstenmal, seit er an Bord gekommen war, klang seine Stimme höflich, als hätte ich es vielleicht doch verdient, wie ein richtiger Mensch behandelt zu werden und nicht wie ein Gesetzesbrecher, den man bloß noch überführen mußte. »Es ist ungewöhnlich, so viele der Kinder auf einmal zu sehen.«

Zufällig hatte ich mir gerade mit den Kindern ein bißchen Mühe gemacht und sämtliche Namen auswendig gelernt. »Victoria, Albert Edward, Alfred, Alice, Helena, Louise, Arthur und der kleine Leopold«, zählte ich auf. »Auch nach Beatrice werde ich mich umsehen, aber sie muß wohl noch ein paar Monate älter werden, bevor wir ihr Bildnis zu Gesicht bekommen.«

»Auch die zwei Büsten sind sehr schön.« Er betrachtete die von Victoria, die auf einem hohlen Sockel an der Wand befestigt war. Zum Glück schaute er nicht allzu lange hin.

Wer hätte das gedacht, er wirkte plötzlich unschlüssig, sogar fast ein wenig schuldbewußt. Vermutlich konnte sich der Mann einfach nicht vorstellen, daß es einem Kerl, der die Namen aller neun Königskinder auswendig wußte, einfallen könnte, Queen Victorias loyale Zollbeamte zu betrügen. Die Durchsuchung war beendet. Clarke ließ die Soldaten noch ein bißchen in der Messe herumstöbern, doch als der Sergeant hinter den Stich von Albert spähen wollte, wurde er böse.

»Ich denke, das genügt!« fuhr er ihn an, als sei der Einfall, das Schiff zu durchsuchen, ganz allein die Idee des armen Kerls gewesen, und eine miserable dazu. »Ihr könnt jetzt aufs Boot zurück.«

Welch köstlicher Augenblick! Wenn man zufällig aus einem kleinen Land wie der Isle of Man stammt, bekommt man nicht allzu viele Siege über Fremde geboten – Waterloos und Bannockburns und dergleichen –, aber jetzt schien einer greifbar nahe zu sein. Man hatte uns angegriffen, unser Schiff besetzt, wir harrten schon der Katastrophe, und plötzlich flohen unsere Feinde dorthin zurück, wo sie hergekommen waren. Ja, als wir wieder auf Deck neben dem Schweinekoben standen und zuschauten, wie sie über die Bordwand kletterten, hätte sich Clarke beinahe entschuldigt. »Ich hoffe, Ihr Fisch ist nicht verdorben, Captain?«

Ich konnte nur mit Mühe ein Grinsen unterdrücken. »Ach, der wird's überstehen, ist ja gepökelt.«

»Nun, dann danke ich Ihnen für Ihr Entgegenkommen und hoffe, daß wir Ihnen nicht allzu viele Unannehmlichkeiten bereitet haben.« Mit diesen Worten trat er auf die Leiter zu, um zu den Soldaten ins Boot hinabzuklettern.

So dicht waren wir dran, so dicht! Los, Captain Clarke, hebt Euch endlich samt Eurer widerlichen, fischbekleckerten Uniform von Deck! Fort mit Euch, dann können wir uns den ganzen Ärger sparen. Schon beim Gedanken daran fange ich an zu zittern, so übermächtig war mein Wunsch. Doch nein. Clarke war schon fast verschwunden, man sah nur noch Kopf und Schultern, da mußte er diesen allerlezten Blick in meine Richtung werfen, nur so aus Höflichkeit – als wäre mir am Lächeln dieses dreisten Kerls gelegen –, und schon war's passiert. Ich merkte, daß er ein bißchen zu lange hersah. Er runzelte die Stirn, und in seine runden, glänzenden Augen trat ein erstaunter Ausdruck. Das war kein gutes Zeichen. Endlich hievte er sich wieder an Deck, und da wußte ich, daß wir in der Klemme steckten. »Was haben Sie denn da?«

Das galt nicht mir, sondern Quayle, dem Koch, und Quayle sah aus, als hätte ihn der Blitz getroffen.

»Nur ein bißchen Käse«, stotterte er, »für die Sau hier.«

Clarke nahm ihm den Käse aus der Hand – es war ein großes, ungewöhnlich geformtes Stück – und sog tief den Geruch ein. »Woher mag dieser Käse stammen?«

Ich erriet rasch, was geschehen war. Direkt am Kai jenes verschwiegenen Hafens waren ein paar Läden gewesen, und Quayle mußte unbemerkt hinübergehuscht sein. Da ich sah, daß uns der Tölpel mit seinem Gestammel nur noch mehr Ärger einbrocken würde, brachte ich ihn mit einem zornigen Blick zum Schweigen. »Aus Peel, oder?«

»Dann ist das also Käse von der Isle of Man?« Clarke drehte den Käse um, erbleichte und hielt ihn mir vors Gesicht. »Und das ist wohl auf manx geschrieben?«

Ja, war es denn die Möglichkeit? Da klebte an der Unterseite doch tatsächlich ein großer Fetzen einer französischen Zeitung, in die der Käse eingewickelt gewesen war! Ich wußte ja, daß Quayle die Weisheit nicht mit Löffeln gefressen hatte, aber daß er so dämlich war, konnte ich kaum fassen. Und alles wegen dieser nichtsnutzigen Sau.

Clarke starrte kurz auf den Zeitungsfetzen. »Dem Datum nach, ist sie erst vier Tage alt.« Er war nicht mehr wiederzuerkennen. Keine Spur mehr von der geschniegelten Munterkeit. Er keuchte jetzt fast, und seine Miene verzerrte sich vor Wut. Leider wußte ich nur allzugut, daß er bloß halb so empört gewesen wäre, wenn ich ihn nicht so prächtig mit Queen Victoria und ihren neun Kindern gefoppt hätte. Er war düpiert worden, und Engländer in Uniform hassen nichts mehr, als wenn ein Fremder sie der Lächerlichkeit preisgibt.

Ich mußte irgend etwas sagen. »Wir sind doch einem Fischerboot begegnet? Gewiß hast du den Käse von denen gekauft, Quayle, stimmt's?«

Quayle nickte furchtsam. Er hätte auch genickt, wenn ich behauptet hätte, er hätte den Käse einem vorbeischwimmenden Haifisch abgekauft. Das alles machte freilich keinen Unterschied mehr, weil Clarke mir sowieso kein Wort mehr glaubte, und wenn es siebenmal die Wahrheit war. Außerdem brach man, wenn man von einem ausländischen Schiff unverzollte

Waren kaufte, das Gesetz ebenso, wie wenn man sie in einem ausländischen Hafen erstand.

»Ich denke«, sagte er frostig, »Sie sollten schleunigst nach London fahren, um mit ein paar Gentlemen vom Zoll Ihrer Majestät zu plaudern.« Dann beugte er sich über die Reling, um seine Seesoldaten aus dem Boot wieder heraufzurufen. »Die *Dolphin* wird Sie eskortieren«, fügte er sarkastisch hinzu, »damit Sie unterwegs nicht verlorengehen.«

So fuhren wir los, fromm wie die Lämmer und dicht gefolgt von einem Kutter der Küstenwache. Auf unserem Deck lümmelten die sechs Seesoldaten herum, rauchten Pfeife und lachten herzhaft über die Manx-Leute und ihre Beziehung zum Käse. Da konnte man nichts machen. Also befahlen wir Quayle, uns zum Abendessen einen schmackhaften *Schweinebraten* aufzutischen. Natürlich meinten einige an Bord, es sei doch merkwürdig, daß wir eben jener Sau, die der Bischof von Man als Schwein tituliert hatte, den ganzen Ärger zu verdanken hätten. Ich selbst bin freilich gegen derlei Torheiten gefeit, aber kurios war es schon.

In der Abenddämmerung konnte man die englische Küste deutlich erkennen. Ein langer Tag lag hinter uns, und all unsere Träume von Lustbarkeiten und Brandy und käuflichen Weibern waren längst zerstoben. Ich dachte nur noch an Durchsuchungen und Verhöre, an Bußgelder, Beschlagnahmung und Bankrott. Vielleicht sogar an einen Aufenthalt im Gefängnis.

Doch was uns dann tatsächlich widerfuhr, damit hätte wohl keiner gerechnet.

Reverend Geoffrey Wilson *Juni 1857*

In jener Nacht wanderte ich durch Van-Diemens-Land. Ferne, wilde Gegenden durchstreifte ich, die nie ein Christenmensch betreten hatte. Vor mir ragten Klippen empor, steil wie Festungswälle, doch keine gewöhnlichen Klippen, denn sie waren weiß und glatt wie Alabaster. Demutsvoll, doch ohne Furcht begann ich den Aufstieg, überwand Felsbrocken und Spalten und gelangte immer höher, bis ich schließlich auf einem mächtigen Gipfel stand. Und da lag vor mir, herrlich anzuschauen, die blühendste Landschaft, die je ein Mensch erblickt hat: eine prächtige und doch gebändigte Fülle, ein Garten in der Wildnis, uns seit sechstausend Jahren verloren. Während ich darauf hinsah, erfüllt von Ehrfurcht und Bewunderung, kam es mir vor, als murmle jeder ferne Strom, jeder Farn, jede Blume mir zu: »Komm zu uns, liebster Prediger, spute dich!«

Dann erwachte ich und fand mich im Haus meiner Schwägerin in Highgate. Die sommerliche Morgensonne schien lieblich durch die Vorhänge ins Zimmer und verwandelte diese höchst alltägliche Szenerie, so daß mich ein warmes Licht der Wahrheit durchdrang und meine Vorahnung – denn eine Vorahnung war es bestimmt – zur Gewißheit wurde.

»Louisa«, sagte ich leise zu meinem Eheweib. »Ich hatte einen sehr seltsamen Traum. Gewiß ist dies ein Zeichen.«

Zwar steckt mein liebes Weib voll edler, guter Eigenschaften, doch das Phantastische und Visionäre lockt sie nicht. »Gut, gut«, murmelte sie schläfrig und schlummerte weiter.

Später würde ich ihr mehr erzählen. Obgleich es früh am Tage war, erhob ich mich ohne Säumen. Sechsundzwanzig Jahre als Dorfpfarrer in Yorkshire hatten mich hinlänglich an die ländlichen Sitten gewöhnt und ließen sich nicht durch ein paar Wochen im müßiggängerischen London auslöschen. Überdies erwies es sich als äußerst günstig, daß ich so hurtig aufgestanden war. Kaum hatte ich mich an meine Korrespondenz gemacht, klopfte es an der Türe, und die aus dem Schlummer geweckte Hausmagd führte Jonah Childs' Kutscher herein. Er brachte ein Billet seines Herrn, der am anderen Ende der Stadt in Clapham wohnte.

»Lieber Mr. Wilson,
könnten Sie sich um elf Uhr hier einfinden? Es gibt jemanden, den Sie bezüglich der Expedition unbedingt kennenlernen sollten. Falls Ihnen dies ungelegen kommt, lassen Sie es mich umgehend wissen. Bitte bringen Sie Renshaw mit.

Stets der Ihre, Jonah Childs«

Die schlichte Direktheit des Billets war bezeichnend für diesen noblen Mann, ebenso wie die Uhrzeit, zu der es eintraf: Er hatte sich wohl mitten in der Nacht zu dem Treffen entschlossen, den Kutscher geweckt – der faule Bursche war sichtlich verdrossen – und ihn gleich hergeschickt. Jonah Childs war kein Mann großer Umschweife und bedächtiger Entscheidungen, sondern ein nie versiegender Quell des Enthusiasmus. Ihn zu kennen hieß, sich immerfort von seiner warmen, leicht erregbaren Natur entzücken zu lassen, von seiner Überschwenglichkeit, den unerwarteten Lachsalven. Es gab zwar ein paar Leute, die ihn zu unbeständig fanden, aber ich sah das nie als einen Fehler an, eher als eine reizvolle Eigenschaft, so wie das Wetter an einem schönen Frühlingstag, wenn der Wind plötzlich umspringt und Regen in Sonne verwandelt.

Tatsächlich verhielt es sich so, daß ohne Jonah Childs überaus große Freundlichkeit die ganze Expedition zum Scheitern verurteilt gewesen wäre. Ohne ihn hätte man den Garten Eden wohl nie gefunden, wenigstens nicht zu meinen Lebzeiten. Der Mann war die Großmut in Person, ein Himmelsgeschenk. Folglich fielen kleinere Ärgernisse, die es zu ertragen gab, kaum ins Gewicht. Obgleich ich einräume, daß es mir ganz und gar nicht gelegen kam, so plötzlich in sein Haus nach Clapham zitiert zu werden, erwog ich keinen Augenblick, seine Einladung auszuschlagen. Zudem mochte es sich als von nicht geringer Bedeutung erweisen, die Identität jenes geheimnisvollen »Jemand« zu lüften, den ich auf seinen Wunsch kennenlernen sollte. Mr. Childs war in seinen Einfällen so unberechenbar, daß man nie wußte, was in seinem Kopf vorging.

»Sag deinem Herrn, daß ich mich gerne um elf Uhr einfinden werde«, teilte ich dem Diener mit.

Bevor die Einladung eingetroffen war, hatte ich die Absicht gehabt, am Vormittag mein liebes Eheweib und dessen Schwester zu den Docks zu begleiten, damit sie die *Caroline* inspizieren konnten, das Schiff, dem wir uns auf unserer langen Reise anvertrauen wollten. Es war ein sehr solide gezimmertes Schiff, ursprünglich für den Transport von Marinebedarf gedacht – bevor es an einen privaten Eigner verkauft wurde, hatte es kurze

Zeit im Krieg gegen Rußland gedient. Seine Besatzung konnte auf eine ebenso noble militärische Vergangenheit zurückblicken wie das Schiff selbst, es handelte sich um eine wackere Schar furchtloser Männer aus Portsmouth. Mit diesem Besuch im Hafen wollte ich all den törichten Ängsten entgegenwirken, die mein armes Weib womöglich während meiner langen Abwesenheit beschleichen würden, und so näherte ich mich jetzt ziemlich schweren Herzens dem Speisezimmer um den Frauen zu verkünden, daß die Besichtigung verschoben werden müsse. Meine Sorgen erwiesen sich jedoch als gänzlich überflüssig. Meine liebste Louise ist ein tapferes Täubchen, das sich Traurigkeit nie anmerken läßt. Es rührte mich tief, mit welcher äußerlichen Ruhe sie meine Worte aufnahm.

»Wie schade, Geoffrey«, sagte sie nur, während sie von ihrem Toast und Ei aufsah »aber wir werden gewiß etwas anderes finden, um uns die Zeit zu vertreiben.« Sie wandte sich an ihre Schwester. »Erinnerst du dich noch an den Laden mit dem grünen Hut?«

Es versprach, ein heißer Tag zu werden, schon um halb neun Uhr morgens war es recht warm. Als meine Droschke den Hügel von Highgate hinabrollte – in der Ferne schimmerte London unter seiner Dunstglocke –, dachte ich darüber nach, wie wenig doch im Leben vorherzusehen ist. In meinen kühnsten Träumen hätte ich mir, selbst vor wenigen Monaten noch, nicht vorzustellen vermocht, daß ich mich eines Tages in einer solchen Lage befinden würde: mein ganzes Leben plötzlich umgekrempelt, die Pflichten des Seelsorgers vertauscht mit eiligen Vorbereitungen zu einer heroischen Entdeckungsreise, die schon in zehn Tagen beginnen sollte.

Ich will nicht behaupten, daß mir diese Abwechslung gänzlich unwillkommen war. Sechsundzwanzig Jahre als Landpfarrer in Yorkshire sind eine lange Zeit, und wenn ich es auch als Ehre empfand, demutsvoll meine Seelsorgerpflichten zu erfüllen, und wenn mir meine Pfarrkinder mit ihrer offenen Art auch noch so sehr ans Herz gewachsen waren, muß ich doch gestehen, daß es Momente gab, wo ich mich fragte, ob ich Gott auf Erden nicht einen bedeutsameren Dienst erweisen könnte.

Meine Studentenzeit hatte, wenn ich das von mir selber sagen darf, zu den schönsten Hoffnungen Anlaß gegeben, da ich – wenngleich in einer ziemlich fernen Linie – einer der älteren Familien Kents entstamme, aus deren Reihen bereits zwei Bischöfe hervorgegangen waren. Anfangs versuchte ich den Alltag meiner Herde in meiner Pfarrei zu vervollkommnen, indem ich dafür plädierte, die Schenke nur noch an drei, statt sieben Tagen in der Woche zu öffnen – als noblen Ersatz gedachte ich, zwei zusätzliche Gottesdienste abzuhalten. Dieser kleine Vorstoß war eigentlich unaufdringlich, und doch muß ich zu meinem Kummer sagen, daß mir aus manchen Vierteln des Dorfs darauf fast so etwas wie Feindseligkeit entgegenschlug. Meine üblichen Sonntagsgottesdienste fanden immer weniger Zuspruch, und im Dorf bedachte man mich mitunter mit frostigen Blicken.

Als wäre dies nicht Kümmernis genug, gesellte sich auch noch die große Sorge um mein liebes Eheweib hinzu. Sie war im heiteren Manchester aufgewachsen und schwärmte von den vielen bunten Läden dort – das Leben in diesem stillen Winkel von Yorkshire (die Erinnerung schmerzt mich) fiel ihr nicht immer leicht. Eine Zeitlang nahm sie die Erziehung unserer sieben Kinder ganz in Anspruch, doch als diese heranwuchsen und selbständiger wurden, schien der Stoizismus meines lieben Weibes langsam dahinzuschwinden. Die Hauptquelle ihrer Verzweiflung bildete reizenderweise ihre edle Loyalität mir gegenüber. Sie erwähnte oft einen Lehrer aus meiner Canterbury-Zeit, mit dem ich einige herrliche theologische Duelle ausgefochten hatte, wobei ich mich, auch wenn ich das selber sage, gar nicht übel schlug. Der Mann erlangte später ein einflußreiches Kirchenamt, und mein Weib glaubte, törichterweise vielleicht, daß er mir eine anspruchsvollere Aufgabe würde verschaffen können. Und obgleich ich sie mühsam davon zu überzeugen suchte, daß diese Dinge über unseren armen kleinen Verstand hinausgingen, kam sie bis zum Überdruß auf das Thema zurück. Da mich ihr Unglück, das zu lindern nicht in meiner Macht zu stehen schien, tief bekümmerte, nahm ich die Gewohnheit an, lange Spaziergänge zu machen, an den Klippen entlang und über die Moore, auf daß der frische Wind Yorkshires meine Sinne erquicke. Natürlich kam es mir nie in den Sinn, daß genau dies mich der Antwort auf meine vielen Fragen näher bringen könnte.

Mein Interesse entwickelte sich ganz allmählich. Es begann als Narrheit: die schlichte Freude am Sammeln von Kieselsteinen, deren schönste Exemplare ich mit nach Hause nahm und auf dem Kaminsims plazierte. Nach einiger Zeit fiel mir auf, wie wunderlich sich ihre Farben voneinander unterschieden, was mich dazu führte, die Färbungen der Klippen und der Erdarten dieser Gegend zu studieren. Schließlich tat ich den großen Sprung und erstand einen Beutel und eine kleine Spitzhacke, womit ich Proben sammeln konnte, und unversehens war ich ein Mann mit einem *Steckenpferd,* einem Hobby, dem zuliebe ich sogar Eisenbahnfahrten in andere Gegenden des Landes unternahm.

Natürlich hätte ich nicht vermutet, daß diesen fesselnden Studien noch mehr entspringen würde als das Wissen, das sie mir verschafften, und die reine Freude, die sie mir ohnehin spendeten. Doch eines Morgens änderte sich alles. Es war purer Zufall. War es das wirklich? Da in der Woche zuvor ein Teller zerbrochen war, hatte ich einen Laden aufsuchen wollen, der Porzellan und Besteck verkaufte, doch ich stand vor verschlossener Tür. Ein wenig verdrossen wegen der vergeblichen Fahrt, betrat ich absichtslos eine nahe gelegene Buchhandlung, und dort stieß ich in einem Regal auf ein geologisches Werk. Um ein Haar hätte ich es zurückgestellt, da mir der Kaufpreis zu hoch erschien. Was trieb mich zu einem so unbesonnenen Kauf? War es eine ferne Stimme, die mich ermutigte? Aus solchen Rätseln bildet sich das Leben selbst.

Gleich nach meiner Rückkehr am Nachmittag begann ich in dem Werk zu lesen. Ich hatte mich auf ein paar ergötzliche Stunden gefreut. Wie sehr ich mich doch irrte! Gleich im ersten Kapitel behauptete der Autor – wohl ein angesehener Geologe – recht dreist, der silurische Kalkstein sei wenigstens hunderttausend Jahre alt. Und das ungeachtet der Tatsache, daß die Bibel mit großer Klarheit sagt, daß die Erde erst vor sechstausend

Jahren erschaffen worden ist. Es war nicht bloß ein Irrtum, es war Verleumdung: ein ruchloser Anschlag auf die Glaubwürdigkeit der Heiligen Schrift.

Ich entsinne mich gut der Einsicht, die mich noch während der Lektüre traf. Wie ich so am Feuer saß – der Tee in meiner Tasse war erkaltet, mein Weib beugte sich mit klappernden Nadeln über eine Strickarbeit –, begann mein Herz schneller zu schlagen, und plötzlich wußte ich, daß dies einer der raren Momente war, in dem sich einem mitten im gemächlichen Trott des Lebens ein atemberaubender Ausblick von einem Berg bietet. Eine mächtige Wahrheit durchdfuhr meine Seele wie ein elektrischer Strom. Die langen Jahre in Yorkshire waren alles andere als vergeudete Zeit gewesen. Sie hatten der Vorbereitung auf die große Aufgabe gedient, die sich mir jetzt offenbarte: diesen schrecklichen Irrtum zu berichtigen und schwache Gemüter davor zu bewahren, durch lästerliche Lügen irregeleitet zu werden. Meine Mission bestand in nichts Geringerem als der Aufgabe, die Heilige Schrift von dieser Verleumdung reinzuwaschen.

Ich analysierte die Argumente meines Gegners, die zwei Elemente enthielten. Erstens behauptete er, daß die Felsen der Erde – die sich, wie man übereingekommen ist, einst in einem heißen Schmelzzustand befunden haben – viel länger zur Abkühlung benötigt hätten, als es nach der Heiligen Schrift möglich sei. Zweitens machte er viel Aufhebens von einem ausgestorbenen Geschöpf namens Trilobit, dessen Überreste man manchmal in silurischem Kalkstein findet – und das im wesentlichen einer riesigen Holzlaus ähnelt –, von dem er behauptete, es könne nur in längst vergangener Zeit existiert haben. Dies, stellte ich erfreut fest, schienen nicht eben überzeugende Rechtfertigungen zu sein, und ich war mehr als zuversichtlich, ihnen entgegentreten zu können.

Von diesem Augenblick an war aus dem müßigen Zeitvertreib tödlicher Ernst geworden. Ich las jedes verfügbare Werk zum Thema und mußte feststellen, daß nicht wenige Verfasser dieselbe trügerische Richtung verfolgten wie mein Kontrahent. Trotzdem verzagte ich nicht, sondern entsann mich, wie oft ich bei meinen Bergwanderungen beobachtet hatte, daß eine ganze Herde Schafe plötzlich ohne erkennbaren Grund in irgendeine Richtung stob. Warum sollte der HERR den Menschen SEINE kostbare Heilige Schrift zum Geschenk gemacht haben, wenn sie nicht die Wahrheit enthielt?

Die Antwort lag förmlich auf der Hand. Ich stellte eigene Nachforschungen an, reiste sogar weiter als Yorkshire, bis nach Wales und Cornwall. Ich sammelte eine Vielzahl von Notizen. Um diese große Sache zu verfechten wurde ich zu einer Maschine. Ich studierte. Ich sann nach. Ich studierte abermals. Verschwommene Überlegungen verdichteten sich zu logischen Gedankensträngen. Vage Vermutungen gewannen klare kämpferische Gestalt. Und schließlich war ich bereit, die Feder zu zücken und mich an meiner allerersten Abhandlung zu versuchen, die ich auf eigene Kosten drucken ließ: *Ehrliche Antworten auf falsche Fragen: Die neue Theorie von der göttlichen Erkaltung, ausführlich erläutert.*

Als ich die Früchte meiner Mühen betrachtete, feinsäuberlich aufeinandergeschichtet, um an Zeitschriften und einflußreiche Persönlichkeiten verschickt zu werden, machte ich mir keine Vorstellung davon, wohin mich diese Blätter schließlich führen würden. Die Veröffentlichung einer Abhandlung kann gewaltige Auswirkungen haben. Sie kann zu allerlei unvorhergesehenen Ereignissen führen, kann bewirken, daß einem völlig Fremde zu Freunden oder Feinden werden, und vieles mehr.

Meine Hauptthese lautet, simpel ausgedrückt, daß die Erde aus ihrem heißen Schmelzzustand nicht im Verlauf von Zehntausenden von Jahren, sondern sehr rasch abgekühlt ist, und zwar durch den Prozeß, den ich *die Göttliche Erkaltung* nenne. Eingedenk dessen, daß unser HERR die Macht besessen hat, die Welt zu erschaffen, schien es nur logisch, daß er dann wohl auch über die Macht verfügte, sie erkalten zu lassen. Dies entkräftete nach meinem Dafürhalten den Hauptbeweis meines Gegners auf einen Schlag. Was sein Gerede von den Trilobiten betrifft, lag die Erklärung deshalb auf der Hand: Die Erde war ursprünglich mit einer ungeheuren Vielzahl von Tieren erschaffen worden, die auf ihr lebten und sich vom Nützlichen –

man denke an Pferde und den treuen Hund – bis hin zum Lächerlichen wie besagter lästiger Spezies erstreckten. Natürlich waren im Lauf der Zeit viele der weniger erfreulichen Tiere – gibt es etwas Unerfreulicheres als eine Riesenlaus? – einfach vom Antlitz der Erde verschwunden. Ein großer Teil, so lautete meine Vermutung, war wohl der Sintflut zum Opfer gefallen.

Nun hätte man meinen können, daß dies der Sache ein Ende bereiten würde, doch nein, mit meinen Vorschlägen goß ich offenbar nur Öl ins Feuer. Binnen weniger Wochen erschien eine Entgegnung, und zwar diesmal nicht von meinem ursprünglichen Gegner, sondern von einem anderen Mitglied dieser vielköpfigen Hydra. Und was, verlangte mein neuer Kritiker zu wissen, ist mit den allerersten Pflanzen und Tieren? Die Genesis behauptet, daß diese binnen zwei Tagen nach der Erschaffung der Erde auf ihr erschienen. Gewiß, beharrte jener andere Gegner kritisch, könnte doch nicht einmal die göttliche Erkaltung eine Welt aus geschmolzenen Felsen dermaßen rasch erstarren lassen.

So wurde der Garten Eden zum Zankapfel.

Als mein treuester Verbündeter in diesem verzweifelten Kampf erwies sich das Buch der Bücher selbst. Obwohl die Heilige Schrift Antworten auf alle Fragen birgt, die zu irgendeinem Zeitpunkt einmal auftauchen könnten, gibt sie diese Antworten nicht immer so leicht preis. Manchmal wird der Glaube des Lesers mit einem ausgeklügelten Rätselspiel geprüft, zu dessen Lösung sie weise Fingerzeige erteilt. So war es auch hier. Die Bibel sagt uns, daß Mensch und Tiere anfangs nur an einem Ort existierten – vermutlich nicht einmal an einem besonders geräumigen Ort –, der als Garten Eden bekannt ist. Da lag unsere Antwort. Eden muß sich auf einer einzigartigen Felsformation befunden haben, der die gewaltige Hitze nicht das geringste anhaben konnte und die wie ein riesiges Floß auf allem übrigen dahintrieb und vielleicht von Dampfschwaden umwölkt wurde. Die Genesis verschweigt, wie lange Adam und Eva zufrieden im Garten Eden lebten, bevor die Schlange ihr verderbliches Werk begann. Aller Wahrscheinlichkeit nach waren es viele Jahre. Bis zu dem Tag ihrer Vertreibung aus dem Paradies blieb dem Rest der Erde reichlich Zeit, durch die Göttliche Erkaltung abzukühlen, und Pflanzen und Tiere hatten sich sicherlich schon weit über die Erde verbreitet. Dies lieferte die These meines zweiten Pamphlets: *Zur Geologie Edens.*

Doch die Kritiker ließen sich nicht zum Schweigen bringen: Wenn dem so ist, zeterten sie in Briefen und Zeitschriften und immerhin zwei Aufsätzen, wo befindet sich dann diese Felsformation? Warum hat man sie noch nicht entdeckt?

Ich gestehe, daß ich mich eine Weile mit diesem Problem abmühte, und zwar vergeblich. Studien und Lektüre brachten keine Hilfe, und auch nicht die Briefe, die ich an die wenigen beherzten Männer schrieb, die jene entlegenen Regionen Arabiens bereist hatten, wo meiner damaligen Vermutung nach der Garten Eden noch immer liegen mußte. Es waren schwere Wochen, und ich will gern gestehen, daß nicht viel gefehlt hätte, und ich hätte die Sache aufgegeben und, wenn auch widerwillig, eingeräumt, daß ich nichts tun konnte, als abzuwarten, bis künftige Entdeckungen mir recht geben würden.

Und dann erhielt ich eines Tages einen Brief, der alles ändern sollte. Der Absender, der meine Veröffentlichungen mit Interesse verfolgt hatte, erklärte, er habe einige Jahre lang als Schaffarmer auf der fernen Insel Van-Diemens-Land gelebt, die direkt südlich von Australien liegt und jüngst in Tasmanien umgetauft worden war. Seine Farm hatte auf einer Hochebene am Rand des besiedelten Gebietes gestanden, und er berichtete, daß er an klaren Tagen die fernen Berge erkennen konnte, die in der jenseits gelegenen Wildnis aufragten. Diese Berge, so glaubte er, könnten für mich von einigem Interesse sein. Obwohl er ausgedehnte Reisen in andere Gegenden der Erde unternommen hätte, habe er nirgends sonst etwas Derartiges erblickt. Die Berggipfel, schrieb er, gemahnten an zerstörte Festungen, beinah, als seien es die Ruinen einer herrlichen Stadt – in größerem Maßstab gebaut, als es bloße Menschenkraft vermag, seit Tausenden von Jahren vergessen. Als wäre dies nicht schon interessant genug, betonte er noch, daß die Erforschung der Kolonie größtenteils auf den Bereich der Küste beschränkt geblieben und mit Ausnahme der eingeborenen Schwarzen keine Menschenseele je in dies ferne Ödland vorgedrungen sei.

Meine Gedanken begannen sich zu überschlagen. Die Genesis sagt an jener berühmten Stelle, dir mir tatsächlich oft Kopfzerbrechen bereitet hat, daß vom Garten Eden vier Ströme ausgehen. Der eine ist Pison, den niemand kennt, ein anderer ist Gihon, auch unbekannt, von dem man aber glaubt, er fließe nach Äthiopien. Ein dritter heißt Hiddekel, *der fließt zu einem Ort östlich Assyriens*, und schließlich noch der Euphrat. Ich habe schon erwähnt, daß die Bibel ihr Wissen zuweilen verschlüsselt mitteilt, als wolle sie ihren Lesern Rätsel aufgeben. So auch hier. Schon ein einziger Blick auf die Karte zeigt, daß Flüsse, die denselben Ursprung haben, unmöglich nach Äthiopien *und* Assyrien fließen können, da beide Länder vollständig durch das Meer getrennt und nur durch den schmalen Streifen der Halbinsel Sinai miteinander verbunden sind, die ihrerseits eine berüchtigte Wüste ist. Je mehr ich die Sache bedachte, desto mehr kam ich zu dem Schluß, daß die Bibelstelle nur eines bedeuten konnte. Ich war recht erstaunt, daß mir das nie zuvor aufgefallen war. *Suche woanders*, drängte die Heilige Schrift. *Suche in einer völlig anderen Gegend.* Aber wo? *Östlich von Assyrien*. Plötzlich fiel es mir wie Schuppen von den Augen. Östlich von Assyrien? Warum dann nicht gleich *so* weit östlich wie Tasmanien?

Dies war natürlich kein Beweis. Mein nächster Schritt bestand darin, die Namen der Ströme jener fernen Insel in Erfahrung zu bringen. Natürlich suchte ich die ursprünglichen Namen, denn die Ersatznamen, die ihnen die weißen Siedler gegeben hatten, waren viel zu neu. Leider stellten sich diesem Vorhaben gewisse Schwierigkeiten in den Weg, da die Eingeborenen, Gott sei's geklagt, leider alle ausgerottet worden waren. Doch jetzt, wo mein Interesse erwacht war, ließ ich mich nicht entmutigen, sondern schrieb an zahlreiche Männer, die möglicherweise einige Zeit in jener fernen Kolonie zugebracht hatten, und drängte sie, falls sie mir ihrerseits nicht weiterzuhelfen vermochten, andere zu nennen, die vielleicht dazu in der Lage waren. Und so trafen allmählich die Namen der Flüsse bei mir ein. Es stach mir gleich ins Auge: Sie deckten sich natürlich nicht mit jenen in der Bibel – im Laufe der Zeit hatte sich die Aussprache unvermeidlich geändert –, und doch war ich baß erstaunt.

Biblischer Name	*Eingeborenenname*
Euphrat	Ghe pyrrenne
Gihon	Gonovar
Pihon	Pewunger
Hiddekel	Lyddywydeve

Wo, fragt man jetzt vielleicht, entspringen diese vier Ströme? Nun, in eben jener Gebirgsregion, die mein Freund, der Schafzüchter, aus der Ferne erblickt hatte!

Natürlich wußte ich, daß mir keine andere Wahl blieb, als diese Entdeckung der Öffentlichkeit zugänglich zu machen. Und so erschien mein drittes Pamphlet: *Ein Beweis gegen den Atheismus der Geologie: Die Wahrheit der biblischen Chronologie endlich schlüssig bewiesen.*

Wohl hatte ich mit der einen oder anderen Reaktion auf meinen Aufsatz gerechnet, aber das Ausmaß, in dem dies geschah, erstaunte mich doch. Plötzlich war unser trautes Heim nicht mehr der abgeschiedene Zufluchtsort von einst. Der Postbote schien oft unter der Menge der Briefe fast zusammenzubrechen. Es kamen Besucher, meist unangekündigt, einer sogar aus dem weit entfernten Edinburgh. Selbst die Dorfbewohner betrachteten uns allmählich mit einer gewissen sauertöpfischen Neugier, worauf mein Weib, das zuvor kein besonderes Interesse an meinen geologischen Studien bekundet hatte, unseren bescheidenen Ruhm zu genießen begann.

Leider muß ich sagen, daß nicht alle Briefe Beifallsbekundungen enthielten. Es gab harsche Kommentare, und ganz besonders kränkte mich der Umstand, daß sich zum erstenmal auch Männer der Kirche gegen mich stellten und hartnäckig an ihrer Überzeugung festhielten, der Garten Eden liege im Heiligen Land. Doch auf jeden kritischen Brief, den ich empfing, kam mindestens einer zustimmenden Inhalts. Und viele dieser Schreiber stellten aufgeregt die gleiche Frage, eine Frage, die mir seltsamerweise bis dahin nie in den Sinn gekommen war: *Für wann denn eine Expedition nach Van-Diemens-Land geplant sei?* Zweifellos eine bedeutende Frage. Diese große Sache konnte niemals endgültig bewiesen werden, solange kein solches Unternehmen stattfand. Wobei ich zugeben muß, daß ich dies nicht als meine Aufgabe betrachtete. Ich sah mich eher in der Rolle des demütigen Ideengebers als in der eines Forschungsreisenden. Gut, ich schrieb an die Geographische Gesellschaft – einfach nur, um sie auf dieses wichtige Thema hinzuweisen –, doch dort zeigte man kaum Interesse, weil man nämlich nur noch ein Ziel vor Augen hatte, die Entdeckung der Quellen dieses langweiligen Flusses Nil.

Insgesamt hätte sich die Sache wahrscheinlich nicht weiterentwickelt, wäre nicht eines Donnerstagmorgens ein Brief eingetroffen, der unter anderem eine Eisenbahnfahrkarte nach London enthielt.

»Lieber Mr. Wilson!
Ihren Aufsatz habe ich gelesen. Ihren Überlegungen zolle ich Beifall. Eden *muß* gefunden werden! Ich glaube, ich könnte der Mann sein, dies zu ermöglichen.
Ich erwarte Ihren Besuch. Hochachtungsvoll,
Jonah Childs«

Es war ein bemerkenswertes Sendschreiben. Und bald sollte ich erfahren, daß dahinter ein ebenso bemerkenswerter Mann steckte. Ich erinnere mich gut an jene wunderbare erste Begegnung in Clapham. Mr. Childs Augen leuchteten vor Erregung, als er mir seine Fragen stellte, was er vor lauter Begeisterung in so schneller Folge tat, daß ich mich, kaum hatte ich zur Antwort auf die eine Frage angesetzt, schon mit der nächsten konfrontiert sah. Es konnte kein Zweifel bestehen an dem leidenschaftlichen Wunsch dieses Mannes, die Heilige Schrift ins Recht gesetzt zu sehen, das ließ sich an seinen Zügen so deutlich ablesen, daß ich manchmal beinahe fürchtete, er werde vor innerer Bewegung in Tränen ausbrechen. Nach dem Mittagessen nahm er mich mit in sein Studierzimmer, wo er eilig Zahlen auf einen Bogen Papier kritzelte. Erst als er mir das Blatt reichte, erkannte ich, daß er alle seiner Meinung nach unentbehrlichen Dinge für eine Expedition zu diesem weit entfernten Ort aufgelistet hatte, nebst den geschätzten Kosten.

»Dafür würde ich mit Freuden aufkommen, und falls nötig für noch mehr.«

Ich stand wie vom Donner gerührt. Nie zuvor war ich Zeuge einer so mächtigen und göttlichen Großzügigkeit gewesen. Demütig dankte ich ihm.

»Natürlich müssen Sie selbst hinfahren«, sagte er. »Sie haben die Überlegung aufs Tapet gebracht. Sie kennen die Felsen. Sie müssen fahren.«

Das war ein Vorschlag, der mir nie in den Sinn gekommen wäre. Ich fühlte mich durch den Gedanken sehr geehrt, und doch, um die Wahrheit zu sagen, erfüllten mich Zweifel. Ich war noch nie übers Meer gefahren, hatte noch nie ein richtiges Schiff betreten, nur Flußfähren. Auch mußte ich an meine liebe Frau denken. Ich konnte sie kaum allein zurücklassen und hatte doch wenig Hoffnung, daß sie den Wunsch verspüren könnte, an einem so gewagten Unternehmen teilzunehmen. Und dann war ausgerechnet sie es – das tapfere Täubchen –, die die Sache entschied. Als ich ihr sagte, ich wäre es zufrieden, still bei ihr im trauten Yorkshire zu bleiben, warf sie die Hände hoch.

»Aber du *mußt* unbedingt fahren, Geoffrey! Es ist deine Bestimmung. Sorge dich nicht um mich. Ich habe ja immer noch die Kinder und meine Schwester, die mir Gesellschaft leisten.«

Ich unterrichtete meine Kirchenoberen.

Danach ging alles sehr schnell. Bald war ein Leiter für die Expedition gefunden. Mr. Childs bestand auf einem erfahrenen Mann, und nach einiger Überlegung wurde Major Henry Stanford mit der Aufgabe betraut, ein hochgewachsener, scharfsichtiger Mann und ein äußerst erprobter Soldat, der unter anderem schon gegen chinesische Piraten und Sikh-Krieger gekämpft hatte und außerdem zu Berühmtheit gelangt war, weil er auf eigene Faust Mesopotamien durchquert hatte, wo ihm so große Mühsal widerfuhr, daß er nur überlebte, weil er sein eigenes Maultier verspeiste. Zwar verstand er nichts von Geologie und nur wenig von der Heiligen Schrift, doch abgesehen davon hegte ich keinen Zweifel, daß er als Expeditionsleiter hervorragend geeignet war. Ohne Säumen setzte er unsere Vision in nüchterne Fakten um, inspizierte Schiffe, kaufte Vorräte ein und so weiter und so fort. Auch während ich an jenem warmen Sommermorgen von Highgate hinunterfuhr, entfaltete er seinen ungestümen Tatendrang und erprobte gerade in einer stürmischen Gegend von Dartmoor die Standfestigkeit unserer Zelte.

Da Jonah Childs mich gebeten hatte, Timothy Renshaw, den Botaniker der Expedition, mitzubringen, fuhr ich nicht direkt nach Clapham, sondern machte einen Umweg über Hampstead, wo das große, und wie manche sagen würden, herrschaftliche Haus der Renshaws lag. Timothys Vater war ein schroffer Mann mit nonkonformistischen Ansichten, der aus bescheidenen Verhältnissen stammte und ausgerechnet durch Zementherstellung zu großem Reichtum gelangt war. Ich gestehe gern, daß mir seine Gesellschaft nicht leicht wurde – er disputierte mit Feuereifer und immer unnötig sarkastisch über den Zustand der englischen Staatskirche –, und so war ich hocherfreut, als mich seine Gattin begrüßte: eine reizende Frau, die einer guten Familie aus Herefordshire entstammte. Als sie mich ins Besuchszimmer führte, merkte ich ihrer Miene eine gewisse Verlegenheit an.

»Timothy wird gleich da sein. Er fühlt sich leider nicht ganz wohl.«

Kurz darauf kam Renshaw hereingeschlurft. Er war bleich und hatte dunkle Ringe unter den Augen. Seine Erscheinung bestätigte meinen Verdacht, daß er seinen mißlichen Zustand selbst verschuldet hatte, und zwar durch eine wild durchzechte Nacht. Es wäre nicht das erste Mal gewesen, denn Timothy stand in dem Ruf, ein ausschweifendes Leben zu führen. Ich wußte, daß der Junge seiner armen Mutter nicht geringe Sorgen bereitete, um so mehr, als ihr anderer Sohn, Jeremy, in jeder Hinsicht das Gegenteil seines jüngeren Bruders war, ein ernsthafter, fleißiger Mann, der sich in der Zementfabrik des Vaters äußerst nützlich machte. In der Tat konnte ich mich des Verdachts nicht erwehren, daß Timothys Eltern gerade wegen dieses ausschweifenden Lebenswandels so erpicht darauf gewesen waren, daß er an unserer Expedition teilnahm, und hofften, eine so weite Reise würde ihn vielleicht von seinen Lastern kurieren.

»Was gibt's?« fragte Timothy, ohne mir einen guten Morgen zu wünschen. Als ich ihm erklärte, wir würden in Clapham erwartet, und zwar bald, sagte er in höchst verdrießlichem Ton: »Das kommt mir sehr ungelegen. Ich habe noch etwas zu erledigen.« Doch als ihn seine Mutter scharf ansah, zuckte er die Achseln. »Aber mir bleibt wohl nichts anderes übrig.«

Ich muß gestehen, daß er mir nie als ideale Wahl für dieses große Abenteuer erschienen war. Mr. Childs hatte entschieden, die Expedition sei erst dann komplett, wenn ihr auch ein Wissenschaftler angehöre, aber wie sich herausstellte, war es gar nicht so leicht, einen zu finden. Obwohl er mit gewohntem Enthusiasmus an einschlägige Bekannte schrieb, wurde er bald enttäuscht. Die Wissenschaftler scheinen eine Zunft zu sein, die sich von Modeströmungen leiten läßt, und das bevorzugte Ziel waren damals die furchtbaren Dschungel Südamerikas und nicht das ferne Tasmanien. Wir ließen schon alle Hoffnung fahren, als uns überraschend Mr. Renshaws Brief erreichte. Anscheinend hatte seine Frau von der Expedition durch Mr. Childs Cousine erfahren, die sie bei einem Lyrikkränzchen für Damen kennengelernt hatte. Mr. Renshaw schrieb sehr ermutigend – er bot sogar an, sich an den Kosten der Expedition zu beteiligen –, und seinem Brief lag ein Empfehlungsschreiben des angesehenen Botanikers Dr. Dyson bei, der angestellt worden war, seinen Sohn zu unterrichten. Dysons Loblied auf den jungen Renshaw und seine Arbeit über Kaltklima-Pflanzen, vor allem Disteln, hätte kaum glühender ausfallen können, er schilderte ihn als »sprießendes Talent auf diesem entlegenen Gebiet«. Erst als ich Timothy persönlich kennenlernte, fragte ich mich, ob Dysons Lob nicht zweischneidig war und ob die Entlegenheit des Gebiets nicht eine subtile Einschränkung seines sprießenden Talents bedeutete. Statt des kräftigen jungen Kerls, den ich erwartet hatte, erblickte ich ein kleines blasses Wesen, das der

Jugendkraft ganz zu ermangeln schien und meine Fragen mit einer Art einstudierter Grämlichkeit beantwortete.

Jonah Childs jedoch, der einen stets aufs neue überraschte, schien mit Renshaw vollauf zufrieden. »Den hat uns wohl der Herrgott persönlich geschickt«, erklärte er mit leuchtenden Augen nach dem Gespräch. »So ernst, so reif, über seine Jahre hinaus. Er wird für die Expedition eine wahre Bereicherung sein.«

Wer Mr. Childs' begeisterte Stimmungen auf irgendeine Weise dämpfen wollte, war meiner Erfahrung nach schlecht beraten. Bei aller Freundlichkeit besaß er einen vielschichtigen Charakter, und wenn man ihm widersprach, konnte seine Stimmung verblüffend rasch umschlagen, von heiterer Beschwingtheit in tiefe Enttäuschung, ja Verärgerung. Bei den ein oder zwei Gelegenheiten, in denen ich die Unklugheit besessen hatte, ihm zu widersprechen – etwa bei seinem Vorschlag, in Tasmanien heimische Tiere als Packtiere zu verwenden –, grollte er, obwohl er mir beipflichtete, so sehr, daß ich schon fürchtete, sein Interesse an dem Unternehmen könnte erlöschen. Darum behielt ich meine Einwände für mich.

»Wir kommen nicht voran«, bemerkte Renshaw mit einer Art düsterer Genugtuung, als die Droschke nur ein paar Fuß weiterrollte, bevor sie abermals knirschend zum Stillstand kam. Bis dahin war die Reise zügig vonstatten gegangen, und ich hatte sogar gedacht, wir würden zu früh in Clapham eintreffen, aber kaum erreichten wir Trafalgar Square, blieben wir auch schon im Verkehr stecken. Das war nicht ungewöhnlich, da Verspätungen in London an der Tagesordnung sind, doch als die Minuten verstrichen und das Geschimpfe der anderen Kutscher lauter und wütender wurde, fürchtete ich, daß Ungewöhnliches vorlag und wir uns womöglich stark verspäteten.

»Können Sie erkennen, was los ist?« fragte ich, da ich durch mein eigenes Fenster nur Räder und Pferde sah.

»Nicht das Geringste«, verkündete Renshaw fast triumphierend.

Ich wollte schon nach vorn rufen, um vom Kutscher eine Erklärung zu fordern, als die Droschke plötzlich anruckte und ich sah, daß der Grund für die Verzögerung die Horse Guards

Parade war. Vorm Hauptquartier der Armee herrschte ziemlicher Tumult. Zahllose Kutschen und Droschken stauten sich auf der Straße, vor dem Gebäude drängte sich eine große Menschenmenge, darunter viele Männer in Uniform. Es war eine merkwürdige Versammlung, die gleichzeitig bedrückt und aufgewühlt wirkte.

»Sieht eigentlich nicht nach einer Parade aus«, warf ich ein.

Renshaw zuckte die Achseln. »Wahrscheinlich gibt's wieder Krieg.«

Dies schien mir eine ebenso törichte wie geschmacklose Bemerkung, und ich wollte ihn gerade tadeln, als sich die Kutsche plötzlich ruckartig in Bewegung setzte und rascher weiterfuhr. Da die Straßen südlich von Westminster glücklicherweise wenig belebt waren, rumpelten wir kurz darauf auf Jonah Childs Haus zu.

Dieses Haus war erst kürzlich erbaut worden und lag einsam inmitten von Feldern: ein Vorort des sich immer weiter ausdehnenden London. Das Gebäude wirkte weder außen noch innen sonderlich prunkvoll und spiegelte auf diese Weise die Bescheidenheit seines Besitzers wider, nur ein sehr scharfer Beobachter hätte Hinweise auf das mächtige Handelsunternehmen *Childs and Company* gefunden: die edle Teaktäfelung der Eingangshalle und das Portrait von Jonahs Vater, das von der darüberliegenden Treppe her alles überblickte; man sah ihn vor einer Dschungellandschaft mit gefällten Bäumen, im Hintergrund warteten Schiffe darauf, beladen zu werden. Auf einem Tisch unterhalb dieses Portraits stand die herrliche Reproduktion eines Schiffs, die *HMS Victory*, zu deren Bau, wie ich erfahren hatte, zweiundzwanzig Sorten Holz verwendet worden waren.

»Mr. Wilson. Oh, und da ist ja auch Mr. Renshaw! Wunderbar!« Der gute Mr. Childs war ganz außer sich, als er uns in sein Arbeitszimmer führte. »Unser dritter Gast ist ebenfalls eingetroffen.«

Das also war der geheimnisvolle »Jemand«: ein vierschrötiger Mann mit angespannter Miene, die beinahe düster wirkte. Erst beim Händeschütteln huschte ein Lächeln über sein Gesicht. Er wirkte auf mich, als müsse er sich gegen eine vermeintliche Mißbilligung verwahren, und seine schroffe, schleppende Redeweise – der man versteckt noch die Londoner Unterschicht anhörte – legte nahe, daß er sich wie Timothy Renshaws Vater aus einfachen Verhältnissen emporgearbeitet hatte.

»Darf ich den Herren den berühmten Chirurgen Dr. Potter vorstellen?« erklärte Childs. »Er ist ein enger Freund von Dr. Kite, der an den Füßen meiner armen Schwester wahre Wunder vollbracht hat. Dr. Potter hat uns für unsere Expedition freundlicherweise seine Dienste angeboten.« Er lächelte nervös. »Ist das nicht großartig?«

»Vorausgesetzt natürlich«, fügte Potter etwas besonnener hinzu, »Mr. Wilson ist damit einverstanden.«

Kein Wort gegen Mr. Childs, dessen nobler Charakter und Großmut ihn über alle Vorwürfe erhaben machen, aber ich muß gestehen, daß ich mir damals wünschte, er würde Abmachungen von solcher Wichtigkeit nicht treffen, ohne zuvor die Beteiligten zu konsultieren. Nicht, daß ich gegen diesen Dr. Potter oder seine mutmaßliche Abstammung etwas einzuwenden hatte – ich zähle nicht zu denen, die derlei Kleinigkeiten wie der Herkunft eines Mannes Bedeutung beimessen, Kleinigkeiten, die in den Augen des HERRN wenig zählen –, doch es erfüllte mich mit Sorge, daß wir von einer derart wichtigen Veränderung erst kurz vor der Abreise erfuhren. Zumindest bestand doch die Gefahr, daß hier etwas überstürzt wurde.

Potter schien meine Zurückhaltung zu spüren. »Ich hege schon seit langer Zeit ein wissenschaftliches Interesse an Tasmanien«, erklärte er, »und darum war ich natürlich sehr gespannt, als ich von Ihrer Expedition erfuhr.«

Childs strahlte übers ganze Gesicht. »Und damit wird ein Arzt an Bord sein, der sich um Sie alle kümmert!«

Daß dies von Nutzen sein konnte, war nicht zu leugnen. »Haben Sie Major Stanford unterrichtet?« fragte ich.

Offenbar hatte man ihn telegraphisch verständigt.

»Er erklärt sich einverstanden, wenn Sie es auch sind«, berichtete Childs. »Als er hörte, daß ein Arzt dabei sein würde, war er gleich Feuer und Flamme.«

Es mag unhöflich scheinen, aber der Gedanke, daß zu unserer kleinen Gesellschaft noch ein Neuankömmling stoßen sollte, entzückte mich keineswegs. Ich blickte zu Renshaw hinüber, aber der gähnte seine eigenen Schuhe an und wirkte völlig gleichgültig. »Und Sie sind sicher, daß Ihnen die Zeit zur Vorbereitung genügt?« erkundigte ich mich beim Doktor. »Wir reisen ja bald.«

»Gewiß«, erwiderte Potter mit gebremstem Elan. »Ich habe heute morgen noch mit meinen Kollegen gesprochen, die mir alle sehr zurieten. Ein paar von ihnen teilen meine wissenschaftlichen Interessen.«

Ich bemerkte mit einiger Sorge die Unmutsfalte auf Jonah Childs' Stirn. »Sie haben uns immer noch nicht Ihren Standpunkt dargelegt, Reverend.«

Einwände vorzubringen schien weder aussichtsreich noch klug. »Ich bin sicher, Dr. Potter wird sich als große Bereicherung erweisen.«

Jonah Childs lächelte entzückt. »Phantastisch. Dann sind wir uns einig! Nun kann ich Ihnen meine zweite kleine Überraschung präsentieren.«

Einen Moment fragte ich mich, ob mir noch mehr neue Mitglieder des Unternehmens vorgestellt würden: vielleicht eine Schar erfahrener Kameltreiber oder Bergsteiger? Aber dies war zum Glück nicht der Fall. Childs schlenderte uns höflich voraus in einen angrenzenden Raum, wo sechs funkelnagelneue Gewehre ordentlich an der Wand lehnten.

»Ein Vetter von mir besitzt eine kleine Fabrik in Birmingham, die einige Teile dafür herstellt«, erklärte er. »Ich glaube, es handelt sich um das Visier.« Er nahm eines der Gewehre in die Hand und zielte sorgfältig auf die Wand. »Die allerneueste militärische Entwicklung. Die Gewehre verschießen die neuen, sich verformenden Dumdumgeschosse und werden, wie mir mein Vetter sagte, an Präzision nur noch von Jagdflinten übertroffen. Er hat auch gleich einen dieser neuartigen Trommelrevolver mitgeschickt.«

Der Reiz von Schußwaffen: Ich gestehe, auch ich konnte mich ihm wider besseres Wissen nicht entziehen. Die anderen

Männer waren gebannt. Potter inspizierte den Revolver beinahe wie in Trance, dann nahm er ein Gewehr, warf es in die Luft und fing es wie ein aufgeregter Junge wieder auf. Selbst Renshaw war gefesselt und hantierte vorsichtig mit einem der Gewehre, obwohl es fast so groß war wie er selbst. »Verformen sich die Kugeln tatsächlich?«

Potter kannte sich aus. »Sie ändern ihre Form. Zuerst sind sie sphärisch, so daß sie leicht in den Lauf gleiten, aber da sie aus Weichmetall bestehen, flachen sie ab, wenn der Schuß losgeht. Deshalb passen sie exakt in die Bohrung des Laufs und rotieren hervorragend. Die Rotation garantiert die hohe Treffsicherheit des Gewehrs.«

Renshaw wußte mit dem Begriff »Bohrung« nichts anzufangen, worauf Potter unverzüglich jedem von uns eines der Gewehre direkt vor die Nase hielt, so daß wir die sanften Windungen im Innern des Laufs erkennen konnten. All dies tat er mit einer gewissen Begeisterung.

Ich empfand das Bedürfnis, die Beteiligten auf den Boden der Tatsachen zurückzuholen. »Bitte sagen Sie Ihrem Cousin Dank. Es wird uns sicherlich eine große Beruhigung sein, so gute Waffen mitzuführen, obwohl ich nicht glaube, daß wir in die Verlegenheit kommen werden, uns ihrer bedienen zu müssen.«

»Hoffentlich haben Sie recht«, antwortete Childs und war plötzlich in düsterer Stimmung. »Obwohl ich sagen muß, daß ich mir da nicht sicher bin. Nach den heutigen Neuigkeiten war ich froh, daß die sechs Dinger eingetroffen sind.«

Ich war verblüfft. Renshaw und der Doktor ebenso. »Was denn für Neuigkeiten?«

Childs schien bestürzt über unsere Unwissenheit. »Ich dachte, das wüßten Sie! Es hat eine schreckliche Rebellion durch die bengalische Armee gegeben. Delhi ist gefallen, und es steht zu befürchten, daß Hunderte unschuldiger Frauen und Kinder grausam hingemetzelt wurden.«

Es gibt ganz unterschiedliche Neuigkeiten. Die meisten erwecken unser Mitgefühl nur in bescheidenem Maß, und selbst wenn sie vorübergehend Freude oder Kummer auslösen, schwinden ihre fernen Protagonisten doch rasch aus unseren Gedanken. In diesem Fall verhielt es sich anders. Hier spielte sich offenbar eine Katastrophe gewaltigen Ausmaßes ab. Ich erinnerte mich an die wütenden, besorgten Mienen vor der Horse Guards Parade und verstand sie mit einemmal nur zu gut. Einen Moment schien es mir fast, als würden die Entsetzensschreie der Unschuldigen auf magische Art über all die tausend Meilen hinweg an mein Ohr getragen.

»Derlei Neuigkeiten brauchen einen Monat, um uns zu erreichen«, fügte Childs hinzu, »man weiß also nicht, was inzwischen noch alles geschehen ist.«

Dr. Potter stellte sein Gewehr vorsichtig auf den Boden zurück, und einen Moment lang standen wir schweigend in Gedanken versunken da. Es war Renshaw, der unser ernstes Nachsinnen unterbrach und, wie immer, sein Talent für Fehleinschätzungen unter Beweis stellte.

»Ich frage mich, ob wir dadurch wohl Scherereien bekommen.«

Captain Illiam Quillian Kewley *Juni 1857*

Drei lange Tage haben diese hochnäsigen, wortkargen Burschen die *Sincerity* durchsucht. Ich hatte wahrhaftig schon schönere Tage erlebt. Man hatte uns in eins der neuen Trockendocks verbannt, und wir mußten herumsitzen und warten, während der irrsinnige Londoner Lärm bedrohlich über die hohe Mauer zu uns herüberschwappte. Mein armes Schiff wurde so hochnotpeinlich durchsucht, daß man es kaum mitansehen konnte, und ich dachte dauernd: Sie brauchen nur ein einziges Versteck zu finden, es muß nur ein einziger Dummkopf in Panik geraten...

Wahrlich, es geht nichts über die Gründlichkeit des Zolls. Erst mußten wir alle Fässer auf den Kai schleppen und die Heringe auskippen. Dann durchsuchten sie sämtliche Vorräte, bis zur letzten Kiste Schiffszwieback in der Vorratskammer, und sogar den Geflügelkäfig, den Schafpferch und den einstigen Koben von Quayles Sau. Sie durchwühlten die Seekisten der gesamten Mannschaft und holten die Stiche von Victoria und ihrer Sippe aus den Rahmen. Nicht einmal meine Uniform blieb verschont, sie kniffen sogar meine Mütze zusammen, wahrscheinlich weil sie glaubten, ich hätte ein paar Unzen Tabak darin versteckt. Und kaum waren sie fertig, fingen sie gleich wieder von vorne an, klopften überall dagegen, lüpften hier ein Bodenbrett und zündeten dort ein Feuerchen an, um zu beobachten, wohin der Rauch zog. Noch schlimmer aber waren die Verhöre. Jeder einzelne von uns wurde zu einem kleinen Plauderstündchen in die Messe zitiert. Unsere Geschichten wurden übergeprüft, vor allem meine Behauptung, Quayle habe den Käse wohl von einem vorbeifahrenden Boot gekauft. Sie versuchten es mit Drohungen und gutem Zureden, immer in der Hoffnung, daß einer von uns wie eine Feuerwerksrakete explodieren würde.

»Wir finden das Zeug sowieso«, besagte ihr höhnisches Grinsen. »Ihr könntet euch die Sache wesentlich einfacher machen, wenn ihr gleich auspackt.«

Drei volle Tage. Und was hatten sie nach all dem Theater gefunden?

Rein gar nichts.

Ich konnte es selbst kaum fassen. Natürlich wußte ich, daß wir ein Wunderwerk aus Holz geschaffen hatten und daß meine Leute Manxmen aus Peel waren, aber trotzdem hätte ich nie geglaubt, daß die *Sincerity* sich dermaßen zugeknöpft geben würde, wie sie es dann schließlich tat. Wir hatten es immerhin mit der Crème de la crème der Schnüffler des Zolls ihrer Majestät zu tun, die ja ganz nach Belieben herumspionieren oder ein Auge zudrücken, und noch dazu in deren Hochburg London. Und wir, was waren wir? Ein Häuflein armer, ungebildeter Burschen von der Isle of Man, dem kleinsten Land der Welt. Ich halte nichts von Wundern, aber ungewöhnlich fand ich es doch. Tja, ich fragte mich fast, ob es vielleicht doch keine so schlechte Idee gewesen war, Bischof Chalmers an Bord zu nehmen.

Jetzt gab es Grund zum Feiern. Ich selber bin ja nicht für solche Albernheiten, aber für die anderen gab es nach diesen drei endlos langen Tagen kein Halten mehr. Wir stiegen in den

Laderaum hinunter, wo wir unbeobachtet waren, und unterhielten uns sicherheitshalber auf manx.

Ob getrunken wurde? Na ja, ein bißchen vielleicht. Gesungen? Kann man wohl sagen. Ob Trinksprüche ausgebracht wurden? Aber sicher. *»Boiys da dooine as baase da eease«*, riefen wir uns zu, was soviel heißt wie: *»Den Menschen das Leben, den Fischen den Tod«*, und sich auf Heringe bezieht, wie alle unsere Trinksprüche. Und dann hieß es noch: *»Tod dem Kopf, der niemals Haare trug«*, und: *»Auf den Tod unseres besten Freundes.«* Womit natürlich auch wieder der Hering gemeint war.

Derlei Übermut fordert wohl immer seinen Preis. In diesem Fall allerdings fand ich ihn ungebührlich hoch. Als ich am nächsten Morgen aus meiner Kajüte stolperte – London dröhnte und toste, als fände irgendwo ein riesiger Wettkampf mit Räderkarren statt –, wer saß da an Deck? Ein Fremder, der sich gemütlich gegen eine Taurolle lehnte und sein Pfeifchen schmauchte.

»Captain Kewley?« fragte er und stand gemächlich auf, als sei es nicht der Mühe wert, sich meinetwegen zu sputen. »Mein Name ist Parish.« Mit diesen Worten griff er in die Tasche und händigte mir einen Brief aus. Ich erriet sofort aus dem widerlichen Gekritzel, daß es sich um irgendeine Gemeinheit des Zolls handelte. Und ich täuschte mich nicht.

»Die Zollbehörde«, verkündete das Schreiben, »ist aufgrund der ausländischen Waren, die man an Bord der *Sincerity* gefunden hat« – damit war Quayles Käse gemeint – »zu dem Schluß gelangt, daß das Handelsschiff *Sincerity* seine Reise von Peel City nach Maldon in einem ausländischen Hafen unterbrochen hat, ein Vorgehen, zu dem sie nicht berechtigt war und das ihr Kapitän gegenüber einem Offizier der königlichen Küstenwache auch noch mehrfach geleugnet hat. Infolge dieses Verstoßes wurde beschlossen, den Kapitän des Schiffs« – damit war ich gemeint – »mit einer Strafe von zweihundert Pfund zu belegen.«

Zweihundert Pfund. Mancher ist froh, wenn er das in zehn Jahren verdient. Zweihundert Pfund, soviel Geld hatten wir nicht. Außerdem fielen hier in London, wo wir ja gar nicht hingewollt hatten, hohe Hafengebühren an, die Tag für Tag stiegen. Und schließlich waren noch neun Pence Zoll für den Käse fällig. Das sollte Recht und Gesetz sein? Das war die blanke Rache für ihre Niederlage! Da konnten sie reden, wie sie wollten, schlechtere Verlierer als die Engländer gab es nicht, besonders wenn sie in einer Uniform steckten. Kein Wunder, daß diese indischen Hindus den Aufstand probten, wenn die Engländer sich dort genauso aufführten. Ich wünschte ihnen viel Glück.

»Ich werde mich nicht vom Fleck rühren, bis Sie bezahlt haben«, erklärte Parish lässig. »Einfach, um zu sehen, wie Sie zurechtkommen, Sie verstehen?«

Und ob ich verstand. Er sollte hier herumschnüffeln. Nachdem die ganze Sucherei erfolglos geblieben war, wollte uns der Zoll jetzt durch Bußgelder und Überwachung zermürben.

Ich tat mein Möglichstes und schrieb an Dan Gawne, den Brauereibesitzer von Castletown. In diesen Brief setzte ich gewisse Hoffnungen, Gawne hatte uns nämlich schon einmal Geld geborgt, und vielleicht lieh er uns aus Angst, er könnte es nicht zurückbekommen, noch ein bißchen mehr. Außerdem ging er kein großes Risiko ein. Wenn wir aus diesem Kerkerdock freikamen und es nach Maldon schafften, dann hatten wir alle genug Geld. Trotzdem verkauften wir jetzt schon soviel wie möglich an Händler im Dock und an andere Schiffe. Zuerst den Pökelhering, obwohl der nicht mehr viel einbrachte, denn er war ja zweimal aus den Fässern gekippt worden, und das sah man ihm an. Dann kamen die Schiffsvorräte, inklusive der noch verbliebenen Hühner. Ich hätte sogar die Stiche von Victoria, Albert und ihren acht Kindern verscherbelt, wenn sich ein Käufer dafür gefunden hätte. Aber es reichte trotzdem nicht. Beim Kassensturz fehlten immer noch achtzig Pfund. Eigentlich noch mehr, nachdem uns der Hafenoffizier seinen Besuch abgestattet und etwas von überfälligen Zahlungen und drohender Konfiszierung geknurrt hatte.

Und dann kam Gawnes denkbar knappe Antwort auf meinen Brief: »*Verkaufen Sie das Schiff und zahlen Sie Ihre Schulden bei mir.*“

Das war keine Antwort. Das war eine übers Meer geschleuderte himmelschreiende Gemeinheit. Ich und die *Sincerity* verkaufen! Als ob das überhaupt möglich gewesen wäre, wenn man bedenkt, was ihre neuen Besitzer in ihrem Innern vorgefunden hätten. Wir bedachten Gawne an jenem Morgen mit sämtlichen Schimpfnamen, die uns einfielen. Lump nannten wir ihn. Geizkragen. Spitzbube. Alter Knicker. Schlafmütze. Abschaum aus Castletown. Fettwanst, der mit seiner Ehefrau, dieser Kröte, auf seinen Schillingen hockt, hochnäsig bis dorthinaus, als ob sie was Besonderes wären!

Aber was nutzte es schon.

Eine Stunde später steckten wir noch tiefer in der Klemme. Zwei Steuerbordwachen, Tom Hudson und Rob Kneale, sprangen von Bord, und das vor versammelter Mannschaft – mir nichts dir nichts hüpften sie samt ihrer Seekisten über die Reling.

»Nein, vielen Dank!« riefen sie höhnisch, als ich ihnen befahl, sofort zurückzukommen. »Wir suchen uns lieber jemand, der unsere Heuer bezahlen kann!«

Viel durfte jetzt nicht mehr passieren. Bei einem anderen Schiff wäre es egal gewesen und hätte vielleicht sogar noch sein Gutes gehabt, weil wir uns ihre Heuer sparten, aber hier handelte es sich nun mal um die *Sincerity*, auf der nur Manxmen aus Peel sein durften. Mir wurde klar, daß wir ganz schnell zu Geld kommen mußten, und zwar zu möglichst viel. Wie spricht der Weise? *Es hat keinen Sinn, um Pennies zu wetten, wenn du beim Würfeln Pferd und Haus verspielt hast.*

Wenn man sich auf verschiedenen Schiffen umtut, erfährt man so dies und das über Städte, die man nie gesehen hat und wohl auch nie zu Gesicht bekommen wird, und ich hatte einiges über London erfahren, unter anderem den Namen einer bestimmten Hafenspelunke, in der sich angeblich mit gewissen Leuten gewisse Geschäfte tätigen ließen. Vielleicht konnten wir uns ja im Rahmen eines solchen Geschäfts etwas Geld borgen. Für den Betreffenden war es sicher kein schlechter Handel. Denn wenn wir erst einmal frei waren, würden wir ihm unsere Ladung zu einem höchst fairen Preis überlassen. Natürlich barg so ein Unternehmen auch gewisse Risiken. Vor allem wußten wir nicht, wem von diesen fremden Engländern zu trauen war.

Nicht daß uns am Ende noch verkleidete Zollbeamte hilfreich unter die Arme griffen – für solche Tricks waren sie bekannt. Aber wir mußten es trotz allem wagen.

Als erstes benötigte ich ein paar Proben. Ich schickte Kinvig auf Deck, um Parish, den Spion, in ein Gespräch zu verwickeln, rein vorsichtshalber, außerdem wies ich Brew an, die Jungs mit irgendeiner lauten Arbeit zu beschäftigen, während ich in jene geheimen Bereiche hinunterstieg, die die *Sincerity* so züchtig vor den Augen des Zolls verborgen hatte.

Zuerst begab ich mich zur Speisekammer und schob die Hand über den Rand des Türrahmens, bis ich das Endchen Schnur ertastete, das Captain Clarke um ein Haar entdeckt hätte. Als ich sanft daran zog, klickte es. Nicht etwa direkt neben mir, nein, aus dem Proviantraum nebenan. Was da geklickt hatte, merkte man aber erst, wenn man zufällig hinter ein ganz bestimmtes Stück Seil an dem direkt dahinterliegenden Paneel schaute, das sich plötzlich etwas gelockert hatte. Was ich tat. Das Paneel schwang auf, und darunter kamen ein paar Trossen zum Vorschein, die einen geradezu einluden, daran zu ziehen. Was ich ebenfalls tat. Und was passierte dann? Es klickte noch zweimal, diesmal aber aus der Messe. Die beiden Büsten von Albert und Victoria schienen jetzt nicht mehr ganz so fest zu sitzen, und wenn man genau hinsah, bemerkte man, daß die hohlen Sockel, auf denen sie thronten, ein bißchen wackelten. Wenn man nun einen davon zur Seite schob, schwang – welche Überraschung! – die mit Scharnieren versehene Falltür im Holzboden auf.

Und jetzt kommt die Erklärung, warum die Zollbeamten mit den gestrengen Mienen nichts gefunden hatten: Weil die *Sincerity* nicht irgendeine schäbige Holzkonstruktion mit doppeltem Boden war, sondern unterhalb des Fußbodens der Messe *aus zwei kompletten Schiffen bestand*, eins ins andere verschachtelt. Den inneren Schiffskörper bildeten die von mir gekauften Wrackteile, und obwohl ich alles leicht ausgedünnt hatte, klang es keineswegs hohl, wenn man mit der Faust dagegenschlug. Es wirkte sogar ein bißchen moderig und verwittert, wie es sich gehörte. Der Abstand zwischen den beiden Schiffskörpern betrug höchstens fünfundvierzig Zentimeter – wären es mehr gewesen, hätte der Frachtraum verdächtig ausgesehen –, aber in einem Hohlraum von fünfundvierzig Zentimetern, der sich rund ums ganze Schiff zieht, kann man riesige Mengen Tabakballen und Cognacflaschen verstauen. Von gewissen französischen Glasmalereien, die ich ebenfalls mitgenommen hatte, ganz zu schweigen. Es war die reinste Augenweide, wie sich die kostbare Fracht ordentlich gestapelt ins Dunkel erstreckte und einem einen köstlichen Duft nach Holz, Tabakblättern und Cognac in die Nase steigen ließ!

Ich brauchte nur ein paar Proben zum Vorzeigen: einige Unzen Tabak in einer Blechdose, ein Fläschchen Cognac und eine der kleinen Glasmalereien. Diese drei Dinge verstaute ich in meiner Manteltasche, richtete die *Sincerity* wieder anständig her und begab mich an Deck. Jetzt mußte mir nur noch das Glück hold sein, und das war es auch, denn Parish unterhielt sich immer noch mit Kinvig und schien sich nicht für mich zu interessieren. Da ich sicher Unterstützung brauchen würde, nickte ich China Clucas und dem Ersten Maat, Juan Brew, zu. China nahm ich wegen seiner Größe mit, er war unser Riese an Bord und stark wie sieben Ochsen, während Brew – obwohl seine hellen Augen stets verschlafen wirkten und er sich immer mit halboffenem Mund im Schneckentempo bewegte – ein besonders aufgewecktes Kerlchen war. Alle Brews hatten was auf dem Kasten. Es gab sogar Leute, die sie für *allzu* schlau hielten, ihnen nicht über den Weg trauten und einem rieten: *Kauf auf dem Markt nie was bei den Brews*. Das Gerede solcher Leute scherte mich nicht.

Also schlenderten wir zum Stadttor hinüber, unschuldig wie drei Wickelkinder, und die Wachen winkten uns einfach so durch. Und dann stand ich zum allerersten mal in meinem Leben in London. Ich könnte nicht sagen, daß es mir gefiel. Wir gingen zu Fuß, weil man ja nicht wissen konnte, ob die Droschkenkutscher für den Zoll spionierten. Während wir so durch die Straßen bummelten, hatten wir das Gefühl, daß uns dieses London keinen Moment aus den Augen ließ, wie ein riesiger räudiger Köter, der nach Angstschweiß schnüffelt. Keine

Ahnung im übrigen, was es mit den Londoner Bettlern auf sich hat, aber man konnte meinen, die hätten eine besondere Schule besucht. Da schlenderten wir drei so unauffällig durch die Straßen, als könnten wir kein Wässerchen trüben, und doch schienen sie förmlich zu riechen, daß wir Fremde waren. Einerseits amüsierten sie sich über uns, andererseits lief ihnen vor Freude auf eine warme Mahlzeit schon das Wasser im Mund zusammen.

»Du bleibst schön bei uns«, sagte ich zu China Clucas, nur für den Fall, daß plötzlich irgendwas seine Neugier weckte. China war keine große Leuchte. Aber wenn man so stark ist wie er, kommt es darauf wohl auch kaum an.

»Ich glaube, wir werden verfolgt«, sagte Brew und bewies damit schon jetzt, wie schlau er war. Er deutete aber nur auf einen Jungen, oder vielmehr auf ein verdrecktes Lumpenbündel mit wachsamen Äuglein. »Der klebt uns seit drei Straßen an den Fersen.«

Ich fand es zwar unwahrscheinlich, daß so ein Subjekt in den Diensten der königlichen Zollbehörde stand, aber man konnte nie wissen. Während ich jedoch noch überlegte, was zu tun sei, verschwand der Junge plötzlich wieder.

Das war auch gut so, denn nur ein paar Straßen weiter, als ich schon nach dem Weg fragen wollte, tauchte die von uns gesuchte Kneipe vor uns auf: *Waterman's Arms*. Ja, sie sah wirklich verheißungsvoll aus: ein schiefes Häuschen mit winzigen Fenstern, die ein bißchen an zusammengekniffene Augen erinnerten. Es gab nur ein Problem. Als wir reingingen, fanden wir uns nicht in einer lärmenden, verräucherten Kneipe voller Männer wieder, die mit schlauen Mienen lauter zwielichtige Geschäfte abwickelten. Nein, es ging etwa so lebhaft zu wie auf der Hochzeit eines Pfennigfuchsers. Außer dem Wirt, der an der Theke Gläser polierte, ließ sich keine Menschenseele blicken, bis auf ein altes Männchen, das allein in einer Ecke hockte und sich vollaufen ließ.

»Vielleicht sind wir einfach zu früh dran«, meinte Brew.

Es war noch nicht mal Mittagszeit. Aber dann kam mir ein anderer Gedanke. »Und wenn wir hier falsch sind?« Das war das Dumme an diesem riesigen London. In Peel City konnte man sich drauf verlassen, daß es alles immer nur *einmal* gab, und oft sogar überhaupt nicht. Und in der Tat, als ich den kleinen Saufbold fragte, kicherte er, als hätte er noch nie so was Komisches gehört.

»Na klar gibt's hier mehr als ein Waterman's Arms!«

Und wenn wir das richtige Waterman's Arms gar nicht fanden? Kaum standen wir wieder auf der Straße, um weiterzusuchen, rief jemand: »He!« Es war das kleine Lumpenbündel, das uns gefolgt war. Jetzt stand der Junge mit seinem fordernden »He!« fast wie eine Schildwache vor uns. »He! Wo sind meine drei Guineen?«

Es war schon kurios, wie dieser kleine Dreckspatz da seine merkwürdige Forderung an uns stellte, und ich glaube, wir mußten alle drei ein bißchen lachen. China Clucas, ebenso weichherzig wie einfältig, beugte sich zu dem Kleinen hinunter. »Tut mir leid, Kleiner. Wir haben deine Guineen nicht. Aber vielleicht geb ich dir einen Penny.«

»Gebt mir meine Guineen zurück«, beharrte der Junge. »Ihr habt sie mir gestohlen!«

Wo plötzlich der alte Mann herkam, weiß ich nicht. Wie aus dem Boden gewachsen stand er vor uns: ein winziger, verrückter Kerl, der sich auf einen langen schwarzen Stock stützte. Er hatte wirres Haar und schaute einem nie in die Augen. »Gebt meinem Sohn sein Geld zurück!«

Auch das war eigentlich noch lustig, schon deshalb, weil er alt genug war, um der Großvater des Jungen zu sein, aber irgendwie blieb uns das Lachen im Halse stecken. »Wir haben deine...«, begann ich, aber der Junge fiel mir gellend ins Wort.

»Diebe!« kreischte er schrill wie eine Trillerpfeife.

Und plötzlich waren sie überall. Seine »Mutter« wirkte jünger als er. Sein »Bruder« sah älter aus als seine Mutter. Und es gab Onkel und Tanten, und dann noch ein paar, die sich uns nicht vorstellten. Außerdem schien die Familie wie Pech und Schwefel zusammenzuhalten. Während sie uns langsam auf die Pelle rückten, stellten sie nur eine Forderung: Wir sollten ihrem Verwandten die vier, nein fünf Guineen zurückgeben, die wir ihm gestohlen hatten. Na ja, ich kannte mich vielleicht nicht in London aus, aber was hier gespielt wurde, begriff ich sofort.

»Nichts wie weg!«

Einen Moment lang dachte ich noch, wir könnten einen würdevollen Rückzug antreten, schließlich waren die meisten nicht größer als der Junge. Langsam setzten wir uns in Bewegung. Wir gingen größtenteils rückwärts, und China hielt sie in Schach, aber die Meute war einfach in der Überzahl. Plötzlich biß einer der Kleinsten China ins Bein, und diese Ablenkung nutzte das alte Männchen, um unserem Riesen mit seinem Stock eins überzuziehen. Zwei andere rissen an meinen Manteltaschen. Wir rannten einfach los, gehetzt von dem Geheul, das sich hinter uns erhob. Wir galoppierten die Straße hinunter, wichen den überall herumlungernden Gestalten aus – vor allem, wenn sie uns die Hände entgegenstreckten – und rannten und rannten. Plötzlich sah ich einen großen, schlichten Bau. Das konnte nur eine Kirche sein. Gerade ging jemand durch die offene Tür hinein.

»Da rein«, rief ich.

Einen Augenblick später stand ich schnaufend und keuchend in der letzten Reihe der Gemeinde. Der Prediger schien sehr beliebt zu sein, denn die Kirche war so voll, daß viele Leute sogar standen. Es waren alles einfache, ärmlich gekleidete Menschen, und da ich völlig atemlos mitten in die Predigt hineingeplatzt war, traf mich manch bitterböser Blick. China blieb dicht hinter mir und quetschte sich, so gut es ging, zwischen die Leute, nur von Brew fehlte jede Spur.

»Weißt du, wo er abgeblieben ist?« flüsterte ich und handelte mir sofort ein »Psst!« ein.

China zuckte die Achseln und rieb sich das Bein, wo ihn der Kleine gebissen hatte. Ja, wir hätten draußen nach ihm suchen sollen, aber vielleicht waren sie ja noch hinter uns her. Außerdem dachte ich, so schlau wie der ist, muß er eigentlich alleine klarkommen.

»Warten wir noch ein bißchen«, schlug ich vor, und China schien sehr erleichtert.

»Diese schrecklichen Ereignisse in Indien«, rief der Prediger, ein adrettes Männchen mit Brille, »sind nichts anderes als der erste Schritt auf dem Weg zu jener Schlacht, die alle Schlachten beenden wird.«

Ich kenne mich aus mit solchen Kerlen, das hier war eindeutig ein Weltuntergangsprediger. Ich hab nichts gegen ab und zu mal ein bißchen Feuer und Schwefel, aber das Jenseits gehört nicht gerade zu meinen Lieblingsvorstellungen. Vielleicht muß ich dazu erklären, daß die Manxmen es meist nicht ganz so genau nehmen, wenn's um die Heilige Schrift geht, dabei besuchen viele an ein und demselben Sonntag gleich zwei bis drei verschiedene Kirchen, vor allem, wenn sonst nicht viel los ist. Ich will damit nicht sagen, daß ich das richtig finde, aber andererseits wäre es doch ein Jammer, sich an eine einzige Kirche zu halten: Bei den Anglikanern wird am schönsten gesungen, bei den Katholiken am herrlichsten geräuchert, und wenn einem der Sinn nach Theater steht, dann ist so ein Fegefeuer-Pfaffe unschlagbar.

Und da fiel das Wort auch schon: »Armageddon«, und wenn man unserem bebrillten Freund glauben durfte, ließ es nur noch wenige Jahre auf sich warten. Fairerweise muß ich sagen, daß der Mann ein paar Gedanken äußerte, die mir völlig neu waren, und daß er ein ganz besonderes Talent dafür besaß, alles aufs Hier und Heute zu beziehen. Ihm zufolge war Gog, der Herrscher von Rosh, Mezhek und Thuval niemand anderes als der Zar von Rußland, Moskau und Sibirien persönlich. Und die letzte Schlacht – gefolgt von Pestseuchen und Offenbarungen – sollte zwischen Russen und Engländern ausgefochten werden, so ähnlich wie ihr jüngstes Scharmützel auf der Krim, nur zehnmal schlimmer.

»Und wen wird dieses schreckliche Gericht, diese riesige Welle der Zerstörung alles hinwegfegen?« Aha, jetzt kam's. Die Sünder, die in der Hölle schmoren mußten. Er hatte eine ganze Liste davon und legte immer wieder kleine Pausen ein, damit uns ja nichts entging. »Unzüchtige und Ehebrecher. – Säufer. – All jene, die den heiligen Sonntag nicht ehren. – Papisten und Anhänger des Doktor Pusey. – Die Türken und alle anderen

Verehrer des heidnischen Mohammed. – Der schwarze Wilde, der sich nie zu Christi Herrlichkeit bekehrt hat, obgleich genügend Zeit gewesen wäre. – Die Juden, welche Christus, unseren Erlöser, ans Kreuz geschlagen haben. – All jene, die es versäumen, Gott ihre Sünden zu bekennen und ihn um Vergebung zu bitten!«

Die Gemeindemitglieder lauschten gebannt und ließen sich wie kleine Kinder von seinen Worten einlullen. Erst war da das starke Kribbeln der Furcht, man könnte vielleicht doch zu denen gehören, die bald für alle Ewigkeit im Fegefeuer braten mußten. Dann kam die köstliche Erleichterung, daß man wahrscheinlich doch nicht auf der Liste stand, wenn man sich nur in acht nahm. Und zum Schluß die Krönung: Selbstgefällig dachte man an die vielen Lords und Ladies, die trotz ihrer feinen Kleider und Kutschen nicht der Erlösung teilhaftig werden würden und die man ob ihres furchtbaren Geschicks fast ein wenig bemitleiden durfte. Wirklich starker Tobak. Obwohl ich selbst nicht an den Weltuntergang glaube, ging mir diese im Brustton der Überzeugung verkündete Prophezeiung doch nahe und rührte manche Zweifel und Fragen in mir auf. Der arme China war wie vom Donner gerührt und stand mit schreckgeweiteten Augen neben mir. Sein Anblick sagte mir, daß wir besser verschwinden sollten.

»Los, gehen wir«, flüsterte ich.

Aber es war zu spät, China zappelte wie ein Fisch an der Angel. Mit flatternden Armbewegungen signalisierte er mir, daß er nicht einen Schritt weichen würde.

»Kein Mensch kann dem Arm Gottes entfliehen!« donnerte unser bebrillter Freund. »Große Kaufleute und ihre Reichtümer, Generäle riesiger Armeen, Flottenadmirale, Könige und Kaiser! Wenn sie kein rechtschaffenes Leben geführt, wenn sie nicht Gott ihre Sünden bekannt haben, müssen sie alle, alle brennen!« Die Menschen hingen wie gebannt an seinen Lippen, man konnte es an ihren aufgerissenen Augen sehen, daß sie sich gerade bildhaft vorstellten, wie die verblüfften Lords und Ladies von ihrem hohen Roß gezerrt und ins Höllenfeuer geworfen wurden.

An Bord der meisten Schiffe herrscht eiserne Disziplin, und auf manchen kann es sogar passieren, daß man fürs bloße Niesen die Peitsche bekommt. Die Isle of Man aber ist zu klein für Vorschriften, und so gelangt die Peitsche auf Manx-Schiffen nur selten zum Einsatz; und auf einem so speziellen Schiff wie der *Sincerity* schon gar nicht. In diesem Moment fand ich das höchst bedauerlich, weil es sehr praktisch gewesen wäre, ein bißchen mit der Peitsche zu winken. »China Clucas, hast du verstanden?«

Seine Antwort bestand darin, daß er mir den Rücken zukehrte. Vermutlich erschien es ihm wichtiger, dem ewigen Höllenfeuer zu entrinnen. Das Dumme war nur, daß China zu jenen Riesenkerlen gehörte, die sich über ihren eigenen Umfang nicht ganz klar zu sein scheinen. Statt sich einfach wegzudrehen, mußte er seine Stellung mit einer schiebenden, walzenden Bewegung ändern.

Der Ärger blieb nicht aus. Man hörte das Geräusch von zerreißendem Stoff, dann fiel etwas zu Boden und zerbrach mit lautem Klirren. Ich wußte sofort, was es war. Das Räubergesindel hatte China in die Taschen gegriffen und sie aufgerissen, und seine Gürtelschnalle hatte jetzt den Rest besorgt. Tja, wenn es ein wirklich durchdringendes Geräusch gibt, dann ist es das Klirren von splitterndem Glas, und sogar unser bebrillter Freund vorne verstummte für einen Moment. Und kein Geruch sticht einem so sehr in die Nase wie der von Cognac, und so drehten sich alle Leute in der Nähe nach uns um. Eine schöne Bescherung erblickten sie da zu ihren Füßen! Neben der zerborstenen Cognacflasche lag inmitten verstreuter Tabaksblätter die offene Dose, und daneben die traurigen Überreste der Glasmalerei. Sie war zwar zerbrochen, aber man erkannte trotzdem noch eindeutig das darauf dargestellte Bild, denn es war gut gemalt, und es gibt nun mal gewisse Formen, die einem Mann sofort ins Auge springen. Es handelte sich um ein properes junges Fräulein, das lächelnd in einem bequemen Sessel saß und ein kleines Kätzchen im Arm hielt. Was das Fräulein anhatte? Nun ja, ein nettes Häubchen und schmucke Schnürstiefelchen. Und dann war da natürlich noch das Kätzchen. Aber damit hatte es sich auch schon. Das Ganze war sehr detailgetreu ausgeführt.

»Trunkenbold!« zischte jemand.

»Lüstling!« fauchte ein anderer.

Wenigstens setzte sich Clucas jetzt in Bewegung. Ja, plötzlich konnte es ihm gar nicht schnell genug gehen.

Das einzig Erfreuliche außerdem war noch, daß draußen vor der Kirche absolut nichts von unserem Lumpenfreund und seiner feinen Familie zu sehen war. Die Straße lag still da – und wer sonnte sich dort ein paar Meter weiter auf einer Mauer? Der clevere Erste Maat, Juan Brew. Das war typisch für ihn. Wenn alle Welt in Hundescheiße trat, fand *er* statt dessen eine Guinee. Manchmal konnte man kaum der Versuchung widerstehen, ihm mal so richtig in den Allerwertesten zu treten.

»Meinst du, das stimmt?« Dieser große Klotz Clucas hatte die Hosen gestrichen voll. »Steht Armageddon kurz bevor?«

»Für dich sicher.« Ich dachte eher an die Proben, die dieses Walroß verloren hatte. Das war eine ziemliche Katastrophe, und jetzt, wo wir nichts mehr vorzeigen konnten, hatte es auch keinen Zweck mehr, nach dem Waterman's Arms zu suchen.

Zu meiner Überraschung schien Brew dies aber kaum zu stören. »Vielleicht ist das gar nicht so schlimm, Captain. Ich habe nämlich eine Idee. Warum vermieten wir die *Sincerity* nicht einfach? Wir transportieren einfach ein paar Passagiere. Dann können wir die Strafe bezahlen.«

»Vermieten?« Ich wußte, daß wir uns in einer verzweifelten Lage befanden, aber trotzdem. Es gibt Schiffe, auf denen man Passagiere mitnehmen kann, und Schiffe, auf denen das nicht geht, und ich wußte, zu welcher Sorte die *Sincerity* gehörte.

Aber Brew ließ nicht locker. »Wir müßten ja nicht wirklich fahren. Wenn wir erst mal frei sind, können wir die Fracht verkaufen und dann irgend 'ne Ausrede erfinden, warum es jetzt doch nicht geht. Und von dem Erlös der Fracht zahlen wir den Passagieren ihre Pennies zurück.«

Es juckte mich, nein zu sagen, bloß um diesem Schlaumeier mal eins auszuwischen. Aber leider war es gar keine schlechte Idee.

Das erste Anzeichen dafür, daß etwas nicht stimmte, war der große Möbelkarren, der vor dem Hause meiner Schwägerin vorfuhr. Seine Fracht lag unter einer dicken Persenning verborgen. Ich war in meine Korrespondenz vertieft und achtete anfangs kaum auf den Karren, weil ich vermutete, daß er für einen Nachbarn war, aber da rief die Hausmagd nach mir.

»Da will jemand zu Ihnen, Mr. Wilson!«

Draußen vor der Tür wartete der Kutscher des Möbelkarrens, einer dieser mürrischen Londoner Burschen, die ständig kauen, spucken, Pfeife rauchen, oder alles auf einmal.

»Also, wo soll das hin?« fragte er und zeigte auf den Karren. Ich sann gerade auf eine abschlägige Erwiderung, als plötzlich sein Helfer die Persenning wegzog und darunter, ordentlich aufgeschichtet, die Ausrüstung für die Expedition zum Vorschein kam. »Sie irren sich«, versetzte ich scharf. »Diese Ausrüstung gehört an Bord der *Caroline*!«

Noch während der Kutscher nach irgendwelchen Dokumenten kramte, sah ich Jonah Childs in seiner Kutsche vorfahren. In seiner Miene spiegelte sich nur allzu deutlich seine niedergeschlagene Stimmung, und ich erkannte die schmerzliche Wahrheit. »Ich habe es auch erst heute morgen erfahren«, sagte er betrübt. »Das Marineministerium schickt unsere *Caroline* mit Munition nach Bombay.«

Wir hatten kein Schiff mehr! Eine Katastrophe! Und zu allem Überfluß schockierte er mich noch mit weiteren Hiobsbotschaften.

»Leider müssen wir auch auf Major Stanford verzichten. Sein Regiment segelt noch in dieser Woche nach Kalkutta.«

Nur noch zwei Tage, und wir wären auf hoher See gewesen, und von solchen Unbilden verschont geblieben. Natürlich galt mein ganzes Mitgefühl in dieser Stunde der ernsten Krise dem Militär, aber ich konnte mich doch des Wunsches nicht erwehren, sie hätten ein anderes Schiff beschlagnahmt, einen anderen Major genommen. War unser Unternehmen auf seine Art denn nicht ebenso wichtig wie dieser Feldzug gegen die mörderischen

Aufständischen? Wo sie versuchten, die Zivilisation zu verteidigen, bemühten wir uns, den Fels zu verteidigen, auf dem diese Zivilisation errichtet war: die Heilige Schrift selbst.

Es war ein fürchterlicher Schlag. Eine Expedition, die man des Leiters und ihres Transportmittels beraubt, ist keine Expedition mehr, sondern nur noch ein frommer Wunsch. Im Moment blieb mir jedoch kaum Zeit, über dieses Problem weiter nachzudenken, da ich mit der praktischen Frage konfrontiert war, wo die fälschlicherweise hierher gelieferte Ausrüstung gelagert werden sollte. Der Kutscher gebärdete sich bereits ungeduldig. Zwar hegte ich keineswegs den Wunsch, das Haus meiner Schwägerin, in dem ich ja selbst nur zu Gast war, in ein Warenlager zu verwandeln, doch auf der Straße konnte man die Ausrüstung auch nicht stehenlassen. Mir blieb keine andere Wahl. »Schafft alles ins Wohnzimmer«, befahl ich ihm, denn das war der Raum, der am meisten Platz bot.

Renshaw und Dr. Potter trafen kurz nach unserem Wohltäter ein. Mr. Childs hatte sie von der Krise unterrichtet, und ich schlug als Beratungsort das Wohnzimmer vor, weil ich dort die beiden Arbeiter im Auge hatte. Welch trauriger Moment! Tragisch untermalt wurde unser Gespräch durch die Ankunft ständig neuer Ausrüstungsgegenstände, die hereingetragen und in der Zimmermitte abgeladen wurden. Dort häuften sich unsere vereitelten Hoffnungen zu einem kleinen Berg, und fast schien es, als wollten uns die Gegenstände verspotten: die Zelte, die Hängematten und Pferdesättel und nicht zuletzt die schier endlose Zahl von Satteltaschen, die für eine kleine Armee ausgereicht hätten.

»Ich fürchte sehr, es wird außerordentlich schwer sein, ein neues Schiff zu finden«, erklärte Childs verdrießlich. »Soviel ich weiß, beschlagnahmt das Marineministerium alles, worauf es die Hand legen kann. Durchaus möglich, daß unsere Suche erfolglos bleibt.«

»Wie wäre es mit einem Dampfschiff?« schlug Potter vor. »Die fahren doch heutzutage sicher mindestens bis zum australischen Festland.«

Ich konnte nicht umhin, es etwas befremdlich zu finden, daß

uns dieser Mann, der der Expedition erst seit knapp einer Woche angehörte, bereits jetzt Vorträge darüber hielt, wie das Ganze vonstatten gehen sollte.

»Wir brauchen unbedingt ein eigenes Schiff«, entgegnete ich fest. »Was, wenn wir in einen ganz bestimmten Teil der tasmanischen Wildnis wollen? Und wie sollen wir unsere Vorräte transportieren?«

Renshaw gähnte aufreizend. »Wie wär's mit einem ausländischen Schiff? Die sind ja wohl kaum beschlagnahmt.«

Es war bezeichnend, daß er mit einem so illoyalen Vorschlag aufwartete. Childs, der eine streng patriotische Einstellung besaß, warf ihm einen vorwurfsvollen Blick zu. »Dann besser gar kein Schiff. Es ist eine christliche Expedition, die von englischem Boden ausgeht, und als solche sollte sie sich nicht auf Männer falschen Glaubens verlassen müssen. Am Ende versuchen sie das Ganze noch zu hintertreiben. Nein, wenn kein Schiff verfügbar ist, müssen wir unseren Aufbruch leider verschieben.«

»Aber das würde ja heißen, daß wir Van-Diemens-Land nicht mehr rechtzeitig bis zum südlichen Sommer erreichen«, bemerkte ich, »und das ist die einzige Jahreszeit, die sich für einen Vorstoß ins Landesinnere eignet.«

An diesem Punkt geriet die Diskussion ins Stocken. Wir waren in eine Sackgasse geraten. Einerseits mußten wir unbedingt sofort aufbrechen, andererseits hatte keiner von uns eine Idee, wie das zu bewerkstelligen war. So standen wir eine Zeitlang traurig schweigend im Wohnzimmer und sahen zu, wie immer mehr Sachen hereingetragen wurden. Inzwischen hatten der schwitzende Kutscher und sein Helfer alle sperrigen Ausrüstungsgegenstände abgeladen und begannen, die Lebensmittelvorräte hereinzuschleppen, die Major Stanford eingekauft hatte.

»Na, da haben wir ja reiche Auswahl«, bemerkte Renshaw.

Es schien, als habe Major Stanford bei seinen Einkäufen nicht nur auf Qualität – um nicht zu sagen, Luxus –, sondern auch auf Quantität geachtet. Mir drängte sich die Frage auf, ob er nicht ein wenig übertrieben und sich zu sehr von dem

Wunsch hatte leiten lassen, eine Wiederholung seiner unseligen Erfahrung mit dem mesopotamischen Maultier um jeden Preis zu vermeiden. Wir erblickten große Mengen feinsten Dosenschinkens, hermetisch versiegelten Lachs, Gemüseeintopf aus Aberdeen und Kisten voller Sherry, Whiskey und Champagner. Wir liefen auch nicht Gefahr, all diese Köstichkeiten in einem ungemütlichen Ambiente konsumieren zu müssen, denn es folgten Falttische und -stühle, Tischtücher, Steingutgeschirr und edles Sheffield-Silber. Zur Abrundung des Ganzen diente eine große Kiste feinster kubanischer Zigarren.

»Kein Wunder, daß es so viele Satteltaschen waren«, murmelte Reshaw.

Jonah Childs schien verständlicherweise nicht gerade erfreut, schließlich hatte er das alles bezahlt. »Ich konnte nicht ahnen, daß Major Stanford dermaßen viele Vorräte anschaffen würde.«

»Vielleicht ist es gar nicht einmal so schlecht, daß er abberufen wurde«, warf Potter ein. »Schließlich hat er mit Australien keinerlei Erfahrung.«

Ich fand es ziemlich impertinent, daß dieser Neuankömmling ein so altgedientes Mitglied unseres Unternehmens kritisierte, und doch machte Childs, zu meiner großen Überraschung, keinen Versuch, den Mann zurechtzuweisen. Ja, er schien ihm sogar noch beizupflichten. »Das trifft sicherlich zu«, erklärte er. »Aber ob wir jetzt so kurzfristig einen Australienexperten finden? Ich habe da meine Zweifel.«

So kamen wir zur Frage nach dem Expeditionsleiter, obwohl sich die Diskussion ziemlich vage gestaltete, so vage, wie es um die ganze Expedition stand.

»Brauchen wir denn überhaupt einen Experten?« warf Potter provozierend ein. »In Tasmanien bekommt man sicher zehn davon für einen Penny. Vielleicht sollten wir uns einfach nach jemandem umsehen, der die richtigen Charaktereigenschaften besitzt: Beharrlichkeit und Durchsetzungskraft. Energie und Zielstrebigkeit. Körperliche sowie geistige Kraft.«

Vielleicht bildete ich es mir nur ein, aber mich beschlich plötzlich das deutliche Gefühl, daß dieser Doktor Potter nicht das abstrakte Profil eines geeigneten Expeditionsleiters entwarf, sondern auf subtile Art und Weise den Versuch unternahm, sich selbst zu empfehlen. Es mag ungerecht erscheinen, doch in der kurzen Zeit unserer Bekanntschaft hatte ich an ihm die Züge eines tatkräftigen Draufgängers wahrgenommen. Diese Aussicht behagte mir ganz und gar nicht. Zweifellos konnte man ihm eine gewisse Bewunderung nicht versagen, dennoch schien mir der Gedanke abwegig, er könnte einer so wichtigen Aufgabe gewachsen sein. Es handelte sich schließlich um keine gewöhnliche Expedition, sondern um die heilige Suche nach einem Wunder von grenzenloser Bedeutsamkeit. Es wäre verfehlt gewesen, an ihre Spitze einen Mann zu setzen, über den wir so gut wie nichts wußten, am allerwenigsten, wie es um seine Moral stand. Ich sorgte mich ernstlich, daß Mr. Childs – Enthusiast, der er nun einmal war – den Doktor auf der Stelle als Expeditionsleiter vorschlagen würde.

»Wir sollten unbedingt«, warf ich ein, »nach jemandem Ausschau halten, der sich erwiesenermaßen den Grundwahrheiten, auf denen diese Expedition fußt, verpflichtet fühlt. Nach jemandem, dessen moralische Maßstäbe wir kennen.« Ich sollte vielleicht betonen, daß ich keineswegs beabsichtigte, mich selbst ins Spiel zu bringen. Das wäre ganz gegen meine innerste Natur gewesen, der jede Art von Selbstanpreisung zuwider ist. Der Gedanke kam mir tatsächlich erst gar nicht. Mir ging es ausschließlich darum, die Eigenschaften zu umreißen, die ein Expeditionsleiter zum Besten der Sache unbedingt besitzen mußte.

»Vielleicht ein Geologe?« murmelte Renshaw. Es war eine gänzlich überflüssige Bemerkung, wenngleich sie nicht völlig unerwartet kam. Ich hatte nämlich beobachtet, wie er seinen Blick herausfordernd zwischen Potter und mir hin- und hergehen ließ.

Jonah Childs sah mich an. Er schien ein wenig überrascht, als komme ihm die Idee zum erstenmal. »Vielleicht wären Sie ja selbst bereit, diese Aufgabe zu übernehmen, Reverend?«

Und so geschah es, daß diese schwierigste aller Aufgaben mir angetragen wurde. Der unerwartete Vorschlag verblüffte mich völlig. Sorgenvolle Gedanken bestürmten mich. Wie konnte ich so etwas auch nur ins Auge fassen, wenn es doch gewiß einen Geeigneteren gab? Aber wo war er? Mir wurde klar, daß ich, bei aller Unzulänglichkeit, doch gewisser Eigenschaften nicht ermangelte, die sich als nützlich erweisen mochten. Ich besaß sowohl Kenntnisse bezüglich der Heiligen Schrift als auch auf dem Gebiet der Geologie und verfügte nicht zuletzt über eine gewisse Menschenkenntnis. So viel stand auf dem Spiel, und die Zeit drängte gewaltig! Die Männer, die mit mir im Wohnzimmer versammelt waren, hingen an meinen Lippen und harrten meiner Entscheidung. Konnte ich? Sollte ich? Plötzlich erinnerte ich mich an meinen visionären Traum, der erst wenige Tage zurücklag, und an den Ruf, den ich vernommen hatte: »Komm zu uns, liebster Prediger, spute dich!«

Das war meine Antwort. »Wenn Sie von mir verlangen, daß ich diese Expedition leite«, erklärte ich ruhig, »dann werde ich es tun.«

Der gute Mr. Childs strahlte übers ganze Gesicht. »Bravo, Reverend, bravo!«

»Aber wir haben immer noch kein Schiff«, sagte Renshaw düster.

Und dann lag die Lösung näher, als wir uns jemals hätten träumen lassen. Es schien fast so, als hätten wir uns mit der Überwindung des großen Problems, wer Expeditionsleiter werden sollte, auch die Lösung einer weiteren Schwierigkeit verdient. Rettung nahte ausgerechnet in Gestalt meiner eigenen Frau, die nur wenige Augenblicke später, mit einer Hutschachtel in Händen, durch die Tür trat. »Was ist denn hier los?« fragte sie überrascht, als sie des riesigen Haufens von Ausrüstungsgegenständen ansichtig wurde.

»Wir haben eine große Enttäuschung erlebt«, sagte ich. Doch kaum begann ich, ihr unsere mißliche Lage zu schildern, da winkte sie auch schon ungeduldig ab, als hätte ich etwas überaus Törichtes gesagt.

»In der Morgenzeitung wurde heute ein Charterschiff angeboten«, erklärte sie zu unserer Verblüffung. »Ich weiß noch, daß es einen wunderbaren Namen hatte. Ich glaube, es hieß *Chastity*.«

Kapitel Zwei

Siebenunddreißig Jahre früher

Jack Harp *1820*

Hätte der Wind nicht so günstig auf Nordost gedreht, wäre das Ganze wahrscheinlich nicht passiert, und ich hätte mein kleines Ruderboot noch. Schöner Gedanke.

Die Robbenfangsaison war vorbei und die Vorräte auf der Insel wurden langsam knapp, und darum sind Ned und ich mit dem großen Walfischboot zu Bill Haskins Laden in Georgetown rübergesegelt. Dieses Walfischboot war ein tüchtiges Boot mit einem guten kleinen Segel, und wir brauchten bloß zwei Tage. Georgetown ist ganz nett, aber doch immer ein Abenteuer. Den meisten Leuten kann man schon über den Weg trauen – in so einem kleinen Kaff –, aber man weiß nie, was sich da an Fremden rumtreibt und wem sie was erzählen, und deshalb ham wir uns gar nicht erst lange aufgehalten und sind gleich rüber zu Haskins. Erst ham wir uns mal gründlich umgeschaut, weil wir fast ein Jahr lang nicht mehr dagewesen waren. Da gab's so Glasmurmeln in wunderschönen Farben, wie ich sie seit meiner Kindheit in Dorking, in der alten Heimat, nicht mehr gesehen hab. Ich hab auch was für den klaffenden Schnitt in meiner Backe gefunden. Das war mir vor einem Monat mit dem Abhäutemesser passiert und heilte einfach nicht zu. Das Verhandeln hab ich übernommen, weil Ned von Geschäften nichts verstand, und eigentlich bloß zum Robbenfang getaugt hat. Am Ende hab ich dann einen guten Handel abgeschlossen und unsere Felle gegen so viel Mehl und Tee und Rum getauscht, daß es eine ganze Weile reichen würde, und das Zeug für meine Backe kam auch noch dazu. Eigentlich hätte ich gern mal in die Schenke reingeschaut, um was zu trinken oder sogar zum Übernachten, aber Ned wollte nicht recht, und deshalb sind wir wieder brav in unser Boot geklettert.

Sonst war die Rückfahrt von Georgetown immer ein einziger Kampf gegen die Westwinde gewesen, aber diesmal hatten wir kaum abgelegt, da sprang die Brise auch schon auf Nordost. Na, wenn das kein Dusel ist, dachten wir. Es wurde das reinste Kinderspiel, und schon nach drei Tagen waren wir fast wieder daheim. Wir hatten immer noch so günstigen Wind, und da fiel mir noch was anderes ein, was man sich besorgen konnte, außer Tee, Mehl und Rum. Ned hielt nicht viel von meiner Idee. Er hatte nämlich Angst vor denen. Aber ich redete ihm gut zu und versprach ihm, wenn wir zwei fangen würden, dürfte er eine ganz für sich alleine haben. Ned kriegte man ja immer irgendwie herum. Aber am Ende mußte er teuer dafür bezahlen.

Wir segelten also an der Insel längs und drehten an der dicht mit Bäumen bestandenen Küste südwärts, bis vor uns der Rauch von einem ihrer Feuer aufstieg. Jetzt hieß es vorsichtig sein. Ich holte das Segel ein und ruderte uns dicht ans Ufer, damit sie uns nicht entdeckten. Es war gar nicht einfach, da an Land zu gehen, wegen der wilden Brandung, aber schließlich zogen wir unser Boot in einer kleinen Bucht ans Ufer, so etwa eine Meile von ihnen entfernt. Und wie wir das Boot im Gebüsch versteckten, sagte Ned, er hätte so schreckliche Angst, und ich ahnte schon, daß er keine große Hilfe sein würde. Also blieb er da, und ich zog alleine los, immer hübsch in Deckung hinter den Bäumen. Direkt vor mir sah ich ein hübsches Ding. Sie tauchte vor einem Felsen nach Schellfisch und hatte süße kleine Möpse und ihr Busch war deutlich zu sehen.

Danach stahl ich mich zum Boot zurück und zu Ned und wartete. Feuer konnten wir natürlich keins machen, und die Nacht war kalt. Irgendwann vor Morgengrauen schlich ich wieder davon. Es waren wohl an die dreißig, und sie schliefen so nah beim Feuer, als hätten sie Angst vor dem, was in der Dunkelheit lauerte. Ich kicherte leise. Dann pirschte ich mich an die Eingeborene ran, die ich mir ausgesucht hatte, und packte sie am Arm. Das war vielleicht eine Wildkatze! Sie schrie und biß und hetzte mir die anderen auf den Hals. Aber damit hatte ich natürlich gerechnet, und als sie mir zu nahe kamen, verpaßte ich dem ersten eine Kugel. Das jagte den anderen mächtig Angst ein, obwohl die Wildkatze immer noch zappelte und kreischte. Als Ned und ich sie endlich ins Boot verfrachtet hatten, wurde es so schlimm, daß ich Angst bekam, sie könnte uns zum Kentern bringen und unsere Vorräte ins Wasser kippen. Ich sagte zu Ned: »Da haben wir ja eine richtige Kämpferin erwischt.« Sie war so wild, daß ich sie auf der Insel nicht in meiner Hütte haben wollte und statt dessen draußen ankettete.

Und dann staunte ich nicht schlecht. Ein bis zwei Wochen später entdeckte ich nämlich, daß drei von den Mehlfässern verdorben waren. Das war ärgerlich. Ich wußte, daß der Rest nicht reichte, und deshalb mußte ich noch mal im Walfischboot nach Georgetown rüber und Ersatz besorgen. Ned blieb da, weil er sich krank fühlte.

Bill Haskins jammerte mir erst mal was vor, damit hatte ich gerechnet. Er behauptete, das Mehl sei feucht geworden, was nicht stimmte. Aber am Schluß rückte er dann doch zwei neue Fässer heraus. Das war zwar kein voller Ersatz, aber immerhin besser als nichts, und wir würden grade so hinkommen damit. Anschließend erledigte ich noch einiges, und dann gab es noch die Kneipe und so weiter – ein Risiko, aber das war mir egal, jedenfalls kam ich erst nach zehn Tagen auf die Insel zurück.

Mit schwante gleich, daß was faul war, weil aus dem Kamin kein Rauch aufstieg. Und als ich mit einem der beiden Mehlfässer auf die Hütte zukam, wer lag da vor der Tür? Ned mit runtergelassenen Hosen und eingeschlagenem Schädel, der aussah wie ein geplatzter Kürbis – der blutverschmierte Stein lag gleich daneben. Er mußte schon länger so dagelegen haben, weil sich die Vögel an ihm sattgefressen hatten, vor allem am Bauch und im Gesicht. Die Eingeborene war natürlich weg und das Ruderboot auch.

Mir war klar, was passiert war. Er war ihr auf den Leim gegangen. Sie hatte ein paar Wörter gelernt, und mir war schon aufgefallen, wie er sie dauernd anstarrte, und mit so 'nem Trottel wie Ned hatte sie natürlich leichtes Spiel. Sie hat ihn so lange umgarnt, bis er die Kette abgemacht hat, und dann, als er sich seine Belohnung holen wollte, hat sie ihm mit dem Stein den Schädel eingeschlagen. Als ich ihn begrub, sah ich, daß sein bestes Stück schlimm zugerichtet war, aber das hatten wohl nicht die Vögel besorgt.

Ich hab das kleine Ruderboot nie gefunden. Drei Tage lang hab ich da, wo sie an Land gegangen sein mußte, die Küste abgesucht, aber es war kein Fitzelchen davon zu sehen.

Am Ende dachte ich, die Eingeborene hat es wahrscheinlich kaputtgemacht, als sie am Ufer war. Das fand ich unnötig und fies dazu.

Die letzte Robbenfangsaison war so erfolgreich wie fast noch nie zuvor, und deshalb reichen die Felle hoffentlich, um sie in Georgetown gegen ein neues Ruderboot zu tauschen. Falls es eins gibt. Mit nur einem einzigen Boot ist das so eine Sache, man weiß nie, was passiert. Und wer weiß, wenn der Wind günstig ist, kann ich mir auf dem Rückweg vielleicht eine neue Eingeborene holen. Aber das sollte dann nicht mehr so 'ne Wildkatze sein.

Peevay *1824–28*

Vor langer Zeit, als ich klein war und mal hierhin, mal dorthin lief und die ganze Welt ein verflixtes Rätsel war, habe ich eine Überraschung erlebt. Sogar jetzt erweckt dieser Mistkerl zärtliche Gefühle in meiner Brust. Andere verlieren nach so einem Verderben ihren Weg und finden ihn nie mehr, aber ich nicht. Ich hab durchgehalten. Durchhalten war immer meine große Stärke.

Das war in lang vergangenen Zeiten, vor vielen Sommern, bevor alles anders wurde, so daß man kaum glauben kann, daß ich derselbe war wie jetzt. Damals konnte ich ja nicht mal diese Wörter sprechen. Aber ich kann mich erinnern. Der Tag, an dem die Überraschung kam, war heiß, die Schmeißfliegen stachen, und alle drängten sich um eine große Pfütze, so tief wie ein Fuß. Die größeren Kinder plantschten, um sich abzukühlen und die Mücken zu verjagen, und plötzlich wollte auch ich unbedingt da rein. Schnell wie der Wind flog ich zur Pfütze, aber unter dem Wasser war es glatt, und ich rutschte aus und fiel fürchterlich hin. Und dann, als ich wieder aufstand, mit einem bösen Knie, passierte das, was so hassenswert war.

Unten aus dem Wasser sah mich plötzlich ein Fremder an, und dieser Fremde war wie ein Ungeheuer. Sein Gesicht war fast normal, aber das machte ihn nur noch schlimmer, weil sein Haar so falsch war. Es hatte nie im Leben die Farbe von Haar, sondern war hell wie Gras nach heißen Tagen. Seine Augen starrten mich an. Als ich zusammenzuckte, zuckte es auch im Gesicht des Ungeheuers.

Einen Moment lang dachte ich, daß die anderen vielleicht auch solche Ungeheuer hätten, aber die hatten alle nur sich selbst, verkehrt herum.

Mongana war auch da. »Mißgeburt!« schrie er. Mongana war mein ärgster Feind in diesen lang vergangenen Tagen. Mongana heißt Schmeißfliege, und das stimmte auch, weil es seine größte Freude war, zu stechen und zu beißen. Die kleine Kanaille war zwei Sommer älter als ich und haßte mich, seit ich denken konnte, und so war Monganas Haß immer da wie der Wind in den Bäumen. Oft hat er mich verfolgt und mir plötzlich ein Bein gestellt oder mich fürchterlich verhauen, deshalb bin ich nirgendwo ohne meine Keule hingegangen. »Na, Mißgeburt, gefällt's dir, was du siehst?« rief er. Dann spritzte er mich mit Wasser voll, und das war genauso voller Haß wie sein Geschrei, und als die anderen mich auch vollspritzten, rannte ich weg.

Später, als sie nicht mehr da waren, ging ich zur Pfütze zurück, weil das Ungeheuer ja jetzt vielleicht auch weg war. Aber als ich hineinwatete, war es immer noch da und starrte mich mit erschrockenen Augen an.

Das verflixte Geheimnis jener lang vergangenen Tage war natürlich, was denn wirklich mit Mutter und Vater passiert war. Andere Kinder hatten Eltern, wenn sie nicht gestorben waren, aber ich hatte keine, nicht mal eine ferne Erinnerung an sie. Wenn ich fragte, bekam ich keine Antwort, ich wurde bloß böse angeschaut und manchmal fürchterlich verhauen.

»Das geht dich nichts an«, sagte meine Großmutter, und ihre Augen waren wie Schlitze. Großmutter war oft böse auf mich. Sie war meine Freundin, meine Beschützerin, meine Familie, aber obwohl sie freundlich war, war in ihrer Freundlichkeit immer auch ein bißchen Haß. So war sie eben. Wenn wir beim Feuer saßen, war sie es, die mir mit ihren langen, knochigen Fingern Fleischstücke in den Mund schob, aber sie runzelte die Stirn dabei. »Ich weiß nicht, warum ich dich überhaupt durchfüttere. Du machst doch bloß Mühsal.« Und wenn wir zu einem schönen neuen Ort gingen und ich krank war, trug sie mich freundlich auf den Schultern, aber manchmal zwickte sie mich dabei so fest ins Bein, daß es weh tat. Manchmal wurde sie so wütend, daß ich sie zurückhaßte und weglief und ganz allein auf der anderen Seite des Feuers schlief. Aber sie war meine Familie, und so kam ich doch immer wieder zurück. Wenn ich zurückkam, sagte sie kein Wort und fütterte mich weiter.

Jetzt natürlich, so viele Jahre später, weiß ich, warum in Großmutters Freundlichkeit auch Haß war. Ich mache ihr keinen Vorwurf. Warum, verdammt noch mal, sollte ich nicht grübeln, Großmutter? Aber wenn man klein ist, fragt man ja nie nach dem Warum von Dingen. Man schluckt sie wie Luft.

»Vergiß Mutter«, sagte sie, wenn ich sie wieder mal mit meinen Fragen ärgerte, weil ich nie aufgab, wenn ich was angefangen hatte. »Sie ist weg, und damit hat sich's.« Mehr brachte ich nicht aus ihr heraus.

Aber natürlich vergaß ich Mutter nicht. Ich fragte Tartoyen.

Nun war Tartoyen fast noch mehr mein Freund als Großmutter, obwohl er nicht zu meiner Familie gehörte. Er hatte keine Söhne, nur Töchter, und ich vermutete, daß das genau der Grund war. Tartoyen war ein bißchen dick und hatte träge Augen, aber er war klug und wurde fast nie böse, außer wenn es ihm schlecht ging. Er knurrte nie, daß ich eine kleine Kanaille sei und man nichts als Mühsal mit mir habe, wie Großmutter das immer tat. Manchmal brachte er mir neue Sachen bei, was für mich immer frohe Botschaft war. Das Beste war, wenn er Mongana und andere Feinde dabei erwischte, wie sie mich fürchterlich verhauen wollten, dann schlug er sie nieder. Aber sogar Tartoyen wurde komisch, wenn ich ihn nach meiner Mutter fragte. Sein Gesicht wurde ganz anders, als würden schwarze Regenwolken aufziehen.

»Sie ist übers Meer gefahren«, sagte er dann nur und schaute mich dabei nicht an wie sonst, sondern drehte den Kopf weg. Wenn ich nach Vater fragte, war es noch schlimmer. Dann wurden seine Augen ganz schmal. »Du hast keinen Vater. Du hast nie einen gehabt. Und jetzt geh mir nicht mit solchen Fragen auf die Nerven. Deine Mutter ist tot. Wär sie am Leben, würde sie zurückkommen.«

Ich glaubte ihm trotzdem nicht ganz. Ich glaubte ihm und glaubte ihm auch wieder nicht, beides zur gleichen Zeit. Wenn wir ans Meer stießen, blickte ich auf die hohen, lauten Wellen und träumte davon, wie Mutter aus diesen Wellen stieg. Sie war groß und schön und besser als alle anderen Mütter. In der Hand trug sie dann immer einen Binsenkorb voll fremder Speisen, die hatte sie von da mitgebracht, wo sie gewesen war: Hammelfische wie große Steine, aber süß wie Honig, und Wurzeln so blau wie das Meer. Und das gab sie mir alles und lächelte dabei so zärtlich, wie Großmutter niemals lächelte. Manchmal brachte sie meinen Vater mit, aber ihn sah ich nie deutlich. Das ist so mit den Träumen. Manchmal sind sie verwirrend und tun nicht, was du willst, obwohl es doch deine Träume sind. Ich strengte mich an, aber ich schaffte es nie, daß Vater Arme oder Beine bekam. Und so hing er immer über dem Wasser, wie eine Wolke mit einem Gesicht.

Wenn es einen Feind meiner Träumereien gab, dann war es diese kleine Kanaille Mongana und seine Mutter, die Pagerly hieß. Sie taten alles, um mir das Leben schwerzumachen. Pagerly versuchte immer, die anderen gegen mich aufzuhetzen, und erzählte Scheißlügen: daß ich ihre Babies fürchterlich verhaute, wenn sie nicht herschauten, oder daß ich sie heimlich verfluchte und sie deshalb krank würden. Wenn ich hörte, wie sie so einen abscheulichen Dreck erzählte, brüllte ich laut, daß sie nur eine verlogene Kanaille sei und niemand auf sie hören solle. Meist wußten die anderen, daß ich recht hatte, aber nur meist, und ich sah, daß sie mir tief in ihrer Brust nie glaubten. Manchmal sahen sie mich fragend an.

Mongana war fast noch schlimmer. Er sagte fürchterliche Sachen, um mich zu ärgern und meine Träume zu zerstören. »Wo ist deine Mutter, Mißgeburt? Weißt du es nicht? Ich sag's dir: Als sie gesehen hat, wie häßlich du bist, hat sie versucht dich umzubringen und ist dann weggerannt, um zu sterben.«

»Das ist nicht wahr! Sie ist übers Meer gefahren. Das hat Tartoyen gesagt!«

Mongana war hassenswert, am liebsten legte er dir Wörter in die Ohren, wie Eier von Giftameisen. »Das sagt Tartoyen doch nur, damit du nicht flennst!«

Später wollte ich seine Worte löschen, wie man auf Feuer pißt, aber die Ameisen schlüpften aus, und ich spürte ihre Bisse. Wenn ich am Meer saß und von Mutter und Vater träumen wollte, ging es nicht mehr. Ja, sie stieg noch aus den Wellen, groß und schön wie immer, aber sie lächelte mich nicht mehr an, sondern ging an mir vorbei, und ihr Gesicht war wie Stein, als wollte sie mich nicht mehr kennen. Das war hassenswert.

Aber die Zeit verging, und ich ertrug es. Ich habe ja gesagt, durchhalten war meine große Stärke. Ich hielt das mit Mongana durch, und an guten Tagen konnte ich die Kanaille sogar fürchterlich verhauen. Und mit der Zeit dachte ich immer weniger über das Geheimnis nach, was wohl aus Mutter und Vater geworden war.

Manchmal blieben wir an einem Ort, und manchmal zogen wir weiter, mal hierhin, mal dorthin. Im Sommer waren wir im Busch, und Tartoyen und die anderen jagten Wild, das wir dann auf dem Feuer brieten. Im Herbst, wenn im Busch alles voller Eis und Schnee war, zogen wir ans Meer mit seinen hohen Wellen und seinem Brausen und bauten Hütten, die wir mit Teebaumrinde auskleideten. Da hatten wir es warm und waren vorm Wind geschützt, wir aßen Hammelfisch, oder manchmal erlegten wir auch eine Robbe.

Nach und nach erinnerte ich mich an die Gegend, durch die wir zogen, bis ich die Hügel und Berge kannte, und sogar wußte, wo die Welt aufhörte. Langsam, langsam konnte ich einige der verflixten Rätsel lösen. Tartoyen nahm uns mit zu jenem Tal in den Bergen, wo es roten Lehm gab, und er zeigte mir, wie man ihn sich ins Haar schmiert, damit es richtig schön wird. Er brachte mir bei, wie man das Wetter vorhersagen kann, nach dem dunstigen Ring um den Mond oder nach der Form der Wolken, und er war so klug, daß er sich fast nie irrte. Er zeigte mir, wie ich mit Feuer und meinen Zähnen Speere schärfen konnte, so scharf, daß sie fast im Fels steckenblieben, und auch, wie man sie warf, obwohl ich noch zu klein war, um weit zu werfen. Ich lernte, wie man den Spuren der Tiere folgt und wie man an den Krallenspuren auf der Rinde sieht, auf welchen Baum das Stinktier geklettert ist. Und ich lernte das KANUNNAH kennen, das häßlich und abscheulich ist, mit seinem langen gesenkten Kopf und den Streifen auf dem Rücken, und das unser verhaßter Feind war. Kanunnah hätte dich getötet, wenn du es nicht zuerst mit dem Speer durchbohrt hättest, und am allerliebsten fraß es kleine Kinder. Das Kanunnah sahen wir ziemlich oft, aber es rannte weg, weil wir so viele waren.

Ich lernte auch den WRAGGEOWRAPPER kennen, der häßlich und groß war und manchmal in der Dunkelheit kam, schnell wie der Wind, und der so schrie, wie Bäume knarren. Der Wraggeowrapper starrte uns an, wenn wir schliefen, und war ein fürchterlicher Feind, weil man ihn nie sah. Er trieb die Männer in den Wahnsinn, wenn er sie nachts abseits vom Feuer erwischte, aber wir waren zu klug und blieben dicht beim Feuer. Wenn wir abends nach dem Essen zusammensaßen, erzählte uns Tartoyen Geschichten, geheime Geschichten, die ich nicht einmal jetzt verrate, Geschichten über den Mond und die Sonne und wie alle Wesen erschaffen wurden, vom Menschen und vom Wallaby bis zur Robbe, Känguruhratte und so weiter. Er erklärte uns auch, wer in all diesen Felsen und Bergen und Sternen war und wie er dort hinkam. Bis ich nach und nach überall Geschichten hörte und ahnte, wie alles entstanden war. Bis ich die Welt kannte, als sei sie ein vertrauter Freund.

Manchmal trafen wir TARKINER, die im südlichen Teil der Welt lebten. Die Tarkiner waren fast Freunde, und drei von unseren Frauen stammten von dort, aber manche Wörter, die sie sprachen, klangen fremd, und sie benahmen sich manchmal scheißdumm, zum Beispiel bekamen sie Angst, wenn wir Hammelfisch zum Braten ins Feuer legten, dann sagten sie, das zieht Regen an, was aber nicht stimmte. Wenn wir sie am Rand der Welt trafen, blieben wir manchmal da und erzählten uns Neuigkeiten, und in der Nacht bauten wir zusammen ein Lager und blieben lange wach, weil wir sehen wollten, wer am besten tanzen konnte, die Tarkiner oder wir, aber es waren immer wir.

Es gab auch noch die ROINGIN, die lebten im Norden und waren unsere Feinde. Das waren sie immer gewesen, schon seit wir denken konnten. Es waren abscheuliche Kanaillen, denen man keine Sekunde den Rücken zukehren durfte, nicht mal, um an einen Baum zu pissen. Tartoyen erzählte uns Geschichten von alten Kriegen gegen die Roingin und daß sie nie siegten, außer durch gemeine Täuschung. Erst kürzlich hatte ein Kampf stattgefunden, bei dem Gonars Onkel einen Speer ins Bein bekam, aber auch einer von den Roingin, und ein paar wurden verletzt, obwohl ich zu klein war, um mich daran zu erinnern. Meist hielten wir uns fern von jenem Ende der Welt, und wenn wir doch in die Nähe kamen, sprachen wir wenig und gingen vorsichtig. Wir fürchteten uns natürlich nie vor den Roingin, weil sie Feiglinge waren, aber sie waren mehr als wir und dafür berühmt, daß sie so viele waren. Einmal, als wir am Rand der Welt waren, sah ich sie, die ganze Horde, viele von ihnen, und sie saßen am Meer und aßen Hammelfisch, was interessant war. Natürlich sahen sie uns auch, aber sie taten so, als würden sie uns nicht sehen, und Tartoyen sagte, wir sollten alle ganz still sein, und so schlichen wir davon, diesmal ohne Krieg. Später sagte Gonar, wir seien ja dumm, daß wir nicht mit den Roingin kämpften und sie aufspießten, denn Kämpfen war für Gonar das Allerschönste, er war so wütend, als hätte er einen Kampf in sich, der ihm keine Ruhe ließ. Aber andere wußten, Tartoyen hatte recht, weil die Roingin so viele waren.

So verging die Zeit. Ich wurde größer, bis ich nach und nach dachte, jetzt wüßte ich über alles Bescheid und es gäbe keine verflixten Geheimnisse mehr. Aber in Wirklichkeit wußte ich natürlich scheißwenig. Ich wußte bloß die Hälfte, und die ganze andere Hälfte saß da und wartete auf mich, wie ein Kanunnah, das sich die Schnauze leckt.

Eines Tages war es warm und es gab Regen, aber keinen Wind, deshalb fielen die Tropfen wie Steine herunter. Wir saßen still auf einer Lichtung im Busch und sahen zu, wie das Fleisch im Feuer briet, und der Rauch roch gut, weil wir tagelang nur Wurzeln gegessen hatten und hungrig waren. Dann ging Gonar an den Rand der Lichtung, um zu scheißen, und kam gleich wieder zurückgerannt und flüsterte laut: »Da kommt was!«

Wenn was kommt, und du weißt nicht, was es ist, ist es nicht klug zu warten, bis es auf dich zuläuft. Tartoyen machte uns ein Zeichen mit den Händen, und wir verschwanden ganz leise zwischen den Bäumen und versteckten uns etwas weiter weg hinter den Büschen, damit wir durch die Blätter sehen konnten. Zweige brachen, und da wußten wir, daß das Etwas plump und schwerfällig war. Es waren sogar drei Wesen. Nein, so etwas Seltsames hatte ich noch nie gesehen. Sie hatten die Gestalt von Menschen, aber das war alles. Ihre Haut war nicht wie Haut, sondern hatte die Farbe von Stein und hing schlaff herunter. Sogar ihre Füße waren häßlich, zu groß und ohne Zehen. Am schlimmsten aber waren ihre Gesichter. Die hatten die Farbe von rohem Fleisch und sahen nicht lebendig aus. Sie gingen durch den Regen, der jetzt stärker geworden war und auf die Bäume prasselte. Als sie das Feuer und das Fleisch sahen, blieben sie stehen, aber dann rannten sie hin, ganz schnell und gierig.

Ich sah Tartoyen an und merkte überrascht, daß er jammervoll aussah. Und dann merkte ich, daß alle jammervoll waren, selbst Gonar, der sogar gegen den Wind gekämpft hätte. Das war ein veflixtes Rätsel und machte mich neugierig. »Wer sind die?« flüsterte ich.

Da wurde Tartoyen wütend, so wütend, wie ich ihn noch nie gesehen hatte. »Geister. Tote Männer, die herumlaufen.«

Wenn plötzlich alles seltsam wird, wundert man sich nicht, wenn noch was Seltsames dazukommt. Das also passiert mit den Toten, dachte ich. Es war erschreckend, aber auch interessant. Ich merkte, daß es diese Geister nicht glücklich machte, tot zu sein, sie fanden keine Ruhe, als hätten sie innen große Schmerzen. Außerdem waren sie viel zu hungrig. Sie wollten gar nicht wissen, wer das Feuer gemacht hatte, und stürzten sich gleich auf das Fleisch. Unser Fleisch. Es war noch nicht fertig und muß glühendheiß gewesen sein, aber sie rissen einfach große Fetzen davon ab und stopften sie sich in den Mund, sehr grob. Der Tod macht großen Hunger, vermutete ich.

Das alles waren viele verflixte Geheimnisse. So hätte ich zum Beispiel gern gewußt, warum Tartoyen mir noch nie etwas von diesen Geistern erzählt hatte, obwohl er mir doch sonst alles beibrachte. Und ich überlegte, ob Geister noch mal sterben konnten, wo sie doch eigentlich schon tot waren. Ich dachte so nach, der Regen prasselte, und die anderen schauten zu, wie die Geister unser Fleisch aßen, und plötzlich sah ich, wie mir Monganas Mutter einen hassenden Blick zuwarf, schärfer als jeder Speer. Manchmal weiß man einfach, daß etwas abscheulich Schreckliches passieren wird, und so war es auch. Sie zeigte mir direkt ins Gesicht. »Er ist schuld!«

Jetzt sahen mich alle an. Ich begriff nicht. »Was meinst du damit?«

Einen Moment sprach keiner ein Wort, und das einzige Geräusch war der immer schneller prasselnde Regen, unter dem die Blätter zitterten. Dann warf Monganas Mutter Tartoyen einen verächtlichen Blick zu, was ich auch seltsam fand, weil es doch Tartoyen war und das sonst niemand tat. »Los, sag's ihm.«

Ich dachte, Tartoyen würde sie fürchterlich verhauen. Aber nein, er schloß die Augen, als hätte er Kopfschmerzen und sagte kein Wort. Dafür fauchte Großmutter leise: »Laß ihn in Ruhe!«

Aber keine Falle ist verlockender als ein verflixtes Geheimnis. Auch wenn man weiß, daß die Antwort einem das Leben schrecklich schwermacht, will man sie doch hören. »Was soll er mir sagen?«

Tartoyen atmete tief aus und sackte wie Bauchfleisch zusammen. »Dein Vater war wie sie. Ein Geist.«

Das war ein verflixtes Geheimnis, größer als alle anderen. Wie konnte ich das Kind eines Toten sein? Aber die Blicke der anderen sagten mir, daß es so sein mußte, denn sie waren ganz verändert, als sei ich irgendein Scheißfremder oder Roingin. Dann fiel mir jener lang zurückliegende Nachmittag ein, und das Ungeheuer in der flachen Pfütze. Und so schwante mir die Wahrheit. Ja, ich hatte Geisterhaar und ein Geistergesicht wie ein Ungeheuer. Das war schrecklich. Da atmete und aß ich seit so vielen Jahren, und es veränderte sich fast nichts. Die Tage kamen und gingen, und ich dachte, daß ich längst alles wüßte. Und dann ganz plötzlich, so schnell, wie man ausrutscht und hinfällt, merkte ich, daß jeder einzelne Tag eine hassenswerte Dummheit gewesen war. Plötzlich wurde ich wütend, vor allem auf den Häuptling, der doch mein guter Freund sein sollte.

»Warum hast du mir das nicht gesagt?« Ich flüsterte nicht mal. Mir war es fast egal, ob diese Geister kamen und uns alle töteten.

Tartoyen antwortete nicht, sondern sah nur zu Boden, wo ein kleiner grauer Käfer über ein Blatt krabbelte.

»Du hast mich belogen. Du hast gesagt, ich hätte keinen Vater!«

Tartoyen schloß die Augen. »Er war nicht wie ein Vater. Er kam eines Nachts und nahm deine Mutter einfach mit.«

Jetzt zeigte Großmutter mit ihrem langen knochigen Finger auf Tartoyens Gesicht. »Du hast es zugelassen, daß er sie geraubt hat! Ihr alle habt es zugelassen!«

Da sahen alle beschämt aus. Nur, weil sie Vater vor so langer Zeit nicht getötet hatten. Die einzige, die nicht beschämt war, sondern voller Haß, war Monganas Mutter Pagerly. »Mein Mann hat ganz allein gegen ihn gekämpft«, fauchte sie. »Vergeßt das nicht! Er hatte keine Angst vor Geistern. Er war tapfer, als ihr feige wart! Und sein Geist«, sie zeigte auf mich, »hat ihn dafür mit diesem Donnerlärm getötet.«

Mongana weinte.

Und so erfuhr ich, warum mich die beiden schon so lange haßten. Vater hatte Monganas Vater umgebracht. Das war schlimm, sehr schlimm. Aber ich mußte auch noch den Rest erfahren, auch wenn er noch schlimmer war. »Und was ist mit Mutter passiert?«

Großmutter zuckte die Schultern. »Sie ist von der Geisterinsel geflohen und wieder zu uns gekommen. Aber dann ist der Zorn in sie gefahren, und sie hat keine Ruhe mehr gehabt. Eines Tages, nachdem du geboren warst, ging sie weg, um ihn zu töten. Ich wollte, daß sie dableibt, aber deine Mutter ließ sich ja nichts sagen.«

Pagerly sah mich schadenfroh an, als hätte sie noch was ganz besonders Gemeines für mich. »Dich hat sie auch umbringen wollen. Sie wollte deinen Kopf an einem Baum zerschmettern. Das hat sie gesagt. Und sie hätte es getan, wenn sie nicht so schwach gewesen wäre.«

Das war das Allerschlimmste, und ich fühlte mich ganz schwach vor lauter jammervollen Scheißgefühlen tief in meiner Brust. Also hatte Mongana recht gehabt. Mutter wollte mich töten. Sie würde nie aus dem Meer steigen, mit ganz besonderen Speisen, nur für mich.

So endete schließlich das Geheimnis, was verdammt noch mal mit Mutter und Vater passiert war. Die anderen sahen mich an, als sei ich wer anderes, nicht mehr ganz so wie sie, und das war abscheulich. Mir war alles auf der ganzen Welt verdorben, und außerdem war es auch noch meine Schuld. Ich wünschte mir nur, daß alles noch so wäre wie kurz zuvor, als wir ganz ruhig und normal ums Feuer saßen und auf Fleisch warteten.

»Schaut, sie sind weg!« sagte Gonar.

Ich hatte die Geister ganz vergessen. Wirklich, als wir durch die Bäume spähten, war nichts mehr zu sehen. Vorsichtig kamen wir hinter den Büschen hervor und kehrten zum Feuer zurück. Die Geisterspuren rannten weg, als hätten sie unser Reden gehört und Angst bekommen. Es war kaum noch was vom Fleisch übrig, nur noch die Knochen.

Tartoyen sah auf, als hätten sich dunkle Wolken verzogen. »Dann jagen wir eben noch mal!«

Und so ging er mit ein paar anderen wieder auf die Jagd. Wir übrigen sammelten Holz für das Feuer. Alles war still, und wir taten ganz normale Dinge, als wäre alles ganz so wie vor dem

Erscheinen der Geister, aber das war es natürlich nicht. Ich konnte die Worte von Monganas Mutter nicht vergessen, daß Mutter mich töten wollte und wie mich alle angesehen hatten, wie einen Fremden. Als die anderen gerade nicht herschauten, ging ich weg, aber langsam, als müßte ich pissen oder so. Aber kaum konnten sie mich nicht mehr sehen, rannte ich los. Ich rannte weg, immer schneller und schneller, bis es mir vorkam, als würden die Bäume und die Büsche mitrennen, und ich hatte den Wind im Gesicht, und der Boden schaffte es kaum, rechtzeitig meine Füße aufzufangen, und ich fühlte mich bis in die Knochen gut, daß ich weglief. Ich rannte in ein Tal hinunter und sprang über einen Bach, dann rannte ich auf der anderen Seite wieder hinauf, bis ich keuchte und mein Herz schneller klopfte als der Regen. Nicht einmal jetzt blieb ich stehen, sondern rannte weiter zwischen den Bäumen und Sträuchern durch, die meine Beine zerkratzten, mal hierhin, mal dorthin, bis ich endlich nicht mehr konnte und neben einem alten Baumstamm hinfiel.

Da lag ich und wartete. Natürlich war ich vorher noch nie allein gewesen, und bald war es komisch. Alles war so still. Ich lag neben dem Baumstamm und hörte, wie die Vögel sangen und wie sich die Bäume bewegten, und alles kam mir sehr laut vor. Nach und nach verspürte ich tiefe Sehnsucht, daß Tartoyen und die Großmutter und die anderen mich fanden und es ihnen scheißleid tat, ich wünschte mir, die anderen würden kommen und mich finden und alles erbärmlich bereuen und mir weinend sagen, daß Mutter mich doch nie töten wollte, und das seien bloß Lügen gewesen. Ja, und sie würden Mongana und seine Mutter fürchterlich verhauen, ganz schlimm. Dann wäre es fast so, als sei nichts passiert, und diese ängstlichen Gefühle tief in meiner Brust könnten einfach vergehen.

Aber das war eine vergebliche Hoffnung. Ich hörte keine Schritte, keine Rufe. Es passierte überhaupt nichts, außer daß mich Mücken stachen und Vögel riefen. Endlich wurde es dunkel, und ich wußte, daß sie nicht kommen würden. Da verabscheute ich sie so sehr, daß ich fast vergaß, daß ich allein war und kein Feuer hatte. Ich wünschte mir sogar, daß Kanunnah mit seinem langen häßlichen Kopf käme und mich mit seinen Zähnen tötete. Oder daß der Wraggeowrapper vom Baum fiel und mich verrückt machte. Wirklich, das war mir ganz egal.

Aber Kanunnah und Wraggeowrapper kamen nicht. Es passierte überhaupt nichts. Ich schlief einfach ein.

Am nächsten Tag war alles gleich, außer, daß ich mich entschloß zu sterben. Ich aß nichts und trank nichts und machte mir direkt beim Baumstamm ein gutes Bett aus Moos und Gras und Farnblättern, auf dem ich sterben wollte. Dann wartete ich. Aber es ist gar nicht leicht, so zu sterben. Die Mückenbisse juckten, und die Sträucher kratzten, und ich konnte die Hände nicht stillhalten. Außerdem konnte ich mich nicht entscheiden, ob ich beim Sterben auf der Seite liegen wollte oder auf dem Rücken. Bis es dann endlich dunkel wurde, und ich wieder einschlief.

Dann, am dritten Tag geschah etwas sehr Seltsames und Verwirrendes. Ich wachte auf, und es wurde gerade hell, und der Himmel war rot wie Blut. Ich war durstig und hungrig. Aber vor allem, obwohl sich nichts verändert hatte, wurde ich glücklich, so sehr, als wäre ich noch nie richtig glücklich gewesen. Ich fühlte mich schwach, als hätte mich irgendein großes Glück, eine frohe Botschaft krank gemacht, und ich konnte nicht stillsitzen. Meine Hände zitterten. Das war ein verflixtes Rätsel. Ich hätte am liebsten geschrien und die Bäume und die stechenden Fliegen überrascht. Ich wollte leben, egal, was Mongana und seine Mutter sagten. Ich wollte leben, auch wenn kein einziger Pisser in der ganzen Welt, Freund oder gehaßter Feind, wollte, daß ich am Leben war. Das verwirrt mich heute noch, nach so langer Zeit, wo doch die ganze Welt so verändert ist. Vielleicht war es nur, weil ich so hungrig war. Oder weil ich meine besondere Stärke entdeckt hatte, das Durchhalten. Denn das hatte ich bestimmt.

Ich beschloß, die anderen zu suchen, weil ich diese Mistkerle nicht mal mehr haßte. Aber leicht war es nicht. Es war schon eine Weile her, daß ich bis zu diesem Baumstamm gelaufen war, und ich hatte nur scheißwenig aufgepaßt, wohin ich rannte, weil dieser Teil der Welt nur dichter Wald war, so daß ich keinen Berg oder Felsen oder sonst was Freundliches sah, das mir den Weg zeigte. Die Bäume waren besorgniserregend. Im einen Moment dachte ich, ich kenne sie und bin gerettet, und dann sah ich, daß sie fürchterliche Lügen erzählten und einfach nur verschiedene Bäume waren, die so taten, als sähen sie genau gleich aus. Außerdem fühlte ich mich leicht im Kopf, weil ich so hungrig war, und so blieben meine Füße dauernd am Boden hängen und ließen mich stolpern.

Endlich erreichte ich einen Pfad, den ich nicht kannte, und ich sah Fußspuren. Sie wirkten frisch, vielleicht einen Tag alt, und es waren genug für alle meine Leute, was interessant war, und so folgte ich ihnen und überlegte, was ich sagen würde, wenn ich sie fand, und was sie zu mir sagen würden. Ich war noch nie so allein gewesen und fühlte mich sehr tapfer. Ich folgte ihnen, bis ich Vögel streiten hörte, was nichts Gutes bedeutete, und ich ging vorsichtig weiter. Direkt vor mir mündete der Pfad in eine große Lichtung, und ich sah durch die Blätter einen großen Schwarm Vögel, die an einer Beute pickten und zerrten. Sie aßen die drei Geister auf. Die Geister steckten voller Speere und lagen an verschiedenen Stellen der Lichtung, als hätten sie wegzurennen versucht. Da wußte ich, daß man sie töten konnte, obwohl sie schon tot waren. Sie taten mir sogar ein bißchen leid, obwohl sie uns das Fleisch weggegessen und mir so abscheuliche Mühsal bereitet hatten. Ich warf einen Stein und verjagte die Vögel, aber sie blieben ganz in der Nähe und hüpften herum und warteten.

Das war ein verflixtes Rätsel. Tartoyen hatte sie doch gehen lassen und gesagt, wir müßten jagen. Wer hatte sie dann so durchbohrt? Ich ging hin, weil es trotz dem, was die Vögel gemacht hatten, interessant war. Bist du Vater? überlegte ich. Oder du? Einer hatte Haare wie ich, und als ich sie berührte, fühlten sie sich auch genauso an. Ein anderer hatte noch ein Auge, und es war so blau wie der Himmel an kalten Tagen. Und dann, als ich ihre Haut berührte, die aussah wie Stein, sah ich, daß es gar nicht ihre richtige Haut war, sondern eine falsche. Darunter war die richtige Haut, und die war bleich wie ihre Gesichter. Wenigstens hatte meine Haut eine menschliche Farbe.

Obwohl es interessant war, konnte ich vor Hunger nicht länger bleiben. Also warf ich noch einen Stein nach den Vögeln und folgte dann weiter den Fußspuren. Und nach und nach roch ich einen Duft, der beste, schönste, köstlichste Duft, nämlich von einem Lagerfeuer, wo vielleicht Fleisch gebraten wird. Wenn du so einen Scheißhunger hast, dann findet deine Nase hin, auch wenn das Feuer hinter den Bergen ist. Hunger macht deine Augen müde und deine Ohren auch, aber deine Nase ist klüger als sonst.

Ja, der Duft gab mir die Kraft, auf meinen müden Füßen weiterzulaufen, bis ich den Gipfel eines Bergs erreichte, und dort sah ich, daß aus dem Wald vor mir ein dünner Stock aus Rauch aufstieg. Das war ein großes Glück und frohe Botschaft. Ja, dachte ich, jetzt bin ich gerettet. Und ich rannte hinunter, schnell wie der Wind.

George Baines – Angestellter der New World Land Company
1828

Lieber Vater,

mir ist traurig bewußt, wie viele Wochen verstrichen sind, seit ich Dir zum letzten Male geschrieben habe, und ich hoffe, Du wirst Deinen Sohn nicht der Nachlässigkeit zeihen, sondern bedenken, wie selten von diesem fernen Ort ein Schiff abgeht. Was die Neuigkeiten von hier betrifft, so weiß ich kaum, wo ich beginnen soll, so große Veränderungen haben in der Siedlung – und bezüglich meiner eigenen Lebensumstände – stattgefunden. Ich könnte nicht behaupten, daß alles leicht gewesen ist. Oft habe ich an Dich gedacht: wie Du so streng und weise durch Deine Brille auf eine Schulklasse blickst und stets scheinbar so mühelos weißt, was richtig ist.

Der letzte Abschnitt der Reise von Hobart aus, das im Grunde nur ein weit ausgedehntes Hafendorf ist, verlief weniger schlimm, als ich befürchtet hatte, und ich war nicht annähernd so seekrank wie auf der Überfahrt von England. Als unangenehmer erwies sich der Zustand der Siedlung, die mein neues

Zuhause sein sollte. Obwohl ich wußte, daß sie erst seit einem knappen Jahr existiert, erschrak ich dennoch. Das Company House, dessen Bausteine größtenteils aus England hierher transportiert worden sind, wirkt zwar recht stattlich, doch der Rest besteht aus primitiven Rindenhütten, die nicht einmal Holzböden besitzen oder durch eine Mörtelschicht gegen den Wind geschützt sind. Ich gab mir Mühe, die primitiven Verhältnisse klaglos zu ertragen und statt dessen mit Begeisterung an die hoffnungsvolle Zukunft dieser großartigen neuen Company zu denken und an die Rolle, die ich selbst dabei spielen würde, und als der Winter vom Frühling abgelöst wurde und ein milderer Wind wehte, gewöhnte ich mich allmählich an meine kleine Hütte, so primitiv sie auch war. Auch an die Landschaft gewöhnte ich mich. Sie ist nicht mit Dorset zu vergleichen, sondern in jeder Hinsicht wilder und ungezähmter, hat aber doch ihren eigenen Reiz. Besonders mag ich die Eukalyptusbäume, die man hier Gummibäume nennt. Sie gedeihen im Überfluß und besitzen eine wunderbar leichte Farbe. Der Anblick ihrer zarten Blätter, die in der Brise zittern, wirkt erhebend aufs Gemüt, und ihr herber Duft erscheint mir wie die Essenz dieses seltsamen Landes.

Die anderen Männer, die zur Company gehören, begegneten mir zumeist sehr freundlich. Die Schafzüchter, ein hartgesottener Haufen, sozusagen das Fußvolk, gingen mit mir schonungsvoller um als miteinander, wahrscheinlich aufgrund meiner Jugend, und verpaßten mir sogar einen Spitznamen – »der kleine Pfarrer« –, weil ich immer so ernst wirkte. Sie hänselten mich damit, daß ich sie angeblich bessern wollte, was natürlich nicht in meiner Absicht lag, und selbst Mr. Charles, der Präsident der Company, stieß ins gleiche Horn. »Na, schmettern die Burschen immer noch keine Kirchenlieder, Mr. Baines?« rief er mir manchmal im Vorbeigehen zu.

Ich wurde zum Assistenten von Mr. Pierce ernannt, dem Landwirtschaftsexperten der Company. Der Mann war in der Siedlung nicht sonderlich beliebt, und vor allem die Schafzüchter machten kein Hehl daraus, daß ich ihrer Ansicht nach »den kürzeren« gezogen hatte, weil Mr. Pierce ein »komischer Kauz«

und »nicht ganz richtig im Kopf« sei. Mir widerstrebte es, solchen Ansichten blindlings Glauben zu schenken, weil ich mir lieber mein eigenes Bild von dem Mann machen wollte, eine Haltung, für die Du stets eingetreten bist, aber ich muß gestehen, daß ich Mr. Pierce in der Tat merkwürdig fand. Er lief meist mit gerunzelter Stirn und verwirrtem Gesichtsausdruck umher, als grübelte er mehr, als ihm guttat. Er schien für die anderen ebensowenig Zeit zu erübrigen wie sie für ihn, obgleich er sich gegen mich stets freundlich und geduldig zeigte. Meine Pflichten bestanden vorwiegend darin, ihn auf seinen Inspektionsgängen zu begleiten. Wir wanderten über die Ländereien der Company, um die Schafzüchter zu besuchen und uns um kranke Tiere zu kümmern. Diese Märsche konnten sehr anstrengend sein, vor allem bei schlechtem Wetter – was hier übrigens sehr oft herrscht –, aber so erfuhr ich etwas über meine Wahlheimat. Es gibt, glaube ich, kein probateres Mittel, ein Land kennenzulernen, als es zu durchmessen, seine Erde unter den Füßen zu spüren, seine Düfte zu schnuppern.

Es war auf meiner zweiten derartigen Expedition, als wir auf einige Eingeborene von Van-Diemens-Land stießen. Wir überquerten gerade offenes Weideland, als wir sechzig bis siebzig von ihnen müßig um ein Lagerfeuer sitzen sahen, und ich muß gestehen, seltsamere Wesen hatte ich nie erblickt. Sie waren groß, und manch einer hätte sie vielleicht sogar auf ihre primitive, wilde Art gutaussehend genannt, obwohl sie allesamt, Männer wie Frauen, vollkommen nackt waren. Ihre Haartracht unterstrich diesen an sich schon verblüffenden Eindruck noch. Die Männer hatten sich irgendeine rote Substanz ins Haar geschmiert, das in dicken Strähnen herabhing, wie scharlachrote Stricke, während die Frauen so gut wie kahlgeschoren waren (was man nicht gerade damenhaft nennen kann).

Ich hätte lieber gehörigen Abstand gewahrt. Doch Mr. Pierce bestand darauf, sich ihnen zu nähern. Er behauptete, dies habe er schon einige Male unbeschadet getan, und da blieb mir, als seinem Assistenten, nichts anderes übrig, als ihm zu folgen. Glücklicherweise gebärdeten sie sich wirklich recht freundlich und gaben uns sogar etwas Fleisch zu essen. Es stammte von einem Wallaby, das sie erlegt hatten und über dem Feuer brieten und das gar nicht so übel schmeckte. Mr. Pierce, der sich bei früheren Begegnungen einige ihrer Namen gemerkt hatte, beharrte darauf, daß wir eine ganze Weile bei ihnen sitzenblieben, obwohl wir dadurch unsere Pflichten vernachlässigten, und er versuchte, ein paar Worte ihrer Sprache zu lernen. Ich konnte es ehrlich gesagt kaum erwarten, bis wir endlich wieder aufbrachen. Wußte man denn, was wirklich in diesen Köpfen vorging, während sie so fremd und zahlreich um uns herumhockten und zuweilen neugierig mein Haar oder meine Kleider berührten? Meiner Meinung nach war es durchaus denkbar, daß sie insgeheim planten, uns mit ihren Speeren zu töten. Diese furchteinflößenden Waffen führten sie in großer Zahl mit sich. Sie waren leicht und doch nadelspitz, als könnten sie das dickste Leder durchdringen.

Als wir dann endlich aufstanden und durch den Regen zurückliefen, redete Mr. Pierce nur davon, was für großartige Menschen das doch seien. Er klatschte vor Begeisterung in seine großen Hände, und ich glaube, ich habe ihn noch nie so aufgekratzt erlebt. Ja, ich fand seine Erregung fast ein wenig ärgerlich. So kurios diese Eingeborenen auch waren, konnte ihnen doch kaum das Hauptaugenmerk eines Beamten der Company gelten, dem noch ganz andere Pflichten oblagen. Seine Sympathie für sie würde mich vermutlich weniger gestört haben, hätte nicht zwischen ihm und den Schafzüchtern ein so feindseliges Verhältnis geherrscht. Während wir nebeneinander hergingen gab er sich vertraulich, was mir gar nicht behagte, und erklärte, die Schafzüchter seien allesamt »Schurken« und »gehörten ins Gefängnis«. Angesichts des Grolls, den dieser Mann gegen die anderen Siedler hegte, drängte sich mir unwillkürlich der Gedanke auf, ob seine einsame Begeisterung für die Eingeborenen nicht einfach nur eine andere Form besagter Abneigung war. Aber das behielt ich für mich.

Kurze Zeit später streckte mich ein Fieber nieder, und ich konnte meine Hütte nicht mehr verlassen. Mr. Charles, der Präsident der Company, und seine Gattin waren die Liebenswürdigkeit in Person. Sie besuchten mich mehrere Male, und Mrs.

Charles brachte mir zur Stärkung Suppe mit und beharrte darauf, daß ich, wenn es mir nicht bald schon besser ginge, ins Company House übersiedeln müsse. Das war sehr großmütig. Dir, lieber Vater, der Du für Architektur ja wenig Sinn hast, würde das Gebäude wohl belanglos erscheinen, mir aber erschien es, je länger ich in der Siedlung lebte, immer schöner, mit seiner Veranda, seiner Eingangshalle und den verglasten Fenstern. Es war tatsächlich das einzige Gebäude, das unserer primitiven Siedlung die Aura von Zivilisation verlieh. Da ich bald genas, bestand kein Grund für einen Umzug, doch ich glaube, daß schon der Gedanke an diesen schönen, angenehmen Zufluchtsort viel zu meiner Genesung beitrug.

Eines Nachmittags dann hockte ich auf einem Baumstumpf vor meiner Hütte in der Frühlingssonne, als ich plötzlich lautes Geschrei vernahm und sich mir ein höchst kurioser Anblick bot. Mr. Pierce kam in die Siedlung gestürmt, und vor ihm liefen Higgs und Sutton, zwei der Schafzüchter. Mr. Pierce war weiß vor Wut und trieb sie vor sich her wie ein Hirtenhund seine Schafe, während die beiden schimpften und fluchten, wie es nur Schafzüchter können. Als sie an mir vorbeikamen, bedeutete mir Mr. Pierce mit einem Wink, ich solle ihm zum Company House folgen, was ich bereitwillig tat, denn natürlich war ich ziemlich neugierig. Kurz darauf kam Mr. Charles heraus und fand sich sogleich in der Rolle des Schiedsrichters. Die Diskussion verlief äußerst hitzig. Mr. Pierce behauptete stammelnd vor Wut, er habe die Leichen zweier Eingeborener gefunden. Sie seien fünfzig Meter von der Hütte der Schafzüchter entfernt beerdigt worden, oder eher verscharrt. Als er die Leichen untersuchte, habe er entdeckt, daß sie erschossen worden seien. Bei vorangegangenen Gelegenheiten habe er die zwei Schafzüchter mehrmals bei dem Versuch beobachtet, eingeborene Frauen in ihre Hütte zu locken, und zwar in einer, seiner Überzeugung nach, für die Eingeborenen provozierenden Art.

»Die beiden sind gemeine Mörder«, erklärte er, »und müssen als solche nach Hobart gebracht und gehängt werden.« Higgs und Sutton bestritten den Vorwurf ebenso vehement und beharrten darauf, daß sie ein paar verwegene Burschen beobachtet hätten, vermutlich entlaufene Sträflinge, die dafür verantwortlich seien. Das klang allerdings nicht sehr überzeugend. Es gibt zwar auf dieser Seite der Insel in Macquarie Harbour tatsächlich eine Strafkolonie, in südlicher Richtung die Küste entlang, und manchmal fliehen von dort auch Sträflinge, aber die Entfernung ist beträchtlich und das Terrain bekanntermaßen schwierig, und meines Wissens sind alle Flüchtlinge entweder freiwillig zurückgekehrt oder vor Kälte und Hunger gestorben. Es war viel wahrscheinlicher, daß die Schafzüchter die beiden Eingeborenen getötet hatten. Ich empfand zwar Mitgefühl für Mr. Pierce, muß aber leider sagen, daß sein wildes Gefasel vom Galgen seiner Sache nicht gerade diente. Natürlich mußte man den beiden eine gehörige Lektion erteilen, aber es waren schließlich Männer, die wir alle kannten.

Mr. Charles tat sein Bestes, um die Gemüter zu beruhigen. »Ich habe schon einmal klargestellt, daß ich keine Grausamkeiten gegen die eingeborene Bevölkerung dulden werde«, sagte er mit Nachdruck, »und dieser Fall wird mit allergrößter Sorgfalt untersucht werden.«

Obwohl diese Antwort doch völlig genügte, gab sich Mr. Pierce immer noch nicht zufrieden. »Die beiden werden also entlassen?«

Das zog Mr. Charles wohl kaum ernsthaft in Erwägung. »Ihre Schuld ist nicht erwiesen, und darum haben sie das Recht, vorläufig noch als unschuldig zu gelten.«

Seine Antwort ließ die beiden dankbar nicken.

In Wahrheit dachte der Präsident wohl weniger an die Prinzipien der Gerechtigkeit als an die Bedürfnisse der Siedlung, und es gab ohnehin kaum genug Männer, um alles in Schuß zu halten. Mr. Pierce hingegen schienen solch praktische Erwägungen wenig zu interessieren. Er wurde knallrot, begann unnötigerweise zu brüllen und stammelte etwas wie, Böses zu dulden sei nicht besser, als Böses zu tun. Das konnte man nicht gerade respektvoll nennen, und doch reagierte Mr. Charles ganz ruhig und erinnerte ihn daran, daß das nächste Schiff aus Hobart erst in einigen Wochen ankäme und wir bis dahin am besten versuchten, die ganze Sache zu vergessen.

Das jedoch erwies sich als nahezu unmöglich. Nur wenige Tage später nahmen die Ereignisse eine ganz andere Wendung, als einer der Schafzüchter eine Gruppe von Eingeborenen dabei beobachtete, wie sie ein paar unserer Schafe töteten. Als er sie vertreiben wollte, trug ihm das eine leichte Speerwunde am Bein ein. Fünfunddreißig Tiere wurden an jenem Tag niedergemetzelt, und am Ende der Woche hatten wir weitere vierundsechzig verloren. Unsere gesamte Herde zählte weniger als fünfhundert Tiere, die man nur unter größten Schwierigkeiten und beträchtlichen Kosten hergeschafft hatte. Außerdem erwarteten wir in den nächsten beiden Monaten die *Champion* aus England, die eine Schafrasse bringen sollte, die es bisher auf Van-Diemens-Land nicht gab und die als Zuchtbestand dienen sollte. An ihren Verlust durfte man gar nicht denken.

Die folgenden Tage verliefen sehr angespannt. Mr. Charles schlenderte jetzt oft durch die Siedlung, und seine schöne, edle Stirn war sorgenvoll gerunzelt. Er traf so viel Vorsichtsmaßnahmen wie nur möglich. Alle wurden angewiesen, ständig Waffen zu tragen, und zwei Männer bewachten die Siedlung Tag und Nacht.

Die Tiere und Viehhüter rückten weiter nach Norden, näher an die Siedlung heran, um besser geschützt zu sein: ein Arrangement, das nur für einen gewissen Zeitraum gelten konnte, da das Weideland begrenzt war. Solche Vorsichtsmaßnahmen waren unabdingbar, und trotzdem gab es leider einen Beamten, der sie lauthals für völlig verfehlt erklärte: Mr. Pierce. Es schien fast so, als nehme er absichtlich immer extremere Standpunkte ein, bis man zum Schluß nur noch von blankem Starrsinn sprechen konnte. Er sträubte sich sogar gegen die Anweisung, ständig eine Waffe bei sich zu tragen, und zwar mit der Begründung, dies stelle an sich schon eine Form der Provokation dar. Seiner Meinung nach sollten wir statt dessen die Eingeborenen nach Kräften davon überzeugen, daß wir den Vorfall bedauerten. Ja, er machte sich sogar erbötig, diese Aufgabe persönlich zu übernehmen, mit den wenigen Wörtern, die er von ihrer Sprache gelernt hatte. Mr. Charles zeigte sich selbstverständlich äußerst skeptisch. Er erkannte klugerweise, daß uns ein solches Verhalten nicht etwa Frieden, sondern einen Hagel von Speeren bescheren würde.

Und dann schien sich alles zu beruhigen. Eine Woche verstrich, ohne daß etwas geschah, die Eingeborenen wurden nicht einmal gesichtet, und noch eine Woche, und ich begann schon zu hoffen, daß Mr. Charles' prompte Maßnahmen Wirkung gezeigt hätten. Mr. Pierce und ich nahmen sogar unsere Inspektionsrunden wieder auf, die jetzt viel kürzer ausfielen, da sich die Tiere ja näher bei der Siedlung befanden. Auf diesen Gängen beklagte sich Mr. Pierce unaufhörlich, daß er ein Gewehr tragen mußte, als sei dies eine unverdiente Strafe.

»Dieses unnütze, scheußliche Ding«, knurrte er mit dem ihm eigenen komischen Zwinkern. »Ich würde es am liebsten wegwerfen. Aber das geht wohl nicht, wie? Nein, das würde unserem guten Mr. Charles gar nicht gefallen.« Bei diesen Worten sah er mich bedeutungsvoll an, als wolle er mich mit seiner verdrossenen Stimmung anstecken. Auch wenn er nie erwartete, daß ich in seine Tiraden einstimmte, brachten sie mich doch jedesmal in große Verlegenheit, als bedeutete die Tatsache, daß ich seinen Worten lauschte, im Grunde auch, daß ich sie ihm verzieh.

Eines Morgens dann entdeckten wir, daß ein paar Schafe aus der neuen Umzäunung weggelaufen waren, zurück auf ihr früheres Weideland. Das war eigentlich keine Katastrophe. Es handelte sich nur um wenige Tiere, und bald schon fanden wir das Loch im Zaun und reparierten den Schaden. Erstaunlicher war schon, daß das alles in Sichtweite einer Schafzüchterhütte stattgefunden hatte. Sie gehörte Sutton und Higgs.

»Das wird denen noch leid tun«, sagte Pierce zutiefst befriedigt.

Er war so aufgewühlt, daß ich ihn, wie schon des öfteren, zu beschwichtigen versuchte. »Die sind bestimmt noch nicht lange weg. Höchstwahrscheinlich sind sie zur Hütte von Smith und Crane hinübergelaufen und besorgen sich dort ein paar Nägel.«

»Na, dann wollen wir mal sehen, ob das stimmt.«

Als wir die nächstgelegene Hütte erreichten, stellten wir jedoch verblüfft fest, daß sie ebenfalls leerstand. Und auch von einem nahe gelegenen Hügel aus war kein einziger Schafzüchter zu sehen, obwohl sich ihre Tiere doch ganz in der Nähe befanden.

Ich machte mir Sorgen. »Vielleicht ist etwas passiert?«

Mr. Pierce wiegelte ab, aber ich merkte, daß auch ihm nicht ganz wohl in seiner Haut war. »Es gibt keine Anzeichen dafür, daß etwas nicht stimmt. Ich würde sagen, es handelt sich um einen Fall grober Pflichtvergessenheit, nichts sonst. Mr. Charles muß unverzüglich benachrichtigt werden.«

Kaum hatten wir jedoch den Rückweg in die Siedlung angetreten, als wir in der Ferne ein unverkennbares Geräusch vernahmen: Gewehrschüsse. Sie schienen von Nordwesten zu kommen, vom Meer her, und daß sie so leise klangen, ließ auf eine größere Entfernung schließen. Die Schüsse fielen so regelmäßig, daß es sich wohl um einen Kampf handeln mußte, und während ich lauschte, schwirrten mir schreckliche Bilder durch den Kopf, von Männern, die um ihr Leben kämpften – gegen eine Horde mörderischer Wilder, die einen Hagel ihrer nadelspitzen Speere auf sie niederprasseln ließen. Mr. Pierce sagte kein Wort, drehte sich nur mit bleicher Miene um und begann auf das Getöse zuzulaufen. Während wir so nebeneinanderher liefen, hielt ich mein Gewehr bereit, mit klopfendem Herzen und äußerst besorgt, weil ich nur wenig Erfahrung im Umgang mit Waffen besaß.

Wir waren immer noch ein ganzes Stück entfernt, als die Schüsse plötzlich verstummten. »Hoffentlich kommen wir nicht zu spät«, bemerkte ich.

Pierce nickte grimmig.

Ohne den Lärm der Gewehrschüsse waren wir uns der Richtung nicht mehr sicher, aber wir liefen tapfer weiter, durch ein Wäldchen, an einem kleinen Fluß vorbei, bis wir eine kleine grasbewachsene Landspitze oberhalb des Meeres erreichten. Mittlerweile war alles ganz still, man hörte keinen Laut mehr, außer dem Rauschen des Windes und dem Kreischen der Vögel. Ich fragte mich schon, ob wir am falschen Ort waren oder ob es für die Schüsse vielleicht doch eine ganz harmlose Erklärung gab, als Pierce, der ein paar Felsen in der Nähe des Klippenrands erreicht hatte, rief: »Hierher!« Beim Näherkommen erblickte ich auf einem der Steine in leuchtendem Rot etwas, das aussah wie der sonderbar scharfe Umriß einer menschlichen Hand. Das Rot war noch feucht.

Pierce kletterte über die dahinterliegenden Felsen, und ich hörte ihn stöhnen. Ich folgte ihm, und plötzlich war alles um mich herum voller Blut. Das Blut glitzerte auf Blättern und Grashalmen, und es stand in scharlachroten Pfützen in den Felsmulden. Im Nu war ich von oben bis unten verschmiert, das Blut klebte an meinen Händen und Kleidern. Doch erst, als ich den Rand der Klippe erreichte, entdeckte ich, von wem es stammte. Dort, tief drunten, am Boden des Abgrunds lagen sie. Die Wellen schwappten über sie hinweg und zerrten an ihnen. So etwas hatte ich noch nie gesehen. Zermalmte Glieder. Zerschmetterte Köpfe. Die Eingeweide quollen aus den Leibern. Alles leuchtend rot, als sei dem Boden eine Scharlachquelle entsprungen.

Es waren alles Eingeborene. Zusammen machten sie wohl den halben Stamm aus, den ich damals gesehen hatte.

Ich muß gestehen, daß ich, abgesehen von dem Grauenhaften dieser Entdeckung, zuerst eine gewisse Erleichterung empfand: Wenigstens handelte es sich nicht um Männer, die ich kannte. Es mag roh erscheinen, aber in einer so fernen, abgelegenen Gegend empfindet ein Mann seinen Gefährten gegenüber starke Loyalität. Dieses Gefühl war jedoch von kurzer Dauer und verwandelte sich rasch in tiefsten Abscheu, als ich mir ausmalte, was hier vorgefallen war.

Daß Mr. Pierce völlig außer sich geriet, bedarf keiner Erwähnung. Er schluchzte hemmungslos, was mir sehr peinlich war, und versuchte die Klippe hinunterzuklettern, obwohl es dort unten kein Zeichen von Leben mehr gab. Die Flut kam, und ich sah, wie einige der Toten sanft von den Wellen emporgehoben wurden. Nach einigen vergeblichen Versuchen und meinen dringlichen Appellen sah Pierce endlich ein, daß die Klippe zu steil war, und setzte sich ganz ruhig neben mich, wobei er unaufhörlich in einer Art Singsang vor sich hin murmelte: »Dafür werden sie bestraft, dafür werden sie bestraft...«

Mir wurde klar, daß er, im Gegensatz zu mir, von Anfang

an genau so etwas vermutet hatte, während wir auf den Lärm der Schüsse zueilten. Er hatte keine Sekunde lang geglaubt, daß Männer der Company in Gefahr schweben könnten. Ich schämte mich. Ich glaube, in jenem Moment war ich ebenso aufgewühlt wie er. Auf sonderbare Weise bewirkte der Anblick dieser armen blutenden, zermalmten Kreaturen, daß sie mir näherkamen. Menschen, die zerschmettert daliegen, sehen sich alle sehr ähnlich, ungeachtet ihrer Hautfarbe oder der Sprache, die sie einmal gesprochen haben.

Falls in mir noch irgendwelche Zweifel bestanden hatten, wer für das alles die Verantwortung trug, sollten sie rasch zerstreut werden. Wir waren auf halbem Wege zur Siedlung, als wir auf sie stießen. Sie schlenderten ganz gemächlich nach Hause: zehn Schafzüchter, Sutton an der Spitze, die alle prahlerisch ihre Gewehre geschultert hatten. Einige trugen nasse Kleidung, aus der sie nach dem Gemetzel vermutlich hastig die Blutflecken ausgewaschen hatten. Ich konnte kaum glauben, daß dies die gleichen Männer waren, die ich zu kennen geglaubt und mit denen ich so oft gescherzt hatte.

»Ihr feigen Mörder!« schrie Mr. Pierce gellend. »Feige Mörderbande!«

Sie leugneten die Tat, aber in einem Tonfall, der ihre Worte Lügen strafte. »Das werden wieder mal diese Sträflinge gewesen sein«, erklärte Sutton und zwinkerte Higgs zu.

»Und darf ich fragen, was ihr dann alle hier zu suchen habt?« erkundigte sich Mr. Pierce.

Sutton zuckte nur die Achseln. »Wir waren auf Vogeljagd. Krähen abknallen.« Krähen war ein Slangausdruck für die Eingeborenen, und Suttons Antwort rief bei den anderen unflätiges Gelächter hervor.

»Für diese Tat wird man euch schwer bestrafen!« drohte Mr. Pierce. »Dafür werde ich sorgen, das könnt ihr mir glauben.«

Sutton warf ihm einen gemeinen Blick zu. »Sie können von Glück sagen, daß Sie den kleinen Pfarrer dabei haben.«

Meinen Spitznamen unter solchen Umständen zu hören, war schockierend. »Mein Name ist George Baines«, sagte ich kalt. »Und jemand wie Sie hat mich nicht anders zu nennen.«

Es war wohl ziemlich dumm, die Kerle herauszufordern. Sie starrten mich drohend an, und einer der Bedächtigeren gab uns den Rat, schnellstens zur Siedlung zurückzukehren, »zu Ihrem eigenen Besten«, wie er sich ausdrückte. Obwohl es uns schwerfiel, mit unserer Wut im Bauch weiterzugehen, schien es in der Tat nicht ratsam, noch länger stehenzubleiben, das merkte sogar Mr. Pierce.

»Wir tragen unseren Kampf besser woanders aus«, sagte er mit Nachdruck.

Wir trafen Mr. Charles nicht im Company House an, und seine Frau erklärte uns, daß er gerade auf Inspektionstour sei. Das war Pech, und die folgenden Stunden zogen sich qualvoll in die Länge. Wir saßen im Eßzimmer, wurden von Mrs. Charles gelegentlich mit Tee versorgt und lauschten dem Ticken der Uhr. Wir waren immer noch von tiefem Grauen erfüllt und sagten kaum etwas. Als Mr. Charles endlich eintraf, schien er sofort zu spüren, in welcher Stimmung wir uns befanden, und seine Miene wurde ernst. Er hörte geduldig zu, während Mr. Pierce die schreckliche Geschichte erzählte.

»Wir sollten uns unverzüglich auf den Weg machen«, drängte Mr. Pierce, als er geendet hatte. »Die Flut war zwar schon am Steigen, aber einige werden vielleicht noch übrig sein, dann sehen Sie es mit eigenen Augen.«

Mr. Charles runzelte die Stirn. »Es ist bald dunkel.«

»Dann nehmen wir eben Lampen mit.«

»John«, sagte Mr. Charles mit Nachdruck und hob beschwichtigend die Hand. »Ich weiß, daß Ihnen diese armen Menschen sehr am Herzen lagen. Ich weiß, daß Sie zutiefst verzweifelt sind.« Seine Stimme ging in ein trauriges Gemurmel über. »Und doch möchte ich Sie um eines bitten: Versuchen Sie diesen Vorfall zu vergessen, wenn Sie können, wenigstens für den Moment. Man muß das ganze Unternehmen im Blick behalten, und das kann nicht ohne die Männer weitergeführt werden. Glauben Sie mir, ich werde dafür sorgen, daß man dieser Sache gründlich nachgeht.«

Mr. Pierce begann wieder zu zwinkern. »Heißt das, Sie wollen sie ungeschoren davonkommen lassen?«

Mr. Charles sah ihn nachdenklich an. »Das habe ich nicht gesagt. Ich bitte Sie nur, die Sache mir zu überlassen.«

»Mr. Charles, ich fürchte, Sie lassen mir kaum eine andere Wahl.« Mr. Pierce erhob sich. Er schwankte ein wenig und schob scharrend seinen Stuhl zurück, dann zog er mich am Arm, so daß ich ebenfalls aufstehen mußte. »Hiermit lege ich meinen Posten bei der New World Land Company nieder. Wenn Sie der Gerechtigkeit nicht zum Sieg verhelfen, dann werde ich sie anderswo finden. George und ich fahren direkt nach Hobart und legen Zeugnis ab über das, was wir gesehen haben, einschließlich, Mr. Charles, Ihre Pflichtvergessenheit.«

Seine Ankündigung kam völlig überraschend, und ich muß gestehen, daß in meinem Inneren die unterschiedlichsten Empfindungen tobten. Natürlich war ich ebenso zornig wie er und genauso fest der Meinung, daß etwas geschehen mußte, denn Mr. Charles zögerliche Andeutungen enttäuschten auch mich zutiefst. Daß Mr. Pierce jedoch von seinem Posten zurücktreten wollte, erschien mir unreif, ja unbesonnen. Dadurch, daß ich neben ihm stand, sah es so aus, als schlösse ich mich seiner Handlungsweise an, was mir äußerst peinlich war. Und wenn sich die Schafzüchter auch noch so barbarisch verhalten hatten – war ich nicht durch die halbe Welt gereist, um an diesem Unternehmen teilzuhaben? Und nun schien es ganz so, als hätte ich, fast durch einen Zufall, all diesen Hoffnungen den Rücken gekehrt. Obwohl ich Mr. Pierce großen Respekt entgegenbrachte, wünschte ich mir doch, wir hätten zugewartet und erst einmal unter vier Augen über die Angelegenheit gesprochen.

Mr. Charles schien meine mißliche Lage zu begreifen und warf mir einen verständnisvollen Blick zu. »Ich hoffe, wir reden noch einmal darüber«, sagte er, als er uns zur Tür brachte, »nachdem Sie beide Gelegenheit hatten, in Ruhe über alles nachzudenken.«

In Ruhe nachdenken – nichts lag Mr. Pierce ferner, und er verließ die Siedlung umgehend. »Wir müssen weg von hier, George«, drängte er mich. »Wenn eine Gruppe von Menschen sich dem Bösen hingibt, macht man sich gemein mit ihnen, wenn man bleibt.«

Ich wollte ihn beschwichtigen. »Sie sind nicht alle böse, Mr. Charles jedenfalls nicht.«

Diese Bemerkung schien ihn jedoch nur noch in seiner Überzeugung zu bestärken. »Beschützt er nicht die Mörder? Es ist wie eine Krankheit. Sie sind schon alle infiziert!« Dann entwarf er überstürzt die unsinnigsten Pläne für uns. »Wir müssen uns eine eigene, völlig separate Siedlung schaffen und dort bleiben, bis wir eine Möglichkeit finden, von hier wegzukommen. Wenn es ehrbare Männer gibt, wie Sie glauben – was ich bezweifle –, können sie sich uns ja anschließen.« Abrupt hielt er inne und sah sich um. Wir hatten einen Streifen unbesiedeltes Land erreicht, gerade außerhalb der Sichtweite des Company Houses und der Siedlung. »Hier wird es gehen«, erklärte er plötzlich. »Wir sollten jetzt erst einmal eine Hütte bauen.«

Nach diesem entsetzlichen Tag, der hinter mir lag, beschlich mich ein unwirkliches Gefühl. Der Boden war feucht und lag wohl deswegen brach. »Aber wie sollen wir das machen? Wir haben keine Werkzeuge, und wir wissen ja nicht einmal, wie so eine Hütte gebaut wird!«

»Ich habe ein Messer«, beharrte Mr. Pierce und hielt ein kleines Ding hoch, das besser zum Obstschälen als zum Bau einer Hütte zu taugen schien. »Kommen Sie. Wir sammeln Holz und schnitzen es zurecht.«

Holz gab es ausreichend, aber entweder war es vermodert oder viel zu krumm gewachsen, als daß man es hätte aneinanderfügen können. Außerdem hatten wir keinen einzigen Nagel. Als ich ihn darauf hinwies, begann Mr. Pierce mit seinem Messer hölzerne Stifte zu schnitzen, wobei er vergnügt vor sich hinpfiff. Mir war nicht klar, wie uns das weiterhelfen sollte. Inzwischen wurde es dunkel, und es wehte ein kalter Wind.

»Wir hätten lieber zuerst Holz für ein Feuer aufschichten sollen«, erklärte ich wütend.

Mr. Pierce schien verblüfft. »Das tun wir morgen.«

Ich blickte auf die umherliegenden Äste, die wir gesammelt hatten und die wirklich mehr Ähnlichkeit mit Feuerholz hatten als mit Baustoff für eine Hütte, und plötzlich riß mir die Geduld. »Das ist doch Wahnsinn!«

Mr. Pierce wirkte gekränkt. »Und was schlagen Sie vor?«

Ich begriff, daß ich längst einen Entschluß gefaßt hatte. Ich dachte nur noch an meine warme Hütte und an etwas zu essen. »Ich gehe zurück.«

Seine Reaktion verblüffte mich. Zuerst betrachtete er mich zutiefst erstaunt. Da er sich mir so oft anvertraut hatte, wenn auch stets gegen meinen Wunsch, sah er in mir wahrscheinlich den einen, einzigen Gefährten, der sich ihm bedingungslos anschloß. Seine Miene verzerrte sich vor Wut. »Dann gehen Sie nur! Ist mir doch ganz egal, ob Sie gehen oder bleiben. Gehen Sie ruhig zu den anderen zurück, aber glauben Sie bloß nicht, Sie könnten irgendwann wiederkommen!«

Ich kehrte in meine Rindenhütte zurück und fühlte mich ziemlich erbärmlich. Da ich Hunger hatte, machte ich in dem kleinen Herd ein Feuer, um mir etwas Tee und ein paar Fladen zuzubereiten. Ich war noch nicht weit gediehen, als Mr. Charles an die Tür klopfte.

»Mr. Pierce ist noch nicht zurück?« fragte er.

Ich nickte kühl.

»Ich hatte gehofft, Sie beide ins Company House einladen zu können«, erklärte er. »Mrs. Charles hat ein Lamm gebraten, weil sie dachte, daß Sie vielleicht hungrig sind.« Er warf einen Blick auf die Zutaten für meine ärmliche Mahlzeit. »Wenn Sie natürlich lieber hier essen möchten...«

Ich ging mit. An dem Abend war ich mir nicht sicher, warum ich es tat, aber heute weiß ich es. Kurz darauf saß ich an dem schönen hölzernen Eßtisch und hatte Fleisch und Brandy im Magen. Es war nicht Mr. Charles, der die Rede auf Mr. Pierce brachte, sondern ich selbst. Mr. Charles saß nur da, und kommentierte meine Worte mit Stirnrunzeln oder einem freundlichen Nicken. Mr. Pierce, erklärte ich, wolle einfach auf niemanden hören. Er sei ein völliger Außenseiter und schlicht unfähig, mit seinen Leuten zusammenzuarbeiten. Ihm fehle jeder Sinn für Mäßigung, Loyalität. Ich glaube, in diesem Augenblick haßte ich ihn. Das mag Dir merkwürdig scheinen, Vater, da er sich doch nichts hatte zuschulden kommen lassen. Und wenn ich jetzt über die ganze Sache nachdenke, kommt mir der Verdacht, daß genau hier die Ursache für meine Wut lag. Es war, als haßte ich ihn dafür, daß er *so recht hatte* und mich dadurch so sehr ins Unrecht setzte.

Mr. Charles hörte mir die ganze Zeit schweigend zu und lächelte gedankenvoll. Erst später, als die Mahlzeit beendet und die Brandyflasche fast leer war, sah er mich nachdenklich an und äußerte eine eigene Meinung. »Sie werden sich sicher über folgendes im klaren sein, George: Wenn Mr. Pierce seinen Willen bekommt und diese Männer vor Gericht gestellt werden, ist es vor allem die Company, die darunter leidet. Es würde das Ende der Company bedeuten.« Er zündete sich eine Pfeife an. »Die Männer verdienen ganz gewiß Bestrafung, aber in der kurzen Geschichte von Van-Diemens-Land ist noch kein einziger Weißer dafür gehängt worden, daß er einen Eingeborenen getötet hat, ganz egal, was im Gesetzbuch steht. Es würde in England einen gewaltigen Aufschrei der Empörung geben, vor allem seitens unserer Gegner. Die große Leistung, die wir hier erbringen, würde nicht mehr zählen. Die Zeitungen würden sich ebenfalls ereifern. Unsere Aktien würden an Wert verlieren. Und von da wäre es nur noch ein kleiner Schritt in den Bankrott. Für Mr. Pierce ist das freilich ohne Belang.« Er zog an seiner Pfeife. »Wieviel besser wäre es, wenn die ganze Sache mir überlassen bliebe. Als Präsident könnte ich die Männer leicht zur Reue bewegen, fast ebensogut, als wenn sie nach Hobart gebracht würden. Und es könnte in aller Stille geschehen.«

»Werden Sie es denn tun?« fragte ich.

»Nicht jetzt. Aber wenn die *Champion* eintrifft und wir Ersatzkräfte haben.«

Ich glaube, er mußte mich gar nicht erst überreden. Schließlich hatte mich die Suche nach Komplizenschaft hergeführt – die Company sollte mich vor jenem verächtlichen Blick beschützen, den Mr. Pierce mir beim Abschied zugeworfen hatte: Und diese Komplizenschaft fand ich auch. An jenem Abend unterzeichnete ich eine kurze Erklärung, die aus lauter Lügen bestand. Ich bezeugte, nach bestem Wissen und Gewissen, daß nur sechs Eingeborene getötet worden seien, und noch dazu von Männern, die plötzlich grundlos angegriffen worden waren.

Mr. Pierce sah ich eine Zeitlang nicht mehr. Im Lauf der Tage löste sich mein seltsamer Groll auf, und es blieb nur noch ein Gefühl tiefer, brennender Scham zurück, das mich davon abhielt, jenen am Rand der Siedlung gelegenen Flecken Sumpfland aufzusuchen. Das änderte sich erst, als ich eines Tages zufällig ein Gespräch zwischen den Schafzüchtern mitanhörte. Sie freuten sich natürlich hämisch über Mr. Pierces Abstieg und suchten ihn regelmäßig auf, um ihn zu verspotten.

»Keine Ahnung, was der frißt«, sagte einer. »Ratten vermutlich.«

Die anderen lachten. »Und nicht mal davon hat er genug. So wie der aussieht, wird er uns nicht mehr lange Ärger machen.«

»Na, welch ein Glück.«

Ich ging schurstracks zu meiner Hütte und holte eine große Portion Mehl. Mr. Pierce saß unter einer Art Matte aus Zweigen und Blättern, die an zwei Bäumen befestigt war. Haar und Bart hingen in schmutzigen Zotteln herab, sein Blick war wild, er sah wirklich wie ein Vagabund aus. Obwohl ich ihn mehrere Male ansprach, erwiderte er kein Wort, geschweige denn, daß er das Mehl entgegengenommen hätte. Ich ließ es in seiner Nähe stehen und hoffte, daß er es aß, wenn ich weggegangen war.

Kurze Zeit später suchte ein amerikanisches Walfangschiff im Hafen Schutz vor einem Sturm. Mr. Pierce eilte sofort zum Strand und hatte binnen kurzem auf eigene Kosten eine Passage nach Launceston gebucht. Mr. Charles lud den Kapitän des Schiffs noch am selben Tag zu sich ins Company House ein, und ich habe allen Grund zu der Befürchtung, daß meine schriftliche Erklärung Mr. Pierce ohne sein Wissen auf seiner Reise begleitete.

Nur etwa eine Woche später traf dann endlich die *Champion* ein, direkt aus England, und alles schien plötzlich vollkommen verändert. Die Anzahl der Bewohner verdoppelte sich auf einen Schlag, denn zahlreiche Neuankömmlinge hatten ihre Ehefrauen und sogar Kinder mitgebracht, die die Siedlung endlich etwas wohnlicher machten. Trotz dieser erfreulichen Abwechslung vergaß ich nicht, Mr. Charles an sein Versprechen bezüglich der Bestrafung der Schafzüchter zu erinnern.

»Ich werde mich sobald wie möglich darum kümmern, keine Sorge«, versprach er. »Aber im Moment geht es nicht. Es gibt noch soviel anderes zu erledigen.«

Dies war zwar kaum die Antwort, die ich erhofft hatte, aber er schien wirklich sehr beschäftigt zu sein, und überhaupt war die ganze Siedlung von morgens bis abends auf den Beinen. Mit dem Schiff waren vier Zimmerleute gekommen und reichlich Bauholz, und schon schossen überall neue Wohnstätten für die Ankömmlinge aus dem Boden, und das waren keine Zelte oder Rindenhütten mehr, sondern richtige Häuser. Es gab sogar Pläne für eine Kirche. Auch Tiere hatte die *Champion* mitgebracht, unter anderem die neue Schafherde, und es war viel Arbeit, die Ländereien der Company wieder bis an ihre früheren Grenzen auszudehnen. Mitten in diesem Trubel eröffnete mir Mr. Charles, daß er es gerne sähe, wenn ich die Stelle von Mr. Pierce als leitender Agrarinspektor übernähme. Ich kann meine Bedenken nicht leugnen. Natürlich hatte ich sie. Andererseits bedeutete dies keine geringe Ehre für mich, vor allem angesichts meiner Jugend. Auch dachte ich, daß es meinen Einfluß in der Niederlassung stärken und mir so die Möglichkeit geben würde, eine Wiederholung jener schrecklichen Vorkommnisse zu verhindern.

Nur zwei Wochen nach der Ankunft des Schiffs geschah der Überfall. Die Siedlung wurde immer noch streng bewacht, und wie die Eingeborenen unbeobachtet zum Company House gelangten, bleibt ein Rätsel. Der einzige Mensch, der sie sah, war Mrs. Charles. Vor lauter Freude über die reichhaltigen Vorräte, die mit der *Champion* angekommen waren, hatte sie noch spätabends einen Kuchen gebacken, als plötzlich zehn Eingeborene zur Tür hereinkamen. Mrs. Charles war so erschrocken, daß sie kein Wort herausbrachte. Wie durch ein Wunder taten sie ihr nichts, steckten nur Vorhänge und Möbel in Brand und verschwanden in die Dunkelheit. Mrs. Charles hatte sich zum Glück rasch wieder gefaßt und konnte ihren Mann und die anderen Hausbewohner warnen, aber die Flammen breiteten sich so rasch aus, daß das Gebäude binnen einer Stunde niedergebrannt war. Erst am Morgen fand man Sutton und zwei der anderen Schafzüchter tot bei ihren Hütten. Sie waren von Speeren durchbohrt.

Man begann sofort nach den Eingeborenen zu suchen. Mr. Charles erteilte strikte Weisung, daß man ihnen, wenn möglich, nichts antun, sondern sie lebendig zur Siedlung bringen solle. Von dort wollte man sie nach Launceston schaffen und den Behörden übergeben. Aber sie wurden nie gefaßt. Einmal erspähte man auf einem fernen Berg zwei Dutzend Schwarze, die Richtung Süden zogen. Sie wurden zwar verfolgt, doch dann setzte schlechtes Wetter ein und verwischte die Spuren. Offengestanden war ich alles andere als unglücklich darüber.

Das alles geschah erst vor ein paar Wochen. Dennoch bin ich noch nicht fertig mit meinen Neuigkeiten. Der eigentliche Grund, lieber Vater, warum ich plötzlich den Wunsch verspürte, Dir zu schreiben, kommt erst jetzt.

Es ist nun Ende Dezember, der südliche Frühling neigt sich dem Sommer zu, und wenn das Wetter ruhig ist, gibt es wundervoll warme, lange Abende. Wenn mein Tagwerk getan ist, gehe ich manchmal zum Strand und blicke auf den Ozean hinaus. So war es auch vor vier Tagen. Ich sah, wie das Licht allmählich verblaßte und sich von Scharlachrot und Rosa ins tiefe Blau der Dämmerung verwandelte. Auf dem Rückweg durchquerte ich die ganze Siedlung, in der jetzt überall Baumaterial und Werkzeug herumliegt. Ich hatte etwa die Hälfte des Wegs zurückgelegt, als ich es hörte. Es war nur ein Lachen. Ein Lachen, das laut und gelassen durch die Dämmerung schallte. Ich erkannte die Stimme sofort: Es war die von Mr. Charles. Ich sah, daß er sich im Dunkeln mit Mr. Higgs, dem Schafzüchter, unterhielt.

Sicher ist dieser Vorfall ganz belanglos. Und doch geht er mir nicht mehr aus dem Kopf.

Nun habe ich Dir alles geschrieben, Vater, bis ins Kleinste. Und aus eben diesem Grund werde ich diesen Brief niemals abschicken.

Statt Fleisch im Feuer zu braten, was mein größter Wunsch war, bekam ich einen Krieg. Ich hatte noch keinen gesehen, nein, aber ich hatte von Tartoyen Geschichten gehört, und einige Dinge weiß man auch, ohne daß man sie kennt. Es war noch kein richtiger Kampf, aber fast, mit meinen Leuten auf der einen Seite und den Roingin auf der anderen. Das war ein verflixtes Geheimnis, weil ja die Roingin nicht hier sein durften, in der Welt, sondern immer bei sich bleiben mußten, wie doch jeder wußte. Außerdem waren sie nicht genug. Die Roingin waren berühmt dafür, daß sie so viele waren, aber jetzt waren sie weniger als wir. Trotzdem sah ich, daß sie stark waren, weil sie mehr Speere hatten. Tartoyen, Gonar und andere von meinen Leuten hatten nur ein paar, manche hatten nicht mal einen einzigen, und jeder Roingin hatte gleich zwei oder drei. Das war eine fürchterliche Sorge, ja, und ich fragte mich, wie meine Leute so scheißdumm sein konnten.

»Ihr seid Feiglinge«, sangen die Roingin, um meinen Leuten Angst einzujagen, »und wir werden euch sehr bald töten.«

»Ihr seid Lügner und Betrüger«, sangen meine Leute zurück, »und heute werdet ihr sterben!«

Dieser Krieg war eine zähe Sache. Sie schüttelten ihre Speere und sangen Beleidigungen hin und her, immer weiter, ohne zu kämpfen, und deshalb ging ich hinter die Büsche, wo Großmutter und ein paar andere von unseren Frauen standen. Großmutter freute sich, als sie mich sah, obwohl sie auch ärgerlich war. Großmutter konnte sich nie einfach nur freuen. »Peevay, wo warst du denn?« fragte sie. »Wir haben dich überall gesucht!«

Das war schön. Dann hatte es ihnen leid getan, wähnte ich. Ich fragte Großmutter, wie es zu diesem Krieg gekommen war, und sie sagte, er hätte am Morgen vorher angefangen, als sie den Roingin begegneten, die einfach durch den Wald der Welt liefen, unserer Welt, als sei das hier ihre Gegend und nicht unsere. Da mußte man natürlich kämpfen, weil es ein strenges Gesetz ist, daß keiner seine Gegend verlassen darf, wenn es ihm nicht erlaubt wird.

»Es hat fast einen Kampf gegeben«, sagte Großmutter und erzählte, wie sich alle bereit gemacht hatten, die Speere zeigten auf den Feind, aber da baten die Roingin plötzlich, sie wollten ihre Geschichte erzählen. Gonar sagte nein, aber Tartoyen mochte das Kämpfen nicht sehr, deshalb erlaubte er es ihnen. Die Geschichte war zu jammervoll. Geister seien in ihr Land gekommen, erzählten die Roingin, sehr viele, und außerdem Geistertiere, klein und dumm, von der Farbe des Schnees. Zuerst seien diese Geister freundlich gewesen, aber dann hätten sie versucht, Roingin-Frauen zu rauben, und es wurde gekämpft, aber nur ein bißchen. Eines Tages, als die Roingin Robben jagen wollten, kamen die Geister plötzlich mit ihren Stöcken, aus denen Donnerlärm kommt, und töteten, wen sie erwischten, die Hälfte aller Roingin, auch Kinder. Die Toten warfen sie ins Meer. Später dann haben die Roingin auch ein paar Geister getötet, aber jetzt waren es zu viele, es wurden immer mehr, und als die Geister sie jagen wollten, sahen die Roingin, daß sie ihr eigenes Land verlassen oder sterben mußten. Das war ein großes Verderben, weil es fast unmöglich ist, seine Welt zu verlassen. Es ist, als wäre man tot. So dachte ich mindestens damals.

Gonar wollte die Roingin trotzdem töten, trotz ihrer Geschichte, aber Tartoyen taten sie leid. Also sagte er zu ihnen, unsere Leute würden sie nicht töten, wenn sie jetzt wieder in ihr Land zurückgingen und nie wiederkämen. Sie waren einverstanden und taten so, als wollten sie gehen, aber als meine Leute in der Frühe erwachten, entdeckten sie, daß alle Speere weg waren, außer ein paar, und die Roingin blickten durch die Bäume und riefen Tartoyen zu, daß er sie jetzt doch in unserer Welt bleiben lassen müßte. Das konnte Tartoyen natürlich nicht. Er war jetzt zorniger als alle anderen, sogar zorniger als Gonar, weil er durch den fürchterlichen Verrat der Roingin ganz dumm aussah. Also machten sich alle zum Kampf bereit.

»Geht in eure Welt zurück!« sangen meine Leute. »Geht in eure Welt zurück, oder ihr werdet alle sterben!«

Jede Seite hatte einen Kämpfer, der anfangen wollte. Bei uns war es Gonar, bei den Roingin ein kleiner Kerl mit mörderischen Augen. Beide rannten sie tapfer auf ihre Feinde los und schwenkten die Speere und fingen wieder an zu singen, aber als sie sich umdrehten, sahen sie, daß keiner ihnen folgte. Ich weiß nicht, ob es je losgegangen wäre, wenn nicht dieser Unfall gewesen wäre. Erst war es sogar ganz lustig. Ihr Krieger forderte uns noch einmal fürchterlich heraus und schwenkte seinen Speer, und dann, als seine Leute nicht nachkamen, ging er rückwärts, um meine Leute im Auge zu behalten. Doch das Rückwärtsgehen war sein Verderben, weil er nämlich eine Wurzel übersah und einfach hinfiel. Ein paar von meinen Leuten lachten, daran erinnere ich mich, und ich lachte auch, aber Gonar nicht. Er freute sich über sein großes Glück und rannte schnell vorwärts und steckte seinen Speer schnell wie der Wind direkt in den Roingin-Krieger hinein. Es gab ein kleines, schneidendes Geräusch: *chchch*. Das war eine gute Wunde, wähnte ich, tief in seinem Bauch, die hätte für ein Wallaby gereicht, und obwohl er schrie und aufstehen wollte, konnte er nicht.

Die anderen Roingin wurden natürlich wütend und rannten auf Gonar zu, den zwei Speere auf einmal trafen, einer davon in den Hals. Das war jammervoll und weckte zärtliche Gefühle tief in meiner Brust, es war beklagenswert, ihn so durchbohrt zu sehen. Darauf schrien alle durcheinander und hielten ihre Speere bereit, als wollten sie gleich werfen, oder bückten sich hinter einen Baum, und ich kriegte Angst, daß dies ein fürchterlicher Krieg werden könnte, wo alle starben, obwohl ich so etwas noch nie gehört hatte.

Dann kam der Lärm. Wirklich, so etwas hatte ich noch nie gehört. Es dröhnte lauter als Donner, und dann war es auch schon wieder vorbei und summte so komisch in meinen Ohren wie der Wind in den Felsen, als hätte ich einen fürchterlichen Schlag erhalten. Einen Moment lang dachte ich, ob es so klang, wenn man tot war, und ob ich jetzt ein Geist war, aber dann sah ich, daß die anderen noch lebten und genauso überrascht waren wie ich.

Dann sah ich die Fremden. Ich glaube, sie waren schon vorher dagewesen, und ich hatte sie nur nicht bemerkt, wegen dem Kampf. Sie standen einfach so bei den Bäumen, nicht viele, weniger als die Roingin, aber sie sahen sehr stark aus. Ganz vorn stand eine Frau mit einem Gesicht hart wie Stein, und sie hielt einen komischen Stock in der Hand. Das war interessant, ja, weil er so lang war wie ein Speer, aber dick wie eine Kriegskeule, und vorn ein dünnes Ende hatte, das wunderschön glänzte. Ich sah, daß Rauch daraus hervorkam, obwohl es nicht brannte, und deshalb dachte ich, es ist ein Zauberding. Diese Frau schrie uns an. »Ihr sollt nicht gegeneinander kämpfen! Ihr müßt für mich kämpfen!«

Damit war der Krieg natürlich aus, weil alle so überrascht waren. Manche rannten in die Bäume, andere blieben einfach stehen und starrten. Und dann gab es wieder ein großes verflixtes Geheimnis. Diese Frau, die ich noch nie gesehen hatte, sprach meine Sprache.

Ein anderes verflixtes Rätsel war, daß Großmutter weinte.

»Wer ist sie?« fragte ich.

Großmutter sah mich an, und zum allerersten Mal, seit ich denken konnte, war kein Haß in ihren Augen. »Deine Mutter.«

Also sah ich sie endlich. Sie war nicht groß und schön, wie ich gedacht hatte, nein, ziemlich klein, mit kräftigen Armen und Beinen und flinken Augen, bereit zum Kampf. Aber das störte mich nicht. Dies war Seligkeit und ein großes Glück. Dies war Jubel und frohe Botschaft. Ich wartete nicht ab, sondern rannte los, an meinen Leuten und den Roingin vorbei, sogar an den fremden Tieren, die ich noch nie gesehen hatte, die wie Kanunnah aussahen, nur kleiner, und HUNDETIERE hießen, wie ich später erfuhr. Sie sah mich erst, als ich dicht bei ihr war. Ich umklammerte ihr Bein und rief »Mutter!«

Und da bekam ich meinen fürchterlichsten Schlag. Ihre Augen, die gerade noch vergnügt gewesen waren, wurden kalt wie das Wintermeer. Dann stieß sie mich so heftig von sich, daß meine Arme weh taten, und drehte sich weg. Wo sie hinging, war interessant, ja. Sie ging zu einem Jungen hinüber, kleiner als ich und mit dünnen Beinchen, also konnte man ihn sicher gut verprügeln, und nahm diese abscheuliche kleine Kanaille auf den Arm, als sei er etwas ganz und gar Wunderbares.

So sah ich zum erstenmal Tayaleah, diese Kanaille von einem Bruder, mit dem ich nie gerechnet hatte.

Kapitel Drei

Captain Illiam Quillian Kewley *Juli 1857*

Nachdem man uns drei volle Wochen in dem abgesperrten Dock festgehalten hatte, wie Ratten in einer Kiste, wäre uns sogar der River Blackwater wie das reinste Paradies erschienen. Es ist der Blackwater, der nach Maldon hinaufführt, und er trägt seinen Namen ganz zu Recht: Wer sich im Schlamm suhlen möchte, kommt hier voll auf seine Kosten. Die ganze englische Ostküste ist ja eine einzige Schlammwüste, hier gibt's nur Wind, kreischende Vögel und viel zuviel Himmel. Ja, und natürlich Schlamm. Aber nach diesem London war jeder Schmutzfleck die reinste Augenweide.

Eine alte Weisheit lautet: *»Für jeden Sommertag, mein Kind, zahlst du mit einem Wintersturm«*, und in unserem Fall stolzierte der Preis, den wir für die Freiheit zu zahlen hatten, protzig vor unseren Augen übers Schiff, als ob es uns gar nicht mehr gehörte. Summa summarum drei Passagiere. Und zu allem Überdruß: drei Engländer. Natürlich hielt sich meine Freude über das Abkommen stark in Grenzen. Gut, ich hatte natürlich damit gerechnet, daß der *Sincerity* im Lauf ihres Lebens ein paar Demütigungen nicht erspart bleiben würden, daß sie von Entenmuscheln angeknabbert, von Möwen vollgeschissen und von Zollbeamten durchsucht werden würde, aber diese Schande, daß sie eines Tages *Passagiere* würde transportieren müssen, das hätte ich nie für möglich gehalten.

Und was für kuriose Gesellen! Drei unausstehliche Klugschwätzer, die sich dauernd stritten und mit besserwisserischer Miene übers Deck stolzierten. Was Wunder, daß es dauernd Meinungsverschiedenheiten gab, bedenkt man, daß sie den Garten Eden finden wollten. Den Garten Eden! Als könnte man den nicht einfach in der Bibel lassen, wo er hingehört. Und dann suchten sie nicht mal in einer aussichtsreichen Gegend, sondern auf irgendeiner gottverlassenen Insel am Ende der Welt, die mal Van-Diemens-Land, mal Tasmanien hieß, so als könnte sie sich nicht recht entscheiden. Es klang, als sei diese Insel das reinste Tollhaus, voll von Gefängnissen, Sträflingen und Schlimmerem. Jedenfalls kein Ort, wo man sich als vernünftiger Mensch hinwagen würde. Dorthin also sollten wir diese drei Widerlinge bringen, und dann wieder den ganzen Weg zurück. Ein ganzes Jahr lang Engländer an Bord. Was für ein Gedanke! Schlimm genug, sie die Küste entlang nach Maldon zu befördern.

Am allerschlimmsten waren die Mahlzeiten in der Messe, wenn ich ihr affektiertes Gegrinse ertragen mußte und das ewige »*Dankeschön*« und »*Ob Sie mir wohl bitte mal das Salz herüberreichen könnten, Käptn?*« Am unerträglichsten war der Pfaffe, Reverend Wilson, ein dünnes, aufgeregtes Männchen, das die ganze Zeit lachend die Zähne bleckte, als würde es seiner selbst nie überdrüssig. Mir ist noch keiner über den Weg gelaufen, der sich selber so wichtig nahm, und wenn man ihm zusah, wie er grinsend vor sich hinkaute, konnte man sich des Gedankens nicht erwehren, was für ein Gesicht wohl die Fische machen würden, wenn er zufällig über Bord ging. Außerdem war er ein alter Geizhals. Und wenn wir ganz London abgeklappert hätten, einen mißtrauischeren Pfennigfuchser als ihn hätten wir nirgends auftreiben können! Ich schaffte es gerade mal, ihm genug Chartergeld abzuschwatzen, daß wir die Zollstrafe bezahlen konnten, und selbst dann wollte er mich unbedingt beim Vorratskauf begleiten und linste mir dauernd argwöhnisch über die Schulter. Reichten die Wasserfässer wirklich bis nach Australien? Und der Zwieback? Und die Hühner und Schafe? Am Ende blieb mir nichts anderes übrig, als das halbe Schiff mit Proviant, Wasser und allem möglichen Viehzeugs vollzuladen, gerade so, als hätten wir *wirklich* vor, die drei bis ans Ende der Welt zu befördern. Und als dann noch ihre eigenen Vorräte dazukamen, nur vom Allerfeinsten, Champagner und erstklassiger französischer Cognac, delikates Fleisch und sogar silbernes Besteck, da wußten wir, daß dieser Pfaffe, obwohl er ständig jammerte und klagte, so reich war wie der Mann, der die Hasen in Gold verwandelt hat.

Es verging kaum ein Tag, ohne daß er am Dock vorbeikam und sich aus irgendeinem Grund mächtig aufspielte. Wegen der Schlafquartiere gab es ein solches Gezeter, daß ich mir sicher war, daß er es auf meine eigene Kajüte abgesehen hatte. Ich kam schon in Versuchung, einfach Chalse Christians Zimmermannswerkstatt leerzuräumen und alle drei dort zusammenzupferchen, aber dann hätten wir wahrscheinlich keinen Penny zu sehen bekommen. Also kriegten sie die Maats-Kajüten. Ich sagte Chalse Christian, unserem Zimmermann, er solle in Brews Kajüte, die ab jetzt Reverend Wilson und Dr. Potter mit ihrem Aufenthalt beehren würden, noch eine Koje aufstocken. Die Kajüte des Zweiten Maats Kinvig, so eine Art Schrank mit Bullauge, bekam der Grünschnabel, dieser Pflanzenmensch, Renshaw. Und auch dann noch jammerten die drei und beschwerten sich, weil sie nicht luxuriöser untergebracht waren. Als ob die *Sincerity* ein Passagierdampfer wäre! Dabei waren sie nicht die einzigen, die schlechte Laune hatten: Brew und Kinvig ärgerten sich schwarz, weil man sie mit den Jungs ins Vorschiff steckte. Macht euch nichts draus, tröstete ich sie auf manx, es ist doch nur bis Maldon!

Endlich kam der heißersehnte Morgen, an dem wir das Londoner Dock verlassen durften. Ich hätte mich ja gern klammheimlich aus dem Staub gemacht, weil ich es nicht besonders klug finde, alle Blicke auf sich zu ziehen, aber unsere Engländer waren da leider anderer Meinung. Und so versammelte sich am Kai ein ziemlicher Haufen Leute, die ihnen alle gute Reise wünschen wollten: ein paar Pfaffen, und einige Zeitungsreporter, die ziemlich gewieft aussahen, dann Jonah Childs, der Geldsack, der den Chartervertrag unterschrieben und uns die Heuer bezahlt hatte. Eine komische Gestalt! Baumlang mit einem winzigen Kopf, so daß man unwillkürlich an eine Flasche denken mußte, die jemand auf eine Stange gesteckt hatte. Er rannte großspurig herum und beehrte jeden mit einem kurzen Händedruck. Und schließlich waren da noch die Kinder des Pfarrers, ein ganzer Haufen, und seine Frau und ihre Schwester, zwei richtige Tonnen. Sie grinsten über beide Ohren, als könnten sie es kaum erwarten, den alten Heuchler endlich loszuwerden. Na ja, ich konnte es ihnen nicht verdenken. Bei Renshaw, dem Grünschnabel, sah's auch nicht viel besser aus. Sein Bruder und sein Vater waren fidel wie zwei Grabsteine, während seine Mutter ins andere Extrem verfiel, sie schluchzte und war ganz durcheinander, und dann zog sie ein kleines Geschenk aus der Tasche, das sie angeblich vergessen hatte, »für die kalten Nächte in den Bergen« – dabei waren es feine Handschuhe, genau das richtige für ein Teestündchen bei der Queen. Am besten ging das Abschiednehmen bei dem Arzt, Dr. Potter, über die Bühne. Er hatte eine halbe Hospitalmannschaft um sich versammelt, lauter Arztkollegen, die sich gegenseitig in kleinen Ansprachen versicherten, wie wunderbar es doch sei, daß er mitsegelte. Die würden vielleicht Augen machen, wenn er in einer Woche schon wieder zurück war.

Endlich wurden die Leinen gelöst, die Boote zogen uns aus dem Sperrdock hinaus, und ein Schlepper brachte uns den Fluß hinunter bis zur Themsemündung. So herrlich es auch war, mit der *Sincerity* endlich wieder auf dem Meer herumzuschippern, es kam einen doch verdammt hart an, diese drei Engländer an Bord zu haben, die ständig neugierig herumschnüffelten und alles mögliche mitbekamen. Ich befürchtete allen Ernstes, daß sie zuviel spitzkriegen mochten. Und außerdem drückte mich die Sorge – zum erstenmal, weil mich bis jetzt ja immer *noch* schlimmere Sorgen gedrückt hatten –, wie um alles in der Welt wir unsere so spezielle Ladung löschen sollten, ohne daß sie etwas davon merkten. Dutzende von Cognacfässern abzuladen, dazu bündelweise Tabakblätter und einige hochinteressante französische Glasmalereien, so was geht nicht geräuschlos vonstatten. Aber irgendwie mußten wir es schaffen, weil wir ihnen das Chartergeld ja erst zurückzahlen konnten, wenn wir alles verkauft hatten.

»Vielleicht sollten wir die drei einfach über Bord werfen«, schlug Brew seelenruhig vor. Manchmal wußte man bei ihm wirklich nicht, ob er einen Witz machte oder nicht. Aber dann wurde uns die Entscheidung abbgenommen. Der Wind kam von Süden, mit ein paar Wenden kamen wir gut voran, und Maldon war nicht weit, so daß wir schon am nächsten Nachmittag den Blackwater erreichten. Ich ließ die Jungs an der Flußmündung vor Anker gehen, weil wir da nah genug bei der Stadt lagen, um unsere Geschäfte zu erledigen, und doch vor neugierigen Blicken geschützt waren. Unseren drei Passagieren paßte das natürlich überhaupt nicht, und kaum hörte der Pfaffe die Ankerkette rasseln, fing das Gemeckere auch schon an.

»Maldon? Aber wieso denn, um Himmels willen? Ich habe Ihnen doch gesagt, daß wir uns keine weitere Verzögerung leisten können!«

»Es ist wegen der Schiffsuhr«, fiel mir plötzlich ein. »Wir können doch nicht mit einer kaputten Uhr rund um die Welt segeln. Da wüßten wir ja nie, wo wir sind, und würden einfach in irgendeiner dunklen Nacht gegen Afrika oder Australien stoßen, wo wir gar kein Land vermutet hätten.«

Das machte ihn kirre. Wenn man Passagiere zur Raison bringen will, erzählt man ihnen am besten was von Schiffbruch. Außerdem stimmte es ja, bis auf ein paar kleine Nebensächlichkeiten – etwa, daß wir keineswegs die Absicht hatten, weiter als bis Peel City zu segeln, und daß die Schiffsuhr einwandfrei funktionierte.

Als nächstes meldete sich Potter, der Arzt, zu Wort: »Wenn es so wichtig ist, warum kehren wir dann nicht nach London zurück, um uns nach einem wirklich guten Uhrmacher umzusehen? Wir sind doch noch ganz in der Nähe.«

Einen Moment wußte ich nicht genau, ob er vielleicht Verdacht schöpfte. Das war zwar kaum wahrscheinlich, aber man konnte nie wissen, und die allerletzte Stadt, in die ich wieder wollte, war London. Den Doktor fand ich schwer einzuschätzen. Er war ein ganz anderes Kaliber als unser Freund, der Pfaffe, soviel stand fest. Während Wilson bloß aus Haut und Knochen bestand, war Potter der reinste Fleischberg, und während Wilson dauernd quasselte und zappelte und einem im Weg stand, war Potter ganz ruhig, wie ein großer Dachs, dem man nicht so recht über den Weg trauen konnte.

»Maldon ist ein prächtiger kleiner Hafen«, sagte ich zu Potter. »Keine Sorge, dort finden wir bestimmt einen guten Uhrmacher.«

Sie hätten sowieso kaum etwas machen können, weil es ja mein Schiff war. Ich befahl den Jungs, das Boot auf den Blackwater runterzulassen und loszurudern, um Cousin Rob zu finden. Das war gar nicht so einfach. Ich wußte zwar, daß er *in der Nähe* von Maldon wohnte, aber jeder Dummkopf weiß, daß Nähe und Nähe manchmal zwei so verschiedene Dinge sind wie ein Schwein und ein Wellensittich. »Du kannst das Haus gar nicht verfehlen«, hatte er bei seinem letzten Besuch in Peel City behauptet. »Es steht ganz allein am Ufer, direkt gegenüber von Northey Island.« Damals hatte das sehr genau geklungen, aber das tun Richtungsangaben meistens, wenn's bis zum entscheidenden Tag noch Monate und Meilen hin ist. Wir hatten uns ein-, zweimal geschrieben, um gewisse Vereinbarungen zu treffen, ich hatte allerdings nicht daran gedacht, mir eine Karte von ihm schicken zu lassen. Jetzt, wo wir den Blackwater entlangschaukelten und Northey Island genau vor uns lag – und eigentlich auch bloß nach Schlamm aussah –, bereute ich das.

»Was ist denn dort drüben, backbord?« rief Parrick Kinvig, der Zweite Maat.«Das sieht doch wie ein Haus aus!«

Ja, er hatte recht. Es herrschte allerdings ein bißchen Nebel, und das Haus lag ein ganzes Stück entfernt, eigentlich war es nur ein weißes Pünktchen auf dem Schlamm. »Schon möglich«, antwortete ich.

»Aber natürlich ist es ein Haus!« beharrte Kinvig gekränkt, weil ich *schon möglich* gesagt hatte. Kinvig war ein richtiger Griesgram, der sich selbst noch mit einem Engel in die Haare gekriegt hätte. Manche Leute führten seine mürrische Art auf seinen Vater zurück, einen alten Nichtsnutz, der berühmt geworden war, weil er mal in einem einzigen Sommer sein Pferd samt Wagen versoffen hatte. So was vergessen die Leute nie. Andere meinten, Kinvigs Jähzorn komme eher von seiner Körpergröße, wobei von Größe keine Rede sein konnte, weil er nämlich ein Wicht war, kaum größer als ein Kind, und mit Zwergen gibt's ja oft Verdruß, wie man's schon bei Kaiser

Bonaparte höchstpersönlich erlebt hat. Ehrlich gesagt, störte mich das kaum, weil es eben zum Job des Zweiten Maats gehört, dauernd herumzubrüllen und den Jungs eins hinter die Löffel zu geben, wenn sie trödeln. Ja, daß ein Zweiter Maat seine Arbeit gut macht, sieht man *gerade* daran, daß er verhaßter ist als der Gottseibeiuns, und dafür war Parrick Kinvig das beste Beispiel.

Aber ich schweife vom Thema ab, nämlich von diesem Haus, das er gesehen hatte. Bis dahin hatte ich eigentlich vorgehabt, rechts an Northey Island vorbeizurudern, weil da der Fluß breiter aussah, aber ein Haus ist ein Haus, und es war weit und breit das einzige. »Na gut, backbord«, sagte ich, und damit er kein Oberwasser kriegte, fügte ich gleich noch hinzu: »Wenn es falsch war, wissen wir ja, wem wir die Schuld geben können.«

Es gibt schnellere Fortbewegungsmittel als ein Ruderboot, und obwohl China Clucas, der Schiffsriese, am Ruder saß, schlichen wir im Schneckentempo dahin. Nach und nach, während der Nachmittag langsam auf die Abenddämmerung zukroch, wurde das Gebäude größer, aus einem Fleck wurde ein Fleck mit Kanten, dann eine Art Streichholzschachtel mit Dach, und schließlich sahen wir ein Schild im Wind schaukeln und hatten ein veritables Wirtshaus vor uns. Das war kein Grund zur Freude, aber es hätte schlimmer kommen können, denn wenn man wissen will, wo jemand wohnt, fragt man am besten im Wirtshaus nach. Also zogen wir das Boot ans Ufer, und Kinvig ging schon mal voraus, kam aber gleich wieder zurückgestapft. Ich sah sofort, daß er keine guten Neuigkeiten hatte.

»Ja, die kennen ihn, und sein Haus ist ganz in der Nähe. Aber wir treffen ihn nicht an. Er ist vor ein paar Tagen nach Colchester gefahren und bei einer Messerstecherei fast hopsgegangen. Er ist immer noch dort.«

Es war, als klebte uns das Pech an den Fersen wie ein alter Köter, der sich nicht wegscheuchen ließ. Plötzlich hatte ich keinen Käufer mehr und auch keine Chance, einen neuen aufzutreiben. Ich war knapp bei Kasse und hatte drei Passagiere an

Bord, die ich bis ans Ende der Welt befördern sollte. Wenn ich mich bei diesem ganzen Abenteuer überhaupt auf jemanden verlassen hatte, dann auf Cousin Rob. Nicht, daß ich irgendwem die Schuld zuschieben wollte, aber er machte es uns nicht gerade leicht. Er hatte doch genau gewußt, daß wir unterwegs waren, und wir konnten schließlich nichts dafür, daß wir uns etwas verspätet hatten. Er hätte bloß in aller Ruhe auf uns warten müssen, wie ein vernünftiger Mensch, aber nein, er mußte unbedingt nach Colchester fahren und sich von irgendeinem Irren abstechen lassen.

»Vielleicht sollten wir nach Colchester fahren und dort nach ihm suchen«, meinte Kinvig.

Aber ich hatte keine Lust, überall rumzurennen und Aufmerksamkeit zu erregen. »Und wenn wir ihn finden, stirbt er wahrscheinlich genau in diesem Moment.« Natürlich konnten wir auch direkt nach Maldon fahren und nach den Kerlen suchen, die sich laut Rob für Ware wie unsere interessierten, aber das gab bestimmt Ärger. Wir hatten keinen einzigen Namen. Rob war zu vorsichtig gewesen, wahrscheinlich aus Angst, daß ich das Geschäft ohne ihn abwickeln könnte, und der Zoll wußte, daß wir nach Maldon gefahren waren, und hielt womöglich die Augen offen. Etwas allerdings konnten wir *doch* tun. »Wo soll Robs Haus sein?«

Kinvig sah mich verwirrt an. »Ein Stück weiter um die Insel rum.«

»Dann mal los.«

Da Cousin Rob nicht haufenweise Diener hatte und seine englische Ehefrau vermutlich in Colchester am Krankenbett saß, stand das Haus garantiert leer. Ich bin ja kein Unmensch, aber schließlich hatte er unsere Abmachung gebrochen und uns in eine fürchterliche Lage gebracht. Es wäre alles wie am Schnürchen gelaufen, wenn sich der Idiot nicht hätte abstechen lassen. Nein, das war einfach nur eine Entschädigung. Und falls er sich doch noch entschließen sollte, ein bißchen weiterzuleben, kriegte er vielleicht sogar ein paar Pennies zurück, wenn wir gute Laune hatten.

China und die übrigen legten sich in die Riemen, und wir

fuhren um Northey Island herum. Mir fiel eine Last von der Seele, daß ich endlich einen Entschluß gefaßt hatte, und sogar die Landschaft schien uns zuzunicken; sie wurde ein bißchen fröhlicher, und aus der Ferne lugte über den Schlamm der eine oder andere Maldoner Kirchturm herüber. Nach einer Weile sah man schöne Bäume am Ufer, und dann folgte ein Haus, das erfreulicherweise für sich allein stand. Auch die Größe war recht vielversprechend.

»Wo ist denn sein Boot?« fragte Kinvig verwundert.

Ich erriet es gleich. »Er wird damit nach Colchester gerudert sein.«

Ich ließ Vartin Clague zum Schmierestehen im Boot zurück, und wir anderen wateten durch den Schlamm aufs Haus zu. Nachdem ich, nur für alle Fälle, an die Tür geklopft und keiner aufgemacht hatte, liefen wir ums Haus herum und probierten alle Fenster aus, bis wir eins fanden, daß sich öffnen ließ. Kurz darauf standen wir im Wohnzimmer.

Schon komisch, daß man in einem fremden Haus immer flüstert, auch wenn man genau weiß, daß keiner da ist. »Ziemlicher Luxus das«, wisperte Kinvig.

Als sich meine Augen ans Dunkel gewöhnt hatten, sah ich, was er meinte: ein schöner Tisch mit Stühlen, und an der Wand ein paar wundervolle Gemälde, auf denen ausländische Schiffe mit Rahsegeln abgebildet waren und Männer mit komischen Hüten, die Körbe an Stangen trugen und wie Chinesen aussahen. Auf dem Kaminsims standen zwei Modell-Kriegsschiffe, auch sehr schön gearbeitet. Das konnte nicht allein vom Aalfang kommen. Vermutlich trieb Rob selber Handel, und zwar recht erfolgreich, wie man sah. Da sollte doch ein bißchen Bares zu finden sein. Wir machten uns gleich an die Arbeit und durchwühlten sämtliche Schubladen, fanden aber nur alte Dokumente und anderen Kram. Endlich entdeckte ich in der Küche einen Kasten mit Silberbesteck. Mir kam es wertvoll vor, und Rob hatte wohl keinen Bedarf mehr an so etwas, wo er doch in Colchester am Abkratzen war.

»Dann muß das eben reichen«, sagte ich zu den anderen. »Stopft euch die Taschen voll. Und einer von euch nimmt die

Uhr dort mit, wenn wir schon dabei sind.« Es war ein hübsches kleines Ding, das auf dem Kaminsims neben den Schiffen stand.

»Schaut mal«, sagte Kinvig, der gerade noch ein paar Löffel zusammenraffte. »Da steht was drauf.«

»Hier auch«, stimmte Clague ein und hielt eine Gabel hoch.

»HH«, las ich und war den anderen damit ein gutes Stück voraus.

»Darunter ist ein kleines Zeichen«, bemerkte Kinvig. »Sieht aus wie ein Anker.«

Warum sollten wir uns groß den Kopf darüber zerbrechen? Wer weiß, wo Rob die Sachen herhatte. »Das ist jetzt egal. Schafft das Zeug ins Boot.«

Ich hatte immer noch nicht die Hoffnung aufgegeben, doch noch irgendwo Geld zu finden, und als die anderen mit klirrenden Taschen zum Fenster hinauskletterten, stieg ich ins Obergeschoß, um mich auch dort ein bißchen umzusehen. Es war stockfinster, aber ich erkannte eine Tür und öffnete sie. Ich erblickte ein Bett, auf dem sich ein Wust von Decken türmte, als sei es seit Robs Vergnügungsfahrt nach Colchester nicht mehr gemacht worden. Zwar sah ich leider nichts, was einer Truhe ähnelte, aber auf dem Kaminsims standen zwei schöne Kerzenhalter. Ich wollte gerade einen davon näher inspizieren, um zu sehen, ob er massiv Silber oder bloß versilbert war, da passierte plötzlich etwas sehr Merkwürdiges. Vom Bett her ertönte nämlich eine Stimme – es war eine knappe, militärische Stimme, und diese Stimme rief: »Was zum Teufel tun Sie da, Phillips?«

Nur sieben Worte, mehr nicht, aber was vermögen sieben Worte alles auszudrücken! Zuerst einmal sagten mir diese sieben Worte, daß das Bett doch nicht so leer war, wie es ausgesehen hatte. Zweitens wiesen sie mich auf einen Burschen namens Phillips hin, wohl irgendein Dienerlump, der entweder seinen freien Abend oder einen gesegneten Schlaf hatte. Und zuallerletzt verhalfen mir diese sieben Worte zu der unschätzbaren Erkenntnis, daß ich mich gar nicht in Cousin Robs Haus befand und auch zu keiner Zeit befunden hatte.

Insgesamt hielt ich es für das beste, den Kerzenhalter stehenzulassen, egal, ob er aus Silber war oder nicht. Blitzschnell war ich zur Tür hinaus, und was ich dann hinter mir hörte, waren nicht irgendwelche Worte, sondern ein höchst beredtes Gebrüll. Wenn ich einen guten Tag habe, bin ich flink wie ein Wiesel. Ich rannte die Treppe hinunter, immer drei Stufen auf einmal, sauste durchs Wohnzimmerfenster wie eine Kugel durch den Büchsenlauf und rannte auf den Fluß zu. Die anderen hatten das Boot noch nicht erreicht und trippelten mit winzigen Schrittchen über den glitschigen Schlamm. Als ich angehetzt kam, drehten sie sich um und waren drauf und dran, dämliche Fragen zu stellen, auf deren Beantwortung ich jetzt wirklich keine Lust hatte, aber zum Glück wurde ihre Neugier rasch gezügelt, weil just in diesem Moment aus dem oberen Fenster des Hauses ein heller Blitz schlug, gefolgt von einem Riesenknall. Auf Schlamm rennt es sich schlecht, und wir rutschten ein paarmal böse aus, was uns einige Gabeln und Löffel kostete, aber endlich saßen wir alle im Boot und stießen vom Ufer ab.

Wir ruderten wie die Berserker, viel zu beschäftigt zum Reden. Es sagte auch keiner etwas, als wir ein Stückchen weiter eine ärmliche Hütte passierten, die ganz für sich allein stand. Ein altes Ruderboot lag umgedreht davor, und man sah ein paar Pfosten, über denen Aalnetze hingen. Ich starrte Kinvig böse an, denn schließlich hatte *er* sich im Wirtshaus erkundigt.

Es dauerte ziemlich lange, bis wir den Blackwater wieder zurückgerudert waren, und die ganze Zeit saß ich an der Ruderpinne und starrte die Jungs mit ihren ausgebeulten Taschen an, in denen es beim Rudern klirrte, und je länger ich sie anstarrte, desto verdrießlicher wurde ich. Als dann das Schiff in Sicht kam, hatte ich einen Entschluß gefaßt, zumindest halb, und die andere Hälfte erledigten dann schnell die Passagiere. Ich hatte gehofft, daß sie schon im Bett lagen, in ihre schlauen Engländerträume vertieft, und daß wir uns leise an Bord stehlen könnten, aber nein, den Gefallen taten sie uns natürlich nicht. Sie lehnten über der Reling und hielten nach uns Ausschau. Der Pfaffe hatte die schärfsten Augen.

»Eine Uhr!« rief er, als wir noch fünfzig Meter weg waren. »Sie haben eine Uhr gefunden! Hurra! Jetzt sind wir aller Sorgen ledig.«

Da war Renshaw, der Grünschnabel, schon skeptischer. »Meinen Sie wirklich, daß die das Richtige ist?«

Wenn es etwas gab, das ich im Augenblick keinesfalls sein wollte, dann interessant. Aber genau das waren wir für sie. Während wir an Deck kletterten, starrten sie uns neugierig an.

»Aber Captain, warum sind Sie denn von oben bis unten mit Schlamm beschmiert?« fragte Dr. Potter in seiner forschenden Art.

Ich zuckte bloß die Achseln.

»Und sogar neues Besteck für die Schiffstafel haben Sie dabei!« bemerkte der Reverend. »Ich muß schon sagen, da bin ich wirklich erleichtert. Ich wollte mich ja nicht beschweren, aber das andere Besteck war schon recht schäbig.«

Pech? Wir hatten genug, um den halben Ozean damit zu füllen. In Kürze würde unser schießwütiger Freund sämtliche Nachbarn alarmiert haben, und wenn die unsere Fußspuren im Schlamm entdeckten, würden sie wie Bluthunde den Blackwater hinunterhetzen. Und auch wenn wir die Uhr und das ganze Besteck über die Reling schmissen, hatten wir immer noch drei Zeugen gegen uns, alle so respektabel wie die Königsfamilie selbst. Je mehr ich darüber nachdachte, desto schlechter sah es aus für uns. Wir konnten nicht mal fliehen, denn so ein Schildbürgerstreich entging den Zeitungen auf keinen Fall. Es passiert schließlich nicht jeden Tag, daß ein Haus nach Wikingerart direkt vom Meer aus geplündert wird. Es brauchte nur einer von unseren drei Engländern die falsche Seite der falschen Zeitung aufschlagen, und schon würde man uns wie Heringe über dem Feuer rösten. Ein bißchen Schmuggel zu treiben war eine Sache, aber Einbruch stand auf einem ganz anderen Blatt. Das bedeutete Gefängnis oder gar Verbannung und damit den sicheren Ruin.

Soweit war es aber noch nicht. Kein Mensch konnte uns schuldig sprechen, wenn wir nicht da waren, und wir hatten zumindest einen kleinen Vorteil auf unserer Seite. Den Wind. Es wehte eine steife Brise von Maldon weg aufs Meer hinaus. Wer würde sich später noch an ein paar Suppenlöffel erinnern, wenn wir nur lange genug fortblieben? Und ich mußte nicht mal entscheiden, wohin wir fahren sollten, weil es sich bereits entschieden hatte. »Brew!« rief ich. »Wir lichten den Anker!«

»Maldon?« fragte er. »Bei diesem Wind schaffen wir's nie flußaufwärts.«

»Tasmanien.«

Und dieses eine Mal klappte Brew dann doch der Unterkiefer runter.

Kapitel Vier

Jack Harp 1821-24

Nach der Robbenfangsaison fuhr ich wie immer mit dem Walfangboot nach Georgetown, und den ganzen Weg über hatte ich eigentlich bloß den einen Gedanken, ob ich noch mal so ein gutes Ruderboot finden würde wie das tüchtige Ding, das mir die Eingeborene geklaut hatte. Als ich ankam, ging die Flut schon stark zurück, und so zog ich das Boot auf den Strand und lief gleich rüber zu dem Pfennigfuchser Bill Haskins. Haskins borgte mir seinen Karren für die Felle, und das war auch nötig, weil Ned ja jetzt tot war, und als ich sie bei ihm auf den Boden gekippt hatte, redeten wir übers Geld. Das ging auch ganz glatt. Er hatte angeblich was von einem Ruderboot gehört, das gut erhalten war und bloß 'nen neuen Anstrich brauchte. Er bot mir für die Felle mehr, als ich erwartet hatte, davon konnte ich mir das Boot und die Vorräte kaufen und behielt sogar noch was übrig. An das Silbergeld und den Mann, der das Ruderboot verkaufte, kam er angeblich erst am nächsten Tag ran, aber er gab mir schon mal einen spanischen Dollar und ein paar französische Münzen, damit ich bis dahin flüssig war, und das fand ich ganz in Ordnung.

Nach fast einem ganzen Jahr allein auf der Insel hatte ich nichts gegen ein bißchen Gesellschaft. Abends hatte ich mir in der Kneipe schon ordentlich Rum hinter die Binde gekippt und mir im Hinterzimmer diese Lill vorgenommen. Na ja, sie war nichts Besonderes und hatte ihre besten Jahre schon hinter sich, außerdem war sie zänkisch und machte gleich Theater, wenn man sie mal ein bißchen härter anpackte, aber sie war doch eine nette Schlampe, und nach so langer Zeit wollte ich mich nicht beschweren. Gerade will ich noch mal ran, da kommen diese verdammten Rotröcke reingestürmt, gestiefelt und gespornt und mit Musketen bewaffnet. Ich sei entflohen, hieß es. Ich gab ihnen Saures, schleuderte einen so gegen die Wand, daß sein Schädel krachte, und schlug einem anderen das Maul blutig, aber sie waren so in der Überzahl, daß sie mich doch kriegten.

Inzwischen hatte ich mir so meine Gedanken gemacht, und die waren alles andere als schön. Ich starrte Lill an, aber die sah so entgeistert aus, daß sie's bestimmt nicht gewesen war. Als sie mich wegzerrten, brüllte ich den Offizier an: »Wer war es? Welches Schwein hat euch hierhergeschickt?« Er sagte natürlich nichts, aber an seinem komischen Zwinkern merkte ich gleich, daß mich jemand verpfiffen hatte. Und plötzlich fiel's mir wie Schuppen von den Augen.

Es war hart, wieder in Sträflingskleidern zu stecken, wo ich doch gedacht hatte, ich wär sie für immer los. Als entflohener und noch dazu gewalttätiger Sträfling wurde ich beim Straßenbau eingesetzt, was wirklich übel war, vor allem bei kaltem Wetter. Das ging so zwei Jahre, und dann geriet ich mit einem Beamten aneinander, weil ich die Klappe zu weit aufgerissen hatte, und kam nach Hobart zu den Lagerhäusern, die dort gebaut wurden, und das war genauso übel. Es hieß, das würde sich so schnell auch nicht bessern, weil ein neuer Gouverneur kam, Alder, ein richtiger Zuchtmeister, der uns alle am liebsten totgepeitscht hätte. Was wieder mächtig nach Ärger klang.

Aber ich dachte nicht weiter drüber nach. Dafür dachte ich um so öfter an meinen alten Freund Bill Haskins, und wie schlau er es angestellt hatte, sich für einen einzigen spanischen Dollar und ein paar französische Münzen eine ganze Bootsladung Robbenfelle zu ergattern.

Peevay *1828*

Mutters innigster Wunsch tief in ihrer Brust war es, daß wir aus der Welt hinausgingen, um Vater zu töten. Das schien jammervoll, ja, und außerdem machte es angst, an irgendeinen fremden, abscheulichen Ort zu wandern, wo die Geschichten in den Felsen und Bergen nicht unsere Geschichten waren. Ein paar von meinen Leuten wie Großmutter und Tartoyen sagten, daß sie nicht mitgehen würden, was ein Verderben war, weil das bedeutete, daß wir gespalten wurden, wie ein Baum vom Blitz, und daß wir alle wählen mußten, ob wir bleiben wollten oder gehen. Mongana und seine Mutter blieben da, und Großmutter sagte, ich müsse auch dableiben, weil ich zu jung zum Kämpfen sei, und sie und Tartoyen würden sich um mich kümmern, aber ich wollte lieber mit Mutter gehen. Ich glaubte wirklich, ich könnte ihre zärtliche Liebe gewinnen, weil ich sie mir doch verdient hatte. Hatte ich nicht all die Sommer auf sie gewartet und geträumt, daß sie als hübsche Frau aus dem Meer stieg? Und was noch schlimmer war: Wenn ich blieb, überließ ich sie Tayaleah, dieser kleinen Kanaille von einem Bruder, mit dem ich nie gerechnet hatte.

Tayaleah heißt Eule, aber in Wirklichkeit war er nie so, weil eine Eule etwas Starkes, Herabstoßendes ist, während er schwach war und dünne Beinchen hatte und immer ängstlich aussah. Es war ein großes Geheimnis, daß Mutter ihn so vergöttern konnte, aber sie tat es. Wenn Tayaleah einen Speer schnitzte, und dieser Speer scheißstumpf wurde und nicht flog, dann sagte Mutter, einen besseren gäb's nicht. Und wenn Tayaleah auf einen ganz einfachen Baum kletterte und ein Stinktier jagen wollte, das es wahrscheinlich nicht mal gab, dann sagte Mutter, er sei der tapferste Junge. Selbst nachts am Feuer hielt sie diese Heulsuse im Arm und schützte sie vor Kälte und Dunkelheit. Das machte mich wütend, ja, weil sie nicht mich im Arm hielt, sondern ihn. Dieser kleine Mistkerl sollte verschwinden, getötet werden, und es war mein innigster Wunsch, tief in meiner Brust, ihn mit dem Speer zu durchbohren. Er war so schwach, daß ich dachte, es würde ganz leicht sein, wenn Mutter nicht gewesen wäre. Sie war immer bei ihm und sah mich voller Haß an, wenn ich nur in seine Nähe kam. Tayaleah wußte, daß ich einen Groll auf ihn hatte, und ich konnte sehen, wie er sich fürchtete, trotzdem haßte er mich nie zurück, was ein verflixtes Rätsel war. Ich hörte ihn nicht mal zu Mutter abscheuliche Lügen über mich sagen, obwohl sie ihm alles geglaubt hätte. Ich glaube, es war einfach kein Zorn in ihm, nicht einmal für seine Feinde. Nein, ich glaube, wütend hätte ich ihn lieber gehabt, dann wären wir gute Feinde gewesen.

Schließlich kam der Tag, an dem wir gehen mußten. Das war beklagenswert. Es fiel mir schwer, so viele von meinen Leuten zu verlassen, sogar bei denen, die ich haßte, wie Mongana und seine Mutter. Auch die Roingin wurden auseinandergerissen, und es gab lange, langsame Abschiede, bei denen sogar die Hundetiere, die Mutter mitgebracht hatte, ganz still wurden, als wüßten sie, daß da was Trauriges passierte. Dann sagte Mutter, daß wir jetzt gehen müßten, und wir zogen los. Manche gingen fast rückwärts, damit sie noch möglichst lange schauen konnten. Nach und nach riß die ganze große Sippe auseinander, und es wurden zwei, wie Finger, die sich voneinander lösen. Die Rufe wurden lauter und das Winken wurde stärker, als wir weggingen. Dann waren wir plötzlich zwischen den Bäumen, die anderen wurden unsichtbar, und man sah nur noch die neue Sippe, die Mutters Sippe war.

Mutter hatte natürlich schon mal versucht, Vater zu töten, aber es wurde vereitelt. Vor vielen Jahren, als ich gerade neu geboren war, ging sie zurück an den Strand in der Nähe von Vaters Insel, aber dann fand sie Vaters Boot nicht, das sie versteckt hatte. Wahrscheinlich hatte das Meer es geholt. Das war ein fürchterlicher Schlag für Mutter, weil Vaters Insel weit weg war und mit einem Rindenkanu konnte sie nicht allein hinfahren. Also ging sie am Meer entlang, schnitzte Speere und jagte Wild und suchte nach einem anderen Boot, aber sie fand keins. Einmal wurde sie von weißen Kanaillen gejagt, und später rutschte sie auf den Steinen aus und verletzte sich das Bein, daß sie kein Wild mehr jagen konnte, und so wurde sie hungrig und krank. Inzwischen war sie so weit gelaufen, daß sie sogar über die Roinginwelt hinaus war und einen Ort erreichte, den wir nicht einmal aus den Geschichten kannten. Ich glaube, sie wäre gestorben, wenn sie nicht eine andere Sippe gefunden hätte. Es waren TOMMEGINER, und sie aßen Hammelfische aus dem Meer.

Die Tommeginer hätten sie fast mit dem Speer getötet, weil sie fremd war, aber als sie ihre jammervolle Geschichte hörten, bekamen sie nach und nach immer mehr Mitleid und gaben ihr zu essen. Sie erzählten ihr, daß manchmal Geister kamen und ihnen die Frauen wegnahmen und alle ohne Grund umbrachten, und so führten sie einen Krieg gegen sie, wenn es auch schwer war. Mutter hatte keine Angst vor den Geistern, weil sie sie kannte, und sie sagte, das seien keine Toten, die aus den Gräbern gesprungen waren, wie die Tommeginer dachten, sondern abscheuliche Mistkerle von jenseits des Meers. Sie sagte, daß man sie leicht töten konnte und daß sie selbst mal einen mit einem Stein getötet hatte. Von da ab nannten die Tommeginer sie nicht mehr Geister, sondern NUM, was ihr Wort für diese weißen Männer war.

Und so machte Mutter mit bei ihrem Krieg. Sie lernte die Hundetiere kennen, die die Tommeginer von den weißen Männern hatten. Die hatten eine feine Nase und konnten gut riechen, aber sie waren gierig nach Fressen und Rammeln und so. Mutter nahm sogar einen Tommeginer zum Mann, und er war der Vater von diesem kleinen Arschloch Tayaleah. Bald schon lernte sie geschickt zu kämpfen, besser als andere Tommeginer, und als deren bester Kämpfer getötet wurde, entschied Mutter, wie es weiterging, was eigentlich unmöglich war, weil sie ja eine Frau war und noch dazu eine Fremde. Eines Tages töteten die Tommeginer zwei weiße Kanaillen in ihrer Hütte, und Mutter bekam ihren Zauberstock, der mit Lärm tötet und GEWEHR heißt. Als sie vor langer Zeit auf Vaters Insel war, an die Wand seiner Hütte gefesselt, sah sie, wie Vater sein GEWEHR bereit machte, um Robben zu töten, und sie versuchte sich zu erinnern, bis sie lernte, wie man es macht, mit Pulver und tödlichen Steinen. Das war wie ein Wunder für die Tommeginer und großes Glück und frohe Botschaft, weil das hieß, daß sie den bösen Zauber der Weißen gegen sie selber richten konnte. Sie tötete einen weißen Mann, direkt in seinen Kopf, und immer sahen die Tommeginer, daß die weißen Kanaillen Angst bekamen, wenn Mutter das Gewehr trug. Sie paßte gut darauf auf und stopfte Holz in das Ende, damit es nicht hineinregnete.

Dann kam eines Tages die Hustenkrankheit. Viele Tommeginer wurden krank und starben, und Mutters neuer Mann auch. Später, als sie alle sehr schwach waren, kamen die Num in der Nacht und töteten viele von ihnen, so daß Mutter und ein paar andere nur mit Glück fliehen konnten. Das war ein fürchterlicher Schlag. Nach diesem Tag sagte Mutter den Tommeginern, die noch lebten, daß sie jetzt ihre Welt verlassen mußten, weil es zu jammervoll und tödlich war zu bleiben, und so gingen sie fort. Sie wanderten viele Tage lang, jagten Wild, bis sie endlich unsere Fußspuren fanden und die von den Roingin auch. Das war für Mutter interessant, weil sie ihre alte Sippe wiedertreffen wollte und neue Leute brauchte, für ihre Kriege.

Jetzt war ich also bei ihr, in ihrer Sippe. Ich erinnere mich noch, daß das jammervolle Tage waren. Ich vermißte Großmutter, die mich mit ihren langen, knochigen Fingern gefüttert hatte, und ich vermißte sie noch mehr, wenn ich vom Laufen müde war und mich niemand eine Weile auf den Schultern trug. Ich vermißte Tartoyen mit seinen Geschichten und Lehren und freundlichen Blicken, weil ich so was von Mutter nie bekam, obwohl viele Tage vergangen waren und ich gehofft hatte, daß sie freundlicher würde. Also fühlte ich mich unter den vielen Fremden so allein, daß ich sogar für Vater, den wir doch töten wollten, zärtliche Gefühle tief in meiner Brust bekam. Ja, die anderen sagten, daß er eine abscheuliche Kanaille war, aber er war doch mein Vater, und mein einziger Vater, und manchmal dachte ich, daß er vielleicht freundlicher war als Mutter. Meine Gedanken gingen mal hierhin, mal dorthin, wie ein Ast, an dem der Sturm zerrt. Im einen Moment tat er mir leid, und ich hoffte, daß er uns doch noch entkam. Im nächsten Moment dachte ich, wie gut ich dastehen würde, wenn ich ihn selber töten könnte. Das war ein schöner Traum, ja. Ich stieß ihm den Speer schnell in den Bauch, und alle waren verwundert und überrascht, und sogar Mutter freute sich und verachtete mich nicht mehr, sondern schenkte mir ihre ganze Zärtlichkeit und Liebe, während sie Tayaleah in der Kälte allein ließ, und es war allen egal.

Nach und nach erreichten wir den letzten Rand unserer Welt und kamen an Orte, die ich nie zuvor gesehen hatte, was seltsam war. Die Roingin freuten sich, weil das ihre Welt war, sie zeigten immer wieder auf irgendeine Stelle oder irgendeinen Berg, an den sie sich erinnerten, aber sie waren auch ängstlich und hielten Ausschau nach den weißen Kanaillen, die ihre Leute von der Klippe ins Meer geworfen hatten. Mutter sagte, so abscheulich sie auch sein mochten, jetzt dürften wir nicht gegen sie kämpfen, weil es zu viele waren. FÜHRE DEN KRIEG, DEN DU GEWINNST, dachte Mutter, und sie sagte es auch oft. Aber sie ließ uns Stöcke schnitzen, scharf wie Speere, die wir mit der Spitze nach oben in kleinen Löchern im Weg versteckten, damit sie drauftraten – das war unsere Überraschung für sie. Immer gingen wir vorsichtig und schauten weit voraus. Es waren schlechte Tage, und es regnete ohne Pause, aber Mutter sagte, das sei sehr gut, weil die Num Regen haßten und in ihren Hütten blieben, ohne zu wissen, daß wir in der Nähe waren. Sie hatte recht, denn wir sahen nie welche. Bald schon erreichten wir das Meer und waren immer noch am Leben. Ich konnte Inseln unterscheiden, eine davon weit weg, niedrig und grau wie eine Wolke. Als Mutter sie sah, wurde ihr Gesicht hart wie Stein, und da wußte ich, daß es Vaters Insel war.

Der Regen fiel, aber der Wind war ruhig, und das war ein Glück, weil es hieß, daß das Meer nicht zu wild war, und Vater sollte ja in seiner Hütte bleiben wie die anderen Weißen, damit wir ihn leichter töten konnten. Also bauten wir Rindenboote, genug, um uns alle zu tragen, sogar die Babies, weil Mutter sagte, es sei zu gefährlich, jemand zurückzulassen. Nur die Hundetiere blieben da, und als die Kanus fertig waren und wir sie in die großen Wellen schoben, ärgerten sich die Hundetiere und rannten heulend am Ufer mal hierhin, mal dorthin. Ich war noch nie auf einem Rindenboot im Meer gefahren, und es war zum Fürchten, ja. Das Boot hüpfte auf den Wellen auf und ab wie ein Blatt im Sturm, und ich klammerte mich fest und dachte dauernd, daß ich in den Ozean fallen könnte oder daß das Rindenkanu auseinanderbrechen könnte. Der Himmel war dunkel und das Meer auch, deshalb sah es so tief aus, als hätte es keinen Grund, als sei es nur ewiges Wasser, und der Gedanke machte mir angst, daß wir und dieses Kanu so etwas ähnliches waren wie ein Käfer auf einem großen See. Ich hatte auch Angst vor den großen Walfischen. Die hatte ich einmal gesehen, als sie miteinander spielten, und vielleicht sprangen sie ja jetzt plötzlich aus dem Meer und bissen mich in die Füße, die ins Wasser hingen. Aber das taten sie nicht. Nach und nach kam Vaters Insel näher, bis sie endlich so nah war, daß wir sie ganz sehen konnten. Ein Boot war da und eine Hütte, aus der es rauchte, was ein großes Glück war, weil das hieß, er war daheim.

Mutter ließ uns auf der anderen Seite der Insel an Land gehen, obwohl das weiter weg war, damit uns Vater nicht hörte. Dann schlichen wir vorsichtig hin. Als wir ganz in der Nähe waren, sahen wir zwei Frauen hinter der Hütte, die beide mit glänzenden Seilen festgebunden waren. Mutter sagte, das seien KETTEN, und sie spuckte auf den Boden, sehr zornig. Die Tommeginer freuten sich, als sie die beiden Frauen sahen. Sie flüsterten, das seien Tommeginerfrauen, die vor so langer Zeit verschwunden waren, daß man sie schon für tot gehalten hatte. Mutter machte ein strenges Gesicht, damit die Tommeginer still waren, und auch die beiden Frauen, weil es alle mit froher Botschaft erfüllte, daß sie sich sahen. Wir kamen also näher, sehr vorsichtig, mit kleinen Schritten, hielten unsere Speere bereit und Mutter ihr Gewehr, und dann stießen wir ganz schnell die Tür auf und stürmten hinein.

Drinnen war es dunkel und verraucht, und es roch nach Fisch und Robbenfett. Das Feuer war so hell, daß man gerade genug sah. An einer Stelle lagen Robbenfelle, sehr viele. Ich konnte es kaum glauben, daß es soviele tote Robben geben konnte. Ich sah auch andere Sachen der weißen Männer, die interessant waren, zum Beispiel Sachen aus Holz, die aussahen wie Baumstümpfe, die KISTEN, und seltsame Dinger, die auf Beinen auf dem Boden standen und STÜHLE hießen. Der stinkende weiße Num saß auf einem davon. Er war natürlich überrascht, als er uns sah, sehr sogar, und sein Mund klappte auf wie eine zerbrochene Muschel. Einen Moment schaute er zu einer Wand, an der ein GEWEHR lehnte, wie das von Mutter, nur kleiner, aber es war zu weit weg, deshalb blieb er still sitzen. Und so gewannen wir diesen Krieg, ohne daß es Tote gab.

Ja, alles war ein großes Glück und frohe Botschaft, bis auf diese eine abscheuliche Sache.

Mutter machte ein finsteres Gesicht. »Das ist er nicht.«

Das war schwer zu ertragen, ja, und wir alle hatten zärtliche Gefühle für die arme Mutter, die immer den innigen Wunsch gehabt hatte, Vater zu töten. Es war auch ein verflixtes Geheimnis: Wenn das Vaters Insel war, dann sollte er doch da sein. Mutter sprach den Kerl in seiner eigenen Sprache an, die sie gelernt hatte, als sie hier auf der Insel bei Vater war, an der Wand festgebunden, und manchmal piekten wir ihn mit dem Speer, damit er schneller antwortete. Es war interessant, die Sprache des weißen Manns zu hören, ja, weil ich hörte sie zum erstenmal und merkte, daß sie gar nicht richtig gesprochen wurde, bloß gemurmelt, wie wenn ein Wombat hustet. Heute kann ich diese Worte natürlich selber sprechen, besser als Mutter es je konnte, und so sind es für mich kaum noch Worte, sondern Gedanken, die gesagt werden, aber in jener lang vergangenen Zeit waren sie neu und seltsam. Noch etwas war interessant: daß sie Vaters Namen aussprach, den ich nie gehört hatte und der so fremd klang wie kein richtiger Name. Er hieß JACK.

»Wo ist Jack?« fragte sie immer wieder. »Wo ist der häßliche Weiße mit der großen Narbe?« Dabei zog sie mit dem Finger eine Linie über ihr Gesicht. Aber der Num sah nur zu Boden und sagte, er wisse es nicht. Er sagte, er sei erst im vorletzten Sommer hergekommen, auf der Flucht vor einem anderen Num, und diese Hütte sei leer gewesen, wohl schon seit langer Zeit, und es kam auch nie ein anderer weißer Mann. Als nächstes brachten wir die zwei Tommeginer-Frauen herein, die er draußen festhielt, und sie spuckten ihn an und schlugen ihm ins Gesicht für all die schrecklichen, abscheulichen Dinge, die er gemacht hatte, aber trotzdem sagten sie, er spreche die Wahrheit, sie hätten noch nie einen anderen weißen Mann gesehen außer ihm. Ich erinnere mich, daß Mutter traurig war. Sogar, als die anderen den weißen Mann nach draußen brachten und ihn mit Speeren töteten, um ihr eine Freude zu machen, lächelte sie nicht.

Am nächsten Morgen nahmen wir das Boot des weißen Mannes. Es war größer als ein Kanu, und deshalb blieben meine Füße drinnen. Die zwei Tommeginer-Frauen waren so glücklich, daß sie entkommen waren, daß sie die ganze Zeit sangen, und die Hundetiere auf der Klippe freuten sich auch und bellten, als wir näher kamen.

Aber Mutter war immer noch wütend, weil sie Vater nicht töten konnte. Als einige sagten, wir sollten zurückgehen zu Tartoyen und Großmutter und den anderen, wurde ihr Gesicht hart wie Stein, und sie sagte nein. »Wir sind zum Kämpfen hergekommen, oder?« sagte sie und schwenkte ihre Gewehre, weil jetzt hatte sie schon zwei. Mutter konnte einem angst machen, wenn sie wütend war, ja, und obwohl manche sich Blicke zuwarfen, wagte es niemand, zu widersprechen. Also zogen wir nicht nach Süden, sondern nach Osten durch die Roinginwelt, um weiterzukämpfen.

Sir Charles Moray, Kolonialsekretär, London, an George Alder, Gouverneur von Van-Diemens-Land *1828*

Sir, ich wende mich an Sie aus Sorge hinsichtlich der mißlichen Lage, in der sich die Ureinwohner der Kolonie Seiner Majestät Van-Diemens-Land befinden. Meines Wissens wurde die Zahl der Schwarzen als Folge gewalttätiger Auseinandersetzungen mit der weißen Bevölkerung derartig dezimiert, daß sie in vielen Regionen schon ganz verschwunden sind. Hält diese Entwicklung weiter an, werden die Ureinwohner der Insel meines Wissens binnen kurzem ausgerottet sein.

Dies muß um jeden Preis verhindert werden. Obgleich gesetzlose Attacken gegen die Kolonisten natürlich nicht geduldet werden können, ist es doch auch von großer Bedeutung, daß der gute Ruf der Regierung Seiner Majestät geschützt wird. Die Vernichtung dieses Urvolkes, auch wenn es noch so weit entfernt lebt und noch so wild geartet ist, würde einen unauslöschlichen Makel auf die Reputation dieses Landes werfen und höchstwahrscheinlich von fremden Mächten dazu mißbraucht werden, Seine Majestät und dessen Repräsentanten in Verlegenheit zu bringen. Tun Sie also alles in Ihrer Macht Stehende, um die Schwarzen vor der Ausrottung zu bewahren – zumindest in genügend großer Zahl, daß ihr weiteres Überleben gesichert ist.

George Alder, Gouverneur von Van-Diemens-Land, an Sir Charles Moray, Kolonialsekretär, London *1828*

Sir, in Ihrer letzten Mitteilung, die fast fünf Monate unterwegs war, da das Frachtschiff *Aphrodite* in eine Flaute geriet, haben Sie Ihrer Sorge über das Schicksal der Ureinwohner dieser Insel Ausdruck gegeben. Sie können versichert sein, daß mich diese Angelegenheit nicht weniger bedrückt als Sie, da ich seit dem Tag meiner Ankunft vor vier Jahren mit der verzweifelten Lage dieser unglücklichen Rasse befaßt bin. Ich habe in der Tat beträchtliche Anstrengungen unternommen, um sie zu schützen und ihre Lage zu verbessern, doch hat sich leider herausgestellt, daß das nicht einfach ist.

Sie müssen verstehen, daß die Schwarzen keinerlei Begriff haben von einem *System*, wie ich es vielleicht nennen darf, das ja die eigentliche Wurzel eines geordneten Zusammenlebens darstellt. Obwohl sie viel umherziehen und schwer zugänglich sind, hatte ich doch gehofft, daß sie dieser starken, zivilisierten Gesellschaft, die da plötzlich in ihrer Mitte entstanden ist, ein wenig mehr Neugier entgegenbrächten; unserer Landwirtschaft, unserem Handwerk, unseren komplexen Gesetzen und Gerichtsverfahren, aber ich fürchte, diese Hoffnung war vergeblich. Auch ihrer spirituellen Entwicklung haben sie heftigen Widerstand entgegengesetzt, obgleich in der Kolonie geeignete Männer mit Freuden bereit gewesen wären, sie aus dem Zustand moralischer Finsternis zu erlösen. Ungeachtet solcher Enttäuschungen habe ich alle Anstrengungen zu ihrem Schutz unternommen.

Sie werden sich erinnern, daß ich eine ausgedehnte Kampagne organisiert habe, um die entflohenen Sträflinge einzufangen, unter anderem die erbittertsten Verfolger der Eingeborenen (von denen, wie ich hinzufügen darf, die meisten während der Amtszeit meiner Vorgänger geflohen sind). Dies erwies sich als so wirksam, daß fast alle diese Männer, darunter mehrere notorische Verbrecher, festgenommen oder getötet wurden. Zu dem Zeitpunkt jedoch, als die Operation beendet war, sannen die Eingeborenen nur noch auf Rache und ließen ihren Zorn an jedem Weißen aus, dessen sie ansichtig wurden, ob er nun schuldig war oder nicht, und das wiederum bewog einige unter den freien Siedlern, Gewalt mit Gegengewalt zu erwidern.

Abermals reagierte ich prompt und gab nicht nur eine, sondern gleich mehrere Verordnungen heraus; darin wurden die Weißen aufgefordert, ihre schwarzen Nachbarn freundlich zu behandeln, und gewarnt, daß Morde ohne vorangegangene Provokation mit den härtesten Strafen geahndet würden. Doch die Wirklichkeit sieht so aus: Es ist nicht leicht, die Bevölkerung einer Insel zu kontrollieren, die so groß wie Irland und so gebirgig und unwirtlich wie Schottland ist. Einige der weißen Siedler scheinen ihre Angriffe trotz der Verordnung fortgesetzt zu haben, für die Schwarzen gilt das mit Sicherheit. Der Kolonialregierung blieb keine andere Wahl, als die Eingeborenen mit Soldatentrupps zu verfolgen, obwohl sie schwer aufzuspüren sind. Einige der Siedler begaben sich selbst auch auf die Jagd. Und so ist die Kolonie trotz all meiner Bemühungen immer tiefer in eine Art Kriegszustand hineingeschlittert.

Wenig hilfreich war außerdem der Umstand, daß sich eine kleine Gruppe wohlhabender Männer formiert hat, die sich zu Feinden der Kolonialregierung machten und kürzlich sogar versucht haben, den Namen der Repräsentanten Seiner Majestät in den Schmutz zu ziehen. Sie machen sich die Ängste der freien Siedler zunutze und reden ihnen ein, daß sie gegen die Gewalt der Schwarzen nicht ausreichend geschützt sind. Es gab Protestversammlungen und Angriffe in der *Colonial Times*, von denen einige der gehässigsten sogar gegen mich persönlich gerichtet waren. Obgleich mich meine eigene Reputation in dieser Sache wenig kümmert, erfüllt es mich doch mit großer Sorge, wie hier die Autorität der Regierung Seiner Majestät untergraben wird. Jedes Land, dessen Bevölkerung sich größtenteils aus

Sträflingen und ehemaligen Sträflingen zusammensetzt, ist im Grunde ein Pulverfaß, und wenn dann die Grundbesitzer in Konflikt mit ihrer eigenen Regierung geraten, steht zu befürchten, daß die Sträflinge ihre Chance wittern und meutern. Die Zerstörungen, die dann angerichtet würden, wären in der Tat schrecklich und könnten die ganze Kolonie vernichten.

Seien Sie versichert, daß wir es nicht zu einer solchen Situation kommen lassen werden. Prompte Maßnahmen sind gefordert und wurden auch bereits eingeleitet. Ich habe mich in der letzten Woche mit meinen ranghöchsten Regierungsbeamten getroffen, einschließlich des Kolonialsekretärs und des obersten Polizeirichters, und wir sind übereingekommen, daß, so traurig es auch sein mag, eine Versöhnung zwischen den beiden Rassen, die auf dieser Insel leben, ausgeschlossen ist. Ich gelangte zu dem Schluß, daß die einzige Möglichkeit, den Konflikt zu beenden, darin besteht, die Kolonie in zwei völlig separate Gebiete zu trennen.

Diese wichtige Entscheidung wird bereits in die Tat umgesetzt. Es wurde eine detaillierte Verordnung verfaßt, die zum Inhalt hat, daß die Eingeborenen die besiedelten Distrikte verlassen müssen und nur noch in den westlichen und nordwestlichen Inselgebieten leben dürfen. Dies scheint mir ein überaus gerechtes Arrangement zu sein. Die beiden Gebiete bilden zusammen fast die Hälfte des gesamten Inselgebiets, und wenn es sich dabei auch größtenteils um wildes, gebirgiges Land handelt, das weniger Nahrung bietet als der Rest, so wird es für die Eingeborenen und ihre Bedürfnisse doch gewiß im Überfluß reichen, da sich ihre Zahl jetzt ja verringert hat. In diese Gebiete sind die Weißen bisher kaum vorgedrungen, wenn überhaupt, und so sind sie doch noch weitgehend unerforscht, was die beste Garantie dafür ist, daß die Schwarzen dort sicher und ungestört sind. Auf diese Weise wird das Überleben dieser Rasse, das, wie bereits erwähnt, auch mir so sehr am Herzen liegt, sichergestellt.

Ich freue mich, Ihnen berichten zu können, daß diese Politik schon nach wenigen Tagen Erfolge gezeitigt hat. Die Empörung der Siedler scheint sich bereits zu legen, und die Reputation sowohl der Inselregierung als auch meiner eigenen Person ist weitgehend wiederhergestellt. Natürlich werden noch Schwierigkeiten zu überwinden sein, das läßt sich nicht leugnen. Es wird nicht leicht sein, die Eingeborenen über das neue Arrangement zu informieren, wenngleich ich auch hier alles tue, was in meiner Macht steht. Obwohl die Verordnung sehr umfangreich ist, wird sie in vielen Exemplaren auf der ganzen Insel verteilt und auch am Rand der besiedelten Distrikte an Gummibäume genagelt werden. Es hat in der Vergangenheit ein oder zwei Eingeborene in zartem Alter gegeben, die man festhielt und denen man bis zu einem gewissen Grad das Lesen und Schreiben beibrachte. Zwar sind sie später geflohen, aber es ist zu hoffen, daß sie den anderen die Dokumente werden erklären können. Man wird versuchen, weitere Eingeborene einzufangen, sie von der Teilung der Insel in Kenntnis zu setzen und dann wieder in die Wälder zu entlassen, damit sich die Kunde verbreite. Falls einige der Schwarzen in den Gebieten bleiben, die für die Weißen reserviert sind, und ihre Angriffe fortsetzen, wird uns leider keine andere Wahl bleiben, als sie ausfindig zu machen und mit der ganzen Härte des Gesetzes zu bestrafen.

Es wird zweifellos ein wenig dauern, bis dieses Arrangement zum Tragen kommt, und doch hoffe und glaube ich, daß es sich als höchst bedeutsamer und nützlicher Schritt erweisen wird, um in dieser Kolonie Frieden zu schaffen. Es handelt sich um eine radikale Änderung, und ich bin zuversichtlich, daß sie im Lauf der Zeit einen dauerhaften Weg zum Schutz und zur Bewahrung der unglücklichen Schwarzen bieten wird, genau wie Sie es, Sir, so beredt fordern.

Peevay *1829*

Das Wetter blieb jammervoll, immer nur starker Wind und lärmender Regen, und so begegneten wir auf unserer Suche nach Krieg nie einem Weißen, der uns hätte töten können. So zogen wir mal hierhin, mal dorthin, Tag um Tag, jagten und liefen, bis meine Füße wund wurden und sogar die Hundetiere müde

Beine kriegten. Nach und nach waren wir durch die ganze Welt der Roingin gezogen und hatten die Welt der Tommeginer erreicht, die aber jetzt leer war, weil die Tommeginer ja alle mit uns zogen oder getötet worden waren.

Eines Morgens dann traten wir aus den Bergen, und der Papagei und der Kakadu schrien, und auf dem Pfad war Wombatdreck, der uns zeigte, daß ganz in der Nähe gutes Land war. Kurz darauf entdeckten wir ein verflixtes Rätsel. In einem Akazienbaum steckte ein winzig kleiner Speer, aus etwas Glänzendem gemacht wie Mutters Gewehr, sehr schön, und an ihm hing etwas Seltsames. Es war wie getrocknete Haut, aber dünn, und es zerriß leicht wie Laub, und im Wind bewegte es sich wie der Flügel eines toten Vogels. Schwarze Linien waren darauf, so viele, daß sie das ganze Ding bedeckten.

»Das ist nur so ein Weißen-Dreck«, sagte Mutter, als wären wir lauter Dummköpfe, weil wir so neugierig waren. Wir alle wollten das Ding verbrennen, aber Mutter sagte nein. »Das heißt, daß weiße Männer in der Nähe sind. Wenn wir ein Feuer machen, wissen sie, daß wir hier sind.«

Niemand antwortete ihr. Wie immer. Wir waren jetzt Mutters Sippe, und Mutter wußte besser über die Weißen Bescheid als wir alle. Außerdem machte sie uns angst. Sie hatte recht, sie waren in der Nähe, ja. Wir gingen vorsichtig weiter und versuchten die Hundetiere stillzuhalten, was schwer war, weil sie immer vorausrannten, und bald schon fanden wir wieder so einen Weißen-Dreck, diesmal an einem Eukalyptusbaum. Als nächstes kamen umgehauene Bäume, und auf dem Pfad waren Spuren von den Num ohne Zehen. Dann kam eine sehr große Lichtung mit einer Wand ganz aus Holz, und dahinter waren seltsame Tiere, und Mutter sagte, das seien die Tiere des Weißen Mannes, und sie hießen SCHAFE. Ich hatte solche Tiere noch nie gesehen, nein, und sie waren interessant. Sie waren fett und dumm und rannten alle mal hierhin, mal dorthin und hatten so kurze Beine, daß sie nicht springen, nicht klettern und nicht graben konnten, und ich sah, daß der weiße Mann sie so weiß gemacht hatte wie sich selbst. Wir wollten sie mit dem Speer töten, weil wir wähnten, daß das so leicht war, wie auf einen

Stein zu pissen, aber wieder sagte Mutter nein, wir müßten vorsichtig sein. Dann, kurz darauf, als wir leise durch die Bäume schlichen, sahen wir die Hütte der weißen Männer.

Sie war noch interessanter als die Tiere. Ich sah, daß sie aus Baumrinde war und ein besonders Loch im Dach hatte, das den Rauch herauszog wie ein Seil. Das war wie ein Zauber. Natürlich kenne ich heute alle Tricks der Weißen, und sie sind nichts Besonderes mehr. Dieses Loch war einfach ein KAMIN, und das Dünne, was der weiße Mann an den Akazienbaum gespießt hatte, war PAPIER, und die Bilder von nichts waren SCHRIFT, die ich jetzt selbst kann, wie ja alle wissen. Aber wenn man so etwas nicht kennt, macht es einen neugierig. Der Weiße denkt gern, du bist dumm, wenn du etwas Neues nicht kennst, das er hat, aber eigentlich ist das nur seine eigene Dummheit. Er will nicht wissen, daß wir seine Klugheit genauso schnell lernen können wie er. Tief in seiner Brust *will* der weiße Mann, daß wir dumm sind.

Ich betrachtete immer noch den Rauch und überlegte, wo er hinging, als plötzlich ein ganz fetter weißer Mann aus der Hütte kam, zu einem Holzstoß rüberging und pißte. »Den habe ich schon mal gesehen«, flüsterte ein Tommeginer, der Lacklay hieß, ganz aufgeregt. »Der hat meine Schwester getötet.«

Die Wahrheit war, daß Mutter diese Kanaillen umbringen wollte, egal, wer sie waren, und Lacklays Worte waren nützlich, weil wir jetzt wütender sein konnten, was beim Kämpfen sehr wichtig ist. So machten wir uns also bereit. Ich war recht furchtsam, wie ich mich erinnere, weil das mein erster Kampf mit weißen Männern war, damals war ich noch klein, zu klein, um jemanden gefährlich zu verwunden. Trotzdem wäre ich gern ein großer Held gewesen, um Mutter zu zeigen, wie tapfer ich war, besser als dieser Tayaleah mit seinen schwachen, dünnen Beinchen. Also machte ich mich tapfer.

Bald schon ging die fette weiße Kanaille in ihre Hütte zurück, und wir schlichen uns zum Rand der Bäume. Wirklich, dieser Krieg war zu leicht. Mutter und Lacklay liefen vorsichtig hinter die Hütte, ohne ein Geräusch zu machen, und hielten ihr Reibholz an die Rinde, bis sie brannte. Dann warteten wir alle.

Das Feuer war schnell, und bald war es so laut, als würden Zweige knacksen, und der Rauch wurde wie etwas Verrücktes in den Wind geblasen. Die weißen Männer wußten natürlich, was passierte. Sie kamen nicht herausgerannt, sondern guckten um die Tür, zwei von ihnen. Der Dicke feuerte einmal sein Gewehr ab, aber ohne jemand zu töten, und so warteten wir einfach weiter, während Mutter etwas in der Sprache der Weißen rief, um sie zu verwirren.

»Kommt raus, ihr Arschlöcher, damit wir euch töten können!« Und so weiter.

Dieses Gerufe machte ihnen angst, ja, und auch Mutters Gewehr, das sie immer wieder auf sie richtete, und so blieben sie in ihrer Hütte, bis das Feuer zu heiß war und ihre Gesichter schwarz wurden. Plötzlich rannten sie heraus, und der Fette wollte mit seinem Gewehr nach uns schlagen wie mit einer Kriegskeule. Mutter feuerte ihr Gewehr ab, und Lacklay feuerte das andere ab, das Mutter ihm gegeben hatte, und es machte auch nichts, daß sie nicht trafen, weil wir jetzt Speere warfen, und es machte nichts, daß meiner nicht traf, weil andere trafen, und bald fielen diese Ratten hin, und wir töteten sie mit unseren Kriegskeulen.

Es war geschafft. Abscheulich war, daß Mutter mir nicht ihr Lob schenkte, wie sie es hätte tun sollen. Nein, sie sagte nur, wie tapfer Tayaleah war, obwohl er sich bloß hinter den Bäumen versteckt und zugeschaut hatte. Das war schwer zu ertragen. Aber größtenteils war dieser Krieg ein großes Glück. Die weißen Kanaillen wurden einfach so getötet, ohne daß jemand von uns sterben mußte, und wir hatten jetzt auch noch das Gewehr des fetten weißen Mannes, obwohl das hölzerne Ende zerbrochen war. Ja, es war frohe Botschaft, als wir der abgebrannnten Hütte den Rücken kehrten. Endlich ließ uns Mutter die Tiere der weißen Männer mit dem Speer töten, was ganz leicht war, genau wie wir es uns vorgestellt hatten, und bald waren wir wieder im Wald und liefen schnell weiter. Manchmal sangen wir dabei, manchmal feuerten wir auf einen Busch, um zu sehen, ob ein Stück Wild herausgerannt kam, bis wir zwei Wallabies erlegten. An diesem Tag waren wir freudige Helden.

Als es dunkel wurde, hielten wir bei einem Fluß an, machten ein großes Feuer, um die Wallabies zu braten, und aßen Fleisch, bis wir satt waren. Danach tanzten wir einen Tanz, den wir Tanz des Weißen Mannes nannten und der unsere neue Erfindung war, der erste Tanz von Mutters Stamm. Am Anfang tanzten wir den Fetten, wie er zum Pissen ging und keine Ahnung hatte, daß wir ganz in der Nähe waren. Dann tanzten wir uns, wie wir vorsichtig herumschlichen, und wie Mutter und Lacklay die Hütte in Brand steckten. Am Schluß tanzten wir die weißen Kanaillen, wie sie ängstlich herausguckten und dann mal hierhin, mal dorthin rannten und von unseren Speeren getötet wurden. Es war ein schöner Tanz, und wir tanzten ihn viele Male. Danach, als es spät war und wir alle müde wurden, schliefen wir ein.

Heute, in diesen viel späteren Tagen, wo jene Zeit mir weit entfernt vorkommt wie eine Traumgeschichte, die nie passiert ist, glaube ich, daß ich sie kommen hörte. Wahrscheinlich habe ich etwas gehört, ja, weil ich schon wach und neugierig war, bevor es losging. Vielleicht war es irgendein kleines Geräusch wie ein knacksender Zweig oder ein knurrendes Hundetier. Wahrscheinlich ließ dieses kleine Geräusch mich noch so viele Jahre weiterleben.

Das nächste Geräusch machte mich taub, als sei mein Kopf im Wasser. Natürlich kannte ich dieses Geräusch längst, weil ich es bei Mutter gehört hatte und bei dem fetten weißen Mann. Als nächstes war für einen winzigen Moment alles still, und ich hoffte schon, daß es doch nichts Abscheuliches war, nur irgendwas Dummes mit unseren Gewehren. Aber dann feuerten andere, viele, und ich hörte Leute schreien und Hundetiere bellen. Es war abscheulich. Unser Feuer war schon klein geworden, aber trotzdem sah ich, daß Lacklay angeschossen war, sehr schlimm, und andere auch. Die weißen Männer kamen langsam aus dem Dunkeln und stellten sich in einem großen Kreis auf. Sie ließen uns nicht aus den Augen, manche steckten eine neue Kugel in das Ende ihres Gewehrs, andere hatten Stöcke und Messer in der Hand.

Ich glaube, wenn sie Mutter als erstes erschossen hätten,

dann hätte es uns wahrscheinlich alle erwischt. Ja, wenn sie auch nur einen fürchterlichen Irrtum begangen haben, dann war es das. Wahrscheinlich feuerten sie zuerst auf die Männer, weil sie dachten, die seien am gefährlichsten, was eine große Dummheit war. Ich war bei Mutter, und ich sah, wie sie in diesem Kreis aus lauter weißen Männern auf eine Stelle starrte, dorthin, wo der Kreis sich dehnte und wo nur eine von diesen Kanaillen stand, sehr groß. Mutter hob ihr Gewehr und schoß, und plötzlich war er weg, und im Kreis war ein schönes Loch. Ich erinnere mich, wie danach alles langsam wurde, fast so, als sei es gar nicht passiert und würde auch nie passieren, aber irgendwie bewegten sich meine Beine nach und nach, was ein großes Glück war, und so blieb ich nicht stehen, sondern rannte los, mit Händen und Füßen am fast toten Lacklay und noch einem anderen vorbei, und dann zwischen die Bäume.

Ich hörte, daß mir ein paar nachliefen, aber ich achtete nicht darauf, sondern rannte wie der Wind, und es war mir egal, wenn ich einen Baum oder kratzende Blätter streifte, ich rannte, so schnell ich konnte. Es half mir, daß ich so klein war, ja, weil ich unter allem durchrennen konnte. Ich rannte und rannte, bis ich irgendwann stehenbleiben mußte, weil ich so müde war, und als ich lauschte, hörte ich nur noch mich selber atmen, schnell und ängstlich. Dann versteckte ich mich dort, kroch in einen Busch und war ganz still und lebte noch.

Die Geräusche im Wald waren ein verflixtes Rätsel. Manchmal brachen Zweige, oder es scharrten Blätter, und man konnte schwer sagen, ob ich das war oder die weißen Kanaillen oder einfach ein Wallaby, das mal hierhin, mal dorthin lief. Endlich wurde der Himmel heller, und ich konnte keine Feinde entdecken. So verließ ich nach und nach mein Versteck und ging weiter, ganz vorsichtig. Bald sah ich Fußspuren mit Zehen dran, da wußte ich, daß es unsere waren. Das war ein großes Glück. Leise, leise folgte ich ihnen, vorsichtig wie ein Jäger, bis ich unser Feuer erreichte, und an der Stelle von gestern schlief. Wirklich, das kam mir schon vor, als wäre es ewig her.

Das Feuer war aus, bis auf ein bißchen Rauch und den Geruch von Asche, der einen zum Niesen brachte. Da war auch noch ein anderer Geruch, ganz hassenswert. Ja, meine Leute waren da, manche jammerten und manche standen nur da und schauten. Ich sah, daß nur noch die Hälfte von Mutters Sippe übrig war, was ich traurig fand. Rund ums Feuer lagen Tote, sehr viele, erschossen oder mit zerschmettertem Kopf oder mit Messern getötet. Am schlimmsten aber war das Feuer, wo sie Babies hineingeworfen hatten, die waren verbrannt. Eine Weile schaute ich nur alles an und dachte nach.

Ich muß euch diese Wahrheit sagen, die ganz abscheulich ist. Die Gefühle tief in meiner Brust waren nicht nur voller Klage. Nein, sogar jetzt gab es einen kleinen Teil, der frohe Botschaft war. Vielleicht denkt ihr, daß das unmöglich ist und daß ich ein gemeiner Kerl bin, hassenswert anzusehen. Vielleicht ist das so. Doch bitte, ich flehe euch an, seht, wie ich bin. Was mich so werden ließ, war Mutter. Da suchte sie überall in dieser Feuerasche und verschwand zwischen den Bäumen und rief immer wieder das gleiche, wie ein Tier, das in eine Falle gegangen ist und sich nicht mehr befreien kann.

»Tayaleah! Tayaleah!«

Aber die kleine Ratte war und blieb verschwunden.

Kapitel Fünf

Captain Illiam Quillian Kewley *Juli 1857*

Es gab ein ziemliches Theater, als die Jungs hörten, daß es jetzt doch nicht nach Man Island zurückging, sondern ins ferne Australien. Bei denen, die mit Kneifzangen verheiratet waren, zum Glück die allermeisten, ging's ja noch, aber die anderen waren stinksauer. Sie jammerten und drohten mir so lange auf manx, bis ich den Engländern sagen mußte, daß sie mehr Geld wollten. Ich befürchtete schon, sie könnten völlig die Nerven verlieren und mich in einem Boot aussetzen – als »Captain Bligh von Peel City«. Aber nichts bringt einen Mann schneller zur Vernunft, als die Angst vor dem Gefängnis. Einen Tag später hatten sich die Wogen schon etwas geglättet, und binnen kurzem waren die Jungs bloß noch schlechtgelaunt, was für sie ganz normal war.

Nach drei Segeltagen hatten wir die Isle of White hinter uns gelassen, und keine Spur von unserem guten Freund Captain Clarke mit seinem Kutter der Königlichen Küstenwache, der *Dolphin,* und auch nicht von gewissen Spürhunden, die nach Inventar aus Maldon schnüffelten. Der Wind stand günstig, und wenn es so blieb, würden wir bald die Scillies passieren und den Klauen der Engländer entronnen sein, natürlich nur, wenn man die an Bord nicht mitzählte. Es war schon komisch, übers Achterdeck zu laufen und sich vorzustellen, daß es bald unter einem fremden tropischen Himmel dahinschlingern würde, den wir weder kannten noch kennenlernen wollten. Meine große Sorge war Ealisad. Hatte ich ihr nicht versprochen, noch diesen Monat zurückzusein, mit genug Geld, um sie königlicher verwöhnen zu können als Queen Victoria? Es würde Wochen dauern, bis ich ihr wenigstens *schreiben* konnte, daß ich mich um ein Jahr verspätete. Das würde sie mir nicht so leicht verzeihen.

Aber da ich es sowieso nicht ändern konnte, verdrängte ich den Gedanken, so gut es ging, und kümmerte mich ums Schiff. Es gab viel zu tun, weil ich rausfinden mußte, ob wir überhaupt in der Lage waren, Captain Cook zu spielen. Zum Glück befand sich die *Sincerity*, nachdem wir sie in Peel fast zu Tode repariert hatten, in gutem Zustand und verfügte über neue Rahen, Segel und genügend Ersatzteile, um den einen oder anderen Wirbelsturm zu überstehen. Sie hatte ja sogar einen zweiten Schiffskörper, der sie über Wasser hielt. Und dank unseres übereifrigen Pfarrers hatten wir genügend Trinkwasser und Nahrungsmittel an Bord, und sogar gültige Dokumente. Erst als wir längst auf hoher See segelten und ich den Kurs für den Rest der Reise festlegen wollte, fiel mir ein, daß ich eine winzige Kleinigkeit vergessen hatte.

Die Seekarten.

Ich schob es auf den Pfarrer. Der Idiot hatte uns mit seinem Gequengle durch ganz London gehetzt – warum hatte er mich nicht auch noch zu einem Kartenmacher getrieben? Reine Nachlässigkeit. Tja, das war wirklich ein Problem. Ein Schiffskapitän braucht seine Seekarten genauso dringend wie ein Rechtsanwalt die Sünde, und wer ohne Karten um die Welt segelt, fällt auf den Stand von Christopher Kolumbus zurück, der Amerika für Indien hielt. Selbst der Erste Maat Brew, der so gelassen war, daß er grinsend seinem eigenen Begräbnis beigewohnt hätte, zeigte sich besorgt.

»Wir müssen irgendwo vor Anker gehen«, meinte er stirnrunzelnd. »Bis Portsmouth ist es nicht weit.«

Das war leichter gesagt als getan. Portsmouth hieß einerseits, daß es dort Zollbeamte gab, und andererseits, daß sich unsere drei Passagiere ein bißchen in der Stadt umschauen würden. Und dort gab es Zeitungen.

»Schauen wir doch mal in den Kartenspind«, sagte ich. »Man kann nie wissen, vielleicht haben wir Glück.«

Diesen Spind hatte ich vorher nie inspiziert. Ich hatte immer nur meine eigenen Karten von der Irischen See und vom Ärmelkanal oben auf den Haufen draufgelegt, in dem alles wie Kraut und Rüben durcheinanderlag, als sei unter den letzten sechs Kapitänen kein einziges Mal aufgeräumt worden. Zuerst kam ein dicker Stoß Bleistiftzeichnungen, auf denen immer die gleiche mürrische Katze zu sehen war – da hatte sich wohl jemand fürchterlich auf hoher See gelangweilt. Dann kam's noch dicker, nämlich ein Stoß gereimter Verse, die alle von zwei leidenschaftlichen Spaniern namens Alphonse und Esmeralda handelten, die unablässig herumpoussierten und im Mondlicht tanzten. Darauf folgten mehrere Blätter mit hingekritzelten Zahlen und ein langes, grämliches Dokument, das irgendeinen längst vergessenen Ersten Maat bezichtigte, ein paar Pennies nicht zurückgezahlt zu haben. Und unter all diesem Wust fand ich dann endlich verschiedene Karten.

Eine davon sprang mir sofort ins Auge, denn sie war nichts anderes als eine durchaus taugliche kleine Zeichnung von Cape Colony, wo wir ja hoffentlich in ein paar Monaten ankamen, und vielleicht sogar irgendwelchen Afrikanern ein paar von unseren Kisten verkaufen konnten. Die Karte war nicht eben neu und wies die Insel noch als holländisch aus, was uns, laut Brew, in Napoleons Zeit zurückführte. Sie sah aus, als hätte jemand ein paarmal drauf zu Abend gegessen, aber immerhin war es eine Karte.

Mit den Westindischen Inseln hatten wir weniger Glück, ein großer Jammer, denn die sollten schließlich unsere erste Station sein. Wir mußten den Atlantik überqueren, damit wir die Brise nach Süden zum Kap erwischten, und hatten mit unseren Engländern vereinbart, eine Stippvisite in Jamaika zu machen, was mir zur Zeit der Abmachung ganz egal gewesen war, weil wir ja sowieso nur bis Essex fahren wollten. Die einzige Karte, auf der die Insel eingezeichnet war, war eine Weltkarte, noch dazu eine Mercatorprojektion, und das hieß, daß Norwegen so lang war wie meine Hand, während die gesamte Karibik unter zwei Pennystücken Platz gefunden hätte.

»Damit finden wir wohl kaum nach Kingston«, sagte Brew und zog eine Grimasse.

Ich überlegte kurz. »Vielleicht ist das auch gar nicht nötig.«

Am dritten Tag unserer Reise betraten Captain Kewley und sein Erster Maat Brew plötzlich, ohne anzuklopfen, die Kajüte. Ich wollte gerade mein Mißfallen bekunden, daß man einfach so in meinen Privatbereich eindrang, da ergriff der Captain seinerseits das Wort und wollte mich überreden, daß wir nun lieber doch nicht, wie geplant, in Jamaica vor Anker gingen.

»Ich dachte, weil Sie doch so schnell wie möglich nach Tasmanien wollen, Herr Pfarrer, und nach Jamaica müssen wir wirklich nicht. Unsere Vorräte reichen leicht bis Afrika.«

Obwohl ich mich für jemanden halte, der stets ein offenes Ohr für neue Ideen hat, muß ich zugeben, daß mir dieser spezielle Vorschlag nicht behagte. An erster Stelle stand für mich der Gedanke, daß eine getroffene Vereinbarung von beiden Parteien korrekt eingehalten werden sollte, schon aus Prinzip, und es war beschlossene Sache gewesen, daß wir in Kingston vor Anker gehen würden. In Wahrheit jedoch spielte noch eine zweite Überlegung mit. Seit die *Sincerity* auf dem offenen Meer segelte und der Macht der Wellen ganz ausgeliefert war, hatte ich mich in Gedanken oft, ja sogar unaufhörlich, mit der Aussicht auf unseren ersten Landfall beschäftigt. Und so war mir der Gedanke, daß dieser nun verschoben werden könnte und ich zwei Monate oder länger ununterbrochen an Bord bleiben müßte, alles andere als angenehm.

»Ich glaube, wir sollten unseren ursprünglichen Kurs beibehalten«, antwortete ich entschieden.

»Es ist zu Ihrem eigenen Vorteil«, beharrte Kewley.

Plötzlich erhielt ich unerwarteten Beistand. Potter steckte den Kopf aus seiner Koje. »Wir müssen aber nach Jamaika«, erklärte er schlicht. »Außerdem glaube ich kaum, daß es einen großen Umweg bedeuten würde, wo wir doch ohnehin so nah daran vorbei müssen.«

Ich muß gestehen, daß mir das Benehmen des Expeditionsarztes bis dahin alles andere als hilfsbereit erschienen war, ein Thema, auf das ich später noch ausführlicher eingehen werde, doch in diesem Moment waren mir seine Worte sehr willkommen. Kewley versuchte uns mit irgendwelchen nautischen Details einzuschüchtern, aber als ich ihm drohte, ich könnte gezwungen sein, noch einmal über das vereinbarte Chartergeld nachzudenken, wurde seine sonst so verschmitzt strahlende Miene recht düster. »Mal sehen, was sich machen läßt«, versprach er mürrisch, und mit diesen Worten trollten sich die beiden, wobei sie in ihrem aufreizenden Dialekt vor sich hinschimpften.

Ich muß betonen, daß ich nicht dazu neige, in Selbstmitleid zu schwelgen, meiner Beobachtung nach kann diese Eigenschaft einen Mann ebenso zerstören wie die Trunksucht, indem sie ihn in immer größere Ziellosigkeit und Verzweiflung stürzt, und doch will ich gestehen, daß die Tage, nachdem wir den Blackwater verlassen hatten, nicht zu meinen schönsten zählten. Meine Beschwerden setzten vermutlich mit der außerordentlich fetten Mahlzeit ein, die uns am Abend unserer Abfahrt serviert wurde, und es trug auch nicht zur Besserung meines Zustandes bei, daß meine Kajüte in jener Nacht mit einem giftigen Geruch erfüllt war, der mich sehr an einen stinkenden Teich erinnerte. Wie man mir später sagte, rührte dieser Geruch von Wasser in der Bilge her, das durch die Schiffsbewegung hin und her schwappte. Tatsächlich rollte und stampfte die *Sincerity* sehr heftig. Binnen einer Stunde hatte der Wind beinah Orkanstärke erreicht, und da ich mich unwohl fühlte, mußte ich mich auf Deck begeben und stoisch zitternd in Nachthemd und Mantel an der Reling stehen.

Leider war dies, wie sich herausstellen sollte, nur die erste vieler solcher Heimsuchungen. Das Wetter schien wild entschlossen, sich eher zum Schlechteren als zum Besseren zu wenden, und gegen Morgen krachten die Wellen mit solcher Gewalt gegen den Bug, daß das ganze Schiff erzitterte und ein weniger mutiger Mann als ich vielleicht befürchtet hätte, es könnte kentern oder in tausend Stücke zerspringen. Zu meiner großen Überraschung schien die fettreiche Mahlzeit meinen beiden Gefährten nicht das mindeste angehabt zu haben, denn sie marschierten bei jeder Gelegenheit heißhungrig in die Messe. Trotz meiner Beschwerden freute mich das natürlich sehr für sie, obgleich ich es nicht gutheißen konnte, daß Dr. Potter stets lauthals von den soeben verzehrten Mahlzeiten berichtete, wo ich doch offensichtlich noch ein wenig unpäßlich war.

Außer der Übelkeit beschäftigte mich das Thema Schlaf, oder vielmehr der Mangel, den ich an dieser für Körper und Geist so wichtigen Nahrung litt. Ich bin der festen Überzeugung, daß sich, von einem Schlachtfeld einmal abgesehen, kein Ort der Welt weniger zum Ruhen eignet als ein Segelschiff. Jeden Abend, wenn ich gerade in den bitter benötigten Schlummer sank, erschallte an Deck irgendein Ruf auf manx, und plötzlich erbebte die Kajütendecke vom Gestampfe schwerer Stiefel, das so laut dröhnte, als führte die Mannschaft einen Rachefeldzug gegen irgendwelche kleinen flinken Tierchen. Als nächstes erfolgte dann irgendein Manöver, zum Beispiel mußten wegen einer Kursänderung die Segel gedreht werden, und das konnte in einer einzigen Nacht gleich mehrfach geschehen. Das Knirschen von Holz ertönte, das Quietschen von Tauen und Blöcken, man hörte Kommandogebrüll und das Stampfen von Stiefeln, und schon sangen die Männer aus voller Kehle, weil sie anscheinend nicht einmal an einem Tau ziehen konnten, ohne gleich eines ihrer unsäglichen Seemannslieder zu grölen.

Ich tat mein möglichstes, um die Manx-Männer zu etwas mehr Rücksicht zu bewegen, aber es half nichts. Wenn ich mit einem Stock gegen die Kajütendecke klopfte, stellten sie sich taub. Wenn ich Captain Kewley aufs freundlichste bat, ob seine Mannschaft denn ihre nächtlichen Operationen nicht etwas leiser durchführen könnte, wurde er richtig grob. Auch das Verhalten meiner zwei Reisegefährten war leider nicht sehr hilfreich. Obgleich ich kein Mensch bin, der andere mit übertriebener Härte beurteilt, und es mir zur größten Freude gereicht, an meinem Nächsten Gutes zu entdecken, muß ich doch gestehen, daß meine Geduld zunehmend strapaziert wurde.

Renshaw hatte zwar eine winzige Kajüte für sich allein, doch die hölzerne Wand, die sie von der unseren trennte, war so schlecht konstruiert, daß zwischen den Brettern große Lücken klafften und man jede seiner Bewegungen hörte. Nachts wurde ich häufig von dem Geräusch geweckt, mit dem er sich unter sonderbaren Zuckungen an sich zu schaffen machte, als habe er Schmerzen. Noch mehr jedoch quälte mich Dr. Potter, der es nicht lassen konnte, bis tief in die Nacht bei Kerzenschein mit einer kratzenden Feder in sein Notizbuch zu kritzeln, was mich fast in den Wahnsinn trieb. »Einen Augenblick noch, Herr Pfarrer«, lautete seine immergleiche Erwiderung, wenn ich ihn, mit aller mir noch zu Gebote stehenden Freundlichkeit, bat aufzuhören.

Ich tat mein möglichstes, um diesem Mann mit Nachsicht zu begegnen, obwohl er mich unaufhörlich provozierte. Wenn er etwa darauf bestand, über dem Rand seiner Koje nasse Wäsche aufzuhängen, so daß das Meerwasser direkt auf mein Bett heruntertropfte und große feuchte Stellen hinterließ, dann sagte ich mir, daß dies nicht von seiner gesetzlosen Natur herrührte, sondern davon, daß man ihm als Kind keine Manieren beigebracht hatte. Ich wollte ihm dazu verhelfen, indem ich eine kleine Hausordnung entwarf, die ich, damit er sie bequem lesen konnte, an die Wand seiner Koje heftete. Nun könnte man vermuten, daß er eine so freundliche Geste begrüßt hätte, aber nein, er gab sich hinsichtlich meiner Vorschläge aufreizend vergeßlich, so demonstrativ, daß mir Zweifel an seinem guten Willen kommen mußten. Beharrlich nannte er meine Vorschläge in geradezu beleidigendem Ton »die Gebote des Pfarrers«.

Manch einen hätte ein derartiges Betragen mit Zorn erfüllt, ich aber zog es vor, Trost im Glauben zu suchen. In diesen Tagen habe ich viel gebetet, und es drängte mich oft, IHN hinsichtlich meiner beiden Gefährten um Führung zu bitten, oft auch in deren Gegenwart, wobei ich irgendeinen kleinen Charakterzug erwähnte, der sich womöglich mit SEINER Hilfe zum Besseren wenden konnte. Ich betete zum Beispiel, Potter möge in seinem Herzen doch mehr Sanftmut und Rücksicht gegenüber seinen Reisegefährten empfinden und eines tieferen Schlafs teilhaftig werden, damit er niemanden mehr durch seine Unrast störte. Ich hegte in der Tat die Hoffnung, daß meine demütigen Bemühungen den beiden halfen, verständiger zu werden, und daß sie mich im Laufe der Zeit vielleicht sogar bei meinen kleinen priesterlichen Verrichtungen unterstützten. Zu meinem Bedauern freilich schienen sie meine Versuche völlig zu ignorieren, gerade so, als hätten sie mich gar nicht gehört.

Doch in manchem wurden meine demutsvollen Bemühungen dann doch erhört. Aller Wahrscheinlichkeit zum Trotz geriet mein Leben an Bord durch das Beten allmählich weniger beschwerlich. Die Übelkeit ließ immer mehr nach, bis eines Tages der große Moment kam, da ich mich auf den Weg zur Messe begab, in der viele herrliche, wenn auch wohlfeile Stiche der königlichen Familie hingen (man konnte sich keinen glühenderen Monarchisten vorstellen als Captain Kewley) und wo ich zum erstenmal seit der Abfahrt von Essex eine Mahlzeit zu mir nahm. Auch das Schlingern des Schiffs wurde mir vertrauter, bis ich sogar imstande war, von einem Ort zum anderen zu gelangen, ohne zwischendurch nach einem Halt greifen zu müssen. Selbst der nächtliche Arbeitslärm an Deck verlor seinen Schrekken, und irgendwann störte er meinen Schlummer auch nicht mehr, als es Vogelgezwitscher getan hätte. Binnen kurzem schien die Aussicht, noch viele Meilen und Monate lang zu reisen, kaum noch von Bedeutung, da ich mich an das Leben auf diesem Schiff gewöhnte und es eigentlich nicht mehr als Fortbewegungsmittel, sondern als Zuhause empfand.

Inzwischen hatten sich durch unseren ständigen Südwestkurs deutliche Veränderungen ergeben, ähnlich dem Wechsel der Jahreszeiten, aber seltsam vermengt, als sei gleichzeitig Mai und September. Während die Sonne immer heißer brannte – man mußte frühzeitig Vorkehrungen treffen, wenn man sich keine rote Nase einhandeln wollte –, wurden die Tage immer kürzer. Selbst die Zeit schien in dieser seltsamen, flüssigen Welt zu fließen. Täglich zur Mittagsstunde wurde ein kurioses Ritual vollführt, wenn der Captain und seine zwei Maate, der ruhige Brew und der kleine, cholerische Kinvig, Seite an Seite standen und ihre Sextanten nach Süden ausrichteten. Wenn dann jeder sein Instrument gesenkt hatte, rief Captain Kewley: »Es ist Mittag!«, worauf sofort achtmal die Schiffsglocke läutete, die Sanduhren umgedreht wurden und der neue Schiffstag begann. Unweigerlich mußte ich an jedem neuen Mittag die Zeiger meiner Taschenuhr um ein bis zwei Minuten verstellen.

Die vielen kuriosen Aspekte des Schiffsalltags verwirrten mich nach wie vor sehr. Zum Beispiel hätte ich mir gewünscht, das seltsame Keltisch der Mannschaft zu verstehen, so ordinär es auch klang, denn sie unterhielten sich oft in dieser Sprache, wenn ich in der Nähe war, und stets mit so fröhlichem Gelächter, daß ich mit Freuden einen Penny geopfert hätte, um zu erfahren, worum sich ihr lustiges Geplänkel drehte. Offenbar war es ein Volk, das ebenso strenge wie rätselhafte Traditionen hatte. Zum Beispiel beharrten sie darauf, daß wir die Schweine an Bord niemals mit ihrem richtigen Namen bezeichneten, sondern stets »Sau« sagten, wegen irgendwelcher Vorschriften auf hoher See. Dies schien mir eine sehr törichte Forderung zu sein, und ich fragte mich des öfteren, ob sie sich mit ihren neuen Passagieren vielleicht einen Scherz erlaubten. Dann wieder fiel mir auf, daß auf der *Sincerity* eine ziemliche Förmlichkeit herrschte und jeder Mann seinen ganz bestimmten Posten innehatte, wie in einem Gerichtshof.

Den Captain und den Ersten Maat Brew fand man auf dem Quarterdeck im hinteren Teil des Schiffs. Kewley thronte auf der Luvseite, von wo er ungehindert nach vorn blicken konnte, weil sich die großen Segel alle zur anderen Seite blähten. Und dies, obwohl er der Mannschaft kaum je einen Befehl erteilte. Das war die Aufgabe von Mr. Brew, der mit der Leeseite Vorlieb nehmen mußte und eigentlich kaum etwas anderes sah, als riesige Wände aus Segeltuch, die sich bis zum Himmel erstreckten. Begab sich der Captain irgendwann einmal nach unten, nahm Brew sofort seine Position ein.

Vor dem Quarterdeck fand man die Mannschaft und den Zweiten Maat, Kinvig, der wütende Befehle brüllte. Sein Rang schien weit unter dem von Brew zu liegen, und er mußte oft mit den Männern in die Takelage klettern, während Brew sich kaum von seinem bequemen Platz an Deck fortbewegte. Noch weiter vorn lag die Kombüse, eine Art grobgezimmerte Hütte an Deck, das Arbeitsfeld Quayles, des Kochs. Quayle war ein schwermütiger Bursche, der sich anscheinend nur in Gesellschaft von Tieren wohlfühlte. Vielleicht sollte ich erklären, daß es, zumindest zu Beginn der Reise, viele solcher Tiere gab und daß sie in den zahlreichen Rettungsbooten untergebracht waren. Allerdings drängte sich mir der Gedanke auf, daß dies wohl nicht das klügste Arrangement war, denn wie sollte man, falls die *Sincerity* ein Unglück ereilte, in aller Eile vier Ochsen aus dem Langboot hieven?

Vorbeugen ist natürlich besser als heilen, und ich war sehr beeindruckt von der gründlichen Wartung des Schiffs, der die Mannschaft offenbar den größten Teil ihrer Arbeitszeit widmete. Das Deck wurde dreimal täglich von vorn bis hinten geschrubbt, was mir geradezu übertrieben reinlich vorkam, bis ich erfuhr, daß dies ein Schrumpfen der Planken verhinderte, wodurch Wasser nach unten gesickert wäre. Aus demselben Grund sah man die Männer häufig alte Taue zwischen die Planken hämmern, die sie anschließend mit heißem Pech versiegelten. Jedes einzelne Tau der Takelage wurde regelmäßig überprüft und zuweilen geteert und immer wieder straffgezogen: eine Arbeit, die großen Fleiß erforderte, da die Taue ein richtiges Fadenspiel bildeten, und wenn man eines straffzog, veränderten sich sechs andere mit. Daneben fanden häufig Ausflüge in schwindelnde Höhen statt, um die Blöcke zu ölen, durch die die Taue glitten, oder um die Beschläge glattzuschmirgeln und nachzustreichen. Kaum war eine zeitraubende Aufgabe erledigt, da wurde auch schon, so schien es zumindest, der Befehl erteilt, wieder von vorn damit zu beginnen.

Wenn sie einmal nicht schuften mußten, dösten die Männer pfeiferauchend in der Sonne vor sich hin oder turnten wie Zirkusakrobaten hoch oben in der Takelage herum. Immer wieder kletterten sie blitzschnell in schwindelnde Höhen hinauf, und es war mir ein Rätsel, daß sie nicht abstürzten. Bei einer Gelegenheit wurde das Schiff von einer besonders schweren Welle getroffen und schaukelte so fürchterlich hin und her, daß die Enden der Rahen ins Meer tauchten. Während ich schon Schwierigkeiten hatte, mich an Deck zu halten, ließen sich die Seeleute nicht aus der Ruhe bringen. Einer der Männer, der am äußersten Rand der Großsegelspiere saß, wurde immer wieder hüfttief ins Meerwasser getunkt und einen Moment später, wenn sich das Schiff wieder aufrichtete, gen Himmel katapultiert, bis er fast höher als der Mastkorb war, während sich unter ihm das ganze Schiff gefährlich tief zur anderen Seite neigte. Und die ganze Zeit war er seelenruhig damit beschäftigt, ein Tau zu straffen.

Zufällig kam mir an jenem Tag, als ich die Männer bei ihrer riskanten Arbeit beobachtete, plötzlich ein sehr schöner Gedanke. Es ist doch so, daß für viele Menschen eine ganz bestimmte Tätigkeit mit dem Gefühl eines erfüllten Lebens verknüpft ist. Für einige mögen dies Abenteuer sein oder das Streben nach Reichtum, für andere Familienglück und das Behagen eines immergleichen Tagesablaufs. Was mich betrifft, beglückt mich am meisten die Aussicht auf ehrliche Arbeit, durch die ich vielleicht ein wenig Freude und Trost in das Leben anderer Menschen bringen kann.

Ich verlor keine Zeit, sondern präsentierte Captain Kewley noch am selben Nachmittag meine Idee. Es war nicht leicht, den Captain von etwas zu überzeugen, denn genau wie seine Landsmänner sträubte er sich hartnäckig, sich von anderer Leute Begeisterung anstecken zu lassen. Eines der Lieblingswörter der Manx-Männer war *recht,* ein Wort, das sie benutzten, um ihre scheinbar grenzenlose Gleichgültigkeit zu demonstrieren. Tobte ein wütender Taifun, der das Schiff fast kentern ließ, sprachen sie von *recht schlechtem Wetter.* Ereignete sich ein wundervoller tropischer Sonnenuntergang, dessen Farben einem schier den Atem raubten, war das für sie nur *recht schön.* Und wären einem Manx-Mann die vier Apokalyptischen Reiter höchstselbst erschienen und hätten Berge umgekippt wie Blumentöpfe, dann wäre das in seinen Augen wohl auch nur *recht lästig* gewesen. Dessen eingedenk hätte mich Kewleys Antwort auf meinen Vorschlag eigentlich nicht überraschen sollen.

»Sonntagspredigten, hä?«

»Ich empfinde es gewissermaßen als meine Pflicht«, erklärte ich. »Bestimmt gereicht es diesen Männern, die Tag für Tag der Gefahr ins Auge blicken, zum Troste, wenn sie näher an Gottes Wort herangeführt werden.«

Kewley runzelte die Stirn. »Na ja, schaden kann's nicht.« Es war zumindest kein Verbot, und das genügte mir schon.

Ich machte mich sogleich mit freudiger Entschlossenheit ans Werk. Bevor ich mit der Arbeit an der Predigt beginnen konnte, mußte ich mich jedoch erst noch um einige kleinere Dinge kümmern. Zum Beispiel schien es nur recht und billig, daß man mir in der Kajüte ein paar schlichte Regalbretter anbrachte, auf denen ich meine Bücher, Papiere und Schreibutensilien plazieren konnte. Ebenso schlug ich vor, da der Eßtisch in der Messe völlig zerschrammt und verschmiert war, an die Wand der Messe ein winziges Tischchen zu montieren. Obwohl der Captain erst murrte, wollte er schließlich doch den Schreiner damit beauftragen, und kurz darauf kam mir der Einfall, daß es doch wunderbar wäre, vielleicht auf dem Quarterdeck ein kleines Podium zu haben, sowie ein Tischchen für die Heilige Schrift, das als eine Art Seekanzel und Lesepult dienen konnte. Darüber hinaus erschien es mir nur logisch, ein paar schlichte und doch robuste Bänke zu zimmern, damit die Männer meinen Worten in bescheidener Bequemlichkeit lauschen konnten. Hier jedoch zeigte sich der Captain alles andere als entgegenkommend.

»Mein Deck wird nicht in eine schwimmende Kapelle verwandelt«, erwiderte er in einem Ton, der, wie ich leider sagen muß, alles andere als höflich war. »Dies ist ein Schiff, keine Kirche.«

Betrüblicherweise war er nicht der einzige, dessen Hilfsbereitschaft in diesen kleinen Dingen zu wünschen übrig ließ. Dr. Potter reagierte ziemlich unwirsch, als mein kleiner Schreibtisch an die Wand montiert wurde, rein zufällig direkt hinter seinem Platz am Eßtisch, und regte sich schrecklich auf, weil ihn dies angeblich beim Sitzen einschränkte. Seine Laune besserte sich nicht einmal später, als ich mich zu ihm auf den Bettrand setzte und leise zum Herrn flehte, er möge uns helfen, jene Sanftmut zu entdecken, die doch in jedem Menschenherzen verborgen liegt. Im Gegenteil, das schien seine Stimmung noch mehr zu verschlechtern. Etwa um diese Zeit begann ich mich zu fragen, ob solch ein Mann überhaupt geeignet war, an einer so bedeutenden Expedition wie der unsrigen teilzunehmen.

Der keltische Typus

Der keltische Typus (z.Bsp. Manx) ist vom Körperbau her dem angelsächsischen in jeder Hinsicht unterlegen, da er kleiner, dunkler und weniger kräftig ist. Die Stirn ist fliehend und weist Spuren der charakteristischen »Schnauze« auf, die Pearson als Hinweis auf unterlegene Intelligenz wertet. Der Schädel wird von tiefen Augenhöhlen beherrscht, die einen Hang zur Knechtschaft ausdrücken. Schädeltypus: G.

Gemäß dieser allgemeinen Charaktereigenschaften mangelt es dem Kelten am Fleiß und der Geistesgröße seines angelsächsischen Nachbarn, sein dominierender Charakterzug ist Trägheit. Er begnügt sich damit, tatenlos der Ereignisse zu harren, statt sie selbst zu gestalten, und gibt sich verhängnisvoller Geduld hin, in der Hoffnung, daß ihm das Glück schon irgendwann hold sein werde. Zu seinen Gunsten kann gesagt werden, daß der Kelte eine primitive schöpferische Kraft besitzt (z.Bsp. bezüglich Liedern und Geschichten). Auch verfügt er über einen schlichten physischen Mut, dem er seine traditionelle Rolle als Fußsoldat der Angelsachsen verdankt.

Um die moralischen Eigenschaften des Kelten ist es schlecht bestellt, denn typisch für ihn sind seine Faulheit und sein Hang zur Resignation. Fremden gegenüber ist er stammesbewußt und notorisch wortkarg, wobei er es vorzieht, sich in seiner eigenen primitiven Sprache zu unterhalten, auch wenn er durchaus in der Lage wäre, englisch zu sprechen.

Summa summarum: Der Kelte ist innerhalb der europäischen Rasse an unterster Stelle angesiedelt. Darauf weisen nicht nur seine physischen und moralischen Eigenschaften hin, sondern auch seine traurige Vergangenheit, die von Chaos, Zwietracht und Niedergang beherrscht wird. Die Entwicklung des keltischen Embryos im Mutterleib ist vermutlich nach sechsunddreißig Wochen beendet, also volle drei Wochen früher als bei den Angelsachsen.

Der normannische Typus

Der Normanne (z.Bsp. die englische Priesterschaft, Aristokratie und Monarchie) hat einen ähnlichen Körperbau wie der Angelsachse, wenngleich sich bei näherer Untersuchung erweist, daß der Normanne oberflächlicher ist und nichts von der rauhen Tapferkeit des letzteren besitzt. Sein Teint ist bleich, und sein Haar spielt häufig ins Rötliche. Seine Gesichtsform ist meist lang und schmal, was auf Arroganz schließen läßt. Schädeltypus: D.

Das Wesen des Normannen ist vom Niedergang geprägt. Er hat seit jeher auf ererbte Vorzüge vertraut, ein Umstand, der auf den glücklichen Zufall der Eroberung zurückgeht. Er ist faul und ermangelt jeglichen Arbeitseifers. Ebenso neigt er zu Schwächen, unter denen robustere Naturen niemals leiden würden (z.Bsp. Seekrankheit). Er besitzt keinerlei schöpferische Begabung.

Um die sittliche Gesinnung des Normannen steht es schlecht, wofür als typisches Beispiel seine verbrämte Selbstsucht gelten kann. Sein hervorstechendstes Charaktermerkmal ist die Verschlagenheit. Er strebt danach, durch intrigante Machenschaften gemeinsam mit anderen Mitgliedern seiner Rasse eine hohe gesellschaftliche Position zu erlangen. Jede Zurschaustellung moralischer Absichten ist bei ihm Heuchelei. Der Normanne ist vor allem eine parasitäre Natur, die schmarotzerhaft von der Freundlichkeit noblerer Menschentypen zehrt.

Summa summarum ist der Normanne in der europäischen Untergruppe kaum höher anzusiedeln als der Kelte. Die Entwicklung des normannischen Embryos ist schätzungsweise nach siebenunddreißig Wochen abgeschlossen, zwei Wochen früher als beim angelsächsischen Typus. Die fortdauernde Herrschaft des Normannen über den dreifachen Fluch der Aristokratie, des Priestertums und der Monarchie kann nicht etwa seinen Fähigkeiten zugeschrieben werden, sondern nur dem großen Abscheu, den seine angelsächsischen Untertanen gegen jede Art von Unordnung hegen.

Da standen wir nun in der heißen Sonne an Deck und warteten auf das wundersame Vergnügen, Wilson predigen zu hören. Es gab nur den einzigen Trost, daß wenigstens meine Augen mit etwas beschäftigt waren, solange der alte Dummkopf seinen Sermon daherstotterte. Der Ausguck hatte die Neuigkeit vor circa zwei Stunden lautstark verkündet: »Land in Sicht!« Anfangs konnte man kaum erkennen, worüber er so frohlockte, weil es ganz diesig war, und erst als ich die Augen zusammenkniff, erkannte ich eine hauchdünne Linie, genau dort, wo der Horizont sein sollte. Mit der Zeit wurde diese Linie dunkler und klarer, bis sie sich plötzlich als ein stattliches Stück Land mit Klippen und Bergen entpuppte, in gar nicht mal so großer Entfernung.

Für jemanden, dem fester Boden unter den Füßen nichts bedeutet, klingt das vielleicht lächerlich, aber nach all diesen Wochen, in denen man nichts vor Augen hatte als Wind, Wasser und Seevögel, war dies ein höchst willkommener Anblick. Es mag Leute geben, die mit Freuden monatelang auf einem Schiff leben, ich gehöre nicht dazu und hätte einiges dafür gegeben, wenn mich jemand zurück nach Haymarket gezaubert hätte – um einen guten Tropfen und vielleicht die intime Gesellschaft einer nicht ganz salonfähigen Frau zu genießen.

Die Gesellschaft, in der ich mich befand, hätte keinen größeren Kontrast dazu bilden konnen. Offenbar war es mein Schicksal, ständig von Leuten umgeben zu sein, die auf alles eine Antwort wußten. Auch meine Eltern und mein Bruder Jeremy waren ja allzeit bereit, mir die Leviten zu lesen – daß harte Arbeit eine Tugend sei und ich mich dringend bessern müsse. Meinen Expeditionsgefährten schien dieses Spiel genausoviel Freude zu bereiten. In einem Punkt waren sich offenbar alle einig: daß ich faul und dumm sei und man mich nach Belieben herumkommandieren könne. Wilson trieb es am ärgsten mit seinen ständigen Sticheleien über meine Unlust, im Morgengrauen aufzustehen. Dabei hatte ich doch gar nicht mitfahren wollen. »Ein paar Entbehrungen können dir nicht schaden.

Vielleicht bringt dich das endlich zur Vernunft«, hatte mir mein Vater vorgehalten.

Meine Mutter wollte natürlich nicht zurückstehen. »Wir hoffen ja so sehr, daß du dadurch auch eine gesteigerte Empfänglichkeit für die geistlichen Dinge entwickelst.«

Das einzige, was sich bisher gesteigert hatte, war meine Langeweile. Sechs Wochen befanden wir uns jetzt auf See, und doch hatte unsere Reise gerade erst begonnen. Die mitgenommenen Bücher hatte ich alle längst ausgelesen, manche sogar zweimal. Ich hätte mir ja welche von den anderen geliehen, aber bei Wilson fand ich nur trockene Wälzer, theologische oder geologische Werke, und Potter, der überhaupt keine Bücher besaß, schien es zu reichen, endlose Seiten mit Notizen vollzukritzeln. Um die Zeit totzuschlagen, machte ich sogar den Versuch, mich mit den Manx-Leuten anzufreunden, aber ohne großen Erfolg. Sie rauchten schon mal ein Pfeifchen mit mir, blieben aber auf Distanz, und es konnte passieren, daß sie mitten im Gespräch auf manx umschalteten, als wollten sie mir zeigen, daß sie von meiner Gesellschaft genug hatten.

Ich fragte mich, wie viele Tage es noch dauern würde, bis ich mich endlich in Kingston befand und meine lästigen Reisegefährten los würde.

»Welche von den Westindischen Inseln ist das?« fragte ich den Captain, als wir das neue Ufer betrachteten. Hoffentlich war es Jamaica.

Zu meiner Überraschung zeigte Kewley kein großes Interesse. »Irgendeine.«

»Meinen Sie, wir gehen heute an Land?« fragte der Pfarrer.

»Das bezweifle ich sehr.«

Wilson wirkte geradezu erfreut. Er schien bloß noch an seine Predigt zu denken und sich zu wünschen, daß ja nichts mehr dazwischenkommen möge. Er hatte den ganzen Tag herumgegackert wie ein aufgescheuchtes Huhn und war uns fürchterlich auf die Nerven gegangen. Er wollte unbedingt auf dem Quarterdeck ein provisorisches Podium errichtet haben, damit er sich ganz als der große Prediger aufspielen konnte. Als hätte er uns nicht schon genug Ungelegenheiten bereitet. »Ich sorge mich nur«, sagte er zu Kewley und drückte die Handflächen gegeneinander, als wolle er Saft herauspressen, »daß die Männer mich nicht klar und deutlich hören.«

Man muß fairerweise sagen, daß sich der Captain nicht kampflos geschlagen gab. »*Mich* hören sie sehr gut.«

»Es wäre sicher nicht schicklich, das Wort Gottes wie ein Kommando über Deck zu brüllen«, meinte Wilson und gackerte über sein Witzchen. »Es muß doch möglich sein, ein Provisorium zu bauen, vielleicht aus einigen unserer Vorratskisten?« Dabei lächelte er mit gebleckten Zähnen, was meiner Erfahrung nach immer ein Zeichen war, daß er gleich zustoßen würde. Und ich hatte mich nicht getäuscht.

»Es sei denn, Sie sind der Ansicht, daß Ihre Männer von einer kleinen christlichen Unterweisung nicht profitieren würden.«

Damit hatte der Pfarrer ihm den Todesstoß versetzt. Jetzt konnte Kewley nicht mehr protestieren, ohne gleich als Antichrist dazustehen. Er blickte mit gerunzelter Stirn aufs Meer, weil er sich geschlagen geben mußte, und stimmte dann mürrisch zu.

Wilson strahlte. »Dann bräuchte ich nur noch vier von Ihren Männern. Es dauert keine Minute.«

Potter hatte sich auf eine Taurolle gleich unterhalb des Achterdecks gesetzt und kritzelte in sein Notizbuch, und ich überlegte, ob er dort wohl zu bleiben gedachte. Die Stelle war von der provisorischen Kanzel aus kaum zu sehen, so daß Wilson nicht wissen würde, ob Potter ihm überhaupt zuhörte. Gleichzeitig konnte niemand dem Doktor vorwerfen, er hätte sich wie ein alter Heide versteckt. Das Verhältnis der beiden war mittlerweile so zerrüttet, daß mich selbst dieses kleine Zugeständnis noch überraschte. Manchmal hatte ich schon fast gehofft, Zeuge einer handfesten Schlägerei zu werden, vor allem an jenem Morgen, als Wilson in der Messe neben dem Doktor saß und zu beten anfing, es sollten doch »alle Menschen ihren kleinlichen Haß überwinden und den weisen Worten ihrer Brüder lauschen«. Potters Gesicht färbte sich rot vor Zorn. Aber er blieb Wilson auch nichts schuldig, vor allem am Anfang, als

Wilson unter der Seekrankheit litt und Potter ihn mit seinen Sticheleien halb wahnsinnig machte. Das war typisch für Potter. Während Wilson einem mit seinem ewigen Gedränge und Gegackere fürchterlich auf die Nerven ging, verkörperte Potter die leise lauernde Gefahr.

»Oh, nein, diese hier wird sich leider auf keinen Fall eignen. Wie wäre es denn mit einer der Champagnerkisten?« Wilson sagte das so betrübt, als müßte *er* die Kisten schwitzend die Treppen raufschleppen. Man brachte also, wie befohlen, eine Champagnerkiste und stellte sie neben die anderen aufs Quarterdeck, aber Wilson war immer noch nicht zufrieden, beäugte das Ganze aus allen Winkeln und ließ die Kiste von einer Seite zur anderen rücken, nur um dann erneut den Kopf zu schütteln. Irgendwann hatte dann selbst er keine Einwände mehr und erklärte sein Podium für fertig.

Die Manx-Männer schienen uneins, was seinen Gottesdienst betraf. Einige, wie der Captain selbst, wirkten nicht sehr erfreut über die unerwartete Einmischung in ihren Sonntag, der bis jetzt dem Faulenzen und Pfeiferauchen vorbehalten gewesen war. Andere wiederum wirkten sehr zufrieden und versammelten sich mit erwartungsvoll leuchtenden Augen unter dem Quarterdeck. Ich hatte Wilson noch nie bei der Arbeit gesehen und war ziemlich überrascht, daß er sich als regelrechter Schauspieler entpuppte. Zuerst hob er die Hände, um alle zum Schweigen zu bringen. Dann, als nur noch der Wind, die Vögel und das leise Flappen der Segel zu hören waren, schien er sich plötzlich anders zu besinnen, schüttelte den Kopf und stieg von seinem Podium herunter. Einen Moment lang stand er an der Reling, stützte das Kinn in die Hand und blickte mit gerunzelter Stirn aufs Meer hinaus, so daß jeder sah, wie tief in Gedanken versunken er war, und dann, gerade als einige seiner Schäfchen unruhig zu werden begannen, klatschte er in die Hände, als habe er die Antwort auf irgendeine quälende Frage gefunden, und sprang wieder aufs Podium hinauf.

»Wie Sie alle wissen«, erklärte er, »gibt es kein größeres Geheimnis als die See.« Damit beugte er sich vor und stützte sich auf das Pult, eine hochkant stehende Kiste voller Suppentafeln, um uns noch durchdringender anstarren zu können. »Die See! Die See! Diese unermeßliche Wasserwüste, die...«

Er hatte wirklich Pech. Denn gerade, als ihm alle andächtig lauschten, erscholl, in der leichten Brise laut vernehmbar, ein Schrei vom Toppmast. »Schiff ahoi! Schiff ahoi! Nordwest!«

Der Captain, sichtlich erfreut über diese Gelegenheit, den Pfarrer auszustechen, betrat schnurstracks das Podium und schob ihn einfach beiseite. »Teare, bring mir mein Teleskop!« Wilson blieb nichts übrig, als gute Miene zum bösen Spiel zu machen.

Das fremde Schiff mußte hinter einer Landspitze hervorgekommen sein, denn es war so nah, daß man es auch von Deck aus sehen konnte. Es handelte sich um einen großen Schoner mit zwei grauen Dreieckssegeln, der mit uns auf Parallelkurs fuhr. Als man dem Captain sein Teleskop gebracht hatte, zog er sich ans Ende des Quarterdecks zurück und spähte lange durchs Rohr.

Wilson ersparte uns eine weitere schauspielerische Darbietung und stützte sich diesmal ohne Umschweife auf sein Pult. »Wie Sie alle wissen, gibt es kein größeres Geheimnis als die See. Die See! Die See! Diese unermeßliche Wasserwüste, die scheinbar...«

Es war nicht sein Tag. In diesem Moment kam der Captain mit grimmiger Miene aufs Podium zurückgestürmt und brüllte ohne jedes »Mit Verlaub!« einen Befehl auf manx. Egal, was der Befehl bedeutete, nichts hätte besser berechnet sein können, um die Veranstaltung endgültig zu sprengen. Im Nu hatten sich Wilsons Schäfchen zerstreut, ein paar Seeleute kletterten in die Takelage hinauf, andere scharten sich um den Hauptmast und lösten Taue. Ich fragte mich unwillkürlich, ob das womöglich genau die Absicht gewesen war, ein Verdacht, den Wilson offenbar teilte.

»Captain, ist das wirklich nötig?«

»Kann sein, kann nicht sein, aber bei so einem Schiff gehe ich kein Risiko ein.« Mit diesen geheimnisvollen Worten reichte Kewley dem Pfarrer sein Teleskop.

»Es scheint doch ein ganz gewöhnliches Schiff zu sein.«

»Es wäre sicher *noch* gewöhnlicher«, erklärte Kewley mit auffälliger Geduld, »wenn vom Mast ein oder zwei Flaggen wehten und auf dem Bug der Name und der Hafen stünden.«

Ich schirmte meine Augen gegen die Sonne ab und konnte erkennen, daß der Mast völlig kahl war und der Bug tatsächlich schwarz und namenlos.

Wilson schien immer noch unbeeindruckt. »Vermutlich gibt es eine ganz harmlose Erklärung dafür.«

Kewley zuckte die Achseln. »Hoffen wir's.«

Inzwischen hatte die Mannschaft begonnen, die Rahen zu entrollen, und China Clucas drehte das Steuerruder, bis das Schiff langsam die Richtung änderte. Alle blickten nach achtern. Einen Moment lang schien alles in bester Ordnung, doch dann veränderten die grauen Segel langsam ihre Form, bis das andere Schiff erneut parallel zu uns ausgerichtet war: ein schmaler Streifen dunklen Holzes, über dem sich riesige graue Segel blähten. Einen Moment verharrten wir alle stumm. Dann brüllte Brew den Männern etwas zu, und sie entrollten hektisch weitere Segel.

»Das Schiff wirkt ziemlich ärmlich«, erklärte Potter fast trotzig. »Ich bin sicher, daß wir schneller sind.«

Das war ein frommer Wunsch, der leider nicht in Erfüllung ging. Es wurde bald klar, daß uns das andere Schiff in der leichten Brise langsam, aber sicher einholte. Was für ein seltsames Gefühl, so an der Reling zu stehen, in diesem Geruch nach Pech und nassem Holz, an den man sich schon so gewöhnt hatte, und zu wissen, daß dort drüben, nur etwa eine Meile entfernt, ein Schiff mit Fremden segelte, die uns berauben oder gar ermorden wollten. An eine solche Katastrophe hatte ich nie gedacht. Ich hatte zwar Alpträume von Stürmen und Schiffbruch gehabt, aber daß Seeräuber Jagd auf uns machen könnten, war mir nie in den Sinn gekommen. Mein Puls raste, und doch war ich innerlich ungerührt. Ich fragte mich betroffen, ob mich einfach nur die Angst betäubte oder ob es mir tatsächlich gleichgültig war, welches Schicksal mich erwartete. Auch Potter schien bedrückt und hing schlaff über der Reling, nur Wilsons Stimmung hatte sich nicht im geringsten verändert.

»Fürchtet euch nicht!« rief er jedem zu, der es hören wollte. »Ich werde mein Bestes tun, um Fürsprache einzulegen! Ich werde sie bitten, uns gnädig zu behandeln. Ich werde ihnen von unserer christlichen Sendung erzählen. Gott wird uns beistehen!«

Ich war mir, ehrlich gesagt, keineswegs sicher, daß seine Vermittlungsversuche unsere Chancen verbessern würden. Captain Kewley war mit praktischeren Maßnahmen beschäftigt. Er ließ die Mannschaft eine Kette bilden, dann wurden Eimer über die Bordwand hinuntergelassen und nach dem Hochziehen von einem Mann zum nächsten gereicht, bis in die Takelage hinauf, wo das Meerwasser dann über die Segel gekippt wurde.

»So können die Segel den Wind besser einfangen«, erklärte Brew. »In so einer leichten Brise könnte uns das einen ziemlichen Vorsprung verschaffen.«

Wie effektiv diese Methode tatsächlich war, konnten wir leider nicht überprüfen, da unsere Verfolger schon wenige Sekunden später genau das gleiche taten. Sie näherten sich immer noch im selben Tempo. Ich borgte mir das Teleskop des Captains und sah das Schiff jetzt genauer, an dessen Deck sich dunkle Gestalten drängten. Allerdings überraschte es mich ein wenig, daß sie anscheinend gar nicht brüllten oder wild gestikulierten, sondern einfach nur beängstigend reglos dastanden. Im Sonnenlicht blitzte Metall auf. Entermesser?

»Meinen Sie, es könnte sich um befreite Sklaven handeln?« fragte ich.

»Unmöglich«, antwortete Potter plötzlich lebhaft. »Sklaven wären niemals so geschickt.«

Captain Kewley zuckte grimmig die Achseln. »Ist doch ziemlich egal, was die früher mal gewesen sind.«

»Vielleicht sollten wir ein paar Boote wassern und unser Glück mit Rudern versuchen«, schlug Brew, der Erste Maat, vor.

Kewley schüttelte den Kopf. »Bis wir soweit sind, haben die uns eingeholt. Außerdem scheint der Wind aufzufrischen.« Und er hatte recht. Noch während er sprach, fuhr eine Bö in die Segel und blähte sie. Kewley runzelte die Stirn. »Funktioniert die Kanone?«

»Wir haben keine Munition«, erwiderte Brew finster.

»Wie steht's mit Schußwaffen?«

»Im Vorratsschrank sind noch ein paar alte Musketen, aber ich weiß nicht, ob man damit überhaupt schießen kann.«

Mich überraschte eigentlich nur, daß niemand eher daran gedacht hatte. Wahrscheinlich waren wir alle so mit dem Gedanken an Flucht beschäftigt, daß uns andere Möglichkeiten gar nicht in den Sinn kamen. »Und was ist mit den Gewehren?« fragte ich.

Plötzlich rannte alles durcheinander. Seltsamerweise geriet ich erst jetzt in Panik, als wir endlich handeln konnten. Ich fühlte mich plötzlich wie gelähmt und stolperte wie ein Betrunkener die Treppe hinab. Die Kiste war zwar schwer wie ein Sarg, aber Potter, zwei Manx-Männer und ich hievten sie doch an Deck. Kinvig, der kleine Zweite Maat stemmte mit einem Haken den Deckel auf, und schon starrten wir auf sechs glänzende Gewehre und einen Revolver.

Potter betrachtete stirnrunzelnd die Patrone, die er zwischen den leicht zitternden Fingern hielt. »Da gab es doch irgendeinen Trick. Moment mal...« Er riß mit den Zähnen das fettige Papier auf, schwarzes Pulver rieselte heraus. Dann erschien die graue Spitze einer Gewehrkugel. »Da stimmt was nicht. Die Kugel zeigt ja auf die Ladung.«

»Vielleicht ein Herstellungsfehler«, überlegte ich. Ich versuchte mein Glück ebenfalls, aber es war genau das gleiche. Ließ man die Patrone mit dem Pulver zuunterst in den Gewehrlauf gleiten, wie man es tun mußte, wenn sich der Schuß lösen sollte, dann flog die Patrone mit dem falschen Ende heraus, und das durfte nicht sein. Es gibt nichts Schlimmeres, als ein kniffliges Rätsel lösen zu müssen, wenn man unter Zeitdruck steht und den Tod vor Augen hat. Es war eine große Versuchung, einfach zu resignieren. Als ich mich umdrehte, sah ich ganz deutlich die Männer an Deck des Schoners, die immer noch völlig reglos zu uns herübersahen. Die meisten umklammerten Entermesser, manche aber auch etwas, das an einen Enterhaken erinnerte.

Ausgerechnet Wilson kam auf die Lösung. »Hieß es nicht,

man solle das Pulver herausschütten und dann die Kugel umdrehen?«

»Das war es.« Potter leerte das Pulver in den Lauf seines Gewehrs und schob die Kugel hinterher, die immer noch in der Patronenhülse steckte. Sie paßte genau. Er stopfte sie mit dem langen dünnen Preßkolben hinein, hob das Gewehr und zielte aus irgendeinem Grund auf den Kreuzmast. Es gab einen mächtigen Knall – die Schweine quiekten, die Schafe blökten vor Schreck – und dann schwebte ein Rauchwölkchen in der Luft. Den Kreuzmast zierte ein riesiges Loch, als hätte jemand eine Eisenfaust hineingerammt.

Captain Kewley sah Potter böse an. »Ich dachte, wir schießen auf das *andere* Schiff?«

»Wenigstens haben wir jetzt gesehen, daß und wie gut es funktioniert.« Potter warf einen Blick nach Backbord und sagte enttäuscht: »Die haben sich zu Boden geworfen. Feiglinge.«

Und tatsächlich war von unseren Verfolgern nichts mehr zu sehen, obwohl ihr Schiff nach wie vor auf uns zuhielt. Kurz darauf knallte ein Schuß, irgendwo über unseren Köpfen zischte eine Kugel durch die Luft, und auch wir mußten uns zu Boden werfen.

»Wie wär's mit der Kanzel des Pfarrers?« rief Brew.

Das Podium war für unsere Zwecke hervorragend geeignet, und wir versteckten uns rasch dahinter. Aber was wir nun tun sollten, wußten wir immer noch nicht.

»Vielleicht sollten wir auf ihr Schiff schießen«, schlug Potter vor. »Die Kugel scheint doch beträchtlichen Schaden angerichtet zu haben.«

»Dann werden sie uns womöglich noch brutaler behandeln«, prophezeite Wilson, der sich auf die Gelegenheit zu freuen schien, den Seeräubern Barmherzigkeit zu predigen.

Captain Kewley dachte einen Moment nach. »Wir könnten auf ihr Steuerrad zielen. Das nützt vielleicht was.«

Das Steuerrad war gut sichtbar, allerdings hatte sich der Steuermann zu Boden geworfen und bediente es vermutlich von unten. Wir fingen an. Wilson protestierte, weil das keine Aufgabe für einen Mann Gottes sei. Ich schnappte mir ein Gewehr, ebenso Potter, der Captain und drei weitere Manx-Männer, während sich der kleine Zweite Maat, Kinvig, für den Revolver entschied. Ich hatte noch nie geschossen und könnte nicht behaupten, daß es mir besonderen Spaß machte. Zuerst mußte man die Patrone aufbeißen und hatte den Mund voller Fett, dann hieß es, das Pulver in den Lauf zu schütten. Als nächstes kam die knifflige Aufgabe, den Ladestock in das Ende des langen Laufs zu schieben, um Patrone und Kugel hineinzustopfen, wobei letztere erstaunlich groß und schwer war. Dann erhob sich die Schwierigkeit, die Waffe gegen die Bewegung des Schiffs auf ihr Ziel zu richten und dabei aufzupassen, daß man nicht zufällig den eigenen Rudergänger traf, den riesigen Clucas, der flach auf dem Boden lag und von dort aus in die unteren Speichen des Steuerrads griff. Schließlich kam der Schuß, was mit einem mächtigen Rückstoß gegen die Schulter und einem leisen Klingen in den Ohren verbunden war und die Luft mit Rauch erfüllte. Trotzdem erschien einem all dies viel erfreulicher, als beraubt und ermordet zu werden. Bald kam ein richtiger Dauerbeschuß in Gang. Die Gewehre waren wirklich so furchterregend, wie Jonah Childs es versprochen hatte, und jedesmal, wenn sich der Rauch verzog, sah das hölzerne Steuerrad drüben noch ramponierter aus. Die Schüsse unserer Gegner dagegen fielen nur spärlich und schienen uns kaum zu erreichen. Und so feuerten wir weiter, Salve um Salve, bis in der Munitionskiste eine ziemliche Lücke klaffte. Trotzdem kam das feindliche Schiff wegen des auffrischenden Winds immer näher. Doch plötzlich – ich dachte schon, wir würden auf die Piraten selbst schießen müssen, wenn sie unser Schiff enterten – stieß der Erste Maat Brew einen Schrei aus.

»Ein paar von ihnen stehen auf!«

In der Tat hatten sich einige erhoben und machten sich hektisch an den Bäumen der Dreieckssegel zu schaffen.

»Denen zeigen wir's«, sagte Potter und stürzte sich auf eine weitere Patrone aus der Kiste. »Das ist ein Kinderspiel.«

»Wozu denn?« erwiderte der Captain. »Sieht ganz so aus, als würden sie abdrehen. Wir haben sie wohl in die Flucht geschlagen.«

Er hatte recht. Das Schiff drehte vor unseren Augen langsam in den Wind ab, und die Mannschaft holte die zwei Segel herum. Die übrigen Manx-Männer brachen in lauten Jubel aus, und kurz darauf stimmten wir alle mit ein.

»Es könnte ein Täuschungsmanöver sein«, beharrte Potter. »Sie sind immer noch sehr nah. Ich schlage vor, daß wir noch ein letztes Mal feuern, einfach zur Sicherheit.«

»Schaden kann's nicht«, stimmte Kinvig, der kleine Zweite Maat, zu, der an dem Kriegsgeplänkel offenbar Gefallen fand. Und so luden wir unsere Gewehre noch einmal, einerseits fast schon wie aus Gewohnheit, andererseits aber auch mit großer Entschlossenheit.

»Feuer!« brüllte der Doktor.

Wir drückten alle gleichzeitig ab, beinahe wie ein Erschießungskommando. Und nun geschah etwas sehr Merkwürdiges. Die hinterste Spiere unserer Verfolger schwang plötzlich so schnell herum, daß sie zwei der völlig überrumpelten Männer von Bord fegte. Gleich darauf schwang sie zurück, das Segel oben flatterte wild, und an Deck des Schiffs brach ein Tumult los, wobei die Männer immer wieder vergeblich versuchten, das Spierentau zu schnappen, sich aber gleich wieder wegducken mußten, weil die Spiere erneut auf sie zuschwang.

»Ich glaube fast«, sagte Kewley gelassen »einer von uns hat den Spierenblock weggeschossen.«

Plötzlich bekam ich weiche Knie. Einerseits brach sich jetzt wohl die lange unterdrückte Angst Bahn, andererseits war mir auch etwas übel bei dem Gedanken, welche Verheerungen wir da drüben angerichtet hatten. Ich fragte mich, ob ich in den letzten Minuten vielleicht unwissentlich einen Menschen getötet hatte.

Dr. Potter blieb von derlei Sorgen völlig unberührt. »Wir haben sie besiegt!« verkündete er triumphierend.

Natürlich mußte Wilson ihn noch übertrumpfen. »Wir wurden errettet«, verbesserte er, »und darum fände ich es nur recht und billig, einen kleinen Dankgottesdienst abzuhalten, den wir vielleicht...«

Aber Kewley schwenkte den Arm und schnitt ihm das Wort

ab. »Soll ich vielleicht Kurs auf Cape Colony nehmen? In diesen Gewässern sollten wir nicht bleiben – hier wimmelt's nur so von Piraten und Marodeuren!«

Potter öffnete den Mund, schien es sich dann aber anders zu überlegen. Wilson zuckte nur die Achseln, während ich noch so unter Schock stand, daß mir alles egal war. Und so kam es, daß der Captain grinsend, als hätte er ein weißes Kaninchen aus der Mütze gezaubert, seine Befehle brüllte und wir einen neuen Kurs steuerten – weg von allen Vergnügungen, die uns in Kingston, Jamaica, erwartet haben mochten, nach Süden, auf Afrika zu.

Kapitel Sechs

John Harris – Siedler und Grundbesitzer in Van-Diemens-Land *1829*

Es war ein schöner Sommerabend, ich hatte mein Tagwerk beendet und saß gemütlich rauchend auf der Veranda. Da hörte ich plötzlich so ein komisches Gejaule, und Peters, der Koch, kam anmarschiert und zog einen kleinen Negerjungen hinter sich her.

»Den hab ich im Kühlraum hinter ein paar Säcken erwischt«, erklärte Peters. »Er hat auf einem rohen Stück Fleisch rumgekaut, das er gestohlen hat.«

Es war kein Geheimnis, woher der Balg stammte. Eine Bande von seinesgleichen hatte erst vor wenigen Tagen drüben bei Black Bluff zwei Schafzüchter mit Speeren getötet. Heathcote hatte ein paar Männer zusammengetrommelt, um sie zu jagen, und sie stöberten die Schufte auch wirklich noch am selben Abend auf und bestraften sie hart, obwohl anscheinend einige entkommen waren.

»Hast du noch mehr entdeckt?« fragte ich.

»Bloß den hier.«

Ich hatte noch keinen von ihnen so aus der Nähe gesehen und fand den Kleinen ziemlich häßlich. Ich verschwende meine Zeit nicht mit Dieben und auch nicht mit Wilden und wollte schon einen Knecht rufen, damit er den Balg von meinem Land jagt, da kam Lucy hinter mir aus dem Haus. Manchmal denke ich, wenn Dummheit weh täte, müßten Frauen immerzu schreien. Im Nu kniete sie sich neben den kleinen Wilden hin und gurrte und nannte ihn ihr armes kleines Baby, obwohl er schon mindestens sieben war. Sie fand, er sehe mit seinen Streichholzbeinchen ja ganz verhungert aus und müsse unbedingt gebadet werden. Als ich ihr das verbieten wollte, plusterte sie sich auf, ganz die Tochter des Baronets, nahm ihn bei der Hand und führte ihn ins Haus. Ich hatte gehofft, er würde sie beißen, aber das tat er leider nicht, wahrscheinlich war er zu verängstigt. Bald darauf hatte sie ihm schon ein paar von Charlies alten Sachen angezogen, was sehr komisch aussah, und verfütterte die halbe Speisekammer an ihn. Ich war sicher, daß er abhauen würde, sobald er was im Bauch hatte, aber nein, anscheinend mochte er Lucy genauso gern wie sie ihn, und da verlangte sie auch schon, wir sollten den kleinen Racker behalten.

Jetzt sprach ich ein Machtwort. Und Lucy wäre nicht Lucy, wenn sie nicht gekämpft hätte wie eine Löwin. Sie versuchte es mit allen Mitteln, von Tränen bis zu dem Geld, das mir ihr Vater geliehen hatte, aber ich blieb hart. Ich sagte ihr klipp und klar, daß man dann aber Nägel mit Köpfen machen müßte und daß wir ihn nur behalten könnten, wenn er sich nützlich machte, also erst mal Lesen und Schreiben lernte. In Wirklichkeit wollte ich ihn bloß loswerden. Ich war sicher, daß sie ihn bald vergessen würde, und dachte an die Waisenschule in Hobart. Aber davon wollte Lucy nichts wissen und meinte, dort werde er keine Woche bleiben, womit sie wahrscheinlich sogar recht hatte. Also beschloß ich, nachdem noch mehr Tränen geflossen waren, ihn zu Mr. Grigson nach Bristol zu schicken. Grigson schuldete mir noch einen Gefallen, weil ich ihm soviel Kundschaft gebracht hatte, und es war wohl nicht zuviel verlangt, daß er ein oder zwei Tage opferte, um für den Jungen einen Lehrer zu finden.

Nachdem das entschieden war, mußten wir für den Balg noch einen Namen finden. Lucy sagte, er hätte sich Tayaley genannt oder so was Komisches, aber das ist ja kein Name. Und so nannte ich ihn George, nach dem König, und dann Vandiemen, nach seinem Geburtsort, also George Vandiemen, das fand ich ziemlich schlau. Danach erkundigte ich mich, wann das nächste Segelschiff ging, und schrieb Grigson einen Brief, in dem ich ihm alles erklärte. Ich versicherte ihm, daß der Junge nicht biß, und gleichzeitig bestellte ich einen neuen Pflug, weil der alte kurz vor Weihnachten kaputtgegangen war. Ich legte zehn Pfund bei, was für zwei Jahre Verpflegung und Unterricht reichen sollte, vor allem, weil er ja nichts Besonderes lernen sollte, bloß Lesen und Schreiben, alles andere wäre pure Verschwendung gewesen, weil es sowieso nie in seinen Schädel reingegangen wäre. Und endlich kam der Tag, als wir ihn oben auf den Karren setzten, der ihn nach Hobart bringen sollte. Lucy war natürlich in Tränen aufgelöst und ließ ihn dauernd englische Wörter wiederholen, die sie ihm beigebracht hatte, bis der Kutscher mit der Peitsche knallte und der Karren davonrollte. Lucy war ein paar Tage lang ziemlich ungenießbar, aber mit der Zeit fing sie sich wieder. Zehn Pfund waren die reinste Vergeudung für so eine Dummheit, aber wenigstens war ich den kleinen Wilden damit los. Na ja, ich gebe zu, daß ich sogar ein bißchen neugierig war, was so ein trockener Schulmeister in Bristol aus einem unserer Wilden aus Van-Diemens-Land machen würde.

George Alder, Gouverneur von Van-Diemens-Land, an Mr. Smihson vom Gefängniskomitee der Society of Friends, London 1829

Ich war sehr erfreut über Ihre Anfrage bezüglich des Strafsystems, das gegenwärtig in dieser Kolonie zur Anwendung kommt. In der Tat hege ich die Hoffnung, daß eines Tages sowohl in England wie anderswo in der Welt dieses Strafsystem auf das Interesse jener Gelehrten stoßen wird, die das Wesen der menschlichen Natur erforschen. Seit frühester Zeit haben sich die Philosophen über die rätselhafte Frage den Kopf zerbrochen, warum Menschen dem Laster verfallen und wie man sie zur Umkehr bewegen kann. Was könnte für diesen großen Kampf nützlicher sein als ein Land, mit dessen erwiesenermaßen verbrecherischen Bewohnern man sozusagen auf wissenschaftlicher Basis experimentieren kann? Diese Möglichkeit hat zu meinem Hauptanliegen geführt. Es war in meinen fünf Jahren als Gouverneur stets mein ersehntes Ziel, eine wirkungsvolle *Methode* für die moralische Besserung des Menschen zu entwickeln: ein verläßliches, unfehlbares Mittel, um all jene, die vom Pfad der Tugend abgekommen sind, wieder auf ihn zurückzuführen.

Viel wurde ja schon in Gang gesetzt. Der Sträfling, der auf Van-Diemens-Land eintrifft, wird mit etwas Aufmerksamkeit bald erkennen, daß man ihn auf eine Art moralisches Schachbrett gesetzt hat und sein Voranrücken auf diesem Brett ganz und gar von seinem eigenen Verhalten abhängt. Benimmt er sich ehrlich und gut, wird er langsam aber sicher weiterkommen, und seine Lebensbedingungen werden sich immer weiter verbessern, bis er schließlich die sieben Bestrafungsstufen gänzlich hinter sich läßt und seinen Entlassungsschein erhält, der den Beginn des Übergangs in ein völlig freies Leben auf der Insel hier markiert.

Gerät der Sträfling dann jedoch auf Abwege, wird er seinen Fehler schnell erkennen. Mit jeder neuen Missetat, jeder Unverschämtheit sinkt er auf der Stufenleiter rasch wieder nach unten. Zuerst nimmt man ihm seinen Entlassungsschein und schickt ihn zur Landarbeit auf eine Farm. Dann wird er bei öffentlichen Bauarbeiten eingesetzt, die zunehmend härter werden, vom Haus- zum Straßenbau, dann wird er einem Trupp zusammengeketteter Sträflinge zugeteilt und muß bei jedem Wetter Schwerstarbeit leisten.

Noch ein Fehltritt, und er landet im tiefsten Elend, nämlich in einer abgelegenen Strafsiedlung wie Macquarie Harbour an der fernen Westküste, wo er in Ketten, hüfttief im eisigen Meer stehend, riesige Baumstämme durchs Wasser schieben muß und beim geringsten Erlahmen sofort die Peitsche auf dem Rücken spürt. Damit hat er die siebte und letzte Stufe der Bestrafung erreicht, unter die keiner mehr sinkt, es sei denn, um gehängt zu werden und vor SEINEN, des allerhöchsten Richters, Thron zu treten.

Doch selbst auf Stufe sieben ist unser Sträfling noch zu retten, wenn er bereit ist, aus seinen Abenteuern zu lernen. Wenn er sein Verhalten ändert, beginnt er abermals aufzusteigen, auch wenn es eine ganze Weile dauert, wieder geht es durch alle sieben Stufen, bis er als Lohn seine Freiheit innerhalb der Kolonie erhält. Vollbringt er eine außergewöhnlich gute Tat, kann es sein, daß er einzelne Stufen überspringt, in absoluten Ausnahmefällen sogar alle auf einmal.

Unser Bestrafungssystem mag auf den ersten Blick sehr hart erscheinen, ist es aber in Wahrheit keineswegs. Es ist im Grunde mit einer Schule zu vergleichen und nichts anderes als ein Mittel, den Geist und die Seele des Menschen zu formen und zu erhellen: ein äußerst wirkungsvolles System, das über den Weg der moralischen Besserung zu einem glücklichen Leben führen soll.

Wenn sich ein solches System als effektiv erweisen soll, ist es sehr wichtig, daß es von allen Beteiligten als gerecht empfunden wird. Darum habe ich unermüdliche Anstrengungen unternommen, um Schikanen seitens der Beamten und Aufseher zu verhindern, und habe ebenso energische Maßnahmen gegen jegliche Form der Nachsicht oder Günstlingswirtschaft ergriffen. Schließlich ist es die Funktion dieser Kolonie, daß sie ihren abschreckenden Ruf behält, damit törichte Menschen im fernen London oder Glasgow nicht der Verlockung des Bösen erliegen. Außerdem ist es wichtig, daß das hier herrschende Bestrafungssystem als absolut unentrinnbar gilt, so daß die Sträflinge nicht durch törichte Hoffnungen vom Weg der Besserung abgelenkt werden. Zu diesem Zweck habe ich ein höchst wirksames Kontrollsystem eingerichtet, das unter anderem in den besiedelten Gebieten ständige Kontrollen von Pässen und Reisegenehmigungen vorsieht.

Zusätzlich habe ich meiner Ansicht nach eine der gründlichsten Einrichtungen zum Sammeln von Informationen geschaffen, die es je bisher in einem Land gegeben hat. Über alle Einwohner der Kolonie, frei oder in Ketten, werden umfassende Register geführt, die in Form mehrerer dickleibiger Bände als die Schwarzen Bücher bekannt sind. Sie enthalten sowohl Personenbeschreibungen als auch eine detaillierte Zusammenfassung des moralischen Fortschritts der Betreffenden. Jede Statusänderung eines Sträflings innerhalb der sieben Bestrafungsstufen sowie der Grund dafür werden gewissenhaft notiert. Dieser riesige Schatz an Informationen wird ständig erneuert und erweitert, wobei Sträflinge und Siedler angehalten sind, jedes seltsame oder verdächtige Verhalten zu melden, das sie vielleicht an ihren Nachbarn bemerken. Wenn jeder Bewohner als potentieller Informant der Kolonialverwaltung angesehen wird, besteht die Hoffnung, daß sich selbst bösartigste Verbrecher in acht nehmen und mit der Zeit überall Rechtschaffenheit einkehrt.

Dieses Arrangement hat jedoch zugegebenermaßen auch gewisse Probleme verursacht. Die freien Siedler waren ziemlich empört, daß sie kaum anders als die Kriminellen behandelt werden, und einige der Wohlhabenderen, denen ihr Reichtum zu Kopf gestiegen ist, haben sich mir zu Feinden gemacht. Ich bringe ihrem Protest wenig Verständnis entgegen. Schließlich ist es schon deshalb von entscheidender Bedeutung, detaillierte Dossiers auch über die freien Siedler anzulegen, damit verhindert werden kann, daß sich ein entflohener Verbrecher als einer der ihren ausgibt.

Ein weiterer, tieferer Grund dafür, daß sie in dieses große Experiment mit einbezogen werden, besteht darin, daß man aus den Lebensgeschichten *sämtlicher* Bewohner der Kolonie viel lernen kann. Ich vermag mich etlicher Fälle zu entsinnen, wo Männer selbstgefällig als freie Bürger nach Van-Diemens-Land kamen, nur um bei irgendeiner heimlichen Missetat ertappt und postwendend nach Macquarie Island verbannt zu werden. Es ist auf seiten der Siedler blanke Arroganz, wenn sie sich für alle Zeit als unschuldig betrachten. Kann sich seit Adam und Eva auch nur *ein* Mensch frei vom Makel der Sünde wähnen?

Ich habe tatsächlich manchmal darüber nachgedacht, ob eines Tages ein so bedeutendes Rechtssystem vielleicht sogar auf eine freie Gesellschaft übertragen werden könnte. Es müßte verschiedene Stufen nicht nur der Bestrafung, sondern auch der Belohnung geben, so daß jeder einzelne Aspekt der Lebensführung eines Menschen präzise die Tugendhaftigkeit seines Verhaltens widerspiegelte. Wenn man ein ausgeklügeltes System zum Sammeln von Informationen entwickeln könnte, wäre es möglich, den Status jedes einzelnen regelmäßig, vielleicht sogar monatlich, so zu verändern, daß sich der Bürger ständig seines moralischen Fortschritts bewußt wäre. Was für ein schöner Gedanke, daß allen Bürgern auf diese Weise nicht nur der gerechte Lohn für Habgier und Gerissenheit, sondern auch für tugendhaftes Verhalten zuteil würde. Das System könnte so fein ausgesponnen sein, daß selbst jene, die das Gesetz noch gar nicht gebrochen haben – Lügner, Verführer und so weiter –, den gerechten Lohn für ihre Niedertracht ernteten.

Doch das sind nur Träumereien, denn zum jetzigen Zeitpunkt kann man noch nicht einmal sagen, ob unserem hiesigen System Erfolg beschieden ist. Immerhin läßt sich alles sehr vielversprechend an, und mir bleibt nur die Hoffnung, daß das Werk, das auf dieser fernen Insel vollbracht wird, ein klein wenig zu einer besseren Zukunft für alle Menschen beitragen wird, in der Niedertracht und Verbrechen endgültig überwunden sein werden.

Jack Harp 1824–1830

Nachdem man mich nach Georgetown verfrachtet hatte, steckte ich erst mal vier Jahre in stinkenden Sträflingsklamotten und mußte mich auf den Straßen und in den Lagerhäusern von Hobart halb totschuften, bis ich dann eines Tages vor so 'nem Schreiberling mit gewichstem Schnurrbart antreten mußte, der mir groß verkündete, ich sei eine Stufe aufgerückt. So kam ich auf eine Farm in der Nähe von Launceston, zum Kühemelken und Schafescheren. Ich hatte richtig Schwein, denn der Besitzer war 'ne ziemliche Memme. An Weihnachten kriegten wir Pudding, und den aß er sogar an einem Tisch mit uns, und soviel ich weiß, war das der Grund für den ganzen Ärger. Irgend so ein Dreckskerl muß sich beschwert haben, daß wir zu gut behandelt würden, denn wir wurden noch im gleichen Monat alle auf verschiedene andere Farmen verfrachtet. Ich hätt's eigentlich gar nicht so übel getroffen, wenn der Besitzer nicht so ein Mistkerl gewesen wäre. Der hatte nämlich die fixe Idee, daß jeder Sträfling an seiner Frau rumfingerte, obwohl es dafür wirklich keinen Grund gab. Sie war eine häßliche alte Kuh. Dauernd suchte er nach irgendeinem Vorwand, einem mit der Peitsche eins überzuziehen. Kaum gönnte man sich mal eine kurze Verschnaufpause oder lachte über einen Witz, den er nicht verstand, schon knallte es. Eine Weile ließ ich mir das bieten, aber dann schrie er eines Tages Zeter und Mordio, weil ich angeblich seine Kuh falsch gemolken und krank gemacht hätte, was natürlich eine glatte Lüge war. Statt brav auf meine Tracht Prügel zu warten, kam ich ihm zuvor und ließ ihn ein paar Dinge hören, die er nicht so schnell vergessen würde. Tja, und da hieß es dann, ich hätte mich kein bißchen gebessert, eher im Gegenteil, und das war der Grund, warum ich auf die Brücke kam.

Die Brücke war schlimmer als alles andere zusammen, eine fürchterliche Schufterei. Wir mußten riesige Steinblöcke verrücken und behauen und nachts in Kisten schlafen, wie Särge aufeinandergestapelt, in denen man sich nicht mal aufrecht hinsetzen konnte, und die sich bei dem warmen Wetter mörderisch aufheizten. Aber damit nicht genug. Der Aufseher war ein widerlicher Peitschenschwinger, und die anderen Sträflinge ein lahmer Haufen. Das ging mir derart an die Nieren, daß ich an nichts anderes mehr denken konnte, als diesem Aufseher so die Fresse zu polieren, wie er es verdiente, oder einfach abzuhauen, und manchmal war ich drauf und dran, in den Busch zu laufen, trotz Ketten und allem. Aber gemacht hab ich's nie. Ich hab den richtigen Moment abgewartet.

Auf der Brücke waren Gespräche verboten, und deshalb kam man schwer an Neuigkeiten ran, aber irgendwie klappte es dann doch immer. Zum erstenmal hörte ich von der »Linie«, als ein Farmer bei uns anhielt, um sein Pferd zu tränken. Ich merkte gleich, daß der früher auch mal in Sträflingskleidern gesteckt hatte, weil er nämlich zu uns rüberschaute, während die wirklichen Siedler einen Mann in Fußfesseln wie Luft behandeln. Mit uns sprach er nicht, weil er genau wußte, daß es dann Ärger gab, aber mit der Wache redete er so laut, daß es übers ganze Flußufer schallte.

»Da müssen der Gouverneur und seine Armee wohl mit der Fähre übersetzen!« sagte er skeptisch und musterte den halbfertigen Brückenpfeiler, der wie ein Armstumpf aus dem Flußufer ragte – mehr hatten wir nämlich noch nicht geschafft. »Ich meine, wenn die hier auf der Jagd nach den Schwarzen vorbeikommen.«

Das lieferte schon reichlich Gesprächsstoff für den Abend und sorgte dafür, daß durch die Sargtüren ziemlich viel geredet und jede Menge Witze über Gouverneur Alder gerissen wurden, der sich mit seinem Feldzug gegen die Krähen wie ein Napoleon aufspielte. In der nächsten Zeit hab ich dann manchmal was aufgeschnappt, wenn sich die Wachen leise unterhielten und von der »Schwarzen Linie« sprachen. Das würde ja einen ziemlichen Wirbel geben. Tausende von Soldaten und Siedlern sollten durch Van-Diemens-Land marschieren, um die Schwarzen in die Falle zu treiben. Ich hab mir da so meine Gedanken gemacht. Vor allem hab ich gedacht, daß bei so einer Armee ja alle möglichen Aufgaben anfallen und daß jede davon besser wäre, als dieses öde Steineklopfen. Und außerdem, wenn so ein Riesenhaufen unterwegs ist, kann einer wie ich schon mal verschwinden, ohne daß es groß auffällt. Den anderen sagte ich keinen Ton davon. So eine gute Idee behält man lieber für sich, wie einen Dollar, den man auf der Straße findet und in den Mantelsaum einnäht. Außerdem hatte es dieser Sauhaufen gar nicht verdient, daß ich ihm einen Gefallen tat.

Als der Aufseher damit anfing, daß ein paar von uns für eine Expedition gebraucht würden, brüllte ich gleich als erster meinen Namen. Und genau deswegen, weil ich so schnell war, nahmen die mich.

Es war herrlich, der Brücke den Rücken zu kehren, auch wenn ich immer noch die Kette um die Fußknöchel hatte. Die von uns, die wegdurften, wurden kurz nach Tagesanbruch geweckt und mußten im Stehen warten, bis die Soldaten gefrühstückt hatten. Da rief einer von den Scheißkerlen, die dableiben mußten, aus seinem Sarg: »Paßt bloß auf, daß ihr nicht 'nen Speer zwischen die Rippen kriegt!«, und fand das wahnsinnig komisch. Die anderen waren aufgewacht, und hinter den kleinen Sargtüren ertönte schallendes Gelächter. Aber natürlich waren sie bloß wütend, weil wir wegdurften. Das ließ ich mir nicht gefallen. Ich machte ein Geräusch, das so ähnlich klang wie »ckckck«, und stieß die Memmen vor mir in der Reihe an, bis alle »ck, ck, ck« machten und es sich bald haargenauso anhörte, als würden ein paar arme Schweine einen Haufen Steine klopfen, denn genau das stand den anderen für die nächsten Stunden und Monate bevor. Es gab ziemliches Gelächter. Ich wollte gerade einen Kieselstein werfen, einfach um noch eins draufzusetzen, aber da kamen die Beamten vom Frühstück zurück.

Ein bißchen Kettengerassel, und schon waren wir hinterm Berg verschwunden, und dieser widerliche kleine Fluß war endlich nicht mehr zu sehen. Wir kamen langsam voran und machten nach ein paar Stunden Rast, damit die Beamten sich ein bißchen ausruhen und rauchen konnten. Das kam mir gerade recht. Ich legte mich ins Gras, verschnaufte ein bißchen und rieb mir die Knöchel, da, wo sich die Ketten eingeschnitten hatten. Als ich dann irgendwann hochschaute, wen sah ich da? Der Kerl ritt auf uns zu, geschniegelt und gebügelt, hoch zu Roß, ganz der vornehme Herr. Wahrscheinlich war er auf dem Weg nach Launceston, um sich als braver Untertan für die Schwarze Linie einzuschreiben. Der Reiter war niemand anderes als mein alter Freund Bill Haskins.

Er bemerkte mich nicht. Für ihn waren wir ja nur eine x-beliebige Sträflingskolonne. Ohne zu uns herüberzusehen, lenkte er sein Pferd zum Fluß, um es zu tränken. Aber kurz darauf merkte er dann was. Und zwar, als ich aufstand, einen Stein nahm, mich leise näherte, ihm von seinem hohen Roß herunterhalf und ihm auf den spanischen Dollar und die zwei französischen Münzen herausgab. Ich weiß bis heute nicht, wie weit ich kam, bevor mich die Rotröcke packten, aber ich hab dem Sauhund eine ganz schöne Abreibung verpaßt und ihm hoffentlich ein Auge ausgeschlagen. Wahrscheinlich war das ziemlich dumm von mir, jedenfalls zeigte es nicht direkt, daß ich mich gebessert hatte, aber ich hab's trotzdem nicht bereut, obwohl ich nicht zur Schwarzen Linie kam.

Damals konnte ich natürlich noch nicht ahnen, wohin mich diese kleine Revanche führen würde.

Wer mal so richtig feines Waffenöl schnuppern wollte, der war hier genau richtig. Ich hatte in meinem ganzen Leben noch nie so viele Musketen auf einem Haufen gesehen. Die lehnten reihenweise an den Wänden und Transportkisten, und es roch stark nach frischgeölten Waffen.

Die hatten das Depot in Oatlands eingerichtet, an der Hauptstraße nach Launceston. Ich war da früher schon mal durchgekommen, damals war's noch ein ziemlich verschlafenes Nest mit ein paar Häusern und grade mal einer Kneipe an der Straße, aber an dem Tag damals herrschte Hochbetrieb. Außer den Soldaten und Strafgefangenen gab's noch Dutzende von Freiwilligen wie mich, und das drängelte und wimmelte wie an einem Markttag in Norwich. Wo man auch hinschaute, überall großes Hallo, wenn jemand ein bekanntes Gesicht entdeckte, das er einen Monat oder ein Jahr nicht gesehen hatte. Ich war mit Sam Ferris hingefahren, einem Nachbarn von uns, der auch aus Norfolk stammt, für mich die beste Empfehlung, und wir hatten einen unterhaltsamen Vormittag und tauschten haufenweise Grüße und Neuigkeiten aus. Schließlich gingen wir unsere Waffen abholen und mußten ziemlich lange in der Schlange warten. Als ich dann endlich meine Muskete kriegte, entpuppte die sich als primitives Ding, und ich war heilfroh, daß ich selber noch zwei Pistolen mitgebracht hatte. Außer der Muskete bekam jeder ein Paar Handschellen und eine Handvoll Kugeln, die ich gleich nachzählte.

»Ist das alles?« fragte ich den Schreiber, aber eigentlich mehr wegen Sam, der immer für einen Spaß zu haben war.

»Es werden nur dreißig Schuß ausgegeben«, sagte der Schreiber mit säuerlicher Miene.

Ich hielt die Handschellen hoch. »Und wenn ich die gegen noch mal dreißig Schuß eintausche? Ich brauch die sowieso nicht. Wenn ich dann mal danebentreffe, erwische ich immer noch neunundfünfzig Krähen.«

Sam lachte laut. Als der Schreiber merkte, daß wir ihn bloß auf die Schippe nahmen, runzelte er die Stirn und wandte sich dem nächsten zu. Wir gingen wieder raus an die Frühlingssonne, und wer kam da angetrabt? Der Gouverneur höchstpersönlich, der sich wie ein General aufspielte, obwohl er für die Rolle eigentlich viel zu dürr und käsig war und eher wie so'n verdammter Pfaffe wirkte, der sich auf ein Pferd verirrt hat. Zwei seiner Beamten sorgten für Ruhe, und dann hielt er eine kleine Ansprache und dankte uns für unsere Hilfe, aber das taten wir ja alle gern, bloß am Schluß verdarb er dann doch alles, weil er lamentierte, wir dürften den Schwarzen aber ja kein Haar krümmen, sondern müßten sie freundlich überreden.

»Tun Sie einfach so, als wären Sie Treiber bei einer Moorhuhnjagd«, so ungefähr drückte er sich aus. Naja, falls er auf Applaus spekuliert hatte, mehr als ein lahmes Klatschen gab's nicht, und schon das war eigentlich zuviel. Der Bursche hätte nämlich keinen Finger krumm gemacht, wenn nicht ein paar Männer, wie zum Beispiel ich, so auf die Pauke gehauen hätten, daß ihm angst und bange wurde.

Abends zogen Sam und ich dann in die Kneipe. Wir waren nicht die einzigen, und es war eine lustige Versammlung. Wir standen alle dicht zusammengedrängt an den Wänden und auf der Straße, weil jeder wußte, daß das die letzte Chance zum Saufen war vor der großen Pirsch durch den Busch.

»Eigentlich«, sagte ich zu Sam, »sollten wir uns für jede Krähe, die wir erwischen, ein Glas Rum hinter die Binde kippen.«

Er mußte lachen. »Käme ganz schön teuer. Da würden wir ja den ganzen Laden hier leersaufen müssen!«

Als wir am nächsten Tag aufbrachen, brummte mir der Schädel. Das lullt einen richtig ein, wenn man so Schritt für Schritt vor sich hinstapft. Ich strengte mich an, trotzdem war es schwer, dauernd alles im Blick zu haben und hinter jeden Busch zu schauen, während ich in Gedanken ganz woanders war, mal bei dem Lagerhaus, das ich bauen wollte, mal bei der Frage, wie sich der Wollpreis wohl entwickeln würde. Aber ich schreckte immer wieder auf, weil sich irgendwas vor mir bewegte, und mein Herz raste schneller als ein Dampfhammer. Dann duckte ich mich, riß das Gewehr von der Schulter und drehte mich nach Sam und Pete Tanner um, der links von mir ging, aber beide waren manchmal wie vom Erdboden verschluckt, hinter einem Hügel oder ein paar Bäumen verschwunden, und dann wurde mir ziemlich mulmig. Aber wenn ich dann noch mal genauer hinsah, merkte ich, daß ich mich geirrt hatte, und es war bloß ein blödes Känguruh oder ein Ast im Wind. Ich bin bestimmt kein Hasenfuß, aber wenn man so erschöpft und übermüdet ist, liegen die Nerven bloß.

Schuld daran war der Gouverneur, weil das ganze Unternehmen erbärmlich schlecht geplant war. Nicht mal Zelte hatten wir. Da hieß es, wir seien jetzt eine richtige Armee, oder wie er das in seiner Rede ausgedrückt hatte, und dann mußten wir nachts wie Bettler auf der Erde schlafen. Ich kam nie recht zur Ruhe, weil mir immer irgendein Stein oder eine Wurzel gegen die Rippen drückte oder weil es wie aus Kübeln goß und der Regen durch die Zweige und Blätter tropfte, die wir zum Schutz aufgebaut hatten. Außerdem war es fast unmöglich, nicht dauernd auf irgendwelche Geräusche zu achten. Tag um Tag verging, Meile um Meile blieb zurück, und wir fragten uns immer öfter, ob sich nicht vielleicht direkt vor uns ein paar hundert Wilde zusammengerottet hatten, vielleicht sogar diese verrückte Amazone, von der es hieß, daß sie wie ein Soldat fluchte und Männern auf eine Art und Weise mit dem Messer zuleibe rückte, die man sich gar nicht vorstellen kann. Das war kein anständiger Krieg, das war schlicht und einfach feige Barbarei. Solche Gedanken kamen einem manchmal, vor allem nachts.

Ich war bestimmt nicht der einzige, der bei Dunkelheit die Ohren spitzte. In einer bewölkten Nacht, ich war kurz vorm Einschlafen, knallte in östlicher Richtung urplötzlich eine Muskete los. Sam und ich sprangen auf. Einen Moment lang war alles still, aber dann knatterte es wie bei einer richtigen Schlacht, und von unserem Berg aus sahen wir in der Dunkelheit Mündungsfeuer aufblitzen, soweit das Auge reichte. In so einem Moment ist es nicht leicht, einfach weiter in eine Wand aus schwarzem Nichts zu starren. Ich hörte zwar niemanden kommen, aber das mußte nichts heißen. Vielleicht krochen ja gerade fünfhundert von diesen Krähen den Hang herauf, weil sie dachten, hier wär 'ne Lücke in der Linie, und deshalb war es nur vernünftig, daß Sam und ich ein paar Schüsse abgaben, einfach um sie zu verscheuchen. Endlich war alles wieder still. Viel geschlafen habe ich in dieser Nacht nicht.

Am nächsten Morgen rechnete ich fest mit der Nachricht, es seien zwei Dutzend Schwarze erledigt worden, aber von wegen. Bald nach Tagesanbruch verbreitete sich durch die Linie das Gerücht, man habe nichts als ein paar Stinktierspuren gefunden. Rätselhaft.

Aber da wir nichts weiter tun konnten, packten wir zusammen und zogen weiter.

Peevay *1830*

Mutter ließ uns tagelang bei dem Feuer herumlaufen, wo sie uns niedergemetzelt hatten, auf der Suche nach Tayaleah, obwohl das eine große Gefahr war, weil die Weißen jeden Moment zurückkommen konnten, um noch mehr von uns zu töten. Die ganze Zeit klagte sie und rief seinen Namen. Ich hatte Angst, daß er plötzlich hinter ein paar Bäumen hervorkommen könnte und ich die kleine Kanaille damit doch nicht los war. Zum Glück passierte das nicht, und endlich erlaubte uns Mutter, von diesem schrecklichen Ort wegzugehen, damit wir unseren Krieg fortsetzen konnten. Ich hoffte, daß sie mir jetzt, wo Tayaleah verschwunden war, ihre Liebe schenken würde, wie es ja sein sollte, aber das war vergebliche Hoffnung. Nein, sie sah mich hassend an, fast als hätte *ich* ihn verschwinden lassen, und sie vergötterte ihn noch mehr, als wenn er dagewesen wäre. Immer sprach sie davon, wie klug und tapfer er gewesen war, und niemand sagte ihr, wie dumm das war, weil alle viel zu große Angst hatten, sie könnte wütend werden.

So zogen wir weiter, nach Osten oder Süden, mal hierhin, mal dorthin, immer weiter, bis sogar der Wald ganz fremd wurde, mit Bäumen, die ich noch nie gesehen hatte. Das war traurig, und nachts träumte ich oft von der Welt, in der ich die

Blumendüfte kannte und die Geschichten in jedem Stein und jedem Fluß, und wo der Häuptling und die Großmutter friedlich lebten, wenn man sie nicht schon getötet hatte. Manchmal sagten wir, daß wir zurückwollten, aber Mutter sagte, es sei jetzt egal, wohin wir gingen, weil es überall in der ganzen Welt das gleiche sei, und das Wichtigste sei jetzt der Krieg gegen die weißen Kanaillen. Sie hatte recht, denn die weißen Kanaillen waren überall. Kaum ein Tag verging, wo wir nicht einen von den Kerlen sahen, mal war er weit weg und trieb Schafe zusammen, mal saß er auf seinem großen lachenden Tier, das PFERD hieß. Wenn es wenige auf engem Raum waren, kämpften wir gegen sie. Manchmal töteten wir sie, manchmal töteten sie uns, und mit der Zeit wurden wir immer weniger.

Nach jedem Krieg ließ Mutter uns schnell weit weglaufen, damit sie uns nicht erwischten wie das letzte Mal. Sie sagte auch, daß wir keine großen Feuer mehr anzünden durften, weil das den weißen Kanaillen zeigte, wo wir waren, und so konnten wir nur ein kleines Feuer in einem Erdloch machen, das uns kaum wärmte. Das waren kalte und hungrige Zeiten. Manchmal aßen wir viele Tage lang nur Wurzeln, und die füllten den Magen nicht. Aber die Nums kamen zumindest nicht in der Nacht, um uns zu töten wie schon einmal, also waren Mutters Gedanken klug.

Dann ging ich eines Tages mit Heedeek ohne Feuer auf die Jagd, was hieß, früh in den Wald zu gehen, als es noch fast dunkel war, und dann ganz still in einem Busch zu stehen und auf die langen Füße des Wallaby zu horchen, wenn es sprang. Heedeek war erwachsen, aber noch nicht lange, und er hatte noch keine Frau gehabt. Er hatte dickes Haar, rot gefärbt, weil wir kein Ocker hatten, und es hing einfach so herunter wie Wasser, das von einem großen Stein tropft. Er war immer ein bißchen ungeschickt und stolperte über Baumwurzeln oder trat im Vorbeigehen Zweige aus dem Feuer, dafür war er immer freundlich und sagte nie abscheuliche Namen zu mir wie meine Mutter. Und so wurde er wie ein älterer Bruder für mich.

Heedeek war kein kluger Jäger, nein, und wenn man mit ihm ging, hieß das oft, daß man den ganzen Tag wartete und mit dem Speer nichts erwischte, aber dieser Morgen war anders, dachte ich. Ja, ich stand nur kurze Zeit da, ganz kalt, weil ich mich nicht bewegen und kein Geräusch machen durfte, da raschelten plötzlich Blätter, und ein Zweig knackte. Das war ein großes Glück, glaubte ich, weil die anderen beim Feuer warteten und Hunger auf Fleisch hatten und ich vielleicht ihr großer Held sein würde. Weil es so laut knackste, dachte ich, es müßte ein fettes Wallaby sein oder sogar ein Kanunnah, vor dem wir zwar ein bißchen Angst hatten, aber essen konnte man es trotzdem. Heedeek zeigte mir mit einem stummen Blick, woher das Tier kam, über die Lichtung, und ich sah ihn auch an, und das hieß ja. Dann duckte ich mich hinter ein paar Büsche und machte meinen Speer bereit. Und wirklich, genau dort, wo wir gedacht hatten, bewegten sich die Blätter. Aber dann kam kein Wallaby oder Kanunnah heraus, sondern einer von diesen weißen Kanaillen, und er hatte sein Gewehr und sein mörderisches Messer in den Hand.

Das war ein großes Rätsel, weil die weißen Kanaillen sonst nie in den Wald kamen. Ich überlegte, daß er vielleicht auf der Jagd war wie wir, aber das war dumm, weil jedes Wallaby seinen Lärm hören und seinen Gestank riechen würde, der so stark war, daß sogar ich ihn roch, so weit entfernt. Bald war da noch ein verflixtes Geheimnis. Er ging nicht durch freie Stellen wie ein kluger Mann, nein, er lief einfach geradeaus, als ob er auf einem leeren Berg wäre. Bald hatte er einen großen Kampf mit ein paar armen Bäumen, und schwang sein mörderisches Messer, um sich einen Weg zu bahnen. Ich sah, daß er das schon lange machte, weil seine tote Tierhaut, rot wie Blut, zerrissen war und die Fetzen wie Blätter um ihn herumflatterten, so daß man seine echte Haut darunter sah, die aber auch ganz zerkratzt war, als wären Stinktiere an ihm hochgeklettert.

Heedeek machte mir ein Zeichen mit dem Speer, das hieß, ich gehe so herum und spieße ihn auf, wenn ich kann, du bleibst ruhig hier. Was spannend war, mir aber auch angst machte, weil die weiße Kanaille ein Gewehr dabei hatte. Am Ende passierte gar nichts. Gerade als Heedeek davonschlich, um mit dem Töten anzufangen, hörten wir wieder Zweige knacksen, jetzt aus einer anderen Richtung. Durch die Blätter sah ich noch eine weiße Kanaille, auch rot gefärbt, und dann hörte ich noch andere Geräusche, weiter weg. Wir saßen in einer abscheulichen Klemme, das konnte man nicht leugnen. Heedeek sah mich an und zeigte mit dem Speer dorthin, wo Mutter und die anderen warteten, und so schlichen wir vorsichtig zurück.

Mutter interessierte das. »Steigen wir mal weiter hinauf, wo wir was sehen«, sagte sie zu Heedeek, weil sie immer noch nicht mit mir sprach, so voller Haß war sie, und sie winkte mit ihren starken, kurzen Armen und führte uns aus dem Wald und dicht dahinter einen Berg hinauf. Dort lagen wir flach auf dem Boden, damit uns die weißen Kanaillen nicht sahen, und wir wollten auch die Hundetiere dazu bringen, sich flach auf den Boden zu legen. Und wirklich, bald zitterten die Bäume, und ein Num kam heraus, schüttelte sich und zog Blätter aus seinem Haar und seiner toten Tierhaut und schrie voller Wut, als hätte ihn etwas gebissen. Dann bewegten sich noch mehr Bäume, und ein anderer kam heraus und noch einer, bis es plötzlich so schien, als ob der ganze Wald zitterte und weiße Kanaillen ausspuckte, die alle ein Gewehr trugen, so weit wir sehen konnten. Also warfen wir uns Blicke zu. Wir wußten nämlich, was das war. Diese weißen Kanaillen jagten nie im Leben ein Wallaby. Sie jagten uns. Und da flohen wir.

Ein Gutes war, daß diese Nums langsam wie Lehm waren, und wir waren schnell. Wir rannten davon wie der Wind, und als es dunkel wurde, waren wir so weit weg, daß ihre Feuer nur noch wie Funken in der Nacht wirkten. Es brannten aber viele Feuer, und da wußten wir, daß es noch viel mehr waren als die, die aus dem Wald gekommen waren, was ein abscheuliches verflixtes Rätsel war. Wirklich, es war ein riesiger kriechender Haufen von weißen Kanaillen, wohin man schaute. Trotzdem verzweifelte Mutter noch nicht. »Wir müssen einfach um sie herumgehen«, sagte sie, als wir an dem kleinen, kalten Erdlochfeuer hockten.

Den ganzen nächsten Tag liefen wir schnell, und die Hundetiere sprangen um unsere Füße herum, als wäre das ein schönes Spiel. Bald waren wir hungrig und erschöpft, liefen aber trotzdem weiter, weg von diesen Dreckskerlen, und auch um sie herum. Nach und nach fühlte ich mich sicherer, weil wir so weit gelaufen waren, daß wir sie bestimmt hinter uns gelassen hatten. Aber dann, jammervolle Botschaft, gingen wir über einen Berg, und da waren sie immer noch, viele von ihnen, und sie krochen in einer Linie auf uns zu, langsam wie Ameisen.

»Vielleicht sind es die gleichen«, sagte Heedeek hoffnungsvoll. »Vielleicht sind sie uns bloß gefolgt.«

Mutter war klüger. »Nein. Die anderen waren rot wie Blut. Die hier sind braun.«

Es war jammervoll. Bis jetzt hatte ich nie überlegt, wie viele von den weißen Kanaillen es auf der Welt gab, weil wir nie so viele auf einem Haufen gesehen hatten, aber jetzt glaubte ich, daß es mit den hassenswerten Dreckskerlen kein Ende haben würde, und ich wußte, wir würden sie nie los, auch wenn wir immer, immer weiterkämpften und nie starben. Sogar Mutter sah in diesem Moment jammervoll aus. Es war aber nicht viel Zeit zum Verzweifeln, weil die Kanaillen immer näher kamen. Und so rannten wir, so schnell wir konnten, obwohl das Land jetzt nur noch aus nackten Felsen bestand, und ich vermutete, daß sie uns sahen. Es regnete, wir froren und hatten Hunger, und mir taten die Füße weh, und mein Kopf wurde schwach und schwindlig. Irgendwann blieben wir stehen und fielen keuchend zu Boden, einfach zu müde, um noch weiterzurennen. Mutter stellte zwei Wachen auf, falls die weißen Kanaillen kamen, und dann redeten wir.

Heedeek, der immer vorsichtig war, dachte, wir sollten noch einmal um sie herumgehen. »Vielleicht sind es nicht so viele, wie es scheint.«

»Du hast doch ihre Feuer gesehen«, sagte Mutter zu ihm, und sie verschränkte die Arme und sah ihn an, als wäre er ein jämmerlicher Dummkopf. »Wir werden nur immer müder und hungriger, und trotzdem kommen sie immer näher. Nein, es ist besser, wenn wir gegen sie kämpfen.«

Niemand wollte gegen diese Weißen kämpfen, weil es so viele waren, daß wir wußten, wir würden sterben, und das war abscheulich, aber ich glaubte dennoch, daß sie recht hatte.

Außerdem hatten wir Angst vor Mutter, besonders wenn sie wütend war, und deshalb kam uns der Tod fast leichter vor, als nein zu sagen. Mutter ließ uns eine kleine Weile rasten, aber dann packte sie ihren Speer und stand auf. Und sie ging direkt auf die weißen Kanaillen zu, erst langsam, dann schneller, und wir folgten ihr die ganze Zeit.

Ben Hayes – Farmer in Van-Diemens-Land 1830

Zwei Tage lang marschierten wir durch Farmland, was recht angenehm war. Einmal übernachtete ich in einer gemütlichen trockenen Scheune, und manchmal sahen uns die Frauen kommen und liefen uns mit heißer Milch und frischem Brot entgegen, das besser schmeckte als eine Weihnachtsgans. Aber so blieb es leider nicht. Nach kurzer Zeit wurde der Busch so dicht, wie es das bloß in Van-Diemens-Land gibt. Die Dornen zerrissen unsere Kleider und zerkratzten uns, und bald liefen wir alle in Lumpen rum und waren so zerschrammt, daß es aussah, als hätten wir auf einem Stapel Bajonette ein Nickerchen gemacht. Meine größte Sorge bereiteten mir meine Stiefel. Sie waren so zerschlissen, daß ich mein Hemd in Streifen reißen mußte, damit ich nicht auch noch die Sohlen verlor. Inzwischen verfluchte ich mein Marschgepäck. Manchmal kommt einem ja in erster Minute etwas federleicht vor, aber wenn man es Meile um Meile mit sich rumschleppt, wird es schwer wie ein Felsbrocken, und so verging kein Moment, wo ich mir nicht wünschte, ich könnte endlich die Handschellen wegschmeißen und hätte nie diese zwei Pistolen mitgenommen.

Wir schliefen eine Nacht im Wald, und am nächsten Tag kamen wir auf eine hohe Ebene. Das war schon besser, bis auf den kalten Wind. An diesem Nachmittag sah ich sie. Ich war mal kurz stehengeblieben, um meinen Packen zu verschieben und mir's ein bißchen bequemer zu machen, obwohl das nichts nutzte, und als ich wieder hochschaute sah ich, wie sich vielleicht zwei Dutzend von diesen Mistkäfern über den nächsten Berg davonmachten. Ich erstarrte. Dann sah ich zu Sam rüber, und dem ging's genauso. Wir schauten uns an und lachten ein bißchen. Aber lustig fanden wir's nicht.

Wir gaben es den anderen nach hinten durch und stapften weiter. Kurz darauf begann es zu regnen. Das war schlecht, weil meine Sachen noch vom letzten Guß her ganz feucht waren. Es ging schon auf die Dämmerung zu, als es hieß, wir sollten haltmachen. Normalerweise lagerten wir immer zu zweit, aber nachdem wir die Schwarzen gesehen hatten, und noch dazu so viele, kam uns das unsicher vor, und wir bildeten Sechsergruppen. Wahrscheinlich ließ das Richtung Osten eine Lücke, aber zumindest zählten wir genügend Mann, um zu kämpfen, falls die uns angreifen sollten. Pete Tanner hätte sogar aus purem Wasser Feuer schlagen können, und deshalb hatten wir bald ein nettes kleines Feuerchen, trotz des Regens, der immer noch herunterprasselte. Es gibt ja nichts Besseres als so ein Feuerchen, um sich die Knochen zu wärmen. Wir buken aus Mehl ein paar Brotfladen, und Sam zog ein kleines Stinktier aus der Tasche, das er am Morgen erlegt hatte, und nachdem wir ihm das Fell abgezogen hatten, roch es recht lecker.

Heute seh ich's so: Im Grunde war der Regen schuld, weil ja Dämmerung herrschte und man nicht weit sah. Außerdem war es so kalt, daß nur ein Dummkopf vom Feuer weggelaufen wäre. Klar, wir hatten eine Wache aufgestellt, aber irgendwie konnten sich diese Schwarzen fast unsichtbar machen, und wir sahen sie erst, als es schon fast zu spät war. Plötzlich waren sie da und rannten wie der Wind durch das kleine Tal direkt unterhalb von uns. Sah nach Ärger aus. Vorneweg lief wohl diese Amazone, von der ich schon gehört hatte. Sie war splitternackt und trug eine Flinte. Das war ein Schock, weil uns niemand was davon gesagt hatte, daß sie Gewehre hatten. Man hätte uns warnen sollen. Hinter ihr kam noch so ein komischer Kerl, ein Junge, schwarz wie der Rest, aber mit strohgelben Haaren.

Wir legten schnell die Gewehre an, obwohl es schwer war, sie ins Visier zu kriegen, weil sie so rannten und wackelten. Ich war drauf und dran zu schießen, das ist die Wahrheit, und wenn die anderen gerufen hätten, worauf wartest du noch, hätt ich's getan. Aber es rief keiner. Wir hatten nämlich Sorge, wir könnten danebentreffen, vor allem, weil die Schwarzen in der Dämmerung so schwer zu erkennen waren, und dann hätten sie's uns heimgezahlt, auch diese Amazone mit dem Gewehr. Alles wurde so still, daß wir nur noch den Regen und das brutzelnde Stinktier hörten, und eine Sekunde später waren sie schon fast außer Schußweite.

Sam sprach als erster. »Ich denke, wir sollten ihnen nach.« Aber so, wie er das sagte, klang es eher wie eine Frage.

Niemand antwortete. Es setzte sich auch keiner in Bewegung. Wir standen nur da und schauten. Einen Moment später hatten sie die Bäume erreicht und waren außer Sicht.

»Wenn wir ihnen nachlaufen, gibt's 'ne Lücke in der Linie«, sagte Pete Tanner.

Sam kaute ein bißchen auf seiner Backe herum, eine Angewohnheit von ihm. »Außerdem kann niemand sagen, ob wir bei dieser Nässe überhaupt schießen könnten.«

Kurz darauf saßen wir wieder ums warme Feuer herum. Das Brot und das Stinktier schmeckten wirklich lecker, und später brauten wir uns noch im Feldkessel Tee. In dieser Nacht stellten wir eine richtige Wache auf und wechselten einander ab. Aber niemand bemerkte irgendwas.

Es ist nicht so, daß wir beschlossen hätten, über all das zu schweigen, es hat einfach keiner was gesagt. Wir fanden es sinnlos.

George Alder, Gouverneur von Van-Diemens-Land 1830

Nachdem wir gefrühstückt und wieder zusammengepackt hatten, nahmen wir erneut unseren gewaltigen Marsch auf, mit laut klappernden Feldkesseln, Wasserflaschen und Musketen. Erst jetzt, als wir uns dem Ende dieses großen Feldzugs näherten und das schmal zulaufende Land unsere zweitausend Männer zusammenführte, die ja in einer langen Reihe über die halbe Insel verteilt gewesen waren, wirkten sie in ihren zerfetzten Kleidern und Stiefeln wie eine Armee, eine tapfere kleine Armee. Welch edles Werk hatten sie vollbracht, indem sie dieses unwirtliche Land durchquerten, und dies, ohne daß es auch nur einen einzigen Verwundeten gegeben hätte, von den wenigen Männern, die durch Unfälle ums Leben gekommen oder versehentlich erschossen worden waren, einmal abgesehen. Ihre große Aufgabe war fast vollbracht. Meine Hauptsorge war, daß sie jetzt nicht vergaßen, den Eingeborenen mit sanfter Gewalt zu begegnen, wie ich es ihnen eingeschärft hatte.

Ned, mein oberster Polizeirichter, der sich eigentlich immer über irgend etwas Sorgen machte, äußerte die Befürchtung, wir könnten nicht genügend Handschellen dabei haben. »Soweit ich unterrichtet bin, könnte es sein, daß wir vier ganze Stämme eingekesselt haben.«

»Falls uns die Handschellen ausgehen, können wir auf die Schnüre von den Zelten zurückgreifen«, schlug ich vor. In diesem Moment wurde ich abgelenkt, weil jemand hinter mir irgend etwas schrie. Als ich mich umdrehte, erblickte ich einen Mann, der in dieser wilden Gegend kaum deplazierter hätte wirken können: Er trug weder Waffen noch grobe, wetterfeste Kleidung, sondern Mantel und Zylinder, ein Aufzug, der sich eher für einen Kirchgang geeignet hätte. Als er näher kam, erkannte ich John Pierce. Eigentlich überraschte mich das nicht, denn dieser Mann war ein notorischer Querulant. Er war einst als Landwirtschaftsbeamter bei der New World Land Company angestellt gewesen, dann aber weggelaufen, um sich nach Hobart zu begeben und hier von den wildesten Grausamkeiten zu berichten, die den Schwarzen angeblich von seinen Gefährten widerfahren waren. Glücklicherweise hatte mich sein Vorgesetzter, Mr. Charles, ein sehr angenehmer Zeitgenosse, schon brieflich vor Pierce gewarnt, der, wie er schrieb, plötzlich verrückt geworden sei und wie ein Strauchdieb unter primitivsten Bedingungen im Busch gelebt habe. Nachdem Pierce ein paarmal mit seinen Denunziationen im Regierungsgebäude erschienen war, versuchte er sogar einmal, mich auf der Straße zur Rede zu stellen, und ich stand wirklich kurz davor, ihn festnehmen zu lassen.

Als er mich erblickte, gab er seinem Pferd die Sporen und brüllte wie ein Wahnsinniger: »Gouverneur Alder, ich fordere

Sie hiermit auf, diese Operation sofort abzubrechen! Was Sie da begehen, ist nichts anderes als vorsätzlicher Mord!«

Er bot einen wunderlichen Anblick, zwinkerte unentwegt und trug eine gekränkte Miene zur Schau, als könnte er jeden Augenblick in Tränen ausbrechen. Trotz seines verwirrten Zustands glaubte ich ihm doch eine Antwort schuldig zu sein.

»Mr. Pierce«, sagte ich, »Sie befinden sich völlig im Irrtum. Hier findet kein Mord statt.« Ich erzählte ihm von den dreihundert Paar Handschellen, die wir mit uns führten, und von den genauen Anweisungen, die ich den Männern gegeben hatte, aber es war zwecklos. Mit einem Verrückten kann man nicht diskutieren.

»Ihre Handschellen dienen doch nur als Vorwand«, beharrte er. »Ihre wahre Absicht, auch wenn Sie sie hinter gerichtlichen Verfahren verstecken, ist nur allzu offensichtlich. Ich lasse mich nicht einfach wegschicken. Ich werde Zeuge dieses Massakers sein, damit es niemals geleugnet werden kann.«

Allmählich wurde mir der Kerl lästig. »Mr. Pierce«, beschied ich ihn, »es lag nie in meiner Absicht, Sie entfernen zu lassen, aber wenn Sie weiterhin so renitent sind und diese äußerst wichtige militärische Operation stören, wird es fraglos so kommen!«

In diesem Moment bemerkte ich verblüfft, daß er schlagartig verstummt war und mit einem Ausdruck tiefsten Erstaunens geradeaus starrte. Ich folgte seinem Blick. Während ich mit ihm debattiert hatte, waren wir über den Bergkamm geritten, und uns bot sich ein erhebender Anblick. Vor uns lag eine wunderschöne Gegend. Möwen schwebten hoch droben im Wind, und ringsum dröhnte die Brandung. Zur Linken und zur Rechten schlug das Meer ans Land, und die massive Linie der Männer stapfte in beiden Richtungen schimmernd auf die Ufer zu. Vor uns dehnte sich unermeßlich das offene Grasland, das zum Wasser hin sanft abfiel und mich ein wenig an einen wilden Teil der Küste von Devonshire erinnerte. Wir hatten das äußerste Ende der Halbinsel erreicht und damit auch das Ende unseres großen Marsches.

»Es ist ein Wunder«, murmelte Pierce.

Ich muß vielleicht erklären, was das Besondere an dieser Landschaft war: Es gab in ihr keinen einzigen Ureinwohner mehr.

Peevay *1830–31*

Die Zeit verging, der Sommer kam, und mit dem Fliehen und Kämpfen ging es immer weiter. Dann fanden wir eines Tages einen Gummibaum. Das war frohe Botschaft, ja, weil es diese Bäume nicht oft gibt, und wenn man dicht über dem Boden mit kleinen Steinen Löcher bohrt und ein Schilfrohr durchsteckt, kann man den Saft trinken, der süß schmeckt und einen albern und schwindlig macht. Es war ein guter Baum, mit genug Saft für alle, und bald lachten wir und alberten herum. Alle außer Mutter. Mutter war nach der großen Wanderung der weißen Kanaillen nie mehr so wie früher. Obwohl nichts passierte und sie nur an ihrem Feuer standen und uns beobachteten, ohne uns zu töten, war Mutter bedrückt, schlimmer als je zuvor, und noch lange Zeit danach war ihr Gesicht wie Stein. Wahrscheinlich wußte sie, daß wir nie mehr siegen konnten, und sie wünschte sich, daß sie uns damals umgebracht hätten, einfach so, alle tot.

Wir saßen immer noch um den Gummibaum herum, als Cordeve, der damals Wache hielt, rief: »Da, seht nur! Meine Schwester!«

Cordeve war ein Tommeginer, und ich wußte gar nicht, daß er eine Schwester hatte, aber da kam sie zwischen den Bäumen hervor, mit zwei anderen Frauen, die ich auch noch nie zuvor gesehen hatte. Das war ein großes Glück, weil wir die ganze Zeit nur weiße Kanaillen gesehen hatten, seit wir Mutters Stamm geworden waren. Es war freudig, daß noch andere von uns am Leben waren. Normalerweise war Cordeve einfach nur still, aber jetzt war er ganz ausgelassen und frohe Botschaft und rannte auf die Neuen zu. Er war schon ganz nah, als aus seiner Freundlichkeit plötzlich ein Kriegslauf wurde und er den Wurfspeer hob. »Paß auf!« schrie er. »Hinter dir!«

Hinter seiner Schwester kam ein weißer Mann. Es war ein verflixtes Rätsel. Er hatte kein Gewehr und kein Mordmesser und stand einfach nur da, klein und dick und leicht zu treffen und lächelte. Ich dachte, Cordeve würde ihn mit dem Speer töten, aber seine Schwester rannte nicht weg, wie es alle erwartet hätten, sondern lief zu diesem Num hin und stellte sich vor ihn als Beschützerin.

»Halt!« rief sie. »Er ist mein Freund!«

Ja, das war seltsam, aber das Seltsamste kam gleich darauf. Plötzlich rief dieser Num uns etwas zu, nicht in der Sprache des weißen Mannes, sondern in der Tommeginer-Sprache. Er sprach nicht sehr gut, seine Worte waren falsch und dumm wie bei einem kleinen Kind, aber wer hätte je von einem weißen Mann gehört, der spricht wie wir?

»Habt keine Angst«, sagte er. »Ich will euch nur helfen. Ich heiße Robson.«

»Ihr müßt ihm zuhören«, bat Cordeves Schwester sehr flehentlich. »Er kann uns helfen.«

Dieser Robson lächelte jetzt, als wären wir dumme Kinder. Wahrscheinlich starrten wir ihn in mächtiger Überraschung an, weil er unsere Worte kannte. »Sie hat recht. Ich kenne einen Ort, wo ihr sicher seid. Ein schöner Ort, wo es viele Känguruhs zu jagen gibt und euch keine bösen weißen Männer was tun können. Ich kann euch hinbringen.« Er griff in seine tote Haut, die schmutzig war, und zog ein paar glänzende runde Dinger in verschiedenen Farben heraus, wie flache Steine. »Die sind für euch. Sie werden Knöpfe genannt.«

Seine Worte waren interessant, ja, weil ich es wirklich satt hatte, immer zu rennen und zu kämpfen und zu frieren und zu hungern. Außerdem waren wir nicht mehr viele und würden wahrscheinlich bald alle getötet werden. Cordeve ging auf ihn zu, um eins der bunten Dinger in die Hand zu nehmen, die Knöpfe hießen, und ich hatte es auch vor, aber da kriegte Mutter ihren hassenden Blick.

»Geht nicht hin«, befahl sie »Diese weißen Dreckskerle bringen immer nur den Tod.« Sie wandte sich zu Robson. »Geh weg und laß uns in Frieden, sonst töte ich dich!«

Robson schien ihre Worte gar nicht zu hören. Er lächelte weiter, als ob er ihr nicht glaubte. Er kannte Mutter anscheinend nicht. »Wir haben Fleisch für euch, wenn ihr hungrig seid«, sagte er lächelnd. »Viel Fleisch. Und ein schönes warmes Feuer.«

»Es sind noch viele andere bei uns, die ihr sicher kennt«, sagte Cordeves Schwester.

Plötzlich hob Mutter ihr Gewehr und schoß. Ich habe nie herausgebracht, ob sie danebenschießen wollte oder ob sie nur durcheinander war. Vermutlich das. Obwohl er nicht tot war, hatte er doch mächtige Angst, und ich weiß noch, daß er wie eine Spinne wegkroch und dann schnell fortrannte und dabei immer wieder die Arme hob, damit ihn niemand schlug, obwohl das gar keiner tat – alles gleichzeitig. Cordeves Schwester und die beiden anderen Frauen rannten hinter ihm her in die Büsche, und dann rannte auch Cordeve hinterher und rief den Namen seiner Schwester. Ich glaube, er war traurig, daß er sie so schnell wieder verlor, kaum daß er sie gefunden hatte.

»Wir müssen hier weg«, sagte Mutter.

Also gingen wir weg. Ich überlegte beim Laufen, daß dieser weiße Mann uns vielleicht wirklich hätte retten können, wie er es gesagt hatte. Das überlegten wahrscheinlich auch noch welche von den anderen. Zu Mutter sagte niemand etwas, wie immer. Die ganze Zeit sah sie zornig aus und befahl uns schneller zu laufen, als hätte sie mehr Angst vor dieser einen lächelnden weißen Kanaille als vor den anderen in der großen kriechenden Reihe, mit ihren Gewehren und Mordmessern. Nach und nach erreichten wir eine hohe Stelle, und als wir hielten und zurücksahen, sahen wir Rauchfahnen von Feuerstöcken, und da wußten wir, daß er keine Angst hatte, weil er fast getötet worden war, sondern uns immer noch verfolgte. Es waren mehrere Rauchfahnen, und deshalb vermuteten wir, daß viele von unseren Leuten bei ihm waren, genau wie Cordeves Schwester es gesagt hatte.

Also flohen wir weiter, und diesmal auch noch vor unseren eigenen Leuten und nicht nur vor den Nums. Das war viel schlimmer. Als wir uns umschauten, waren sie immer noch dicht hinter uns. Auch wenn wir vorsichtig waren, entdeckten unsere Leute unsere Spuren, was die Nums niemals gekonnt hätten. Trotzdem hätten wir ihnen immer noch leicht entkommen können, wenn nicht die Hustenkrankheit gekommen wäre. Ich hatte das noch nie erlebt, obwohl ich gehört hatte, daß es etwas Abscheuliches war und noch mehr Leute tötete als die weißen Kanaillen. Am zweiten Tag unserer Flucht erwischte es Cordeves Vetter, der Lawerick hieß. Nach wenigen Stunden war er ganz heiß und keuchte, und gegen Abend spuckte er weißes Zeug aus wie Vogelkacke und war so krank, daß er kaum sprechen konnte. Am gleichen Abend wurden noch zwei andere krank. Eine davon war Mutter.

Eine Sache war bei Mutter, daß sie nie klein beigab. Wenn meine Stärke das Durchhalten war, war es auch ihre, Schritt für Schritt weiterzumachen. Jemand anderes hätte gewußt, daß wir jetzt anhalten mußten, weil es nur noch das Verderben war, aber Mutter lief weiter. Am nächsten Morgen waren ihre Augen matt und ihr Gang steif, aber sie achtete nicht darauf. »Wir müssen an den Fluß«, erklärte sie.

Bald sah ich ihren kühnen Plan. Kaum daß wir beim Fluß angekommen waren, machten wir unsere Feuerstöcke aus, bis auf einen, und versteckten sie in den Büschen, dann verwischten wir unsere Spuren mit Blättern. Obwohl es kalt war, stiegen wir in den Fluß und wateten ihn entlang. Wir brüllten die Hundetiere an, weil sie auch ins Wasser kommen und bei uns bleiben sollten. Den ganzen Tag folgten wir dem Strom, obwohl unsere Füße ganz taub waren und wir uns oft an scharfen Steinen schnitten, und Lawerick und Mutter und die anderen immer kränker wurden. Endlich kamen wir an eine Stelle, wo lauter große Felsen waren, glatt und flach wie große Muscheln, und Mutter sagte, jetzt könnten wir wieder aus dem Wasser, weil man auf den Felsen keine Spuren sah. Dahinter war ein kleiner Wald, und da gingen wir hinein und verwischten unsere Fußspuren, damit kein Feind sie sah.

Ich dachte, jetzt wären wir sicher, aber wir wurden nach und nach immer kränker. Mutter sagte, wir könnten hier kein Lagerfeuer machen, nicht einmal in einem Erdloch, weil die Feinde den Rauch riechen würden, und in dieser Nacht war es kalt. Am Morgen ging es Lawerick sehr schlecht, er stöhnte, und obwohl seine Augen offen waren, erkannte er niemanden. Er starb bald darauf, und ich erinnere mich, durch seinen Tod gab es einen großen Streit, weil sein Bruder sagte, daß wir ihn verbrennen müßten, was richtig war, aber Mutter sagte auch dazu immer noch nein.

»Wir tragen ihn in den Wald und verbrennen ihn später, wenn sie weit weg sind«, sagte sie. Lawericks Bruder wurde zornig und sagte, daß Tiere die Leiche finden und auffressen würden, aber er redete ganz allein, und so wurde Lawerick in den Wald getragen, wie Mutter es wünschte.

Später am Tag gingen die Wolken weg, und die Sonne schien warm, was besser war, und alle, die nicht die Hustenkrankheit hatten, suchten in der Nähe nach Wurzeln zum Essen. Ich ging mit Heedeek. Wir fanden ein paar Wurzeln, und obwohl es nicht viele waren, war es mehr Essen, als wir seit Beginn unserer Flucht gehabt hatten, und wir aßen gierig und gaben dann auch den anderen etwas ab, die krank waren, inzwischen sechs. Es ist schön zu essen, wenn man hungrig ist, und danach legten sich alle hin, um auszuruhen.

Alle außer mir.

Ich dachte nämlich an das warme Feuer dieses Weißen und das Fleisch, das man bei ihm essen konnte, und wie glückselig alles sein würde. Ich dachte an den Ort, den er versprochen hatte, wo wir Känguruhs jagen konnten und in Sicherheit waren. Selbst Mutter mußte sich doch freuen, wenn ich uns rettete. Eine Zeitlang sah ich die anderen an, die schliefen, und dann, ganz leise, ging ich weg. In der Nähe war ein hoher Baum, und ich kletterte hinauf, bis ich dünne Zweige erreichte, an denen ich mich festhalten konnte. Von hier aus konnte ich fast alles sehen. Im Westen waren Berge, scharf wie Steine. Richtung Osten war dieser kalte Fluß, durch den wir gelaufen waren, um uns zu verstecken. Und da im Süden waren dünne Rauchlinien, wie Schnüre. Sie waren nicht mehr so nah wie zuvor, und während ich hinschaute und mich an den Zweigen festhielt, bis meine Arme weh taten, sah ich, daß sie von uns weggingen. Ja, ich konnte es sehen, Mutters Lauf durch den Fluß hatte geklappt, und sie hatten uns verfehlt. Ich stieg wieder hinunter und ging zu Mutter hin, die ganz heiß war und im Schlaf hustete. Ich nahm eine Wurzel, die ich fand, groß und gerade richtig zum Essen, und legte sie neben ihre Hand, einfach als etwas Freundliches. Als nächstes ging ich zu dem kleinen Feuerstock, der das ganze Feuer war, das Mutter uns noch erlaubte.

Es war so leicht. Der Feuerstock steckte im Boden, aber so dumm, daß die Gummibaumblätter nicht weit darüber waren. Ich sah zu den anderen hin, keiner sah mich. Eine Zeitlang stand ich nur da und überlegte. Dann bewegte ich sanft den Zweig, bis ihn das Feuer packte.

Mehr brauchte es nicht.

Kapitel Sieben

Timothy Renshaw *August – September 1857*

Daß wir überraschenderweise fast von Piraten ermordet worden wären, hatte auf alle Passagiere der *Sincerity*, mich eingeschlossen, eine besänftigende Wirkung, und selbst Dr. Potter und Mr. Wilson gingen eine Weile fast höflich miteinander um. Aber das hielt natürlich nicht lange an. Kaum hatten wir den Äquator überquert, wurde der Pfarrer unruhig und begann im Morgengrauen laut vor sich hinzubeten, was er »Frömmigkeit bei Tagesanbruch« nannte. Es machte mich halb wahnsinnig, weil sein Gemurmel durch die Löcher in der Trennwand drang, und auch Potter schien nicht gerade erfreut. Kurz darauf passierte die Sache mit dem vollen Teebecher, der plötzlich auf der Bibel des Pfarrers stand, was diesen zu einer neuen, noch längeren Gebotsliste veranlaßte. Aber das reichte Wilson nicht, und am nächsten Sonntag predigte er eindringlich, wir müßten tief in uns hineinblicken und allen Neid und alle Niedertracht aus unseren Herzen verbannen, wobei er immer wieder scheinheilig in Potters Richtung lächelte. Als er schließlich noch dazu überging, die Tugend der Ehrerbietung zu preisen, und darauf hinwies, daß es die gottgewollte Pflicht der »Geringergestellten« sei, den »Oberen« zu gehorchen, sah Potter ziemlich grimmig drein.

Die Predigt entschied über den weiteren Verlauf ihres Kleinkriegs. Kaum war sie beendet, marschierte der Doktor auch schon zu Captain Kewley hinüber, und Wilson, der ihm seine Wut genau angemerkt hatte, spornstreichs hinterdrein. Ich schloß mich an, weil ich natürlich nichts verpassen wollte. Ihre Fehde bot zumindest eine kleine Abwechslung an Bord der *Sincerity*, und da ich mich über beide Parteien gleichermaßen ärgerte, erfüllte es mich mit einer gewissen Befriedigung, wenn sie aufeinander losgingen.

»Mir kam soeben der Gedanke«, begann Potter, »daß es die Mannschaft interessieren könnte, wenn ich ein paar pädagogische Vorlesungen hielte, vielleicht über diverse wissenschaftliche Themen.«

Wilson hakte ein, bevor Kewley antworten konnte. »Welch großmütiger Einfall, Doktor! Obgleich mir scheint, daß sich dies nicht für den heiligen Sonntag ziemt, an dem wir uns doch alle lieber mit geistlichen Themen befassen.«

Wahrscheinlich hatte er damit gerechnet, daß Kewley sich weigern würde, die gewöhnlichen Werktage durch Vorlesungen durcheinanderbringen zu lassen, und daß Potters Vorschlag deshalb rasch in Vergessenheit geriete. Und vermutlich hatte er ganz richtig gerechnet. Aber er beging den Fehler, zu sehr zu drängen. Der Captain sah ihn mißmutig an. »Eigentlich spricht nichts dagegen, daß auch solche Vorträge stattfinden, Herr Pfarrer. Schließlich gehört die Wissenschaft des Doktors ja auch zu der Welt, die unser lieber Herrgott geschaffen hat, nicht wahr?«

Wilson krümmte und wand sich, aber zu meiner Freude ließ sich der Captain nicht ins Bockshorn jagen. Und so kam es, daß aus dem Schiff eine richtige Bibliothek wurde, in der meine beiden Gefährten an ihren Vorträgen arbeiteten wie zwei Schwertfechter, die ihre Klingen schärften. Und dabei trugen beide eine so ernste Miene zur Schau, als wollten sie demonstrieren, wie haushoch überlegen ihre Arbeit der des anderen doch sei.

Zu Beginn dieser Woche schlug das Wetter um. Bisher hatte uns ein starker Wind rasch nach Süden getrieben. Die Sonne büßte schon etwas von ihrer Leuchtkraft ein, und ihr Licht wurde weißer, als wolle sie uns daran erinnern, daß wir uns einem Erdteil näherten, auf dem immer noch später Winter herrschte. Am Donnerstag drehte der Wind dann auf Südwest, wurde plötzlich eiskalt und bescherte der Mannschaft jede Menge Arbeit mit den Segeln. Am Samstagmorgen trat eine Flaute ein, und in der darauffolgenden Nacht fiel dann der Nebel. Am Sonntagmorgen umschloß er das Schiff eng wie ein Handschuh.

Das Licht war so schwach und die Luft so still, daß man fast das Gefühl bekam, sich nicht auf dem Meer, sondern in einem dämmerigen Raum zu befinden. Richtete man den Blick aufs Meer, konnte man nur ein paar Meter weit sehen, sah man nach oben, verschwanden die Masten und Segel im weißen Nebel.

Es war um die Mittagszeit, als wir in der Stille plötzlich backbord voraus ein lautes Platschen hörten und furchtbar erschraken. Wir rannten alle zur Reling, sahen aber nur dichten Nebel. Obwohl Captain Kewley »Ahoi!« rief, kam keine Antwort. Erst nachdem wir eine Weile angestrengt gelauscht hatten, vernahmen wir aus derselben Richtung ein leises tiefes, rhythmisches Geräusch.

»Tiere«, flüsterte Kewley.

Anscheinend waren es ziemlich viele, und während wir lauschten, wurde das Atmen immer lauter, bis es schließlich das ganze Schiff erfüllte, als befänden wir uns mitten in einem riesigen Ozean-Schlafsaal. Die Tiere wagten sich nicht so nah heran, daß wir sie sehen konnten, und mir blieb nur die Vermutung, daß es sich wohl um Wale oder Delphine handelte. Es mag töricht klingen, aber ihre unsichtbare Präsenz machte mich nervös, und selbst die Manx-Männer, von denen ich eigentlich angenommen hatte, sie seien an derlei Vorfälle gewöhnt, bewegten sich bei der Arbeit vorsichtig und scheu und verständigten sich leise, als würden die riesigen Tiere lauschen.

Unsere zwei Sonntagsredner hingegen schien das kaum zu interessieren, denn beide waren ja mit Wichtigerem beschäftigt. Entweder blätterten sie hastig ihre Notizen durch oder sie stritten über die Konstruktion der provisorischen Kanzel. Dr. Potter sollte der erste Redner sein. Er verzichtete auf Wilsons dramatische Einleitung und marschierte schnurstracks aufs Podium, von dem er mit ernstem Blick auf uns herabsah.

»Mein heutiger Vortrag befaßt sich mit dem Phänomen des tierischen Magnetismus, der auch als Mesmerismus bekannt ist«, erklärte er feierlich und hielt kurz inne, weil jetzt eins der Tiere leise schnaufte, ein Laut, der unheimlich durch den Nebel drang, »und ich werde ihn mit einer praktischen Demonstration dieses bedeutungsvollen Vorgangs beenden, die, wie ich hoffe, ein paar große Geheimnisse der menschlichen Seele offenbart.«

Er beabsichtigte vermutlich, Wilsons Moralpredigten in den Schatten zu stellen und dabei gleich noch ein paar Seitenhiebe auszuteilen. So gesehen hatte er mit seinem Thema eine kluge Wahl getroffen. Der Mesmerismus war ein äußerst populäres Phänomen und hatte schon viele Varietés mit erwartungsvollen Zuschauern gefüllt, die entzückt das Spektakel verfolgten, wenn sich ein armer Narr für einen Esel oder Einbeinigen hielt. Auch ich selbst war sehr gespannt, zumal ich nie gedacht hätte, daß der Doktor diese Kunst beherrschte. Die Manx-Männer allerdings wirkten keineswegs erfreut, was mich überraschte. Einen Moment lang dachte ich, es sei immer noch wegen der Wassergeschöpfe, aber nein, es hatte ganz den Anschein, als beäugten sie den Doktor voller Groll. Ich konnte nur argwöhnen, daß sie vielleicht Angst hatten, der Doktor könnte seinen Spaß mit ihnen treiben. Wilson, der in einiger Entfernung auf einer Taurolle saß, weil er sich »betrüblicherweise« seiner Predigt widmen mußte, bemerkte das Mißfallen der Mannschaft gleichfalls und grinste.

Potter jedoch fuhr unbeirrt fort. Der erste Teil seines Vortrags handelte von etwas, das er »die Geographie des Geistes« nannte. Da ich über dieses Thema kaum Bescheid wußte, fand ich es sehr interessant. Der Doktor erklärte, daß das Gehirn in viele Segmente unterteilt sei, fast wie bei einer Orange, und daß jedes dieser Segmente einen »Trieb« enthalte, bei dem es sich in vielen Fällen um eine moralische Eigenschaft handle. Diese Triebe seien ebenso vielfältig wie der menschliche Charakter selbst und reichten von Weisheit bis Naschsucht, von Zorn bis Höhenangst. Die Macht jeder dieser Antriebskräfte variiere von Mensch zu Mensch, und die Kombination dieser stärkeren oder schwächeren Triebe bestimme den moralischen Charakter eines Menschen. So eigne sich etwa ein Mann mit ausgeprägten Trieben der Tapferkeit und Treue ausgezeichnet zum Soldaten, während ein anderer, bei dem die Ehrlichkeit schwach und die Habgier stark entwickelt sei, wahrscheinlich zum Dieb werde. Zwischen den verschiedenen Menschenrassen, so sagte uns der

Doktor, bestehe eine noch größere Vielfalt, da das Gehirn jedesmal eine andere Struktur aufweise. Wir lernten, daß der Chinese einen einzigartigen Antrieb zur Freude an leuchtenden Farben besitze, während bei den Wilden Afrikas nicht der geringste Zivilisationstrieb zu finden sei.

»Es ist der Mesmerismus, der diese Wunder des Geistes entschlüsselt«, erläuterte Potter. »Jeder Antrieb im Gehirn dehnt sich in den Schädel aus, und so kann man bei einem Menschen, den man korrekt in Trance versetzt, die verschiedenen Elemente des Gehirns einfach dadurch zum Vorschein bringen, daß der Hypnotiseur ihn mit den Fingern berührt. Das ist ein sehr faszinierender Vorgang. Es ist ganz so, als spiele man auf einer Orgel. Man drückt auf das Segment der Angst, und sofort zeigt der Proband Anzeichen großen Schreckens und glaubt etwa, daß sich vor ihm ein furchtbarer Abgrund auftut. Man versucht es mit Lügenhaftigkeit, und schon wird er die Unwahrheit sagen. Man berührt das Segment der Beichte, und schon gibt er alle möglichen Geheimnisse preis. Durch Mesmerismus kann man in zehn Minuten mehr über einen Menschen erfahren als durch monatelange Beobachtung seiner äußeren Erscheinung.«

Ich merkte, wie einige der Seeleute unruhig wurden und mit den Füßen scharrten.

»Für den Mesmerismus haben Titel und ähnlicher Firlefanz keinerlei Bedeutung. Man hypnotisiert einen Armen und entdeckt womöglich, daß er klüger ist als ein Herr«, fuhr Potter unbeirrt fort. Er warf dem Pfarrer einen kurzen Blick zu, »und ein einfacher Metzgerlehrling erweist sich vielleicht als tugendhafter als ein Priester.«

Da hatten wir ihn, den ersten Hieb. Wilson hörte schlagartig auf zu grinsen und vergrub sich in seine Notizen.

Hochzufrieden mit diesem Seitenhieb trat Potter an den Rand der provisorischen Kanzel und starrte durch den Nebel auf uns herab. »Ich hoffe, daß Ihnen allen klargeworden ist, welche Theorie hinter diesem höchst bedeutsamen Prozeß steht. Damit ist der Moment für eine praktische Demonstration gekommen, damit Sie sich selbst ein Urteil bilden können. Dafür brauche ich allerdings einen freiwilligen Helfer.«

Ich hatte mit einer peinlichen Situation gerechnet und mich tatsächlich nicht getäuscht. Potter wartete lächelnd, aber er sah sich einer Wand aus Schweigen gegenüber. Nach kurzer Zeit kam einem das Knarren des Holzes und das Plätschern des gegen die Bordwand schwappenden Wassers richtig laut vor. Der Doktor wirkte verblüfft.

»Es wird doch jemanden geben?« Er wirkte schon ein wenig besorgt, da hob der Erste Maat die Hand. Potter strahlte. »Ich danke Ihnen, Mr. Brew.«

»Oh, ich mach da nicht mit«, erklärte Brew, und sein Grinsen dürfte den Doktor kaum beruhigt haben. »Ich will bloß fragen, was denn mit dem Glückspilz passiert, der sich meldet. Sorgen Sie dafür, daß der sich nackt auszieht oder sich für ein Kaninchen hält?«

Ein leises Glucksen ging durch die Mannschaft.

Potter wirkte besorgt. Das war nun wirklich das letzte, was er wollte – daß seine Vorlesung ins Lächerliche gezogen wurde. So gut es ging, versuchte er den Ernst der Situation dadurch zu retten, daß er mit verlegenem Lächeln erklärte: »Ich habe nicht das geringste Interesse an irgendwelchen Zirkusnummern. Fest steht, daß der Mesmerismus nicht nur ein unschätzbares wissenschaftliches Instrument darstellt, sondern darüber hinaus ein ganz natürlicher Zustand ist, der wunderbar beruhigend auf die Nerven wirkt. Zwar reagieren einige Personen empfänglicher als andere, doch bin ich überzeugt, daß es kaum einen Mann oder eine Frau gibt, die man nicht ohne weiteres in diesen Zustand versetzen könnte.«

Nun lachten die Manx-Männer zwar nicht mehr, aber trotzdem fand sich kein Freiwilliger. So kam es, daß der Doktor den Fehler beging, uns noch mehr beruhigen zu wollen: »Es ist tatsächlich ein völlig normaler Vorgang und so gesund wie der Schlaf. Es gibt sogar zahlreiche belegte Beispiele für die Mesmerisierung von Tieren, während bei einigen Fällen, wo ich...«

Weiter kam er nicht. Wieder fuhr Brews Hand wie eine Signalflagge nach oben. »Haben Sie Tiere gesagt?« Er legte den Kopf schief und gab sich gefährlich harmlos. »Na, das klingt doch gut. Könnten Sie nicht mal 'ne Sau für uns mesmerisieren, Herr Doktor? Bloß damit wir sehen, wie das geht.«

Diesmal gab es nicht nur Blicke und Geglucksе. Mylchreest, der Steward, quiekte los, und dann gab es kein Halten mehr. Ich gebe zu, daß ich mitlachte, während Wilson sich auf seiner Taurolle herdrehte und das Spektakel sichtlich genoß. Potter jedoch geriet zusehends aus der Fassung. Er hatte sich bei dieser Gelegenheit an seinem Feind rächen wollen und wurde jetzt statt dessen vor dem ganzen Schiff gedemütigt, gefangen in einem Fegefeuer aus geheucheltem Ernst und offenem Spott. Es war wirklich sehenswert, zumal ich noch nie erlebt hatte, daß er die Beherrschung verlor.

»Ich bin nicht sicher, ob das sinnvoll ist«, erklärte er mit gefrorenem Lächeln.

Es wäre klüger gewesen, einfach nein zu sagen. Denn jetzt tat Brew so, als ermutigten ihn Potters Worte, und er nickte zustimmend. »Wir würden das alle furchtbar gern sehen, Herr Doktor!« Er sah sich um, worauf auch die anderen zustimmend nickten.

»Aber ich habe gar keine Erfahrung mit so etwas«, wandte Potter verzagt ein.

»Ach, jetzt seien Sie mal nicht so bescheiden!« sagte Brew boshaft. »So ein schlauer Kerl wie Sie macht das doch mit links.«

Ich glaube, der Doktor hätte sich auch jetzt noch aus der Affaire ziehen können, wenn nicht plötzlich Captain Kewley dazwischengekommen wäre. Bis zu diesem Moment hatte er sich zurückgehalten, doch jetzt lächelte er den Arzt verschmitzt an. »Na los, Doktor«, rief er fröhlich. »Jetzt können Sie keinen Rückzieher mehr machen, dafür sind wir viel zu gespannt. Seien Sie nett und mesmerisieren Sie eine Sau für uns!«

Potter warf dem Captain einen verzweifelten Blick zu. Wahrscheinlich hoffte er, daß Kewley sich erbarmen und seinen soeben gemachten Vorschlag als Scherz abtun würde, aber vergeblich. Der Rest der Besatzung feuerte ihn bereits mit Hurrarufen an, und so ging Potter durch den Nebel zum Schweinekoben, ungefähr so begeistert wie ein Verurteilter, der zum Galgen geführt wird. Wilson erhob sich von seiner Taurolle und folgte. Ich ebenfalls. Als er an dem Boot angelangt war, das als Schweinekoben diente, wirkte der Doktor ziemlich niedergeschmettert. Er hätte mir richtig leid getan, wenn ich nicht all die Wochen unter seiner Gesellschaft gelitten hätte.

Daß die Wahl ausgerechnet auf ein Schwein gefallen war, hatte einen simplen Grund. Fast alle anderen Tiere waren schon geschlachtet. Die Ochsen und Hühner waren weg, und von den Schafen lebte bloß noch ein klägliches Exemplar. Die Schweine hob man normalerweise bis zum Schluß auf, da sie als die seetüchtigsten Tiere galten, und so waren noch drei von vieren übrig, alle im Langboot zusammengepfercht. Als sich Potter und sein Publikum um das Boot versammelten, gerieten die armen Viecher in Panik und duckten sich grunzend zusammen. Das war nicht weiter verwunderlich, da sie ja miterlebt hatten, wie viele ihrer Gefährten, einer nach dem anderen, zum hinteren Teil des Schiffs gezerrt und dort geräuschvoll ins Jenseits befördert worden waren.

»Treiben Sie sie nicht zusammen«, protestierte Quayle, der Koch, dem diese Entwicklung scheinbar als einzigem mißfiel. »Ich will nicht, daß sie sich aufregen!«

Zwei von den drei Tieren waren Sauen, während es sich beim dritten um einen mächtigen Eber handelte. Er hatte einen Hängebauch und einen sehr beunruhigenden Blick, traurig und wachsam, als wisse er nur allzugut, daß seines Bleibens an Bord nicht mehr lange sein würde. Potter strich sich den Bart und schien endlich entschlossen, sich der Herausforderung zu stellen.

»Die Methode, die ich anwenden werde«, verkündete er gedämpft, »ist dieselbe, die ich auch bei Menschen angewendet habe, wenn es auch keine Garantie dafür gibt, daß sie bei Tieren ebensogut funktioniert.«

Er suchte sich den Eber aus, wahrscheinlich, weil er von den dreien den menschlichsten Blick hatte. Er sah dem Tier fest in die Augen und bewegte dann beide Hände über dem Kopf des Ebers, als würde er ihn streicheln, aber ohne ihn wirklich zu berühren. Ob er dies tat, weil es zur Methode gehörte oder weil er nicht mit der dicken Kruste aus Dreck und vielleicht Schlimmerem in Berührung komme wollte, ist schwer zu sagen. Erst zuckte das Schwein zurück, aber dann wurde es ruhiger, schien sich nach einer Weile sogar richtig wohlzufühlen und starrte dem mesmerisierenden Doktor schläfrig in die Augen. Nach und nach dehnte Potter die Streichelbewegungen aus, bis er in der Mitte des Rückens angelangt war und sich schon halb ins Boot lehnte. Schließlich richtete er sich auf, während er den Eber immer noch unverwandt anstarrte.

»Das Tier«, verkündete er plötzlich laut, »ist jetzt in Trance.«

Alles raunte respektvoll und überrascht. Doch bevor der Doktor die Prozedur fortsetzen konnte, stieß der Eber ein lautes Grunzen aus und schnoberte zwischen den alten Abfällen auf dem Boden herum. Potter ignorierte das allgemeine Gekicher und wirkte sehr ernst. Anscheinend hatte das Experiment seine Neugier erweckt und ihn sein anfängliches Zaudern vergessen lassen. »Ich kann es noch mit einer anderen Methode versuchen, die sich vielleicht für Tiere besser eignet«, erklärte er. »Dazu muß das Subjekt so lange auf einen Gegenstand starren, bis es in Trance fällt.«

Ich war schon sehr gespannt, woher das Schwein wissen würde, daß es auf irgend etwas starren mußte. Aber ich sollte es nie erfahren. Rückblickend glaube ich, Potter hätte erst einmal alles vorbereiten müssen. Doch er konnte es kaum erwarten, das Tier wieder in seinen empfänglichen Zustand zu versetzen, wobei er die gleiche streichelnde Bewegung vollführte wie zuvor und dem Eber in die Augen starrte, und überlegte erst dann, als das Tier schläfrig wurde, welches mesmerisierende Objekt er verwenden könnte.

»Ich brauche jetzt«, sagte er leise, ohne den Blick von den kleinen, traurigen Augen des Schweins zu wenden, »einen hellen, spiegelnden Gegenstand. Irgend etwas aus glänzendem Metall würde genügen.«

Einen Moment lang sahen sich die Manx-Männer fragend an. Dann fuhr die Hand Brews, des Ersten Maats, zum Hosenbund. Es ist natürlich möglich, daß es eine zufällige Wahl war, doch wenn man den Charakter dieses Mannes bedenkt, dürfte das eher unwahrscheinlich sein. Er drückte dem Doktor einen Gegenstand in die ausgestreckte Hand, und eine Sekunde später erblickten Potter und das Schwein ein langes, blitzendes Messer.

Der Doktor erkannte die Gefahr sofort und wollte das Messer rasch verbergen, aber es war zu spät. Ich hätte nie gedacht, daß ein Schwein solch einen Höllenlärm veranstalten kann. Plötzlich war die Luft von einem gräßlichen Quieken erfüllt: dem Geschrei blanker Todesangst. Im gleichen Moment stürmte das Tier wie eine Dampflokomotive durchs Langboot, und die Sauen stoben hinterher. Der Koben begann heftig zu schaukeln, das Heu wurde wie Kohlenstaub aufgewirbelt, und die blechernen Futtertröge rutschten scheppernd hin und her. Die Manx-Männer taten ihr Bestes, um die Situation in den Griff zu bekommen, und beugten sich mit ausgestreckten Armen vor, aber drei tobende Schweine kann man nicht so leicht festhalten, noch dazu, wenn sie vor lauter Dreck und Mist ganz glitschig sind. Es wäre vielleicht klüger gewesen, die armen Tiere einfach in Ruhe zu lassen, weil sie nämlich jedesmal, wenn sich wieder eine Hand nach ihnen ausstreckte, in noch wildere Panik gerieten. Endlich hielten ein paar Männer die beiden Sauen fest, und dann gelang es dem Schiffsriesen, China Clucas, den Eber am Schwanz zu packen, und obwohl die drei Schweine immer noch fürchterlich quiekten, wurde es im Koben allmählich ruhiger.

Ich könnte bis heute nicht sagen, ob das, was nun folgte, mit diesen Ereignissen in Zusammenhang stand oder ob es nur ein Zufall war. Natürlich schien es eine Folge des eben Geschehenen zu sein, aber bei solchen Aufregungen spielt einem ja manchmal die Phantasie einen Streich und verknüpft Dinge zu einer logischen Kette, die rein gar nichts miteinander zu tun haben. Ich weiß nicht einmal, ob Wassergeschöpfe überhaupt ein Gehör besitzen, geschweige denn, ob sie auf Geräusche achten, die außerhalb ihres Lebensbereiches ertönen. Fest steht jedenfalls, daß wir, kaum hatten sich die Schweine beruhigt, plötzlich irgendwo backbord voraus ein mächtiges Platschen hörten. Wegen des Nebels sahen wir nicht, welche akrobatischen Kunststücke das Wassergeschöpf vollbracht hatte, aber die Folgen waren dafür um so deutlicher zu spüren. Das Schiff, das still wie eine Insel im Meer gelegen hatte, begann plötzlich heftig zu rollen.

Einen Augenblick dachte ich, wir wären mit dem Schrecken davongekommen. Schließlich passiert es ja öfter, daß ein Schiff mal ein bißchen schaukelt. Aber dann hörte ich die Manx-Männer am anderen Ende des Langboots aufgeregt durcheinanderreden und sah, daß alle auf Clucas Arm starrten. Er hielt ihn ganz komisch mit der anderen Hand fest, und zwischen seinen Fingern quoll Blut hervor. Als das Schiff plötzlich zu rollen anfing, war das Schwein, das er festgehalten hatte, auf ihn zugetaumelt und hatte sein Handgelenk gegen die schartige Kante des Blechtrogs gepreßt. Clucas war bleich wie ein Geist.

Es ist schon seltsam, wie Stimmungen plötzlich umschlagen können. Eben noch waren wir ganz mit einem zugegebenermaßen groben Scherz beschäftigt, und eine Sekunde später hatten alle todernste Gesichter. Die größte Veränderung aber betraf Potter. Plötzlich wurde er vom Düpierten zum Helden.

»Bringt mir meinen Koffer«, befahl er. Und machte sich an die Arbeit.

Die Wassergeschöpfe blieben nicht mehr lange, und auch der Nebel war am nächsten Morgen verschwunden. Clucas hatte sich nach ein, zwei Tagen so weit erholt, daß er im kühlen Sonnenschein an Deck sitzen konnte, und jedesmal, wenn sein Retter vorbeikam, grüßte er ihn respektvoll. Es dürfte niemanden überraschen, daß von diesem Tag an keiner mehr versuchte, sich über den Doktor lustig zu machen, einschließlich Brew.

Potter spendierte uns am nächsten Sonntag noch eine zweite Vorlesung – diesmal über die Vorzüge des Vegetarismus –, und seine Zuhörer lauschten, sehr zu Wilsons Verdruß, mucksmäuschenstill.

Schließlich, nach drei vollen Monaten auf See, gingen wir zum erstenmal in Kapland, dem südlichsten Punkt Afrikas, an Land. Es entpuppte sich erfreulicherweise als reizendes Fleckchen Erde, sehr anmutig unterhalb eines Tafelberg-Massivs gelegen. Die Straßen sind breit und die weißgetünchten Häuser wunderhübsch mit Topfpflanzen und Kletterranken geschmückt, deren bunte Blüten einem gleich ins Auge springen. Zur Bevölkerung läßt sich sagen, daß die afrikanischen Ureinwohner zwar recht scheu wirkten und die Buren etwas ungehobelte Manieren hatten, daß dafür aber die aus England stammenden Kolonisten eine Kultiviertheit besaßen, für die man an diesem abgelegenen Ort nicht dankbar genug sein konnte.

Gleich nach unserer Ankunft suchte ich das Postamt auf. Bevor wir London verließen, hatte ich erfahren, daß die Dampfschiffe diesen Teil der Welt meist Wochen schneller erreichten als jedes Segelschiff, und so hatte ich meiner lieben Frau gesagt, sie könne mir hierher schreiben, weil ich dachte, dies werde ihr in ihrer Einsamkeit Trost spenden. Eigentlich hatte ich mit einer ganzen Bibliothek von Briefen gerechnet und war offengestanden etwas überrascht, bloß einen einzigen Umschlag mit ihrer Handschrift vorzufinden, hingegen ganze vier Kuverts des eifrigen Jonah Childs. Seine Schreiben enthielten vielerlei hilfreiche Hinweise. So berichtete er mir, daß er Nachricht von einem alten Freund namens Rider erhalten habe, der jetzt Colonel in der Bürgerwehr von Kapland sei und größten Wert auf unseren Besuch lege. Ich fand es sehr erfreulich, von einem der ranghöchsten Bürger der Siedlung empfangen zu werden. Außerdem schmeichelte es mir, daß wir von niemand anderem als dem Gouverneur der Insel, anscheinend einer der vielen Cousins von Mr. Childs, erwartet wurden. Was die Neuigkeiten meiner Frau betraf, so war ihr Brief recht kurz und handelte überwiegend von einem neuentdeckten Kleiderladen in Highgate. Wenn ich auch eine gewisse Enttäuschung empfand, so wurde diese doch rasch zerstreut. Das tapfere kleine Täubchen – es wollte mich einfach nicht mit seinem Kummer belasten!

Gerade, als ich das Postamt verlassen wollte, trat Dr. Potter herein. Dies war eine eher unerfreuliche Begegnung. Er erwiderte meinen Gruß nur knapp, wobei mein Blick zufällig auf den Brief fiel, den er in der Hand hielt, und obwohl er sichtlich bemüht war, die Adresse vor mir zu verbergen, las ich zwischen seinen Fingern doch ganz deutlich »Mr. Jonah Ch...« Nun, es ist sein gutes Recht, Briefe zu senden, an wen er will, aber meinem Empfinden nach wäre es doch ein Gebot der Höflichkeit gewesen, mich als Leiter der Expedition zu konsultieren, bevor er an unseren Gönner schrieb. So machte ich mir natürlich meine Gedanken, was diese Heimlichtuerei bedeuten mochte.

Am nächsten Morgen ließ ich Colonel Rider meine Karte zukommen. Die Antwort war an mich in der Pension adressiert, und lud »Reverend Geoffrey Wilson und beliebig viele Teilnehmer der Van-Diemens-Land-Expedition« zum Dinner ins Schloß, wo die Bürgerwehr der Kolonie stationiert war. Ich erwähnte die Angelegenheit Renshaw gegenüber, als er endlich aufgewacht war, und wenn ich sie Potter nicht gleichfalls mitteilte, dann einzig und allein deshalb, weil er, wie so oft seit unserer Ankunft, nirgends zu finden war und irgendwelchen geheimnisvollen Geschäften nachging. Außerdem machten es die Worte »und beliebig viele Teilnehmer der Van-Diemens-Land-Expedition« wohl kaum erforderlich, daß wir vollzählig erschienen. Überrennen wollte ich den Colonel ohnehin nicht. Damit wäre die ganze Sache erledigt gewesen, hätte nicht Renshaw, ganz überflüssigerweise, dem Doktor abends davon erzählt. Potters Reaktion gereichte ihm wirklich nicht zur Ehre. Erst quengelte er wie ein ungezogenes Kind herum, dann brauste er auf wie ein Rüpel, bestand darauf, daß man auch ihn hätte fragen müssen, und unterstellte mir schließlich, eine Verschwörung gegen ihn angezettelt zu haben. Obwohl mein Verhalten natürlich über jeden Vorwurf erhaben war, schien es mir angesichts dieses beinahe hysterischen Auftritts doch klüger, ihn mitzunehmen. So schrieb ich an den Colonel, daß wir unsere Aufwartung zu dritt machen würden.

Diesen Akt der Nächstenliebe sollte ich jedoch bald bereuen. Kaum waren wir vom Colonel und seinen Beamten willkommen geheißen worden und hatten unsere Plätze an der Tafel eingenommen, legte Potter ein Benehmen an den Tag, das ich nur als bewußte Provokation bezeichnen kann. Als Colonel Rider, ein etwas steifer, aber freundlicher Herr, uns nach unserer Reise von London hierher befragte, wollte Potter, und zwar in einem Ton verlogensten Mitgefühls, partout berichten, wie fürchterlich ich an der Seekrankheit gelitten hätte, ja er verstieg sich zu der Behauptung, er habe um mein *Leben* gebangt, und dies, obwohl er ganz genau wußte, daß mir nur das primitive Essen nicht bekommen war. Als wir über Tasmanien sprachen, verweilte er ausführlich bei der dortigen Wildnis, die zu erforschen mit seinen Worten »selbst an einen gesunden jungen Mann wie mich sehr harte Anforderungen stellt, von anderen Leuten ganz zu schweigen«. Ich schlug bei Lamm und Mintsauce wacker zurück und sagte, es sei ein großer Jammer, daß er so wenig von Geologie und Theologie verstehe und ihm unsere Forschungsarbeiten deshalb völlig schleierhaft bleiben müßten. Auch erwähnte ich die Erfahrungen, die ich bei meinen Wanderungen über die Hügel Yorkshires gewonnen hatte, womit ich auf subtile Weise andeutete, daß ich mindestens ebensogut auf das Unternehmen vorbereitet war wie der Doktor, der sein ganzes Leben in muffigen Krankenzimmern zugebracht hatte.

Doch erst als ich nach unserer Rückkehr in die Pension zu Bett gegangen war und die Ereignisse des Abends nochmals Revue passieren ließ, erkannte ich plötzlich die wahre Absicht des Doktors. Ach, was sind die Mächte des Guten doch manchmal schwer von Begriff, weil sie ihr eigenes Wesen daran hindern, derart niederträchtige Pläne zu durchschauen! Potter wollte mich nicht nur beleidigen, o nein, er wollte weit mehr. Zu meinem Schrecken wurde mir klar, daß der Mann nichts weniger anstrebte, als mich von meinem Platz als rechtmäßiger Leiter dieser Expedition zu verdrängen! Was er sagte, war gar nicht in erster Linie für den Colonel bestimmt gewesen, sondern für Jonah Childs! Colonel Rider würde seinem alten Freund gewiß umgehend schreiben und ihm ausführlich schildern, welchen Eindruck er von uns gewonnen hatte. Was, wenn Potters heimtückische Andeutungen ihn überzeugt hatten? Da war auch noch der Brief, den Potter heute zur Post gebracht und dessen Adresse er vor mir hatte verbergen wollen. Ich begriff, daß ich an zwei Fronten gleichzeitig attackiert wurde. Der Doktor tat alles, um unseren Gönner gegen mich aufzuhetzen, selbst über diese gewaltige Entfernung hinweg. Was mich daran besonders in Unruhe versetzte, war Mr. Childs Wesen, das zu so jähen Stimmungsumschwüngen neigte. Hatte er den Doktor nicht schon einmal fast zum Expeditionsleiter ernannt, dachte ich unglücklich, damals, als wir im Salon meiner Schwägerin in Highgate inmitten der Vorräte gestanden hatten?

In jener Nacht schlief ich wenig. All meine Gedanken kreisten wie wild um ein einziges Thema: Dampfschiffe. Die Postbeförderung von Kapland nach England dauerte nicht länger als fünf Wochen. Ein Brief, der von London direkt nach Melbourne, Victoria, gesandt wurde, brauchte meiner Erinnerung nach zehn Wochen. Die letzte Etappe der Reise, von dort nach Hobart, würde wohl nur noch ein paar Tage in Anspruch nehmen. Insgesamt also sechzehn Wochen. Mir blieb nur die Hoffnung, daß wir vor Ablauf dieser Zeitspanne bereits in die tasmanische Wildnis vorgedrungen waren, dies war jedoch keineswegs sicher. Wenn sich die *Sincerity* unerwartet verspätete, was passieren konnte, oder wenn sich bei der Vorbereitung der Expedition Probleme ergeben sollten, würde Mr. Childs genügend Zeit bleiben, mir, von Potters tückischen Lügen angestachelt, in einem Schreiben zu befehlen, mein Amt als Expeditionsleiter niederzulegen und an meiner Statt Potter persönlich einzusetzen. Dies konnte und wollte ich auf keinen Fall zulassen.

Dr. Thomas Potter — *Oktober 1857*

Kapland

Stadt = von größtem Interesse für mich bezügl. Theorien, da hier eine bemerkenswerte Vielfalt von Typen existiert. Einer der größten Studienplätze der Welt. Verbrachte viele Stunden mit sorgfältiger Beobachtung. Kam bald zu neuen + überraschenden Schlußfolgerungen. Beobachtete z.B. Buren, die von abgelegenen Farmen in die Stadt kamen, und bemerkte, daß sie = prahlerisch und überraschend träge: fahren auf riesigen Karren (Ochsen) = sehr langsam. Cf. englische Kolonisten = flink und energiegeladen, voll gewinnenden Selbstvertrauens. Neue Theorie: Holländer nicht angelsächsischer Typus, wie früher von mir vermutet, sondern = belgische Kelten. Würde Fehlen von moralischer Stärke + Geschichte des Niedergangs erklären.

Auf Kapland vertretene Rassen im folgenden nach ihrem Vorkommen aufgelistet:

1. Britisch: Typus = angelsächsisch. Status = natürliche Herrscher der Kolonie.
2. Buren: Typus = belgische Kelten. Status = Gehilfen der Briten
3. Malaysier: Typus = orientalisch. Status = Farmarbeiter + Dienstpersonal.
4. Hindus: Typus = indo-asiatisch. Status = wie die Malaysier, aber minderwertiger.
5. Afrikanische Ureinwohner: Typus = Neger. Status = minderwertig.
6. Hottentotten: Typus = minderwertiger Neger. Status = minderwertig und brutal.

11. Oktober

Sehr zufriedenstellender Tag. Begann mit Nachricht aus Indien. Bericht in hiesiger Zeitung läßt darauf schließen, daß weiterhin sehr heftige Kämpfe stattfinden, die Rebellion aber noch nicht über Delhi + andere nördliche Gebiete hinausgelangt ist. Die britischen Truppen sammeln sich erfreulich rasch. Habe so das Gefühl, daß Rebellion scheitern wird, wenn sie vielleicht auch noch lange dauert, viel Leiden bringt etc. etc. Dies = ganz so, wie von mir vorausgeahnt.

Dr. Louis Clive besucht (ebenfalls Arzt, von Dr. P vorgestellt). Clive = exzellenter Bursche + sehr interess. an Hottentotten. Sagte ihm, daß diese zu den minderwertigsten Typen zählen, fast keine Menschen mehr. Blieb zum Abendessen, das unter vielen Scherzen verlief. Clive sehr interess. an meinen Theorien, sehr ermutigend. Auch sehr hilfsbereit bezügl. Präparaten.

Bei Rückkehr in die Pension saß Wilson im Salon, der mich sehr merkwürdig + feindselig ansah. Frage mich, ob er allmählich den Verstand verliert, vor allem nach seinem Plan, mich + Renshaw daran zu hindern, an dem Essen mit Col. Rider teilzunehmen (obwohl der Abend recht langweilig war). Irrsinn = Hauptmerkmal des Normannischen Typus, das auf charakteristische Dekadenz und Lasterhaftigkeit schließen läßt? Dieser Sachverhalt = sehr zweckdienlich bezügl. Theorien. Für den Moment jedoch wenig Zeit, ihn zu studieren, da Hauptanliegen = Präparate.

Captain Illiam Quillian Kewley *Oktober 1857*

Wir hatten noch nicht mal trockenen Boden unter den Füßen, da hörten wir schon die Hiobsbotschaft. Nachdem der Lotse an Bord war, um uns sicher in den Hafen von diesem Kapland zu bugsieren, das wunderschön an einen Berg gekauert, so flach und breit wie ein großes Klavier dalag, machte ich mal einen kleinen Vorstoß.

»Wie sieht's denn hier mit Geld aus? Sind wir hier reich oder arm, wenn man's mit dort vergleicht, wo wir herkommen?«

Er zuckte die Achseln. »Hängt ganz davon ab, was ihr dafür haben wollt.«

»Na ja, sagen wir mal eine Unterkunft. Oder vielleicht eine Flasche Cognac?«

»Die Unterkunft wird nicht gerade billig sein«, sagte er munter. »Aber den Cognac kriegt ihr fast geschenkt. Da könnt ihr mal sehen, was so ein richtiger Freihafen ist.«

Oh, das war mir neu. Ein Freihafen? Was für eine niederschmetternde Nachricht, überflüssig wie ein Kropf! Wenn es darum geht, einen Mann um sein Auskommen zu bringen, ist niemand einfallsreicher als diese Engländer. Wieso ärgert man erst alle Welt mit Zollbeamten, Küstenwachkuttern und anderen Schikanen, nur damit dann irgendwo ein riesiges Loch klafft, wo auf nichts auch nur ein einziger Penny Zoll erhoben wird? Also, vermißt hab ich diese Zollburschen bestimmt nicht, aber wenn wir sie schon einmal hatten ertragen müssen, dann wollten wir sie auch hier ertragen, so, wie wir's erwarteten. Es war eine Affenschande. Da hatten wir die *Sincerity* mit soviel Mühe entsprechend hergerichtet und mit ihrer geheimen Fracht beladen, und jetzt sah es ganz so aus, als hätten wir sämtliche Flaschen genausogut vor aller Augen im Frachtraum verstauen können. Wo blieb da die Gerechtigkeit?

Außerdem war eigentlich alles schiefgegangen. Ich hatte fest damit gerechnet, daß wir die *Sincerity* in irgendeine stille Bucht schippern würden, wo sie dann heimlich, still und leise ihre Schätze offenbaren und ihren Lohn kassieren konnte. Ich hatte gedacht, wir wären goldrichtig, weil's in Kapland ja offenbar ziemlich munter zuging, wohingegen mir nach einem Blick auf unsere Weltkarte dieses englische Hobart wie ein Mückenschiß am Arsch der Welt vorgekommen war, der für unsere Zwecke absolut nicht taugte. Aber jetzt mußte ich feststellen, daß man uns in ein Land gelockt hatte, wo einem alles billig hinterhergeschmissen wurde.

Wie heißt es so schön? *Es hat keinen Sinn, dem Hering nachzuweinen, den du nie gesehen hast,* und darum verdrängte ich meine Gedanken, so gut es ging, und widmete mich statt dessen den Hafenarbeiten, die es reichlich gab. Ich mußte den ganzen Papierkram erledigen und neue Wasserfässer und Vorräte bestellen, die erst in ein paar Tagen eintreffen würden. Und die ganze Zeit jammerten und quengelten die Jungs herum, weil sie ihre Heuer einstreichen und an Land gehen wollten, um allen möglichen Unfug zu treiben. Ich hielt sie so lang wie möglich zurück, aber am Ende mußte ich doch nachgeben. Kaum hatte ich ihnen ein paar Pennies gegeben, rannten sie mit ausgehungerten Blicken die Gangway runter. Ein paar behielt ich da, unter anderem China Clucas, dessen Arm nach der Sache mit dem Schwein wieder gut verheilt war. Es galt, noch die letzten Wasserfässer und die Tiere einzuladen, die ich als Proviant für den kommenden Teil der Reise gekauft hatte. Die Dagebliebenen bewegten sich lahmer als Schnecken und ärgerten sich furchtbar, daß sie nicht an Land durften.

Ich sah mir das nicht länger an. Ich befahl Kinvig, sie ab und zu richtig anzubrüllen, und zog dann mit Brew los, ein paar taugliche Seekarten kaufen. Einfach, um zu wissen, welchen Teil Australiens wir gerade vor der Nase hatten. Wenigstens das klappte. Der erste Händler war zwar der reinste Halsabschneider und verkaufte seine Karten so teuer, als wären sie mit Gold gezeichnet, aber in einem richtigen Kramladen fanden wir dann eine schöne kleine Karte von Van-Diemens-Land – oder Tasmanien, wie es jetzt hieß –, die nur ein Viertel soviel kostete wie die andere. Die Karte war ein bißchen alt, oben stand 1830 drauf, aber das fand ich nicht weiter tragisch. Jedenfalls war die Küstenlinie gut zu erkennen, und falls es im Landesinnern irgendwelche neuen Straßen gab, spielte das für einen Manx-Mann auf einem Schiff keine Rolle. Außerdem hatte der Ladeninhaber noch eine Karte von ganz Australien, auch ein bißchen veraltet, die wir ebenfalls ganz gut brauchen konnten, und wenn sie nur verhinderte, daß wir in einer dunklen Nacht aus Versehen dagegen rammten. Ich handelte ihn ganz schön runter, und er machte uns für beide Karten einen guten Preis.

So ein Schnäppchen bereitet immer gute Laune, und meine Stimmung, die durch den Reinfall mit dem Freihafen richtig abgesackt war, besserte sich. Mir kam sogar der Gedanke, daß wir uns dieses Afrika ruhig mal ein bißchen näher anschauen könnten, wo wir schon mal hier waren, und so schlenderten wir ein bißchen durch die Stadt. Da ging es vielleicht zu! Bei unserer Ankunft war es sehr kalt gewesen, und es blies ein Wind, der jedem Januar in Ramsey Ehre gemacht hätte, was ziemlich erstaunlich ist, wo dieses Afrika doch für seine Backofenhitze berühmt ist. Aber dann sprang der Wind plötzlich auf Nord, und mit einem Schlag war der Sommer da, so sonnig und heiß, wie man ihn sich nur wünschen konnte. Dann war es wieder kalt. Merkwürdig fand ich auch, wie fett hier alle waren. Ich hatte noch nie so viele Leute auf einem Haufen gesehen, die ihren eigenen Schweinespeck mit sich herumschleppten. Erst überlegte ich, ob das einfach eine praktische Methode war, um sich in diesem kalten Wind warmzuhalten, so, als wäre einem inwendig ein Mantel gewachsen, aber als wir später in einer Taverne das afrikanische Essen ausprobierten, wurde uns alles klar. Wir aßen Fisch, und die armen Tierchen ersoffen fast im Fett. Als ich den Wirt – einer dieser holländischen Afrikaner, genauso fett wie alle anderen – danach fragte, erklärte er mir stolz, daß sei allerbestes Schafsschwanzfett. *Das* ein paar Monate lang, und man legt ganz schön zu.

Die indischen Afrikaner und die Sträflinge kriegten wohl was anderes zu essen, denn sie waren fast alle spindeldürr. Außerdem verhielten sie sich ganz still, als wollten sie um keinen Preis auffallen. Das war nicht weiter verwunderlich, denn die holländischen und englischen Afrikaner behandelten sie wie den letzten Dreck, verhöhnten sie und brüllten sie an, daß man es kaum mitansehen konnte. Auch auf Man Island gibt's 'nen Haufen Lumpen, meist Engländer oder Schotten, denen irgendein alberner Titel vor dem Namen zu Kopf gestiegen ist, aber das hier war siebenmal schlimmer. Hier ging's nicht nur um ein paar alte Trottel, die sich für was Besseres hielten, sondern man hatte den Eindruck, daß die eine Hälfte der Stadt die andere verhöhnte und quälte.

Brew interessierte sich mehr für die Läden. »Hast du gesehen, was die für Sachen zum Goldschürfen verkaufen?« fragte er, als wir uns in einem von ihnen umschauten. Es wäre mir wohl kaum entgangen, weil der halbe Laden damit vollstand, von Blasebälgen und Eimern bis hin zu Zelten und transportablen Schmiedeherden. Hinten prangte oben an der Wand ein großes Schild:

GOLDSUCHER, DIE NACH VICTORIA WOLLEN,
SOLLTEN HIER KAUFEN!
UNSERE PREISE SIND NIEDRIGER ALS IN AUSTRALIEN.

»Was denn?« Brew setzte eine schlaue Miene auf. »Vielleicht sollten wir uns auch so was zulegen. Da könnten wir uns ganz schön was dazuverdienen. Außerdem ist es doch die reinste Verschwendung, so weit zu segeln und bloß Ballast im Frachtraum zu haben.«

»Der Haken ist nur«, erwiderte ich, fassungslos angesichts soviel Blödheit, »daß wir kein Geld dafür übrig haben, außerdem segeln wir nicht nach Victoria, sondern nach Tasmanien.«

Aber Brew machte immer Nägel gleich mit Köpfen, und man ertappte ihn selten bei einer Dummheit. »Warum sollten wir nicht nach Victoria segeln? Diesen Engländern binden wir irgendeinen Bären auf, dann merken die nichts. Ich hab gehört, in Victoria gibt's Gold wie Sand am Meer, da könnten wir unsere Ladung bestimmt zu einem guten Preis losschlagen.«

»Und woher nehmen wir das Geld? Vorräte, Hafengebühren und noch ein paar Pennies für die Mannschaft, da bleibt nichts für eine Ausrüstung zum Goldschürfen übrig.«

»Das ist doch ganz einfach. Wir verscherbeln die Gabeln, die wir in Maldon ergattert haben, und das andere Zeug. Die wird man in so einer Stadt bestimmt los!«

Leider, leider war die Idee nicht mal so schlecht. Damit er kein Oberwasser kriegte, zuckte ich die Achseln, als sei ich mir nicht ganz sicher, aber schließlich war ich dann doch einverstanden. Wir gingen zum Schiff zurück, um ein paar Teile des Silberbestecks als Muster zu holen, und machten uns auf die Suche nach einem Laden. Bei den Seekarten hatten wir einen einfachen Laden gesucht, jetzt suchten wir ein möglichst teures Geschäft und betraten eins, wo lauter Kerzenleuchter und zierliche kleine Tischchen im Schaufenster prunkten. Hinterm Ladentisch stand ein hochnäsiger Kerl. Als wir ihm die Ware zeigten, merkte ich ihm sein Interesse gleich an, obwohl er so tat, als sei ihm das alles völlig schnuppe.

»Ob ich dafür Verwendung habe?« sagte er und beäugte den Löffel und die Gabel, die ich ihm gegeben hatte. »Haben Sie das komplette Besteck?«

»Bis auf ein oder zwei Teile«, sagte ich, weil die in den Blackwater-Schlamm gefallen waren, als der Besitzer hinter uns herschoß. »Aber die wird man kaum vermissen, weil es so viele sind. Auf unserem Schiff haben wir einen halben Kasten voll.«

»Ach ja?« Er sah sich die Sachen noch einmal genau an und kniff plötzlich die Augen zusammen. »Wo haben Sie die denn her?«

Wenn es etwas gibt, das bei einem Manx-Mann alle Alarmglocken schrillen läßt, dann sind es neugierige Fragen. »Ach, von irgendso 'nem Londoner Markt.«

»Von welchem?«

Ich zuckte die Achseln, als hätte ich einfach keine Lust, mir den Kopf zu zerbrechen. »Spielt das eine Rolle?«

»Vielleicht.« Jetzt glitzerten seine Augen, und er schaute uns pfiffig an. »Kann ja purer Zufall sein, aber ich habe erst kürzlich in einer englischen Zeitung gelesen, daß da so einem armen Herrn sein ganzes Silber gestohlen wurde. Wenn ich mich nicht irre, hieß er Howarth, Admiral Henry Howarth.« Er hielt einen Löffel in die Höhe und zeigte mit dem Finger auf die Buchstaben HH. »Sein Haus lag nicht weit von London entfernt, glaube ich, irgendwo am Meer.«

Ich schaffte es, ihn weiter freundlich anzulächeln. »Ach ja?« Aber ich war total perplex. Wie konnte er das gelesen haben? Und dann fiel es mir wie Schuppen von den Augen. Die Dampfschiffe! Ich hatte doch selber gesehen, wie sie stinkend und qualmend dichtgedrängt im Hafen lagen. Die ganzen letzten Wochen waren sie an uns vorbeigezogen und hatten Post, Zeitungen und Ärger hierhergebracht. »Es gibt Millionen von Namen, die mit HH anfangen.«

»Ein paar sicher, ja.« Der Ladeninhaber musterte uns aufmerksam. »Ich kann mich erinnern, daß das eine sehr betrübliche Sache war. Der Times zufolge war dieser Howarth Kommandeur im letzten chinesischen Krieg, und das geraubte Besteck hatte man damals aus dem Silber eines eroberten chinesischen Schiffs geschmiedet. Es ist ein großer Verlust für ihn.«

Zu allem Überdruß hatten wir offenbar auch noch aus Versehen einen Helden ausgeraubt. »Haben Sie denn irgendeinen Nachweis, wer der frühere Besitzer war? Eine Verkaufsurkunde vielleicht?«

Es gibt Momente, in denen ein kurzes Zaudern angebracht ist – der hier gehörte nicht dazu. Ich sah Brew an. »Hast du sie dabei?«

Brew verfluchte seine eigene Dummheit. »Die hab ich glatt vergessen.«

Ich war die Nachsicht in Person. »Na, dann ist es wohl das beste, wir gehen zurück und holen sie.« Ich schenkte dem Ladenbesitzer ein strahlendes Manx-Lächeln und streckte die

Hand nach Gabel und Löffel aus. »Wir sind gleich wieder da.« Eine quälende Sekunde lang dachte ich, er wolle mir die Sachen nicht mehr geben, aber dann ließ er los.

»Na, das war vielleicht ein Geniestreich«, knurrte ich Brew an, als wir wieder auf der Straße standen.

Brew schämte sich normalerweise nicht so schnell, weil er ja so furchtbar schlau war, aber jetzt klang er doch ein bißchen kleinlaut. »Wir hatten einfach nur Pech«, meinte er weinerlich. »Außerdem unternimmt der sicher nichts.«

Ich drehte mich vorsichtshalber noch einmal um, bereute es aber sofort. Dort stand der Ladenbesitzer unter seiner Tür und schien sich unsere Gesichter ganz genau einzuprägen. Ich tat, als blickte ich an ihm vorbei, aber leider war weiter hinten nur noch ein alter Köter zu sehen, der gerade an einem Zaun das Bein hob.

Wir liefen schneller. »Und selbst wenn, können die kaum was unternehmen«, beharrte Brew und blieb einen Schritt zurück. »Der weiß ja nicht mal, wer wir sind.«

Er wußte genug. »Wir haben ihm doch gesagt, daß wir ein Schiff haben und daß das Silber an Bord ist.«

Brew ließ den Kopf hängen. »Aber den Namen des Schiffs, den kennt er nicht. Kein Polizist der Welt wird jedes einzelne Schiff durchsuchen, wenn es bloß eine so winzige Chance gibt.«

Eine winzige Chance? Immerhin konnte uns der Ladeninhaber genau beschreiben, und daß die Sache so groß in den Zeitungen gestanden hatte, mit Helden-Admiralen und Chinakriegen in der Schlagzeile, war auch nicht gerade hilfreich. So ein Unsinn konnte einen Polizisten schon auf dumme Gedanken bringen, selbst hier in Afrika. Plötzlich fiel mir der Wind ein. Gerade heute hatte er auf Süd gedreht, und wir konnten im Grunde endlich weitersegeln. Wenn er wieder auf warmen Nordwind sprang, was meines Wissens jeden Moment passieren konnte, steckten wir fest wie ein Bär im Kamin. Dann konnte es Tage oder Wochen dauern. Als wir das Schiff erreichten, hatte ich einen Entschluß gefaßt.

»Ich will kein Risiko eingehen«, sagte ich zu Kinvig. »Wir segeln noch heute.«

Nur war das leider gar nicht so leicht. Erst einmal stand immer noch ein kleiner Zoo auf dem Kai sowie zwei Dutzend Wasserfässer, die noch geladen werden mußten. China Clucas und die zwei anderen Jungs hievten gerade mit einem Flaschenzug ein festverschnürtes Schwein aufs Schiff. Sie taten das im Schneckentempo, weil sie immer noch böse waren, daß ich sie an Bord zurückbehalten hatte. Viel schlimmer aber war, daß wir erst den Rest der Mannschaft zusammensuchen mußten.

»Die werden sich irgendwo besaufen«, sagte Brew.

»Oder rumhuren«, meinte Kinvig.

»Oder beides.«

Ich hatte meine Zweifel, ob die paar Pennies, die ich herausgerückt hatte, für beides reichten. Aber das half uns auch nicht weiter. »Du ziehst am besten gleich mal los und suchst sie«, sagte ich zu Kinvig. »Gibt ja nicht viele Möglichkeiten.«

Er wollte gerade gehen, als Brew schon wieder was einfiel. »Und was machen wir mit den Passagieren?«

Gute Frage. Ihre Pension lag gleich gegenüber vom Kai, und ich hatte sie heute morgen alle drei davonstolzieren sehen. Als Engländer würden sie natürlich nie etwas Naheliegendes tun, sich mit einer hübschen Hure vergnügen zum Beispiel. Wer weiß, was sie für Verrücktheiten anstellten. Ich zuckte die Achseln. »Ich schicke Kinvig zu ihrer Pension. Wenn wir sie nicht finden, müssen wir ihren Proviant wohl oder übel auf dem Kai stehenlassen und ohne sie fahren.« Das würde ihnen natürlich überhaupt nicht passen, und sie würden Zeter und Mordio schreien und uns alles mögliche an den Kopf werfen, aber das war mir immer noch lieber, als für den Rest meiner Tage in irgendeinem afrikanischen Kerker zu schmachten. »Jetzt zahle ich aber erst mal die Hafengebühren, sonst dürfen wir hier nicht raus.«

Ich wollte gerade auf den Kai hinunter, da rief China Clucas: »Ich hab's genau gehört. Du willst ohne die Engländer abhauen!«

Es gibt nichts Schlimmeres, als wenn ein Dummkopf plötzlich den Schlaumeier spielt. Er sah mich aufmüpfig an. Ich starrte streng zurück. »Hab ich nicht gesagt, du sollst die Fässer aufladen? Los, an die Arbeit!«

Er schien gekränkt. »Das ist nicht recht, wenn wir den Doktor dalassen. Das ist einfach nicht recht.«

Reverend Geoffrey Wilson *Oktober 1857*

Ich hatte schon beinahe eine Stunde auf Colonel Rider gewartet, und wenn mich diese Verspätung auch recht verdrießlich stimmte, so gestattete sie mir doch, mich in Gedanken auf die Unterredung vorzubereiten, die ich mit ihm zu führen gedachte. Als erstes würde ich danach trachten, ihn auf meine Seite zu ziehen, indem ich die Hoffnung äußerte, von seiner reichen Erfahrung in der Führung von Menschen profitieren zu können. Als nächstes würde ich mir erlauben, mit bekümmerter Miene meiner Besorgnis über Dr. Potters Geisteszustand Ausdruck zu verleihen und über sein seltsam rachsüchtiges Verhalten auf der Reise von London hierher zu berichten, wobei ich ganz besonders seinen Versuch hervorzuheben gedachte, ein Schwein zu mesmerisieren. Und schließlich wollte ich ihn ins Vertrauen ziehen und ihm von meiner Befürchtung berichten, daß der Doktor mir insgeheim grollte, weil man ihn nicht zum Expeditionsleiter erkoren hatte. War das erst einmal vollbracht, wollte ich keine persönlichen Ansichten mehr äußern, sondern nur noch um den Rat des Colonel bitten. Zwar habe ich selbst normalerweise keinerlei Interesse an solch ausgeklügelten Strategien, aber ich lebe lang genug, um zu wissen, wie wichtig es ist, seine eigene Meinung in einer Form kundzutun, mit der man andere für die eigene Position gewinnt.

Als ich Schritte und Stimmen hörte, dachte ich, man werde mich nun endlich zum Colonel bitten. Doch leider war dies nicht der Fall.

»Mr. Brew? Was für eine Überraschung.«

»Gott sei Dank, Reverend! Ihre Wirtin hat mir verraten, daß ich Sie hier finde. Der Captain sagt, wir müssen noch heute weitersegeln. Sie müssen gleich mitkommen.«

Dieses Ansinnen war ebenso absurd wie überraschend. Der Captain hatte doch erst gestern morgen gesagt, wie würden auf jeden Fall noch einige Tage in Kapland bleiben!

»Aber warum denn?«

»So eine Brise darf man nicht verpassen«, beharrte Brew. »Wenn sie umspringt, sitzen wir hier vielleicht wochen- oder monatelang fest. Sie wollen doch nicht bis Weihnachten bleiben, Reverend.«

»Diese Gefahr hat der Captain aber nie erwähnt?«

»Ha, das war, bevor der Wind umgesprungen ist.«

So sehr mich das in Wut versetzte, so wenig schien man dagegen unternehmen zu können. Ich entschuldigte mich bei dem Sergeant draußen und verließ das Schloß, wobei ich mir insgeheim wünschte, ich hätte unserer Wirtin nie erzählt, wohin ich mich begeben wollte. Ich hatte es eigentlich nur getan, weil ich dachte, daß es sie vielleicht freuen würde, wenn sie erfuhr, welch illustre Gäste sie unter ihrem Dach beherbergte.

Draußen wartete eine Droschke, und als sich das Vehikel rumpelnd in Bewegung setzte, kam Brew mit seiner nächsten Frage: »Sie wissen nicht zufällig, wo die beiden anderen stecken?«

Das war nun wirklich die Höhe. Da hatte man mich von meinen eigenen dringenden Angelegenheiten weggezerrt, obwohl noch nicht einmal bekannt war, wo sich Renshaw und der Doktor aufhielten! Möglicherweise mußten wir stundenlang auf ihre Rückkehr warten, und ich hätte in aller Ruhe mit Colonel Rider reden können. »Ich habe nicht die geringste Ahnung«, erwiderte ich kühl.

Er zog ein langes Gesicht. »Zu dumm.«

Zufällig kam schon bald ans Licht, wo sich zumindest einer meiner beiden Reisegefährten herumgetrieben hatte. Als die Droschke in den Hafen bog, schlenderten vor uns ein paar Männer Richtung Schiff, in denen ich unschwer Mitglieder der Besatzung erkannte. Brews Behauptungen zum Trotz war das Schiff also offenbar keineswegs zum Auslaufen bereit. Die Männer waren noch nicht im entferntesten in der Lage, ihre Pflicht zu erfüllen. Zerzaust und zerknittert sahen sie aus, als wären sie gerade aus dem Bett gestiegen, ja, einige von ihnen torkelten sogar und waren allem Anschein nach betrunken! Ich hatte also wirklich ein Wörtchen mit dem Captain zu reden. Als sich die Droschke auf gleicher Höhe mit den Männern befand, erkannte ich zu meiner Überraschung auch Renshaw, der mürrisch mittrottete. Einen Augenblick dachte ich, er hätte sich das Bein gebrochen, weil er hinkte, aber dann fiel mir auf, daß ihm ein Schuh fehlte.

»Was um alles in der Welt ist denn Ihnen zugestoßen, Renshaw?« rief ich ihm aus der Droschke zu.

Er zuckte nur die Achseln. Einer der Männer sah mich ganz merkwürdig an und rief: »Angeln war er, Herr Pfarrer, am gleichen hübschen Fluß wie wir! Und dabei hat er seinen Schuh verloren.«

Ich wußte nicht, was er damit meinte, und war auch nicht besonders neugierig darauf, weil es mich viel mehr umtrieb, wie ungehobelt man mich behandelt hatte. Als wir unsere Pension erreichten, sah ich, daß all unsere Habseligkeiten bereits fertiggepackt in der Halle standen. Gleich nachdem ich die Rechnung bezahlt hatte, ließ ich mich von der Droschke zur *Sincerity* hinüberfahren. Kewley stand auf dem Hauptdeck.

»Captain, ich glaube, daß Sie mir eine Erklärung schulden, warum wir so plötzlich, um nicht zu sagen, zu einem derart unpassenden Zeitpunkt abreisen müssen?«

Diese Dreistigkeit! Statt mir zu antworten, wandte er sich einfach ab, beschirmte seine Augen mit der Hand und blickte über den Hafen. »Ah, da ist er ja. In letzter Minute.«

Ich folgte seinem Blick und sah eine zweite Droschke herbeirollen, durch deren Fenster die mürrische Miene Dr. Potters zu erkennen war. Angesichts seines jüngsten Auftritts wäre ich keineswegs betrübt gewesen, hätte er es nicht mehr rechtzeitig geschafft. Als er die hektisch winkende Schiffsbesatzung sah, dirigierte er die Droschke zum Kai neben dem Schiff, wo er sofort ausstieg und mit Hilfe des Kutschers und Clucas, des starken Manns auf dem Schiff, der gleich herbeigeeilt war, um ihn zu begrüßen, eine ganze Reihe hölzerner Packkisten ablud. Ärgerlicherweise schien Kewley die Ablenkung dazu nutzen zu wollen, mir erneut zu entwischen und zum Quarterdeck zu laufen. Da ich nicht die Absicht hatte, ihn so davonkommen zu lassen, folgte ich ihm.

»Captain, Sie haben mir immer noch nicht den Grund für diese überstürzte Abreise genannt!«

Aber das Glück war mir nicht hold. Kaum hatte er sich mürrisch zu mir hergedreht, wurden wir erneut unterbrochen, diesmal durch lautes Gebell. Der Hafen wimmelte von streunenden Hunden, die man überall nach Futter stöbern sah, und ein Rudel dieser Hunde schnüffelte jetzt mit dem größten Interesse an Potters Gepäck.

»Weg mit euch!« rief Potter ärgerlich und schwenkte seinen Stock. Die Tiere rannten zwar weg, aber nur ein paar Meter weit, um von dort weiterhin laut die Kisten anzubellen.

»Was ist denn da drin, Doktor?« rief Renshaw, als die erste an Deck getragen wurde.

Potter sah ihn kühl an. »Präparate für meine Studien.«

»Doch nicht etwa Katzen, he?« schrie einer der Männer und erntete gröhlendes Gelächter.

Ich wandte mich abermals an Kewley. »Captain, darf ich Sie nochmals um eine Erklärung bitten, warum...«

Es ist wirklich ein Unrecht auf dieser Welt, daß jeder Protest, so berechtigt er auch sein mag, immer wirkungsloser wird, je öfter man ihn wiederholt. Kewley schien nun überhaupt nichts mehr peinlich zu sein, er fegte meine Beschwerde einfach beiseite. »Nicht jetzt, Herr Pfarrer. Ich muß mich ums Schiff kümmern. Sie entschuldigen, aber ich muß Sie bitten, das Quarterdeck zu verlassen.«

Obwohl ich zutiefst verärgert war, blieb mir keine andere Wahl, als aufs Hauptdeck hinunterzusteigen und zu warten, bis das Schiff endlich ablegte. Ich setzte mich auf eine Taurolle, von der ich aber gleich wieder vom Zweiten Maat Kinvig vertrieben wurde. Nie zuvor hatte ich die Manx-Männer, die normalerweise lahm wie Schnecken waren, so betriebsam erlebt. Oben waren einige schon dabei, eilig die Segel zu lösen, während andere ein Boot gewassert hatten, um das Schiff zu wenden. Im Nu war die *Sincerity* losgemacht und in den Wind gedreht. Das

Langboot wurde hochgezogen, die drei Toppsegel losgebunden und festgezurrt, damit das Schiff in Fahrt kam. Die Besatzungsmitglieder auf Deck stellten die Rahen so, daß sie den Wind auffingen, und bald schon segelten wir aufs offene Meer zu. Erst jetzt sah ich hinter uns eine seltsame Szene. Genau dort auf dem Kai, wo die *Sincerity* gelegen hatte, standen zwei Burschen, die aufgeregt in unsere Richtung winkten.

Auch Potter hatte sie gesehen. »Was sind denn das für Leute?« rief er zu Kewley hinauf.

»Die?« Der Captain rieb sich das Kinn und spähte blinzelnd zu den beiden hinüber. »Ach, die wünschen uns bloß gute Fahrt!«

Irgend etwas an diesem Winken kam mir jedoch merkwürdig vor. »Sind Sie ganz sicher?«

Statt zu antworten, drehte sich Kewley um und brüllte: »Na los, Jungs, winkt zurück!« Nach kurzem Zögern winkten alle Männer, vom Deck bis droben in der Takelage, was das Zeug hielt. Seltsamerweise schien dies aber die Begeisterung der beiden Männer am Ufer eher zu dämpfen, als anzufachen.

So begann unsere Reise über die Südsee nach Tasmanien.

Kapitel Acht

Nathaniel Stebbings, Schulmeister in Bristol, an John Harris, Siedler und Grundbesitzer in Van-Diemens-Land

Rose House, Bristol 12. Oktober 1832

Sehr geehrter Mr. Harris,

es betrübt mich ungemein, dem jungen George Lebewohl sagen zu müssen, der jetzt nach Van-Diemens-Land zurückkehrt. Es kommt mir fast unglaublich vor, daß er zwei volle Jahre bei Mutter und mir verbracht hat. Die Zeit ist wie im Flug vergangen!

Als Mr. Grigson damals ins Rose House kam und mir dieses Arrangement vorschlug, trug ich offengestanden erhebliche Bedenken. Trotz meiner jahrelangen Tätigkeit als Lehrer konnte ich nun wirklich keinerlei Erfahrung im Unterricht kleiner schwarzer Buben von der anderen Hälfte des Erdballs vorweisen, und ich leugne nicht, daß ich dieses merkwürdige Ansinnen fast abgelehnt hätte. Heute bin ich überglücklich, daß ich mich damals anders entschieden habe, da sich alles weit besser anließ, als ich es jemals erwartet hätte. Es stimmt schon, anfangs war der Junge recht schwierig. Er hegte eine kaum zu überwindende Abneigung gegen das Stillsitzen und sprang manchmal sogar während der Mahlzeiten unvermittelt auf, eine Angewohnheit, von der man ihn nur durch ständigen Tadel kurieren konnte. Auch nachts war er unruhig und schrie oft irgendwelche seltsamen, wilden Wörter in seiner Sprache, bis er mit seinen rätselhaften Alpträumen das ganze Haus aufgeweckt hatte. Im Lauf der Zeit jedoch gewöhnte er sich immer mehr an sein neues Zuhause und ist jetzt ein äußerst braves und liebenswertes Kind. Eine besondere Zuneigung faßte er zu Mutters Dienstmagd, Mrs. Cleghorn, einer sehr warmherzigen Waliserin. Er klammert sich ständig an sie, als sei sie ein Baum im Sturm, und zeigt einen solchen Widerwillen, sie loszulassen, daß sie oft kaum ihren Haushaltspflichten nachkommen kann.

Auch was die Studien des Jungen betrifft, wurde ich überrascht, denn er hat sich sehr geschickt angestellt und gute Fortschritte gemacht. Sie werden sehen, daß er fließend englisch spricht, obwohl ihm die Präpositonen und manche Vergangenheitsformen noch Schwierigkeiten bereiten. Außerdem besitzt er eine klare, ordentliche Handschrift, wenn es auch manchmal noch mit der Rechtschreibung hapert. Insgesamt ist sein Gedächtnis gut, und er sagt sehr schön seine Psalmen auf.

Die größte Freude jedoch hat er mir im Rechnen bereitet. Während er in anderen Fächern recht begabt, aber nicht hervorragend ist, besitzt er hier ein erstaunliches Talent. Er lernte das Einmaleins fast noch müheloser als das Alphabet, was äußerst ungewöhnlich ist, und hat mit der Multiplikation und Division mehrstelliger Zahlen so rasche Fortschritte gemacht, daß wir bereits mit der Geometrie begonnen haben. Zahlen scheinen ihn schlicht und einfach zu entzücken. Es ist, als mache es ihm Freude, mit ihnen zu jonglieren. Mehr als einmal habe ich erlebt, daß er in seiner Freizeit Zahlen abgeschrieben hat, fast heimlich, als handelte es sich um sein Privatvergnügen. Besonders verblüfft war ich über seine Fertigkeiten deshalb, weil ich gerade in diesem Fach die größten Schwierigkeiten erwartet hatte.

Wenn ich hier so ausführlich über Georges Talent fürs Rechnen schreibe, dann nicht ohne Grund. Ich wünschte in der Tat, ich könnte Ihnen deutlich machen, wie wichtig es wäre, daß Sie ihn seine Studien fortsetzen lassen. Ich hoffe, Sie finden es nicht ungehörig, aber ich frage mich, ob Sie Ihre mir durch Mr. Grigson übermittelte Absicht, George für irgendwelche simplen Farmarbeiten zu verwenden, nicht noch einmal überdenken könnten. Ich befürchte, daß er das Gelernte im Umgang mit Personen, die weniger gebildet sind als er, wieder vergessen könnte. Angesichts der großen Fortschritte, die er gemacht hat, wäre das eine nicht geringe Verschwendung. Ich glaube, daß sich George, wenn er ermutigt wird und weiteren Unterricht erhält, gut für einen Beamtenposten eignen würde, vielleicht im Dienste der Kolonialregierung. Auch wäre die Tätigkeit in einer Amtsstube seiner Gesundheit zuträglicher, denn seine Konstitution erscheint mir alles andere als robust. Ich gebe ihm alle seine Schreib- und Rechenhefte mit, denen man unschwer seinen derzeitigen Wissensstand entnehmen kann, und mir kommt in den Sinn, daß diese Hefte für den Gouverneur der Insel von einigem Interesse sein könnten.

Nun bleibt mir nur noch die Hoffnung, daß Sie Zeit finden werden, uns ab und zu einen Brief zu senden, damit wir hören, welche Fortschritte der Kleine macht. Ich fürchte, Mrs. Cleghorn wird Mutter und mir keine Ruhe lassen, bis sie Nachricht von »meinem George« erhält, wie sie ihn nennt. Und sollten Sie noch mehr von diesen unglücklichen Menschen entdecken, die aus ein paar Schulstunden hier Nutzen ziehen könnten, würde ich mit Freuden meine Dienste als Lehrer anbieten!

Jack Harp — *1830–37*

Wir hockten in diesem stinkenden Schiffsladeraum, achtzehn Mann, und hörten die Kette rasseln, als der Anker geworfen wurde, was ja wohl hieß, daß wir irgendwo angekommen waren. Es war herrlich, an Deck zu klettern und den Wind zu spüren, weil wir da unten nämlich fast verreckt wären. Ich sah, daß wir in einer schmalen Bucht lagen, am Ufer bloß wilde Bäume und kein Anzeichen dafür, daß es hier auch nur eine Menschenseele gab. War auch keine Überraschung, weil wir Glückspilze ja die neue Elendsstadt erst aufbauen sollten. Alles war von Bergen eingerahmt, und dann gab's so 'nen kleinen gelben Strand, und auf seine Art fand ich dieses Port Arthur, so hieß der Fleck nämlich, gar nicht so übel. Aber das hat sich dann im Lauf der Zeit geändert.

Nach ein paar Tagen waren Hütten und Lagerhäuser gebaut, und fertig war das nette kleine Sträflingsdorf. Dann begann die Schufterei, und das hieß, die riesigen Bäume fällen und in

Stücke sägen oder durchs eiskalte Hafenwasser schieben. Bald dann kamen noch mehr Burschen an, die diesen netten Zeitvertreib mit uns teilen durften. Ich war noch nie in einer Strafkolonie gewesen, hatte aber so einiges über Macquarie Harbour gehört, Geschichten, bei denen es sogar dem Teufel gegraust hätte. Ich gehör nicht zu denen, die einfach abwarten, bis ihnen genau das gleiche passiert. Also hab ich mir gedacht, am wenigsten Ärger hat der, der selber welchen macht, und deshalb hab ich was für meinen Ruf getan, das heißt, böse Blicke ausgeteilt und jedem, der fies zurückstarrt, den Schädel eingehauen. Ich mußte mich vor den Wachen in acht nehmen, weil's was mit der Peitsche setzte, wenn man erwischt wurde, aber im Wald oder nachts in den Hütten, da ging's, und obwohl ich ein oder zweimal erwischt und ausgepeitscht wurde, war's mir das wert. Ich hab mir genau gemerkt, wer frech zu mir war, damit keiner meinen Namen vergaß, und am Ende hab ich's jedem heimgezahlt, auch wenn es viele Wochen später war. Und so kam ich ganz gut zurecht, bis dann die Jungs aus Macquarie Harbour aufkreuzten.

Die kamen her, weil Macquarie Harbour aufgelöst wurde. Wahrscheinlich dachte irgend so ein Schreiberling, man könnte uns unser Port Arthur noch ein bißchen schlimmer machen. Das waren harte Brocken, diese Jungs, denen stand die Mordlust in den Augen, die hätten sich lieber aufknüpfen lassen, als ein Feixen oder eine Beleidigung einzustecken, und kaum waren sie in der Siedlung angekommen – damals war das schon eine richtige kleine Stadt mit Hütten und Sägewerken –, wollten sie auch schon das Regiment übernehmen. Und das schafften sie auch, weil der Kommandeur und seine Memmen von Soldaten genauso die Hosen voll hatten wie alle anderen und sich einen Dreck drum scherten, wenn mal wieder so ein armes Schwein halb totgeprügelt wurde oder Schlimmeres. Ich hab getan, was ich konnte. Ich bin ihnen möglichst aus dem Weg gegangen und hab sogar den Bekloppten gespielt, aber das nützte alles nichts, weil die mich gleich auf dem Kieker hatten. Eigentlich möchte ich gar nicht mehr dran denken, wie das damals war.

Das einzig Gute an diesen Macquarie-Jungs war, daß wir wegen ihnen fischen durften. Nach einer Weile gingen nämlich die Vorräte aus, und man hat uns die Rationen gekürzt, und da sind die richtig sauer geworden und haben mit allen möglichen Freundlichkeiten gedroht, wenn sie nicht mehr zu essen kriegten, bis es der Kommandeur so mit der Angst bekam, daß er sagte, wir müßten uns halt selber was zu essen besorgen. Also haben sie die Arbeitszeit verkürzt, und wir sollten Fische fangen und Gemüse anbauen. Das war herrlich, weil gleich alles nicht mehr ganz so schlimm ist, wenn man mit der Angel am Wasser hockt oder nach Kartoffeln buddelt. Ich war nicht der einzige, dem das so ging, und sogar die Macquarie-Jungs beruhigten sich so ziemlich. Am Ende mußte der Kommandeur sogar die Soldaten fischen lassen, weil sie auf ihre eigenen Gefangenen neidisch waren.

Es heißt ja, alles Gute hat einmal ein Ende. In Port Arthur endete das Gute mit einem kleinen Weihnachtsgeschenk, und zwar mit dem Besuch von George Alder, dem Gouverneur von Van-Diemens-Land. Ich hatte über den Kerl schon einiges gehört, um den ging's oft nachts in den Sträflingshütten: Da dachten sich die Jungs schreckliche Unfälle aus, vor denen sich so ein hohes Tier lieber in acht nehmen sollte. Er stieg also aus seinem Ruderboot, und gleich scharwenzelte ein kleiner Trupp Wachsoldaten und Leisetreter um ihn rum. Ein blutleeres Gesicht hat der gehabt, fast als wär er krank, und Augen, die nicht lachten und mich an diese prüden Pfaffen erinnerten oder an eine Schlange, die eine Maus anstarrt. Er hat eine Weile rumgeschnüffelt, aber offenbar hat's ihm nicht bei uns gefallen, weil er richtig grimmig aussah, als hätten wir ihn enttäuscht.

Auf diesen kleinen Besuch folgten schnell sehr große Änderungen. Wir kriegten einen neuen Kommandanten, einen dieser Iren vom Militär, die über Kanonenkugeln nur lachen können, und ab da war's mit dem Fischen und Gärtnern aus. Unsere Pflanzen wurden ausgebuddelt und auf ein großes Feld verpflanzt, das heißt, sie gehörten nicht mehr uns, und es durften dort nur noch ein paar Arschkriecher arbeiten. Und dann gab's neue Sträflingskleider, alle verschieden, je nachdem, wie weit wir uns schon gebessert hatten. Alle, die auf dem besten Weg zur Erlösung waren, trugen Grau, die anderen ein fröhliches Gelb. Und für die ganz armen Schweine, die sich sogar noch verschlechtert hatten, gab's noch was anderes: gelbe Anzüge mit einem richtig netten Muster drauf, das aus dem Wort »Verbrecher« bestand, und dazu ein paar richtig schmucke Fußfesseln.

Außerdem war von da an der Tabak geächtet. Das war noch schlimmer als alles andere, weil es die Macquarie-Jungs fast in den Wahnsinn trieb und sie dauernd auf der Suche nach einem Sündenbock waren. Und wenn man, wie ich, zurückschlug, fanden der Kommandeur und seine Rotröcke das gar nicht gut, weil das ja hieß, daß man sich nicht gebessert hatte, und deshalb kam ich aus der kanariengelben Kluft gar nicht mehr raus. Das war schlecht, weil ich es mächtig satt hatte, dauernd bloß Bäume zu fällen, die Peitsche auf dem Rücken zu spüren und auf den kleinen gelben Strand zu starren. Außerdem wurde ich auch nicht jünger und kriegte es langsam mit der Angst, daß ich mich irgendwann nicht mehr wehren konnte, wenn ich hier noch mal vier Jahre festsaß, und daß die Jungs, mit denen ich bis jetzt fertiggeworden war, und das waren nicht wenige, Hackfleisch aus mir machen würden.

Auch Port Arthur wurde älter. Inzwischen gab's Hunderte von Sträflingen, und dauernd kamen neue dazu. Aus den paar Hütten am Strand war ein richtiges kleines Manchester geworden, mit Werkstätten, in denen fast alles hergestellt wurde, von Stiefeln bis zu Laternenpfählen. In einem streng bewachten Dock wurden Schiffe gebaut, und im Nordwesten gab's eine kleine Kohlenmine mit Zellen untertage, wo es angeblich so gemütlich war, daß sogar die Macquarie-Jungs auf keinen Fall hinwollten. Und falls mal jemand aus irgendeinem Grund von all den Herrlichkeiten hier die Nase voll hatte und einen kleinen Spaziergang in den Busch unternahm, dann gab es auf dem Berg hinterm Haus des Kommandanten einen schönen neuen Signalmasten, so daß es ganz Van-Diemens-Land im Nu erfuhr. Wenn unser Mann dann, was meistens der Fall war, geschnappt wurde, total erschöpft von seinem Abenteuer oder auch mal mit einer Kugel im Bauch, brachte ihn eine kleine Eisenbahn wieder zurück. Aber ihre Wagen wurden nicht etwa von einer Lokomotive gezogen, sondern von Sträflingen, die es ja im Überfluß gab. Falls sich der Rückkehrer mit seinem kleinen Ausflug übernommen haben sollte, gab es für den armen Kerl sogar noch eine Toteninsel, wo er in einem guten, soliden Sarg aus Port Arthur begraben wurde, den er vielleicht sogar selbst gezimmert hatte.

Wahrscheinlich klingt das schon toll genug, aber unser Kommandant, der Ire vom Militär, hatte noch kühnere Träume und fand es schade, daß sein kleines Königreich aus lauter Holzhütten bestand, was ja für unsereins viel zu primitiv war. So kam es, daß jeder, der mal das Glück gehabt hatte, mit Stein zu arbeiten, also zum Beispiel zum Zeitvertreib 'ne Brücke zu bauen oder so, plötzlich gefragt war. Ich hätte nie gedacht, daß ich mich mal freuen würde, Steine zu klopfen, aber nachdem ich so viele Jahre mit den Macquarie-Jungs Bäume gefällt hatte, kam mir das Steineklopfen wie das reinste Honigschlecken vor. Zuerst durfte ich an einem Wachhaus für die Baracken mitbauen, das war rund wie eine Burg, und dann kam die neue Kirche, die wir unbedingt brauchten, damit uns irgend so ein Pfaffe sonntags predigen konnte, was für Schurken wir waren, nur falls wir's mal vergessen sollten. Die Kirche war eine fürchterliche Plackerei, und wir schürften uns ein volles Jahr lang die Hände auf, bis es endlich soweit war. Inzwischen hatte ich Hoffnung, daß ich Port Arthur bald Lebewohl sagen konnte. Die Steineklopfer waren zum größten Teil richtige Memmen, denen ich mit ein paar Worten oder Blicken richtig Angst einjagen konnte, und deshalb war's ganz leicht, mich immer mehr zu bessern, und nach ein paar Monaten konnte ich die kanariengelbe Kluft gegen meinen allerersten grauen Anzug vertauschen. Wenn ich mich still verhielt und den richtigen Zeitpunkt abpaßte, durfte ich bestimmt bald Straßen bauen, was im Vergleich das reinste Vergnügen war.

Als die Kirche stand, ging's ganz gemütlich weiter. Zum Beispiel mußten wir einen Springbrunnen bauen und andere Kinkerlitzchen für einen Ziergarten. Der war nämlich das Steckenpferd von der Frau unseres irischen Kommandanten. Sie war erst seit ein paar Monaten mit dem alten Grobsack verheiratet, ein hübsches Ding, zum Anbeißen. Aber oft schaute sie so traurig drein, wahrscheinlich weil es sie hier ans Ende der Welt verschlagen hatte, ohne Gesellschaft, bis auf ein paar Soldaten und Gefangene in Ketten. Es hieß, ihr Mann wollte sie mit dem Ziergarten bei Laune halten, und anscheinend klappte es auch. Sie kam nämlich fast jeden Tag herausspaziert und wollte irgendwelche kleinen Veränderungen, weil alles genau nach ihrem hübschen Köpfchen gehen mußte. Uns störte es nicht, wenn sie uns rumkommandierte, weil sie so ein appetitliches kleines Ding war. Sie ging nie irgendwo alleine hin, immer war ein Trupp Soldaten dabei, damit ja keiner auf dumme Gedanken kam. Hätte ja sein können. Es fiel ganz schön schwer, sie nicht dauernd anzugaffen, weil sie nämlich trotz der vielen Hüllen ein verführerisches Figürchen hatte, und an heißen Tagen bildete ich mir manchmal ein, ich hätte einen schwachen Hauch von ihrem süßen, reifen Moschusduft erschnuppert. Wenn man schon so lange weggesperrt ist, steigt einem das richtig zu Kopf, und den Rest träumte ich mir zusammen, wie sie aussah und wie sie kreischen würde, wenn ich's ihr mal so richtig besorgte. Trotzdem hab ich bloß ab und zu einen Blick riskiert, weil ich ja unbedingt meinen grauen Anzug behalten wollte.

Mit uns Steineklopfern redete sie kaum, höchstens mit einem Burschen namens Sheppard, der die Engel machte. Dieser Sheppard hatte kein besonderes Talent, man hatte ihn bloß ausgesucht, weil er früher mal Grabsteine gemeißelt hatte, also was völlig anderes, und seine Engel sahen nie wie fliegende Babies aus, sondern wie Fettklopse, denen irgendwas Häßliches auf dem Rücken klebte. Aber die Kommandantenfrau nahm das alles sehr ernst, und schaute sie immer wieder von allen Seiten an und gab Ratschläge, auch wenn es nichts half. Im Grunde waren die Engel an meinem ganzen Pech schuld. Wir hatten jetzt Januar, und es war brüllend heiß, und Steineklopfen macht Durst. Ich hatte ein paar Stunden lang in der Sonne Steinblöcke für das geplante Sommerhaus behauen und hatte ziemlich viel aus dem Wassereimer getrunken. Was reingeht, muß auch wieder raus, und da alles ganz still war, schlug ich mich in die Büsche.

Ich wollte gerade loslegen, als ich plötzlich ein Keuchen hörte. Da stand doch das Schätzchen des Kommandanten, ganz erhitzt und verschwitzt, in ihrem Miederzeug auf der anderen Seite des Gebüschs. Wahrscheinlich war sie ein paar Schritte zurückgetreten, um die Engel auch mal aus der Ferne zu betrachten. Sie riß die Augen auf, als hätte sie noch nie einen zu Gesicht gekriegt. Was mich angeht, ich hab wirklich nichts von ihr gewollt. Ich war nur so verblüfft, daß ich einfach zurückstarrte, statt ihn schnell zu verstauen. Das war mein Fehler. Plötzlich kreischte sie so gellend, daß man es bis Hobart Town hörte, und da kamen auch schon die Soldaten angestürmt.

Fairerweise muß ich sagen, daß sie nicht auf Bestrafung gedrängt hat. Ich hab sogar gerüchtehalber gehört, daß sie ihren Mann gebeten hat, mich zu schonen. Aber das half nichts. Dem Alten hat's wohl nicht gepaßt, daß sie mal 'nen anderen gesehen hat als seinen, nicht, daß sie am Ende noch auf dumme Gedanken kam... Im Nu hatte ich meine graue Kluft wieder gegen die gelbe mit der Aufschrift »Verbrecher« eingetauscht, und dazu gab's die schönen eisernen Fußfesseln. Aber der Kommandant hatte sich immer noch nicht genug bei mir bedankt. Die Krönung war dann die Arbeitskolonne, der ich zugeteilt wurde, und vor allem der Aufseher dieser Kolonne: Ferguson. In ganz Van-Diemens-Land gab's keinen, der so gern Sträflinge auspeitschte wie er.

Ferguson hatte ein großes Talent, deinen allerwundesten Punkt rauszufinden. Dann hat er einen immer damit gepiesackt, Tag für Tag, bis einen so die Wut packte, daß man irgendwas Verrücktes tat, was einem ein paar genußreiche Minuten am dreieckigen Bock bescherte. Am liebsten stellte er Fragen. »Du siehst heute richtig müde aus«, hieß es zum Beispiel, und dabei hat er einen so traurig angeschaut, daß man einen Moment wirklich glaubte, er mache sich Sorgen. »Vielleicht solltest du dich ein bißchen ausruhen?«

In den Arbeitskolonnen war striktes Schweigen vorgeschrieben, und wenn man so dumm war, eine Antwort zu geben, war sein Lächeln wie weggewischt, und er stampfte mit dem Fuß auf und warf einem alle möglichen Schimpfnamen an den Kopf, und schon winkte er die Soldaten her, damit sie einen zum dreieckigen Bock schleiften. Blieb man aber stumm, erging's einem auch nicht besser. Dann schüttelte der Sauhund den Kopf und gab sich überrascht. »Na, wenn du nicht müde bist, dann hab ich ja genau die richtige Arbeit für dich«, und das war dann das Allerschlimmste, was ihm gerade einfiel, zum Beispiel doppelt große Baumstämme schleppen oder hüfttief im kalten Hafenwasser stehen und Stämme zu einem Boot rüberschieben. Aber das reichte ihm immer noch nicht. Wenn man halb tot war vor Erschöpfung, machte er sich wieder an einen ran.

»Na, bedrückt dich was?« fragte er freundlich. »Ja, ich weiß schon. Du machst dir Sorgen, weil du eines Tages dieses schöne Fleckchen Erde verlassen mußt, und dann geht's zurück in die böse Welt mit ihren Versuchungen: Rum, Tabak und knackige junge Dinger, die die Röcke heben.« Dabei kam er so nah, daß einem seine Fratze fast vor den Augen verschwamm und man seinen stinkenden Atem roch. »Aber mach dir mal keine Sorgen, Jack, dein alter Freund Ferguson bewahrt dich davor. Ich sorge dafür, daß du erst weg mußt, wenn du steinalt bist, und dann belästigen dich die Weiber nicht mal mehr mit einem Blick!« Dazu klopfte er einem auf die Schulter, als wär er wirklich dein Freund, und das war das Allerschlimmste. »Ja, ja, der gute alte Ferguson wird's schon richten.«

Wenn er einen eine Weile so bearbeitet hatte, gab es keinen in der Kolonne, der nicht am liebsten zugeschlagen hätte. Aber Ferguson hatte scharfe Augen, er merkte es immer rechtzeitig und wich aus, ohne einen Kratzer abzukriegen, weil es ja wirklich kein Kunststück ist, jemand auszuweichen, der Fesseln um die Knöchel hat. Er rief seine Soldaten, die einen wegzerrten, und dabei grinste er übers ganze Gesicht, als gäbe es nichts Schöneres für ihn, als zuzusehen, wie einer seiner Jungs die Katze von Port Arthur zu schmecken kriegte.

Hier muß ich vielleicht erklären, daß das keine gewöhnliche Peitsche war. Von den zahllosen Peitschen in Van-Diemens-Land war dieses Exemplar das bekannteste, und zwar aus gutem Grund: Neun Schwänze und einundachtzig Knoten, die so lange in Salzwasser getränkt und in der Sonne getrocknet wurden, bis sie hart wie Draht waren. Hundert Schläge verwandelten den Rücken so eines armen Schweins in rohe Leber. Trotzdem bleibe ich dabei, und ich kenn mich aus, daß das Schlimmste am Auspeitschen nie der Schmerz war, sondern was ganz anderes. Es war diese fürchterliche Hilflosigkeit. Nichts ist so schlimm, als fest an ein hölzernes Gestell gefesselt zu sein und still darauf warten zu müssen, daß der Auspeitscher tief Luft holt, die ließen sich immer viel Zeit, und zum nächsten Hieb ausholt, während man absolut nichts tun kann, um ihn daran zu hindern. Noch Wochen später konnte es passieren, daß einem die Erinnerung an dieses besondere Vergnügen siedend heiß zu Kopf stieg, wie Milch im Topf, so daß man bei der winzigsten Kleinigkeit, zum Beispiel, wenn einem irgend so ein Dummkopf im Weg stand, gleich wild um sich schlug.

Genauso wollte Ferguson seine Kolonne haben, weil sich die Männer dann ganz leicht zur nächsten Prügelei verleiten ließen, es war wie bei einer Schlange, die sich in den Schwanz beißt. Mich hatte er besonders auf dem Kieker, wahrscheinlich wollte er sich beim Kommandanten lieb Kind machen, und nach ein paar Monaten und einigen Besuchen auf dem dreieckigen Bock war ich kurz vorm Explodieren. Ich hab nie meine Augen gesehen, weil's ja keine Spiegel gab, aber ich wette, daß sie damals wahnsinniger waren als in der Zeit, wo ich den Verrückten spielte.

Kaum eine Stunde verging, ohne daß ich mir Fluchtmöglichkeiten überlegte, und bald kümmerte es mich nicht mal mehr, wie verrückt oder wie dumm sie waren. Ein Fremder denkt jetzt vielleicht, daß es nicht viele Möglichkeiten gibt, aus Port Arthur rauszukommen, aber es gab mehr, als man glaubt. Die erste, die auch am häufigsten funktionierte, war die, daß man sich über Monate und Jahre hinweg mucksmäuschenstill verhielt, bis man schließlich freigelassen wurde. Aber das hatte ich natürlich schon versucht, ohne Erfolg, und ich hatte einfach nicht mehr die Geduld dazu. Die zweite Möglichkeit war die, daß man auf möglichst dreiste Art bewies, wie sehr man sich gebessert hatte.

Man verriet zum Beispiel irgendein kleines Geheimnis eines Mitgefangenen. Aber in Port Arthur war das Verpfeifen so an der Tagesordnung, daß es schwierig war, von irgendeiner unbekannten kleinen Missetat zu erfahren, und wenn man so 'nem armen Schwein was Erfundenes anhängte, was oft passierte, war das Problem, daß es rauskam und man eher ausgepeitscht wurde als freigelassen. Die dritte und bessere Möglichkeit war die, daß man den Helden spielte und zum Beispiel einen dieser blöden Rotröcke vorm Ertrinken rettete oder vor einem umstürzenden Baum. Das hatte unter Umständen Erfolg, und es gab Geschichten von Männern, die so auf einen Schlag ihre Ketten abgeschüttelt hatten und begnadigt worden waren. Aber leider war das keine sichere Sache, es sei denn, man deichselte das mit dem Ertrinken oder mit dem Baum irgendwie selber, was auch nicht einfach war. Außerdem hatte mich der Kommandant zu seinem persönlichen Feind erklärt, und ich hätte ein ganzes Faß voller Wunder vollbringen müssen, damit er mir vergab.

Damit komme ich zur vierten Möglichkeit, über die immer ziemlich viel getuschelt wurde und die einfach darin bestand, daß man in den Busch rannte. Das wurde zwar auch regelmäßig ausprobiert, aber ohne großen Erfolg, weil es dabei etliche Schwierigkeiten gab. Selbst wenn es einem gelang, mit der Axt die Kette durchzuschlagen und unbemerkt abzuhauen, winkte eine halbe Sekunde später der Signalmast und überall schwärmten Suchtrupps aus, und man kam nicht weit, weil da ja der Ozean war. Das dreckige Port Arthur saß auf einer Art Insel und war mit dem Rest von Van-Diemens-Land nur durch einen wenige Meter breiten Landstreifen verbunden, der Eaglehawk Neck hieß. Den hatte ich zwar noch nie gesehen, aber es war allgemein bekannt, daß er besser bewacht war als die Unterwäsche der Kommandantenfrau. Ein ganzer Trupp Rotröcke war dort postiert und riesige Kettenhunde, und außerdem hörte ich, daß entlang der Landzunge Fleischabfälle ins Meer geworfen wurden, um Haie anzulocken. Und selbst wenn irgendein Teufelskerl da dran vorbeigekommen wäre, hatte er immer noch den meilenweiten Busch vor sich, nur Dornen und Schlamm und nichts zu beißen, bevor er das Farmland erreichte. Die Ausreißer gaben oft freiwillig auf, weil ihnen Port Arthur, wenn sie ein paar Tage durch den Busch geirrt waren, wie das Paradies vorkam. Dennoch interessierte ich mich für diesen ganz speziellen Weg, vor allem, weil ich ihn die ganze Zeit so verlockend vor der Nase hatte, und ich war so fertig mit den Nerven, daß es mich kaum noch kümmerte, ob es klappte oder nicht. Damals schufteten wir in der Nähe der Eisenbahnschienen, und wenn ich sah, wie die Sträflinge diese kleinen Karren vorbeizogen, schaute ich mich immer um, ob gerade Soldaten in der Nähe waren, und spielte in Gedanken durch, was ich tun wollte.

Aber ich habe noch die fünfte und letzte Möglichkeit vergessen, aus Port Arthur wegzukommen, an die ich oft und gerne dachte. Klar, sie hatte natürlich auch einen Haken, aber andererseits auch den einmaligen Vorteil, daß sie todsicher war. Ich habe ein paar Sträflinge erlebt, die's so gemacht haben. Sie marschierten durch die Siedlung, winkten uns zum Abschied zu und riefen fröhlich, daß sie sich riesig darauf freuten, demnächst durch Hobart Town zu fahren und endlich mal wieder ein bißchen Tabak zu rauchen. Das funktionierte ganz einfach. Man suchte sich irgendeinen Kerl aus, egal wen, aber meine Wahl wäre natürlich auf Freund Ferguson gefallen, und wartete, bis er mal in die andere Richtung schaute. Dann schlich man sich leise an ihn ran, hob einen Stein oder, falls man sie gerade bei der Hand hatte, die Axt und schlug ihm gefühlvoll den Schädel ein, und schon nach wenigen Tagen sagte man Port Arthur für immer Lebewohl und befand sich auf der wunderschönen Rückreise nach Hobart, wo einen ein vergnüglicher Aufenthalt in verschiedenen Gefängniszellen und Gerichtssälen erwartete und zuletzt das Baumeln am Strick. Na ja, die beste Möglichkeit war das nicht. Aber nachdem ich ein paar Monate zwischen Fergusons Kolonne und dem dreieckigen Bock hin und her marschiert war, war ich nicht mehr wählerisch, sondern vielmehr bereit, die allererste Chance, die sich mir bot, beim Schopf zu packen.

Das Schiff tanzte auf den Wellen wie ein Blatt im Sturm, und als ich mich aus dem Schutz meiner Kajüte für einen kurzen Ausflug an Deck begab, drang durch die Luken schwaches Rufen und Stöhnen sowie ein gräßlicher Gestank. Es war der Gestank von Menschen, die man fast schon zu Tieren erniedrigt hatte. Der Gedanke an die Sträflinge, die dort unten aneinandergekettet im Bauch des Schiffes schmachteten, bedrückte mich sehr, und das nicht nur wegen der physischen Qualen, die sie bestimmt litten. Wie ich nur allzugut wußte, würde diese drangvolle Enge einen schrecklichen Prozeß in Gang setzen, der so unvermeidlich war wie die chemische Osmose, nämlich den, daß sich das Verbrechertum und die Gesetzlosigkeit von den bösartigen Gefangenen auf diejenigen übertrug, die noch einen Rest von Unschuld besaßen. In ein paar Tagen würden alle Sträflinge mit der gleichen Niedertracht infiziert sein.

»Man sollte sie an Deck bringen, damit sie ein bißchen Luft schnappen können!« rief ich.

Knowles, der mir aufgezwungene Reisegefährte, zeigte sich ungerührt. »Die lassen Sie mal lieber angekettet, Professor.«

Er machte sich einen Spaß daraus, mich mit diesem Titel anzusprechen, obwohl ich ihm bereits mehrfach gesagt hatte, daß ich nichts dergleichen sei. Knowles, der nach Port Arthur reiste, um dort die Wasserversorgung der Strafkolonie zu inspizieren, gehörte zu jenen Zeitgenossen, die sich auf ihre unbarmherzige Beurteilung der Menschheit auch noch etwas zugute halten, und er schien besagte Menschheit wie ein schadhaftes Leitungssystem zu betrachten. Seit wir von Hobart in See gestochen waren, hatte ich gelernt, seine Bemerkungen mit einer gewissen Kühle zu erwidern, da es seinen Zynismus nur noch mehr anzufachen schien, wenn man Empfindungen zeigte.

»Sie haben keinerlei Mitgefühl mit Ihren Mitmenschen«, sagte ich, mehr um ihn zu tadeln als in der Erwartung, daß er diesen Satz überhaupt wahrnehmen würde.

»Aber ganz im Gegenteil, Professor.« Er klopfte sich vergnügt auf die Brust. »Hier sitzt mein Mitgefühl, gleich unter meinem Wunsch, mir nicht die Kehle durchsäbeln zu lassen.«

Das war typisch für ihn. »Wenn die Sie hören würden«, sagte ich, »könnte ich es ihnen nicht verdenken, wenn sie Ihnen tatsächlich am liebsten die Kehle durchschnitten.«

Eigenartig an Knowles waren auch seine Augen, die er immer ganz schmal zusammenkniff. Daß sie überhaupt offen waren und er nicht tief schlief, merkte man manchmal nur daran, daß er hin und her ging. Da er außerdem stets eine völlig ausdruckslose Miene zur Schau trug, dachte man bei seinem Anblick unwillkürlich an einen verächtlich blinzelnden Bären. Es konnte höchstens passieren, wie zum Beispiel an jenem Morgen an Deck, daß ein Flackern über sein Gesicht huschte, wie eine Zuckung, das ich inzwischen als Gelächter zu identifizieren vermochte. »Glauben Sie bloß nicht, die würden vor Ihnen halt machen«, meinte er fröhlich, »die haben zwar sicher nicht die gleichen Bücher wie Sie gelesen, Professor, aber dafür welche nach ihrem eigenen Geschmack, und in denen wird nichts höher gepriesen, als einem christlichen Menschenfreund wie Ihnen die Kehle durchzusäbeln.«

Ich mußte ihn noch vier weitere Tage ertragen, weil wir in der Piratenbucht vor den Stürmen Zuflucht gesucht hatten. Wieviel lieber hätte ich diese vier Tage damit verbracht, die Kolonie in Port Arthur zu inspizieren, statt Knowles unerträglichen Hetzreden ausgesetzt zu sein. Außerdem hatte ich mich auf meiner Reise von England bis hierher schon gewaltig verspätet, denn ich mußte ja auch noch Sträflingskolonien auf dem Festland besuchen. Noch schlimmer wurde alles dadurch, daß wir uns die ganze Zeit in geradezu absurder Nähe unseres Ziels befanden. Das Schiff lag vor der schmalen Landbrücke, die Port Arthur mit dem Rest von Van-Diemens-Land verbindet. Im Lauf der Tage wurde mir der Anblick dieses grausamen Orts traurig vertraut, mit seinem Wachhaus und den furchterregenden Kettenhunden, von denen sich einer sogar mehrere Meter weit draußen im Meer befand, auf einer seltsamen kleinen Plattform mit Hundehütte. Wahrscheinlich sollte das die Sträflinge davon abschrecken, durchs seichte Wasser zu robben.

Ich wußte, daß unser Ziel nur wenige Reisestunden über Land von der wichtigsten Strafkolonie entfernt lag, und es trieb mich zur Weißglut, sie ständig vor Augen zu haben, so nahe, daß ich sogar die Hunde bellen hörte, und doch festzusitzen. Schuld daran war der Captain des Schiffs. »Das ist kein Wetter zum Rudern«, antwortete er jedesmal auf meine Frage und war in diesem Punkt genauso stur wie mit seiner Weigerung, die armen Sträflinge aus ihrem Verließ heraufzuholen. Selbst als der Wind endlich in eine günstige Richtung drehte, ließ der Captain uns nicht an Land und behauptete jetzt, durch die Verzögerung, die durch das Herablassen des Ruderboots entstünde, könnte er womöglich den richtigen Moment für die Abfahrt verpassen. Dank seiner Halsstarrigkeit kreuzten wir noch zwei volle Tage und Nächte vor der Küste, bevor ich endlich im Morgengrauen mein Ziel Port Arthur erspähte.

Ich hatte mir die Kolonie nicht so groß vorgestellt. Aus der Entfernung erinnerten die vielen Hütten eher an eine schäbige Industriestadt, wobei das Jaulen der Signalhörner und die Kommandos dem Ganzen einen militärischen Anstrich gaben. Als unser Schiff näher kam, trat der traurige Zweck der Einrichtung deutlicher zutage, und man erkannte Sträflingskolonnen, die in Ketten hin und her stapften.

Knowles setzte sich schleunigst ab, um seine Pflichten als Wasserinspektor zu versehen, und ich war offengestanden sehr froh, ihn endlich los zu sein. Mich selbst brachte man zu einem der Beamten der Kolonie, der mir erfreulicherweise mit höflicher Hilfsbereitschaft begegnete, was ja nicht immer der Fall ist, wenn ein Inspektor eine Einrichtung besucht, die er später vielleicht kritisieren muß. Ich wurde in mein Quartier gebracht, einem weiteren Beamten vorgestellt, der mir als Führer dienen sollte, und schließlich sogar vom Kommandanten und seiner Frau zum Abendessen eingeladen. So gerüstet, konnte ich endlich an die Arbeit gehen.

Wenn es einen Vorteil hat, sich über Gebühr verspätet zu haben, dann den, daß man voller Tatendrang steckt, und tatsächlich erledigte ich an jenem ersten Tag viel mehr, als ich erwartet hatte. Ich besuchte fast alle von den Sträflingen benutzten Gebäude: sämtliche Werkstätten und Schlafquartiere, die Küchen und Arrestzellen. Ich begleitete auch eine Arbeitskolonne, die in Ketten zum nahe gelegenen Wald marschierte, um Bäume zu fällen. Am nützlichsten jedoch war die Gelegenheit, mit einigen der Sträflinge zu sprechen, um so zu erfahren, wie ihre Strafe auf sie wirkte. Während die meisten zu verstockt waren, um überhaupt mit mir zusammenzuarbeiten, und sich äußerst einsilbig gaben, erwiesen sich manche doch als ziemlich redselig, und ihre Antworten, obgleich sie überwacht wurden, stellten in gewisser Hinsicht ein sehr nützliches Zeugnis dar.

Meinem Eindruck nach wurde die Kolonie gut geführt, und der schlimme Geist grausamer Rachsucht, der zu den verabscheuenswertesten Zügen solcher Einrichtungen zählt, schien hier kaum zu herrschen. Ein sehr wichtiges Element jedoch fehlte der Kolonie: ein System der moralischen Aufklärung. In der winzigen Schule fanden nur wenige Unterrichtsstunden pro Woche statt, und die Bücherei, ein klägliches Kapitel, wurde offenbar bloß von den wenigen Gefangenen besucht, die ohnehin gebildet waren. Die Kirche war ein beeindruckendes Steingebäude, doch gewann ich in den Gesprächen mit den Gefangenen den Eindruck, daß der Pastor nur wenig Einfluß besaß. Viele der Verbrecher gaben sich kaum Mühe, ihre Verachtung für diesen Mann zu verbergen, den sie den »Gottesschwätzer« nannten.

Solchermaßen ohne jeden erbaulichen Einfluß, wurden die Missetäter einzig und allein durch die Furcht vor harten Strafen in Schach gehalten, die selbst bei den kleinsten Verstößen verhängt wurden. Ein solches System wirkt auf den Betrachter ebenso primitiv wie übertrieben grausam, da es sich um kein Mittel zur Besserung von Menschen handelt, sondern um dummen, brutalen Drill, wie man ihn vielleicht bei einem bissigen Hund anwendet. Kaum weniger bedrückte es mich, wie ungehindert sich schlechte Einflüsse von einem Verbrecher zum nächsten ausbreiten konnten. Nur in den Arbeitskolonnen herrschte striktes Sprechverbot, während es in den Schlafhütten nicht einmal Trennwände zwischen den Betten gab, und somit lästerlichem Gerede und Schlimmerem im Dunkeln Tür und Tor geöffnet waren.

All dies war wirklich weit entfernt von den modernen Vorstellungen eines Gefängnissystems, die zu der Zeit in England und den Vereinigten Staaten immer mehr an Boden gewannen. Diese bewundernswerten neuen Ideen setzten nicht auf Ketten und Peitschen, sondern vertrauten der sanften Kraft der Stille. Die Verbrecher waren strikt voneinander getrennt und somit keinem anderen Einfluß als dem harter Arbeit und christlicher Belehrung unterworfen, bis diese edlen Einflüsse von ihren Seelen Besitz ergriffen. Eine Strafkolonie wie Port Arthur, wo Übeltäter beliebig miteinander verkehren konnten, war im Gegensatz dazu kein Ort moralischer Besserung, sondern vielmehr eine Schule des Verbrechens, wo der Taschendieb vom Einbrecher und der Einbrecher vom Mörder lernen konnte, bis in ihnen allen nur noch die Niedertracht regierte.

Derlei Gedanken bildeten keineswegs eine ideale Vorbereitung auf eine höfliche gesellschaftliche Zusammenkunft, dazu noch im Haus eben jenes Mannes, dem ich die meiste Schuld an allem gab, dem Kommandanten der Strafkolonie. Während ich mich wusch und ankleidete, hätte ich mit Freuden das bevorstehende Dinner mit dem einfachsten Mahl vertauscht. Doch Stimmungen sind unberechenbar, und als ich über die schlammigen Wege auf das Haus des Kommandanten zulief, ein sehr stattliches Gebäude, dessen lange Veranda aufs Wasser hinausging, spürte ich überrascht, wie sich meine Laune besserte. Nachdem ich so lange Zeit an Bord eines Schiffs verbracht hatte und noch dazu in der traurigen Gesellschaft von Sträflingen, war ich vermutlich reif für etwas häusliche Behaglichkeit. Jedenfalls war es fast unmöglich, als ich hereingebeten wurde, dem Zauber dieses reinlichen, gepflegten, von weiblicher Hand geschmückten Heims zu widerstehen.

Meine Gastgeber hießen mich aufs herzlichste willkommen. Die Frau des Kommandanten war jung und charmant und legte angesichts des kleinen gesellschaftlichen Ereignisses in ihrem Hause eine entwaffnende Aufgeregtheit an den Tag. Wahrscheinlich hielt das Leben an diesem fernen, unwirtlichen Ort kaum Ablenkungen für sie bereit. Auch ihr Gatte, von dem ich gedacht hatte, er sei ein wahrer Zuchtmeister, so grobschlächtig wie seine Ideen, erwies sich auf seine ruppige Weise als äußerst gastfreundlich und drückte mir, als ich in den Salon geführt wurde, gleich ein Glas Punsch in die Hand. Die einzige kleine Enttäuschung war der Anblick von Knowles, der mit zusammengekniffenen Augen in der Ecke stand und mir verstohlen zunickte. Eigentlich hätte ich wissen müssen, daß man ihn ebenfalls einladen würde.

Knowles war es dann natürlich auch, der mich zu einer Diskussion über das einzige Thema anstachelte, das ich um jeden Preis hatte vermeiden wollen: meine Ansichten über die Strafkolonie. Mittlerweile saßen wir am Eßtisch, und drei Sträflinge, einer davon ein Riese mit einem richtig zerklüfteten Gesicht, versuchten sich ohne großen Erfolg in der Rolle von Dienern.

»Nun, wie gefällt Ihnen Port Arthur?« fragte Knowles und betrachtete mich spöttisch aus halbgeschlossenen Augen. »Werden die Räuber und Messerstecher hier für Ihren Geschmack genug verwöhnt?«

Ich hielt es für das Klügste, mich möglichst bedeckt zu halten. »Ich hatte ja noch kaum Zeit, meine zahlreichen Eindrücke zu verarbeiten.«

Sehr zu meiner Überraschung drängte mich die Ehefrau des Kommandanten weiterzusprechen: »Wir sind alle sehr gespannt auf Ihre Ansichten, Mr. Crane. Sie müssen doch zu irgendwelchen Schlüssen gelangt sein?«

Sie warf ihrem Gatten einen Blick zu, der in mir den Verdacht weckte, daß ich hier womöglich auf ein Terrain geriet, auf dem es zwischen den beiden Unstimmigkeiten gab. Auf jeden Fall wirkte die Atmosphäre ziemlich angespannt. Da ich meinen Gastgeber keinesfalls in seinem eigenen Haus kritisieren wollte, wählte ich meine Worte mit Bedacht. »Ich bin von der Effizienz dieser Einrichtung zutiefst beeindruckt. Und doch überrascht es mich ein wenig, das will ich gern gestehen, daß nicht mehr für die moralische Besserung der Sträflinge getan wird.«

Der Kommandant lächelte argwöhnisch. »Und wie sollte das Ihrer Meinung nach geschehen?«

»Sprechen Sie bitte ganz offen, Mr. Crane«, fügte seine Frau hinzu und lächelte ein wenig traurig. »Wir würden wirklich gerne hören, was Sie denken.«

Die unausgesprochenen Gedanken dieses langen Tages müssen mir wohl auf der Seele gelegen und nach einem Ventil verlangt haben, denn ihre Worte ließen mich alle Vorsicht vergessen. Ich sprach begeistert von einigen der neuesten Ideen und jenen Visionären in England und Amerika, die ich bewunderte. Ich bemühte mich darzulegen, daß die strikte Trennung der Sträflinge vorteilhafter sei als körperliche Züchtigung und Stille wirksamer als Ketten. Währenddessen starrte Knowles mit spöttischem Lächeln auf seine Serviette. Der Kommandant selbst lauschte mir geduldig, wenn auch mit höchst skeptischer Miene. Interessant fand ich jedoch, daß seine Frau mich geradezu anstrahlte.

»Das hört sich ja faszinierend an!« bemerkte sie und warf ihrem Gatten einen Blick zu. »So etwas könnte man doch sicher auch hier einführen?«

»Das wird leider nicht so einfach sein, meine Liebe«, erwiderte der Kommandant. »Erst einmal liegen solche Dinge nicht in meiner Macht, sondern sind eher Sache des Gouverneurs und des Kolonialministeriums in London, und die drängen mich zur Zeit beide, die Sträflinge noch härter anzupacken, damit Port Arthur seinen abschreckenden Ruf behält.«

Dies rief Knowles auf den Plan. »Unser liebenswürdiger Freund Mr. Crane versteht einfach nicht, daß die Kolonie Seiner Majestät, Van-Diemens-Land, nicht dafür da ist, Verbrecher zu bessern, sondern sie zu verwahren, wie Kehricht im Müllhaufen, um England endgültig von diesen Unruhestiftern zu befreien.« Er lehnte sich zurück, hochzufrieden, daß er seine schändlichen Ansichten geäußert hatte. »Ich sage ja nicht, daß das eine schöne Übereinkunft ist, aber so verhält es sich nun mal, und ich persönlich sehe wenig Sinn darin, Geld und Zeit zu verschwenden, um sich über die Moral eines Misthaufens den Kopf zu zerbrechen.«

Der Kommandant sah ihn belustigt an. Ich aber konnte nicht so leichtfertig über seine Worte hinweggehen. »Wenn es, wie Sie sagen, der einzige Zweck dieses Systems ist, England von Unruhestiftern zu befreien, dann scheint es nicht sehr erfolgreich zu sein. Obwohl alle diese Männer nun schon seit Jahrzehnten ans Ende der Welt verbannt werden, wird einem in London oder Glasgow immer noch genausooft die Brieftasche gestohlen. Da fühle ich mich in Van-Diemens-Land doch um einiges sicherer. Sie sehen das Ganze völlig falsch, Knowles. Es geht nicht darum, Männer in die Verbannung zu schicken, sondern einen Weg zu finden, sie zu ändern und zu bessern. Kann nicht jeder Mensch gerettet werden?«

»Das sagt sich so leicht«, erwiderte Knowles munter. »Aber ein Tiger bleibt nun mal sein Leben lang gestreift.«

Die Frau des Kommandanten schüttelte den Kopf. »Ich teile ganz die Ansicht von Mr. Crane. Ich bin sicher, daß es hier Gefangene gibt, in denen viel Gutes steckt.«

Ich war hocherfreut, Unterstützung zu finden. Doch Knowles schien es nicht zu stören, daß sich der Widerstand gegen ihn verstärkte. »Vielleicht sollten wir einfach mal die Probe aufs Exempel machen«, erklärte er und wandte sich an den Riesen mit dem zerklüfteten Gesicht, der gerade eine Platte mit gefüllten Champignons servierte, die in Form einer Blume arrangiert waren. »Du da, kannst du uns mal sagen, warum du hier bist?«

Der Mann war völlig überrumpelt und blickte von einem zum anderen. Zweifellos überlegte er, ob sich hinter der Frage irgendeine Falle barg. Ein Nicken des Kommandanten beruhigte ihn etwas. »Ich wurde festgenommen, weil ich einen Bäckerladen in der High Street in Great Yarmouth ausgeraubt habe.«

Knowles lehnte sich wie ein Richter zurück. »Und würdest du es wieder tun?«

Der Sträfling runzelte verwirrt die Stirn. Schließlich schüttelte er den Kopf. »Wie denn? Jedenfalls nicht jetzt. Von hier schaff ich's ja nie nach Yarmouth!«

Seine Antwort hätte nicht unglücklicher ausfallen können. Sie ging so hundertprozentig am Sinn der Frage vorbei, daß sie Knowles Standpunkt untermauerte, wenn auch auf geradezu groteske Art. Selbst die Frau des Kommandanten, meine neue Verbündete, konnte ihre Belustigung nicht verbergen, und ihr Mann brach in schallendes Gelächter aus. Knowles war natürlich wieder unerträglich.

»Na, Mr. Crane, was habe ich Ihnen gesagt?« brüllte er.

Dabei war die Frage nicht fair gestellt gewesen. Man hätte den Sträfling fragen müssen, ob er das Böse seiner Tat einsehe, und nicht, ob er dieses Verbrechen ein zweites Mal begehen würde. Leider ist Gelächter für eine vernünftige Debatte das reinste Gift, und obwohl ich versuchte, noch einmal zu unserem ernsten Thema zurückzukehren, war es ganz unmöglich. Als ich spätnachts in mein Quartier zurückging, erfüllte mich ein starkes Gefühl der Vergeblichkeit. Da hatte ich nun Gelegenheit gehabt, so wichtige Ideen zu verfechten, und war durch die Dummheit eines Sträflings daran gehindert worden.

Als wäre das nicht schon ärgerlich genug, erfuhr ich am nächsten Tag, daß ich auf der Rückreise nach Hobart erneut die Gesellschaft meines Peinigers erdulden mußte. Anscheinend hatte Knowles seine Arbeit ebenso rasch erledigt wie ich, und man war davon ausgegangen, daß wir gemeinsam reisen wollten. Da sich das Wetter wieder einmal verschlechtert hatte, hielt es der Kommandant für klüger, nicht auf dem Seeweg, sondern auf dem Landweg nach Hobart zurückzufahren.

»Sie können unseren Zug benutzen«, erklärte er ziemlich stolz. »Man hat mir gesagt, daß es die einzige Eisenbahn in der gesamten südlichen Hemisphäre ist.«

Zug war allerdings kaum das Wort, das mir in den Sinn kam, als ich am nächsten Morgen in Wind und Regen stand und das Vehikel in Augenschein nahm. Obwohl es auf Schienen lief, erinnerte es doch mehr an die kleinen Karren, die man in Steinbrüchen einsetzt und die nur zwei Sitze hintereinander haben. Es wurde nicht einmal von einem anständigen Grubenpony gezogen, sondern von vier furchteinflößend aussehenden Sträflingen mittels seitlich herausragender Stangen in Fahrt gebracht.

»Und warum bist du hier?« fragte Knowles einen der Männer, als er auf seinen Sitz kletterte, nicht ohne mir provozierend zuzuzwinkern. »Hast wohl im Gottesdienst geschwatzt, wie?«

Der Mann gab verständlicherweise keine Antwort und machte ein mürrisches Gesicht. Gleich darauf setzten sich die vier in Bewegung und schoben den kleinen Karren die Schienen entlang, erst im Schrittempo, dann im Trab und schließlich in raschem Lauf. Das Vehikel bot keinerlei Schutz vor den Elementen, und ich sah schon, daß es eine sehr nasse Reise werden würde. Größere Sorge allerdings bereitete mir die Sicherheit des Vehikels. Ich hatte schon mehrere Fahrten in einer dampfgetriebenen Eisenbahn erlebt, ohne jemals Angst zu empfinden, aber der Karren hier besaß nicht das Gewicht und die Stabilität solcher Züge. Die hölzernen Gleise waren nur grob zusammengefügt, so daß der Karren ziemlich stark schaukelte und mit beängstigendem Tempo abschüssige Strecken hinunterraste. In einer Kurve wären wir fast aus den Gleisen gesprungen.

»Halten Sie das für sicher?« fragte ich Knowles, der den Vorteil hatte, hinten zu sitzen. Natürlich konnte ich keine ernsthafte Antwort erwarten. »Sicher?« stichelte er. »Aber selbstverständlich, wo wir doch von diesen Engeln gezogen werden?« Er warf einen Blick auf die vier Männer, die jetzt vollauf beschäftigt waren, uns keuchend einen langen, gleichmäßig ansteigenden Hang hinaufzuschieben. »Wofür würden Sie diese Männer halten, Professor?« fragte er, als könnten die vier ihn nicht hören. »Vielleicht für Schullehrer? Und jeder einzelne von ihnen Opfer einer Verwechslung?«

Es schien mir nicht besonders klug, diese Männer, denen wir in diesem Moment ausgeliefert waren, zu provozieren, und das wollte ich ihm gerade sagen, als ich merkte, daß wir den Kamm einer kleinen Anhöhe erreicht hatten. Vor uns fiel der Weg über eine längere Strecke hin steil ab, und in der Ferne sah ich eine Kolonne zusammengeketteter Sträflinge neben den Schienen Bäume fällen. Die Männer schoben den Karren auch noch weiter an, und wir fuhren immer schneller. Die vier lehnten sich wildentschlossen gegen die Stangen, bis sie kaum noch Schritt halten konnten, und sprangen erst im allerletzten Moment seitlich auf, wodurch sich unsere Fahrt noch mehr zu beschleunigen schien. Plötzlich hatte ich nicht den geringsten Zweifel mehr, daß es gleich ein fürchterliches Unglück geben würde.

»Die Bremsen!« schrie ich.

Einer der Sträflinge, der quer über der Stirn eine riesige Narbe trug, wies mürrisch auf eine Art hölzerne Brechstange, die über einem der Räder befestigt war, machte aber keinerlei Anstalten, sie zu betätigen, sondern wandte sich wieder ab. Zweifellos war er über Knowles spöttische Bemerkungen immer noch verärgert. Ich mußte um jeden Preis verhindern, daß ausgerechnet der grausame Zynismus dieses Mannes meinen Tod verschuldete, und da keiner einen Finger rührte, tat ich es selbst. Ich stand mühsam auf, beugte mich vor und streckte die Hand nach dem Bremshebel aus. Leider hatte ich wohl die Wirkung meiner Bewegung auf das Gleichgewicht des kleinen Fahrzeugs unterschätzt, das sich sofort zur Seite neigte. Ich glaube, selbst dann wäre noch alles gutgegangen, wenn nur die anderen Ruhe bewahrt hätten. Knowles stieß einen Schrei aus, während die Sträflinge, die bisher so gleichgültig gewirkt hatten, plötzlich kreidebleich wurden und sich zu viert in die entgegengesetzte Richtung lehnten. Mochte dies auch eigentlich ganz vernünftig sein, neigte sich der Karren jetzt durch die heftige Bewegung umso mehr in die andere Richtung. Er schaukelte immer wilder hin und her, bis das Unvermeidliche geschah.

Ob das Fahrzeug zur Seite kippte, im hohen Bogen durch die Luft segelte, sich auf die Vorderräder stellte oder alles auf einmal, werde ich nie erfahren. Ich erinnere mich nur, daß die Räder fürchterlich knirschten, und danach wurden wir wie von Geisterhand in die Luft geschleudert und stürzten wieder hinab.

Ich muß wohl einen Moment lang ohnmächtig gewesen sein. Als ich zu mir kam, lag ich neben den Wurzeln eines mächtigen Baumes, und das einzige Geräusch, das ich hörte, war der Wind in den Bäumen, das Prasseln des Regens im Laub und das Surren der Räder des umgestürzten Karrens. Dicht neben mir sah ich die zusammengesunkene Gestalt Knowles' und bei ihm, geradezu mit ihm verschlungen, lag jemand, der nicht zu unserer kleinen Gesellschaft gehörte. Offenbar war Knowles auf den anderen Mann geschleudert worden, und durch den Aufprall hatten beide das Bewußtsein verloren. Beide bluteten, aber zu meiner Erleichterung sah ich, daß sie noch atmeten. Als ich mich aufsetzte, spürte ich, daß mein Bein verletzt und wahrscheinlich gebrochen war. Ich sah hoch und bemerkte erst jetzt, daß wir nicht allein waren. Drei Sträflinge, vermutlich die Holzfäller, die ich von weitem gesehen hatte, starrten uns an.

Mir schien es wichtig, Autorität zu demonstrieren. »Wo ist euer Aufseher?« fragte ich.

»Da.« Der Sprecher war ein massiger Kerl mit vollkommen kahlem Kopf und einer riesigen Narbe auf der Wange. Seine Augen jagten mir Angst ein, sie waren dunkel umrandet wie bei einem Irren. Er zeigte auf den Mann, der mit Knowles verschlungen am Boden lag. Das war keine erfreuliche Entdeckung. Ermutigender war der Anblick unserer vier Fahrer, die jenseits der hölzernen Eisenbahnschienen auf der Erde lagen. Offenbar waren sie nicht schwer verletzt, und wenigstens kannte ich sie. »Diese Männer müssen sofort zurück in die Siedlung gebracht werden!« rief ich. »Sie brauchen Hilfe.«

»Die brauchen wir doch alle«, antwortete einer, was der Rest mit leisem, boshaftem Gelächter quittierte.

Als wäre dies nicht alles schon beängstigend genug, trat jetzt auch noch der furchteinflößende Kahlkopf neben einen flachen Stein und breitete darauf sorgfältig seine Beineisen aus. Dann hob er die Axt und schlug ein paarmal so wuchtig zu, daß es im ganzen Wald widerhallte. Im Nu war die Kette zerschlagen. Langsam kam er auf uns zu und zog klirrend die Kette hinter sich her.

Ich hielt es für das beste, ihn direkt anzusprechen. »Bitte verschonen Sie uns. Wir haben Ihnen nichts getan. Wir brauchen Hilfe.«

Er schien nicht zu hören. Während seine Mitgefangenen jede seiner Bewegungen beachteten, ging er an mir vorbei, bis er über Knowles und dem Aufseher stand. Dann hob er die Axt. Voller Entsetzen wandte ich mich ab. Doch alles blieb still, und als ich wieder hinsah, stand er immer noch in der derselben Haltung da, wie eine dämonische Statue, und blickte finster auf die beiden Gestalten hinunter. Er warf einen Blick auf den kleinen Karren, aber der war zu nichts mehr zu gebrauchen. Und dann, zu meiner Überraschung und ungeheuren Erleichterung, schleuderte er die Axt zwischen die Bäume. Unversehens bückte er sich und hob Knowles auf, als sei er ein Kind.

»Ich bringe ihn in Sicherheit, keine Sorge.«

Jack Harp *1837*

Es war eine ziemlich lange Wanderung zurück nach Port Arthur, vor allem mit diesem Fettwanst über der Schulter. Ich kam nicht mal ans Ziel, weil mich unterwegs ein paar Soldaten anhielten. Ein Blick auf meine zerhauenen Fußfesseln und den blutigen Kopf dieses Kerls, und schon schlugen sie mich nieder. In der Zelle überlegte ich dann, ob ich richtig gehandelt hatte oder eher der größte Dummkopf von ganz Van-Diemens-Land war. Aber irgendwann tauchte dann ein Beamter auf und führte mich ins Hospital.

Ich hatte vom ersten Moment an ein gutes Gefühl. Dort im Bett lag dieser fette Kerl, den ich geschleppt hatte. Auch der Kommandant höchstpersönlich war da und diese Memme, die mich um Hilfe gebeten hatte. Letzterer begrüßte mich mit viel Trara, setzte sich im Bett auf und streckte mir die Hand entgegen, aber ich war mir nicht sicher, ob ich die überhaupt schütteln durfte. Wirklich, ich hätte keinen besseren Fürsprecher finden können. Er erzählte den anderen immer wieder, was für ein Held ich sei und daß ich nicht in Ketten gehörte, sondern eine Belohnung verdient hätte. Der Kommandant war nicht sehr erfreut, genausowenig wie der fette Kerl, den ich getragen hatte, was ich ziemlich undankbar fand, aber das war ganz egal, weil mich mein neuer Freund über den grünen Klee lobte. Ja, er drängte den Kommandanten, mir auf der Stelle ein Entlassungszeugnis auszustellen. Da war ich doch froh, daß alles so gekommen war, obwohl ich drauf verzichtet hatte, Ferguson den Schädel einzuschlagen.

Natürlich ist ein Entlassungszeugnis keine volle Begnadigung, aber doch nicht allzuweit davon entfernt. Solange ich keinen Ärger machte und in Van-Diemens-Land blieb, konnte ich tun und lassen, was ich wollte. Nach all den Jahren konnte ich es kaum fassen, vor allem, weil alles so plötzlich gekommen war. Trotzdem war mir ziemlich schnell klar, was ich tun würde. Ich hab noch nie was für Städte übrig gehabt und für Farmen auch nicht, und vom Steinebehauen und Bäume fällen hatte ich die Nase gründlich voll. Nein, ich wollte auf eine der kleinen Inseln zurück, wo ich mich damals versteckt hatte. War gar kein so schlechtes Leben gewesen, Robben häuten und Sturmtaucher futtern, ohne daß man bespitzelt wurde oder dauernd Vorschriften bekam, was man zu tun und was man zu lassen hatte. Ja, vielleicht fing ich mir ja sogar noch mal so ‘ne kleine schwarze Miss, wenn's überhaupt noch welche davon gab.

Kapitel Neun

Doktor Thomas Potter *November 1857*

Heute morgen nach sechsundvierzig Tagen + viel Sturm endlich Land in Sicht. Besatzung jubelte laut, sang etc. Wilson ließ alle ein Dankgebet sprechen.

Leider dann entdeckt, daß doch nicht das richtige Land. Captain und Erster Maat studierten Sonne mit Sextanten, verkündeten dann, daß Küste nicht Van-Diemens-Land, sondern Festland Australiens: *Sincerity* mehrere hundert Meilen vom Kurs abgekommen. Kewley erklärte Grund = schwierige Meeresströmungen (hatte keine Ahnung, daß Meeresströmungen so problematisch). Sagte, wir müßten in Melbourne, Port Phillip einlaufen, wg. Trinkwasser, (glücklicherw. ganz nah). Wilson sehr verärgert, wartet ungeduldig auf Expeditionsbeginn: wirft mir böse Blicke zu, als ob ich = schuld, d.h. er zeigt alle Charakteristika der Geistesgestörtheit des Normannen. Änderung des Plans = nützlich für mich bezügl. Sammelns weiterer Präparate. Glaube auch, daß alter Kollege Dr. G jetzt in Melbourne lebt: könnte sehr hilfreich sein. Brauche außerdem noch mehr Lagerkisten.

Tagebuch leider seit Kapland vernachlässigt, weil viel an Theorien gearbeitet. Wirklich = herrlich ertragreiche Zeit. Glaube, nichts weniger als einen Funken Inspiration gespürt zu haben: Stündlich kommen mir neue Ideen & kristallisieren sich heraus. Eigenes Interesse gilt nicht mehr bloßer Beschreibung sondern Deduktion. Diese Entwicklung vorwiegend aufgrund ganz unerwarteter und nützlicher Beispiele bezgl. Studien, d.h. Manx-Besatzung der *Sincerity*. Stieß auf sehr aufschlußreiches Studienmaterial = die ganze Zeit direkt vor mir gehabt.

Begann mit zufälliger Entdeckung. Auf Deck gehört, wie Erster Maat Brew tölpelhaften Seemann als »Wikinger« beschimpfte. Ich = neugierig und fragte nach Grund? Brew = geheimniskrämerisch wie üblich, antwortete widerstrebend, daß in grauer Vorzeit Isle of Man v. Norwegern (angelsächsischer Typus) regiert. Wußte nichts Genaues, glaubte aber, daß Wikinger einige hundert Jahre mit vielen Siedlungen herrschten. Sehr interessant. Fragte restliche Besatzung nach der Insel. Antworten oft vorsichtig oder schnoddrig, doch trotzdem = entlarvend. Erfuhr, daß Insel obwohl sehr klein = durch mächtige regionale Rivalitäten gespalten. Besonders Schiffsbesatzung (komplett aus Peel City) verachtet Bewohner aller anderen Gebiete. Zum Beispiel:

Einwohner von Ramsey Town, heißen »Prahler«, da angeblich = arrogant.

Einwohner von Douglas Town heißen »Govags« (Manx für »Dornhaie«: Grund unklar).

Einwohner des Dorfs Sulby heißen »Cossacks« (Grund absolut unklar).

Einwohner des Dorfs Cregneish heißen »Spanier«, da angeblich (zweifelhaft) alle von der Spanischen Armada an Land geschwommen sind, NB Creignish wird auch "China" genannt (Grund unklar) + großes Mitglied der Besatzung trägt Spitznamen »China« Clucas, weil er angeblich einst (korpulente) Liebste aus Creignish/China hatte (was er heftig bestreitet).

Schlußfolgerung:

Situation mag wirr erscheinen = aber in Wirklichkeit sehr einfach: Manx nicht ein Volk sondern zwei: Keltischer und angelsächsischer Typus (Wikinger). Historische Ereignisse + norwegische Sprache der Angelsachsen vielleicht vergessen, aber bemerkenswerter Weise wirkt Abgrenzungsgefühl stark, wenn auch unbewußt, im Menschen weiter. Kelten und Angelsachsen von der Isle of Man setzen ihren Krieg fort, ohne es zu wissen. Jetzt, wo ich diesen Sachverhalt kenne, habe ich viele Beispiele der Feindschaft zwischen den beiden Rassen auf der Insel beobachtet, z.B. häufiges Gezanke zw. den Besatzungsmitgliedern, Abneigung zw. Captain (schlau, träge, i.e. keltischer Typus) + China Clucas (stark + offen, i.e. angelsächsischer Typus).

Dies = von größter Wichtigkeit. Hier = zwingender Beweis, daß verschiedene Rassen sich weder mischen können noch wollen. Entdeckung = von fundamentaler Bedeutung bezügl. Theorie. Bin immer mehr der Meinung, daß Typen nicht nur wichtig für Verständnis der Menschheit, sondern in Wirklichkeit = der Schlüssel zum Verständnis der gesamten Menschheitsgeschichte sowie der künftigen Bestimmung des Menschen. Nationale Revolutionen von 1848 = eindeutiger Hinweis auf unvermeidliche Aufeinanderfolge der Ereignisse. Sehe für Zukunft große Feuersbrunst der Nationen (eigener Begriff), weil Welt = verwickelt in jahrelange Konflikte, Krieg und Zerstörung, etc. etc. Geduld der unerschütterlichen Angelsachsen wird irgendwann reißen. Schwäche und Schmarotzertum der Normannen werden zu Tage treten und schwer bestraft werden. Schwächere Nationen (z.B. Schwarze, Indianer, Orientalen, Normannen etc. etc.) werden hinweggefegt. Beginn neuer Ära. Steht u.U. kurz bevor.

Habe beschlossen, Notizen zu vollständigem Manuskript auszuarbeiten im Hinblick auf Publikation. Vorläufiger Titel: »Das Schicksal der Nationen: eine Betrachtung der unterschiedlichen Stärken und charakteristischen Merkmale der vielen Menschenrassen und -typen und die voraussichtlichen Folgen ihrer zukünftigen Kämpfe.« Ahnung, daß dies von nicht geringer Bedeutung für das Verständnis der gesamten Menschheit sein wird.

Captain Illiam Quillian Kewley November, Dezember 1857

Port Phillip Bay war eine komische Bucht, so groß, daß man nicht mal das andere Ufer sah, obwohl sie bis auf den letzten Tropfen hinter einer engen, flaschenhalsartigen Einfahrt lag. Bei so was rechnet man auf jeden Fall mit herumlungernden Lotsen und Schlimmerem, und als wir zwischen den Landzungen durchsegelten, kam tatsächlich ein Häuschen in Sicht, das man vom offenen Meer aus nicht hatte sehen können. Noch interessanter als das Haus war der Kutter direkt unterhalb davon. Der hatte nämlich schon Segel gesetzt und fuhr ziemlich schnell auf eine ganz bestimmte Stelle im Ozean zu, an der wir uns in Kürze befinden würden. Ein stattliches Schiff war es, mit zwei Kanonen am Bug, und an Deck standen sechs leuchtendrote Soldaten und daneben ein uniformierter Engländer aus Port Phillip. Kaum waren sie nahe genug, brüllte er herüber, ob wir wohl freundlicherweise beidrehen könnten, er wolle an Bord kommen und uns begrüßen. Um wen es sich handelte, hätte ein Blinder mit Krückstock gesehen. War das nicht phantastisch? Da segelte man mit seinem Schiff um die halbe Welt, bis man sich direkt unterhalb der Entenmuscheln und Algen befand, die einem vor vier Monaten am Rumpf geklebt hatten, und wurde genauso freundlich begrüßt wie auf der anderen Erdhälfte! Ich befürchtete, daß uns die Nachrichten aus Kapland vorausgeeilt waren, und hatte schon überlegt, ob wir das Silberzeug aus Maldon einfach über Bord werfen sollten, nur so zur Sicherheit, aber andererseits fand ich es jammerschade, bares Geld ins Meer zu werfen, und deshalb war alles an Bord geblieben.

»Ihre Papiere, Captain?« Das war unser ungebetener Gast, Mr. Robin, Zollbeamter der Kolonie Victoria, und er legte dabei soviel Liebenswürdigkeit an den Tag, wie ich das inzwischen von den Dienern Ihrer Majestät erwartete, also gar keine. Er war ein richtiger Griesgram, wahrscheinlich, weil er hier am Ende der Welt postiert war, und schaute so böse drein, als seien wir extra von Man Island hergefahren, um ihm den Nachmittag zu verderben.

»Wir führen nichts mit, außer Vorräten und Ballast«, sagte ich zu ihm. »Diese Herren haben das Schiff für ihre Expedition gechartert.« Dabei zeigte ich auf den Reverend, der strahlte wie ein richtiger Abenteurer, und Dr. Potter. Mir war natürlich aufgefallen, daß der Zollbeamte Robin genauso hochnäsig daherredete wie unsere Passagiere – was er wohl ausgefressen hatte, daß man ihn hierher verbannt hatte? Dennoch übertraf die Veränderung, die mit ihm vorging, als er seinesgleichen erblickte, alle meine Erwartungen. Zum erstenmal war ich bei-nahe froh, daß ich die Engländer an Bord hatte.

Robins Gesicht leuchtete auf, als hätte man eine Lampe angezündet, und schon plauderten er und der Reverend wie zwei

Wasserfälle, hatten schnell irgendwelche entfernten Vettern entdeckt, die vielleicht Nachbarn waren, und erinnerten sich an einen ausgesprochen feinen Kerl, den sie aber beide kaum kannten. Als nächstes wurde England durchgehechelt, wobei sich auch Potter einmischte, das heißt, die drei erregten sich über die neuesten Probleme der ach so armen Herzöge und Prinzen, die England besitzen. Es war, als würden sie sich schon seit Jahren kennen.

»Möchten Sie sich dann vielleicht auch mal auf dem Schiff umsehen?« fragte ich, als irgendwann eine kleine Pause eintrat, weil ich das für einen klugen Schachzug hielt. Aber es wäre gar nicht nötig gewesen. Unser ungebetener Gast warf einen kurzen Blick in eine der Luken, um gleich angeregt weiterzuplaudern. Endlich, als er sich so richtig sattgeschwatzt hatte, verabschiedete er sich widerwillig von seinen neuen Freunden, pfiff seine sechs Soldaten zurück und ließ uns in Ruhe. Diese Art Zollinspektion wurde mir langsam richtig sympathisch.

Er ließ uns einen Lotsen da, was auch nicht schlecht war, denn auf der Karte, die ich so billig in Kapland gekauft hatte, war keine einzige Stadt oder Siedlung eingetragen. Wahrscheinlich hatte das alles noch gar nicht gestanden, als die Karte vor zwei Dutzend Jahren gezeichnet worden war. Ein paar Tage später kam endlich Melbourne in Sicht, und ich war überrascht, wie groß es war, wo man es doch gerade erst gebaut hatte. Die Stadt dehnte sich wie eine riesige Pfütze über ein flaches Nichts, und ein paar Kirchtürme ragten prahlerisch gen Himmel. Melbourne wirkte siebenmal größer als Peel City, was ich ungerecht fand, wo Peel doch seit Menschengedenken still und geduldig neben St. Patricks Isle lag. Andererseits war es ein gutes Zeichen. Wenn es hier genug Geld gab, um in Null Komma nichts eine ganze Stadt aus dem Boden zu stampfen, dann kriegten wir bestimmt einen guten Preis für unsere Fracht.

Erst im Näherkommen bemerkte ich sie: zahllose Schiffe, die am Rand des kleinen Flußhafens vor sich hin moderten. Die Farbe blätterte ab, Leinen und Segel hingen schlaff herunter. Ein trauriges Rätsel. Doch wie sich bald herausstellen sollte, war sogar das noch eine grimmige Verheißung für uns. Während unsere Passagiere ächzend über das Schiffswrack balancierten, an dem wir vertäut wurden, um endlich in die Hotelbadewannen zu steigen, von denen sie dauernd geschwärmt hatten, entdeckte ich am Ufer einen alten Kerl, der Fässer auf eine Karre stapelte. Den fragte ich nach all den herrenlosen Schiffen.

»Gold«, krähte er. »Oder vielmehr Träume von Gold.« Er berichtete, daß die Besatzungen und sogar ihre Schiffsoffiziere alle zu den Goldgruben gelaufen seien, um ihr Glück zu machen. »Das war damals, als dieser Irrsinn seinen Höhepunkt erreicht hatte und die halbe Stadt weggelaufen war. Es kam so weit, daß die Reichen keine Diener mehr fanden und selber kochen und waschen mußten. Das paßte ihnen natürlich nicht.«

»Findet man hier immer noch Gold?« fragte Brew.

Der Alte zuckte die Achseln. »Die Goldfelder sind längst in Claims aufgeteilt, aber das heißt nicht, daß nicht mal wieder irgendwo was gefunden wird. Gerüchte gibt's dauernd.«

Ich nickte Brew zu, genüßlich und gewinnsicher, und er erwiderte meine Geste. Ein Goldland. Jetzt war ich sogar richtig froh, daß wir in Kapland in so einen unnützen, betrügerischen Freihafen geraten waren, wenn nicht, hätten wir die Waren jetzt nicht mehr gehabt. Hier würden wir Gold für sieben Schiffsladungen kriegen.

Aber erst kam die Arbeit. *Neuer Hafen bringt neue Arbeit,* wie es so schön heißt, und dieses Melbourne machte da keine Ausnahme. Ich ließ die Männer leere Wasserfässer aus dem Frachtraum hieven, damit sie beschäftigt waren und endlich mit dem Gebettel um Geld aufhörten, das sie an Land ausgeben wollten, und befaßte mich mit dem Papierkram, der natürlich noch einmal Besuch vom Zoll bedeutete. Zum Glück war der Beamte ebenso harmlos wie der erste, ein großer, dicker Langweiler namens Bowles, der vorwiegend aus einem dichten schwarzen Bart zu bestehen schien, der ihm übers Gesicht wucherte und fast bis zu den Augen reichte, was aussah, als würde er sich hinter einer schwarzen Hecke verstecken. Bowles ließ uns ziemlich in Ruhe und fragte bloß, ob wir von der Isle of Man stammten, was ich nicht bestreiten konnte, und ob wir irgend etwas in Kapland eingekauft hätten, und da mußte ich gar nicht erst Geschichten erfinden, weil wir ja wirklich nichts eingekauft hatten. Daraufhin zog er ab. Allmählich wuchsen mir diese Burschen vom Zoll von Victoria richtig ans Herz. Von denen hätte man mal ein paar nach England schicken sollen, als leuchtendes Beispiel für Captain Clarke und seine Freunde.

Kaum hatte uns Bowles den Rücken gekehrt, kriegten wir schon wieder Besuch. Ein kleiner dicker Bursche, der irgendwie zuviel lächelte. Es ist ganz normal, daß in einem neuen Hafen so ein Gauner an Deck kommt und einem mückenverseuchte Zimmer oder einen vorteilhaften Handel mit Schnaps und Weibern andrehen will, und deshalb machte ich mir erst mal keine Sorgen, als er an Bord kletterte.

»Harry Fields.« Er streckte mir die Hand hin, die im Vergleich zum Rest erstaunlich groß war, als wäre er bloß an dieser Stelle gewachsen. »Gerade angekommen, wie? Wahrscheinlich vom Kap?«

»Und wenn?«

Mein Argwohn schien ihn fast zu freuen. »Ich vermittle Geschäfte. Wenn ihr irgendwas zu verkaufen habt, bin ich euer Mann.«

»Was heißt irgendwas?«

Plötzlich sah er mich schlau und durchtrieben an. »Das weiß man nie so genau.«

Das klang nicht übel. Wir brauchten ja wirklich jemand, der uns das Zeug abkaufte. Eigentlich hatte ich vorgehabt, mich in der Stadt mal nach Manx-Männern aus Port Phillip umzuhören – Manx-Männer kommen schließlich weit herum –, nur für den Fall, daß irgendwer irgendeinen Vetter hier in Melbourne hatte, der uns vielleicht den richtigen Tip geben konnte. Aber das brauchte Zeit, und außerdem war es nicht sicher, ob wir überhaupt fündig wurden. Dieser kleine Fields stellte natürlich ein Risiko dar, aber das hieß nicht, daß er nicht genau unser Mann war. Brew und ich tauschten einen Blick. Es ist sehr praktisch, daß man als Manx-Mann nie befürchten muß, belauscht zu werden, wenn es mal was zu bereden gibt. Ein Engländer muß extra aus dem Zimmer gehen oder verschwörerisch tuscheln, wogegen der Manx-Mann nach Herzenslust in seiner schönen Muttersprache plaudern kann, weil das außer anderen Manx-Männern keine Menschenseele versteht. Iren und Hochlandschotten schnappen vielleicht ein paar Brocken auf, aber selbst die haben es schwer, und für Engländer klingt Manx ungefähr so verständlich wie Chinesisch. Brew und ich dachten also nicht im Traum daran, leiser zu reden, sondern besprachen alles vor seinen Ohren.

»Er sieht wie ein fieser kleiner Betrüger aus«, sagte ich und lächelte den Kerl an, der munter zurücklächelte.

»Dann ist er doch genau unser Mann!«

»Und wenn es ein Zollspitzel ist?«

Brew zuckte die Achseln. »Die Gefahr besteht immer.«

Da hatte er recht. Es würde sich also zumindest lohnen, diesem Fields ein bißchen hinterherzuspionieren. »Wir wissen noch nicht, ob wir irgendwas zu verkaufen haben, weil wir ja erst angekommen sind«, erklärte ich ihm, »aber wo finden wir Sie, falls wir's uns anders überlegen?«

Damit schien der kleine Harry Fields hochzufrieden, und er nannte uns das Wirtshaus, in dem er abends immer saß. Kaum war er weg, rief ich Kinvig, der sich gut in der Menge verstecken konnte, weil er selber so klein war, und schickte ihn hinter Fields her.

Später am Nachmittag zogen Brew und ich dann los und bekamen zum erstenmal eine australische Stadt zu Gesicht. Dieses Melbourne war ganz schön anstrengend mit seinen langen, geraden Straßen, und irgendwie lag ein Hauch von Wahnsinn in der Luft. So eine Stadt saugt einem Mann alle Kraft aus den Knochen und macht ihn durstig und rauflustig. Außerdem wirkte alles richtig zusammengestoppelt, fast so, als wäre das Gold in kleinen Schauern vom Himmel gefallen, hätte hier ein Fleckchen naßgeregnet und dort eins knochentrocken gelassen. Da stand zum Beispiel ein Gebäude, hoch wie Castle Rushen, alles aus edlem Stein, so sauber und ordentlich, daß man sich selber ganz dreckig vorkam, und plötzlich kam ein alter Zaun, von dem Plakate abblätterten, oder ein riesiger Müllhaufen, der in der Sonne vor sich hinstank. Einmal kamen wir kurz durch eine Gegend, die vom Gold rein gar nichts abbekommen hatte und nur aus ärmlichen Hütten bestand, aus Pappe und Kattun oder sogar bloß aus buntem Papier, so daß man drinnen die Bewohner sah. Vorwiegend waren das Frauen mit Babies im Arm, die sich umdrehten und uns böse anguckten.

Mit den Leuten war das Gold anscheinend genauso beliebig umgesprungen wie mit den Häusern. Es gab ein paar Glückspilze, wahrscheinlich Goldgräber, verwegene Burschen mit langen Haaren. Sie trugen Goldringe an sämtlichen Fingern, als wären es Schlagringe. So wie sie redeten, stammten sie von überall her, ich hörte Irisch, Amerikanisch und alle möglichen europäischen Fremdsprachen, ja, es waren sogar ein paar Chinesen mit Haarzöpfen dabei. Die einzigen, die ich vermißte, waren australische Sträflinge, was mich dann doch überraschte. Ich hatte sie eigentlich in rauhen Mengen erwartet, wo sie doch von hier stammten.

Es standen viele Dirnen herum, die auch ein paar Tropfen von dem Goldregen abkriegen wollten. Manchen ging es offenbar ganz gut. Sie schlenderten herum, als gehörte ihnen die Stadt, und waren so fein gekleidet, daß sie fast wie richtige Damen aussahen, mal abgesehen von ihrem Gang und den aufreizenden Blicken. Die ehrbaren Frauen schauten ziemlich sauer drein. Als es dunkel wurde, schlichen die anständigen Frauen nach Hause, und die Stadt fiel auf einen Schlag in einen Taumel aus Rausch und Gegröhle, als wollte sie sich bis zum Morgengrauen vergessen. Ja, hier herrschten rauhe Sitten, und ich war recht froh, als ich endlich das gesuchte Wirtshaus entdeckte, einen riesigen Palast mit einer dreistöckigen Holzfassade. Direkt gegenüber an der Ecke wartete Kinvig.

»Ich hab diesen Fields nicht einen Moment aus den Augen gelassen«, verkündete er stolz.

»Und?«

»Er hat mit keinem Uniformierten gesprochen und sich meist in Wirtshäusern und Schnapsläden rumgetrieben. Einmal wollte ich einen alten Kerl ausfragen, mit dem er gesprochen hat, aber der hat gleich gedroht, was mich das denn angeht.«

Das klang nicht schlecht. »Hast du rausgekriegt, ob's hier Landsleute gibt?«

»Da war so ein Kerl, der meinte, er hätte welche getroffen, aber er war sich nicht sicher, ob's nicht vielleicht doch Iren waren. Jedenfalls hat er gemeint, daß sie irgendwo am Goldschürfen sind.«

Damit konnte ich nicht viel anfangen, weil die Goldfelder ziemlich weit weg waren. Als ich durchs Wirtshausfenster spähte, sah ich Fields in der Ecke hocken. Er sah wirklich nicht wie ein Lockvogel aus. »Na gut, hören wir uns mal an, was er uns für einen Preis macht.«

Es war ein sehr guter Preis. Ich traute meinen Ohren nicht, als Fields ganz von allein sagte, es gebe hier in der Kolonie einen riesigen Bedarf an gutem französischen Cognac, weil sich die Goldgräber einen teuren Geschmack zugelegt hätten. Ich riß mich zusammen, damit ich nicht strahlte wie ein Honigkuchenpferd. Hier war nicht von schäbigen Pennies die Rede, sondern von klingender Münze, einem richtigen Geldregen, genug, um Ealisad nach einjährigem Schmollen zu versöhnen.

Im letzten Moment fiel mir ein, ich könnte noch etwas mehr herauskitzeln, und das klappte so gut, daß ich mich grün und blau ärgerte, weil ich nicht noch mehr verlangt hatte. Dann plauderten wir noch ein bißchen, leerten ein, zwei Gläser vom örtlichen Bier, und alles war geritzt.

»Das war genau der Richtige«, sagte Brew, als wir wieder auf die laute Straße hinaustraten, und er grinste, als hätte er im Dreck einen Beutel mit Goldstücken gefunden. »Das ist ganz klar.«

Ich sah das kein Haar anders. Aber in der Seele eines Mannes von der Isle of Man gibt es irgend etwas, das will nicht, daß er sich allzu sehr freut. »Wir haben noch keinen Penny gesehen«, warnte ich ihn, »und zwischen Tun und Sagen ist bekanntlich ein großer Unterschied.«

Brew riß sich sofort zusammen und setzte eine bedächtige Miene auf. »Ja, ja, das stimmt. Wie sagen die Alten: aus der Ferne ein grüner Berg, und wenn man näher kommt ein kahler Hang.«

Kinvig setzte noch eins drauf. »Der Flut folgt stets die Ebbe.«

Anschließend ging es uns allen ein bißchen besser. »Aber er hat uns doch einen ganz anständigen Preis gemacht, wie?« sagte ich, um uns ein bißchen aufzumuntern.

»Allerdings«, bestätigte Brew und grinste wieder.

»Äußerst anständig«, stimmte auch Kinvig zu.

»Habt ihr vielleicht ein oder zwei Pennies übrig?« Dieser letzte Satz kam nicht von uns, sondern von einem langen Lulatsch, der direkt vor uns an einer Hauswand lehnte. Sein Akzent verriet ihn gleich: primitivstes Dubliner Irisch, und betrunken war er auch noch. Wahrscheinlich hätte ich ihm einfach einen Viertelpenny hinwerfen sollen, und das wär's gewesen, aber ich war nicht in der Stimmung für Bettler.

»Nein, haben wir nicht«, sagte ich und ging feixend an ihm vorbei.

Anscheinend war es dieser Blick, der ihn in Rage brachte. »Ihr seid Manxies, wie?« rief er. »Das Gequassel kenn ich doch. Aus welcher Stadt kommt ihr denn?«

Kinvig benahm sich wie ein Idiot. »Peel City«, verkündete er stolz.

»Peel?« schrie der Mann triumphierend. »Da war ich auch mal! Lauter Arschlöcher, arm wie Kirchenmäuse! Und dieser Gestank! Da stinkt's doch überall nach Fisch vom letzten Jahr.« Er starrte uns boshaft an. »Oder sind das eure Weiber?«

Kinvigs Augen wurden schmal. Kinvig war immer für eine Schlägerei zu haben, auch wenn's nur eine ganz kleine war. »Dafür kriegt er Prügel! Ich darf doch, Captain?«

Aber wenn man das Gesetz bis zum Gehtnichtmehr strapaziert, will man alles, bloß keine Schlägerei. »Laß ihn«, sagte ich. »Warum willst du dir an so einem dahergelaufenen Yernee Yeirk die Knöchel schmutzig machen?« So nennt man auf manx einen irischen Bettler, und das ist nicht gerade höflich. Außerdem sprach ich extra laut und deutlich, als Retourkutsche für den Fischgestank. »Wir sollten lieber zum Schiff zurück.«

Ich hätte mir die Zunge abbeißen können! »Ha, Manxies auf 'nem Schiff?« rief der Dubliner, hocherfreut, daß er was Neues aufgeschnappt hatte. »Wo soll's denn hingehen? Zur Port Phillip Bay, an irgend so 'ne ganz verschwiegene Stelle, mitten in der Nacht, wie?«

Ein Ire blickt tief in dich hinein, bis direkt zu der Stelle, die du auf jeden Fall vor ihm verbergen willst. Ich war froh, daß hier am Stadtrand weit und breit niemand zu sehen war. Wir schwiegen alle, aber das half nichts. Der Bettler stieß einen Freudenschrei aus, weil er genau wußte, daß unser Schweigen ein hundertprozentiges Ja bedeutete. »Ha, da wollt ihr wohl euren dreckigen, gepanschten Schmuggelrum verkaufen!« brüllte er aus voller Kehle. Wir und panschen! »Paßt bloß auf, daß euch nicht irgendso'n Buschklepper oder Wilder oder so'n entsprungener Sträfling eine Kugel durchs Hirn jagt! Die treiben sich massenhaft am Strand rum und fressen kleine picklige Manxies zum Frühstück!«

Buschklepper? Ich wußte nicht, was das war, aber es klang nicht gut. Entsprungene Sträflinge und Wilde auch nicht.

»Der will uns doch bloß Angst einjagen«, knurrte Brew, als wir außer Hörweite waren.

Aber dummerweise bleiben einem solche Worte im Gedächtnis hängen. Als wir uns ein paar Abende später dann endlich bei Dunkelheit auf den Weg machten, schwante uns allen nichts Gutes. Der kleine Kinvig stellte sich sogar aufs Hauptdeck und teilte wie ein Boxer Fausthiebe in die Dunkelheit aus. Unser neuer Freund Harry Fields hatte uns auf eine kleine Karte gekritzelt, wo wir hinmußten. Es war nicht weit, ein Strand, der ein paar Meilen von der Stadt entfernt lag. Wir hatten ein Lichtsignal ausgemacht: Wurde die Lampe von links nach rechts geschwenkt, war alles in Ordnung, wurde sie von oben nach unten bewegt, gab es Schwierigkeiten, und wir sollten uns möglichst rasch aus dem Staub machen. Ich gebe zu, dieses Lampenschwenken hatte mein Blut etwas in Wallung gebracht, weil genau das gleiche in den goldenen Tagen von Man Island üblich gewesen war, und als wir im matten Licht des aufgehenden Mondes vom Fluß in die Port Phillip Bay bogen, fragte ich mich unwillkürlich, ob mein Urgroßvater, Big Juan Kewley, wohl ebenso durch die Nacht gefahren war? Mir gefiel sogar der Gedanke, daß er jetzt auf mich herabsah, sehr stolz auf seinen Urgroßenkel, der schwierige Fall, der in seine Fußstapfen trat.

Es ging eine leichte, beständige Brise, und nach nur zwei Stunden sah ich am Strand den matten Schein einer Lampe, die zum Glück hin- und hergeschwenkt wurde. Ich befahl den Jungs, vor Anker zu gehen und ein Boot hinabzulassen, und dann waren wir bereit. Brew ließ ich zurück, um aufs Schiff aufzupassen und sicherheitshalber schon mal die Gewehre der Engländer auszupacken. Kinvig und noch zwei Ruderer begleiteten mich zum Strand.

Es war keine besonders helle Nacht. Der Mond war erst zwei Tage alt und wurde zudem immer wieder von Wolkenfetzen verdeckt, aber das Licht reichte aus, um die Gischt und die verschwommenen Schattengestalten am Ufer zu sehen. Es waren zwei, und einer von ihnen hielt die Lampe. Das reichte wohl kaum zu einer Mörderbande. Als ich aus dem Boot kletterte, trat einer der beiden ins Lampenlicht, und ich erkannte Harry Fields.

»Captain Kewley. Sie sind aber schnell gesegelt.«

»Allerdings.« Ich händigte ihm ein Fläschchen Cognac aus, das ich mitgenommen hatte. Er zog den Korken heraus, schnüffelte und nahm einen kräftigen Schluck.

»Schmeckt sehr gut.« Der Tabak gefiel ihm weniger. Er beschwerte sich, daß er eine Idee zu feucht sei. Doch er wollte ihn trotzdem kaufen. »Und der ganze Rest ist auf dem Schiff?«

»Genau.«

»Wo habt ihr denn das alles versteckt?«

Es gibt solche Fragen und solche, und das war eine naseweise Frage, zu der er kein Recht hatte. Ich nahm ihm Cognac und Tabak wieder weg und warf beides ins Boot.

»Wo ist das Gold?«

»Gleich dahinten.« Er lief über den Strand zurück. Sein Helfer richtete die Lampe auf den Sand, so daß wir alle in die finstere Nacht hineinliefen. Das kam mir ein bißchen merkwürdig vor. »Ich hätte eigentlich gedacht, daß Sie's herbringen.«

Seine Stimme klang jetzt argwöhnisch. »Wollen Sie das Gold, oder wollen Sie's nicht?«

Das war eine gute Frage. Mir blieb keine andere Wahl, also rief ich Kinvig, der immer noch im Boot saß, auf manx zu, er solle die Augen offenhalten, und stapfte dann hinter den beiden her, wobei ich immer wieder tief in den Sand einsank. Als die Lampe ein oder zweimal nach oben schwang, sah ich eine lange Reihe von Bäumen, die im Wind rauschten, und darunter erspähte ich eine Art grob gezimmerten Unterstand. Davor stand der grobe Umriß einer Gestalt, die eine Tasche über der Schulter trug. Die war so schwer, daß er ganz schief dastand. Also hatte alles seine Richtigkeit, und ich ging weiter. Erst als ich angekommen war, trat plötzlich der andere Kerl zwischen den Bäumen hervor. Selbst das wäre mir egal gewesen, wenn ich nicht im Mondlicht gesehen hätte, daß er eine Pistole direkt auf meine Brust richtete. Noch schlimmer: Der Mann schien keinen Kopf zu haben. Erst dann merkte ich, daß ich mich im Dunkeln getäuscht hatte. Sein Gesicht war fast bis zu den Augen von einem schwarzen Bart bedeckt.

»Wenn das nicht unser Captain Kewley ist«, sagte der Beamte Bowles vom Melbourner Zoll, »der doch angeblich nur Ballast und Proviant mit sich führt!«

Verdammtes Pech! Da wären mir entsprungene Sträflinge und Wilde fast noch lieber gewesen, als dieser verlogene Zöllner. Er hatte uns von der ersten Sekunde an im Verdacht gehabt und uns seinen kleinen Schnüffler Fields auf den Hals gehetzt, der seine Aufgabe bravourös erfüllt hatte. Wie viele Monate und Meilen waren wir gesegelt, und jetzt das! Warum hatte uns Captain Clarke nicht gleich im Ärmelkanal erwischt? Da waren wir also für nichts und wieder nichts um die halbe Welt gegondelt. Für nichts und wieder nichts? Was mich plötzlich stutzig machte, war Bowles selbst. Nachdem er so flugs hinter den Bäumen hervorgesprungen war, zog er jetzt nicht etwa Handschellen heraus und rief auch nichts von Verhaftung und Beschlagnahmung, wie ich es eigentlich erwartet hatte. Nein, er stand einfach nur da und sah mich an.

»Hier bringt niemand direkt vor meiner Nase Konterbande an Land und kommt ungeschoren davon, merken Sie sich das«, knurrte er schließlich.

Das hörte sich eigentlich nicht nach einem Zollbeamten an. Ich gebe zu, daß man kurz vor dem Bankrott nach jedem Strohhalm greift, aber es machte Sinn. Mir fiel nämlich auf, daß Bowles keine Uniform trug, bloß eine alte Jacke. War Kinvig nicht den ganzen Tag Harry Fields gefolgt und hatte ihn in Gesellschaft von allen möglichen Gaunern und Galgenvögeln gesehen? Jedenfalls mußte ich sehr behutsam vorgehen und ihn den ersten Schritt tun lassen.

»Tja, jetzt haben Sie uns, Mr. Bowles«, sagte ich traurig.

»Eigentlich sollte ich ja Ihr Schiff und Ihre ganze Ladung konfiszieren, als Eigentum Ihrer Majestät.« Seine Stimme klang streng, aber ich hörte nur das Wort »eigentlich«, und das klang wundervoll.

»Sie haben ja recht«, stimmte ich zu. »Obwohl es im Grunde jammerschade wäre, weil Ihre Majestät sicher genug Cognac und Tabak besitzt.« Dafür hätte er mich eigentlich rüffeln müssen, aber statt dessen fuhr er in etwas milderem Ton fort: »Ist das Ihr erster Besuch hier in Port Phillip?«

»Jawohl.«

»Hmmm.« Der Pistolenlauf zeigte in den Sand, während Bowles tat, als müsse er mit sich zu Rate gehen. »Eigentlich sollte ich Sie auf der Stelle verhaften. Doch wegen eines einzigen Fehltritts möchte ich nicht allzu hart mit jemand ins Gericht gehen. Sie scheinen mir durchaus besserungsfähig.«

Ich schnappte das Stichwort auf. »Da haben Sie vollkommen recht, Mr. Bowles. Ach, keiner von uns hätte im Traum daran gedacht, so etwas zu tun, wenn unsere Familien daheim nicht am Verhungern wären!« Wollte er Geld? Hoffentlich nicht, wir waren schließlich so gut wie pleite.

»Aber selbst wenn ich Großmut walten lassen würde, bleibt immer noch das Problem, was mit Ihrer Ladung geschehen soll. Schließlich muß ich meine Pflicht erfüllen.«

Also darum ging es. Das machte die Sache schon einfacher. »Ja, Sie haben es auch nicht leicht.«

»Es ist zu spät, die Fracht noch zu deklarieren, weil die Dokumente ja alle schon ausgestellt und unterschrieben sind.« Er runzelte die Stirn. »Und doch würde ich Ihnen gerne helfen.«

»Unsere Lieben daheim würden es Ihnen tausendmal danken! Ach, sie würden lachen und weinen bis zum kleinsten Kindchen in der Wiege!«

Da schüttelte dieser scheinheilige Engländer den Kopf und tat so, als müsse er nachdenken. »Ich kenne da ein paar Leute, die vielleicht so freundlich wären, Ihre Ladung ohne Aufsehen zu löschen, einfach um Sie aus der Schußlinie zu bringen. Allerdings würde ich Ihnen damit natürlich einen großen Gefallen tun, und die Sache wäre ziemlich riskant für mich.«

Der Preis. Er redete vom Preis. Damit ließen wir den glitschigen Schlick hinter uns und hatten festen Boden unter den Füßen. Es dauerte nicht lange, da spuckte er eine Zahl aus, die, rein zufällig, haargenau dem Betrag entsprach, den unser Freund in seinem schweren Sack hatte. Sie klang zwar lange nicht so gut wie die verlockende Summe, mit der uns Fields geködert hatte, aber das war nicht weiter tragisch, denn sie lag immer noch ein bißchen höher als der Betrag, mit dem ich in Maldon gerechnet und haushoch über dem blanken Nichts, das ich gerade noch vor Augen gehabt hatte. Offenbar brachten Cognac und Tabak hier ganz hübsche Summen ein.

»Ich muß Sie allerdings warnen, daß man mit diesen Leuten nicht feilschen kann.«

Mir war die Geldgier sowieso vergangen. »Ganz wie Sie meinen, Mr. Bowles.«

Und damit hatte sich's. Während wir zu fünft zum Boot zurückgingen, und die Lampe Kringel in den Sand malte, blickte ich in die Zukunft, dachte an den Batzen Gold, den wir jetzt kriegten, wenn er auch etwas geschrumpft war, und überlegte, wie lange wir wohl damit hinkamen. Er würde eine ganze Weile für das Schiff und die Mannschaft reichen, und zudem würden wir noch ein hübsches Sümmchen übrig haben. Aber ein Schiff ohne Ladung ist natürlich nicht viel wert. Das führte mich zu der Überlegung, welche Art von Waren, meinetwegen auch legale Waren, man denn aus diesem Victoria oder Tasmanien dorthin befördern konnte, wo wir herkamen. Korn vielleicht? Natürlich mußten wir auch noch unsere Schulden abzahlen, aber wenn ich die letzte Rate der Chartergebühr hinzurechnete, die uns die Engländer noch schuldeten, sah es eigentlich gar nicht so übel aus.

Weiter kam ich mit meinen Überlegungen nicht. Ohne Vorwarnung sprangen plötzlich ein paar Kerle aus dem Dunkel, und etwas Langes, ein Ruder, kam von rechts und traf Bowles so am Kopf, daß ihm die Pistole aus der Hand fiel. Im gleichen Momment ging links von mir Fields zu Boden. Dann schleuderte jemand die Lampe in den Sand, es wurde schlagartig dunkel, und man hörte, wie ein paar Leute davonrannten.

»Alles in Ordnung, Captain?« Das war eindeutig Kinvigs quenglige Stimme, die jetzt sehr selbstzufrieden klang.

Aber das Grinsen sollte ihm bald vergehen. »Du verdammter Idiot! Wieso hast du das getan?«

Er war total verblüfft, wie ein Hund, dem man einen Fußtritt versetzt, weil er das Stöckchen apportiert hat. »Das war doch der vom Zoll, oder?« winselte er. »Der mit dem Bart, und außerdem hatte er 'ne Pistole in der Hand!«

Dieser Idiot! Ich spähte ins Dunkel. »Wo sind die beiden anderen hin?«

Vartin Clague, der Kinvig bei seiner Glanzleistung zur Hand gegangen war, zuckte die Achseln. »Die sind abgehauen.«

Was hatten wir doch für ein Glück. »Aha«, sagte ich, als wäre das ein richtig guter Witz. »Abgehauen. Der mit der Lampe und der mit dem Sack voller Gold.«

Das war Kinvig neu. »Gold?«

»Genau. Das Gold, das uns unser Freund Bowles gegeben hätte, wenn euch nicht der schlaue Einfall gekommen wäre, ihm den Kopf einzuschlagen.« Ich hob die Lampe auf und blickte am Strand entlang, aber die zwei waren natürlich längst über alle Berge.

»Ich wollte uns doch nur retten.« Kinvig klang gekränkt, wie ein Kind, das ausgeschimpft wird, weil sein Geschwisterchen was kaputtgemacht hat. »Wir sollten doch die Augen offenhalten!«

Ich sah zu Bowles und Fields hin. Beide atmeten noch, das war ja immerhin etwas, obwohl sie keinen Mucks von sich gaben. Selbst wenn sie jetzt wieder zu sich gekommen wären, hätten sie wohl keine große Lust mehr auf diesen Handel verspürt. Aber ich wollte sie doch wissen lassen, daß nicht wir mit ihrem Geld durchgebrannt waren. »Hol Wasser.«

Kinvig füllte den Bootseimer mit Meerwasser und kippte ihn über die beiden aus. Vergeblich. Jetzt waren sie nicht nur ohnmächtig, sondern auch noch naß.

»Wir können ja warten«, schlug Clague vor.

Aber je länger ich die beiden betrachtete, desto stärker wurden meine Bedenken. Und wenn Bowles plötzlich stinksauer war und uns einsperren wollte? Dann mußten wir ihn ein zweites Mal niederschlagen.

»Vielleicht sollten wir lieber abhauen«, sagte Kinvig. »Anker lichten und nichts wie weg!«

Selbst das war nicht einfach. »Und was ist mit Mr. Robin? Der wartet mit seinem Kutter, seinen Soldaten und seiner Kanone an der Landzunge. Wenn wir da einfach so vorbeisegeln, ohne unsere Engländer an Bord, würde ihm das nicht komisch vorkommen? Sicher so komisch, daß er uns aufhalten, durchsuchen und vielleicht seinen Vorgesetzten fragen würde, was er mit uns machen soll.«

Daran hatte dieser Tölpel natürlich nicht gedacht. Je länger ich mir das alles ansah, desto weniger gefiel es mir. Egal, was wir taten, es war immer ein Risiko dabei, aber bleiben konnten wir jedenfalls nicht. Am besten, wir schafften es zurück nach Melbourne und nahmen die Engländer an Bord. Allerdings brauchte auch das seine Zeit.

»Holt mal einen Strick«, befahl ich.

In wenigen Sekunden waren die beiden wie Pakete verschnürt. Da ich Bowles nicht mehr als nötig gegen uns aufbringen wollte, befahl ich meinen Leuten, sie beide zum Unterstand zurückzuschleppen und an die Wand zu lehnen, damit sie morgen wenigstens nicht in der prallen Sonne standen. Aber das reichte mir immer noch nicht. »Holt ihnen ein Fäßchen mit Wasser und ein paar Scheiben Zwieback vom Schiff.« Wir stellten die Sachen ordentlich vor sie hin, wie ein ärmliches Picknick. Zum Schluß teilte ich ihnen auf einem Zettel mit, natürlich ohne Unterschrift, daß nicht wir ihr Gold hätten, sondern die Kerle, die davongelaufen waren, und steckte Bowles den Zettel in die Tasche. Dann kletterten wir wieder ins Boot und ruderten, was das Zeug hielt. Als wir uns dem Schiff näherten, sahen wir, daß Brew und die anderen sich mit den Gewehren über die Reling beugten.

»Hat das lang gedauert, Captain! Was ist denn passiert?«

»Wir lichten Anker!«

Ich konnte nur hoffen, daß Bowles die Sache nicht an die große Glocke hängte, wo er doch selber Dreck am Stecken hatte. Allerdings befürchtete ich, er würde so wütend auf uns sein, daß ihm alles egal war. (Hätten wir doch bloß kein Meerwasser über ihn gekippt!) Auf jeden Fall konnte es nicht schaden, wenn wir zwischen ihn und uns ein paar hundert Meilen legten, und zwar möglichst rasch. Nie zieht sich eine Fahrt so zäh in die Länge wie dann, wenn wenige Minuten den Unterschied zwischen Gefängnis und Freiheit bedeuten können. Außerdem schien sich alles gegen uns verschworen zu haben. Den Anker zu lichten kann auch unter idealen Bedingungen recht mühsam sein, aber diesmal kam es uns vor, als seien wir in ein Höllenloch gefallen, und wir kurbelten eine halbe Ewigkeit brüllend am Spill, bis die *Sincerity* endlich freikam. Dann hatten wir gegen die Brise anzukämpfen, die uns jetzt, auf der Rückfahrt, natürlich nicht mehr so hold war. Und schließlich ließ uns sogar noch der Mond im Stich und verkroch sich hinter eine Wolke, worauf es so dunkel wurde, daß wir Lotleinen brauchten, um nicht auf Grund zu laufen. Fast dämmerte schon der Morgen, als uns die Boote wieder den Fluß hinaufschleppten. Zum Glück schien ganz Melbourne zu schlafen, und niemand beobachtete uns, wie wir an unserem Liegeplatz vom Vortag festmachten. Ich hatte eigentlich fast damit gerechnet, von einem Haufen Zollbeamter und Polizisten mit großem Tamtam empfangen zu werden.

Ich rief zu Kinvig hinüber. Nach seiner Glanzleistung mit den Rudern durfte er jetzt alle möglichen Drecksarbeiten erledigen, von der Suche nach den Passagieren bis hin zum Abwischen der Sauhintern. »Geh rüber zum Hotel der Engländer, und schaff sie her! Wenn's sein muß, weckst du sie auf.«

Geduckt schlich er davon.

Jetzt konnte man nur noch warten. Da ich die ganze Nacht wachgewesen war, wollte ich mich unten in meiner Koje ein Weilchen ausruhen. Leicht war das nicht. Erstens stand die Sonne schon so hoch am Himmel, daß mir vor Hitze die Kleider am Leib klebten, und zweitens bleibt der Schlaf ganz sicher aus, wenn man ihn braucht. Ich lag also da und warf mich im Bett hin und her wie ein Hering, der auf Deck gelandet ist. Am Ende mußte ich wohl eingenickt sein, denn ich wurde durch lautes Gepolter geweckt. Es klang, als schleppe jemand vorn etwas die Treppe hinauf. Von Deck hörte ich Gemurmel. Im ersten Moment war ich hocherfreut, weil ich dachte, die Engländer kämen mit ihrem Gepäck an Bord, aber nachdem ich aufgestanden war und mich ein bißchen geräkelt hatte, wurde ich stutzig. Das Gepolter hätte nicht von vorn kommen dürfen, weil sich da nämlich die Back befand. Also dachte ich, schau ich mal nach dem Rechten. Und das war gut so. Denn was sah ich, nachdem ich an Deck geklettert war? Ritchie Moore, den Segelmacher, und noch drei von meinen Männern. Sie standen neben ihren fix und fertig gepackten Seekisten auf dem alten Schiffswrack, an dem die *Sincerity* festgemacht hatte, und wollten eindeutig weg. Was da los war, sah ein Blinder mit Krückstock. Die Ratten verließen das sinkende Schiff, und das alles wegen des bißchen Ärgers, den wir gehabt hatten. Aber das Schlimmste war, daß sie auch noch den Rest der Mannschaft anstiften wollten.

»Macht euch doch nicht in die Hosen. Kommt einfach mit. Als Goldgräber könnt ihr reich werden!«

»Kommt sofort zurück!« schrie ich.

Ritchie Moore kicherte bloß.

Und schon kam die nächste Überraschung, und zwar in Gestalt des Ersten Maats Brew. Er stand auf dem Achterdeck, seelenruhig wie Graf Rotz, und rührte keinen Finger. »Warum zum Teufel hast du mich nicht geweckt?«

Er wurde nicht mal rot. »Wollte ich ja grade, Captain.«

Ich sah ihm genau an, was er dachte. Der kleine Gauner überlegte, ob er mit den anderen das Weite suchen sollte. Das waren schöne Aussichten. Wenn ich jetzt nicht höllisch aufpaßte, stand ich auf einen Schlag allein da. Diese australischen Engländer würden mich ins Gefängnis werfen, und die *Sincerity* würde langsam verrotten, wie all die anderen Schiffe hier.

Aber ich bin keiner, der sich kampflos geschlagen gibt.

Reverend Geoffrey Wilson *Dezember 1857*

Der Captain entwickelte die äußerst lästige Gewohnheit, immer wieder ohne jede Vorwarnung überstürzt aufzubrechen. Diesmal war sein Bote der kleine Zweite Maat Kinvig, noch dazu ein ziemlich unhöflicher Bote, der grob gegen die Tür hämmerte, um uns zu wecken. Bei Potter schien das vielleicht angebracht – und ganz gewiß bei Renshaw –, aber wohl kaum bei einem Frühaufsteher wie mir, der längst angekleidet war und bereits einen Eintrag in sein Tagebuch machte.

»Wohl wieder eine Brise, die man nicht ungenutzt verstreichen lassen darf?« antwortete ich dem Burschen ziemlich kühl, als er mich zum Aufbruch drängte.

»Genau. Sie müssen alle sofort kommen.«

»Und was ist mit dem Frühstück?«

»Dafür ist keine Zeit mehr. »

Ich mag ein sanftmütiger Mensch sein, doch in einigen Punkten lasse ich mir keine Vorschriften machen, und dazu gehört das Frühstück, besonders dann, wenn, wie in diesem Fall, der volle Betrag für die Beköstigung fällig ist, egal, ob man nun frühstückt oder nicht. Ich wich nicht von der Stelle und teilte Kinvig mit, daß ich keineswegs bereit sei, wegen einer Grille des Captains mein gutes Geld zum Fenster hinauszuwerfen. Als er protestierte, erledigte ich die Angelegenheit, sehr elegant, wie ich fand, indem ich mich einfach an den Eßtisch setzte und Kinvig drohte, daß ich mir gleich noch ein paar Eier bestellen würde, falls er mich nicht in Ruhe ließe.

Doch wenn ich ehrlich bin, war mir der Gedanke an unsere Abreise, so überstürzt sie auch sein mochte, gar nicht so unangenehm. Obwohl wir erst drei Tage im Hafen lagen, fieberte ich unserem Aufbruch entgegen. Bedingt durch die schwierigen Meeresströmungen hatten wir nämlich einen beträchtlichen Umweg gemacht, und angesichts von Dr. Potters Intrige dachte ich voller Sorge daran, wie viele Tage oder gar Wochen wir schon verloren hatten. Außerdem barg unser Aufenthaltsort wenig Reiz. Ich glaube nicht, daß ich jemals einen Ort erlebt habe, dem jedes geistliche Empfinden so fremd war wie Melbourne, dieser Stadt, in der es für die Männer nur ein einziges Thema zu geben schien. Als ich beim Mittagessen in der Pension den anderen Gästen von unserer Expedition berichtete, in der Annahme, daß es sie vielleicht interessieren würde, fragten sie bloß, warum ich nicht in Victoria blieb und meine geologischen Kenntnisse der Goldsuche widmete? Als ob es keinen größeren Reichtum gäbe als schnödes Erz! Ich versuchte darzulegen, daß mein Ziel ganz und gar höherer Natur sei, und schon wandten sie sich rüde von mir ab, um sich wieder ihrer trostlosen Unterhaltung über Preise und Goldfelder zuzuwenden.

Meinen beiden Gefährten jedoch schien es in der Stadt erstaunlicherweise zu gefallen. Renshaw verschwand wie stets sogleich am ersten Abend, und am zweiten ebenfalls (als ich eine Unterredung mit ihm suchte, behauptete er steif und fest, er habe nur die Sehenswürdigkeiten der Stadt genossen, und nachweisen konnte ich ihm nichts). Auch Potter ließ sich selten blicken, außer, wenn er aufs Schiff gestürmt kam oder hektisch von Bord eilte. Ich hatte ja keine Ahnung, womit er sich beschäftigte, bis heute, als der Zweite Maat Kinvig an unsere Türen hämmerte und von uns verlangte, sofort zum Schiff zurückzukommen. Ich war immer noch mit meinem Frühstück beschäftigt, als Potter und Renshaw die Treppen heruntergestapft kamen, beide bleich und verärgert, weil man sie aus dem Schlaf gerissen hatte (wohingegen ich selbst munter und fröhlich war). Im Näherkommen stritt sich der Doktor mit Kinvig.

»Das ist absolut unmöglich! Ich muß noch ein halbes Dutzend Packkisten abholen, für die ich bereits bezahlt habe. Und dann ist da noch Hooper, mein Diener. Er kann frühestens in einer Stunde dasein.«

»Ihr was?« Ich muß gestehen, daß ich ziemlich verärgert war. Es war typisch für Potter, daß er derlei Dinge arrangierte, ohne mich davon in Kenntnis zu setzen, obwohl ich doch der Leiter dieser Expedition war. In London hatten wir klar vereinbart, daß sich jeder von uns während der Seereise den Luxus eines Bediensteten versagte, da dies weder die Größe des Schiffs noch die verfügbaren Vorräte zuließen, und doch reagierte Potter, als ich ihn daran erinnerte, ziemlich unverschämt.

»Haben wir nun Australien erreicht oder nicht? Die Seereise ist fast vorbei. Sie brauchen sich wirklich keine Sorgen zu machen, Herr Pfarrer. Hoopers Lohn bezahle ich aus meiner eigenen Tasche.«

Wenn ich gewußt hätte, daß er etwas derartiges plante, dann hätte ich sicher auch einen Diener angeheuert, und sei es nur, um meine Würde als Leiter der Expedition zu wahren. Jetzt war dazu keine Zeit mehr. »Sei dem, wie ihm wolle«, erwiderte ich fest. »Aber es könnte sein, daß an Bord kein Platz mehr für ihn ist. Nein, ich werde diese Sache auf jeden Fall Captain Kewley vortragen müssen.«

Der Doktor schaute finster drein, doch er konnte wenig tun, da er sich so offenkundig im Unrecht befand. Inzwischen hatte man eine Droschke losgeschickt, die den Mann abholen und Doktor Potters Packkisten einsammeln sollte, was viel Zeit kostete und Mr. Kinvig nervös herumzappeln ließ. Ich hatte geglaubt, die Packkisten seien nichts anderes, als einfache Behältnisse, um ihm das Reisen zu erleichtern, aber statt dessen handelte es sich um nicht weniger als sechs Holzkisten von überaus sperrigem Format.

»Was um alles in der Welt befindet sich in diesen Kisten?« wollte ich wissen.

»Meine medizinischen Präparate.«

Allmählich riß mir die Geduld. »Sie hätten mich vor dem Erwerb erst um Erlaubnis fragen sollen. Womöglich haben die Kisten im Frachtraum des Schiffs gar keinen Platz mehr.« Sollte man es für möglich halten? Er stampfte doch tatsächlich mit dem Fuß auf! Der Mann hatte wirklich keinerlei Respekt. »Aber wir wissen doch alle, daß der Frachtraum leer ist!«

Ich ließ mich nicht einschüchtern. »Das werden wir ja sehen.«

Kurz darauf traf endlich sein Diener, Hooper, ein. Obwohl Potter gleich ein Loblied auf ihn anstimmte und behauptete, er habe bisher in den Diensten eines berühmten Melbourner Arztkollegen gestanden, nahm mich der Mann nicht gerade für sich ein. Er war ärmlich gekleidet, aber ruppig und grob und von einer Aura mürrischer Unzufriedenheit umgeben, die mich vermuten ließ, daß er vom Gold nach Melbourne gelockt worden war und da offenbar wenig Erfolg gehabt hatte. Ich hatte eine Droschke aufgetrieben, die uns zum Schiff brachte, obwohl die Packkisten so überdimensional groß waren, daß der Platz im Wagen kaum reichte. Hooper, der Fahrer und der Zweite Maat Kinvig mühten sich nach Kräften, alles zu verstauen, nur leider gelang ihnen das nicht allzu gut. So verlief die Reise sehr unbequem für mich, weil mir dauernd eine der Kisten schmerzhaft in den Rücken drückte. Als wir endlich neben der *Sincerity* hielten, war ich ganz steif.

Zu meinem Erstaunen sah ich, daß das Schiff schon zur Abfahrt bereit war. Man hatte bereits zwei Boote herabgelassen, um die *Sincerity* von ihrem Liegeplatz zu schleppen. Seltsamerweise war die Brise, die wir laut Kinvig auf keinen Fall verpassen durften, nicht der Rede wert. Meine einzige Erklärung war die, daß der Captain wohl Sorge gehabt hatte, sie könnte sich vollends legen. Jedenfalls schien sich der Captain in einer sehr ungeduldigen, zerstreuten Verfassung zu befinden. Als ich die Sache mit Potters Diener und den Packkisten ansprechen und meine nicht unerheblichen Bedenken vortragen wollte, hörte er mir kaum zu, winkte nur ab und befahl seinen Männern, die Kisten an Bord zu bringen, was wohl kaum korrekt zu nennen war. Potter strahlte natürlich.

Alles in allem war es ein anstrengender Morgen. Als die *Sincerity* langsam den kleinen Fluß hinunterglitt, klärte Potter auf Deck seinen neuen Diener über die Regeln an Bord auf, und zwar in einer unnötig prahlerischen Art und Weise. Ich zog mich in meine Kabine zurück. Bei meiner Rückkehr an Deck, befand sich das Schiff schon einige Meilen draußen auf dem

Meer, und die Stadt war nur noch ein Häuserwirrwarr am Ufer. Und während ich so dastand und überlegte, wann wir wohl in Tasmanien eintreffen würden, entdeckte ich etwas höchst Merkwürdiges. Die Mannschaft war mit irgendeinem ganz normalen Segelmanöver beschäftigt, aber *wie* es vor sich ging, war alles andere als normal. Beim Blick in die Takelage, wo ich eigentlich zehn Mann oder mehr erwartet hätte, entdeckte ich gerade mal fünf, unter ihnen den Ersten Maat Brew, der sich normalerweise nie nach oben wagte. Und als ich mich zum Achterdeck umdrehte, sah ich zu meiner noch größeren Überraschung, daß nicht etwa ein Besatzungsmitglied am Steuerruder stand, sondern der Captain selbst.

»Was ist denn passiert?« fragte ich ihn. »Ist ein Teil der Besatzung krank?«

»Krank nicht.« Kewley runzelte mürrisch die Stirn. »Wir haben ein paar zurückgelassen.«

Diese Antwort fand ich höchst erstaunlich und außerdem sehr unzulänglich. »Was soll denn das heißen?«

Er spähte an mir vorbei zum Horizont. »Die wurden nicht mehr gebraucht.«

»Aber warum denn nicht?«

Der Captain zuckte die Achseln. »Auf dem Schiff gibt's alles doppelt, in Reserve: Taue, Holz und Segeltuch, nicht wahr? Also war das sozusagen die Reservemannschaft.«

Kapitel Zehn

Peevay *1831–35*

Das erste Mal hörte ich vom Gott des weißen Mannes, der GOTT genannt wurde, als wir mit Robson durch den Wald gingen. Es war interessant, einen weißen Mann hierzuhaben, so nah, daß ich ihn sogar mit den Fingern berühren konnte, wo doch die einzigen Num, die ich bis dahin gesehen hatte, entweder mit dem Speer getötet worden waren oder uns getötet hatten. Robson zeigte uns den Weg. Er war ein bißchen fett und schmutzig in seinen Kleidern aus toter Haut, aber er lachte, als er uns mal hierhin, mal dorthin führte, immer weiter, schnell, als sei kein Warten in ihm. Und die ganze Zeit erzählte er uns von GOTT.

»Wer hat dich geschaffen?« fragte er mich und sah mich auf besondere Art an. Wenn ich keine Antwort gab, gab er sie selber und sah ein bißchen traurig dabei aus, so daß ich mir wie ein Schurke und ein böser Junge vorkam. »Gott hat dich geschaffen.« Aber das reichte ihm noch nicht. Nach ein paar Schritten fing er wieder an. »Wer hat dich geschaffen, Peevay?« Diesmal antwortete ich schnell, damit er nicht kummervoll wurde.

»Gott hat mich geschaffen.«

Da lächelte er.

Natürlich wußte ich, daß es nicht wirklich dieser Gott war, der uns gemacht hat. Es waren andere Götter, die geheim waren, wie jeder wußte. Aber das sagte ich Robson nie, weil ich ihm nicht weh tun wollte, wo er uns doch so freundlich rettete. Außerdem war das nichts, was man einem Fremden erzählte.

Robsons GOTT war ein verflixtes Rätsel. Jeder wußte doch, wo unsere wirklichen Götter waren, weil man sie jede Nacht am Himmel leuchten sah, und als ich Robson fragte, wo GOTT war, sagte er nur »Er ist überall.« Er sagte sogar, er sei drei Leute auf einmal, was ein fürchterlich verflixtes Geheimnis war. Er sagte auch, wenn wir nicht daran glaubten, daß Gott überall sei, dann würde Gott zornig und uns an einen Scheißort schicken, wo wir verbrannt wurden, was bestimmt abscheulich war. Unseren wirklichen Göttern war es egal, ob man wußte, daß sie im Himmel waren. Sie waren einfach da.

Bis auf GOTT waren es aber bessere Tage. Drei starben an der Hustenkrankheit, was hassenswert war, aber danach hörte das Sterben auf, und die meisten von uns überlebten. Am schönsten war es, daß Mutter überlebte, wenn sie auch noch schwach war und sich manchmal beim Laufen auf andere stützen mußte, deshalb gingen wir langsam. Mutter haßte Robson immer noch, was jammervoll war, und sie wollte immer, daß wir ihn aufspießten, und das sagte sie so oft, wie sie Wasser zum Trinken verlangte. Wahrscheinlich würde sie ihn selber töten, ja, wenn sie wieder bei Kräften war und wir anderen sie nicht genau beobachteten und dafür sorgten, daß sie keinen Speer in die Hand bekam.

Wir anderen freuten uns, daß wir ihn hatten, weil er gar nicht wie ein weißer Num war. Sein Geruch war komisch, ja, und seine Kleider aus toter Haut und sein dauerndes »Wer hat dich gemacht?«, aber sonst war er fast wie einer von uns. Er konnte richtig unsere Sprache, und wenn er auch so dumme Fehler machte, daß man lachen mußte, hatten wir vorher nie eine weiße Kanaille gesehen, die unsere Sprache konnte. Er war sogar bei unseren Tänzen in der Nacht dabei und blies auf seiner Pfeife, die er FLÖTE nannte. Er sagte uns, er sei zwei ganze Sommer lang gelaufen, um uns zu finden, damit er uns retten konnte, und er hatte schon viele von uns an seinen schönen Ort gebracht, wo sie in Sicherheit waren. Am seltsamsten war, wenn er über die Num sprach, war er oft scheißwütend, als wären das nicht seine Leute, sondern die schlimmsten, schrecklichsten Feinde. Er sagte, sie seien grausam und voller Haß und ihre Herzen voller Mord, was stimmte, und ich dachte, das bedeutet, daß er zu uns gehört.

Ja, ich mochte Robson in jenen Tagen, als wir zum Meer liefen, sogar noch mehr als Heedeek, obwohl der wie mein alter Bruder war. Damals war ich noch recht klein, Robson tätschelte meinen Kopf und sagte: »Hallo, mein Kleiner«, und nach und nach gefiel mir der Gedanke, daß es lange Zeit zuvor einen großen Irrtum gegeben hatte und er mein richtiger Vater war, und das war ein seliger Gedanke. Ich hatte sogar Träume, daß ihn meine Mutter eines Tages vielleicht nicht mehr töten wollte und daß sie nebeneinander stehen und mir beide ihre Liebe und Zärtlichkeit schenken würden.

Er sagte: »Ihr müßt schneller gehen«, dann wieder fragte er: »Wie heißt dieser Baum?«, dann lachte er laut, wenn er im Schlamm ausgerutscht war, nur um uns zu zeigen, daß es ihm gar nichts ausmachte. All das, um uns zu retten. Er war wirklich frohe Botschaft. Manchmal freute ich mich so, daß ich den anderen am liebsten gesagt hätte, daß das wegen mir geschehen war: Nur weil ich den Wald angezündet hatte, konnte er uns finden. Aber es war natürlich ein großes Glück, daß ich das für mich behielt.

Der erste Ärger begann in der Stadt der weißen Männer. Keiner von uns war bis jetzt in so einer Stadt gewesen, bis auf die, die schon vorher bei Robson gewesen waren wie Heedeeks Schwester, und sogar die schienen ängstlich, als wir auf dem Berg standen und auf die riesigen Häuser des weißen Mannes hinuntersahen, sehr viele.

»Und wenn sie sich nicht an dich erinnern?« fragte Heedeek.

Robson lachte, als sei das sehr lustig. »Die werden sich schon erinnern.«

Und so ging er hinein. Die weißen Kanaillen kannten vielleicht Robson, aber uns noch lange nicht, und sie standen vor ihren Häusern und starrten uns an, als wären wir eine abscheuliche Dummheit, obwohl sie das in Wirklichkeit ja selber waren mit ihren leeren, hassenden Augen und ihren kreischenden Vogelstimmen. Sogar Robson sah plötzlich furchtsam aus, und ich war froh, als wir in ein großes Haus aus Stein kamen, das GEFÄNGNIS hieß und wo wir vor diesen starrenden Dreckskerlen geschützt waren. Robson blieb nicht bei uns, sondern ließ uns bei einem anderen Num zurück, den wir nicht kannten, aber er kam immer wieder und sah fröhlich aus, als er etwas Seltsames sagte: »Es tut mir leid, aber ihr müßt hier noch ein paar Tage bleiben, weil das Schiff noch nicht bereitsteht.«

Das Seltsame, das wir alle hörten, war dieses IHR. Wo ist jetzt das WIR? überlegte ich. Heedeek fragte sofort: »Fährst du nicht mit uns?«

»Das kann ich natürlich nicht.« Robson sah aus, als wären wir ein verflixtes Rätsel, weil wir das noch nicht wußten. »Ich muß doch noch eure Brüder und Schwestern retten, sehr, sehr viele.« Dann sah er uns freundlich an. »Macht euch keine Sorgen. Ich komme zurück, sobald ich kann. Und dann werden wir frohe Botschaft haben.«

Er ging also weg, was uns Kummer machte, vor allem in dieser Stadt voller Num. Aber wir konnten nichts tun, weil unser Zimmer Wände wie dünne Stöcke hatte und die Tür nicht aufging. Außerdem hatten wir Angst, ohne Speer zu den starrenden Kanaillen rauszugehen. Also blieben wir ein paar Tage an diesem Ort, der Gefängnis hieß, und aßen das abscheuliche Essen der weißen Männer, harte Kekse und altes Fleisch, das salzig wie Meerwasser schmeckte, und bald überlegten wir, ob Robson uns in eine Falle gelockt hatte, damit sie uns töten konnten, aber das war ein so schrecklicher Gedanke, daß niemand ihn aussprach, bis auf Mutter.

Irgendwann kamen andere weiße Männer, die SOLDATEN hießen. Sie waren rot gekleidet und trugen ein Gewehr und brachten uns an den schreienden weißen Kanaillen vorbei zu einem großen Boot der weißen Männer, wie ich sie manchmal weit draußen auf dem Meer gesehen hatte, das hatte riesige Häute, die den Wind einfingen. Es war schnell, dieses Boot, und bald waren wir so weit vom Land entfernt, daß wir es fast nicht mehr sehen konnten. Die weißen Männer auf dem Boot hatten Gewehre, sehr viele sogar, und sie starrten uns an wie Feinde, so daß wir überlegten, ob das immer noch eine Falle war und ob sie sich in der Nacht anschleichen würden, um uns zu töten und ins Meer zu werfen, so daß nie jemand davon erfuhr. Wir blieben wachsam. Aber am Ende war das Boot natürlich keine

Falle, und niemand kam in der Nacht. Die weißen Männer töteten uns nicht, sie ließen uns nur hoch hinaufklettern, um die riesigen Häute größer oder kleiner zu machen. Nein, die Falle war das, wo wir hinfuhren, und es hieß INSEL.

Oh, das war eine jammervolle Sache, häßlich anzuschauen. Ich wußte ja, daß die meisten Num schlimme Kanaillen waren, die man besser mit dem Speer tötete, aber ich hätte nie gedacht, daß Robson uns so scheiß-schreckliche Lügen erzählen würde. Robson, der gesagt hatte, daß er unser Freund ist, und sogar in unserer eigenen Sprache mit uns gesprochen hatte, damit wir ihn liebten. Hatte er nicht gesagt, wir würden in ein schönes Land gehen? Sobald ich INSEL sah, sah ich auch, daß sie zu klein war, mit einem einzigen Berg, als wäre es gar kein Land. Da konnte kein Platz sein, um Känguruhs zu jagen oder durch Flüsse zu waten, ja, man konnte nicht einmal richtig laufen, was doch fast das erste ist, wenn man lebendig ist. Als das Boot herumfuhr, sah ich einen Platz mit Hütten, wo es von unseren Leuten wimmelte, mehr als ich je gesehen hatte. Dann wurden wir in ein kleines Boot gebracht, das man mit Stöcken bewegte, und als wir an Land stiegen, sahen unsere Leute uns an, als seien wir etwas sehr Interessantes, und ihre Augen waren leer, und sogar solche, die uns von früher kannten, grüßten uns nur leise. So erriet ich die ganze Wahrheit. Es war ein Platz zum Sterben.

Der Wind ließ mir den Sand in die Augen springen, als uns die Soldaten zu ihrem Anführer brachten, der SERGEANT WILKES hieß. Er sah alt und häßlich aus, als hätte er Gift im Blut, und er hielt ein Hundetier im Arm, so klein wie eine Ratte. Sergeant Wilkes begrüßte uns nicht einmal, sondern befahl seinen Soldaten, uns in die Hütten zu bringen, in denen es dreckig roch. Und die ganze Zeit starrten die Soldaten unsere Frauen an, als wären sie frisches Essen zum Versuchen. Wirklich, es gibt nichts Häßlicheres, als wenn einen jemand in eine Todesfalle gelockt hat. Das Schlimmste aber war, daß Robson uns nur durch mich im Wald gefunden hatte und daß ich ihn verehrt hatte, sogar schon, bevor ich davon träumte, daß er mein eigener Vater war. Robson, der jetzt FETTE KANAILLE ROBSON hieß. Robson, der in diesem Moment wieder dort in der Welt war und noch mehr von uns suchte, um sie an diesen abscheulichen Sterbeort zu locken. Robson, zu dem ich nicht einmal sagen konnte, DU BIST EIN DRECKIGER LÜGNER.

Wir alle von Mutters Stamm wollten am gleichen Tag wieder weg, noch in der gleichen Stunde, weil gejagt und getötet zu werden immer noch besser war als dieser Ort, wo man nichts tun konnte als dasitzen und auf das abscheuliche Essen der weißen Männer warten oder die anderen anschauen und raten, wer als nächster die Hustenkrankheit kriegte.

»Ich hab euch ja gesagt, ihr sollt ihn töten«, sagte Mutter, die sich über unsere Klagen freute, weil das hieß, daß sie recht gehabt hatte. Mutter hatte immer gerne recht. »Ihr hättet auf mich hören sollen, als es noch Zeit war.«

Aber das große Glück bei Mutter war, daß sie nie verzweifelte. Nein, unser Verderben schien sie stärker zu machen. Während wir voll Jammer und Verzweiflung waren, sah ich ihren Augen an, daß sie sich schon einen neuen Plan ausdachte, und wirklich, kaum war sie wieder stark genug, ging sie in die Hütten der anderen, die unsere Sprache konnten, und redete heimlich mit ihnen. Ich fragte sie einige Male, was sie vorhatte, aber sie verriet mir nichts.

»Die weißen Kanaillen sind doch deine Freunde«, sagte sie höhnisch. »Frag doch die.«

Aber ich sehnte mich danach mitzumachen, weil ich nach Robsons betrügerischen Lügen tief in meiner Brust den innigen Wunsch hatte, diesen Sergeant Wilkes mit seinen giftigen Augen zu töten und alle anderen weißen Kanaillen auch. Ja, ich träumte davon, die Dreckskerle zu töten und wieder von hier wegzukommen.

Schließlich erreichte Heedeek, daß sie mich doch noch mitmachen ließ. »Ich brauche Peevays Hilfe«, sagte er, obwohl das nur so dahergeredet war.

Mutter sah ihn finster an und sagte »Wenn er alles verdirbt, bist du schuld«, aber sie ließ mich mitmachen, und so erfuhr ich, wer von unseren Leuten, oder Palawa, wie wir uns jetzt nannten, alles mitmachte, und es waren sehr viele, weil fast jeder mitmachte, den sie fragte. Manche waren voller Haß auf diesen Sterbeort, andere waren wütend auf die lüsternen Soldaten, weil die immer versuchten, unsere Frauen mit Essen in ihre Hütten zu locken oder sie einfach hineinzerrten, wenn Sergeant Wilkes gerade mal nicht hinsah. Das war abscheulich.

Am nächsten Tag nahm Heedeek mich und ein paar andere mit zur anderen Seite der Insel, und ich sah, wie Mutters Plan gehen würde. Es waren schon ein paar andere da, die Speere schnitzten. Sie saßen um ein heimliches Feuer herum, das sie an einer Stelle angezündet hatten, wo der Wind den Rauch von den Soldaten und Sergeant Wilkes wegwehte, damit sie nichts rochen. Also fing ich auch an, Speere zu machen. Später, als die Sonne schon tief stand, begruben wir die Feuerasche im Sand und gingen zur Siedlung zurück. Die Speere hielten wir dicht an den Beinen, damit die weißen Kanaillen sie nicht sehen konnten. Dann versteckten wir sie heimlich hinter den Büschen, wo schon andere Speere lagen, sehr viele. Heedeek sagte, wenn das nächste Boot mit dem abscheulichen Essen der Weißen kommen würde, hätten wir genügend Speere fertig und könnten im Dunkeln leise rausschleichen und die weißen Dreckskerle töten, jeden einzelnen von ihnen. Danach würden wir ihr Boot nehmen und wieder in die Welt zurückfahren.

Das Schwierige an einem geheimen Plan ist natürlich, daß er zerbrechlich ist wie ein trockener alter Stock und daß ihn ein einziger Fehltritt zerstören kann.

Der nächste Nachmittag war heiß. Die Soldaten waren in ihren Hütten, spielten mit flachen, bunten Karten und schrien laut. Von unseren Leuten waren einige auf der anderen Seite und machten Speere wie immer, aber Mutter sagte, daß wir nicht zu viele auf einmal sein dürften, weil man uns beobachten könnte, und deshalb mußte ich heute dableiben. Ich saß also in dieser dreckigen Hütte, warf einen Stein gegen die Wand oder träumte davon, daß ich ein großer Held wäre, der Mutter vor zwanzig weißen, mit Gewehren bewaffneten Kanaillen errettete. Fliegen summten und machten Linien wie Stöcke, und nach und nach verlor ich den Wurfstein, und meine Träume wurden so müde, daß ich manchmal erschossen oder von Mutter mit dem

Speer getötet wurde. Irgendwann wurde ich zornig auf die Hütte und ging hinaus und lief hinten den kleinen Hügel hinauf. So war ich näher beim Feuer, wo die Speere gemacht wurden, und das war ein aufregender Gedanke. Ich war immer noch dort, als Sergeant Wilkes mit seinem Hundetier vorbeilief.

Das war ganz normal, er lief mit diesem Hund viele Male am Tag vorbei. Er liebte das Hundetier, das er FERNANDO nannte, all seine Liebe und Zärtlichkeit gab er diesem Tier, aber uns haßte er, und seine Soldaten haßte er auch und schrie sie oft an. Warum er diesen Hund liebte, war ein verflixtes Rätsel, denn er war zu klein, nur so groß wie eine Ratte, und tat immer so, als ob er gefährlich wär, und bellte alles an, sogar Türen, die der Wind zuschlug. Wir Palawa nannten ihn nie Fernando, sondern MAUSEKACKE, und wir hätten ihn gern getreten, aber das hätte Sergeant Wilkes vielleicht gesehen. Jetzt sah ich von dem kleinen Hügel aus, wie der Hund hin- und herrannte, mal hierhin, mal dorthin und die Blumen anbellte.

Das störte mich nicht. Nein, was mich störte, war dieses Hin und Her. Plötzlich war er ganz nah an dem geheimen Platz, und Sergeant Wilkes kam hinterher. Das war beunruhigend. Der Hund blieb ganz in der Nähe stehen und hob das Bein zum Pissen. Dann rannte er weiter zu einer anderen Stelle und knurrte den Sand an, das war gut, aber die frohe Botschaft dauerte nur kurz, weil er schon wieder zurückrannte und an der Stelle schnüffelte, wo er hingepißt hatte. Schlimmer noch, jetzt rannte er weiter, direkt auf das heimliche Gebüsch zu. Mein Herz schlug tief in meiner Brust, und ich konnte kaum hinsehen. Sergeant Wilkes stand da und wartete sehr geduldig, während Mausekacke genau auf unsere sauberen Speere schiß. Aber sogar das wäre noch gegangen, wenn er damit aufgehört hätte, aber als nächstes steckte er den Hintern ins Laub, um sich zu kratzen. Und dann hörte ich dieses Jaulen, und Sergeant Wilkes bückte sich und schaute genau hin und streckte die Hand aus. Da war er plötzlich ganz wütend, rannte zu den Hütten zurück und schrie die Soldaten an.

Ich hatte gerade noch Zeit, denen beim Feuer zu winken, sie sollten abhauen. Trotzdem war es ein beklagenswertes Unglück. Sergeant Wilkes ließ uns alle sehr lange vor den Hütten stillstehen. Dabei zielten die Soldaten mit Gewehren auf unsere Augen, und er nannte uns MÖRDERISCHE WILDE und DRECKIGE SCHWARZE BETRÜGER. Danach mußten wir zusehen, wie unsere schönen Speere, die wir so mühevoll gemacht hatten, alle auf einen Haufen geworfen und verbrannt wurden. Dann kam Sergeant Wilkes ganz nah heran und starrte jedem lange ins Gesicht und fragte: »Wer von euch ist der Anführer?«

Wahrscheinlich dachte er, wir würden alle schweigen, aber da irrte er sich. Mutter trat direkt auf ihn zu, als wär ihr alles egal, und sagte in seiner eigenen Weißensprache: »Ich, du Dreckskerl«.

Da wurde sein Gesicht noch röter vor Haß, und als nächstes ließ er sie von vier Soldaten zum Strand schleppen, und die faßten ihre Titten und Arschbacken an, und sie wollte nach den Soldaten schlagen, aber die stießen sie in das kleine Boot, so grob, daß sie sich am Bein verletzte, das sah ich, obwohl sie nicht schrie. Es war zu hassenswert, und ich wäre so gern hingerannt und hätte jede einzelne von diesen Kanaillen mit einem Speer durchbohrt, tot, tot, tot wie in meinen Träumen in der Hütte. Sergeant Wilkes suchte noch vier andere aus, die auch zum Boot geschleift wurden, obwohl einer gar nicht zu Mutters Plan gehörte und bloß manchmal mit ihr geredet hatte. Es war trauervoll zu sehen, wie das Boot wegfuhr, und zu denken, sie würden sie erschießen und ins Meer werfen. Aber was sie taten, war fast noch schlimmer. Als das Boot weit draußen war und seine Haut, mit der es den Wind fing, schon klein wie ein Blatt aussah, erreichte es einen großen Felsen, den ich schon manchmal bemerkt hatte, und der ganz allein stand, ohne Bäume oder irgendwas. Da wurden Mutter und die anderen hingebracht. Es war sehr traurig, sie dort zu sehen, nachdem das Boot sie ausgesetzt hatte, wie winzige krabbelnde Tiere, zu weit weg, um uns winken zu sehen, obwohl wir's immer noch taten. Das machte mir Kummer und jammervolle Gefühle tief in meiner Brust.

Am nächsten Tag war es, als hätte Sergeant Wilkes sie einfach vergessen. Er sah nie aufs Meer hinaus, sondern schrie seine Soldaten an und ließ sie laufen und stillstehen und die Gewehre hochreißen, wieder und wieder. Wir beobachteten die ganze Zeit diesen Felsen, der in der heißen Sonne lag. Schließlich gingen Heedeek und einige andere zu Sergeant Wilkes und baten ihn, sie zurückzuholen, aber er wurde bloß wütend und schrie, sie sollten weggehen, sonst kämen sie auch auf den Felsen.

So verging der ganze Tag, was trauervoll war. Jetzt wußte ich, daß Sergeant Wilkes sie einfach auf diese langsame, hassende Weise töten wollte. Da war es besser, erschossen zu werden, dachte ich, und sie wären auch wirklich gestorben, wenn nicht am nächsten Morgen das Schiff aus der Welt gekommen wäre, das wieder das abscheuliche Essen der Weißen brachte. Es hielt bei Mutters Felsen an, wahrscheinlich dachten sie, es sei ein Unglück passiert, und sie ließen ein Boot hinunter und holten alle an Bord. Als das Schiff bei uns ankam und Mutter und die anderen wieder da waren, sagte Sergeant Wilkes kein Wort, aber er sah sie voller Haß an. Die arme Mutter und die anderen konnten kaum noch gehen, weil sie überall zerschnitten waren, als seien sie Felsen hinuntergestürzt. Ihre Augen waren groß und geschlossen, die Haut von der Sonne ganz aufgesprungen und aus dem Mund kam abscheuliches weißes Zeug, weil sie kein Wasser gehabt hatten.

Das veränderte vieles. Heedeek und ich und die anderen brachten Mutter in die beste Hütte, um freundlich zu sein, und obwohl es ihr allmählich besser ging und sie die weißen Kanaillen immer noch stark haßte, war sie jetzt stiller. Manchmal saß sie einfach vor der Hütte und sagte überhaupt nichts, und wenn sie davon sprach, die weißen Kanaillen zu töten und ihre Arme und Beine an die Hunden zu verfüttern, sagte sie es leise. Ja, von damals an war sie nicht mehr so kämpferisch, und dann wurde sie dicker, bis sie am Ende riesig war. Auch ich habe mich damals verändert, weil ich etwas gelernt hatte. Ich wußte jetzt, daß man die weißen Ratten nicht nur mit Speeren bekämpfen konnte, weil sie immer und immer wieder gewinnen würden und wir nur als erste sterben würden. Nein, dachte ich, wenn ich überleben wollte, dann auf andere Art.

Manchmal scheint es vor allem schwierig zu sein, das verflixte Rätsel zu kennen, und wenn man es erst einmal kennt, kommt die Antwort ganz schnell. Und so war es auch. Nach ein paar Wochen kam eines Morgens ein anderes Boot mit neuen Soldaten und ihrem Anführer. Sergeant Wilkes stand wartend da, als sie ans Ufer ruderten, und ich sah, daß sein Lächeln starr war, als sei er wütend, was mir seltsam vorkam. Noch interessanter aber war, daß dieser neue Häuptling der Soldaten ihn kaum grüßte, sondern ihn gleich mit in die Hütte nahm, und da wußten wir, daß er stärker war als Wilkes. Also ging ich mit ein paar anderen um die Hütte herum und sah durch ein kleines Astloch, das wir kannten. Das war eine Überraschung! Der Neue schrie Sergeant Wilkes an, als wär der nur irgendeine elende Kanaille und überhaupt nicht der Anführer der Insel, und er sagte, er sei ENTLASSEN und andere solche Wörter. Am nächsten Tag nahm altes Giftblut Mausekacke auf den Arm, lief zum Strand und wurde weggerudert, um nie wiederzukommen, und damit war der Neue, der KOMMANDANT DARLING hieß, der Anführer der weißen Männer.

Das Interessanteste aber kam kurz darauf. Nach und nach fragte Heedeek, der wie wir alle ein paar Wörter der weißen Männer gelernt hatte, den Kommandanten Darling, warum Giftblut weggeschickt worden war, und Kommandant Darling sagte, weil er versucht hätte, Mutter AUF DIE FALSCHE ART ZU TÖTEN. Er hätte das nicht tun dürfen, sondern hätte sie zu den anderen weißen Kanaillen schicken müssen, zu einem großen Gerede, und sogar dann konnten sie Mutter nicht einfach auf einen Felsen in die Sonne setzen, sondern mußten sie mit einem Seil aufhängen, weil so die weißen Männer richtig töteten.

Ich überlegte all das nach und nach, und es zeigte mir viele Dinge. Ich wußte jetzt, daß die weißen Männer Regeln hatten, denen sie folgen mußten, genau wie wir, obwohl diese Regeln so unter ihren betrügerischen Lügen versteckt waren, daß ich nie gedacht hätte, daß es sie überhaupt gab. Ich wähnte, wenn ich ihre Gedanken verstehen lernte, wußte ich auch, wie ich sie mit ihrem eigenen Dreck bekämpfen konnte. Das war mein bester Plan. Es würde einfach nicht klappen, wenn wir sie auf unsere eigene Art bekämpften.

Nach und nach brachte uns Kommandant Darling auf dem Boot zu einer anderen Insel, die FLINDERS hieß und ganz in der Nähe lag. Sie war viel größer, und man brauchte von einem Ende zum anderen zwei Tage, und man konnte jagen und kleine Berge anschauen, und auch einen Berg, der groß und scharf war wie lauter Speere. Trotzdem war es ein windiger, abscheulicher Ort, und der Sand sprang einem in die Augen, und es war überhaupt nicht wie in der richtigen Welt, wo wir jeden Fels kannten wie einen alten Freund.

Kommandant Darling versuchte sehr freundlich zu sein, und lud uns Palawa sogar manchmal zu dem abscheulichen Essen in seine Hütte ein. Er sagte, wir müßten Kleider tragen wie die weißen Männer, was hassenswert war, aber er zeigte uns auch, wie man Gras und Büsche anbaute, die man essen konnte, was interessant war, und im Lauf der Zeit wurden wir richtig geschickt darin. So hatten wir ihn fast gern, und einmal fingen wir einen Sittich für ihn, den er dann in seiner Hütte hatte und SHAKESPEARE nannte.

Dann war ein Sommer vorbei und noch einer, und es passierte nicht viel. Wir blieben auf Flinders, und es starben noch mehr an der Hustenkrankheit, sehr viele. Nach und nach wurde unser Ort, der Wybalenna hieß, größer, mit neuen Hütten für uns und für die Vorräte, und es kamen noch mehr Num, um uns zuzuschauen. Einer von ihnen hieß SMITH, und er sagte, alle Palawa-Kinder sollten in seine Hütte kommen, um etwas über GOTT zu hören. Smith war klein und hatte stumpfes Haar und kleine argwöhnische Augen, und ein paar von den anderen Kindern haßten ihn und rannten einfach weg, aber ich ging hin, weil ich die Sitten und die Wörter und die andere Scheiße der weißen Männer kennenlernen wollte, um gegen sie zu kämpfen. Smith freute sich und sagte mir, wenn ich etwas über Gott wüßte, sei ich erlöst. Ich glaubte ihm nicht, nein, weil ich durch die fette Kanaille Robson wußte, daß man einem Weißen nie trauen kann. Trotzdem ging ich immer wieder hin, bis ich noch mehr wußte.

Manchmal redete ich auch mit den Soldaten, weil sie mir Zauberworte sagten, die Mutter kannte, wie Ratte, Kanaille, Scheiße, Dreckskerl, verdammt, Arschloch, Fotze und noch mehr. Einmal sagte ich sie zu Smith, um zu sehen, wie ihr Zauber wirkte, und es war falsch, weil er mich deswegen sehr haßte und ich eine Woche nicht mehr in seine Hütte kommen durfte.

Es machte Mutter rasend, daß ich bei ihm lernte. »Warum gehst du dahin?« fragte sie mich. »Magst du die weißen Kanaillen vielleicht?«

»Ich will sie kennenlernen, damit ich gegen sie kämpfen kann.«

»Es ist besser, wenn du sie tötest«, antwortete sie dann. »Wenn du sie zu gut kennst, magst du sie am Ende noch.«

Aber ich hörte nicht hin. Ich träumte schon von meinem eigenen Plan, und wie ich uns alle in die Welt zurückführen würde, und dann war ich ein Held, sogar für Mutter. Das war meine heimliche Sehnsucht.

So verging noch ein Sommer und noch einer, und nach und nach wurde ich größer und bekam Begierden, so daß ich Frauen auf eine neue Weise sah, und ihre Titten und Fellchen waren frohe Botschaft und erfüllten mich mit hungrigen Wünschen. Sogar ein paar von den weißen Frauen waren schön, obwohl sie unter ihren dicken toten Häuten versteckt waren, die KLEIDER hießen, und ihre Augen waren verrückt und traurig und hart wie Stein, deshalb waren mir unsere Frauen lieber. Aber auch die ließen mich nicht an sich heran, weil ich noch zu jung war, nur manchmal durfte ich ihre Lippen küssen und ihre weichen runden Titten streicheln, wenn es keiner sah. Das war ein großes Glück.

Aber größtenteils waren es Tage des Sterbens. Die Leute wurden immer schneller krank, bis wir uns ständig auf Zeichen hin ansahen. Das war abscheulich, weil es zu schrecklich ist, so zu sterben, heiß und hustend, und kaum noch atmen zu können. Die weißen Kanaillen starben natürlich fast nie, und wenn wir krank wurden, sahen sie uns an, als sei das für uns Schwarze, so nannten sie uns nämlich, etwas ganz Normales, was ich am allermeisten haßte. Das Schlimmste war, als mein

Freund Heedeek starb. Es war ein sehr trauriger, beklagenswerter Tag, als man ihn zum Strand hinuntertrug und auf seinem Leichenfeuer verbrannte. Das war sehr jammervoll.

Es war schwer in jenen lang vergangenen abscheulichen Tagen, und die Leute versuchten auf verschiedene Weise ihre Zeit zu verbringen. Einige taten überhaupt nichts mehr und versanken im Pfuhl der Verzweiflung, als ruhten sie aus. Sie starben schnell. Andere zogen über die Insel und jagten, als wären es ganz normale Zeiten und als passierte nichts Schändliches. Die lebten länger. Manchmal gingen Mutters Leute nachts in den Busch, um so wie früher zu tanzen und zu reden. Das war das Beste, zumindest bis es wieder Tag wurde. Manche, vor allem Frauen, sprachen von Robson und daß er bald zurückkommen und uns retten würde, so wie er es an jenem Tag in dem Haus gesagt hatte, das Gefängnis hieß. Das glaubte ich natürlich nicht, denn wenn er uns gemocht hätte, hätte er uns doch nie auf diese mörderischen Inseln gebracht.

Andere Frauen fanden einen Freund, der sie rettete. Das war Wraggeowrapper, der früher nur schrecklich gewesen war und uns nachts aus den Bäumen beobachtete, um uns verrückt zu machen. Jetzt erfanden sie einen neuen Tanz, nur für ihn, und das taten sie nachts, und sie sangen Lieder, nur um ihm eine Freude zu machen. Sie legten sich sogar mit ihm zum Ficken hin, sagten einige. Warum auch nicht, überlegte ich. Wenn alle Welt nur Tod und Sterben war, und das aus keinem Grund, den man vermuten konnte, dann war es vielleicht das Klügste, sich Hilfe vom Feind zu holen. Lieber ein richtiger Feind als ein falscher Freund wie Robson.

Manchmal gab es Schwierigkeiten. Das abscheuliche Warten machte die Leute zornig, und so erinnerten sie sich an alten Haß oder an Streit, der lang zurücklag. Größtenteils gab es jetzt vier Völker, weil die kleineren sich vermischten, und diese vier hielten sich meist voneinander fern, aber manchmal wurden Speere geschnitzt, und ich vermutete, daß es bald einen mörderischen Krieg gab. Einmal kam das Volk der Tonenweener, die unsere Feinde waren, mit Speeren, als wir in der Nacht tanzten, und sie standen alle herum und glotzten uns an und schrien, daß sie uns töten würden. Aber am Ende kam es nie zum Kampf. Ich glaube, weil das Sterben zu leicht war, um noch mehr zu töten.

Manchmal kamen neue Palawa mit dem Boot an, von Robson geschickt, was für uns interessant war und für sie abscheulich. Eines Tages kamen Mongana und seine Mutter Pagerly. Es war seltsam, sie zu sehen, weil es wie ein anderes Leben vor langer Zeit schien, als wir noch alle zusammenlebten und sie mich mit ihrem Spott haßten. Jetzt waren sie nicht mehr wütend, nur noch furchtsam. Sie brachten schlechte Nachricht, daß die meisten, die ich aus der lang vergangenen Zeit kannte, tot waren, an der Hustenkrankheit gestorben oder von weißen Kanaillen getötet. Das Schlimmste war, daß Tartoyen und Großmutter tot waren. Das war eine traurige Sache. Bis dahin hatte ich immer gehofft, daß sie irgendwo gerettet waren und alles irgendwann so sein würde wie früher, Tartoyen würde seine schönen Geschichten erzählen und Großmutter mit ihren langen knochigen Fingern am Meer sitzen. Das gab mir immer eine kleine Hoffnung, sogar als wir auf diesen Inseln waren, und es war jammervoll, als sie mir genommen wurde.

Aber sogar diese abscheuliche Zeit hatte etwas Gutes. Mongana hatte so große Angst, als er Flinders Island sah, daß er mich bat, ihm zu helfen, was mich freute, weil ich mir plötzlich sehr klug vorkam. Ich zeigte ihm, wo wir auf unser abscheuliches Essen warteten, und ich sagte ihm, wer alle waren und welche weißen Kanaillen hassenswert waren und welche besser. So kam es, daß Mongana, früher mein schlimmster Feind, mein guter Freund wurde. Und noch eine Überraschung war, daß Pagerly, seine Mutter, Mutters Freundin wurde. Oft saß sie bei Mutter und lauschte ihrem Haß auf die weißen Dreckskerle und daß man ihnen die Köpfe einschlagen sollte und so weiter, so etwas sagte sie sehr gerne. Pagerly war Mutters einzige richtige Freundin. Ein paar andere lächelten, wenn sie in Mutters Nähe kamen und holten ihr manchmal sogar das abscheuliche Essen, aber tief in ihrer Brust fürchteten sie sich viel zu sehr vor ihr, um sie zu mögen. Mutter jagte allen Angst ein.

So verging die Zeit, und es passierte nicht viel. Ich ging zum Lernen in Smiths Hütte und schwor mir jeden Tag durchzuhalten. Dann hörten wir eines Tages, daß uns Kommandant Darling verlassen würde und wir einen neuen Kommandanten bekämen. Aber das war kein Fremder, sondern jemand, den wir kannten.

Robson kam zu uns.

Mrs. Catherine Price, Ehefrau des Lagerverwalters, Wybalenna Eingeborenensiedlung, Flinders Island *1835–38*

Ich wußte gleich, daß das Schiff aus Launceston, das wir seit mehreren Tagen erwartet hatten, gesichtet worden war. Durch die Vorhänge im Vorderzimmer erspähte ich zuerst den Obergärtner, dann den Kaplan und seine Frau, dann den Schneider, den Bäcker, Mr. Dunn, und noch viele andere, die alle durch den Regen zur Landungsbrücke eilten. Man sah ihnen an, daß sie auf Briefe hofften. Louis, mein Ehemann, folgte ihnen rasch. Ich selbst blieb zu Hause, da ich wieder einmal leichte Kopfschmerzen hatte und nicht in geselliger Stimmung war.

Nach einer Weile hörte ich, wie die Haustür ging, und dann rief Louis: »Weißt du schon das Neueste, Catherine?«

Natürlich wußte ich es nicht.

»Der neue Gouverneur von Van Diemens-Land stattet uns einen Besuch ab, zusammen mit seiner Gattin.« Auch wenn er nicht ins Vorderzimmer kam, um direkt mit mir zu sprechen, klang seine Stimme doch freundlicher als in der letzten Zeit. Natürlich war es typisch für Louis, daß ihn die Aussicht auf eine einflußreiche Bekanntschaft entzückte. Seit ich ihn kannte, hatte er immer gern von »Beziehungen« gesprochen und von den Vorteilen, die einem solche Beziehungen bringen konnten, obwohl man bis jetzt nicht viel davon merkte.

»Stell dir vor«, rief er aus dem Flur, »der neue Gouverneur macht den weiten Weg hierher, um uns zu besuchen! Weißt du, daß er als Forscher das Nordpolarmeer bereist hat?«

Ja, das wußte ich. Ich hatte es schon oft gehört, und wahrscheinlich wurde es deshalb immer wieder erwähnt, weil es sonst nichts Charakteristisches über den Mann zu berichten gab. Ich war mir zwar bewußt, daß sein Besuch eine große Ehre für uns bedeutete, zumal es dem früheren Gouverneur nie eingefallen war, unsere Insel zu besuchen, aber ich muß gestehen, daß ich längst nicht so aufgeregt war wie mein Mann. Louis blieb nicht lange, da es wegen der Ankunft des Schiffs noch viel für ihn im Lager zu tun gab, und ich verbrachte den Morgen damit, den Kindern Lesen und Schreiben beizubringen. Durch die Vorhänge beobachtete ich, wie die Frauen der Siedlung durch den Regen hin- und hereilten und sich gegenseitig besuchten, zweifellos, um immer wieder über das aufregende Ereignis zu sprechen, und vielleicht auch, um zu beraten, wie man sich, dem Anlaß entsprechend, am besten kleidete. Ich überlegte, ob auch ich ein oder zwei Besuche machen sollte. Aber das Wetter war doch allzu garstig.

Am gleichen Abend rief uns Mr. Robson in die Kirche, und während wir im Licht der summenden Petroleumlampen vor ihm standen, schilderte er uns seine Pläne für den Besuch des Gouverneurs. Ich hatte Mr. Robson beinah eine Woche lang nicht gesehen und fand, daß er schrecklich müde aussah. Er sprach sehr gut, wie immer, und gestand uns als erstes, daß ihn die Nachricht ebenso überrascht habe wie uns. Dann schärfte er uns ein, alles in unseren Kräften Stehende zu tun, damit die Siedlung einen guten Eindruck auf den Gouverneur machte. Sein Plan leuchtete mir völlig ein. Offenbar galt der Gouverneur nämlich nicht nur als Polarforscher, sondern stand auch in dem Ruf, die Dinge sehr nach ihrer äußeren Erscheinung zu beurteilen. Deshalb sollten wir in den verbleibenden zwei Wochen alles auf Hochglanz bringen, von den Eingeborenenhütten bis zum Lagerraum und zur Kapelle. Man wollte unseren wichtigen Gast durch die ganze Siedlung führen und ihm zu Ehren ein Bankett veranstalten, im Freien, falls es das Wetter zuließ. Die Eingeborenen sollten bei Tisch bedienen. Zur Krönung des Tages sollte dann in der Kapelle ein Gottesdienst stattfinden.

Mr. Dunn, der Bäcker, der sich keine Gelegenheit zum Scherzen entgehen ließ, erkundigte sich, ob der Gouverneur »wie üblich mit Wachteln und Spanferkel« bewirtet werden sollte oder »nur mit gebratenem Schwan«, und da wir seit unserer Ankunft auf Flinders Island alle nur karge Kost genossen hatten, rief das einige Heiterkeit hervor.

Mr. Robson lachte ebenfalls laut und hielt dagegen: »Nach seinen Nordpol-Forschungsreisen wird ihm selbst unsere schlichte Kost gewiß genügen«, was ihm Applaus bescherte, worauf er lächelte, wie es seine Art war. Doch als wir nach dem Ende der Versammlung in die mondhelle Nacht hinaustraten und die Eingeborenen uns aus ihren Hütten beobachteten, sah ich seine besorgte Miene. Das überraschte mich eigentlich nicht. Der Besuch des Gouverneurs bedeutete sicherlich eine große Ehre für uns, aber er barg auch Gefahren. Die größte Sorge war die, was man ihm wohl erzählen würde.

Es schien schon eine kleine Ewigkeit her zu sein, seit Mr. Robson vor fast drei Jahren unser Kommandant geworden war. Ich erinnere mich, daß seine Ankunft in einer Zeit lag, wo mir das Leben auf Flinders Island nicht gerade leichtfiel. Durch die Lage der Siedlung am Weststrand der Insel erlebten wir zwar herrliche Sonnenuntergänge, waren aber auch ganz der Gewalt der stürmischen Westwinde ausgesetzt, und die konnten fürchterlich an den Nerven zerren. Unaufhörlich brausten sie durch die Bäume, peitschten einem den Sand in die Augen und schlugen Türen zu. Sorgen bereiteten mir auch unsere unglücklichen Schützlinge, die Schwarzen. Obwohl diese armen Kreaturen, die zum Müßiggang verurteilt waren, während die Seuche immer mehr von ihnen hinwegraffte, vor allem mein Mitleid erregten, konnte man doch nicht einfach vergessen, welch gewalttätige Vergangenheit hinter ihnen lag und welch fürchterliche Grausamkeiten sie unschuldigen Siedlern angetan hatten. Man hatte die Kreaturen erst vor kurzem dazu gebracht, Kleider zu tragen, aber die Nachlässigkeit, mit der sie das taten, genügte dem Anstand kaum und trug nicht gerade dazu bei, mich über ihren Geisteszustand zu beruhigen. Wenn ich sah, wie sie vor ihren Hütten herumlungerten oder in Gruppen zum Jagen aufbrachen, kamen mir ihre Mienen plötzlich so wild und undurchdringlich vor, daß ich mich eines gewissen Unbehagens nicht erwehren konnte. Nachts fand ich oft keinen Schlaf, wenn ich daran dachte, wie nahe sie bei uns lebten.

Wenig hilfreich war auch der Mangel an Zerstreuung, der auf der Insel herrschte. Da das Versorgungsschiff nur alle drei Monate kam, war selbst das Vergnügen, Nachrichten und Briefe zu empfangen, äußerst rar, und die Tage schlichen nur so dahin. Langeweile fördert bekanntlich das Schlechte im Menschen, und im Fall unserer Siedlung waren das Streit und Klatsch. Louis und ich bemühten uns natürlich, uns von derlei Dingen fernzuhalten, aber es war nicht immer leicht. Allzuoft wurden einem in Gesprächen, ohne daß man es wollte, vertrauliche Geständnisse gemacht, und wenn man an solchen Unterhaltungen einfach nicht mehr teilnahm, sah man sich bald schon insgeheim ausgeschlossen.

Eine besondere Vorliebe für Klatsch hegte der Religionslehrer, Mr. Smith, ein lebhafter Mann von, wie es hieß, unbefriedigtem Ehrgeiz. Wir selbst ermutigten Mr. Smith zwar nie, uns zu besuchen, aber in einer so kleinen Siedlung war es kaum möglich – und wohl auch nicht klug –, andere Leute von Besuchen bei sich abzuhalten. Mr. Smith konnte Neuigkeiten sehr lustig zu Gehör bringen, und selbst Louis, der im allgemeinen eher den ernsten Dingen zugeneigt ist, fand ihn höchst amüsant. Nach einiger Zeit waren seine Besuche damals bei uns an der Tagesordnung.

Natürlich schockierte uns dann die Nachricht, daß Mr. Darling, der Siedlungskommandant, überraschend abberufen wurde und daß dies größtenteils auf gewisse Beschwerdebriefe zurückzuführen war, die jemand an die Regierung in Hobart geschickt hatte. Noch schlimmer aber war die Entdeckung, daß es sich bei diesem Jemand um Mr. Smith handelte! Ich wußte zwar, daß zwischen beiden schon geraume Zeit ein kühles Verhältnis herrschte, genauer gesagt, seit der Kommandant Mr. Smith der Verschwendung von Vorräten bezichtigt hatte. Aber diese Handlungsweise schien doch völlig ungerechtfertigt. Anscheinend hatte Mr. Smith in seinen Briefen Mr. Darling beschuldigt, die religiöse Unterweisung der Eingeborenen vernachlässigt zu haben, ein Vorwurf, der um so gefährlicher war, als er bis zu einem gewissen Grade sogar zutraf. Der Kommandant hatte die erwachsenen Eingeborenen nämlich wirklich vorwiegend in weltlichen Dingen unterrichtet, wie zum Beispiel der Landwirtschaft. Der Kommandant nahm die Sache sehr übel auf und schalt seinen Widersacher eines Sonntags vor der Kirchentür vor aller Ohren »Judas«. Ein höchst peinlicher Vorfall.

Mein Gefühl riet mir, die Sache, auf sich beruhen zu lassen, aber Louis konnte das nicht. Ihn bedrückte die Amtsenthebung des Kommandanten sehr, weil er der Meinung war, Mr. Darling habe ihn fördern wollen, und so machte er Mr. Smith klar, daß er in unserem Heim nicht mehr willkommen war. Der Religionslehrer seinerseits benahm sich gerade so, als hätte nicht er sich unbillig verhalten, sondern wir. Jedesmal, wenn wir vorbeigingen, bedachte er uns mit hochmütigen, gekränkten Blicken. Merkwürdigerweise benahm er sich dabei jedoch nicht etwa Louis gegenüber besonders kühl, sondern mir. Wenn ich ihm zufällig irgendwo über den Weg lief, drehte er sich auf die peinlichste Weise demonstrativ in die andere Richtung, und wenn ich gar das Pech hatte, ihm in einem fremden Haus zu begegnen, behandelte er mich, als sei ich Luft für ihn. Die Sache wurde allmählich sehr unangenehm.

Doch wenigstens *eine* erfreuliche Folge hatte Mr. Smiths Verrat, und zwar die, daß es Mr. Robson war, der Mr. Darlings Nachfolger wurde. Ich hatte natürlich schon einiges über diesen Mann gehört, von seinen Bewunderern wie auch von seinen Kritikern: der berühmte Robson, der monatelang durch die Wildnis von Van-Diemens-Land gezogen war, nur in Gesellschaft von Schwarzen und in dem Bestreben, diese unglückliche Rasse zu retten. Aus irgendeinem Grund hatte ich ihn mir als wahren Hünen mit militärisch strengem Auftreten vorgestellt. Wie hatte ich mich geirrt! Der Mann, den ich da im Ruderboot sitzen sah, das vom Versorgungsschiff zur Landebrücke fuhr, war eine ganz gewöhnliche Erscheinung, rundlich und plump, und als er dem Steuermann einige Anweisungen gab, hörte man gleich, daß er bescheidenen Verhältnissen entstammte. Nur seine lebhaften Augen ließen die Entschlußkraft ahnen, die in ihm steckte. Was seine Familie betraf, so fiel mir auf, daß seine neben ihm sitzende Ehefrau die Insel mit einem Ausdruck des

Widerwillens betrachtete, während seine Söhne merkwürdig zerstreut wirkten und keinerlei Anzeichen der berühmten Entschlossenheit ihres Vaters zeigten.

»Er sieht nett aus«, bemerkte ich zu Louis.

Mein Mann, der vorwärtsdrängte, um unter den ersten zu sein, die Robson willkommen hießen, nickte. Auch die Schwarzen schienen hocherfreut, als sie des neuen Kommandanten ansichtig wurden. Er hatte einige ihrer Leuten mitgebracht, die er auf Van-Diemens-Land gefunden hatte, und es kam zu einer äußerst anrührenden Szene, als sich Geschwister, die all diese Jahre hindurch getrennt gewesen waren, tränenreich wiedererkannten und Mütter beim Anblick ihrer Kinder, die sie zweifellos für immer verloren geglaubt hatten, vor Freude aufschrien.

Plötzlich begannen die Eingeborenen in ihrer seltsamen Sprache aufgeregt mit Robson zu plappern. Ich hatte bereits gehört, daß er sich mit ihnen in ihrer Sprache verständigen konnte, und freute mich schon darauf, ihn antworten zu hören, da winkte er mit fröhlicher, resoluter Miene ab. »Ab jetzt wird englisch gesprochen«, sagte er. »Nur noch englisch.« So bewies er erneut seine Entschlossenheit, diese armen Kreaturen voranzubringen.

Besonders stolz war er auf einen schmächtigen Jungen von nervöser Disposition, den er mitgebracht hatte. Er hieß George Vandiemen und versuchte sich hinter dem Rücken des Kommandanten zu verstecken, was ganz reizend war. Während unsere große Gesellschaft zur Siedlung zurückging, erklärte Robson, daß das Kind auf einer Farm in der Nähe von Devonport entdeckt worden sei, wo es sich mutterseelenallein herumtrieb. Die Farmersleute hatten den Jungen nach Bristol zu einem Schullehrer geschickt, wo er lang genug geblieben war, um ziemlich viel zu lernen. Robson hatte ihn bei der Farmersfamilie entdeckt, bei der er als Knecht arbeitete, und die Leute mit Mühe und Not dazu gebracht, ihn freizugeben. Nach dieser Schilderung waren wir natürlich sehr neugierig auf den kleinen George, und als wir die Eingeborenenhütten erreichten, wollte ihn Mr. Robson überreden, uns doch eine kleine Demonstration seines Könnens zu geben. Das war nicht leicht, da der Junge so scheu war, aber schließlich wurde er zu ein paar englischen

Begrüßungsworten verlockt, die er so fließend sprach, daß wir nur staunen konnten und alles, was wir von unseren eigenen Eingeborenen kannten, weit übertroffen fanden. Es gab freundlichen Beifall und sogar Gelächter, als Mr. Dunn, der Bäcker, bemerkte, daß der Junge sogar einen deutlichen West-Country-Akzent habe.

Die Vorführung war aber leider nur von kurzer Dauer. Gerade begann das Kind sicherer zu werden, da stockte es plötzlich und stieß einen unartikulierten Schrei aus. Dann, sehr zu unserer Überraschung, drängte es sich hastig zwischen uns hindurch und rannte auf eine der Hütten zu. Von dort sah ihm mit ganz seltsamer Miene Walyeric entgegen, dieses Ungeheuer, das es nicht verdient, als Frau bezeichnet zu werden. Die schrecklichsten Geschichten sind über sie im Umlauf, und sie erwidert selbst noch das freundlichste Lächeln mit frechen, bösen Blikken. Es war zwar kaum zu glauben, aber aus dem aufgeregten Geschrei des kleinen George konnte ich nur schließen, daß diese fürchterliche Frau seine Mutter war. Was aber dann passierte, schockierte mich doch, obwohl ich wußte, wie abgrundtief böse sie war. Als er nämlich schreiend auf sie zugerannt kam, stand sie nur auf, schlug ihm mit voller Kraft ins Gesicht – obwohl es ihr eigenes, so viele Jahre verloren geglaubtes Kind war – und ging voller Grausamkeit davon. Der arme George brach fassungslos in Tränen aus, und als wir ihn freundlich zu uns zurückzulocken versuchten, rannte er weg.

Es dauerte nicht lang, da begann Mr. Robson, der den ganzen Tag sprühend vor Energie zwischen den Hütten herumlief, die Atmosphäre in der Siedlung zu verändern, und zwar sehr zum Guten. Alle waren plötzlich mit irgend etwas beschäftigt, und der Langeweile-Teufel war rasch gebannt. Louis wurde beauftragt, die Vorräte im vollgestopften Lagerhaus neu zu ordnen, da dessen Platz ein neues, besseres Gebäude einnehmen sollte, und dies war nur ein Teil der umwälzenden baulichen Veränderungen. Zimmermann und Maurer hatten immer Arbeit, ihre faulen Sträflinge waren nicht mehr faul, und man brachte sogar einige der Eingeborenen dazu, mit anzupacken. Die Früchte der Arbeit zeigten sich bald, denn überall schossen neue Holzhütten wie Pilze aus dem Boden, und eine der Doppelhütten erhielt sogar eine richtige Backsteinfassade. Diese Doppelhütte sollte in eine neue Schulkapelle verwandelt werden, und es war Mr. Robsons erklärtes Ziel, daß alle Schwarzen in Steingebäuden wohnen und beten lernten.

Mr. Robsons Hauptanliegen, das wurde rasch klar, war nichts Geringeres als eine Art Kreuzzug zur Zivilisierung der Schwarzen. Louis, der von unserem neuen Kommandanten tief beeindruckt war, erklärte mir, daß allen Schwarzen ein bestimmtes Handwerk zugeteilt werden sollte, vom Schustern bis zur Viehwirtschaft. Dieses Handwerk sollten sie als das ihre erlernen. Es mußten alle arbeiten, wenngleich den Unbegabten nur einfache Dienste abverlangt wurden, wie etwa Kartoffeln auszugraben oder für ihre vom Glück weniger begünstigten Gefährten Gräber auszuheben. Wir hielten dies beide für einen wundervollen Plan, der unsere Eingeborenen im Laufe der Zeit vielleicht in eine Schar fröhlicher englischer Dorfbewohner verwandeln würde. Noch viel genialer war folgende Idee: Mr. Robson forderte, daß jeder Eingeborene für seine Arbeit auch einen Lohn erhalten sollte, und kündigte einen regelmäßigen Wochenmarkt an, auf dem die armen Kreaturen ihren neuerworbenen Reichtum für allerlei nützliche Dinge ausgeben konnten, etwa für Tabak oder einen neuen Strohhut. Seine Absicht war eindeutig: Er wollte sie auf subtile Weise mit einem der Grund-pfeiler der zivilisierten Welt bekannt machen, dem Handel. Natürlich gibt es immer Querulanten, und manche der Beamtenfrauen beschwerten sich beim Nachmittagstee, daß dieser Markt, der nach der ersten Woche nur spärlich besucht wurde, doch ziemlich sinnlos sei. Ich widersprach ihren pessimistischen Äußerungen heftig und hielt dagegen, daß der Wert des Marktes ja darin bestehe, den Eingeborenen ein Beispiel zu geben, und schon deshalb unschätzbar sei.

Noch ehrgeiziger war Robsons Ankündigung, daß die Siedlung künftig ihre eigene Zeitung haben werde, das *Flinders' Island Journal*, das, mit seiner Hilfe, von den Eingeborenen selbst verfaßt werden sollte. Allerdings stellte es ein großes Hindernis dar, daß es auf der Insel keine Druckerpresse gab, weshalb alle Beiträge mehrfach von Hand kopiert werden mußten – von den wenigen Eingeborenen, die schreiben konnten. Ich erinnere mich eigentlich nur an eine einzige Ausgabe, deren kurze Seiten von schlichten Begebenheiten aus dem Inselalltag handelten (über den es im Grunde ja wenig Wissenswertes zu berichten gab, abgesehen von den jüngsten Todesfällen unter den Eingeborenen, mit denen man sich natürlich nicht befassen wollte). Trotz alledem betrachteten Louis und ich dieses Unternehmen doch als einen schönen Beweis dafür, daß das Leben in der Siedlung kultivierter wurde. Wenn ich mich recht entsinne, gewann die Zeitung sogar den Preis der *Colonial Times* in Hobart, wohin Mr. Robson einen Bericht über unsere Bemühungen, die Eingeborenen zu fördern, geschickt hatte. Man druckte einen sehr wohlwollenden Artikel über seine Neuerungen.

Natürlich wäre es mir nie in den Sinn gekommen, daß ich selbst eines Tages bei Mr. Robsons großartigen Plänen mitwirken sollte, aber es kam so. Den Grundstein dafür legte unsere erste persönliche Begegnung. Ich kam zufällig am Grundstück des neuen Lagerhauses vorbei, als mein Mann Mr. Robson gerade zeigte, wie gut die Bauarbeiten vorankamen.

»Catherine«, rief Louis erfreut. »Schau mal, wer da ist!«

Mr. Robson lächelte mich freundlich an. »Ihr Mann hat hervorragende Arbeit geleistet.«

Louis strahlte.

»Sie scheinen ja jeden Zentimeter unserer kleinen Siedlung verandern zu wollen«, sagte ich mit sanftem Tadel zu Mr. Robson. »Was wohl als nächstes kommt? Eine Eisenbahnstrecke? Eine Fabrik?«

Er lachte herzlich. »Da muß ich Sie leider enttäuschen, Mrs. Price. Von jetzt an werde ich mich weniger mit den Bauarbeiten als vielmehr mit dem Unterricht für die Eingeborenen befassen. Vor allem auf religiösem Gebiet scheint da viel versäumt worden zu sein.« Obwohl er es nicht aussprach, schien klar, daß er damit auf seinen Vorgänger, Mr. Darling, abzielte. »Mein Ziel ist es, daß jeder dieser Eingeborenen, einschließlich der Erwachsenen, eine gründliche Schulbildung erhält. Das wird natürlich nicht leicht sein, aber wir werden es schaffen.«

Hier nun kam Louis mit seinem Vorschlag. »Du hast doch schon mal unterrichtet, Catherine, nicht wahr? Vielleicht solltest du helfen.«

Dieser Gedanke war mir noch gar nicht gekommen. »Unterrichten würde ich es nicht gerade nennen«, protestierte ich. »Ich habe den Kindern nur Lesen, Schreiben und Rechnen beigebracht.«

»Aber dann sind Sie doch eine Expertin!« Mr. Robsons Lachen konnte richtig ansteckend sein. »Die Wahrheit ist, Mrs. Price, daß wir alle Helfer brauchen, die wir finden können. Auch ich selbst werde Unterricht geben.«

»Komm schon, Catherine«, schmeichelte Louis. »Du mußt ja nichts Schwieriges unterrichten.«

Mr. Robson lächelte mich an. »Sie werden reichen Lohn dafür empfangen.«

Eine Woche später begann ich. Wie verzagt war ich bei dem Gedanken, in Kürze vor einer ganzen Klasse dieser fremdartigen Gesichter zu stehen, die alle darauf warteten, was ich sagte. Mr. Robson spendete mir großen Trost.

»Denken Sie daran«, sagte er mit Nachdruck, »daß die Eingeborenen viel weniger Erfahrung mit dem Lernen haben als Sie mit dem Unterrichten. Beginnen Sie einfach damit, daß Sie einen von ihnen nach den Zehn Geboten fragen, dann wird sich alles Weitere ergeben.«

Ich befolgte seinen Rat, der sich als sehr hilfreich erwies. Mir fiel überhaupt auf, daß Mr. Robson ein erstaunliches Gespür für die Eingeborenen besaß und voller Ideen steckte, wie man ihnen grammatikalische oder theologische Fragen mit einfachen, leichtverständlichen Begriffen näherbringen konnte. Mit seiner freundlichen Hilfe gewöhnte ich mich an meine neue Tätigkeit, die mir bald richtig Freude bereitete. Nachdem ich auf der Insel bis dahin einfach nur die Zeit totgeschlagen hatte, war ich vermutlich überreif für eine sinnvolle Beschäftigung. Diese Zeit erfüllte mich mit großer Zuversicht, da ja allein schon der Prozeß des Lernens alle Beteiligten in eine heiter-enthusiastische Stimmung versetzen kann. Zugegeben, die Lehrer waren recht gemischt, unter anderem gehörten dazu Mr.

Robsons älterer Sohn, zwei Beamtenfrauen, Mr. Smith und selbst George Van Diemen, das gebildete Eingeborenenkind, übernahm einige Stunden, aber wir waren alle so beschäftigt, daß es kaum Meinungsverschiedenheiten gab, und sogar zwischen Mr. Smith und mir ging alles recht zivilisiert zu. Die Schwarzen kamen mir zwar weiterhin fremd vor, doch verlor ich allmählich meine Angst vor diesen Geschöpfen.

Eines Abends brachte ich einer Klasse mit Kindern die Psalmen bei, als plötzlich die Tür aufging und sehr zu meiner Überraschung Mr. Robson hereinkam, sich in die letzte Reihe setzte und meinen bescheidenen Bemühungen lauschte. Wir hatten bereits Herbst, die Nächte waren lang, und ich erinnere mich noch gut an das Heulen des Sturms und das Flackern der Petroleumlampen, während ich angestrengt weitermachte mit dem Gefühl, nur törichtes, zusammenhangloses Zeug zu reden. Wie erstaunt war ich aber, als Mr. Robson, nachdem meine Schüler aus dem Klasenzimmer geströmt waren, sich erhob, freundlich meine Hand tätschelte und bemerkte: »Habe ich Ihnen nicht gesagt, daß Sie reichen Lohn empfangen werden?«

Das war ein stolzer Augenblick.

Zu den vielen schönen Seiten von Mr. Robsons Kommandantenschaft gehörte auch, daß man nie wußte, was als nächstes kam. So war es zum Beispiel auch mit den Namen der Eingeborenen. Ich hatte schon seit ein paar Tagen beobachtet, daß Mr. Robson sich in seinen freien Minuten mit einer langen Liste befaßte, und doch war ich völlig überrascht, als er plötzlich alle Schwarzen und auch die Beamten der Siedlung aufrief, sich auf dem Platz vor der Schule zu versammeln, wo er zur allgemeinen Verwunderung verkündete, daß die Eingeborenen neue Namen erhalten sollten. Das war ein sehr kühner Plan, und während ich zusah, wie er die Eingeborenen der Reihe nach aufrief, um ihnen wie ein General, der seinen Soldaten Tapferkeitsmedaillen verleiht, neue Namen zu geben, erfüllte mich Bewunderung für Mr. Robson. Ich begriff voll und ganz, was er damit bezweckte. Die Eingeborenen sollten einen neuen Anfang machen und als zivilisierte, christliche Wesen wiedergeboren werden.

Die Namen selbst waren bezaubernd. Manche der älteren und würdigeren Eingeborenen wurden mit drollig-erhabenen Titeln wie König Alpha, Königin Adelaide oder Prinzessin Cleopatra ausgezeichnet. Andere wurden mit Phantasienamen bedacht, von Neptun über Semiramis bis zu Achilles. Mir fiel auf, daß sich Mr. Robson, ohne daß die Schwarzen es begriffen, ein geistreiches Vergnügen daraus machte, mit manchen Namen auf ganz bestimmte Charaktereigenschaften anzuspielen. So nannte er einen kleinen Jungen, der immer mit ernster Miene herumlief, Cato, und ein kleines Mädchen, das stets traurig und verträumt wirkte, Ophelia. Das war nicht nur lustig, sondern führte auch dazu, daß man sich leicht an die Namen erinnern konnte, vor allem im Vergleich zu den langen, schwer zu merkenden Namen, die sie ersetzten.

In einigen Namen verbarg sich zu meinem Vergnügen ein raffinierter Stachel. So wurde Walyeric, das weibliche Ungeheuer, in Mary umbenannt, und so harmlos dieser Name auch klingen mag, konnte doch kaum ein Zweifel daran bestehen, welch mörderische Königin Mr. Robson dabei im Sinn hatte. Ihr Sohn, ein Mischling, dessen schwarzes Gesicht von einem kuriosen Blondschopf gekrönt wurde und der einen stets mit verwirrend ernstem Blick betrachtete, war jetzt Cromwell, der düsterste aller Herrscher. Sein Freund Mongana, der liebend gerne schwierige Fragen stellte, wurde als Voltaire wiedergeboren, während Monganas Mutter Pagerly, die ständig in finsterer Gemeinschaft mit der schrecklichen Walyeric zusammenhockte, jetzt Boadicea hieß.

Es war ein froher Tag, und doch folgte ihm bald die Enttäuschung. Mr. Robson, der sichergehen wollte, daß die neuen Namen allen möglichst schnell geläufig wurden, bestand darauf, daß die Lehrer und Beamten die alten nicht mehr benutzten, und eine Zeitlang schien es so, als würden die Eingeborenen (bis auf wenige Ausnahmen wie etwa die unverbesserliche Mary) ihre neuen Namen freudig annehmen. Im Laufe der folgenden Wochen jedoch wuchs meine Überzeugung, daß sie sich gegenseitig, wenn sie sich in ihrem kuriosen Kauderwelsch aus Englisch und ihrer Eingeborenensprache unterhielten, insgeheim immer noch bei ihren alten, wilden Namen nannten. Das mag vielleicht nebensächlich erscheinen, aber mich bedrückte es sehr, weil es mir vorkam, als werde Mr. Robson nun von eben jenen Geschöpfen verraten, für deren Rettung er so große Mühen auf sich genommen hatte.

Im Rückblick glaube ich, daß dies eine Art Wendepunkt darstellte, denn in jenen Monaten quälten mich immer mehr Zweifel, ob unserem großen Schulunternehmen auch wirklich Erfolg beschieden war. Teils lagen die Schwierigkeiten bei den anderen Lehrern, da der arme, gute Mr. Robson, ehrlich gesagt, nicht mit den Helfern gesegnet war, die er eigentlich verdient hätte. Mr. Smith erwies sich als so träge und ruppig, daß Mr. Robson eines Tages gezwungen war, ihn öffentlich zu rügen, was Mr. Smith ihm sehr verübelte. Auch Mr. Robsons Sohn taugte nicht viel, und Robsons Ehefrau, die mit dem Leben auf der Insel tatsächlich so unzufrieden war, wie es ihre bedrückte Miene bei der Ankunft hatte vermuten lassen, verweigerte strikt jede Unterstützung. Die beiden Beamtenfrauen waren ebenfalls keine große Hilfe, da sie dauernd in der Schule herumhockten, die man alles andere als geräumig nennen konnte, und Robson mit ihrem Getue von der Arbeit abhielten.

Selbst die Behörden in Hobart waren eine große Enttäuschung. Obwohl uns der Gouverneur von Van-Diemens-Land vollmundig Unterstützung zugesichert hatte, erfolgte wenig konkrete Hilfe, und Mr. Robsons Bitte um weitere Bücher und zusätzliche Lehrer wurde mit allerlei Ausflüchten abgewimmelt. Und es sollte noch schlimmer kommen, vor allem im Hinblick auf die Robbenjäger. Ich müßte vielleicht erklären, daß dies Europäer von brutalem Charakter waren, die auf anderen Inseln in der Bass Strait lebten. Viele von ihnen hatten Eingeborenenfrauen entführt, die sie auf die widerwärtigste, grausamste Weise mißbrauchten. Manche lebten ganz in der Nähe und kamen manchmal in die Siedlung, um in Louis' Vorratslager einzukaufen, wo sie großspurig auftraten und die unflätigste Sprache benutzten. Unsere eigenen Schwarzen wußten, daß einige ihrer Frauen von diesen Scheusalen gefangengehalten wurden, und freuten sich sehr, als Mr. Robson ankündigte, daß er sie von ihrem Schicksal erlösen wolle. Er unternahm auch wirklich jede erdenkliche Anstrengung und schickte zahllose Briefe nach Hobart. Aber trotz alledem, ich erinnere mich mit Abscheu daran, weigerte sich die Kolonialregierung, etwas in dieser Sache zu unternehmen, und zwar mit der Begündung, die Frauen hätten ihren Peinigern inzwischen so viele Kinder geboren, daß man sie nicht mehr wegholen könne. Diese Entscheidung war nicht nur herzlos und ungerecht, sondern untergrub auch Mr. Robsons Ansehen bei den Eingeborenen.

Doch leider muß ich sagen, daß die Hauptursache unserer Schwierigkeiten nicht bei den Weißen, sondern bei den Schwarzen selbst lag. Es mag hart klingen, aber ich konnte mich des Eindrucks nicht erwehren, daß sie sich immer stärker gegen ihre Besserung sträubten. Natürlich hatte es immer schon einige gegeben (wie etwa das Ungeheuer Mary), die den Schulbesuch verweigerten, aber im Laufe der Zeit stieg diese Zahl weiter an, fast so, als wären die meisten Schwarzen nur aus Neugierde und Langeweile zum Unterricht erschienen und als verlöre die Schule für sie nach und nach den Reiz des Neuen. Selbst die, die weiterlernten, brachen mitunter plötzlich zu irgendwelchen törichten Jagdausflügen auf. Das machte ihre Unterweisung sehr schwierig, besonders was die Älteren betraf, deren Gedächtnis schlechter war. Wie entmutigend war es, wenn man zum Beispiel wochenlang die Zehn Gebote geübt hatte und dann plötzlich die halbe Klasse verschwand, um erst nach Tagen zurückzukehren. Sie hielten aufgeregt erlegte Wallabys an die Brust gedrückt, und ihre Zehn Gebote hatten sie alle vergessen.

Um die Wahrheit zu sagen, war kein einziger unter ihnen, der wirklich mit Begeisterung lernte. Selbst George Vandiemen, unser bester Schüler, der so schön Psalmen aufsagte, schweifte oft ab, wirkte bekümmert und zerstreut oder beschwerte sich gereizt, daß er lieber in Arithmetik unterrichtet werden wolle, obwohl man ihm oft genug erklärt hatte, daß ihm dieses Fach keinen Nutzen bringen würde. Sein Halbbruder Cromwell war auch nicht besser. Gewiß, er zeigte Talent für die englische Sprache und überraschte einen damit, daß er ausgefallene und schwierige Wörter meisterlich beherrschte. Da er aber immer so verdrossen wirkte, nahm man ihm, selbst wenn er seine Zehn Gebote richtig rezitierte, kaum ab, daß er von dem, was er da sagte, überzeugt war.

Hier lag in der Tat das Hauptproblem. Obwohl einige der Schwarzen ihre Bibelstellen ganz ordentlich lernten, schienen sie sich doch hartnäckig gegen das helle Licht des Glaubens zu sträuben. Während des Sonntagsgottesdienstes banden sich manche sogar ihre Taschentücher um die Stirn, damit sie unbemerkt schlafen konnten: und das, während man ihnen Gottes Wort verkündete! Es war ganz so, als seien sie der Meinung, die christliche Botschaft habe für ihr Leben keine Bedeutung. Was für ein trauriger Irrtum!

Im Laufe der Zeit nahm die Zahl der Schwarzen dramatisch ab. Die Krankheit, die sich bei Mr. Robsons Ankunft scheinbar etwas gelegt hatte, trat häufiger auf denn je, und manchmal gab es mehrere Todesfälle in einer Woche. Die Zahl der Eingeborenen, die ganz am Anfang über zweihundert betragen hatte, war auf weniger als die Hälfte gesunken, und ihre Hütten, deren drangvolle Enge Mr. Robson gleich nach seiner Ankunft große Sorge bereitet hatte, boten nun leider reichlich Platz. Nach und nach verbreitete sich in der Siedlung eine Aura düsterer Leere, nur auf dem Friedhof herrschte reges Leben.

Natürlich sprach man viel über die Gründe für diesen Niedergang. Der Arzt der Siedlung, ein Mann, der seine religiösen Pflichten so sehr vernachlässigte, daß manche an seiner christlichen Überzeugung zweifelten, führte rein praktische Gründe an, etwa den, daß die Schwarzen zum erstenmal mit den europäischen Krankheiten in Berührung kämen und daß sie nun gegen ihre Natur auf einen Ort beschränkt seien, wo sie früher doch immer soviel herumgezogen waren. Zusammen mit einigen anderen sah ich jedoch eine höhere Macht am Werk. Wären die Eingeborenen der Heiligen Schrift nur mit etwas mehr Ehrfurcht begegnet, hätte sich der Herrgott bestimmt bewegen lassen, sie vor ihren Leiden zu bewahren. Es mag unfreundlich klingen, aber ich hatte das deutliche Gefühl, daß sie die Früchte ihres eigenen Verrats an Mr. Robson ernteten. Hatte er nicht sein Leben und seine Gesundheit aufs Spiel gesetzt, um sie aus der Wildnis zu retten? Hatte er nicht all seine Zeit ihrem Fortkommen gewidmet, ihnen neues Wissen vermittelt und sogar neue Namen geschenkt? Sie hatten ihm seine Freundlichkeit mit Trägheit und Gleichgültigkeit vergolten.

Dem armen Mr. Robson ging der Niedergang der Eingeborenen natürlich sehr nahe, und mit jedem neuen Todesfall wurde er ein wenig trauriger. Trotzdem blieb er unerschütterlich in seiner Entschlossenheit. »Wenn wir sie nicht auf die eine Weise retten können«, vertraute er mir eines furchtbaren Tages an, als wieder einmal binnen weniger Stunden zwei von ihnen dahingerafft worden waren, »dann müssen wir es eben auf eine andere versuchen.«

Ich verstand nur allzugut, was er damit meinte. Kurze Zeit später begann er seinen letzten Kreuzzug, der sich nicht so sehr mit der Erziehung der Eingeborenen befaßte als vielmehr mit dem Bemühen, sie von ihren heidnischen Bräuchen abzubringen. In rascher Folge ergingen verschiedene Bekanntmachungen. So wurde unter anderem ein Verbot für die gelegentlichen nächtlichen Feiern erlassen, bei denen sie sangen und tanzten, und auch für ihre Jagdausflüge, die in Wahrheit oft nur ein Vorwand waren, um der Überprüfung durch die Kolonialbeamten zu entgehen. Die Schwarzen mußten ihre Zauberamulette ablegen, die sie um den Hals trugen und die, soviel ich weiß, Knochen ihrer verstorbenen Verwandten enthielten und kaum auf barbarischere Weise von christlichen Sitten und Gebräuchen hätten entfernt sein können.

Traurigerweise waren diese noblen Absichten nicht leicht in die Tat umzusetzen. Während Mr. Robson bei den Zauberamuletten einen Erfolg verbuchen konnte, fanden die Jagdausflüge so überraschend statt, daß man sie kaum verhindern konnte. Eine Zeitlang schien es, als hätte er bezüglich der nächtlichen Feiern Fortschritte erzielt. Einige Male marschierte er streng in den nahe gelegenen Busch und machte dem Feiern ein Ende, aber nach kurzer Zeit entdeckte man die Asche und die Fußspuren einfach ein Stück weiter weg, außer Hörweite der Siedlung. Die Schwarzen schienen sich ihrer Rettung hartnäckig und verstockt zu widersetzen, und so ging das Leben in der Siedlung Woche um Woche, Monat um Monat weiter, obwohl alles unter einem traurigen Stern stand.

Dann kam an einem Donnerstagnachmittag wie üblich das Versorgungsboot, und große Neuigkeiten stürzten auf uns ein. Es war schon seit einiger Zeit bekannt, daß es Pläne gab, auf dem australischen Festland an der Port Phillip Bay eine neue Siedlung zu gründen, direkt gegenüber der Bass Strait von Flinders Island, und wir erfuhren, daß Mr. Robson ernsthaft für die Position des Protektors der Eingeborenen dieser neuen Siedlung in Betracht gezogen wurde. Wenn er den Posten erhielt, was sehr wahrscheinlich war, und ihn annehmen wollte, was gleichfalls zu vermuten stand, würde er ihn binnen weniger Monate antreten.

Ich freute mich natürlich sehr für ihn. Nachdem ich mit ihm so eng zusammengearbeitet hatte, bildete ich mir ein, ihn besser zu kennen als irgend jemand sonst. Ich würde sogar sagen, er besaß eine gewisse Größe. Er hatte diesen Lohn für seine großen Mühen vollauf verdient. Außerdem lautete die traurige Wahrheit, daß es für ihn auf Flinders Island in vielerlei Hinsicht so gut wie nichts mehr zu tun gab, denn die Zahl seiner Schützlinge war so stark zurückgegangen, daß ihre trübe Zukunft vorauszuahnen war. Da schien es doch viel angebrachter, daß er an einer Stelle einen Neuanfang machte, wo es viel für ihn zu tun gab. Mir tat es natürlich für die übriggebliebenen Eingeborenen leid, die ihn bestimmt schrecklich vermissen würden. Sie bauten inzwischen fest auf ihn und nutzten seine Güte aus. Ich hatte keine Zweifel, daß sie ihn nur schweren Herzens gehen lassen würden. Sie mußten jetzt wohl sehr stark sein.

Auf die Europäer in der Siedlung hatte die Nachricht von Robsons bevorstehendem Abschied leider eine beklagenswerte Wirkung. Bald schon schlich sich wieder die vergiftete, gehässige Atmosphäre ein, die ich längst gebannt geglaubt hatte. Ich selbst wurde Zeuge davon. An einem Spätnachmittag im Winter, nur wenige Tage, nachdem uns das Versorgungsboot die Neuigkeiten gebracht hatte, war ich auf dem Weg zur Schule, um den Unterricht für den nächsten Tag vorzubereiten. Da kam ich plötzlich am Arzt und am Obergärtner vorbei, die neben dem Vorratslager Schutz vor dem eisigen Wind suchten. »Darauf hatte er es doch angelegt«, hörte ich den Arzt sagen. »Der hat sich ja mit Hilfe der Schwarzen eine nette Karriere zurechtgezimmert.«

Ich blieb stehen. »Einen Moment lang dachte ich, Herr Doktor«, sagte ich in warnendem Ton, »Sie sprächen von Mr. Robson, aber so würde man wohl kaum von einem tapferen Mann reden, der sein Leben riskiert hat, um die Eingeborenen zu retten.«

Der Arzt sah mich höhnisch an. »Na, von dieser Rettung hat er vor allem selber ganz schön profitiert. Fünf Pfund pro Kopf, wenn ich mich recht erinnere.«

Eine so boshafte Äußerung konnte ich ihm nicht durchgehen lassen. »Das war der ehrliche Lohn für ein ebenso edles wie gefährliches Unternehmen«, beschied ich ihn kalt, »und es spricht nicht für Sie, daß Sie einen Mann herabsetzen wollen, dessen Verdienste soviel größer sind als die Ihren.« Mit diesen Worten ließ ich ihn stehen. Aber der Zwischenfall hatte mich doch sehr aufgewühlt. In der Schule, die wie so oft in dieser Zeit der schrumpfenden Klassen leer war, setzte ich mich an ein Pult. Unbeachtet lag die Arbeit vor mir, und meine Augen füllten sich mit Tränen. Ich weiß nicht mehr, wie lange ich so sitzenblieb. Irgendwann hörte ich zu meinem Schrecken, wie quietschend die Tür aufging. Es war Mr. Robson, das erkannte ich am Schritt. Ich senkte zwar schnell den Kopf, um meinen Kummer zu verbergen, aber leider vergebens.

»Mrs. Price, was bedrückt Sie denn so?« fragte er voller Anteilnahme.

Ich konnte es ihm nicht sagen. Wie auch, wo doch die Ursache er selbst und diese gehässigen Bemerkungen über ihn waren? »Es ist nichts«, sagte ich. »Es ist alles in Ordnung.« Von Kopf bis Fuß ein Gentleman, bot Mr. Robson an, mir ein Glas Wasser zu holen, doch aus unerklärlichen Gründen brachte mich das noch mehr durcheinander. Ich erhob mich. »Entschuldigen Sie. Ich muß gehen.«

»Sie haben mir immer noch nicht gesagt, was los ist.«

Ich eilte zur Tür.

»Aber Mrs. Price!« rief Mr. Robson hinter mir her. »Sie haben Ihr Umhängetuch vergessen. So können Sie doch nicht ins Freie!«

Ich hatte den Schal in meinem Kummer tatsächlich liegen lassen, und doch schien es mir irgendwie zu spät, mich noch einmal umzudrehen. Ich glaube, es war mir beinahe gleichgültig, so aufgewühlt war ich. Als ich in die Dämmerung hinaustrat, hatte ich nur noch das dringende Bedürfnis, an irgendeinen ruhigen Ort zu fliehen, weit weg von allem, wo ich meine Gedanken sammeln konnte. Ich wandte mich zum Meer.

»Mrs. Price!« rief Mr. Robson jetzt direkt hinter mir. »Ihr Schal.« Ich hätte wohl stehenbleiben sollen, aber ich konnte es einfach nicht. Ich lief zum Strand, die grauen Wellen brausten im schneidenden Wind, und ich lief und lief, bis ich einen jener kuriosen Findlinge erreichte, die in der Nähe der Mole liegen und mit ihren roten Markierungen so unheimlich wirken, beinahe wie Augen. Auf einmal spürte ich die eisige Kälte und konnte nicht weiter. Ich blieb im Windschutz eines der Felsbrocken stehen. Und war es denn zu fassen? Der gute, arme Mr. Robson war mir den ganzen Weg gefolgt! Er eilte herbei und legte mir das Tuch um die Schultern.

»Mrs. Price, Sie riskieren Ihre Gesundheit! Was ist denn nur mit Ihnen los?«

Was sollte ich sagen? »Nachdem wir hier so hart gearbeitet, so viele Hoffnungen gehegt haben, bin ich so...« Ich suchte nach Worten, »so furchtbar traurig.«

Er sah mich durchdringend an. »Sie dürfen nicht verzweifeln, Mrs. Price. Unsere Mühen waren nicht umsonst. Die Lage der Schwarzen mag deprimierend sein, aber bedenken Sie doch, wieviel schlimmer sie sein könnte. Stellen Sie sich vor, sie wären noch auf Van-Diemens-Land, weit weg von christlicher Unterweisung, zum Bösen verführt von niederträchtigen Männern. Selbst wenn sie samt und sonders hier sterben, haben sie doch wenigstens die Chance gehabt, in Gottes Schoß zurückzukehren.«

Seine beruhigenden Worte ließen meine Tränen leider nur noch heftiger fließen. »Ich glaube, ich habe versagt.«

»So etwas dürfen Sie gar nicht erst denken. Ihre Arbeit war von Erfolg gekrönt«, erklärte er mit tapferem Lächeln. »Wenn jemand Tadel verdient hat, dann ich als Kommandant.«

Diese Bemerkung kam sehr unerwartet. Ich sah ihn forschend an. »Ist das Ihr Ernst?«

Einen Moment lang schien seine Zuversicht ins Wanken zu geraten, und über sein Gesicht huschte der Schatten eines Zweifels. »Zeitweise war es schwer...«

Ich hatte nur noch einen Wunsch: diese edle, bekümmerte Seele zu trösten. Dies und nichts anderes war der Grund, warum ich ihm die Arme auf die Schultern legte und ihn sanft auf die Wange küßte, wie eine Schwester ihren betrübten Bruder. Nichts sonst. Doch wie grausam können Menschen sein! Wie niederträchtig wird die Unschuld ins falsche Licht gesetzt! Plötzlich hörte ich ein leises Klopfen, langsam und regelmäßig, als hämmerte ein Specht gegen einen Baum. Als ich mich umsah, erblickte ich in einiger Entfernung am Strand Mr. Smith, der an einem der riesigen Felsbrocken seine Pfeife ausklopfte und schweigend aufs Meer hinaussah.

Wochen vergingen. Schreckliche Wochen. Wenn alle einen Skandal wittern, kann man dem nur sehr schwer entgegentreten, auch wenn einem noch so großes Unrecht geschieht. Furchtbar waren die Blicke, am furchtbarsten die von Mr. Robsons Ehefrau. Ich hatte ja keine Vorstellung davon gehabt, wieviel Feindseligkeit der menschliche Blick ausdrücken kann. Einmal versuchte ich sie anzusprechen und ihr zu schildern, welch schreckliches Mißverständnis vorlag, aber vergeblich: Sie warf mir einen eisigen Blick zu und machte auf dem Absatz kehrt. Am meisten jedoch bedrückte mich, daß sie und ihr Mann offenbar nicht mehr miteinander sprachen. Der Gedanke, ohne es zu wollen, an diesem Unglück schuld zu sein, belastete mich schrecklich. Was Louis betraf, so weigerte er sich, meinen Beteuerungen Gehör zu schenken, und begegnete mir mit kaltem Haß. Natürlich verlangte er von mir, den Schulunterricht abzubrechen. Als ob ich je etwas anderes im Sinn gehabt hätte.

Währenddessen begegnete mir Mr. Robson mit einer Art schrecklicher Verlegenheit und vermied jedes Zusammentreffen. Ich konnte es ihm nicht verübeln. Hin und wieder, wenn ich durch die Siedlung ging, erhaschte ich einen Blick auf ihn, wie er davoneilte, das edle Antlitz traurig und bekümmert. Meine größte Sorge war natürlich die, daß der unglückselige Zwischenfall auf irgendeine Weise seine Aussicht auf den Posten in Port Phillip Bay gefährden könnte. Es war ein furchtbarer Gedanke, daß ihm diese Chance, die er so sehr verdiente, versagt bleiben würde und er statt dessen bei uns auf Flinders Island bleiben mußte.

Ein Monat verging, und die ganze Zeit rechneten wir damit, daß Mr. Robson nach Hobart gerufen wurde, weil man mit ihm über die neue Stellung sprechen wollte. Als jedoch das Versorgungsschiff kam, brachte es ganz andere Neuigkeiten. Wir erfuhren nämlich, daß uns der Gouverneur von Van-Diemens-Land einen Besuch abstatten werde.

Peevay *1838*

Es war ein schlimmer Anblick, wie der Fette Robson aus seinem Boot stieg an dem Tag, als er nach Flinders Island kam, so lächelnd und selbstgefällig, aber noch schlimmer war, wen er mitbrachte: Tayaleah. Ich hatte gedacht, daß mein Fastbruder zum Glück für immer verschwunden war, und plötzlich war er wieder da. Noch schlimmer, er redete in der Num-Sprache wie ein Weißer, viel besser als ich, so daß der Fette Robson und andere vor Überraschung lächelten und ihm für seine Klugheit Zärtlichkeiten schenkten. Das war eine Herausforderung, weil das kleine Arschloch anscheinend immer alles besser können wollte, als wäre das sein großer, geheimer Plan. Und so war es erfreulich, daß er zu Mutter rannte und sie ihn fürchterlich schlug. Ja, dachte ich, wie gefällt dir das?

Nach und nach wurde er Robsons Lieblingsschwarzer, und wenn es irgendwas Neues zu tun gab, dann tat er es. Er übte ein HANDWERK aus, und er war ein FARMER. Dann GAB ER DINGE FÜR MÜNZEN, das war MARKT, und kriegte einen Hut, der hieß STROHHUT. Als es den MARKT nicht mehr gab, schon nach kurzer Zeit, machte er eine ZEITUNG, die FLINDERS ISLAND JOURNAL hieß und noch schneller aufhörte als der MARKT. Aber größtenteils war er LEHRER. Ich dachte, er müßte sich über diese schöne Wichtigkeit freuen, aber er sah nie so aus, meistens war er nur traurig, als sei er ein verflixtes Rätsel. Im einen Moment war er hungrig nach den Zärtlichkeiten des Fetten Robson, als sei das alles, was er sich auf der Welt wünschte, und dann wurde er ärgerlich und wollte zu Mutter zurück, aber die gab ihm nur noch mehr Haß. Also hatte er wieder Verlangen nach Robson und wurde wie das Meer, das steigt und fällt und steigt und fällt und nie irgendwo stehenbleibt.

Der Fette Robson rief immer laut und lief mal hierhin, mal dorthin, um neue Sachen zu kriegen. Es gab einen neuen LADEN und ein neues Haus für den Gott, der GOTT genannt wurde, und das Haus hieß KIRCHE und war aus BACKSTEINEN gebaut. Später kriegten wir neue Hütten, die auch aus Backsteinen gebaut waren und klein und dunkel waren, wenn wir uns nachts alle zusammendrängten und husteten. Es gab auch neue Schulstunden, um etwas über GOTT zu erfahren, sehr viele. Aber größtenteils blieb alles gleich, weil wir Palawa weiterstarben wie bisher. Ich erinnere mich, das waren abscheuliche Zeiten, weil wir immer weniger wurden, wie die Tage nach dem Sommer. Bis sogar die, die sagten, Robson sei unser Freund, zu überlegen begannen, daß er uns niemals so retten konnte, wie er es versprochen hatte. Robson sagte, ja, er sei unser Freund, und er sah traurig aus, wenn wir starben, aber er wollte uns die Toten nicht verbrennen lassen, wie es doch richtig ist, sondern sagte, es sei GOTT am liebsten, wenn man sie begräbt. Dafür haßte ich ihn noch mehr.

Nach und nach konnten wir nur noch an Krankheit und Sterben denken. Manchmal war es schwer, noch weiterzuhoffen und nicht zu glauben, daß wir alle bald tot sein würden und deshalb alles ganz gleichgültig war. Ich bekam sogar Angst, daß ich vergessen könnte durchzuhalten, was doch immer meine besondere Gabe gewesen war. Wenn das passierte, dachte ich einfach an meinen Plan, und ich sagte es in meinem Kopf wie eins von Robsons Gebeten, die er uns lernen ließ: »Lern den Scheiß der Weißen, geh weg von hier. Kämpfe gegen sie, kämpfe gegen sie, in Ewigkeit.«

Wie wir gegen sie kämpfen würden, wußte ich nicht, und ich machte mir auch keine Gedanken darüber, weil es für diesmal schon reichte, einfach nur wegzukommen. Ja, ich versuchte schon, Briefe an den GOUVERNEUR zu schreiben, das war die oberste weiße Kanaille, in seiner Stadt, die HOBART hieß. Da ich Hilfe brauchte, um richtig zu schreiben, ging ich zum einzigen Num, den ich auf Flinders Island jemals mochte. Er hieß ARZT JONES und war freundlich und zwang uns nie zu irgendwas. Er sagte mir, daß ich EURE EXZELLENZ schreiben sollte, und half mir beim Buchstabieren, und so schrieb ich jedesmal, wenn ein Boot kam, einen Brief. Es passierte nichts, nein, aber ich ließ nicht nach und schrieb trotzdem immer, immer wieder. Und dann kam eines Morgens wie immer das Boot, und obwohl wie immer kein Brief für mich dabei war, kam der Arzt Jones in meine Hütte gerannt und sagte, daß der GOUVERNEUR, der neu war, nach Flinders Island kommen würde, um uns zu besuchen. Das war interessant und ein sehr großes Glück, wie ich vermutete, weil ich ja dann mit ihm sprechen und ihm sagen konnte, daß er uns in die Welt zurücklassen mußte. Wenn ich so vor ihm stand, mußte er mich ja anhören.

Die Tage vergingen, und die Weißen liefen mal hierhin, mal dorthin, um für den Gouverneur alles sauber zu haben, und sie machten viele Tische, damit wir alle mit dem Gouverneur essen konnten. Dann saß ich eines Morgens am Strand, neben den großen Steinen, die wie Augen aussahen, als eine Überraschung passierte. Es war einer meiner Lieblingsplätze, weil ich von da aus den Landungssteg sah und träumen konnte, wie wir alle auf ein Schiff gingen und heim in die Welt fuhren, und so saß ich da, sah die Vögel am Himmel fliegen und Welle um Welle auf den Sand rollen, und auf einmal entdeckte ich ein kleines Segelboot mit einem weißen Mann drin. Langsam kam er zum Steg, band sein Boot fest und lief direkt an mir vorbei auf die Siedlung zu. Er war häßlich und stank nach Salz und Sturmvogel und hatte eine große Narbe auf der Wange und keine Haare, so daß sein Kopf wie ein rosaroter Stein war. Aber er schien kein verflixtes Rätsel zu sein, weil Fremde wie er immer wieder mal kamen, um im Vorratslager Mehl und Tee zu kaufen und solche Sachen.

Wirklich sah ich ihn zurückkommen, mit zwei Säcken, die so schwer waren, daß sie ihm die Arme langzogen. Dann, gerade als er näher kam, passierte etwas sehr Interessantes. Erst hörte ich jemanden rennen, und ich wußte, daß es wütendes Rennen von nackten Füßen war. Als ich mich umdrehte, sah ich Mutter, die eine Kriegskeule in der Hand hielt, und ihr Gesicht war so haßvoll, wie ich es fast noch nie gesehen hatte, sogar in ihren langvergangenen Kämpfertagen nicht. Der weiße Mann sah sie auch, und sah sie ganz seltsam an, so verwirrt, und dann ließ er sehr schnell die Säcke fallen. Das war klug, denn so konnte er ausweichen, als Mutter ihre Keule schwang, um ihm mit einem fürchterlichen Schlag den Kopf zu zerschmettern. Als nächstes packte er ihre Kriegskeule, und jetzt hielten sie sich beide dran fest und kämpften. Die weiße Kanaille war stärker und drückte Mutter zu Boden und nahm ihr die Keule weg, was mir angst machte, und so sprang ich auf, um sie vielleicht zu retten. Aber er schlug sie nicht tot, wie ich gedacht hatte, sondern warf die Kriegskeule weg, nahm seine Säcke und rannte davon, so schnell er konnte, stieg in sein Boot und ruderte los.

Mutter war eigentlich zu alt zum Kämpfen. Sie saß wütend da und rieb sich die Seite, wo es vom Fallen weh tat. »Wer war das?« fragte ich. Aber sie stand wortlos auf und ging weg.

Das war ein verflixtes Rätsel, weil es Jahre her war, seit sie zum letztenmal versucht hatte, jemanden zu töten, aber die Antwort kam schon bald. Später, als ich zur Siedlung zurückging, hob mein Freund Mongana, der bei den Hütten saß, den Kopf und sah mich hassend an, genau wie damals in den lang vergangenen kleinen Tagen, als er mein Kindheitsfeind war.

»Was ist los?« fragte ich.

Seine Antwort war zornig, als würde er mich anspucken. »Meine Mutter hat gesagt, sie hat deinen Vater gesehen, der am Lager vorbeiging.« Dann sah er beschämt aus, als wüßte er nicht, was er sagen solle. »Er sollte nicht herkommen.«

So habe ich an einem ganz normalen Morgen meinen Vater gesehen, den ich noch nie zuvor erblickt hatte. Es kam mir seltsam vor, daß ich ihn nicht erkannt hatte, sondern nur dachte: NOCH EINE HÄSSLICHE WEISSE KANAILLE. Aber wie hätte ich ihn erkennen sollen? Wenn ich von ihm träumte, was ich immer noch manchmal tat, machte ich einen schönen Mann aus ihm, mit einem freundlichen Gesicht und Haaren auf dem Kopf, nicht so einen Scheißkerl, der nach Salz und Sturmvogel und Weißem Mann stank. Trotzdem war es interessant, weil es bedeutete, daß ich immerhin noch einen Vater hatte. Vielleicht würde ich ihn wiedersehen, überlegte ich, falls er zurückkam. Allerdings war ich nicht mehr sicher, ob ich das wollte oder nicht.

Noch etwas Seltsames passierte später am gleichen Tag, als ich in die Schule ging. Heute war Smith und wieder die GENESIS dran. AM ANFANG SCHUF GOTT HIMMEL UND ERDE und so weiter und so weiter. Ich lernte gut. Aber als ich ins Klassenzimmer kam, war Smith noch nicht soweit und saß nur da und wartete, und der Fette Robson war auch da und sah besorgt aus.

»Gott sei Dank, daß du da bist, Cromwell. Hast du George gesehen? Er hätte hier heute morgen zwei Stunden gehabt, aber er ist nicht gekommen. Es ist uns ein Rätsel, weil er noch nie gefehlt hat. Ich hab ihn überall gesucht, aber nicht gefunden.«

George, so nannte der Fette Robson Tayaleah, und ja, es war interessant, daß er nicht gekommen war. Das war nicht nur ein verflixtes Rätsel, nein, es war unmöglich, weil Tayaleah immer zur Schule ging: Wenn die anderen zum Jagen gingen und sogar, wenn er krank wurde, immer kam er her.

»Ich habe ihn nicht gesehen«, sagte ich.

Das machte den Fetten Robson so jammervoll. Ich wußte auch, warum. Der oberste Num, der GOUVERNEUR hieß, kam bald, und ich vermutete, daß der FETTE ROBSON ihm Tayaleahs Klugheit zeigen wollte, damit er selber von diesem Kerl bewundert wurde. Ich wollte nie freundlich sein zum Fetten Robson, weil er mein gehaßter Feind war, aber ich war neugierig auf die Antwort, vor allem, weil es an diesem Tag schon das zweite Seltsame war, was passierte. Ich denke immer, daß zwei seltsame Dinge meist nur ein seltsames Ding sind, wie zwei Enden eines Stocks, der im Sand vergraben liegt.

»Ich kann nach ihm suchen.«

»Danke, Cromwell.« Der Fette Robson sah mich auf eine ganz bestimmte Art an. Lächelnd und kriecherisch, weil er meine Hilfe brauchte, aber auch ein bißchen ärgerlich. Außerdem haßte mich Robson immer ein bißchen, weil ich ihm mit meinem Gesicht zeigte, daß ich seinen Verrat an uns nicht vergessen hatte. Wahrscheinlich konnte er es nicht ertragen, daß ich ihn nicht für einen feinen Kerl hielt, sondern für eine verlogene, betrügerische, abscheuliche Kanaille, was er auch war.

Also machte ich mich auf die Suche. Ich mochte Tayaleah nie besonders, aber ich kannte ihn und wußte, wo er manchmal hinging. Manchmal, wenn Mutter ihm ihre Verachtung zeigte, sah ich, wie er zu einem Berg in der Nähe der Siedlung schlich, und dahin ging ich jetzt. Die Erde war weich und gut für Fußspuren, und bald entdeckte ich einige, die klein und dünn waren, genau wie Tayaleahs schwache Füße. Ich ging ihnen vorsichtig nach, klug wie ein Jäger folgte ich ihnen immer weiter, bis die Spuren in einen Wald mündeten und an einem großen Baum aufhörten. Oben in den Blättern hörte ich etwas wie ein leises Schluchzen, und so kletterte ich hinauf. Tayaleah war hoch oben, wo der Baum dünner wird, und der Baum schwankte ein bißchen im Wind, als ich Tayaleah erreichte.

»Was willst du?« rief er zornig, weil ich sein geheimes Versteck gefunden hatte.

Es war interessant. Der Baum teilte sich in drei Richtungen, so daß ein Sitz entstand, und Tayaleah hatte ringsum Zweige und Blätter ausgelegt, wie eine Art Boden, so daß er vielleicht sogar hier schlafen konnte, wenn er aufpaßte. Er hatte Brotstücke, eine Wasserflasche und eine etwas zerbrochene Tasse für Zucker, und dann war da noch dieser Mann auf einem Pferd aus Metall, der SPIELZEUGSOLDAT hieß. Den hatte ich schon einmal gesehen, und er hatte ihn aus dem Land der Weißen mitgebracht. Ich sah, daß er Num-Zahlen in die Baumrinde schnitzte, und obwohl manche ganz klein waren, zum Beispiel acht oder zwölf, waren andere zu groß zum Lesen und gingen halb um den Baum herum.

»Warum bist du nicht in der Schule?« antwortete ich. »Robson ist zornig auf dich.«

»Geh weg.«

Seine Wörter waren Kampf, aber seine Stimme wurde schwach wie ein alter trockener Stock, und er wollte, daß ich ihn mochte, das sah ich in seinen Augen. So war Tayaleah immer gewesen. Seit ich denken konnte, wollte die kleine Kanaille, daß ich ihr Freund war, was ein verflixtes Geheimnis war, weil ich Tayaleah nie etwas anderes gegeben habe als Haß.

»Was ist los?« Ich machte meine Stimme freundlicher, aber ich tat nur so. »Mir kannst du es erzählen, Tayaleah.«

Das reichte. Es brach einfach aus ihm raus, und er sah mich an, als wäre ich sein bester Freund. »Ich weiß nicht, was ich tun soll. Mutter kam heute morgen und hat gesagt, daß sie deinen Vater gesehen hat. Sie hat gesagt, wir müssen ihn und alle anderen Weißen töten, und wir müßten es jetzt gleich tun, sonst wären wir alle tot und es wäre zu spät. Sie hat gesagt, ich muß ihr helfen, und das sei meine letzte Chance, ihre Vergebung zu erlangen.«

Also *das* war der im Sand vergrabene Stock. Ich glaube, ich hatte irgendwas erraten, als ich vermutete, es würde sie freuen, Vater zu töten. »Und wie will sie sie töten?«

Tayaleah sah weg. »Sie hat gesagt, das darf ich niemandem sagen.«

»Mir kannst du's schon sagen. Ich bin doch dein Bruder.«

Wirklich, man hatte es leicht mit ihm. Er rieb sich mit den Fingern das Gesicht und versteckte seine Augen. »Sie hat gesagt, wir müßten sie mit dem Speer töten, wenn der Gouverneur zu Besuch da ist, am Ende des Essens, wenn sie alle fett und müde sind. Danach müßten wir das Boot des Gouverneurs nehmen und zur Insel deines Vaters fahren und ihn auch töten. Dann könnten wir zurück in die Welt, hat sie gesagt. Sie sagt, wenn ich wieder ihr Sohn sein will, muß ich Mr. Robson töten.« Er schniefte. »Aber er ist doch mein Freund.«

Das war Mutters Scherz. Aber größtenteils war es ein fürchterlich verflixtes Rätsel. Ja, es würde frohe Botschaft sein, wenn der Fette Robson mit dem Speer durchbohrt war, was er verdiente. Aber es war auch das erste Mal in so vielen Jahren, daß ich Hoffnung hatte, ich könnte uns retten. »Wer ist noch alles da?«

»Pagerly und noch drei andere waren bei ihr und haben versucht, mehr zu erfahren. Dann sind sie weggegangen, um Speere zu machen.«

Es waren zu wenige. Sogar, wenn es mehr gewesen wären, vermutete ich, mußte was schiefgehen. Wahrscheinlich würde man uns schon erwischen, bevor sie überhaupt mit dem Töten angefangen hatten, und dann würden uns die Soldaten erschießen. Und selbst wenn wir sehr großes Glück hatten und das Boot erreichten, wußten wir immer noch nicht, wie man es mit diesen Häuten im Wind bewegte, und wahrscheinlich würden wir einfach ertrinken. In Wahrheit bezweifelte ich, ob es Mutter überhaupt wichtig war, daß wir lebten. Sie wollte nur eine Gelegenheit, Vater und die anderen weißen Kanaillen aufzuspießen. Eins war sicher. Wenn wir versuchten, die Weißen zu töten, wurde all mein Lernen und Briefeschreiben zu einer einzigen Dummheit, und wir würden diesen schrecklichen Ort nie verlassen. Nein, nur ich konnte uns retten und lebend zurückbringen. Es war abscheulich, gegen Mutters Plan zu kämpfen und ihn zu verderben, aber ich entschloß mich dazu.

Ich kletterte Tayaleahs Baum hinunter.

»Warte!« rief er mir nach. »Was soll ich tun?«

»Tu nichts.«

William Frampton, Gouverneur auf Van-Diemens-Land 1838

Es war die Idee meiner Frau, daß ich eine kleine Rundreise nach Van-Diemens-Land unternehmen sollte, um mir ein genaueres Bild von meinem neuen Machtbereich zu verschaffen. Wir sollten Port Arthur besuchen, die größeren Städte und Siedlungen, und vielleicht ein bis zwei Farmen, um zu den Inselbewohnern, die einmal nützlich werden konnten, harmonische Beziehungen aufzubauen. Mich jedoch interessierten *alle* Aspekte der Kolonie, weshalb ich unserer Reiseroute noch die Eingeborenensiedlung auf Flinders Island hinzufügte. Schon bevor ich englischen Boden verließ, hatte ich von der unglücklichen Geschichte der Eingeborenen gehört, und mein Interesse war noch gewachsen, nachdem ich in Hobart eingetroffen und zufällig auf die Berichte des Siedlungskommandanten, Mr. Robson, gestoßen war. Robson hatte an jenem abgelegenen Ort wahre Wunder vollbracht, indem er kühn darum kämpfte, die Schwarzen zu reformieren und sie auf eine zivilisierte Stufe zu heben. Mein Vorgänger hatte angeregt, Mr. Robson in der geplanten neuen Siedlung in der Port Phillip Bay für den Posten des Eingeborenenprotektors in Erwägung zu ziehen. Ich hatte zwar keinerlei Zweifel, daß er für die Position bestens geeignet war, fand es andererseits jedoch bedauerlich, daß er dafür seine vielversprechende Arbeit aufgeben mußte. Ich freute mich sehr darauf, diesen Mann kennenzulernen.

Die Fahrt begann phantastisch. Wir waren mit herrlichem Wetter gesegnet, warm und sonnig, was, wie man mir mehrfach versicherte, für den Frühling in Van-Diemens-Land recht ungewöhnlich ist. Auf unserer Fahrt Richtung Norden durch die grüne Insellandschaft wurden wir überall, in Oatlands, Ross, Campbell Town und Launceston, herzlich begrüßt. Die ganze Zeit über war ich, bis auf wenige Ausnahmen, sehr zufrieden, wie sauber und ordentlich sich die von uns besuchten Amtszimmer und Baracken präsentierten und auch die Privatunterkünfte und Hotels, in denen wir übernachteten. In Georgetown gingen wir an Bord eines Schoners und segelten über die Bass Strait. Es wehte eine leichte Brise, so daß wir nur langsam vorankamen, doch als wir am nächsten Morgen erwachten, lag Flinders Island direkt vor uns. Die Insel war sehr flach, wies aber einige bizarre Felsformationen auf, einschließlich eines Gipfels, der steil und scharf wie ein Obelisk gen Himmel ragte. Binnen einer Stunde hatte man uns ans Ufer gerudert.

Leider muß ich gestehen, daß mich der erste Eindruck, den ich von der Eingeborenensiedlung gewann, etwas enttäuschte.

In seinen Briefen hatte Mr. Robson ausführlich von den vielen traditionellen Handwerksberufen berichtet, die er den Eingeborenen nahegebracht habe, und so hätte die Kleidung der Ureinwohner doch eigentlich ihren neuerworbenen Fähigkeiten entsprechen müssen. Ich weiß noch, daß ich mich auf eine Art ländliche Szenerie gefreut hatte, wie man sie, von den schwarzen Gesichtern einmal abgesehen, auch in einem englischen Dorf antreffen würde: Pflügende in Bauernkitteln, ein Schmied in seiner trefflichen Schürze und Ehefrauen in fröhlichen, bunten Kattunkleidern. Ja, ich muß sagen, daß meine Erwartungen vollkommen enttäuscht wurden. Als meine Frau und ich den Landungssteg betraten, sah ich, daß die Schwarzen, die sich am Strand versammelt hatten, jämmerliche Fetzen trugen, die nicht einmal die allerärmsten weißen Siedler angezogen hätten. Beim Anblick dieser Unglücklichen – die Haltung einiger Frauen war nicht gerade schicklich zu nennen – überraschte es mich nicht besonders, daß ihre Rasse einem so verheerenden Niedergang zum Opfer gefallen war.

Mr. Robson, der uns herzlich begrüßte, schien ein höchst ehrbarer Mann zu sein. Er wirkte ein wenig nervös, als er uns den verschiedenen Beamten und ihren Ehefrauen vorstellte. Vermutlich war er, was gesellschaftliche Höflichkeiten betraf, in diesem fernen Land ganz aus der Übung gekommen. Als wir dann jedoch zur Besichtigung der Siedlung schritten, verströmte er freudige Begeisterung.

Kaum waren wir außer Sicht des Landungsstegs, wurde er von einem der Soldaten angesprochen: »Wir haben überall gesucht, Sir, aber leider fehlt von den beiden jede Spur.«

Diese mysteriöse Nachricht schien unseren Gastgeber zu betrüben. »Dann sucht weiter.«

Meine Neugier war geweckt. »Wer wird denn vermißt?«

»Ach, nur ein paar Eingeborene, Euer Exzellenz. Sie sind manchmal richtig ungezogen. Ich bin sicher, daß man sie bald findet.«

Ich freute mich über den ordentlichen Eindruck, den die Siedlung ganz im Gegensatz zu ihren Bewohnern machte. Die Besichtigung begann bei der Bäckerhütte, aus der es betörend nach Mehl und frischem Brot duftete, und beim Eintreten sah ich erfreut, daß der Boden gefegt war und die Arbeitsgeräte sauber glänzten.

»Wie oft backen Sie denn?« erkundigte sich meine Frau.

»Einmal die Woche«, antwortete der Bäcker, ein Bursche namens Dunn, mit törichtem Grinsen. »Ab und zu auch zweimal.«

»Aber das Brot wird doch sicher alt?«

Mr. Dunn zuckte ein wenig verlegen die Achseln. »Das hält sich schon, Ma'am.«

Der kurze Wortwechsel war ganz typisch für meine Frau, die ein bemerkenswertes Talent dafür besitzt, auf aufschlußreiche Wahrheiten zu stoßen. Sie braucht einen Fremden nur anzusehen, und schon weiß sie zuversichtlich, ob es ein guter Mensch ist, dem man vertrauen kann, oder ein betrügerischer Schuft. Sie hat schon so oft recht behalten, daß ich mich allmählich fast frage, ob es unter ihren Vorfahren vielleicht die eine oder andere Hexenmeisterin gab. In manchen Fällen profitiere ich durchaus von ihrer Meinung, das gebe ich offen zu, ich muß jedoch hinzufügen, daß ich auch genau weiß, wann ich ihr gegenüber bestimmt auftreten und mich auf meinen eigenen Eindruck verlassen muß.

Nach dem Besuch der Bäckerei führte man uns zu einem leeren, grasbewachsenen Platz im Zentrum der Siedlung. Auf einer Seite wurde dieser Platz von der Kirche flankiert, auf der anderen von einer langen L-förmigen Reihe von Hütten. Das waren, wie uns Robson erklärte, die Wohnhütten der Eingeborenen. Die Unterkünfte sahen ordentlich aus, aber die Schwarzen, von denen einige dort herumlungerten, wirkten bedrückt und betrachteten uns mit einer Art gekränkter Neugier. Wieder erlebte ich eine Enttäuschung. Wo war ihre Entschlossenheit, ihr Wunsch, ein besseres Leben zu führen?

»Das hier ist der Eingeborenenplatz«, erklärte Mr. Robson. »Ich hoffe, daß er eines Tages gepflastert wird, in der Art einer italienischen Piazza.« Das fand ich einen schönen Gedanken.

»Wie reizend«, bemerkte meine Frau. »Habe ich recht mit der Vermutung, daß hier der Markt abgehalten wird?«

Robson nickte fröhlich.

»Aber heute nicht?«

Dem Kommandanten war sichtlich unbehaglich zumute. »Zufällig wurde der Markt vorübergehend abgeschafft, aber ich hoffe, daß er in Kürze wieder regelmäßig stattfinden wird.«

»Aha.« Wieder hatte sie ins Schwarze getroffen, und wieder war es mir ein Rätsel, wie sie zu ihrer Vermutung gelangt war. Ich hatte nur folgende Erklärung: Während andere Menschen, ich selbst eingeschlossen, unbeirrbar auf dem Pfad der Logik dahinschritten, überließ sie sich dem pfeilschnellen, wenn auch unberechenbaren Flug des weiblichen Instinkts.

Mr. Robson führte uns jetzt in eine der Hütten: eine recht saubere Unterkunft, bis auf den muffigen Geruch alter Kleider. Auffallend war jedoch vor allem ihre Kargheit. Es handelte sich um einen einzigen, fensterlosen Raum, der bis auf ein paar rauhe, zusammengefaltete Decken in der Ecke vollkommen leer war.

»Die Eingeborenen schlafen lieber auf dem Boden«, erklärte Robson. »Das ist bei ihnen Tradition.«

»Sie haben uns noch mit keinem einzigen von ihnen bekanntgemacht«, bemerkte meine Frau, während wir uns in dem dämmrigen Raum umsahen.

»Das läßt sich leicht arrangieren«, erwiderte Mr. Robson vergnügt schmunzelnd. »Sagen Sie mir einfach, wen sie kennenlernen möchten.«

Meine Frau überlegte einen Moment. »Ich persönlich würde gerne den Herausgeber des *Flinders Island Journal* kennenlernen.«

»Ach ja, Ihre Zeitung«, stimmte ich zu, hocherfreut, daß sie daran gedacht hatte. Bei der Rückkehr von meiner Reise in die Arktis habe ich einst eine englische Zeitung besucht und fand es damals sehr aufregend, wie die Reporter und Schriftsetzer durch die Räume eilten und im Keller die Druckerpressen ihr lautes Geratter anstimmten. Hier würde sich zwar alles in kleinerem Rahmen bewegen, aber trotzdem war ich sehr gespannt. »Ja, das würde ich mir auch sehr gerne ansehen.«

Wieder runzelte Mr. Robson die Stirn. »Leider ist das kein sehr günstiger Moment.«

Meine Frau sah ihn neugierig an. »Auch vorübergehend abgeschafft?«

Tatsächlich hatte sie schon wieder recht. Mr. Robson wirkte sehr ärgerlich. Mir tat der arme Bursche fast ein wenig leid. Selbst mir war meine Frau manchmal zu scharfzüngig, und dabei hatte sich unser Gastgeber doch alle Mühe gegeben, freundlich und hilfsbereit zu sein.

»Vielleicht möchten Sie einen Blick in unsere Schule werfen?« schlug Mr. Robson vor. »Sie ist ganz in der Nähe. Wir haben sehr ermutigende Fortschritte in der christlichen Unterweisung der Eingeborenen gemacht.«

Ich war natürlich einverstanden, und kurz darauf betrat unsere kleine Gesellschaft ein geräumiges Schulzimmer – leise, da der Unterricht schon begonnen hatte. Der Lehrer war ein unsicher wirkender junger Mann, bei dem es sich, wie Mr. Robson mir zuflüsterte, um seinen eigenen Sohn handelte. Die Schüler waren Eingeborenenkinder verschiedenen Alters, die mit ihren schwarzen Gesichtern hinter den Pultreihen einen sehr niedlichen Anblick geboten hätten, wenn sie nur etwas mehr auf ihr Äußeres geachtet hätten. Kaum einer der Schüler schien sich um seine Kleidung zu kümmern, und einer in der hintersten Reihe hustete und spuckte ganz ungehörig.

»Ophelia!« rief der junge Robson und blickte ein kleines Mädchen an, das einen traurigen Gesichtsausdruck hatte. »Wie lautet das Erste Gebot?«

Es begann recht vielversprechend. »Du sollst keine anderen Götter neben mir haben.«

»Und das Zweite?«

Da ließ ihre Konzentration schon nach. Fairerweise muß man sagen, daß die Anwesenheit so vieler Fremder sicher eine enorme Ablenkung bedeutete. Der junge Mr. Robson unternahm noch zwei weitere Versuche, die Antwort durch gutes Zureden aus ihr herauszubringen, aber erfolglos, und so trat sein Vater mit deutlichen Anzeichen von Ungeduld neben ihn.

»Mein lieber Junge, würde es dir etwas ausmachen, wenn ich dich einen Moment ablöse?«

Sein Sohn schien zwar nicht sehr erfreut, trat aber gehorsam beiseite, worauf sich sein Vater mit unerschütterlichem Lächeln vor den Kindern aufbaute. »Cato«, rief er mit fester Stimme: »Wozu hat Gott uns geschaffen?«

Anscheinend war dem Jungen diese Frage sehr geläufig, denn mit einer Strenge, die zu seinem Namen paßte, erwiderte er ohne Zögern: »Für seine eigenen Pläne.«

Mr. Robson nickte. »Ganz recht. Und wofür liebst du Gott?«

»Gott gibt mir alles.«

»Sehr gut. Was für ein Ort ist die Hölle?«

»Dort brennt man in alle Ewigkeit.«

Der Unterricht verlief jetzt reibungslos, doch plötzlich krähte von hinten ein ganz kleines Kind, das gar nicht gefragt worden war: »Ißt Gott eigentlich Känguruhs?«

Einen Moment lang schien Mr. Robson über diese kuriose Frage verblüfft, aber er faßte sich gleich wieder und lachte. »Schau, Napoleon, Gott ist nicht so wie wir. Gott ist immer überall gleichzeitig. Er sieht uns in jedem Augenblick.«

Doch Napoleon legte eine Hartnäckigkeit an den Tag, die seinem Namen alle Ehre machte. »Ißt Gott *nighi*?«

Bevor ich fragen konnte, worum es sich bei dieser geheimnisvollen Substanz handele, wandte sich das Mädchen mit der traurigen Miene, Ophelia, an den fragenden Napoleon. »Gott ißt niemals *nighi*. Gott ist ein Weißer.«

»Nein!« rief ein anderer kleiner Bursche. »Gott ist ein Geist!«

Mr. Robson war offenbar der Meinung, daß man dieser kleinen theologischen Diskussion, so unterhaltsam sie auch sein mochte, ein Ende machen mußte. Er klatschte in die Hände und rief munter: »Ruhe! Ruhe! So, jetzt fangen wir noch einmal von vorn an.« Dann wandte er sich wieder dem streng blickenden kleinen Burschen zu, der vorher so gut geantwortet hatte: »Cato, wer hat die Erde erschaffen?«

Die Antwort des Kleinen kam wie aus der Pistole geschossen: »Gott.«

»Sehr gut.« Robson wandte sich an Ophelia. »Und wer hat den Himmel gemacht?«

»Gott.«

»Omega, wer hat die Bäume erschaffen?«

»Gott.«

Mr. Robson schritt durch die Pultreihen und zog die Blicke der Schüler auf sich. Er war ohne Zweifel ein sehr beeindrukkender Lehrer. »Napoleon, wer hat die Kartoffeln auf den Feldern gemacht?«

»Gott.«

»Leander, wer hat die Sonne gemacht?«

»Gott.«

»Betsy, wer hat dich erschaffen?«

»Gott.«

Jetzt kam er zu einem Jugendlichen in der hintersten Reihe, der einen recht unangenehmen Gesichtsausdruck hatte. »Voltaire, wer hat mich erschaffen?«

»Der Teufel.«

Es war ein sehr unglücklicher Augenblick. Einige von Voltaires älteren Mitschülern lachten, und auch Mr. Robson versuchte zu lachen, obwohl er offenbar tief verletzt war. Man konnte natürlich nicht entscheiden, ob der Jugendliche Mr. Robson absichtlich hatte kränken wollen, immerhin hatten seine Klassenkameraden schon ein paar unmögliche Behauptungen aufgestellt. Angesichts des Wiederholungsmusters, das sich Mr. Robson so raffiniert ausgedacht hatte, wäre die rich-tige Antwort naheliegend gewesen. Wie auch immer, die Bemerkung brachte den Unterricht ins Stocken. Mr. Robson gab sich zwar alle Mühe, die Schulstunde weiterzuführen, und er prüfte seine kleinen Schützlinge fröhlich auf ihre Kenntnisse des Vaterunsers, doch seine anfängliche Gewandtheit war verflogen.

»Es ist jammerschade, Euer Exzellenz«, sagte er zu mir, als der Unterricht zu Ende war, »daß unsere beiden begabtesten Schüler heute nicht anwesend waren. Ich versichere Ihnen, Sie wären über die Fähigkeiten dieser jungen Männer baß erstaunt.«

»Sind das die beiden, die verschwunden sind?« erkundigte sich meine Frau. »Wo mögen sie hingelaufen sein?«

»Vermutlich spielen sie irgendwo. Ich bin sicher, daß man sie rechtzeitig zu unserem kleinen Bankett finden wird.«

Diesem gewiß sehr unterhaltsamen Ereignis blickte ich voller Freude entgegen. Mr. Robson zufolge hatte so etwas Ähnliches schon einmal vor drei Jahren stattgefunden, zur Feier seiner Ankunft als neuer Kommandant, und er erzählte uns, die Schwarzen hätten damals eine überschäumende Freude an den Tag gelegt: eine Aussicht, die uns um so willkommener schien, als uns diese Rasse bis jetzt so ernst vorkam.

Das Bankett sollte im Freien stattfinden, auf dem Eingeborenenplatz, wo man, als unser Rundgang beendet war, bereits rustikale Tische aufgestellt hatte. Diese waren in Form eines langen schmalen Hufeisens angeordnet und mit Krügen voller Frühlingsblumen geschmückt, was der Szenerie einen entzükkenden Reiz verlieh. Die Sonne stand schon tief am Himmel, und als die Eingeborenen erschienen, von denen einer oder zwei Hacken und andere bäuerliche Gerätschaften trugen, ließen mich ihre scharfumrissenen Silhouetten vor dem rötlichen Himmel doch noch an eine ländliche Szene irgendwo in England denken. Wir nahmen unsere Plätze ein, und meine etwas gedrückte Stimmung begann sich zu heben. Die Älteren, ich selbst, meine Frau und Robson eingeschlossen, nahmen am oberen Ende der Tafel Platz. Vor uns erstreckten sich die beiden Hufeisenenden, und ich sagte unwillkürlich zu meiner Frau, wie sehr mich das Arrangement an den High Table in einem Oxforder College erinnere.

»Hoffen wir«, erwiderte sie in ihrer typischen Art, »daß auch das Essen vergleichbar ist.«

Das war jedoch leider nicht der Fall. Die mürrischen Sträflinge, die uns bedienten, verteilten Teller mit einer Art Eintopf, und wenn man auch alle Anstrengungen unternommen hatte, das Essen mit kleinen Petersiliensträußchen ansprechend herzurichten, schmeckte man doch heraus, daß die Hauptzutaten aus überreifen Kartoffeln und ledrig zähem Hammelfleisch bestanden. Selbst den Schwarzen schien die Kost nicht zu munden, einige von ihnen aßen zu meiner Überraschung nur eine einzige Portion, erhoben sich dann und huschten leise davon.

Meine Frau kommentierte dieses seltsame Verhalten. »Meinst du, es hat sie irgend etwas verstimmt?«

Mr. Robson schien von ihrem Aufbruch ebenso überrascht zu sein wie meine Frau. »Milton? Leonidas?« rief er munter. »Wo wollt ihr denn hin?«

Sie schienen ihn jedoch nicht zu hören und liefen weiter auf die Bäume zu.

»Höchstwahrscheinlich der Ruf der Natur«, erklärte Mr. Robson und lachte über diese einfachste aller Erklärungen. »Sicher werden sie bald zurück sein.«

Aber so war es nicht. Als die Dunkelheit hereinbrach und Kerzen gebracht wurden, was der Szenerie eine ganz bezaubernde Atmosphäre verlieh, erhöhte sich die Zahl der leeren Plätze rund um das Hufeisen eher noch. Mr. Robson jedoch schien mit anderen Dingen beschäftigt. Ich sah ihn mehrmals zu den Wegen hinblicken, die auf den Platz führten, und irgendwann erhob er sich.

»Bitte entschuldigen Sie mich, aber ich sehe gerade, daß mein Sohn zurückgekehrt ist. Er hat den Soldaten geholfen, nach den beiden Jungen zu suchen, von denen ich Ihnen vorhin erzählt habe.«

Inzwischen hatte man unsere Teller abgeräumt, und Schalen mit einer verdächtig steifen Nachspeise standen vor uns, die dezent nach Mehl und Zuckersirup roch. Ich wollte gerade davon probieren, als ich einen leichten Druck auf der Schulter verspürte, weil jemand hinter mir vorbeiging. Daran war eigentlich nichts Besonderes – die uns aufwartenden Sträflinge und andere Personen waren ja schon den ganzen Abend hin- und hergelaufen –, doch dann landete plötzlich ein zusammengefalteter Zettel in meinem Schoß. Ich sah mich um, aber wer immer dafür verantwortlich war, war bereits in der Dunkelheit verschwunden. Neugierig hielt ich den Zettel ans Kerzenlicht und las:

»Euer Exzellenz, ich bedauere sehr, Sie auf diese Weise behelligen zu müssen, aber es gibt etwas, das Sie unbedingt erfahren müssen, schon in Ihrem eigenen Interesse. Ich werde hinter den Eingeborenenhütten auf Sie warten.«

Neugierig geworden, reichte ich das Dokument an meine Frau weiter, die sehr bestimmt sagte: »Da mußt du hingehen.«

»Meinst du wirklich? Ich möchte mir ungern irgendwelche Klatschgeschichten anhören.«

Meine Frau lächelte. Um die Wahrheit zu sagen, sie hat eine gewisse Schwäche für Intrigen. »Es ist deine Pflicht, dich über alle Aspekte des Lebens in der Kolonie zu informieren, oder etwa nicht?«

Da hatte sie wohl recht. Es war ja auch leicht zu bewerkstelligen, und so entschuldigte ich mich, stand auf und ging mit einer Kerze auf das Haus der Robsons zu, als wollte ich die Toilette aufsuchen. Der Boden hinter den Eingeborenenhütten war dicht überwuchert. Plötzlich hörte ich es zwischen den verschatteten Ästen leise rascheln, und dann flüsterte jemand: »Euer Exzellenz, ich danke Ihnen sehr, daß Sie gekommen sind! Ich weiß, ich hätte Sie nicht belästigen dürfen.«

Als ich nähertrat, beleuchtete meine Kerze das Gesicht einer der Frauen, die uns Mr. Robson morgens vorgestellt hatte: eine auf ihre Art recht gutaussehende Frau mit dunklem Haar und ziemlich besorgter Miene. Ich glaube, es war die Frau des Lagerverwalters, obwohl ich schon vergessen hatte, wie der Mann hieß oder aussah. Ich hatte nicht im Traum daran gedacht, daß es sich bei dem geheimnisvollen Informanten um eine Frau handeln könnte, und war völlig verblüfft. Meine Bedenken wurden nicht geringer, als sie in Tränen ausbrach. Ich bedauerte bereits, dem Rat meiner Frau gefolgt zu sein, weil ich keineswegs den Wunsch hegte, in eine hysterische Szene verwickelt zu werden.

»Es tut mir sehr leid, Euer Exzellenz«, rief sie und rang um Fassung. »Ich wollte mich nicht so gehenlassen. Ich wollte mit Ihnen nur wegen Mr. Robson sprechen. Da gibt es nämlich etwas, das Sie unbedingt über ihn wissen müssen. Natürlich ist er in vielerlei Hinsicht ein guter Mensch, aber es wäre sehr unklug von Ihnen, wenn Sie zulassen würden, daß er den neuen Posten in Port Phillip antritt!«

»Aber warum denn nicht?«

»Er ist...« Einen Moment lang suchte sie nach Worten. »Er ist seiner Frau untreu gewesen, und zwar mit der Ehefrau eines der Siedlungsbeamten. Ich kann Ihnen nicht sagen, um wen es sich handelt, aber Sie müssen mir glauben, es ist so.«

Das war eine schwere Anschuldigung. Ich wußte kaum, was ich erwidern sollte. »Haben Sie Beweise?«

»Soviel Beweise, daß alle Zweifel ausgeräumt sind.« Sie sah mich flehentlich an.

»Ich werde mir die Sache gründlich überlegen.«

Das schien der Frau zu genügen, und ohne ein weiteres Wort zu sagen, verschwand sie in der Dunkelheit.

Mr. Robson hatte auf mich den Eindruck einer offenen, grundanständigen Persönlichkeit gemacht und schien mir eigentlich kein Kandidat für einen Schürzenjäger zu sein. Konnte es sich um ein Mißverständnis handeln? Schließlich hatte es die Gattin des Lagerverwalters abgelehnt, mir die Identität jener geheimnisvollen Frau zu verraten, die Robson angeblich in diesen Skandal verwickelt hatte. Jedenfalls war es eine sehr peinliche Sache, zu der ich liebend gern die Meinung meiner Frau hören wollte. Wie sich zeigte, war dies im Augenblick unmöglich. Als ich zum Tisch zurückkehrte, wartete dort nämlich schon Mr. Robson auf mich.

»Das Glück war uns hold, Euer Exzellenz. Ich freue mich, Ihnen mitteilen zu können, daß mein Sohn eines unserer verirrten Schäfchen gefunden hat. Darf ich Ihnen Mr. Cromwell vorstellen?«

Vor dem Tisch, von einer der Lampen beleuchtet, stand ein junger Mann von höchst kuriosem Aussehen. Er war ein Mischling. Sein Gesicht war zwar ebenso dunkel wie das seiner Gefährten, dafür hatte er jedoch hellblondes Haar. Ungeachtet der Worte des Kommandanten, nahm er nicht sehr für sich ein, sein Hemd war schmutzig und zerrissen und an einem Ärmel schwarz verfärbt, als sei er zu nahe ans Feuer geraten.

Mr. Robson sah ihn munter tadelnd an. »Nachdem du dich nun doch herabgelassen hast, uns Gesellschaft zu leisten, Cromwell, hoffe ich, daß du dem Gouverneur das Vaterunser vorträgst?«

Ich war irgendwann einmal in einem wissenschaftlichen Buch auf einen illustrierten Beitrag gestoßen, in dem es um »Die Ohren des Ehebrechers« ging, und wenn ich mir erlaubte, den Äußerungen des jungen Mannes nicht mit voller Aufmerksamkeit zu lauschen, dann nur, weil ich versuchte, mich an die hervorstechenden Merkmale dieser Ohren zu erinnern und zu entscheiden, ob Mr. Robson solche Ohren besaß. Ich hatte ihn schon mehrmals daraufhin betrachtet, ohne zu irgendeinem Schluß gelangt zu sein, als ich bemerkte, daß Cromwell nicht etwa das Vaterunser wiederholte, wie man ihn geheißen hatte, sondern sich direkt an mich wandte.

»Wir brauchen Ihre Hilfe, Herr Gouverneur, darum bitte ich Sie.« Er trug dies langsam und deutlich vor, was mich vermuten ließ, daß er sich seine Worte im voraus zurechtgelegt hatte, wie eine förmliche Rede. »Wir sterben hier, und wenn Sie uns nicht vor diesem jammervollen Verderben bewahren, werden wir bald alle tot sein.«

Einen Moment lang überlegte ich, ob dieser Zwischenfall bewußt inszeniert worden war, doch Mr. Robson wirkte ebenso überrascht wie ich. »Das ist wohl kaum der richtige Moment für solche Dinge, Cromwell«, unterbrach er ihn. »Der Gouverneur möchte dein Vaterunser hören.«

Es war, als hätte der Mischling nichts gehört. »Ich ersuche Sie, lassen Sie uns nach Van-Diemens-Land zurückkehren, weil das der einzige Weg ist, uns vor dem Sterben zu bewahren.« Er sah mich erwartungsvoll an. »Bitte, Herr Gouverneur, werden Sie das tun?«

Mir fehlten die Worte. Es war eine sehr peinliche Situation, und ich ärgerte mich unwillkürlich über Robson, der so etwas zuließ. »Ich versichere Ihnen, daß alles unternommen wird, um Ihnen zu helfen«, sagte ich freundlich. »Mr. Robson hat alles in seiner Macht Stehende getan, um Ihr Volk zu retten.«

Da trat er an den Tisch und starrte uns an. »Sie müssen uns zurückgehen lassen«, forderte er in fast drohendem Ton. »Wenn Sie uns hierlassen, töten Sie uns.«

Ich gestehe, daß ich einen Moment um unsere Sicherheit fürchtete, und überlegte, ob er sich vielleicht gleich ein Messer schnappen und sich in einer wilden Attacke auf uns stürzen würde. Ich glaube, in diesem Moment begriff ich die Ängste, von denen man mir auf unserer Reise durch Van-Diemens-Land so oft erzählt hatte und die noch aus den schrecklichen Jahren des »Schwarzen Kriegs« stammten, als sich Burschen wie dieser Cromwell, egal, ob man sie provozierte oder nicht, der grausamsten Gewalt verschrieben hatten. Ich blickte sogar kurz zu Mr. Robson hin und überlegte, ob ich ihn auffordern sollte, die Soldaten zu rufen.

Glücklicherweise erwies sich das aber als unnötig, denn uns wurde von ganz unerwarteter Seite Hilfe zuteil. Plötzlich schritt nämlich eine große Eingeborenenfrau energisch durch die Mitte der hufeisenförmigen Tafel. Ich weiß nicht, wo sie sich bis jetzt versteckt gehalten hatte, denn ich sah sie zum erstenmal, aber sie erfaßte scharfsinnig unsere mißliche Lage. Sie schritt auf den jungen Cromwell zu, dicht gefolgt von einer zweiten, ängstlichen Matrone, nahm ihn bei der Schulter, drehte ihn herum und schlug ihn so heftig ins Gesicht, daß er zu Boden ging. Dann wandte sie sich uns zu – wir saßen alle sprachlos da –, blickte uns sehr seltsam, beinahe trotzig an, als wolle sie sagen: »So, das wäre erledigt!«, und war eine Sekunde später mit ihrem schwarzen Schatten verschwunden.

»Du kannst jetzt gehen«, sagte Mr. Robson in warnendem Ton zu Cromwell.

Der junge Mann sah uns einen Moment an, aber seine Aufsässigkeit schien ihm durch die Ohrfeige gründlich vergangen zu sein. Er schüttelte nur unglücklich den Kopf und trottete davon.

»Wer war diese Frau?« erkundigte ich mich.

»Der Junge ist ihr Sohn.«

»Das scheint ja eine bewundernswert strenge Mutter zu sein.«

Mr. Robson lachte ein wenig gezwungen. »Ganz recht, Euer Exzellenz.«

Meine Frau war mit anderen Dingen beschäftigt. »Ob irgend etwas Feuer gefangen hat?« fragte sie. »Ich bin sicher, es riecht hier nach Rauch.«

Wie üblich hatte sie absolut recht. Kurz darauf wurde uns mitgeteilt, daß irgendwo im Norden der Siedlung ein Buschfeuer ausgebrochen sei, obwohl die Brandursache völlig rätselhaft blieb, da sich in dieser Gegend nur selten jemand aufhielt.

Der Brand führte dazu, daß meine offiziellen Pflichten in der Siedlung beendet waren, denn obgleich das Feuer noch ein ziemliches Stück entfernt war, fürchtete Mr. Robson doch um die Sicherheit der Siedlung und ließ den eigentlich geplanten Gottesdienst ausfallen. Ich schloß mich der Gruppe an, die das Feuer inspizierte, und erlebte einen sehr eindrucksvollen Anblick. Die Flammen loderten so hell, daß sie die Dunkelheit vertrieben. Durch die Nachtluft schwebten Funkenschwärme, und einige der Bäume schienen regelrecht zu explodieren. Zum Glück war der Wind kurz zuvor auf Süd umgesprungen, so daß keine unmittelbare Gefahr bestand, und am nächsten Morgen stellte ich erfreut fest, daß das Feuer so gut wie von allein erloschen war.

Erst als unser Schoner die Rückreise nach Launceston angetreten hatte und meine Frau und ich uns allein in unserer Kabine befanden, hatte ich endlich Gelegenheit, ihr von der merkwürdigen Behauptung zu erzählen, die die Gattin des Lagerverwalters über Mr. Robson aufgestellt hatte. Zu meiner großen Überraschung vermutete meine Frau, daß die Beschuldigung begründet sei.

»Warum auch nicht?« sagte sie schlicht.

»Aber das ist ja schrecklich!« rief ich aus. »So etwas kann ich doch nicht einfach ignorieren! Ich kann doch nicht zulassen, daß ein Mann dieses Charakters einen wichtigen Posten in der neuen Siedlung übernimmt!«

Da lächelte sie mich ganz seltsam an. »Ach, nein? Ich würde eher sagen, daß es genau der richtige Posten für ihn ist.«

Es geschah nicht das erste Mal, daß mir ihre Worte völlig schleierhaft waren. »Was um alles in Welt willst du damit sagen, meine Liebe?«

»Wenn Mr. Robson nach Port Phillip geht, ist der Gouverneur von Van-Diemens-Land nicht mehr für seine Handlungen verantwortlich.«

Nachdem an jenem Tag der Gouverneur weggefahren war, fanden die Soldaten Tayaleah auf dem Boden unter seinem Baum, durch den Sturz zerbrochen. Für die fette Kanaille Robson war es jammervoll, obwohl er schon wieder log. Als er Tayaleahs heimliches Versteck in den Ästen sah, sagte er, er sei sicher durch ein Mißgeschick herabgefallen, aber ich wußte, daß das nicht stimmte. Ich wußte, daß er absichtlich runtergesprungen war. Seit er mit Robsons Boot nach Flinders Island gekommen war, sah ich, daß Tayaleah zwischen Wachen und Träumen lebte und beides an ihm zerrte, immer stärker und stärker, so daß er nie wußte, was eigentlich stimmte, bis er wie Papier zerriß. Das Gezerre wurde so groß, daß Tayaleah sprang.

Ich hätte nie gedacht, daß es für mich jammervoll sein würde, wenn Tayaleah starb, aber es war so. Ich glaube, jetzt, wo er tot war, konnte ich ihn nicht mehr hassen, und er war nur noch mein Bruder und noch dazu mein einziger. Außerdem hatte ich mich womöglich nach und nach an das kleine Arschloch gewöhnt. Mutter war natürlich außer sich vor Klage und vergaß, daß sie ihn in letzter Zeit gehaßt hatte. Wahrscheinlich hätte sie mich sowieso verabscheut, wegen des Feuers, das alle ihre tödlichen Speere verbrannt hatte. Sie vermutete, ich hätte das Feuer gelegt, und durch Tayaleahs Tod wurde sie noch schlimmer. Und so kam es, daß sie von jenem Tag an nicht mehr mit mir sprach, nicht einmal mehr im Haß, und wenn ich näher kam, stand sie auf und ging weg, kalt wie der Winterwind. Noch schlimmer war, daß sie und Pagerly auch die anderen dazu brachten, mich zu hassen, und ihnen erzählten, ich hätte ihre letzte Chance zerstört, von diesem Ort des Sterbens wegzukommen. Sogar mein guter Freund Mongana ließ mich im Stich, was ich schlimm fand, wie ich mich erinnere, weil ich zu alleine war. Ich blieb in einer leeren Hütte und verbrachte meine Zeit damit, daß ich zusah, wie das Licht durch die Löcher im Dach hereinkam, oder wie tropf, tropf, tropf der Regen fiel, und ich hörte meine eigenen Gedanken, die zu laut in meinem Kopf waren.

Kurz darauf ging der Fette Robson an seinen schönen neuen Ort, der PORT PHILLIP hieß, und obwohl er uns von seinen traurigen und zärtlichen Gefühlen tief in seiner Brust erzählte, weil er uns zurücklassen mußte, sah ich, daß sein Gang glücklich war. Es war wieder mal nichts als eine hassenswerte abscheuliche Scheißlüge. Das Gute daran war nur, daß die Palawa, die ihn vorher gern gehabt hatten, jetzt sahen, daß er bloß eine niedrige, betrügerische Herausforderung war, wie ich es immer gesagt hatte. Trotzdem änderte sich nichts, weil Mutter allen sagte, ich wär ein Freund der weißen Männer.

Die Tage vergingen zu langsam, so daß es fast so war, als hätte man einen abscheulichen Schmerz und die Augenblicke gehen nicht fort, sondern sitzen still wie ein großer Stein. Jene Wochen und Monate waren am schlimmsten, und es schien, als würden sie nie aufhören. Es ist eine jammervolle Erinnerung, sogar noch heute. Ich schrieb immer noch Briefe an den Gouverneur in Hobart, für jedes Boot, aber ich bekam bloß einen zurück, und der war kurz und sagte, daß mein Wunsch unmöglich sei, ohne Begründung, warum. Das war schwer zu ertragen, weil ich gehofft hatte, daß der Gouverneur meine Worte an jenem Abend gehört hatte, so daß ich doch noch ein schöner Held wurde.

Ein Sommer kam und ging vorbei, und wieder einer. Die Hütten wurden älter und leerer, und es schien, als sei die Insel alles, was ich jemals gekannt hatte, denn daß ich mit Mutters Stamm in der Welt mal hierhin, mal dorthin gelaufen war, war so lange her, daß es sich anfühlte, als hätte ich es nie erlebt, sondern irgendein anderer. Nach und nach hatten Mongana, Pagerly und die anderen es satt, mich immer weiter zu hassen, was angenehm war, weil ich wieder in ihrer Hütte schlafen konnte. Nur Mutter vergaß es nie, und wenn ich in ihre Nähe kam, sah sie mich an wie kalter Wind und drehte sich weg, was abscheulich war. Inzwischen wurde ich nicht mehr größer, weil nichts mehr von einem Kind in mir war. Ich war auch stark, ja, und wäre in jedem Speerkrieg ein guter Kämpfer gewesen, nur daß es eben keine Kriege mehr gab. Groß zu sein, war auf der Insel nur eine Dummheit, weil ich nichts damit machen konnte, als dazusitzen und die Zeit ein bißchen anzuschieben oder zu überlegen, wie lange ich durchhalten würde, bis ich genauso krank war wie die anderen. Die Leute starben nämlich weiter, und wenn es nicht mehr so oft vorkam, dann lag das nur daran, daß weniger von uns zum Sterben übrig waren. Eines Tages starb auch Mongana, was schrecklich war. Seine Mutter Pagerly klagte tagelang, und ich klagte mit ihr.

So wurde ich älter, bis das Großsein nichts Neues mehr war, sondern ganz gewöhnlich. Wir kriegten neue Kommandanten, aber die waren nicht interessant, und mit der Zeit wurden die Num immer weniger, nicht weil sie starben, was sie eigentlich fast nie taten, sondern weil es von uns nur noch so wenige gab, daß man uns leicht beobachten konnte. Nach und nach hörten sie sogar auf, uns von Gott zu erzählen, wie ich mich erinnere. Ich glaube, es kam ihnen dumm vor, weil wir ja sowieso dauernd starben. Sommer vergingen und noch mehr Sommer, und ich lebte immer noch, obwohl ich nicht wußte, warum. Dann passierte mir ganz überraschend etwas Wundersames, und das war Dray, die der Fette Robson Ophelia genannt hatte, und weil sie jünger war als ich, hatte ich sie kaum beachtet. Jetzt war sie plötzlich so groß, prächtig und schön, daß ich sie manchmal gerne ansah, und wenn sie mich sah, schaute sie auf eine ganz bestimmte Art und Weise weg.

Eines Tages im Herbst kam ich im Wald in der Nähe von Tayaleahs Baum vorbei, und da war sie, und so legten wir uns hin, fast ohne was zu sagen, als sei alles schon gesagt, was merkwürdig war. Und so begann etwas Neues, wo ich vermutet hatte, daß es nichts Neues mehr geben würde. Ich erlebte Umarmen und Schmecken, mal hierhin, mal dorthin Fassen und schwach und selig Werden. Später erlebte ich noch mehr, was Freude und frohe Botschaft war, und nach und nach gingen wir oft in die Wälder und auf die Berge, lagen im weichen Gras und erlebten unser schönes großes Glück. Sie war freundlich und sanft, und wir erlebten süße Freude, während der Wind über uns durch die Bäume wehte. Jetzt hatte ich zum erstenmal jemanden, den ich vor den abscheulichen Dingen beschützen mußte, und das hieß, ich mußte leben, was ich fast schon vergessen hatte. Ja, in jenen Tagen konnte ich glauben, daß ich doch noch ein großes Glück gefunden hatte, und ich vermutete, daß Dray meine Beständige war, und damit war es kaum von Bedeutung, daß ich auf dieser Scheißinsel festsaß.

Aber es ist schwer, Liebe zu haben an einem Ort des Sterbens, weil man sich manchmal unmöglich fühlt und es kaum wagt, die eigene Freude zu spüren. Außerdem war es richtig, nicht zu glauben. Denn als das Wetter umschlug, wurde Dray ein bißchen hustenkrank, so daß wir beide sehr angstvoll waren. Ich versuchte alles, bat immer wieder Jones, den Arzt, nach ihr zu schauen, was er freundlich tat, aber es war so, als wollte man immer höher steigende Wellen mit den Händen aufhalten. An einem Nachmittag starb sie ganz plötzlich.

Danach vergaß ich, daß meine Stärke das Durchhalten war, weil es keinen Sinn mehr für mich gab. Ich wollte auch sterben, wie ich mich erinnere, wie damals vor so vielen Jahren, als ich in diesen Wald hineinrannte und mich neben dem Baumstamm auf den Boden legte. Aber es ist schwer, das Sterben zu wählen. Das Sterben wählt dich.

Damals gab mir Smith sein Buch. Ich saß vor den Hütten und tat nichts und versuchte auch nichts zu denken, weil das besser war, als etwas zu denken, und da kam er angeschlichen. »Ich dachte, das spendet dir vielleicht ein wenig Trost.«

Ich hatte noch nie ein ganzes Buch gelesen, weil mir noch nie jemand eins gegeben hatte, und dieses wollte ich auch kaum lesen, nein, aber weil es nichts anderes zu tun gab, fing ich an, und obwohl ich erst langsam war, wurde ich nach und nach schneller. Das Buch hieß *Zwei kleine Waisen* und war sehr traurig.

Eine Familie steckt auf Pferden in einem Fluß fest, der nach vielem Regen groß geworden ist, und Mutter und Vater ertrinken, als sie zwei Söhne retten wollen, sehr klein, die jetzt die Waisen sind. Mutters Ertrinken geht langsam, und als letztes beim Sterben hängt sie der älteren Waise ein interessantes KREUZ um den Hals. Später gehen die Waisen zu einem anderen Haus voller Waisen, sehr viele, und da müssen sie hart arbeiten, weil ihr Kommandant grausam und hassenswert ist und schreit und ihnen Scheißessen gibt. Eines Tages schlägt der Kommandant eine andere Waise sehr schlimm, und als unser kleinerer Waisenjunge diesem anderen Jungen helfen will, schlägt der Kommandant auch ihn, und das mit so viel fürchterlichen Schlägen, daß er fast tot ist. In dieser Nacht laufen beide Waisen weg in eine große Stadt, wo sie nichts zu essen haben, wenn Fremde ihnen keine Münzen schenken.

Es ist eine jammervolle Zeit für die Waisen, weil das Wetter kalt vor Frost ist und die kleinere Waise krank wird. Dann kommt eines Tages ein freundlicher Mann und gibt ihnen Geld, und als der freundliche Mann hinschaut, sieht er das Kreuz, das die Mutter der großen Waise gegeben hat, was interessant für ihn ist. Der freundliche Mann sagt, sie müßten hier auf ihn warten, während er noch über etwas anderes nachdenken müsse, aber er sei bald zurück. Sehr traurigerweise kommen aber kurz danach hassenswerte Jungen und versuchen das interessante Kreuz zu stehlen, so daß die Waisen fliehen müssen und sie den freundlichen Mann später nicht mehr finden. Das Wetter wird nach und nach kälter, und so stirbt die kleine Waise sehr langsam auf einem Begräbnisplatz neben einer Kirche. Die große Waise legt ihn vor die Kirchentür, damit der Pfarrer ihn begräbt.

Danach ist der größere Waisenjunge so jammervoll über das Sterben des kleinen Waisenjungen, daß er auch krank wird, und es sieht aus, als würde er auch bald sterben, so daß alle tot sind. Aber dann hat er in der Nacht einen Traum, und die kleine Waise kommt und sagt ihm, daß er durchhalten muß, weil alles nach und nach besser wird. Das gibt dem größeren Waisenjungen Mut, und tatsächlich kommt am gleichen Tag der freundliche Mann zurück und findet ihn. Es ist eine große Überraschung, daß er in Wirklichkeit der Onkel der Waisen ist und ein schönes großes Haus hat, obwohl er die Mutter des Waisenjungen, die seine Schwester ist, wegen anderen Dingen nicht kannte, und so bekommt der ältere Waisenjunge gutes Essen, sehr viel davon, und Liebe und Zärtlichkeit, und er zeigt dem Onkel sogar den Platz, wo die Pfarrer die kleine Waise beerdigt haben, und sie geben dem kleinen Waisenjungen einen großartigen Stein, in den ganz ordentlich sein Name eingemeißelt ist. Und ganz am Schluß träumt die große Waise wieder in der Nacht, und jetzt ist der kleine Waisenjunge im Himmel und sitzt mit allen ENGELN auf Gottes Knien, und er lächelt, als wenn er jetzt sehr glücklich wäre.

Eine Zeitlang war dieses Buch meine ganze Freude. Ich las die traurigsten Teile immer wieder, und ich wollte, daß es die Wahrheit war. Manchmal dachte ich: Ja! Ich bin diese armen Waisen, und ich weinte aus hungriger Trauer.

Dann, eines Tages, änderte sich alles. Das Schiff kam wie immer, mit abscheulichem Essen und Briefen für die Weißen, aber diesmal hatte es auch etwas für uns. Neuigkeiten! Neuigkeiten, die ich kaum glauben konnte. Der Gouverneur, der uns besucht hatte, war endlich weg, und statt dessen war ein neuer Gouverneur gekommen. Und das Beste von allem war, der neue Gouverneur hatte meine Briefe gesehen und gesagt, wir könnten in die Welt zurück.

Dieser Tag war großes Glück. Wir waren nur noch neunundvierzig Palawa, aber immerhin gab es uns noch, und ich glaubte fest, daß wir kämpfen und streben konnten, wenn wir erst wieder in der Welt waren. Allein der Gedanke, von dieser abscheulichen, hassenswerten Insel wegzukommen und wieder in unserem Wald und zu unseren Bergen und geheimen erinnerten Plätzen zurückzudürfen, erfüllte uns mit Entzücken. Ich hatte also doch recht gehabt, und mein Plan, die weißen Kanaillen mit ihrer eigenen Schlauheit zu bekämpfen, war doch noch ein schöner Erfolg geworden. Alle, außer Mutter, bejubelten mich an jenem Tag als großen, guten Helden.

Es ging ganz schnell, weil wir noch auf demselben Boot zurück mußten, ich hatte aber noch Zeit, wichtige Dinge zu erledigen. Erst ging ich an den Begräbnisplatz und sagte meiner lieben Dray Lebwohl und auch Mongana und Heedeek und den vielen anderen, die meine Freunde waren, was sehr kummervoll war und zärtlichste Gefühle tief in meiner Brust weckte. Dann ging ich zu Smiths Haus. Jetzt, wo wir gerettet waren, erkannte ich plötzlich, was Smiths Buch *Zwei kleine Waisen* wirklich sagte. Nein, es war keine Freundlichkeit gewesen, nur eine schlaue

Falle, als ich verzweifelt und leicht zu fangen war. Ich schämte mich, daß ich mich so hatte einfangen lassen. Dieses Buch sagte: NA LOS, KLEINER SCHWARZER, STIRB JETZT SANFT, STIRB LEISE UND LÄCHELND UND DANKBAR, DENN DIES IST DEINE LETZTE AUFGABE FÜR UNS.

Wahrscheinlich erriet Smith meine Gedanken auf meinem Gesicht, weil er nicht rauskam, sondern nur einmal durch den Vorhang guckte und so tat, als wäre er zu beschäftigt, um für das Boot fertig zu werden. Aber ich wußte, daß er mich heimlich beobachtete, wie ich die Seiten herausriß, eine nach der anderen, und sie alle aufeinanderlegte. Und so verbrannte ich diese Waisen, wie ich zuvor Mutters Speere verbrannt hatte.

Kapitel Elf

Doktor Thomas Potter *Dezember 1857*

Das Schicksal der Nationen (Auszug)

Dieses unerschütterliche, immer größer werdende Reich, das sich Britisches Weltreich nennt, ist, wie uns von sogenannten politischen Theoretikern versichert wird, einfach nur die Folge von Zufällen. Es ist, wie sie behaupten, nur die Summe kleinerer Zuwächse, die Händler und Abenteurer zur eigenen Bereicherung an sich gerissen haben; eine Art zufälliges Zusammenwirken von Waffen und Habgier; eine gewaltige, doch führerlose Maschine, deren mächtige Hände sich über den ganzen Erdball strecken: Die eine Hand streut Soldaten, Sträflinge und Priester aus, die andere streicht Gold ein.

Nichts könnte irreführender sein, als diese Sicht der Dinge. Es gibt nämlich in Wahrheit keine edlere Manifestation des Schicksals der Menschheit, als die mächtige Institution der imperialen Eroberung. Hier sehen wir den wackeren, furchtlosen angelsächsischen Typus, dessen wahres Wesen nie so deutlich offenbar wurde wie jetzt, wo er auf seiner großartigen Suche vorwärtsschreitet, minderwertige Nationen unterwirft und vertreibt – die Hindus, die amerikanischen Indianer, die Ureinwohner Australiens – und sie durch seine eigenen tapferen Söhne ersetzt. Mutig, aber blind, versteht er kaum das unabänderliche Schicksal das ihn leitet: die allmächtigen Gesetze der menschlichen Rassen. Neben ihm marschieren andere, deren Schritt allerdings nicht von so zielstrebiger Entschlossenheit kündet. Der Romanische Typus Frankreichs durchmißt südwärts trotzig öde Wüsten und bezwingt ehemals stolze arabische Stammesführer. Der Slawische Typus Rußlands schlendert mißmutig durch den eisigen Osten und besiegt mit jedem Schritt Asiaten. Der Iberische Typus Südamerikas reitet über seine Pampas und rottet dabei träge den wilden Indianer aus. Der Belgisch-Keltische Typus müht sich unverdrossen gegen Insel-Orientalen und erweitert dabei unbeirrbar sein fragiles Herrschaftsgebiet. Alle werden sich als ahnungslose Vernichter ihrer bezwungenen Feinde erweisen, bis kaum noch eine der minderwertigen Unterrassen – ob Afrikaner, Australier oder Asiaten – übrigbleibt.

Wenn dieses Werk vollbracht ist und nur noch die stärksten Typen übrigbleiben, beginnt ein weiteres Stadium im Lauf der Geschichte. Dann zieht eine neue, große, fürchterliche Feuersbrunst herauf: die letzte Schlacht der Nationen, wenn der treue Sachse aufs neue kämpfen muß; eine Schlacht der Titanen; ein Kampf der Herrenrassen, in dem...

Captain Illiam Quillian Kewley — *Dezember 1857*

Mir war völlig schleierhaft, was Dr. Potter ausgerechnet an dieser Insel fand, denn auf mich wirkte sie ziemlich ärmlich. Flach und trocken wie ein Schiffszwieback bis auf eine Handvoll zusammengedrängter Berge, die hier und dort so karg und spitzig aufragten, als könnten sich unachtsame Engel beim Drüberfliegen dran verletzen. Auf meiner eigenen Karte, die wie gesagt nicht gerade neu war, entdeckte ich bloß die Küste und ein paar Gipfel, der Rest befand sich in jungfräulichem Zustand, es war nicht mal eine Farm oder eine Siedlung darauf verzeichnet. So mußte ich unseren Kurs nach einer kleinen Skizze bestimmen, die irgendein Arztfreund von Potter angefertigt hatte. Unser Bestimmungsort war ein Kreuz an der Westküste, neben dem »verlassene Siedlung« stand. Das mußte ja eine ärmliche Siedlung gewesen sein, wenn man sie so schnell wieder aufgegeben hatte.

Der Reverend war stinksauer, daß wir Station machten – und sei es bloß, weil Potter sich so darüber freute –, und er stöhnte, wir hätten doch sowieso schon viel zuviel Verspätung. Aber eigentlich kam mir so ein kurzer Halt gerade recht. Erstens war ich durch unseren überstürzten Aufbruch aus Port Phillip nicht dazugekommen, genügend Wasservorräte aufzunehmen, und zweitens – aber das war wieder ein ganz anderer

Grund, jedenfalls nicht von der Sorte, daß ich die Engländer damit behelligt hätte.

Wenn man vor einer solchen gottverlassenen Insel vor Anker geht, hat man zumindest den Vorteil, daß keiner von Bord springt, es sei denn, er will unbedingt den Einsiedler spielen. Wir waren nur noch neun Manx-Männer und hatten keinen Segelmacher mehr. Vor ein paar Tagen hatten wir noch vierzehn Mann gezählt, und schon das war knapp gewesen, weil ja aus dem Sperrdock in London auch schon zwei abgehauen waren. Wir steckten in argen Schwierigkeiten, das ließ sich nicht leugnen. Bei idealem Segelwetter kamen wir über die Runden, aber falls wir in einen richtigen Sturm gerieten oder gar in aller Eile unsere geheime Fracht löschen mußten, waren wir verratzt. Ich hatte den alten Dummkopf Quayle (den Koch) und Mylchreest (den Stewart) ein oder zweimal in die Takelage raufschicken müssen, auch wenn sie für solche Aufgaben langsam zu alt wurden. Trotzdem, es hätte immer noch um einiges schlimmer kommen können.

Wir hatten einen Tag und eine Nacht gebraucht, um die Port Phillip Bay zu durchqueren, und ich fragte mich während der ganzen Fahrt, ob vielleicht gleichzeitig ein Bote am Ufer entlangritt und ob unser spezieller Freund Robins, der Zöllner an der Landzunge, im Kutter auf uns zurasen und Kanonenschüsse abfeuern und seine Marinesoldaten mit ihren Bajonetten fuchteln lassen würde. Doch nein, er war die Freundlichkeit in Person gewesen, plauschte noch ein wenig mit unseren Engländern und winkte uns vorbei, ohne ein Wort über irgendwelche Strände und Ruder zu verlieren; oder gar über Männer, die gefesselt und völlig durchnäßt aufgewacht waren. Vielleicht hatten wir ja Glück, und Bowles hielt den Mund.

Potters Kritzelkarte taugte nicht zum Navigieren, aber als wir kurz nach Sonnenaufgang an der Inselküste entlangfuhren, erblickten wir einen kleinen Landungssteg, und wir warfen Anker und ließen das Boot runter. Ich sah zu, wie die Engländer ans Ufer gerudert wurden, und wartete noch, bis sie ausgestiegen waren – nur falls sie es sich doch noch anders überlegten, schließlich waren sie unberechenbar. Dann stieg ich nach unten, wo Mylchreest auf mich wartete. Wir marschierten zur Speisekammer. Dort ertastete ich das bewußte Stückchen Schnur und zog leicht daran. Dann kletterten wir in den Frachtraum zu dem losen Paneel mit den zwei Trossen dahinter, an denen ich ebenfalls zog. Dann weiter in die Messe und zu den Falltüren unter den Büsten von Queen Victoria und Albert, die ganz leicht zu öffnen waren. Mir war nicht aus dem Kopf gegangen, was der arme kleine Harry Fields gesagt hatte, in jener Nacht am Strand in Port Phillip, kurz bevor Kinvig die schlaue Idee gehabt hatte, ihn mit dem Ruder niederzuschlagen. Er hatte sich beschwert, unser Tabak sei feucht. Ich sorgte mich, daß unsere ganze Ladung verderben könnte, auf keinen Fall durften die Schätze der *Sincerity*, die sie nun schon so lange vor den zudringlichen Augen des Zolls verbarg, aus purer Schlamperei verrotten. Zum Glück war es dann aber doch nicht so schlimm. Mylchreest stocherte ein bißchen herum und zog am Ende ein einziges Bündel heraus, daß man über Bord werfen mußte.

»Wir sollten eine Weile alles offen lassen«, schlug er vor, »damit die Feuchtigkeit raus kann.«

Das ging ohne weiteres, weil unsere Passagiere ausgeflogen waren und nur mit unserem Ruderboot wieder zum Schiff zurückkonnten. Ich zog die Paneele auf, soweit es ging, und die Tür zur Messe ebenfalls, damit es richtig gut durchlüftete. Als ich wieder an Deck kam, sah ich, daß das Boot bereits wieder zum Schiff zurückfuhr, tatsächlich mit Wasserfässern beladen, und kurz darauf kletterte der Erste Maat Brew an Bord und grinste über beide Ohren. »Wir haben Wasser gefunden. Und dann noch was.«

Er sah zu einem Bündel Persenning hinüber, das die anderen gerade an der Bordwand hochhievten. Ihren Gesichtern nach mußte es ziemlich schwer sein.

»Was ist denn da drin? Steine?« fragte Mylchreest, als sie das Bündel vor uns hinlegten. Kaum hatte er den Mund zugemacht, wurde er eines Besseren belehrt, weil die Persenning plötzlich wackelte und zuckte.

»Fast«, sagte Brew lächelnd. »Zumindest, wenn Steine ein Fell hätten.« Er bückte sich, um das Seil aufzuknüpfen, und plötzlich drängte stürmisch eine große stumpfe Schnauze heraus. Brew konnte das Fabelwesen gerade noch bei den Schultern packen und festhalten.

»Was ist denn das?«

»Weiß nicht genau. Der kleine Renshaw meint, es könnte ein Wombit sein.«

Ein Wombit? Das war doch wohl kein Name für ein Tier. Ein Kätzchen war es jedenfalls nicht, so wie es sich krümmte und wand, um zu fliehen. Es waren drei Mann nötig, um das Tier in das Boot zu verfrachten, das früher der Saukoben gewesen war. Dabei kamen sich alle gegenseitig in die Quere und stolperten über die Persenning, aber am Ende konnten wir uns unser erstes australisches Monster ansehen. Es war nicht gerade riesig und hatte lachhafte Stummelbeinchen, aber irgendwie strahlte es geballte Kraft aus, als wäre es so was wie ein höckriger Stein. Es gebärdete sich auch wie ein Stein. Während wir es beobachteten, fing es an, mit dem Kopf gegen die Bootswand zu schlagen, immer wieder, als mache ihm das Spaß.

»So 'ne Art Dachs, wie?« fragte ich, als das Boot erneut zu wackeln begann. Von der Größe her kam es etwa hin, wobei das Gesicht eher an einen kleinen Bären erinnerte.

»So was ähnliches«, stimmte Brew zu. »Er wollte gerade in seinem Bau verschwinden, als ich ihn gefangen habe.«

Egal, was es war, wir konnten es gut gebrauchen, da wir in Port Phillip keine Zeit mehr gehabt hatten, Tiere zu kaufen. »Quayle soll uns zeigen, wie er mit Schiffszwieback schmeckt.«

Anschließend dachte ich, ich könnte mir doch eigentlich mal dieses Flinders Island anschauen und die Jungs beim Aufladen der Fässer besuchen. Mylchreest ließ ich als Wache auf dem Schiff.

Reverend Geoffrey Wilson *Dezember 1857*

In Anbetracht dessen, daß Dr. Potter bisher niemals auch nur das geringste Interesse für diese Insel gezeigt hatte, war seine plötzlich erwachte Neugier doch verwunderlich. Er behauptete, auf dem Eiland hätten die Ureinwohner Tasmaniens Zuflucht gesucht und unter den Resten ihrer Siedlungen könne man vielleicht einiges finden, das von Interesse für ihn sei. Ich konnte mich jedoch des Verdachts nicht erwehren, daß dies nur ein Vorwand war, unsere Weiterfahrt noch länger zu verzögern. Ich fürchtete tatsächlich, daß er nun den Versuch machte, an jedem verlassenen Felsen, in jeder Bucht zwischen Port Phillip und Hobart vor Anker zu gehen. Besonders besorgniserregend war, daß Kewley meinen Einwänden, so begründet sie auch waren, kaum Gehör schenkte, und so drängte sich mir der Verdacht auf, daß Potter ihn irgendwie auf seine Seite gelockt hatte. Unmöglich war das nicht, wenn man daran dachte, wie sehr die Manx das Gold liebten.

Der Doktor machte großes Aufhebens von seinem angeblichen Erkundungsgang, und als das Boot zu Wasser gelassen wurde, befahl er seinem Diener Hooper, eine der neuen hölzernen Packkisten aus dem Frachtraum zu holen, für »Artefakte«, die er vielleicht entdecken werde. Es war wirklich allerhand. Als wir zum Strand gerudert wurden, kam mir plötzlich ein Gedanke: Und wenn ich nun beweisen konnte, daß der Doktor einzig und allein unsere Zeit verschwenden wollte? Das hieße, ihn mit seinen eigenen Waffen zu schlagen, und es würde den Captain sämtlicher Vorwände für weitere sinnlose Verzögerungen berauben. Wer weiß, vielleicht gab es mir am Ende sogar das Recht, Potter von unserem Unternehmen komplett auszuschließen: eine Aussicht, die mir von Tag zu Tag wünschenswerter erschien, natürlich nur im Interesse der Expedition, da sein Verhalten immer boshafter wurde. Es würde nicht leicht sein, das war mir klar, weil es viel schwerer ist, den Beweis zu führen, daß jemand irgend etwas *nicht* tut, als den, daß er etwas *tut,* und doch stand für mich außer Zweifel, daß ich es versuchen mußte.

Ich dachte, es wäre vielleicht nützlich, Renshaw als Helfer und Zeugen für dieses wichtige Vorhaben zu gewinnen. Darum wollte ich ihm alles erklären, sobald die Mannschaft ausgeschwärmt war, um nach Wasser zu suchen, und Potter und sein Diener sich außer Hörweite befanden. Doch der Botaniker – er thronte lächerlich auf einem von mehreren runden Felsen, die ganz seltsam aussahen und an riesige Augen erinnerten – verweigerte mir hartnäckig seine Unterstützung.

»Ich spiele für niemanden den Spitzel«, erklärte er düster, als sei seine Weigerung Ausdruck tugendhaften Verhaltens.

Da auch weitere Versuche nichts fruchteten, blieb mir nichts anderes übrig, als den beiden allein zu folgen. Ich hatte sie inzwischen aus den Augen verloren, aber soweit ich sah, gab es nur einen einzigen Pfad, einen beinahe zugewucherten alten Weg. Nach einigen hundert Metern erblickte ich vor mir ein paar Backsteinhäuser und befand mich inmitten der verlassenen Siedlung, die recht armselig wirkte. Im Zentrum standen eine Reihe primitiver Unterkünfte, die an Elendsquartiere erinnerten. Wenn Potters Behauptung zutraf, daß die Insel den Eingeborenen als Zuflucht gedient hatte, dann waren das wohl ihre Hütten gewesen. Ich blickte in eine davon, fand aber nichts als Vogelmist und ein paar alte Lumpen. Keine Spur von den »Artefakten« des Doktors.

Von größerem Interesse war für mich das gegenüberliegende Gebäude. Es war von stattlicher Größe und solide gebaut, und Mauern und Dach trotzten stolz den Verheerungen der Zeit und der Elemente. Nur die Tür erinnerte daran, daß hier keine Menschen mehr wohnten. Sie hing lose in den Angeln und schlug im Wind monoton auf und zu. Kaum war ich eingetreten, begriff ich, daß dies wohl die Kirche der Siedlung gewesen war, denn es herrschte eine Leichtigkeit und Würde, die in gewaltigem Kontrast zu den trostlosen Hütten gegenüber stand. Da ich wußte, daß die Eingeborenen Tasmaniens ursprünglich in tiefer Finsternis gelebt hatten, freute mich der Gedanke, daß ihnen trotz all ihrer Leiden Trost im hellen Licht des Glaubens zugekommen war.

Es war gewiß kein bloßer Zufall: Als ich wieder ins Tageslicht hinaustrat, noch ganz beglückt von diesem schönen Gedanken, entdeckte ich als erstes die Spuren von vier Füßen, die sich deutlich im weichen, matschigen Boden abzeichneten. Sie waren ohne Zweifel noch frisch. Hocherfreut folgte ich ihnen, allerdings ganz vorsichtig, da ich nicht entdeckt werden, sondern meine Beute erst einmal in Ruhe beobachten wollte. Die

Schritte führten von der Siedlung in den dahintergelegenen Wald. Dort jedoch wurde es immer schwieriger, die Spuren im dünnen Teppich silbernen Laubs zu erkennen. Ich mußte raten und suchte nach Lücken zwischen den Bäumen, die auf eine Spur hindeuten mochten. Obwohl mir bald klar wurde, daß ich ihre Fährte verloren hatte, stapfte ich mühsam weiter. Jetzt spürte ich erst, wie heiß es war, außerdem trieb mich ein Schwarm von Fliegen und Moskitos fast zur Raserei. Sie summten mir andauernd um den Kopf herum und ließen sich auch durch wildes Wedeln mit den Händen nicht vertreiben.

Diese lästigen Insekten waren auch die Hauptursache des Ungemachs, das mich bald darauf ereilte. Ich stieg die Mitte eines schlammigen Hangs hinauf, der recht steil war, obwohl dies keine Bedeutung zu haben schien, und als ich wieder einmal herumwirbelte, um die Insekten abzuwehren, da rutschte ich plötzlich aus und begann abzugleiten. Meine Versuche, mich an irgendwelchen Pflanzen festzukrallen, waren vergeblich, und als ich merkte, daß ich dicht an einem großen Baumstumpf vorbeirutschte, war es nur naheliegend, daß ich schnell ein Bein ausstreckte, um nicht noch weiter abzurutschen. Das Manöver zeigte tatsächlich große Wirkung, forderte aber seinen Preis. Mein Fuß, inzwischen unbeschuht, schlug nicht auf den Stumpf, sondern schien in ihm zu versinken und geriet in eine Art Höhlung. Das war allerdings noch gar nichts im Vergleich zu dem, was dann folgte. Gerade als ich mich aufrappeln und mein Bein zu mir herziehen wollte – wobei ich unglücklich feststellte, daß noch mehr Schrammen hinzugekommen waren –, fühlte ich plötzlich dicht an meinem großen Zehen einen schrecklichen, stechenden Schmerz.

Obwohl gerade erst in Tasmanien eingetroffen, war ich durch meine Lektüre doch zur Genüge mit den schrecklichen tödlichen Tieren vertraut, denen man im ganzen Land auf Schritt und Tritt begegnete. Es schien hier offenbar kaum Spinnen, Schlangen oder Schalentiere zu geben, die nicht die Macht besaßen, einen zu töten, und so hegte ich nicht den geringsten Zweifel, das ich soeben einer solchen Attacke zum Opfer gefallen war und daß das Gift in diesem Moment in meinen geschwächten Körper drang. Ich spürte schon ein fürchterliches Taubheitsgefühl, das sich von meinem Fuß über mein Bein rasch in den Rumpf ausbreitete. Mit wild pochendem Herzen zog ich meinen Fuß aus der Höhlung und spähte hinein, aber es war zu dunkel, um eine Spur von meinem Angreifer zu entdecken. Als ich ein schwaches Rascheln vernahm, zuckte ich zurück, da ich kein zweites Mal attackiert werden wollte. Doch beim Versuch aufzustehen, packte mich ein solcher Schwindel, daß ich zu Boden sank und mit einer drohenden Ohnmacht kämpfte.

In diesem entsetzlichen Moment, als ich mit dem Tode rang, erfüllte mich plötzlich, sehr zu meiner eigenen Überraschung, ein tiefer Friede. Neben diesem Baumstumpf liegend, geriet ich in einen wundersamen Zustand zwischen Wachen und Schlafen und erlebte etwas, das ich nur als visionären Traum bezeichnen kann. Ich erblickte eine Wolkenbank voller kleiner Engel, die allerliebst mit den Flügeln schlugen. Sie lächelten mich herzlich an und winkten mir mit ihren dicken Händchen zu. Doch plötzlich wurden ihre Mienen traurig, und sie runzelten finster die Stirn. Als ich ihrem Blick folgte, sah ich in einem dunklen Raum mein treues Weib in stummen Tränen aufgelöst. Ein geöffneter Brief lag neben ihr, und schon änderte sich die Szenerie abermals. Was war das für ein fremdes Land, das ich als nächstes sah, mit seinen Mauern aus glänzendem Stein, dem wunderbaren Grün? Da wurde mir klar, daß ich den Garten Eden erblickte! Diesmal jedoch drängten mich keine wispernden Stimmen aus Farn und Blumen zum Weitergehen, sondern es fegte ein kalter Wind über diese vergessene Gegend. Und es kam noch schlimmer: Plötzlich erblickte ich einen riesigen Hörsaal voller unschuldiger junger Gesichter, die begierig auf Führung hofften. Und wer saß dort auf dem Podium? Meine eigenen Feinde im Krieg der Gelehrten: eine Reihe atheistischer Geologen, auf deren Mienen sich gräßlicher Triumph spiegelte.

Erst langsam kam ich wieder zu mir, ganz so, als wäre ich doch bewußtlos gewesen. Einen Moment lang blieb ich noch neben dem Baumstumpf liegen, betete leise, und obwohl ich nicht einmal annähernd beschreiben kann, warum, *wußte* ich doch, daß meine Gebete erhört wurden. Abermals versuchte ich, auf die Füße zu kommen. Diesmal schien es mir wie durch ein Wunder zu gelingen, geradeso, als komme mir eine mächtige Hand zu Hilfe.

Ich ging einen kleinen Schritt. Ich hielt inne. Noch ein Schritt. Ich empfand Schmerz. Zusätzlich zu meiner Wunde waren meine unbeschuhten Sohlen jedem scharfen Stein und jeder dornigen Pflanze auf dem Weg schutzlos ausgesetzt, und doch drängte es mich weiter. Langsam humpelte ich voran und fühlte, wie das fürchterliche Dunkel auf mich zukroch und mich umfangen wollte. Ich wehrte es ab. Schritt um Schritt, Meter um Meter kam ich voran. In mir keimte die Hoffnung, daß ich mich wenigstens bis zur Siedlung schleppen konnte, wo ich entdeckt und christlich beerdigt werden würde, statt verschollen zu bleiben und von wilden Tieren verschlungen zu werden. Es schien eine Ewigkeit zu dauern, bis ich endlich durch die Bäume die Hütten der Siedlung erblickte. Jetzt erlaubte ich meinen Hoffnungen wilde Sprünge, sogar bis zum Landungssteg, wo ich auf Menschen treffen würde. Ich hielt durch. Abermals wollte mich die Verzweiflung packen, abermals schlug ich sie zurück. Mit jedem gewonnenen Meter stieß ich ein Dankgebet aus und betete um Kraft für den nächsten. Ich stolperte vor mich hin und sah wunderbarerweise plötzlich das Meer vor mir.

Timothy Renshaw *Dezember 1857*

An dieser Küste gab es kaum etwas zu tun. Die Sonne brannte, es war warm und windig, und nachdem ich eine Weile die Wellen und Seevögel beobachtet hatte, wurde ich plötzlich hundemüde. Ich legte mich auf den Landungssteg, aber das hätte ich mir sparen können. Die Manx-Männer stapften unablässig mit ihren Wasserfässern vorbei und machten ein Riesentheater um einem Wombat, den Brew gefangen hatte, ein lächerliches Tier mit stumpfem Blick, und schließlich machte ich mich auf den Weg zum Strand. Es war ein Kieselstrand, aber da die Steine glatt und trocken waren, buddelte ich eine Weile, bis eine schöne Mulde und eine Art Kissen entstanden war. Steine sind nun mal unbequem, und ich mußte sie ziemlich oft verschieben, aber irgendwann lag ich ganz behaglich, solange ich mich nicht auf die linke oder rechte Seite drehte.

Ich war fast eingedöst, als ich Schritte hörte, und plötzlich schrie Wilson so laut, daß er Tote aufgeweckt hätte, er sei von einer Schlange gebissen worden! Ich gebe zu, er bot ein Bild des Jammers. Er hatte einen Schuh verloren und humpelte erbärmlich. Ein Hosenbein war zerrissen und von oben bis unten dreckverschmiert. Sein Gesicht war aschfahl.

»Ich habe nicht mehr lange zu leben«, stammelte er.

Eigenartigerweise fand ich das um so schockierender, als ich ihn immer für einen lästigen alten Trottel gehalten hatte. Wenn jemand daherkommt und sagt, er muß sterben, gibt einem das vermutlich unweigerlich das Gefühl, man hätte ihn eigentlich gern haben sollen.

»Wo ist denn der Doktor?«

»Ich weiß es nicht.« Wilson winkte ab. »Ich fürchte ohnehin, daß es schon zu spät ist. Bringen Sie mich einfach nur zum Schiff zurück, damit ich Frieden finde.«

Das schien eine simple Bitte zu sein, und doch gab es Probleme. Ich stützte Wilson bis zum Landungssteg, wo Kewley seine Männer herumkommandierte, doch leider zeigte der Captain, obwohl ihn die furchtbare Nachricht offenbar erschreckte, kein besonderes Mitgefühl.

»Wir können hier nicht weg«, wandte er ein. »Wir laden noch Wasserfässer auf.«

Das war eine sehr hartherzige Bemerkung, zu der er kein Recht hatte, egal, wie sehr ihm der Pfarrer auf die Nerven gegangen war. Wilson nahm es sehr übel auf.

»Ich fürchte, ich lebe nicht mehr lange«, stöhnte er mit anklagendem Blick.

Auf diesen Vorwurf hin ließ uns der Captain dann doch zum Schiff zurückrudern, wenn auch nur widerwillig. Das blieb aber nicht die letzte Probe seiner Gefühllosigkeit. Mitten auf der Überfahrt, als ich gerade versuchte, den Verwundeten bequem zu betten, mußte der Captain unbedingt über uns beide hinwegsteigen und vom vorderen Bootsteil aus etwas zur *Sincerity* hinüberschreien. Er brüllte immer ungeduldiger, bis ihm endlich Mylchreest, der Proviantmeister antwortete. Als wir endlich das Schiff erreichten, rührte er keinen Finger, um Wilson an Bord zu helfen, sondern kletterte gleich selbst rasch nach oben. Dabei murmelte er irgendwas von einer Medizin, die er suchen wollte, förderte aber unter einem Haufen schmutziger Lumpen, die er, sehr optimistisch, als Verbandszeug bezeichnete, nicht das geringste zutage.

Ich erbot mich zwar, den verwundeten Geistlichen ins Zwischendeck hinunterzubringen, doch wollte dieser unbedingt oben bleiben, weil er von hier »zum Himmel aufblicken« könne. Ich tat mein möglichstes, um ihm seinen beschwerlichen Zustand zu erleichtern, holte ihm auf seinen Wunsch ein paar Kissen herauf sowie Feder und Papier, damit er einige letzte Anweisungen für die Expedition notieren konnte, und kurz darauf saß er gegen den Hauptmast gelehnt, ganz wie Nelson bei der Schlacht von Trafalgar. Inzwischen schien etwas Farbe in sein Gesicht zurückgekehrt zu sein, und ich sagte ihm dies, weil ich hoffte, ihm damit Mut zu machen.

»Mag sein, daß das Dunkel ein wenig von mir gewichen ist«, murmelte er mit tapferem Lächeln, »aber ich fürchte, es wird bald zurückkehren. Es ist das reinste Wunder, daß ich so lange vor dem Tod bewahrt werde. Ich kann es mir nur so erklären, daß Er voller Güte auf mich herabblickt.«

Da ich irgend etwas tun wollte, zermarterte ich mir den Kopf, was ich über die Bekämpfung von Schlangenbissen gehört hatte. »Soviel ich weiß, soll man das Fleisch um die Wunde herum wegschneiden.« Wilson schüttelte den Kopf. »Ich fürchte, das Gift hat sich schon ausgebreitet.«

»Vielleicht sollten Sie's aussaugen?« schlug Quayle, vor.

Diesen Plan schien der Pfarrer schon freundlicher aufzunehmen. »Es wäre den Versuch wert«, erklärte er matt und wischte sich mit seinem Taschentuch die Stirn.

Da der Fuß so schmutzig war, daß man nicht mal die Wunde erkennen konnte, ließ ich Qualye einen Eimer Wasser und ein weiches Tuch holen. Ich machte mich sehr vorsichtig ans

Werk, aber Wilson, obwohl er sich sehr tapfer gab, zuckte bei der kleinsten Berührung zusammen und schrie auf. Es half auch nicht gerade, daß jetzt woanders auf Deck Unruhe entstand. Obwohl der Captain allen befohlen hatte, sich still zu verhalten, damit der Geistliche Ruhe hatte, stauchte er in einem Kauderwelsch aus Englisch und Manx lautstark den Proviantmeister Mylchreest zusammen, weil der offenbar geschlafen hatte, statt Wache zu halten. Kaum war die Schimpfkanonade beendet, ging es auch schon wieder von vorne los. Diesmal brüllte er den Mann wegen des gefangenen Wombat an, der offenbar die hölzerne Wand des Ruderboots durchstoßen hatte und vermutlich gerade ans Ufer zurückschwamm.

»Ich hab ihn bummern gehört«, gestand Mylchreest, »aber woher hätte ich ahnen können, daß er das Holz wirklich durchkriegt?«

»Wenn sich das Dunkel endgültig auf mich herabsenkt«, verkündete der Pfarrer, den der unaufhörliche Lärm zu verdrießen schien, »würden Sie mir dann zwei Dinge versprechen?«

»Natürlich.« Inzwischen hatte ich den Schmutz vom Fuß entfernt und konnte seine Verletzung erkennen. Ich war überrascht, daß es nichts Schlimmeres war, bloß ein paar winzige Schnitte, vermutlich durch die Steine, auf denen er gelaufen war. Sein Fuß war sicher sehr empfindlich, weil er sonderbar weich war, fast wie der Fuß einer Frau. Der Biß selbst wirkte sehr klein. Andererseits, dachte ich, hat eine Schlange ja vermutlich auch kleine Zähne.

»Als erstes möchte ich, daß Sie meine Frau aufsuchen und ihr diesen Brief übergeben.«

Ich wollte gerade darangehen, das Gift aus der Wunde zu saugen, als einer der Manx-Männer rief: »Da, auf dem Landungssteg! Der Doktor und sein Diener!«

Es schien das Klügste, auf den Doktor zu warten. Sofort wurde das Boot geschickt, und kurz darauf stieg Potter an Deck. Sein Diener kletterte mühsam hinterher.

»Ein Schlangenbiß?« sagte der Doktor interessiert. »Ich kann zwar nicht behaupten, auf diesem Gebiet besonders viel

Erfahrung zu besitzen, aber ich werde mein Bestes tun.« Er nahm meinen Platz an Wilsons Fuß ein. »Spüren Sie Ihr Bein?«

»Kaum.«

Diese Antwort überraschte mich, hatte Wilson doch vorhin bei jeder Berührung gezuckt und aufgeschrien.

»Versuchen wir's mal.« Der Doktor begann ihn zu kneifen, erst das Knie, dann Wade und Knöchel und schließlich den Fuß selbst, und jedesmal jaulte sein Patient prompt auf. Potter schien verblüfft. »Konnten Sie erkennen, um welche Art von Schlange es sich gehandelt hat?«

»Ich hab sie gar nicht gesehen«, antwortete Wilson ein wenig ungeduldig. »Das Tier hatte sich in einem Baumstumpf verkrochen. Es war vielleicht auch eine giftige Spinne. Es ist das reinste Wunder, daß ich so lange durchgehalten habe.«

»Aha.« Potter untersuchte den Fuß. »Ich kann keine Schwellung erkennen, bis auf ein paar kleine Prellungen. Und was die Wunde betrifft...« Er hob Wilsons Bein an, um besser zu sehen. »Das sieht eigentlich nicht nach Fangzähnen aus.«

Inzwischen hatte sich die ganze Crew um uns versammelt.

»Sondern?« fragte ich.

Potter überlegte einen Moment. »Irgendein Nagetier vielleicht?« Er sah sich den Fuß noch einmal an. »Vielleicht so etwas wie eine Maus.«

Irgendein Mitglied der Besatzung kicherte leise. Das hätte ich vermutlich auch getan, wäre ich nicht verstimmt darüber gewesen, daß ich mich zu soviel Mitgefühl hatte verleiten lassen. Wenn ich daran dachte, wie er jammernd nach Kissen verlangt hatte, kam ich mir irgendwie betrogen vor. Es hätte nicht viel gefehlt, und ich hätte sogar das angebliche Gift aus der Wunde gesaugt!

Wilson beharrte natürlich darauf, daß Potter sich vollkommen irrte. »Der Schmerz war so schlimm, daß es nur Gift gewesen sein kann«, erklärte er großspurig. »Ein Mann wird doch noch spüren, wenn das Leben aus ihm weicht!«

An dieser Version hielt er den ganzen Tag fest. Einige Stunden lang, während derer das Schiff zur Abfahrt bereitgemacht, der Anker gelichtet und die Reise fortgesetzt wurde, lehnte er weiter am Hauptmast, auf seinen Kissen zusammengesunken. Dann raunzte er den Zimmermann an, er solle ihm einen Stock machen, und daran zog er sich dann, unter großem Aufhebens, hoch und begann herumzuhumpeln, wobei er jedermann mit vorwurfsvollen Blicken bedachte. Schon am nächsten Nachmittag konnte er wieder ohne Stütze gehen. Von da an verlor er nie mehr ein Wort über Spinnen und Schlangen, wenn ich mich recht erinnere.

Captain Illiam Quillian Kewley *Dezember 1857*

Nach Flinders Island wehte die Brise stets von Norden und brachte uns gut voran, und noch am gleichen Abend erblickten wir Van-Diemens-Land oder Tasmanien, oder wie immer es jetzt hieß. Ziemlich trostlos sah es aus, mit einem langen, flachen Berg wie eine Mauer. Die Engländer kamen an Deck und starrten hinüber. Dr. Potter riß Witze und zeigte lachend hinüber, während der Pfarrer kaum etwas sagte. Er war immer noch beleidigt, wahrscheinlich weil er sich über die Spötteleien ärgerte, die ihm seine Maus eingebracht hatte. Ich war dem Tierchen richtig dankbar, weil das unser erster Spaß war, seit in Port Phillip die halbe Besatzung von Bord gesprungen war. Kaum eine Stunde verging, ohne daß jemand auf manx irgendwas von *lonnags* geplaudert hätte – das war der bordgemäße Ausdruck für Mäuse –, vor allem wenn der Pfarrer an Deck war, und man es direkt vor seiner Nase tun konnte.

Früh am nächsten Morgen umsegelten wir eine Landspitze an der Nordostküste Tasmaniens, und von da an ging's flugs nach Süden. Die Brise stand günstig wie schon seit Maldon nicht mehr, wehte leicht, aber stetig, und kam fast genau von hinten, noch dazu schön angewärmt von Australien, über das sie gezogen war. Und da die Jungs mal eine kleine Abwechslung brauchten, wollte ich ausprobieren, was sich aus dem Schiff herausholen ließ. Die Mars- und Großsegel hatten wir bereits gesetzt und die Stagsegel auch, aber das war ja noch nicht alles, und deshalb ließ ich die Jungs auch noch die Oberbramsegel und Skysegel hissen, was die *Sincerity* ganz schön in Schwung brachte. Ich fand, es steckte *noch* mehr in ihr, und da mich der Teufel ritt, befahl ich, noch ein paar Leesegel festzuzurren. Leesegel sind günstigstenfalls heikle Dinger, die neben den anderen Segeln kleben wie arme Leute, die sich für eine Gratisfahrt an eine Postkutsche klammern – und da das Schiff sowieso schon rasendschnell dahinschoß, gab es ringsum ängstliche Blicke, als die Jungs eins nach dem anderen samt Spieren hochhievten. Brew und Kinvig sagten zwar nichts, aber man sah ihnen an, daß sie glaubten, die Rahen könnten jeden Moment wie Streichhölzer einknicken. Aber ich hatte die Brise gut eingeschätzt, und obwohl sich die Spieren bogen wie Bäume im Sturm, blieb alles intakt. Die Mannschaft stieß sogar einen kleinen Hurraruf aus.

Die *Sincerity* fuhr zum erstenmal unter vollen Segeln, und es war ein herrlicher Anblick. Trotz ihrer stumpfen Nase flog sie von Welle zu Welle, als wolle sie sich gleich in die Luft erheben, und die See brauste unter ihrem Bug und spülte wie ein reißender Fluß über die Back. Ich hatte zwei Mann am Steuerruder, um das Schiff auf Kurs zu halten, trotzdem wurde einer von beiden fast übers halbe Deck geschleudert. Da der Wind gleich blieb, ließ ich es so den ganzen Tag und die folgende Nacht, und wir fuhren schneller als so ein dreckiges Dampfschiff. Am nächsten Morgen dann sprang der Wind ein wenig auf West um, und ich hielt es für das beste, ein bißchen vorsichtiger zu sein und die Leesegel einzuholen. Die Jungs waren gerade damit beschäftigt, als Potter auf Deck kam und mich fragend ansah.

»Wahrscheinlich ist es nichts, Captain, aber in der Kabine hört man ein sonderbares Geräusch. Sie mögen es merkwürdig finden, es klingt fast so, als komme es aus dem Holz des Schiffskörpers.«

Als ich die Worte »Holz des Schiffskörpers« hörte, schwante mir Unheil. Plötzlich bereute ich, daß ich die *Sincerity* dermaßen strapaziert hatte, und ich fürchtete schon, daß sich die Fässer losgerissen hatten und herumpolterten und gegeneinander rumpelten. »Das ist bestimmt nichts«, sagte ich betont munter und signalisierte Brew mit einem Wink, daß ich runtergehen würde, »aber ich schau mal nach.«

Unten in der Kabine saß Wilson auf seinem Bett und las einen theologischen Wälzer, als sei er darüber erhaben, sich um irgendwelche Geräusche zu sorgen. Er würdigte mich keines Blicks, weil er immer noch wegen seiner Maus beleidigt war. Dafür hockte Renshaw, den dieses Rätsel faszinierte, lauschend vor der Wand.

»Eben war es noch zu hören.«

Ich hockte mich neben ihn. Das Schiff rüttelte und ruckte immer noch ziemlich wild, und ich hatte schon Angst, die Fässer laut und deutlich knirschen zu hören, aber da war nichts. Ich hoffte schon, daß sich die hasenfüßigen Engländer alles nur eingebildet hatten.

»Da ist es wieder«, verkündete Renshaw stolz. »Eindeutig unter uns und direkt am Schiffskörper.«

Ich hörte es erst, nachdem ich eine Weile aufmerksam gelauscht hatte. Es war ein komisches Geräusch, das noch am ehesten an ein leises Scharren erinnerte.

»Meinen Sie, es könnte irgendein tropischer Käfer sein, der das Holz frißt?« überlegte Potter.

»Das würde mich wundern.« Ich war genauso ratlos wie er. Ich wußte nicht viel über das Ungeziefer in diesen Breiten, aber das Holz war sauber, ohne ein Loch. Würmer hätten Spuren hinterlassen.

Renshaw lachte. »Klingt fast so, als würde dort unten ein ziemlich großes Tier sitzen und sich lausen.«

Ich lachte ebenfalls, meckerte sogar fröhlich los, als mir plötzlich ein schrecklicher Gedanke kam. »Ich bin sicher, daß es keinen Grund zur Sorge gibt«, sagte ich so ruhig wie möglich. »Wahrscheinlich ist es nur das Meer, das an der Bordwand entlangströmt.«

»So, so, schwierige Strömungen?« fragte Potter.

Einen furchtbaren Moment lang dachte ich, er hätte alles entdeckt, bis ins kleinste, aber nein, er war ganz ernst. Die Dummheit von Engländern überrascht einen doch immer wieder, vor allem von so intelligenten Engländern. Es war ein Moment, in dem man tief durchatmen und dankbar sein mußte. »Genau. Immer diese Strömungen«, sagte ich sanft, und die beiden nickten, zahm wie junge Kätzchen.

Nach diesem Vorfall konnte ich nur so ruhig wie möglich abwarten. Ich vertrieb mir irgendwie den Nachmittag und versuchte gegen den Gedanken anzukämpfen, daß plötzlich das Jaulen eines Tiers aus der Bordwand der *Sincerity* drang. Beim Abendessen wollte ich die Engländer durch langweilige Gespräche ermüden, und unterhielt mich mit Brew darüber, was in Peel City alles so kostete, bis ich selber fast einschlief. Und selbst jetzt noch kam es mir wie eine Ewigkeit vor, bis sie endlich gingen.

Ich wartete, bis ich sie schnarchen hörte, und machte mich an die Arbeit. Brew blieb an Deck und kümmerte sich um den Kurs, während ich Mylchreest mit runternahm um mir zu helfen, und Kinvig ebenfalls. Ich zog also an der Schnur über der Tür des Proviantraums und schlug gegen ein paar Töpfe, um das Geräusch zu übertönen. Als nächstes kam das ganz spezielle lose Paneel hinten im Proviantraum und gleich dahinter die Trossen. Anschließend postierte ich Kinvig auf der Treppe, nur für den Fall, daß einer der Passagiere plötzlich Lust auf einen Spaziergang verspürte. Dann klappte ich die Falltür unter der Büste von Königin Victoria auf, nahm die Lampe und leuchtete hinein.

Und tatsächlich, zehn Meter von mir weg hockte dieser Wombat und kniff geblendet die Augen zusammen. Er war wohl hinuntergewandert, als Mylchreest schnarchte, und hatte die offene Tür für eine gemütliche Höhle gehalten. Er hatte sich aus Tabakballen eine Art Nest gebaut und, wie er aussah, auch Tabak gefressen. Er hätte sich keinen besseren Platz wählen können, sein Nest lag meiner Schätzung nach direkt unter der Koje des Pfarrers. Das Licht erschreckte ihn so sehr, daß er in sein Nest zurückwich und dabei furchtbar laut raschelte. Ich brachte das Paneel schnell wieder an seinen Platz.

Da hatten wir ja ein nettes Problem. Ließen wir ihn dort unten, war es nur eine Frage der Zeit, bis er einen solchen Lärm veranstaltete, daß sogar die vertrottelten Engländer hellhörig wurden. Versuchten wir ihn zu fangen, gab es so ein Getöse, daß wir die Passagiere auch gleich in die Proviantkammer bitten konnten, damit sie sich selber einen Eindruck verschafften.

»Vielleicht kriegen wir ihn ja irgendwann tagsüber raus, wenn die Engländer an Deck sind«, schlug Kinvig vor.

Das war riskant. »Keiner garantiert uns, daß sie auch wirklich an Deck bleiben. Vor allem, wenn das Vieh plötzlich losquiekt oder so.«

»Vielleicht sollten wir einfach noch bis Hobart warten«, meinte Mylchreest. »Es ist ja nicht mehr weit.«

Das war noch schlechter. »Und was ist mit dem Zoll? Die durchsuchen uns garantiert, und wenn sie was durchs Holz scharren hören, sind wir erledigt.« Trotzdem waren ihre Vorschläge nützlich, denn um auf eigene Ideen zu kommen, gibt es kein besseres Mittel, als sich Unsinn anzuhören. »Was wir brauchen, ist ein nettes, stilles Plätzchen, wo wir ein bis zwei Tage vor Anker gehen und die Engländer an Land schicken können, wie in Flinders.«

Kinvig war besorgt. »Das wird ihnen nicht gefallen. Wilson hat schon letztes Mal ein fürchterliches Theater gemacht.«

»Der hält den Mund, wenn er glaubt, daß das Schiff sinken könnte«, erwiderte ich. »Potter meint, wir haben Holzwürmer an Bord. Vielleicht hat er ja gar nicht so unrecht, und es sind ganz gefährliche Würmer. Ich finde, wir sollten lieber mal vor Anker gehen und nachschauen.«

Ich ließ Mylchreest die Karte bringen, und als ich sie auf dem Tisch ausbreitete und gründlich studierte, hatte ich das Gefühl, daß uns allmählich vielleicht doch das Glück hold war. Nur wenige Meilen von unserem Kurs entfernt lag ein kleiner Hafen, der wunderbar geschützt aussah. Siedlungen waren meilenweit keine verzeichnet, weil man den Hafen ganz ans Ende einer großen Halbinsel verbannt hatte, die wie eine riesige fuchtelnde Hand aussah.

»Das läuft ja wie geschmiert. Ich lege den Kurs fest.«

In aller Herrgottsfrühe wurde ich durch einen lauten Schlag geweckt, mit dem ein Boot an der Bordwand der *Sincerity* entlangschrappte, und dann dröhnten Stiefel über Deck. Als sei das nicht genug, fühlten sich Potter und Wilson bemüßigt, polternd aus dem Bett zu steigen und sich geräuschvoll anzukleiden. Ich blieb trotzdem liegen, weil ich kein Sklave meiner Neugier bin und es außerdem ja früh genug erfahren würde, wenn es was Wichtiges war. Und wenn es was Schreckliches war, etwa eine Bande tasmanischer Piraten, wollte ich lieber so lange wie möglich in Unwissenheit verharren. Vorsichtig zog ich mir mein Kissen über den Kopf, so daß einerseits beide Ohren bedeckt waren, ich andererseits aber noch Luft bekam – was gar nicht so leicht zu bewerkstelligen war –, und wollte gerade weiterdösen, als plötzlich der Anker geworfen wurde. Von allem, was die *Sincerity* an Schrecknissen bereithielt, war dies am entnervendsten, ein ohrenbetäubendes Gerassel, unter dem das ganze Schiff erzitterte und knirschte, und da mir jetzt jede Lust zum Weiterdösen gründlich vergangen war, beschloß ich aufzustehen.

Als ich an Deck kam, erwartete mich eine kuriose Szene. Zwölf rotberockte Soldaten standen auf ihre Gewehre gelehnt, während sich ihr Offizier mit Captain Kewley unterhielt – oder ihn, genauer gesagt, anbrüllte. »Und das soll ich Ihnen glauben?« Kewley wirkte nicht gerade glücklich, obwohl er angestrengt grinste. »Jedes Wort davon ist wahr, Lieutenant, wirklich.«

Ich blickte zum Ufer und überlegte, ob wir bereits Hobart erreicht hatten, obwohl es dafür eigentlich noch zu früh war. Hinter einer schmalen Bucht lag eine ziemlich weitläufige Siedlung. Obwohl sie groß genug war, um eine Stadt zu sein, stimmte irgend etwas nicht, und als ich genauer hinsah, fiel mir auf, daß es so gut wie keine Häuser gab, nur Dutzende von Baracken oder Werkstätten. In der Mitte stand ein großes Steingebäude mit vielen Reihen großer quadratischer Fenster, das einer Textilfabrik glich. Tatsächlich ähnelte der ganze Ort noch am ehesten einer Art militärischer Industriestadt.

»Was ist denn das?« fragte ich Kinvig, der mit bedrückter Miene neben mir stand.

»Port Arthur.«

Ich hätte es wissen müssen. Jetzt erkannte ich die Soldaten, die am Strand hin und her patrouillierten, und die Gruppen der geduckten Sträflinge in ihren tristen Uniformen. Neugierig sah ich zu diesem Ort hinüber, dessen grimmiger Name mir so vertraut war und im Grunde ein anderes Wort für Härte und Vergeltung schien. Port Arthur: zwei Worte, mit denen unzählige Mütter auf der anderen Seite der Erde ihren unartigen Kindern drohten. Ich sah, daß Captain Kewley eine Karte von Tasmanien hochhielt. »Hier sind wir«, erklärte er und deutete auf einen Teil der Karte, die in der Brise flatterte. »Sehen Sie? Da ist nichts eingezeichnet.«

Der Offizier blieb unbeeindruckt. »Wollen Sie damit sagen, daß Sie nach diesem Wisch Ihren Kurs bestimmt haben?«

»Sie hat uns bis jetzt gute Dienste geleistet.« Kewley wirkte verärgert.

Der Offizier musterte ihn geringschätzig. »Ich denke, Sie kommen zunächst mal mit an Land, damit sie das dem Kommandaten erklären können.«

Das jedoch rief Wilson auf den Plan. »Ich kann mir einfach nicht vorstellen, daß das wirklich nötig ist, Lieutenant. Darf ich Sie daran erinnern, daß diese Expedition von größter Bedeutung und unsere Zeit knapp bemessen ist?«

Captain Kewley strahlte. Doch der Appell schien genau die gegenteilige Wirkung zu erreichen. »Na schön«, erwiderte der Offizier knapp. »Dann kommen Sie gleich auch mit.«

Auch mich schloß diese Aufforderung ein. Ich hatte zwar nichts verbrochen, empfand aber dennoch unwillkürlich eine gewisse Sorge, als wir zum Strand dieser gewaltigen Bestrafungsmaschinerie gerudert wurden, begleitet von aufmerksamen Soldaten. Obwohl man uns nicht verhaftete oder einsperrte, waren wir trotzdem nicht frei, sondern mußten den langen gelben Strand entlangmarschieren. Unwillkürlich empfand ich Mitleid mit den Schurken, die man am Kragen gepackt und an diesen fürchterlichen Ort geschleppt hatte.

Der Kommandant der Siedlung bestand vorwiegend aus einem gezwirbelten Soldatenschnurrbart. »Normalerweise werden wir nicht von unerwarteten Besuchern beehrt«, teilte er uns trocken mit, »und da meine Neugier nun aufs höchste geweckt ist, haben Sie hoffentlich nichts dagegen, daß wir eine kleine Durchsuchung Ihres Schiffes vornehmen.«

Doch Captain Kewley hatte durchaus etwas dagegen. »Aber wieso denn? Kein Mensch würde doch auf die Idee kommen, in so eine Gefängnisstadt irgendwas reinschmuggeln zu wollen!«

Der Kommandant sah ihn verblüfft an. »Unsere Sorge ist nicht, daß irgend etwas hereingebracht wird, sondern daß etwas weggeschafft wird. Oder vielleicht eher irgend *jemand.*« Er betrachtete uns drohend und desinteressiert zugleich. »Die Durchsuchung dauert nur ein bis zwei Stunden. Es sei denn, wir finden etwas von Interesse.«

Damit wir nicht untätig warten mußten, arrangierte er für uns drei – Kewley wollte unbedingt die Durchsuchung der *Sincerity* überwachen – eine Besichtigungstour durch die Strafkolonie, unter der Führung eines forsch wirkenden Burschen mit Brille, der Captain James hieß. Einen Moment lang faszinierte mich diese düstere Aussicht, doch meine Neugier verflog rasch. Die Siedlung war einfach zu gräßlich. Als wir an den Hütten und Baracken vorbeigingen, bot sich mir ein schrecklicher Anblick nach dem anderen: eine Sträflingskolonne mit hartem Blick und fast schon wieder unbekümmert vor lauter Haß; ihre Fußknöchel, die dort, wo sich die Fesseln ins Fleisch geschnitten hatten, mit schwarzen Wunden bedeckt waren; ein Mann, der schweigend ein paar Eimer säuberte und dessen zerfetztes Hemd einen von Narben übersäten Rücken entblößte.

Captain James machte die Sache auch nicht besser. Seinen munteren Sprüchen nach hatte er schon etliche Gruppen durch die Siedlung geführt und schien seine Aufgabe zu genießen. Die Details jedes einzelnen Gebäudes, jeder Bestrafungsmethode schienen ihn mit jener Befriedigung zu erfüllen, die ein Schmetterlingssammler beim Anblick seiner feinsäuberlich aufgespießten Opfer empfindet.

»Hier ist das Gefängnis«, leierte er behäbig herunter. »Es war bis vor kurzem ein Kornspeicher und ist das größte Gebäude in Port Arthur, aus Stein gebaut. Zur Rechten sehen wir die dreieckigen Böcke, auf denen man die Gefangenen während der Bestrafung festbindet, und dahinter...«

Merkwürdigerweise schienen all diese Grausamkeiten meine zwei Expeditionskollegen viel weniger zu bedrücken als mich. Wilson murmelte zwar von Zeit zu Zeit »Welch ein Jammer« und derlei scheinheilige Phrasen, aber er zeigte kein besonderes Interesse. Potter schien das Ganze sogar Spaß zu machen: Er lauschte Captain James' Schilderungen munter und aufmerksam und stellte viele Fragen.

»Wurde je der Versuch unternommen, die körperlichen Merkmale der Gefangenen zu studieren? Oder auch ihre Abstammung?«

»Nicht, daß ich wüßte.« Captain James wollte lieber bei seinem einstudierten Geplapper bleiben. Er zeigte auf ein langgestrecktes flaches Gebäude, auf das wir gerade zugingen. »Das ist die Einzelhaftanstalt, die viele unserer Gäste interessiert.«

Potter ließ sich nicht so schnell abwimmeln. »Vielleicht haben ja sogar Sie selbst gewisse Tendenzen festgestellt. Gibt es zum Beispiel besondere Verbrechen, die vor allem von Schotten begangen werden? Oder von Iren? Oder vielleicht von Ausländern?«

»Für solche Fragen bin ich leider nicht der Richtige«, beschied ihn Captain James gutgelaunt. Wir hatten jetzt das flache, elegante Steingebäude erreicht. Er öffnete die Tür und führte uns in einen langen Steinkorridor. Alles war still bis auf ein seltsames Wimmern ganz hinten im Flur.

»In der Einzelhaftanstalt«, erklärte unser Führer etwas leiser, ganz so, als hätten wir eine Kirche betreten, »befinden sich Sträflinge, bei denen eine weitere Bestrafung erforderlich ist. Man könnte sagen, es ist ein Gefängnis im Gefängnis. Es ist eine hochmoderne Einrichtung, in der die allerneuesten Methoden zur moralischen Besserung eingesetzt werden. Hier wird keine physische Bestrafung angewandt.«

Das war eine Erleichterung, nach allem, was ich bis jetzt gesehen hatte. Mir war nur schleierhaft, warum nicht alle Gefangenen hier Zuflucht suchten, wo sie der Peitsche entkommen konnten.

»Das war nie ein Problem.« Captain James schien meine Frage zu überraschen. »Im Gegenteil, die Einzelhaftanstalt ist sogar sehr gefürchtet.«

Ich sollte bald verstehen, warum. Als er uns weiterführte, tauchten plötzlich völlig geräuschlos zwei Beamte auf. Ein wenig überrascht bemerkte ich, daß beide keine festen Schuhe trugen, sondern Pantoffeln, fast so, als wollten sie einen geruhsamen Sonntagvormittag genießen. Sie blieben stehen, um eine der dicken Eisentüren aufzuschließen, die den Korridor säumten, und zu meiner Verwunderung rief einer der beiden Beamten keinen Namen, sondern eine Nummer.

»Siebzehn?«

Aus der Zelle trat ein Mann in grauer Uniform. Auf einer großen an seiner Jacke festgenähten Messingplakette stand die Zahl, bei der man ihn gerade genannt hatte. Nicht weniger seltsam war die Maske, die er über dem Gesicht trug und die seine Züge so vollständig verdeckte, daß man bis auf die Augen nichts sah. Diese zuckten ganz merkwürdig in unsere Richtung, als er vorbeigeführt wurde.

»Er wird jetzt in einen der Höfe geführt«, flüsterte der Captain zufrieden. »Es gibt vier davon, und von der Größe her sind sie…« Allmählich wurde mir seine Stimme, bei der ich an Eisenbahnfahrpläne denken mußte, zuwider. »Wofür ist die Maske?« unterbrach ich ihn.

Er betrachtete mich fast ein wenig verärgert. »Darauf wollte ich gerade kommen, Mr. Renshaw.« Er wandte sich an Potter, der eindeutig sein Lieblingszuhörer geworden war. »Die Maske verhindert, daß sich die Gefangenen gegenseitig erkennen. Das System schützt die Gefangenen strikt vor dem Einfluß der anderen, so daß ihre Verbrechernatur allmählich ausgelöscht wird. Wie Sie vielleicht beobachtet haben, werden die Männer nicht einmal mit ihrem Namen angesprochen, sondern nur mit ihren Zellennummern. Indem sie auf diese Weise stets für sich allein sind und immer schweigen, wird sichergestellt, daß sie ausschließlich heilsamen Einflüssen ausgesetzt sind.«

Ein Leben in ständiger Einzelhaft. Nach einigen Wochen hier war vermutlich sogar eine Tracht Prügel eine willkommene Geselligkeit.

»Die Sträflinge müssen in ihren Zellen arbeiten, um sich an Fleiß zu gewöhnen, und der Kaplan und der Schulmeister besuchen sie gelegentlich, um ihnen Moral und Wissen zu vermitteln.« Captain James stieß eine schwere Tür auf. »Zusätzlich werden sie fünfmal die Woche zu ihrer religiösen Erbauung hierhergebracht.«

So eine Kapelle hatte ich noch nie gesehen. Der Teil, wo die Gemeinde saß, stieg steil wie ein Anatomie-Hörsal empor und war Reihe um Reihe in winzige hölzerne Verschläge unterteilt, von denen jeder gerade groß genug war, daß ein Mann darin Platz hatte. Von den Nachbarverschlägen war er durch Türen getrennt.

»Die Verschläge stellen sicher, daß die Gottesdienstbesucher niemanden sehen, außer dem Kaplan, wogegen er alle im Blick hat«, erklärte Captain James voller Zufriedenheit.

»Wie überaus einfallsreich.« Wilson schien fasziniert, und blickte nachdenklich zum Lesepult. »Der Prediger muß ja das Gefühl haben, vor einer höchst aufmerksamen Gemeinde zu stehen.«

Potter interessierten mehr die praktischen Aspekte. »Hat sich dieses Besserungssystem bewährt?«

»Das läßt sich noch nicht sagen. Einige der Gefangenen haben sich bedauerlicherweise als sehr verstockt erwiesen.«

»Aber es gab zumindest keine Fluchtversuche?«

»Doch, einen«, räumte Captain James zu unser aller Überraschung ein. »Es scheint, daß die Sache in diesem Raum hier ausgeheckt wurde und daß sich die Gefangenen ihre Pläne singend mitteilten, während der Kirchenlieder. Am Ende wurden sie natürlich geschnappt, und man hat Maßnahmen ergriffen, um so etwas in Zukunft zu verhindern.«

Es war eine seltsame Vorstellung, daß diese Männer, die wochen- oder monatelang nicht die Gesichter der anderen gesehen hatten, den unsichtbaren Nachbarn ihre Fluchtpläne zusangen. Auch wenn sie noch so böse Taten begangen haben mochten, verstand man unwillkürlich ihren Wunsch, dieser gnadenlosen Einsamkeit zu entrinnen.

»Wie wurden sie bestraft?« erkundigte sich Potter.

»Wir haben zwei Kammern, die als die stummen Zellen bekannt sind«, erklärte unser Führer munter. »Ihre Wände sind sehr dick, und sie haben mehrere Eisentüren, so daß kein Licht und kein Laut hineindringt. Ein Sträfling kann dort brüllen, solange es ihm beliebt. Bereits wenige Tage haben selbst auf die hartgesottensten Fälle eine bemerkenswerte Wirkung.« Er führte uns in den Korridor zurück, in dem man immer noch das leise Wimmern hörte.

»Was bedeutet dieses Weinen?« fragte ich.

»Das ist sicher einer der Verrückten.« Zum erstenmal runzelte Captain James die Stirn. »Die sollten eigentlich gar nicht hier sein, weil sie die Stille stören, aber irgendwo muß man sie ja unterbringen. In letzter Zeit sind es so viele geworden.«

»Wo kommen die her?« fragte ich.

»Einen beträchtlichen Anteil stellen komischerweise frühere Sträflinge der Einzelhaftanstalt.« Captain James führte uns durch den Korridor auf das Wimmern zu. Wie ich hörte, war es von leisem Scharren, Schnalzen und Murmeln begleitet, alles durch die dicken Eisentüren gedämpft. »Manchmal sind sie noch lauter. Es ist ein Jammer.«

Plötzlich brach der Pfarrer, der durch eins der Gucklöcher in den Zellentüren gespäht hatte, in fröhliches Gelächter aus. »Renshaw, das müssen Sie sehen!«

Es war das erste Mal seit der Sache mit dem Mäusebiß, daß er so vergnügt war, und ich spähte neugierig hinein. In einer Ecke der Zelle hockte ein gedrungener Mann, der einen stechenden, starren Blick hatte, obwohl er nur die gegenüberliegende Wand zu betrachten schien. Plötzlich hob er die Hand und schlug ohne Vorwarnung neben sich auf den Wandputz, als säße dort ein lästiges Insekt – ich hatte aber keins gesehen –, um dann wieder vollkommen reglos dazusitzen. Doch das war noch nicht das Erstaunlichste an diesem Mann.

»Dr. Potter«, rief Wilson jetzt. »Ich glaube, wir haben Ihren lange verschollenen Zwillingsbruder entdeckt!«

Er hatte völlig recht. Trotz der dunklen Haut und des schwarzen, glatten Haars war seine Ähnlichkeit mit dem Arzt bemerkenswert: Sein Gesicht hatte die gleiche Form, und er saß in Potters typischer gebeugter Haltung da. Die Stoppeln auf seinem Kinn schienen den Bart des Doktors zu parodieren, und selbst sein starrer Blick besaß eine kuriose Ähnlichkeit mit Potters Miene.

Potter zeigte sich über die Entdeckung alles andere als erfreut. »Er sieht mir nicht im mindesten ähnlich«, behauptete er.

Aber so leicht ließ ihn Wilson nicht davonkommen. »Wer ist dieser Mann?«

»Er heißt Black O'Donnell«, antwortete Captain James in seinem leiernden Ton. »Er hat, soweit ich mich erinnere, eine recht ungewöhnliche Herkunft und ist teils Ire, teils eingeborener Maori. Er wurde eine Zeitlang im Einzelhaftsystem gehalten, bevor man ihn für verrückt erklärte.«

»Was hat er verbrochen?«

»Ich müßte noch mal in den Akten nachsehen, um ganz sicher zu sein, aber ich glaube, er hat beinahe seinen Vater und seinen Onkel totgeschlagen.«

Der Pfarrer grinste erfreut. »Sie müssen zugeben, Doktor, daß wirklich eine große Ähnlichkeit besteht. Sind Sie sicher, daß es sich nicht um irgendeinen vergessenen Cousin von Ihnen handelt?«

Potter betrachtete ihn kühl. »Wenn Sie genau hinsehen, Herr Pfarrer, werden Sie bemerken, daß er mir keineswegs gleicht, sondern daß hier nur eine oberflächliche Ähnlichkeit vorliegt, eine optische Täuschung. Außerdem habe ich keinen einzigen irischen Verwandten, von den Maori ganz zu schweigen.«

In Wilsons Augen trat ein Glitzern. »Bezüglich seiner eigenen Vorfahren kann man sich natürlich täuschen.«

Das war eine sehr giftige Bemerkung, um so mehr, als sie scheinbar harmlos dahingesagt wurde: Hätte er sie Potter wütend entgegengeschleudert, hätte sie vermutlich freundlicher geklungen. Einen Moment lang fragte ich mich, ob Potter zuschlagen würde, aber er wandte sich nur ab und atmete schwer. Als er sich wieder in der Gewalt zu haben schien, drehte er sich um und blickte seinen Widersacher an.

»Ich denke, es wäre der Sache dienlicher, wenn man sie vom wissenschaftlichen Standpunkt aus betrachten würde, statt seine Zeit mit oberflächlichen Beobachtungen zu verplempern.« Entschlossen trat er wieder auf die Zelle zu. »Wenn Sie gestatten, Herr Pfarrer, werde ich Ihnen eine kleine Studie der Schädelmerkmale dieses Mannes geben. Danach werde ich das gleiche in bezug auf mich tun und auch...«, über sein Gesicht glitt ein nachdenklicher Ausdruck, »auf Sie, Herr Pfarrer.«

Vermutlich hatte er vor, den Geistlichen grob zu beleidigen, worauf ich zugegebenermaßen recht gespannt war, aber es sollte nicht so kommen. Potter drückte sein Auge eine Weile an das Guckloch und fragte dann ärgerlich: »Wo ist er denn?«

»Ich glaube«, sagte Captain James rasch, »Sie tun gut daran, von der Tür zurückzutreten.«

»Warum sollte ich?« fragte der Doktor gereizt und spähte weiter in die Zelle.

Die Antwort kam postwendend. Potter sprang mit lautem Schmerzgeheul zurück und preßte die Hand vors Auge. »Er hat mir mit dem Finger ins Auge gestochen!«

Captain James eilte ihm zu Hilfe. »Dafür kommt er in die Stummzelle, auch wenn er noch so verrückt ist«, versicherte er entschuldigend.

Aus der Zelle hörte ich wieder einen schwerfälligen Schlag gegen die Wand. Vermutlich hatte es Black O'Donnell einfach satt, daß Fremde in dieser Art über ihn diskutierten. Ehrlich gesagt, konnte ich es ihm nicht verübeln.

Captain James bestand darauf, daß Dr. Potter das Gefängnishospital aufsuchte. Zum Glück ergab eine kurze Untersuchung, daß das Auge keinen bleibenden Schaden davongetragen hatte. Trotzdem bekam er eine Augenklappe, wie ein Pirat. Dann brachte uns ein Bote zu meiner Erleichterung die Nachricht, daß die Durchsuchung der *Sincerity* beendet sei und das Schiff zum Auslaufen bereitgemacht werde. Damit war unser Rundgang beendet.

»Ich muß schon sagen, das war ein hochinteressanter Besuch«, stichelte der Pfarrer, als wir den kleinen gelben Strand entlang zurückgingen. Potter machte hinter seiner Augenbinde ein finsteres Gesicht. Kaum hob sich die Laune des einen, sank die des anderen in den Keller, als wären die beiden miteinander verbunden wie die zwei Enden einer Wippe. Als wir am Strand standen und auf das Boot der *Sincerity* warteten, überlegte ich, ob es so giftige Auseinandersetzungen wohl auf allen Expeditionen gab, womöglich ausgelöst durch die räumliche Enge oder durch den Charakter der Personen, die sich zu derlei Abenteuern hingezogen fühlen. War Captain Cook grantig und wehleidig gewesen? Hatte Kolumbus Anstoß an den Tischmanieren seiner Spanier genommen? Langsam begriff ich, warum es zu Meutereien kam, und war irgendwie sogar überrascht, daß nicht dauernd welche stattfanden.

»Was fällt denn denen ein?« raunzte Potter wütend und machte so seiner Unzufriedenheit Luft. »Die müssen uns doch längst gesehen haben.«

Ja, wir mußten noch ein bißchen warten, obwohl auf Deck mehrere Besatzungsmitglieder zu sehen waren, die unser Winken und Rufen eigentlich hätten bemerken müssen.

»Hallo!« rief Potter erneut.

Die Hilfe kam von anderer Seite. Während wir noch warteten, fuhr ein mit Soldaten besetztes Skiff zwischen Schiff und Strand hin und her – vermutlich, um die Sträflinge von dem Versuch abzuhalten, in die Freiheit zu schwimmen –, und der Kapitän des Skiffs setzte sich jetzt für unsere Sache ein und brüllte derbe Worte zur *Sincerity* hinüber. Das spornte die Manx-Männer offenbar an, und kurz darauf kletterten einige von ihnen ins Boot und ruderten, wenn auch recht gemächlich, in unsere Richtung.

»Warum seid Ihr nicht früher gekommen?« wollte Potter wissen, als sie am Strand eingetroffen waren.

»Wir haben Sie nicht gesehen!« erwiderte der Erste Maat Brew in der für die Manx-Männer so typischen Mischung: ausweichend und vertrauensselig zugleich, als würden einem Lügen anvertraut. Als wir unsere Plätze eingenommen hatten und ablegten, hätten die Ruderer ihre Ruder kaum langsamer ins Wasser tauchen können, so als wollten sie uns nicht voranbringen, sondern nur sanft die Meerestiefen streicheln.

»Ich steige als erster hinauf und helfe Ihnen«, erbot sich Brew, als wir das Schiff erreichten, aber statt uns zu helfen, behinderte er uns nur mit seinem Getue. Als ich endlich an ihm vorbei an Deck kletterte, fiel mir sofort ein höchst merkwürdiger Lärm auf, der unten aus dem Schiff kam.

»Was ist denn das?«

Brew zuckte die Achseln. »Wahrscheinlich sucht der Captain nach Käfern, wie Sie es wollten.«

Zu dieser Tätigkeit schien das Geräusch jedoch kaum zu passen. Bevor ich aber weiter darüber nachdenken konnte, steigerte sich der Lärm plötzlich, und sehr zu meiner Überraschung sprang ein Wombat an Deck, genauso einer, wie wir ihn auf Flinders Island gefangen hatten. Dicht auf den Fersen folgten ihm Captain Kewley und einige seiner Männer. Sie wollten das Tier fangen, aber das war keineswegs einfach, weil es den Verfolgern trotz seiner kurzen Beine geschickt auswich, hier einen Haken schlug, dort plötzlich unterm Kiel eines der Ruderboote verschwand. Gerade, als es so aussah, als sei er doch gefangen, stürmte der Wombat zwischen zwei Manx-Männern hindurch und stürzte sich mit eigenartigem Grunzen über Bord. Von der Reling aus sahen wir den Wombat geduldig auf einen unbelebteren Teil des Strands zupaddeln.

»Ja, wo kam *der* denn her?« fragte Potter.

»Das Viehzeug?« fragte der Captain, als könne Potter auch etwas völlig anderes gemeint haben. »Keine Ahnung.« Er wandte sich ab und befahl der Mannschaft, den Anker zu lichten.

»Aber Sie müssen es doch gesehen haben?« beharrte ich.

»Der Bursche wird sich irgendwo versteckt haben«, meinte Brew nachdenklich. »Wahrscheinlich haben wir ihn geweckt, als wir nach den Käfern suchten.«

»Komisch, daß ihn der Suchtrupp vorhin nicht aufgestöbert hat«, bemerkte Potter.

Kewley zuckte nur die Achseln. »Tja, so ist das eben mit solchem Viehzeug.«

Kapitel Zwölf

Oberaufseher Eldridge von der Oyster Cove-Eingeborenensiedlung an Gerald Denton, Gouverneur von Tasmanien

September 1857

Euer Exzellenz,

als ergebener Diener Ihrer Regierung hoffe auch ich, Sie in der Kolonie Ihrer Majestät Tasmanien willkommen heißen zu dürfen. Gestatten Sie mir die Bemerkung, daß Ihnen der Ruf eines fähigen, gerechten Mannes vorauseilt.

Ich schreibe Ihnen aus der Eingeborenensiedlung in Oyster Cove, deren Oberaufseher zu sein ich das Vergnügen habe. In der kurzen Zeit seit Ihrer Ankunft aus England waren Sie zweifellos zu sehr mit Regierungsfragen beschäftigt, um sich über unsere kleine Siedlung zu unterrichten, und so hoffe ich, die Gelegenheit ergreifen zu dürfen, Sie mit derselben bekannt zu machen und Ihnen darüber hinaus ein oder zwei kleine Vorschläge bezüglich ihrer Zukunft zu unterbreiten. Die Oyster Cove Siedlung wurde vor beinahe zehn Jahren gegründet, und acht davon habe ich nun die Ehre, als ihr Oberaufseher zu dienen, nachdem ich zuvor den Posten des Quartiermeisters der Baracken von Hobart bekleidete.

Die Siedlung hier wurde gegründet, um den überlebenden schwarzen Eingeborenen der Insel, die von Flinders Island in der Bass Strait hergebracht wurden, eine Zuflucht zu geben. Damals, vor etwa zehn Jahren, betrug die Zahl der Überlebenden noch knapp fünfzig, doch bedauerlicherweise wurden diese Unglücklichen im Lauf der Jahre immer weniger. Erst im letzten Winter sind wieder drei verstorben: Prinzessin Kleopatra, Diogenes und Columbus. Nachdem ein vierter, Cromwell, ein Mischling, vor kurzem die Erlaubnis erhielt, seine eigene Hütte außerhalb zu beziehen, beträgt die Zahl der hier lebenden Eingeborenen augenblicklich nur noch elf. Acht davon sind Frauen und drei Männer, alle in vergleichsweise fortgeschrittenem Alter.

In Anbetracht dieses betrüblichen Umstandes möchte ich an Eure Exzellenz eine Bitte richten. Nach meinem bescheidenen Dafürhalten ist es äußerst wichtig, daß die Siedlung umgehend an einen weitläufigeren Ort verlagert wird, und sei es nur zum Wohle der armen Schwarzen. Oyster Cove konnte noch nie als gute Wahl bezeichnet werden, da es hier sehr feucht ist, so daß die Eingeborenen während der Sommermonate oft an ihrem Feuer kauern und alle Kleidungsstücke, die sie besitzen, übereinander tragen. Auch ich selbst leide sehr darunter. Von ebenso großer Bedeutung ist die isolierte Situation der Insel. Die Verbindung nach Hobart ist schlecht, und die Zeit wird einem oft lang, vor allem im Winter, wenn keine Menschenseele an einen Besuch hier denkt.

Die Abgeschiedenheit hat es auch möglich gemacht, daß die Schwarzen zur leichten Beute verbrecherischer Weißer werden, die, trotz all meiner Versuche, sie zu verscheuchen, hier in der Gegend herumlungern und die Schwarzen dazu verleiten wollen, ihren mageren Besitz gegen Alkohol zu tauschen (ein Umstand, der mich zu wiederholten Bitten um weitere Decken veranlaßt hat).

Mein Vorschlag wäre es, die Siedlung nach Hobart zu verlegen. Die Einwohner der Stadt bräuchten eine solche Entwicklung nicht zu fürchten, denn die Schwarzen sind, ganz abgesehen von ihrem sanften Wesen, viel zu wenige und viel zu schwach, um eine Gefahr darzustellen. Sie könnten alle in einem der größeren Stadthäuser von Hobart untergebracht werden, wobei sich die Gegend von Battery Point ganz besonders eignen würde, da sie wunderbar ruhig ist und eine herrliche Aussicht auf den Fluß bietet. Ein solcher Ortswechsel würde auch die Versorgung mit Nahrungsmitteln und Decken erleichtern, unter Schonung öffentlicher Gelder, und auch bezüglich meiner eigenen Pflichten wäre es hilfreich, so zu wohnen, daß Hobart leicht erreichbar ist.

Falls dieses Arrangement nicht für möglich erachtet wird, hoffe ich, daß Eure Exzellenz zumindest eine persönliche Bitte berücksichtigen werden, und zwar die, daß ich innerhalb der Kolonie für eine andere Aufgabe ausersehen werde. Nachdem Mr. Willis, der Lagerverwalter, vergangenes Jahr aus Altersgründen weggezogen ist, bin ich im Augenblick der letzte hier verbliebene Europäer, eine Situation, die einen manchmal entmutigen kann, und sosehr mich auch meine Arbeit in Oyster Cove mit Stolz erfüllt, habe ich doch das Gefühl, daß acht Jahre an diesem Ort genügen. Ich wäre sehr zufrieden, wenn ich auf meinen Posten als Quartiermeister der Hobart-Baracken zurückkehren dürfte. Mein Eifer, der Kolonialregierung von Nutzen zu sein, ist so groß, daß ich auch bereit wäre, einen niedrigeren Posten anzunehmen.

Leider muß ich hinzufügen, daß es in Hobart einige Personen gibt, die möglicherweise versuchen werden, Eure Exzellenz gegen mich einzunehmen, indem sie alte Geschichten aufwärmen, die einige angeblich aus den Baracken verschwundenen Vorräte betreffen. Doch wie Euer Exzellenz sicher wissen, sind solche Berichte frei erfunden und wurden nie bewiesen, was sich unschwer den Akten entnehmen läßt. Ich bitte Sie dringend, den boshaften Behauptungen all jener kein Gehör zu schenken, die es aus Gründen, die mir für immer verschlossen bleiben werden, schon lange zu ihrem Anliegen gemacht haben, meinen guten Namen zu beschmutzen. Wenn ich so kühn sein darf, Eurer Exzellenz einen Ratschlag zu erteilen, dann wäre es der, daß keine Gesellschaft auf Erden mehr zu Neid und Verleumdung neigt, als eine abgelegene Inselkolonie, und daß Euer Exzellenz sehr sorgfältig erwägen sollten, was Sie zu glauben belieben.

Ich hoffe, Sie erwägen diese Bitten sorgfältig, um der armen Schwarzen willen.

Noch einmal wünsche ich Ihnen alles Gute und viel Glück als neuer Gouverneur.

Ihr ergebener Diener
Oberaufseher Eldridge

An einem Morgen wurde ich früh von einem Schrei vor der Hütte geweckt, zu kurz, um ihn zu verstehen, als hätte man ihn erstickt. Die anderen hörten ihn nicht und schliefen einfach weiter, aber ich war neugierig. Ich ging hinaus und sah, daß der Tag von Bruney Island herübergriff, wie große gelbe Hände, und Licht machte, so daß ich sah, daß Walyeric gestürzt war und ganz still lag. Ich dachte mir, daß sie neues Holz fürs Feuer geholt hatte, weil neben ihr ein paar Scheite lagen. Ich hob ihren Kopf an, und ihre Augen sahen mich an, nur ein bißchen, und ich wußte, daß sie nicht tot war, was meine große Angst gewesen war, obwohl sie so schlimm aussah. Ihr Gesicht war zornig vor Schmerz, und sie atmete schnell, als wollte sie zuviel Luft. Aber dann wurde es allmählich besser, und sie atmete langsamer, und sie sagte, daß der Schmerz in ihrer Brust jetzt kleiner würde.

Später am Morgen ging es ihr wieder gut, und sie schwamm sogar im Meer und fing Hammelfische. Trotzdem dachte ich noch daran, daß sie so krank geworden war, und nach einer Weile ging ich zu ihr.

»Walyeric, ich glaube, du mußt Peevay besuchen. Du mußt ihm sagen, daß du ihm verzeihst.«

Sie haßte es, wenn man ihr sagte, was sie tun sollte.

»Warum sollte ich das?«

Es hatte keinen Zweck, sanft zu Walyeric zu sein, weil sie nur auf Kampf reagierte. Das war ihre Art. »Es ist schlecht, wenn man sein eigenes Kind so sehr haßt. Was ist, wenn du stirbst? Soll er denken, daß du ihn ewig haßt?«

Einen Moment lang wurde ihr Blick nachdenklich, und ich hatte Hoffnung, aber nur diesen einen Moment. »Ich gehe nicht zu seinem Weißenhaus mit all dem Weißenscheiß!«

Mit dem Haus hatte sie recht, ja, ich hatte es gesehen, und er hatte wirklich alle Num-Sachen, genau wie in der Hütte von Oberaufseher Eldridge. Es gab Tisch und Stühle, Kamin und Kaminsims und auch Kerzen, Teekanne und Regale mit einem Buch. Sogar seine Kleider waren so, zum Beispiel Gehrock und

Schuhe und ein großer Hut, der auf dem Tisch lag. Seltsam war aber, daß er immer weniger wie ein Weißer wurde, je mehr Num-Sachen er hatte. Sein Haar, das gelb gewesen war, war jetzt grau, so daß er einfach wie ein Palawa aussah, der alt wurde. Außerdem haßte er die Weißen immer mehr, so daß er sogar noch wütender redete als seine Mutter. Ihr waren die Weißen inzwischen fast egal, sie lebte jetzt ruhiger, wie eine feine alte Dame. Ich glaube, sie hat sie getötet, als sie konnte, was schön für sie war. Er hat das nie getan. Außerdem, wenn man ein alter Knochensack ist, wird es schwerer, an Haß zu denken, den man einmal hatte.

Noch etwas, das Peevay so wütend auf die Num machte, war sein neues Haus. Er hatte es nie gewollt. Sein Wunsch war ein schönes großes Haus für uns alle gewesen. So viele Briefe hatte er an die Weißen geschickt, die wir unterschreiben mußten, und darin stand, daß wir Land bräuchten und weiße Sträflinge, um uns Nahrung anzupflanzen, wie die anderen Weißen es auch hatten, und er schrieb, das müßten sie uns geben, nach all ihrem betrügerischen Haß. Dann wären wir wundersam feine Kerle, sagte er. Peevay konnte gut schreiben, und ich dachte, er würde alles bekommen. Aber am Ende gaben ihm die weißen Männer bloß diese kleine Hütte, für ihn allein, ohne Land und auch ohne weiße Sträflinge. Er war so zornig, daß er sagte, er wollte dort nicht wohnen. Am Ende wohnte er dann doch dort, damit er zu einem Ort in der Nähe gehen konnte, wo er Walfische aufschnitt und die Münzen der weißen Männer verdiente, denn er sagte, mit Geld könnte er die weißen Männer besser ärgern, bis wir bekamen, was uns zustand. »Ich kriege diesen Ort für euch, ganz bestimmt«, sagte er. »Ich zwinge sie dazu.«

Manchmal dachte ich, daß er doch wie seine Muter war. Beide konnten nie aufhören. Ich glaube, deshalb war es so schwer für sie, freundlich zueinander zu sein. Sie waren wie zwei Felsen, die im Schlamm festsitzen und die man nicht zueinanderschieben kann, und wenn man es versucht, sinken sie noch tiefer ein. Trotzdem muß ich mir etwas überlegen, bevor es zu spät ist. Ich kann den Gedanken nicht ertragen, daß sie für immer und ewig in diesem Haß gefangen sind.

Mrs. Gerald Denton, Ehefrau des Gouverneurs von Tasmanien
September – Dezember 1857

(Auszug aus: *An fernen Ufern – Erinnerungen der Ehefrau eines Kolonialgouverneurs*, Kapitel siebenundzwanzig: *Ein denkwürdiges Weihnachtsfest*)

Als Kind gründete ich einst im Frühling mit meinen Spielkameradinnen einen kleinen Verein. Er verschrieb sich dem Schutz junger, aus dem Nest gefallener Vögel. Obwohl unsere kindischen Bemühungen leider nicht sehr erfolgreich waren, wird mir jetzt klar, daß mir die Empfindung, der sie entsprangen, bis heute geblieben ist: ein tiefes Mitgefühl für all die, die das Leben unfreundlich behandelt hat. Es liegt in meiner Natur, daß mich Geschichten über die Elenden dieser Welt berühren, seien es nun kleine Kinder, die in Armut aufwachsen, hinfällige Großeltern, die von ihren undankbaren Nachkommen vernachlässigt werden, oder hilflose Tiere, die unter ihrem grausamen Herrn leiden müssen. Und so war es eigentlich unvermeidlich, daß mir in der fernen Kolonie Tasmanien die erbarmungswürdige Geschichte der Ureinwohner dieser Insel naheging.

Schon bevor wir in Hobart eintrafen, wußte ich, daß sie einen schrecklichen Niedergang erlitten hatten, obwohl mir kaum Einzelheiten bekannt waren. Nach unserem Einzug in das Gouverneurshaus wuchs meine Neugier, und ich begann mich in der Sache zu erkundigen, zuerst bei unserer Haushälterin Mrs. Murray, dann bei einigen meiner neuen Freundinnen, den Gattinnen von Geralds Beamten. Zu meiner Überraschung erhielt ich nur zögernde, ja sogar ausweichende Antworten, als gehöre es sich nicht, über dieses Thema zu sprechen. Dadurch wurde mein Interesse aber nicht erstickt, sondern eher noch angefacht, und als nächstes befragte ich Gerald. Wie sehr erschütterte es mich, als ich hörte, daß nur noch ein Dutzend dieser armen Wesen lebte! Krankheiten und die Brutalität entlaufener Sträflinge hatten offenbar alle anderen dahingerafft, und die wenigen Überlebenden waren in so fortgeschrittenem Alter, daß es keine Hoffnung auf ein Fortbestehen ihrer Rasse gab.

Zutiefst bewegt von dieser schrecklichen Entdeckung, zerbrach ich mir den Kopf, wie man den Unglücklichen in ihren letzten Tagen ein wenig Trost spenden könnte. Eine Idee hatte es mir besonders angetan: Ich wollte ihrer Siedlung einen Besuch abstatten und ihnen Geschenke mitbringen. Auch der liebe Gerald zeigte sich von meinem Gedanken sehr angetan, doch ließen ihm seine schweren Pflichten keine Zeit für einen solchen Ausflug. Von Hobart bis zur Eingeborenensiedlung mußte man zwanzig Meilen weit reisen, und dies auf erbärmlichen Straßen. Doch nur wenige Wochen später schlug er vor, daß wir an Weihnachten im Gouverneurshaus eine Gesellschaft geben sollten, um die maßgeblichen Persönlichkeiten der Kolonie näher kennenzulernen, und plötzlich kam mir ein wunderbarer Einfall.

»Wir könnten doch auch die armen Eingeborenen einladen!«

Aber so sehr ihn mein Vorschlag begeisterte, so besorgt war Gerald andererseits, daß ein solches Spektakel die Schwarzen einschüchtern könnte, wo sie doch an ihr einsames, ruhiges Leben gewöhnt waren. Darüber hinaus befürchtete er, einer von ihnen könne Ärger machen. Ich muß vielleicht erklären, daß er dabei an einen Eingeborenenmischling namens Cromwell dachte, einen notorischen Unruhestifter, der es gelernt hatte, die Lebensweise der Engländer gerade so gut nachzuahmen, daß er ein richtiges Ärgernis war (Gerald gab mir eine sehr amüsante Beschreibung des Kerls, wie er in schlechtsitzendem Gehrock und Zylinder durch die Straßen stolzierte, obwohl sein Gesicht kohlrabenschwarz war). Anscheinend besaß dieser Mann den Ehrgeiz, ein Leben aristokratischen Müßiggangs zu führen, und zu diesem Zweck schickte er den Beamten der Regierung einen Jammerbrief nach dem anderen, in denen er Land forderte, ja sogar Sträflinge als Diener. Wie Gerald mir erklärte, konnte es kaum einen größeren Gegensatz geben als den zwischen einem solchen Burschen einerseits, der das Unglück seiner Gefährten zur eigenen Bereicherung mißbrauchen wollte (obwohl er letztlich gar nicht ihresgleichen war), und den echten Eingeborenen andererseits, die sich mit so rührender Ergebenheit in ihr beklagenswertes Schicksal fügten.

»Wir können die anderen ja nicht gut ohne ihn einladen, weil sie ihn trotz seines Mischlingsbluts beharrlich als einen der ihren betrachten«, sagte Gerald betrübt. »Doch wenn man so einen Kerl zu einem formellen gesellschaftlichen Ereignis einlädt, fordert man den Ärger leider geradezu heraus.«

Mir kam eine Idee: »Und wenn wir es so arrangieren, daß die Eingeborenen von den übrigen Festgästen getrennt sitzen? Damit wären doch all unsere Probleme gelöst. Sie würden nicht durch die vielen Menschen erschreckt, und dieser Cromwell hätte keine Gelegenheit, eine Szene zu machen.«

Ganz überzeugt war Gerald immer noch nicht, aber nachdem ich ihm noch einmal gut zugeredet hatte, willigte er schließlich ein. Erfreut sandte ich noch am selben Tag eine Einladung an den Oberaufseher der Eingeborenensiedlung, einen gewissen Mr. Eldridge (der, wie mir Gerald sagte, eine nicht ganz lupenreine Vergangenheit besaß). Ich fragte außerdem an, ob Eldridge seine Schwarzen eventuell bitten könne, selbstgefertigte Gegenstände mitzubringen, wie etwa Perlenketten, Holzfiguren oder Speere, die sie gegen schlichte Geschenke eintauschen mochten. Ich sollte vielleicht erklären, daß ich insgeheim hoffte, es werde eine kleine, aber womöglich nicht ganz unbedeutende Sammlung von Erinnerungen an diese aussterbende Rasse zustande kommen. Ich konnte mir gut vorstellen, daß irgendwann später in unserem Londoner Haus Speere und Wurfstöcke an den Wänden und einige primitive Figurinen auf dem Kaminsims eine entzückende und auch sehr anrührende Erinnerung an die Zeit abgeben würden, die wir an diesen fernen Ufern verbracht hatten.

Binnen weniger Tage schrieb mir Mr. Eldridge zu meiner Freude, daß er und seine Schwarzen unserer Einladung gern Folge leisten wollten. Weniger erfreulich war die Antwort des Mischlings Cromwell, die kurz darauf eintraf. Sie war in einem sehr sonderbaren Stil gehalten – auf die merkwürdigste Art und Weise verwendete er lange Wörter – und schien überhaupt nur allzu offensichtlich auf einen verwirrten Geist hinzudeuten. Zu dem Zeitpunkt war ich bereits völlig von den Vorbereitungen für das kommende Ereignis in Anspruch genommen, und das war wirklich keine Kleinigkeit. Die Frage der Beköstigung gestaltete sich besonders schwierig, da ich den innigen Wunsch hegte, unsere zahlreichen Gäste zum Tee zu bitten und sie mit genau den Dingen zu bewirten, die es zur Weihnachtszeit in England gab. Bald jedoch schon mußte ich feststellen, daß die südliche Umkehrung der Jahreszeiten dies alles andere als leicht machte, vor allem bezüglich der Kuchen. Es gab keine Pflaumen für Plumpudding, keine Birnen und Äpfel, von Kastanien ganz zu schweigen. Es war so ähnlich, als müsse man in England mitten im Juni ein Erntedankfest vorbereiten.

Aber das war der Sorgen immer noch nicht genug. Das nächste Problem stellte der Baum dar – die Bäume dort waren vom Aussehen und Geruch her einfach nicht das richtige –, und außerdem schien es ein Ding der Unmöglichkeit, in den Läden von Hobart den passenden Baumschmuck zu finden. Kaum war es mir endlich gelungen, einen kleinen Chor zusammenzustellen, der Weihnachtslieder singen sollte, türmte sich schon die nächste Schwierigkeit vor mir auf: die Rollenverteilung für das Krippenspiel. So viele der jüngeren Inselbewohner waren im Zuge des Goldrauschs nach Victoria gegangen, daß es nahezu unmöglich war, ein Baby zu finden, zumindest eines aus guter Familie, welches das Jesuskind spielen konnte. Bei den anderen Rollen dagegen ergab sich genau das umgekehrte Problem: Offenbar hatte ein großer Teil der Hobartschen Gesellschaft eine Schwäche fürs Theaterspielen, so daß jede Entscheidung, die ich fällte, bei bestimmten Leuten unweigerlich große Enttäuschung hervorrufen würde. Ich mußte sogar verschiedentlich Rücksprache mit Gerald halten, nur um zu vermeiden, daß ich der Kolonialregierung Ihrer Majestät versehentlich gefährliche Feinde schuf!

Nach einigen Tagen jedoch waren sämtliche Probleme bewältigt, und die Vorbereitungen liefen auf Hochtouren. Ich verbannte die düsteren Farben unserer Vorgänger, indem ich die Eingangshalle des Hauses frisch tapezieren ließ, und es gab ein gründliches Großreinemachen. Dann kümmerte ich mich um den Garten. Ich hatte gerade eine Ecke ausgewählt, wo unsere schwarzen Gäste sitzen konnten – mit eine Art Sichtschutz aus den Pflanzenkübeln, die sonst vor den Ställen standen, wollte ich die Schwarzen vom Rest der Gesellschaft trennen –, als mir plötzlich eine phantastische Idee kam. Ich konnte Daguerreotypien von ihnen anfertigen lassen! Mir war sofort klar, daß dies nicht nur ein schöner Einfall war, sondern auch eine wundervolle Möglichkeit, wenigstens die Erinnerung an diese unglückselige Rasse zu bewahren. Falls die Resultate befriedigend ausfielen, würden sie sicherlich einen Ehrenplatz in unserem Londoner Haus erhalten.

Noch am selben Nachmittag hörte ich mich um und hatte den Namen des gesuchten Fachmanns schon bald gefunden.

Reverend Geoffrey Wilson *Dezember 1857*

Wir waren angekommen! Nach all den Monaten der Ärgernisse und Sorgen, des Kampfs und der Entbehrungen hatten wir endlich das Ziel unserer Reise erreicht. Welche Freude empfand ich, als die *Sincerity* gemächlich die Mündung des Derwent hinaufsegelte und ich direkt vor uns Hobart erblickte, ein fröhliches Städtchen, unterhalb des finsteren Mount-Wellington-Massivs gelegen. Seit unserer Abfahrt in Port Arthur hatte ich eigentlich stündlich damit gerechnet, daß Potter darauf bestehen würde, an irgendeinem einsamen Felsen oder in einer Bucht vor Anker zu gehen, um unsere Reise noch weiter zu verzögern, aber zu meiner Erleichterung verhielt er sich still. Ich konnte mir nur denken, daß ihm der Black-O'Donnell-Zwischenfall auf den Magen geschlagen war, und hoffte, daß dieser Effekt, falls es sich so verhielt, möglichst lange anhielt.

Der Anblick unseres Bestimmungsorts versetzte alle Personen an Bord der *Sincerity* in Hochstimmung. Die Manx-Männer grinsten und sangen, während sie ihre letzten Arbeiten in schwindelnder Höhe verrichteten. Sie refften die Segel, damit wir langsam auf den Hafen zufuhren, und Renshaw war aufgekratzt wie selten und beugte sich über die Reling, um den Strand zu sehen. Sogar der Doktor benahm sich beinahe höflich, ein Wesenszug, der mir bis dahin kaum an ihm aufgefallen war, und einen kurzen Moment lang fragte ich mich, ob ich mit dem Mann vielleicht doch allzu hart ins Gericht gegangen war. Und ich – welche Erregung packte mich, als ich jenes Land erblickte, um das meine Gedanken so lange Zeit gekreist waren! Der düstere Gipfel des Mount Wellington gemahnte an irgendeine abgelegene Gegend Schottlands, aber der Duft der Vegetation wehte exotisch, fremd und verheißungsvoll über das Meer herüber. Ich lauschte dem Säuseln des Winds, der in der Takelage sein seltsames Lied summte, und wenn es auch zweifellos bare Phantasie war, so glaubte ich doch ein leises Murmeln zu hören, wie von fernen Engeln, die mich über die meilenweite Wildnis hinweg wispernd begrüßten: »Willkommen, lieber Prediger, willkommen!«

Hobart säumte nicht, uns seine Aufwartung zu machen. Kaum lag die *Sincerity* vertäut im Hafen, der sehr elegant war und dessen Kais eindrucksvolle steinerne Lagerhäuser säumten, kam ein freundlicher Mann mit Strohhut an Deck. Er stellte sich als Reporter der *Colonial Times* vor, einer der größten Zeitungen der Insel, und bat uns um Informationen für die Schifffahrtsnachrichten. Captain Kewley behandelte den Mann ziemlich kühl, doch ich sah keinen Grund zu solcher Reserviertheit, wo sich uns hier doch eine äußerst nützliche Gelegenheit bot. Dank Jonah Childs' Bemühungen wurden wir zwar von gewissen Kreisen, bis hin zum Gouverneur, bereits erwartet, aber ich fand, daß unsere Ankunft auch für andere, weniger hochgestellte Teile der Bevölkerung interessant sein könnte, und so gab ich mir alle Mühe, dem Reporter ein bißchen etwas über unsere Expedition zu erzählen. Erfreulicherweise zeigte er größtes Interesse, überhäufte mich mit Fragen und kritzelte meine Antworten eifrig in sein Notizbuch. In dem Gefühl, gleich eine gute Tat vollbracht zu haben, begab ich mich wenig später auf die Suche nach einer Unterkunft.

Leider hielt meine aufgeräumte Stimmung nicht lange an. Als ich mir nämlich am nächsten Morgen die *Colonial Times* kaufte, mußte ich entdecken, daß sich hinter der freundlichen Maske des Reporters ein Judas verbarg. Neben der Schiffahrtskolumne stand sein zusammengeschusterter kurzer Artikel, in dem er unsere Expedition zu meinem Leidwesen in äußerst gehässigem Ton beschrieb. Er widersprach meiner Behauptung, der Garten Eden sei in Tasmanien zu finden, wobei er seine Einwände aber nicht mannhaft und fair vortrug, sondern sich in verächtlichster Manier über unsere Sache lustig machte. Das Machwerk bestand zum größten Teil aus dem Vorschlag, man solle doch auch einmal andere biblische Ereignisse auf den Antipoden ansiedeln. Er listete einige absurde Beispiele auf, etwa, daß die Israeliten ihre Gefangenschaft in Port Arthur durchlitten hätten und von Moses durch die geteilten Wasser des Hafens von Sydney in die Freiheit geführt worden seien.

Doch bald schon sollte sich meine Stimmung wieder bessern. Am nächsten Tag sprachen wir zu dritt im Hause des Gouverneurs vor (es schien ziemlich aussichtslos, Potter an diesem Besuch hindern zu wollen), und ich kann zu meiner Freude berichten, daß wir von Seiner Exzellenz, Gouverneur Denton, und dessen bezaubernder Frau äußerst liebenswürdig empfangen wurden. Der Gouverneur war ein sehr kultivierter Mann aus guter Familie, der unserem Unternehmen leidenschaftliches Interesse entgegenbrachte und die *Colonial Times* nicht einmal erwähnte. Er besaß die Freundlichkeit, uns zu einem gesellschaftlichen Ereignis einzuladen, das er und seine Frau kurz vor Weihnachten zu veranstalten gedachten, und nannte mir die Namen verschiedener Händler, die für die letzten Expeditionsvorbereitungen von Nutzen sein mochten.

Je mehr ich mich mit diesen Vorbereitungen befaßte, desto deutlicher trat zu Tage, daß sich der häßliche Zynismus des Journalismus in der Hobartschen Gesellschaft nirgends wiederfand. Egal, mit wem ich sprach – es schien die Menschen sehr zu faszinieren, daß ihre ferne Inselheimat eine so große biblische Bedeutung hatte, und wo ich auch hinkam, stets war ich Gegenstand der allgemeinen Neugier. Schon nach kurzer Zeit defilierte an unserem Hotel ein kleiner Strom von Besuchern vorbei, unter anderem führende Händler und Ladenbesitzer, die alle beflissen ihr Interesse für unser Unternehmen bekundeten und gleichzeitig erfahren wollten, ob wir Bedarf an den Waren hatten, die sie verkauften.

Je näher ich diese kleine Stadt kennenlernte, desto überraschter war ich, wie kultiviert es in ihr zuging. Kaum zu glauben, daß die ersten Siedler vor knapp einem halben Jahrhundert eingetroffen waren, denn es herrschte bereits eine so vornehme Atmosphäre, daß ich an ein verschlafenes Küstenstädtchen in Sussex denken mußte, welches schon bessere Zeiten gesehen hatte. Auf den Straßen herrschte Ruhe, und die Einwohner benahmen sich ausgesucht höflich. Sie waren vorwiegend mittleren Alters, weil viele jüngere Leute nach Victoria gegangen waren, um als Goldschürfer ihr Glück zu machen. Einige neigten etwas zum Trübsinn, wohl wahr, und ich hörte auch Klagen, daß das Handwerk darniederliege, vor allem hinsichtlich der Walfangindustrie (anscheinend war es diesen törichten Tieren, die sich noch vor kurzem massenweise vor Tasmaniens Küste getummelt hatten, eingefallen, plötzlich zu verschwinden). Aber im großen und ganzen präsentierten sich die Einwohner von Hobart genauso wunderbar wie ihre Stadt. Wie schön, an einen Ort zu kommen (auch wenn er auf der anderen Seite der Erde lag), wo alles so unverkennbar *englisch* war, von den Wirtshäusern und Läden über die Sprache der Bewohner bis hin zum Lack der Kutschen; und das alles erfreulicherweise auch noch auf eine bezaubernd altmodische Art, die mich in meine Jugend zurückversetzte, damals, bevor durch die Erfindung der Eisenbahn alles so rastlos wurde. Wie sehr war dieses Städtchen dem grellen, lärmenden, goldgierigen Melbourne vorzuziehen! Bis auf den Namen hatte mich Melbourne kaum an England erinnert, sondern entsprach eher der Vorstellung, die ich mir von einer der umtriebigen neuen Siedlungen in Nordamerika machte.

Ohne Säumen begann ich die gewaltige Aufgabe vorzubereiten, die uns erwartete. Als erstes legte ich unsere Route fest, die leicht zu entscheiden war. Erst hatte ich überlegt, ob uns die *Sincerity* direkt zur Westküste bringen sollte, aber dann hätten wir gegen die dort herrschenden Winde ansegeln müssen und kostbare Wochen verloren, und so entschied ich mich für den Landweg. Ich befragte die Händler, die in unserem Hotel vorsprachen, studierte die neuesten Landkarten der Kolonie, und obwohl die westlichen Gebiete auf diesen Karten kaum leserlich verzeichnet waren, erzählten sie eine unmißverständliche Geschichte. Einer der vier Flüsse, die, wie ich herausgefunden hatte, in der Genesis erwähnt wurden, war der Derwent (Eingeborenenname *Ghe pyrenne*: Euphrates), und das genau war der Strom, der an Hobart vorbeifloß. Ein Kinderspiel! Wenn wir ihm bis zur Quelle folgten, würden wir unweigerlich den Garten Eden erblicken.

Als wesentlich schwieriger erwies es sich, die praktischen Seiten des Unternehmens zu organisieren, was durch den Umstand, daß ich von meinen beiden Gefährten so gut wie keine Unterstützung erhielt, nicht gerade erleichtert wurde. Renshaw aus seiner Lethargie zu reißen bedeutete keine Zeitersparnis, sondern Zeitvergeudung, und Potter ließ sich einfach so gut wie nie blicken. Ich hinterließ ihm Nachrichten, in denen ich ihn um die Erledigung simpler Aufgaben bat, um die ich mich aus Zeitgründen nicht selber kümmern konnte, zum Beispiel, dafür zu sorgen, daß der Mauleseldung beseitigt wurde. Aber es fruchtete nichts. Selbst die Manx-Männer waren zu nichts nutze. Mehrere Male besuchte ich das Schiff und bat sie, einige unserer Vorräte ins Hotel zu bringen, und was mußte ich entdecken: Captain Kewley, der Erste Maat Brew und der Zweite Maat Kinvig waren nicht da. Als ich schließlich die Geduld verlor und China Clucas, den Riesen, zwang, mir endlich zu sagen, wo sie sich versteckt hielten, verriet er mir widerwillig, daß sie sich in irgendeiner Schenke mit einem Mann namens Quaine vom Amt für Zölle und Verbrauchssteuern trafen.

Mir war schleierhaft, warum Kewley den Wunsch haben sollte, seine Zeit mit einem Zollbeamten zu verbringen, dessen Aufgabe doch längst erfüllt war, aber schon bald gewann ich Klarheit. Als ich voller Abscheu die Schenke betrat, hörte ich, daß alle, einschließlich Quaine – ein kleiner Mann mit einem Rattengesicht, der auf einem Bein stand und mit dem anderen auf den Boden klopfte, als vollführe er einen geheimnisvollen Tanz –, nicht englisch sprachen, sondern manx. Ich ließ mich nicht davon beeindrucken. Zwar störte es mich nicht, daß die Schiffsoffiziere der *Sincerity* in Erinnerungen an ihre ferne Heimat schwelgten, doch schien das keine Entschuldigung dafür zu sein, daß sie ihre Pflichten vernachlässigten, und ich fühlte mich verpflichtet, Kewley mit heftigen Worten dafür zu rügen, daß er das Schiff verlassen hatte. Zu meiner Freude stellte ich immerhin fest, daß ich ihn damit ziemlich in Verlegenheit brachte.

Solchen Entmutigungen zum Trotz kam ich mit unseren Vorbereitungen gut voran. Ich beschaffte Nahrungsmittel zur Ergänzung unserer in England gekauften Vorräte, unter anderem riesige Mengen Reis, Mehl, getrocknetes Obst und Gemüse. Auch Maultiere trieb ich auf, wenn dies auch nicht gerade einfach war. Unsere Vorräte waren so umfangreich, daß ich Hobart förmlich durchkämmen mußte, um genügend Tiere für unsere Zwecke zu finden. Außerdem legten die Besitzer der Tiere eine schier unglaubliche Ängstlichkeit an den Tag. Sie waren so voller Furcht, uns könnte ein Mißgeschick zustoßen, daß sie sich weigerten, uns ihre Tiere zu vermieten, sondern darauf bestanden, daß wir sie ihnen abkauften. Diese absurde Forderung erwies sich als große Belastung unserer Finanzen, was besonders lästig war, weil es bedeutete, daß ich, entgegen meiner Hoffnung, nun womöglich doch keinen eigenen Diener einstellen konnte. Dies war, wie ich vielleicht erklären sollte, mein Wunsch, nicht um meiner selbst willen, sondern ausschließlich zum Nutzen der Expedition, da es nicht anzugehen schien, daß deren Leiter schlechter gestellt war als jüngere Mitglieder des Unternehmens. Als ich am Ende sah, daß sich unmöglich ein neuer Diener einstellen ließ, hoffte ich, daß der Doktor seine kleinliche Selbstsucht, ein einziges Mal, den Interessen unseres Unternehmens unterordnen würde, und hinterließ ihm einen Zettel mit der Bitte, seinen Diener Hooper zu entlassen. Leider muß ich sagen, daß seine Antwort fast provozierend kurz und schroff ausfiel.

Doch selbst jetzt gab ich mich nicht der Verzweiflung hin, und mir kam der Gedanke, daß ich womöglich einen der Maultiertreiber als Diener rekrutieren könnte. Leider stellte sich jedoch heraus, daß nicht einmal jemand zu finden war, der sich auf die Tiere verstand, geschweige denn einer, der als Diener taugte. Ich setzte Annoncen in die örtliche Zeitung, doch von den Anwärtern, die sich darauf meldeten, war einer alt und gebrechlich, der nächste schamlos betrunken, und überhaupt ließen alle Kandidaten jede Frömmigkeit vermissen, so daß mich der Verdacht beschlich, es handle sich um ehemalige Sträflinge. Von den sechsen, für die ich mich schließlich entschied, hatte nur einer namens Skeggs Erfahrung mit der Aufgabe, die ihn erwartete. Er hatte einmal als Maultiertreiber für eine erfolglose Expedition gedient, die Gold auf dem australischen Festland finden wollte, und wenn er auch von mürrischem Wesen war, hielt ich dies einfach für den Preis dafür, daß er sich auf die Tiere verstand. Die anderen fünf besaßen keinerlei Eignung bis auf den Umstand, daß sie sich etwas mit Pferden auskannten. Da ich zu keinem von ihnen besonderes Vertrauen faßte, beschloß ich, drei zu ernennen, die gemeinsam als meine Diener fungieren sollten, was mir noch als die beste Lösung erschien.

Kniffliger war das Problem des Führers. Ich wußte von Anfang an, daß sich dies schwierig gestalten würde, da das Innere der Insel absolut unerforscht war, und doch hoffte ich, jemanden zu finden, der, wenn er die westliche Wildnis auch nicht zur Gänze durchquert hatte, doch zumindest ein wenig an ihren Rändern entlanggewandert war. Es sollte aber nicht sein. Die wenigen Männer, die sich auf meine Annoncen hin meldeten, entpuppten sich als Scharlatane, und meine neuen Händlerfreunde klärten mich auf, daß die einzige wichtige Forschungsreise in diesen Teil der Kolonie vor über zwanzig Jahren stattgefunden hatte, und der Regierungsbeamte, der sie damals unternahm, ein Mann namens Robson, heute behaglich in England lebte. Allerdings war er damals vorwiegend in Küstennähe geblieben. Es schien, als handle es sich tatsächlich um *Terra Incognita*. Ich nahm hin, daß ich nicht mehr viel tun konnte, und beschloß, die Sache zu vergessen und auf die Güte DESSEN zu vertrauen, dem diese Expedition schließlich diente. Wenn es niemanden gab, der uns führen konnte, dann würde ich uns eben selber führen müssen.

Die Tage vergingen, und mehrmals verblüfften mich ein prunkvoll geschmücktes Schaufenster oder eine zufällig belauschte Unterhaltung über Gänsebratenrezepte, und ich wurde daran erinnert, daß schon Dezember war. Es hatte eine ungewöhnliche Hitzeperiode eingesetzt. Menschen und Tiere schleppten sich mühsam durch die flirrenden Straßen und sanken irgendwann erschöpft in sich zusammen, und so war es schwer vorstellbar, daß Tausende von Meilen entfernt, direkt unter meinen Füßen sozusagen, die Engländer sich im winterlichen Dunkel verloren und bei ihren Weihnachtseinkäufen Mühe hatten, den eisigen Elementen zu trotzen. Doch so gedankenverloren war ich dann auch wieder nicht, daß ich das bevorstehende Fest des Gouverneurs vergessen hätte. Auf dieses Ereignis freute ich mich wirklich ungemein, und sei es nur, weil sich mir auch dort Gelegenheit bieten mochte, den Interessen der Expedition zu dienen.

Schon als wir uns dem Gouvernementsgebäude näherten, ersah ich aus der großen Zahl der eintreffenden Gäste, die trotz der Hitze festlich gekleidet erschienen, daß es sich um eine grandiose Affäre handeln mußte, und in der Tat, als ich den Garten betrat, gewann ich den Eindruck, daß alles, was in Hobart Rang und Namen hatte, heute hier versammelt war. Die Menge scharte sich um etliche Sänger, die mit roten Gesichtern wacker der Sonne trotzten und die Gäste mit Weihnachtsliedern erfreuten, während hinter ihnen ein mächtiger Baum aufragte, irgendein kurioses Exemplar der örtlichen Flora – den man hübsch mit Kerzen und Engeln geschmückt hatte. Tee gab es reichlich, ebenso schmackhafte Kuchen. Das einzige, was man freilich etwas vermissen konnte, war ein gewisser Sinn fürs Spirituelle. Denn obwohl Weihnachten noch ein paar Tage entfernt lag, war dies Ereignis doch der eigentliche Grund, warum wir uns versammelt hatten, und da offenbar ein kleines Krippenspiel aufgeführt werden sollte, wäre es doch sehr schön gewesen, wenn uns jemand mit ein paar Worten an die Bedeutung des nahenden Festes erinnert hätte. Da es nun einmal Sinn und Zweck unserer Expedition war, diesem wilden Land eine christliche Bedeutung zu verleihen, hätte ich mich sogar selbst bereit erklärt, eine kleine Rede zu halten, wenn man denn mit diesem Vorschlag an mich herangetreten wäre.

Derlei Gedanken hinderten mich jedoch nicht daran, mich

fröhlich in das Getümmel zu stürzen. Ich säumte nicht lang, sondern bahnte mir mit geduldiger Beharrlichkeit den Weg durch die Menge, die sich um den Gouverneur versammelt hatte, um ihn zu begrüßen. Er seinerseits begegnete mir mit der gewohnten Liebenswürdigkeit und machte mich mit einigen bedeutenden Tasmaniern bekannt, bevor er sich entfernte, um seinen weiteren Pflichten als Gastgeber zu genügen. So entspannen sich Gespräche mit einem Finanzbeamten der Regierung, mit dem Besitzer von Hobarts führendem Geschäft für Damenunterbekleidung und mit dem reichsten Schrotthändler der Kolonie. Zu meiner großen Freude zeigten all diese Herren großes Interesse an meiner Expedition.

»Genau das hat die Kolonie jetzt nötig«, verkündete der Schrotthändler mit prophetischem Gestus. »Wir brauchen Aufmerksamkeit, um endlich aus dieser Flaute herauszukommen.«

»Falls überhaupt etwas gefunden wird«, fügte der Ladeninhaber bedächtig hinzu.

»Oh, darauf dürfen Sie getrost vertrauen«, erklärte ich frohgemut. »Ich hätte wohl kaum diese weite Reise unternommen, wenn ich nicht fest an unseren Erfolg glaubte.«

In diesem Moment fiel mein Blick auf eine seltsame kleine Gesellschaft, die hinter den drei Herren am Rand des Rasens vorbeizog. Die Gruppe, von niemand anderem geführt als der reizenden Gattin des Gouverneurs, bestand aus schwarzen Eingeborenen, etwa zwölf an der Zahl. Ihre Anwesenheit wirkte besonders seltsam, weil es den Anschein hatte, als gingen die Ereignisse ringsum die Gruppe gar nichts an: Ich sah sie hinter einer Reihe Pflanzenkübel verschwinden. Mir war zu Ohren gekommen, daß ein paar Ureinwohner der Insel noch lebten, trotzdem wirkte ihre Gegenwart hier äußerst geheimnisvoll.

»Es kämen viele Besucher, soviel steht fest«, fuhr der Schrotthändler fort. »Am Ende würde das hier ein Wallfahrtsort. Ein neues Heiliges Land. Das gäbe dem Handel Aufschwung, keine Frage.«

Plötzlich hatte ich einen ganz wundervollen Gedanken. Wir brauchten einen Führer – und wenn wir nun einen dieser Eingeborenen nahmen? Mir kamen die nordamerikanischen Indianer in den Sinn, die von den Europäern dazu eingesetzt wurden, ihnen bei der Erforschung jenes riesigen Kontinents behilflich zu sein. Eigentlich war ich überrascht, daß mir der Gedanke nicht schon früher gekommen war. Obgleich die meisten Mitglieder der Gruppe für diese Aufgabe untauglich schienen, da es sich vorwiegend um ältere Frauen handelte, hatte ich doch auch einen kräftig gebauten Mann erspäht.

Ich entschuldigte mich bei meinen drei neuen Bekannten, doch in dem Moment, als ich mir einen Weg durch die Menge bahnen wollte, bemerkte ich zu meinem Ärger, daß Potter, der sich lauthals mit ein paar Ärzten unterhalten hatte, genau das gleiche tat.

Peevay *Dezember 1857*

Zwei KUTSCHEN fuhren nach Oyster Cove, um uns abzuholen, und hielten auch vor meiner HÜTTE. Auf ihrem Dach saß der weiße KUTSCHER und auch INSPEKTOR ELDRIDGE mit seinen betrügerischen Augen. Die zwei Kutschen waren zu klein für uns, so daß ich kaum hineinkam, und es wurde eine abscheuliche Reise. Endlich kamen wir an, und ich kriegte wieder Luft, und die Gouverneursfrau kam rasch herbei und lächelte zuviel und sagte: »Ah, mein lieber Eldridge, ah, meine lieben Schwarzen, wie schön, euch zu sehen!« Dann schaute sie an uns vorbei in die Kutsche. »Habt Ihr Handarbeiten und Speere mitgebracht, wie ich es wollte?«

Pagerly sagte mir, Eldridge hätte erzählt, daß wir das für sie tun müßten, aber trotzdem hatte es niemand getan, und so antwortete ich: »Diese Dinge machen wir nicht mehr.« Da wurde ihr Lächeln böse, als sei ich hassenswert. »Wie schade.« Dann ließ sie uns lange vor der Tür warten, während ihre Diener eine andere weiße Kanaille namens JABLON suchen gingen, der, wie sie sagte, eine schöne Überraschung für uns sei, aber sie konnten ihn nirgends finden, und da wurde ihr Mund dünn, als hätte sie etwas Schlechtes gegessen, und sie sagte, wir müßten in den Garten gehen.

Ich war noch nie bei einer GESELLSCHAFT der Num gewesen, und es war ein bißchen interessant. Das alles fand statt, weil Jesus geboren wurde, und es hieß WEIHNACHTEN, und es gab Sänger, die in dieser Sonne rot und krank aussahen, und einen WEIHNACHTSBAUM mit Kerzen und glänzendem Zeug, als hätte er Kleider an. Vorwiegend waren lauter Weiße da, sehr viele, und alle redeten laut und rochen heiß in ihren vielen Hemden und Jacken und riesigen Kleidern, und manche tranken Tee, wenn sie welchen kriegten. Als sie uns sahen, schauten sie uns so wie immer an, manche hassend, manche lachend, manche beobachteten uns nur. Ja, ich wünschte mir, ich wäre Pagerly nie dorthin gefolgt. Es war außerdem fruchtlos, weil ich den Haß mit Mutter nie beenden würde, wie Pagerly behauptet hatte. Mutter war in der gleichen Kutsche wie ich, und ich merkte, daß sie mich nicht einmal mit einem Blick begrüßte, als ich einstieg, sondern nur weiter zum Fenster hinaussah.

Aber jetzt war es zu spät. Die Gouverneursfrau und Eldridge führten uns an einen Tisch, der hinter Pflanzen versteckt war, und das war in Wahrheit besser, weil es bedeutete, daß die weißen Kanaillen uns nicht mehr ansehen konnten. Es waren BÄNKE zum Sitzen da und KUCHEN und TASSEN auf dem Tisch. Die Frau des Gouverneurs blieb stehen und sah aus, als wollte sie am liebsten gleich woanders hingehen, und sie schickte noch einen zweiten Diener los, der unsere Überraschung, Jablon, finden sollte. Wir setzten uns hin, und Mutter fing mit hungrigem Verlangen an zu essen. Ich vermutete, daß sie aus diesem Grund gekommen war und nicht wegen dem Ende ihres Hasses auf mich, wie Pagerly behauptet hatte. Mutter aß nämlich furchtbar gern Kuchen, und sie sagte, das sei das einzig Gute an den weißen Kanaillen. Dann, gerade als andere Diener mit grauem Gesicht wie schmutziges Wasser Tee in TEEKANNEN brachten, bewegten sich die Büsche, und dann kam ein großer dünner weißer Mann daher, den ich noch nie gesehen hatte. Er hatte einen kleinen Kopf und lächelte zuviel.

»Mr. Wilson«, sagte die Gouverneursfrau und sah aus, als wollte sie sich von ihm verabschieden. »Was für eine schöne Überraschung.«

Ich sah diesen Wilson an, der Pfarrer war, und erinnerte mich an Smith und Robson aus unseren Inseltagen des langsamen Sterbens. Ja, er machte uns freundliche Augen, genau wie sie. Weil sie zuckten, vermutete ich, daß er irgend etwas gierig von uns wollte, aber ich konnte mir nicht denken, was, höchstens vielleicht Speere und so weiter, wie die Gouverneursfrau. Der andere, Potter, war schwerer, wie ein Kämpfer, mit rotem Haar und Bart.

»Ob Sie mich wohl Ihren bezaubernden Gästen vorstellen können?« wünschte sich Wilson, und so mußte Eldridge ihm alle unsere Namen sagen, die uns die Weißen gegeben hatten, damit Wilson jedem von uns sein kleines Lächeln geben konnte, als wären wir die kleinsten Kinder, was ich sehr haßte. »Nun, ich hätte einige Fragen zu stellen.«

Jetzt fing auch der rothaarige Potter an: »Ich auch.«

Die Gouverneursfrau lächelte ihr hassendes Lächeln. »Ich muß Ihnen sagen, daß ich jeden Moment Mr. Jablon erwarte.«

Es hatte den Anschein, daß uns plötzlich all diese weißen Kanaillen wollten, was ein verflixtes Rätsel war, weil sie uns jahrelang doch einfach nur hatten vergessen wollen. Pfarrer Wilson fragte uns, ob wir aus der Welt kämen, was eine Dummheit schien und kein Geheimnis zum Verbergen, denn wo sollten wir sonst herkommen? Als ich antwortete: »Ja, natürlich«, war er erfreut, als sei das sein größtes Glück, und er klatschte in die Hände, als ob er eine kleine Fliege fangen wollte, und das hieß Beten, was Robson und Smith auch oft taten. »Ich danke dir, Herr, für diese frohe Botschaft«, sagte er zu Gott, und sein Gesicht war ganz selig. »Mr. Cromwell, ich muß Ihnen sagen, daß wir in diese westliche Wildnis gehen werden. Es ist mein Wunsch, dort den Garten Eden zu entdecken.«

Das war das Seltsamste von allem. Ich wußte ja, daß die Num sich die wahnsinnigsten Dinge ausdenken, wenn sie es wollen, aber trotzdem war dies ein großes verwirrendes Rätsel. Ich kannte die Bibel, AM ANFANG SCHUF GOTT HIMMEL UND ERDE und so weiter, aber das hatte nichts mit uns zu tun.

Die einzige, die sich von unseren Leuten dafür interessierte, war Mutter, was auch seltsam war. »Wer ist Eden?« fragte sie.

Mutter kannte nichts aus der Bibel, weil sie nie in Robsons Schule ging.

Pfarrer Wilson sah sie an, als sei sie etwas Lustiges zum Lachen, und wollte ihr antworten, aber ich haßte ihn dafür, daß er einen Witz aus ihr machte, deshalb war ich schneller: »Eden ist kein Mensch. Eden ist ein Ort. Der Garten Eden wurde vor langer, langer Zeit vom Gott der Weißen gemacht, mit zwei Weißen drin, bis er hassend wurde und sie eine bestimmte Frucht essen ließ und wegjagte.«

Pfarrer Wilson lächelte mich an, als sei jetzt ich sein bester Witz. »Das ist ja eine höchst eigenwillige Interpretation.«

Da lachte Mutter ihr lautes Lachen. »Aber das kann doch nicht sein. Sie sagen, Gott hat den Garten Eden vor langer Zeit gemacht? Wir wissen doch alle, daß Gott hier gar nicht war, bevor ihr Weißen ihn in euren Booten mitgebracht habt.«

»Gott war vor uns da«, sagte Pfarrer Wilson schlau. »Gott ist überall und war schon immer da.«

Es war ein verflixtes Geheimnis, warum Mutter so interessiert war. Jetzt holte sie zum Rauchen PFEIFE und TABAK aus ihrer Tasche, was sie immer tat, wenn sie nachdachte. »Er ist also überall?«

Wilson war überrascht, als er ihre Pfeife sah, aber er lächelte weiter. Ich merkte, daß er Mutter überhaupt nicht begriff. »Überall. Gott ist im Himmel und in den Tiefen des Meeres. Er ist in den Bergen und Bäumen. Er ist in den Vögeln und Fischen und in allen anderen Tieren. Aber am meisten ist er in uns.«

Mutter zündete ihre Pfeife an. »Dann ist er auch in Ihnen?«

Das gefiel ihm sehr. »Natürlich, und er ist auch in jedem von euch.«

Mutter hatte ihren gefährlichen Blick. Irgendwie ahnte ich, daß sie bald etwas Abscheuliches tun würde. »Und er ist überall in Ihnen?«

Wilson nickte. »Ganz bestimmt.«

»Dann ist er also auch in ihrem dreckigen, stinkenden Arsch, Herr Pfarrer? Da ist Gott aber arm dran, wenn er da drin steckt.«

»Mary!« rief Kommandant Eldridge, aber es war zu spät. Pfarrer Wilson benahm sich seltsam. Erst starrte er sie bloß an und riß so weit die Augen auf, als wollten sie ihm aus dem Kopf springen, aber dann reckte er das Kinn in die Luft und versuchte zu lächeln, als hätte Mutter gar nichts Schlimmes gesagt, nur freundliche Worte. Aber daß er ganz schnell, schnell zwinkerte, sagte natürlich alles. Die Gouverneursfrau wurde weiß im Gesicht, als würde sie umgehend krank. Das alles war noch lustiger als Mutters magische Worte, und ich mußte lachen.

Da passierte etwas Seltsames. Mutter hörte mich lachen und sah mich an, zum erstenmal an diesem Tag. Dann lächelte sie. Es kam ganz plötzlich, fast wie aus Versehen, aber es war trotzdem interessant für mich, weil es das erste Lächeln war, das ich in all den vielen Jahren von ihr bekam. Ich glaube, es war sogar das erste Lächeln, seit ich die Speere verbrannt hatte, mit denen sie Robson töten wollte, als der Gouverneur zu unserer Sterbeinsel kam, vor so vielen Jahren im Sommer. Ich war so überrascht, daß ich ebenfalls lächelte, und so hatte ich plötzlich das Gefühl, als ob ein hassenswerter Schmerz endlich aufhörte, nach langer Zeit.

Der einzige Num, der aussah, als seien ihm Mutters Worte egal, war Rotbart Potter, der eigentlich recht erfreut wirkte. »Kann mir vielleicht einer von euch sagen«, fragte er mit grober Stimme, »wie lange eure Frauen ihre Babies im Bauch tragen? Und wißt ihr auch, was eine Zahl ist?«

Das waren die dümmsten Fragen und eine ziemliche Unverschämtheit. Er bekam keine Antwort, nur Verachtung, weil jetzt ein weiterer Num kam. Der sah ärgerlich aus, als hätten ihn Ameisen gebissen, und trug etwas, das ich noch nie gesehen hatte: eine Kiste aus Holz mit einer Decke obendrauf. Er stellte sie auf den Boden, so daß sie auf ihren langen Beinen stand, die wie Stöcke aussahen.

»Endlich!« sagte die Gouverneursfrau, als hätte ihr jemand nach vielen Hungertagen Essen gebracht. »Mr. Jablon hat einen ganz besonderen Apparat mitgebracht, um schöne Bilder von euch allen zu machen. Ist das nicht wunderbar?«

Bilder? Ich wußte nicht, ob das wunderbar war. Mutter war am schnellsten. »Das haben Sie uns nicht gesagt.«

»Wie denn auch?« antwortete die Gouverneursfrau mit ihrem Lachen. »Ich habe Sie doch erst heute kennengelernt.«

Das waren nur Tricks. Plötzlich sah ich meinen Weg, und es war ein schöner Weg. Ich stand von der Bank auf und setzte mich neben Mutter. So waren wir zu zweit. »Warum wollen Sie Bilder von uns?« fragte ich.

Die Gouverneursfrau lächelte mich hassend an. »Ich dachte, es würde Euch freuen. Wartet's nur ab. Ihr werdet entzückt sein von den schönen Bildern.«

Mutter schlug ihre Pfeife auf den Tisch. »Ich werde es nicht tun.«

»Ich auch nicht«, sagte ich. Dann sahen wir Pagerly und die anderen an, um ihnen zu sagen IHR DÜRFT ES AUCH NICHT. Das machte die Gouverneursfrau zornig, und sie sagte, Jablons Kiste würde uns nicht weh tun, und wir müßten mitmachen. Eldridge half ihr, um ihre Zuneigung zu bekommen, und am Ende brachte sie drei von uns dazu, ja zu sagen, was traurig war. Zumindest waren es nicht viele. So holte Jablon, der die Num-Worte ganz seltsam aussprach, so als kämen sie durch seine Nase, für die drei Stühle herbei, die er vor die STATUE stellte, die ein weißes Kanaillen-Baby war, das ein SCHWERT hielt.

»Ich habe vorhin gar nicht zu Ende gesprochen, Cromwell«, sagte Pfarrer Wilson jetzt. Er war immer noch wütend über Mutters magische Worte, das konnte ich sehen, aber er tat ganz fröhlich, und so vermutete ich, daß er in beide Richtungen gezogen wurde, wie ein Hundetier, das vom Feuer Fleisch stehlen will, obwohl es so heiß ist, daß man es nicht berühren kann.

»Also, ich habe die wunderbare Hoffnung, daß Sie bereit sein könnten, uns auf unserer Expedition zu begleiten, als unser Führer.«

Das war also sein Wunsch. Er wollte, daß ich ihnen die Welt zeigte. Das würden sie auch brauchen, dachte ich, wo sie nur Num-Fremde waren, die verlorengehen oder von schwarzen Schlangen gebissen werden. Ja, deshalb war er so eifrig gekommen, um uns zu sehen.

Rotbart grinste höhnisch, als seien sie Feinde. »Halten Sie das wirklich für eine gute Idee, Reverend?«

Wilson sah ihn gar nicht an. »Nun, Cromwell?«

Warum sollte ich? Die sollten dort nie hinkommen, in die Welt, die uns gehörte und nicht ihnen. Es war wirklich hassenswert, sich vorzustellen, wie sie mit ihren großen Schuhen und gierigen Augen dort herumtrampelten, an *unseren* Orten, mit den geheimen Namen und Geschichten. »Nein, das werde ich nicht tun.«

Da lächelte mich Mutter noch einmal an, was viel an diesem Tag war.

Pfarrer Wilson sah mich überrascht an, als sei das etwas, das er kaum verstehen könne. »Man würde Ihnen Geld zahlen. Sie bekämen viel zu essen und einen bequemen Schlafplatz.«

»Trotzdem gehe ich nicht mit.«

Er hörte nicht auf. »Bitte denken Sie noch einmal darüber nach, und sagen Sie mir folgendes: Erinnern Sie sich, jemals seltsame Steine oder Berge gesehen zu haben, anders als die anderen? Sie könnten sehr bleich sein oder glänzen.«

Ich würde ihnen nicht helfen, auch wenn ich es könnte. »Nein, nichts davon.«

»Denken Sie nach, Cromwell. Denken Sie gründlich nach.«

Aber jetzt war Jablon mit seiner Bildmacherkiste fertig. Sie war auf die drei Stühle mit unseren dreien gerichtet, die Pfeifen auf den Knien hielten, genau wie es ihnen die Gouverneursfrau befohlen hatte, weil es so nett aussah. »Fertig«, sagte er und versteckte seinen Kopf unter der Decke, die über der Kiste lag. In diesem Moment bemerkte ich etwas Seltsames. Mutter stand neben ihm und sah sehr interessiert zu, obwohl sie kurz davor gesagt hatte, daß sie dieses Gerät haßte.

»Und jetzt lächeln!« sagte Jablon unter seiner Decke hervor.

Plötzlich streckte Mutter den Arm nach der Bildmacherkiste aus, und ich erkannte ihre große Absicht, die so kühn war. Aber ich ahnte natürlich nicht, welche andere Sache passieren würde, was das Allerjammervollste, Abscheulichste und Schrecklichste von allem war.

Mrs. Gerald Denton, Ehefrau des Gouverneurs von Tasmanien
Dezember 1857

Wie recht hatte Gerald doch gehabt! Kaum war der Mischling Cromwell eingetroffen, schon übte er einen verderblichen Einfluß auf die Versammlung aus. Zu allem Übel stand der Rest der Gruppe, die echten Eingeborenen, offenbar völlig unter seiner Fuchtel, am allermeisten seine Mutter Mary. Kaum hatten sie sich an den Teetisch gesetzt, da verleitete er sie auch schon, den armen Mr. Wilson zu beleidigen – das war der Geistliche und Forscher, der doch nur gekommen war, um seine Aufwartung zu machen. Aber das reichte diesem Cromwell offenbar noch nicht. Denn als endlich Monsieur Jablon erschien, der Daguerreotypist (der seine Verspätung mit einem aufreizenden, typisch französischen Achselzucken entschuldigte), machte sich Cromwell die Scheu der Schwarzen zunutze und wollte sie davon abhalten, sich daguerreotypieren zu lassen. Dabei bedachte er mich die ganze Zeit mit vorwurfsvollen Blicken, so als werfe er mir vor, aus dieser Angelegenheit irgendeinen Vorteil ziehen zu wollen, wo mich doch einzig der Wunsch geleitet hatte, seinen Gefährten eine kleine Gefälligkeit zu erweisen, deutete doch alles darauf hin, daß ihre Tage gezählt waren. Darum betrachtete ich es als meine Pflicht, noch rechtzeitig eine rührende Erinnerung an diese zutiefst unglückliche Rasse zu bewahren.

Dank Cromwells Bemühungen konnte ich nur drei der Damen dazu überreden, sich trotz ihrer Scheu daguerreotypieren zu lassen, und selbst dies erforderte einige Überzeugungskraft. Ich war ehrlich gesagt enttäuscht, daß sie nicht (wie ich es eigentlich erwartet hatte) ihre prunkvolle Stammestracht trugen, sondern langweilige Kleider, wie sie auch arme Weiße getragen hätten. Zumindest ihre langen Tonpfeifen verliehen der Szene aber etwas Exotisches – eine weniger damenhafte Angewohnheit war ja kaum vorstellbar –, und darum bat ich sie, die Pfeifen gut sichtbar auf dem Schoß zu halten. Außerdem schlug ich vor, daß anschließend noch einmal jede Frau einzeln für Jablon posieren sollte, damit die Erinnerung wirklich so umfassend wie möglich bewahrt wurde.

Da die Angelegenheit nun fast erledigt war, durfte ich nicht länger verweilen, denn ich spürte, daß ich meine Pflichten als Gastgeberin sträflich vernachlässigt hatte. Schon drangen Stimmen über den Sichtschutz aus Pflanzenkübeln und verrieten mir, daß das Krippenspiel begonnen hatte. Um durch mein Fehlen keinen schlechten Eindruck zu machen, bog ich leise um den Sichtschutz, und als ich nach vorn blickte, sah ich, daß Mr. Phelps, der Anwalt, Mr. Carey, der Hafenmeister, und Captain Dacre von der Bürgerwehr soeben ihre Plätze auf der Bühne eingenommen hatten. Alle drei sahen in ihren schlichten Hirtenkostümen hinreißend aus, wenngleich ihnen offenbar die Hitze etwas zu schaffen machte. Sie wurden von Mr. Henderson von der Hobart Bank begrüßt, der unseren Josef spielte. Ich wollte mich gerade in eine der letzten Zuschauerreihen setzen, als ich hinter mir ein seltsames Krachen vernahm, unmittelbar gefolgt von einem Schrei. Etwas an diesem Aufschrei deutete über ein bloßes Mißgeschick hinaus, und so eilte ich zutiefst besorgt zurück.

Welch traurige, schreckliche Szene erwartete mich! Die Eingeborenenfrau Mary lag reglos auf dem Boden. Ihre Freunde waren um sie versammelt, und nur allzu deutlich spiegelten ihre Mienen Trauer und Verzweiflung wider. Neben ihr kniete auch Dr. Potter, Mr. Wilsons Reisegefährte. Auf meinen Blick hin schüttelte er nur den Kopf. »Ich glaube, ihr Herz hat versagt.«

Mr. Eldrige schüttelte den Kopf angesichts dieses bedauerlichen Geschehens, dem er in den letzten Jahren wohl allzu oft beigewohnt hatte. Mich selbst packten die traurigsten Gedanken. Wie jäh schlägt die Hand des Schicksals zu! Wie nahe lauert jeden Augenblick, während wir blind durchs Leben gehen und Trost in unserem gewohnten Alltag finden, die eisige Umarmung des Todes! Eben stand diese arme Frau noch quicklebendig unter uns, und schon im nächsten Augenblick wurde sie grausam von uns gerissen. Mir brach das Herz, als ich die armen Schwarzen sah, und selbst der hassenswerte Cromwell tat mir ein bißchen leid. Er saß neben seiner Mutter, stöhnte ungläubig vor sich hin und packte sie immer wieder am Arm, als könne er sie aufwecken.

Nicht alle Anwesenden waren von Kummer erfüllt. Es scheint unglaublich, aber selbst jetzt, inmitten all des Leids, gab es einen, der nichts anderes im Sinn hatte, als sich zu beschweren, ja sogar dem armen Wesen, das gerade von uns genommen worden war, Vorwürfe zu machen.

»Er ist kaputt!« jammerte er und untersuchte seinen langweiligen Apparat, der neben der armen Mary auf dem Boden lag. »Und sie ist schuld!«

Ich konnte es kaum fassen. »Wie können Sie so etwas sagen!«

»Ich hab es durch die Linse gesehen! Sie hat die Hand ausgestreckt, weil sie ihn umstoßen wollte, und dann – bumm – ist sie hingestürzt.«

»Ihre Behauptung ist ebenso absurd wie falsch«, beschied ich ihn schroff. Doch er zeigte immer noch keine Reue und begann den Apparat gründlich zu untersuchen. Die Eingeborenen stöhnten leise, was sehr ergreifend war. Allerdings war ich überrascht, daß sie ihren Kummer nicht lautstark zum Ausdruck brachten, wie manche Anwohner des Mittelmeers, sondern sich abzukapseln schienen, mit traurigen, verschlossenen Mienen. Trotzdem erregten ihre Schreie wohl die Aufmerksamkeit der übrigen Gäste, denn die Darsteller des Krippenspiels verstummten, und schon spähten die ersten neugierigen Gesichter um die Büsche. Zum Glück war auch mein guter Gerald darunter. Er nickte ernst, als ich ihm erklärte, was passiert war.

»Wie furchtbar traurig.«

»Bitte holt die Kutschen«, sagte der Mischling fordernd und benahm sich schlagartig wieder ungebührlich. »Wir müssen zurück und nehmen sie mit.«

Mr. Wilsons Arztkollege, der Marys Umhängetuch über ihr Gesicht gebreitet hatte, stand auf. »Es wäre doch sicher angebrachter, sie ins Krankenhaus zu fahren?«

Gerald nickte. »Der Ansicht bin ich auch.«

Der Mischling war jedoch wie stets entschlossen, Schwierigkeiten zu machen. »Sie gehört uns. Gebt sie uns.«

»Mach dir keine Sorgen«, sagte Mr. Eldridge und warf Gerald einen beruhigenden Blick zu. »Ich bin sicher, daß ihr sie bald zurückbekommt.« Ich muß sagen, daß ich diesen Mann trotz seines angekratzten Rufs sehr hilfsbereit fand.

Ich ignorierte Cromwell und gab mir alle Mühe, die echten Schwarzen zum Bleiben zu bewegen, damit wir ihnen nach Kräften in ihrem Kummer beistehen konnten, aber es fruchtete nichts, denn sie brannten darauf, den traurigen Schauplatz zu verlassen. Widerstrebend befahl ich, die Droschken zu holen, und kurz darauf fuhr die kleine Gesellschaft eilig davon. Beim Anblick ihres Tischs mit dem restlichen Kuchen und Tee erfüllten mich unweigerlich zärtliche, liebevolle Gefühle.

Trotz allem war das eigentliche Fest noch lange nicht zu Ende. Das Krippenspiel wurde fortgesetzt und am Schluß mit herzlichem Applaus bedacht, und trotz des schrecklichen Zwischenfalls fuhren unsere Gäste tapfer fort, zu plaudern und zu essen. Ich tat das gleiche, und zwar in der festen Überzeugung, daß die arme Mary, die ja wohl eine sehr temperamentvolle Natur gewesen war, nichts anderes gewollt hätte. Es dauerte eine Weile, bis sich unser letzter Gast verabschiedete, und ich kann zu meiner Freude berichten, daß das Fest, vom Tod der armen Mary einmal abgesehen, durchaus ein Erfolg war. Ich hatte so viel zu tun, daß ich gar nicht dazukam, mich nach den Maßnahmen zu erkundigen, die bezüglich Mary getroffen worden waren.

»Wir haben sie in den Vorratsraum gelegt«, erklärte die Haushälterin Mrs. Murray. »Wir haben sie hinten durch den Garten getragen, damit es niemand sieht.«

Diese Entscheidung schien vernünftig, da dieser Raum groß und kühl war. »Das Krankenhaus wurde verständigt?«

»Wir erwarten noch heute abend eine Droschke.«

Mir kam ein Gedanke. »Ist Monsieur Jablon noch da?« Mrs. Murray glaubte, ihn beim Teetisch der Schwarzen gesehen zu haben, und dort fand ich ihn tatsächlich, wie er immer noch an seinem Apparat herumfummelte. Ich versuchte sein beschämendes Verhalten zu vergessen, indem ich mir vor Augen hielt, daß es ja nur seiner Verzweiflung über den beschädigten Apparat entsprungen war.

»Funktioniert er wieder?« fragte ich.

Er zuckte nur die Achseln. Ich führte ihn nach hinten zum Vorratsraum. Ich hatte keinen Zweifel, daß Mary, trotz ihrer anfänglichen Scheu, spätestens beim Anblick der Bilder ihrer Freunde darauf bestanden hätte, ebenfalls daguerreotypiert zu werden. So schien es geradezu meine Pflicht zu sein, diesem unglücklichen Wesen, das so überraschend von uns genommen worden war, ein Denkmal zu setzen, um wenigstens jetzt, wo diese große alte Dame von dieser Welt gegangen war, ihr Bildnis einzufangen. Diese Erinnerung schien sogar auf schreckliche Art um so angemessener, als man ja sah, daß der Tod auf jedes der letzten Mitglieder dieser zutiefst unglücklichen Rasse immer näher zukroch.

»Ich werde es versuchen«, meinte Mr. Jablon, »wenn ich auch nicht versprechen kann, daß es funktioniert.«

Ein Bein des Apparats war entzweigebrochen, aber er konnte ihn mit einem Sack Kartoffeln abstützen, und bald war er mit den Ritualen seines Gewerbes beschäftigt: Erst öffnete er weit die Türen, damit genügend Licht hereinfiel, dann hantierte er mit mehreren versiegelten Behältnissen und Glasstücken herum und verschwand schließlich unter dem Stoffvorhang. In der Zwischenzeit rief ich zwei Gärtner herbei und befahl ihnen, die arme Mary in eine sitzende Position zu bringen, und zwar, indem man sie an eine unsichtbare Apfelkiste lehnte. Doch kaum versuchten sie es, tauchte eine neue Schwierigkeit auf.

»Man kann sie nicht bewegen«, behauptete der Obergärtner. »Sie ist steif wie ein Brett.«

Und fast im gleichen Moment ertönte von dem geheimnisvollen Kasten her eine Unmenge französischer Flüche. »Er ist völlig kaputt«, erklärte Jablon grimmig, als er wieder unter seinem Vorhang auftauchte.

Ich gebe zu, daß dies eine herbe Enttäuschung für mich bedeutete, vor allem, weil ich einfach das Gefühl nicht los wurde, die gute arme Mary enttäuscht zu haben.

Ich war überrascht, als ich Nicholas' Schritte im Flur hörte. Eigentlich erwartete ich ihn erst am Abend aus dem Krankenhaus zurück.

»Ich kann nur einen Moment bleiben, Emily«, erklärte er ein wenig atemlos. »Ich muß dich um einen großen Gefallen bitten. Erinnerst du dich an den Arzt, den wir auf der Gesellschaft im Government House getroffen haben? Der, den ich aus meiner Studentenzeit kannte? Potter.« Er lächelte. Es freute Nicholas jedesmal, wenn er an seine Studienzeit in London zurückdachte, an seine Freunde und die vielen, manchmal schon sehr mutwilligen Streiche, die sie einander gespielt hatten. »Er schaute heute morgen im Krankenhaus vorbei und sagte, er würde uns gern noch einmal sehen. Das Problem ist nur, daß er in Kürze wieder weg muß, und da hielt ich es nur für recht und billig, ihn für heute abend zum Essen einzuladen. Es wäre so schade, wenn er fahren würde, ohne daß wir Gelegenheit gehabt hätten, mal wieder von den alten Zeiten zu reden.« Er sah mich ängstlich an. »Ich weiß natürlich, daß dir kaum Zeit für Vorbereitungen bleibt.«

Ich konnte Nicholas unmöglich böse sein. »Mach dir keine Sorgen. Das kriege ich schon hin.«

Er zögerte immer noch. »Ich hoffe sehr, daß du die Köchin zu Höchstleistungen anspornst. Ich würde so gern einen guten Eindruck machen. Potter ist nämlich inzwischen ein ziemlich hohes Tier.«

Der Mann hatte sich wirklich einen ungünstigen Zeitpunkt ausgesucht: Weihnachten stand vor der Tür, und das Haushaltsgeld wurde knapp. Aber unser Gast durfte auf keinen Fall den Eindruck gewinnen, wir seien arme Leute. »Es wird nicht leicht sein«, sagte ich, damit meine Bemühungen als nicht allzu selbstverständlich betrachtet wurden. »Doch ich will sehen, was sich machen läßt.«

Bei diesen Worten hellte sich sein Gesicht auf. Nicholas' Miene gibt einem erfreulicherweise niemals Rätsel auf. »Ich werde Dobbs sagen, er soll die Kutsche gründlich reinigen. Ich dachte, ich hole ihn selbst vom Hotel ab, dann kann ich ihn noch ein bißchen in der Stadt herumkutschieren und ihm ein paar interessante Dinge zeigen. Vielleicht stellt er ja zu seiner Überraschung fest, daß wir zivilisierter sind, als er dachte.«

Voller Eifer stürzte ich mich in die Vorbereitungen, es war große Eile geboten. Die Kinder mußten natürlich besonders hübsch aussehen, was große Schwierigkeiten gab: Sie jammerten, sobald es beim Kämmen ziepte, und drohten in Tränen auszubrechen, wenn beim Ankleiden etwas zwickte oder drückte. Daß Nicholas sich verspätete, kam erschwerend hinzu, denn die Kinder wurden natürlich unruhig, während ich selbst ständig ein Auge auf die Köchin haben mußte, die ziemlich planlos zu arbeiten pflegte. Dann geriet die kleine Frances auch noch mit dem Ärmel ins Apfelmus, zum Glück wusch es sich leicht wieder heraus, und Toby hätte fast eine Katastrophe verursacht: Er stieß Louisa an, so daß diese fast über die Köchin stolperte, die gerade den gebackenen Fisch vom Ofen wegtrug. Genau in diesem Moment hörte ich draußen die Kutsche vorfahren. Mir blieb kaum Zeit, Toby auszuschimpfen. Ich scheuchte alle in den Salon und stellte sie in einer ordentlichen Reihe auf, während sich die Köchin ihre fischbesudelte Schürze vom Leib riß, ihre Haube glattstrich und zur Tür rannte.

Nicholas strahlte, als er Dr. Potter ins Zimmer führte. Ich selbst muß gestehen, daß ich für unseren Gast keine so herzlichen Empfindungen hegte. Schon während der Versammlung im Government House war mir seine merkwürdige Verschlossenheit aufgefallen, die jetzt noch deutlicher zu spüren war und seine muntere Begrüßung ein wenig forciert wirken ließ. Selbst seine Komplimente wirkten irgendwie übertrieben. Mit seiner eigenartig gepreßten Stimme lobte er zuerst die Kinder, dann mich selbst, dann die Saloneinrichtung und schließlich, nachdem die Kinder ins Bett geschickt worden waren und wir uns an den Eßtisch gesetzt hatten, jede einzelne der aufgetragenen Speisen, selbst das Soufflé der Köchin, das zu meiner Enttäuschung nicht richtig aufgegangen war. Doch wenn ich das auch ein wenig übertrieben fand, sah ich doch voller Freude, daß jedes von Potters Worten Nicholas entzückte.

Sie wandten sich natürlich bald der gemeinsamen Studienzeit zu und bedachten sich mit allen möglichen Spitznamen. Obwohl mir vieles nur wenig sagte, bemerkte ich doch, daß die beiden zwar gemeinsame Bekannte hatten, damals aber nicht so vertraut miteinander gewesen waren, wie ich gedacht hatte. Es gab nämlich ebensoviele Fragen – nach Unterkunft, Professoren, Freunden – wie gemeinsame Erinnerungen. Das schien das Vergnügen der beiden jedoch nicht zu schmälern, in ihren Erinnerungen zu schwelgen, und der Abend wurde ein großer Erfolg, zumindest solange, bis durch Dr. Potters Schuld die Stimmung plötzlich umschlug.

»Erinnerst du dich noch an den alten Edwards?« fragte er. »Den Menschenfresser.«

Nicholas lachte und sagte, offenbar, um jenen Mann nachzuäffen, mit quiekender Stimme: »Das ist keine Antwort, das ist eine Schande für den Namen Hippokrates.«

Potter brach in schallendes Gelächter aus, wobei mir etwas an seinem Lachen, wie überhaupt so vieles an dem Mann, nicht ganz aufrichtig vorkam.

»Ich habe ihn kurz vor unserer Abreise aus London gesehen. Ich bin sicher, daß er damals deinen Namen erwähnte und daß er dich hochbegabt nannte.«

Nicholas Augen leuchteten auf.

»Sicher war er überrascht, daß du uns damals verlassen hast und aus London weggezogen bist. Und da wird er nicht der einzige gewesen sein.«

Warum konnte er das nicht für sich behalten? Nicholas hatte sich so gut amüsiert, und jetzt wurden seine Augen traurig. Er sprach fast nie von jenen Monaten nach dem Ende seines Studiums, doch ich weiß, daß sie quälend für ihn gewesen sein müssen. Für andere, die eine reiche Familie und Beziehungen hatten, wäre es nicht schlimm gewesen, keine Anstellung zu finden, da sie ja jederzeit eine eigene Praxis eröffnen konnten, aber der arme Nicholas besaß keine solchen Privilegien und hatte selbst sein Studium nur unter großen Mühen abgeschlossen. Die Anstellung als Arzt auf einem Transportschiff war ihm gleichsam aufgezwungen worden. Zwar war am Ende alles gut geworden, dennoch rührte das Thema an alte Wunden. Ich warf unserem Gast einen kühlen Blick zu.

Er schien es nicht zu merken. »Es war natürlich eine kluge Entscheidung, denn wenn du damals in London geblieben wärst, hättest du nicht deine reizende Emily kennengelernt.« Er betrachtete prüfend seinen Fisch und pickte eine winzige Gräte heraus. »Wenn du heute zurückkehren würdest, würde man dich sicher nicht mehr so leicht ziehen lassen.«

Nicholas sah ihn nachdenklich an. »Meinst du?«

»Ich weiß es. Die Zeiten waren nicht eben leicht, als wir zum erstenmal auf eigenen Beinen stehen sollten. Falls du je deine Rückkehr planen solltest, wäre ich dir liebend gerne behilflich.« Damit wandte er sich an mich. »Was meinen Sie, Mrs. Seaton? Wie fänden Sie es, die Ehefrau eines Londoner Arztes zu sein?«

Allmählich ging mir seine Stimme auf die Nerven. »Ehrlich gesagt, Dr. Potter, bin ich mit meinem Leben hier sehr zufrieden. Es ist meine Heimat.«

»Ganz recht, ganz recht!« lachte er und klatschte mir kurz Beifall, nur um uns sogleich mit einem langatmigen Bericht über London zu erfreuen und zu schildern, wie es sich seit Nicholas' Studienzeit verändert oder vielmehr verbessert hätte. Wir hörten von neuen Theaterstücken und neuen Läden, von Restaurants und Eisenbahnstationen, von Parks, in denen die eleganten Herrschaften flanierten und von Pferderennen, bei denen Wetten abgeschlossen wurden. Vor allem jedoch hörten wir von den bedeutenden Persönlichkeiten, mit denen Dr. Potter bekannt war, von Schauspielern, Ärzten und Parlamentariern bis hin zu unbedeutenderen Mitgliedern der königlichen Familie. Und Nicholas lauschte hingerissen. Mir wurde immer unhaglicher zumute. Ich verspürte keineswegs den Wunsch, nach London zu ziehen. Plötzlich drohte dieser Potter, den ich von Anfang an nicht gemocht hatte und der da an unserem Tisch saß, eine Kluft zwischen Nicholas und mich zu legen, eine Distanz, die es vorher nicht gegeben hatte.

Jedenfalls war ich sehr erleichtert, als die Köchin die Desertteller abgetragen hatte und unser Gast endlich aufbrach.

»Mrs. Seaton, ich schulde Ihnen Dank für einen wunderbaren Abend!«

»Ich fahre dich ins Hotel zurück«, bot Nicholas an.

»Aber du mußt doch morgen früh aufstehen«, erinnerte ich ihn, da ich nicht wollte, daß er mit diesem Mann noch länger zusammen war. »Vielleicht sollte ich Dobbs rufen.«

»Dobbs wird längst schlafen. Außerdem könnten wir uns noch ein bißchen unterhalten.«

Dr. Potter schien hocherfreut über dieses Angebot. »Bist du sicher? Das wäre wirklich sehr freundlich von dir.«

Ich ging gleich zu Bett und versuchte zu schlafen. In meinem Kopf wimmelte es von düsteren Gedanken an häusliche Umwälzungen und Schiffen, die im Sturm zerschellten. Ich wußte, daß man zu Dr. Potters Hotel, das direkt am Hafen lag, nicht länger als eine Viertelstunde fuhr, und war verwundert, als Nicholas nach beinahe einer Stunde immer noch nicht zurückgekehrt war. Meine Verwunderung verwandelte sich rasch in Besorgnis, und schon bald peinigte mich der Gedanke, daß das Pferd (das manchmal scheute) sich aufgebäumt und die kleine Kutsche umgeworfen hatte und daß der arme Nicholas mitten in der Nacht irgendwo einsam am Wegesrand lag. Er kam und kam nicht zurück, und ich wurde von immer neuen Ängsten gequält. Ich traute diesem Potter nicht. Und wenn er Nicholas nun zu einer schrecklichen Dummheit überredet hatte? Zu dem Versuch, die Ausschweifungen der Studentenzeit wiederzubeleben? In der Nähe des Hafens gab es mehrere Spelunken von übelstem Ruf, in denen Gewalt und Trunkenheit herrschten. Und es gab noch Schlimmeres. Ich hatte die Frauen gesehen, die in den Hauseingängen standen, am hellichten Tag, und, ordinär aufgeputzt in ihren billigen Spitzenmiedern und Strümpfen, Jagd auf ehrbare Männer machten. Ich sagte mir zwar, daß Nicholas solche Weibspersonen nicht einmal anschauen würde, und doch nagte die Sorge an mir, vor allem, nachdem ich gesehen hatte, mit welcher Ehrfurcht er Potter begegnete.

Jedenfalls war ich ungeheuer froh, als ich endlich hörte, wie vor dem Haus ein Pferd hielt. Meine Erleichterung wärte jedoch nur kurz, weil nicht das vertraute Geräusch des sich im Schloß drehenden Schlüssels folgte, sondern ein lautes Klopfen. Ich eilte so schnell hinunter, daß ich die Haustür noch vor der Köchin erreichte. Draußen wartete ein grober Geselle.

»Mrs. Seaton? Ich habe eine Nachricht für Sie.«

Zwar schien Nicholas den Zettel geschrieben zu haben, aber das Gekritzel war so weit von seiner gewohnten, ordentlichen Handschrift entfernt, daß ich es kaum entziffern konnte. Er schrieb, daß in Dr. Potters Hotel plötzlich jemand erkrankt sei und daß es bis zu seiner Rückkehr einige Zeit dauern könne. Als ich mich wieder hinlegte, war ich noch beunruhigter als zuvor. Warum dauerte es so lange, diese Erkrankung, die er nicht einmal beim Namen nannte, zu behandeln? Und warum waren dazu gleich zwei Ärzte nötig? Ich verwünschte mich, daß ich den Boten nicht aufgehalten hatte, um Genaueres zu erfahren.

So verging eine Stunde nach der anderen, und ich warf mich schlaflos hin und her. Es dämmerte schon, und ich war immer noch hellwach, als ich endlich das vertraute Rattern der heimkehrenden Kutsche vernahm.

Nicholas war ziemlich bleich, als er ins Schlafzimmer kam. »Es tut mir so leid, Emily. Ich hatte keine Ahnung, daß es so lange dauern würde.«

Ich kannte ihn so gut, ich kannte jede seiner Stimmungen, und mich beschlich ein Gefühl schrecklicher Kälte. Ich sah es in seinen Augen, als würde er es laut herausschreien: eine Lüge. Plötzlich, in diesem winzigen, schrecklichen Augenblick, schien mir die ganze Welt verdorben, und ich wußte nicht einmal, wie oder warum dies passiert war. Ich war selbst überrascht, daß meine Stimme immer noch ruhig klang. »Wer ist denn so plötzlich erkrankt?«

»Eine Frau in Potters Hotel.«

»Und woran?«

»An einer Infektion.«

Die Angaben zu Patientin und Krankheit waren viel zu vage. »Warum hat es solange gedauert?«

Nicholas spürte meinen Argwohn, und ein mißtrauischer Ausdruck trat in seinen Blick. »Wir mußten eine kleine Operation durchführen.«

»Was für eine Operation?« Ich würde ihn mit meinen Fragen in die Enge treiben, auch wenn es mich am Ende selbst zerstörte.

»Ist das von Bedeutung?« Seine Stimme klang verärgert. »Es tut mir leid, Emily, ich bin sehr müde. Ich möchte mich waschen.«

Er verließ das Zimmer, aber er entging mir nicht. Ich zog meinen Morgenmantel an und folgte ihm. Die Tür zum Badezimmer war schon zu, und ich hörte es drinnen plätschern. Nach den Vorgängen dieser seltsamen Nacht lauschte zwar bestimmt die Köchin, doch das kümmerte mich kaum.

»Sag mir, wo du gewesen bist«, verlangte ich etwas leiser.

»Das habe ich dir doch schon gesagt«, antwortete er.

»Du lügst.«

»Um Himmels willen!«

Ich gab nicht auf. Das Schloß hatte noch nie richtig funktioniert, und so konnte ich die Tür, nachdem ich sie etwas angehoben hatte, ganz leicht aufstoßen. Als ich eintrat, stand Nicholas neben dem Waschzuber und starrte mich überrascht an. Er hielt sein Hemd zusammengerollt in der Hand und wollte es offenbar gerade ins Wasser tunken. Ich stürzte auf ihn zu und packte es. Einen Moment lang zerrten wir beide daran, dann schwankte er und mußte loslassen.

»Emily, was tust du denn?«

Ich rechnete mit Rouge und Puder. Ich rechnete mit dem Geruch von ordinärem Parfüm, ordinärem Fleisch, Hurenfleisch. Am allermeisten rechnete ich mit dem Geruch des Verrats.

Doch seltsam, nichts von alledem traf zu. Die Hemdsärmel hatten ein paar braune Flecken, wie von getrocknetem Blut. Und ich roch nichts, bis auf den schwachen Geruch einer Operation.

Abscheulicher Vorfall im Krankenhaus von Hobart – sterbliche Überreste von Eingeborenenfrau gestohlen

Ein schrecklicher, ungeheuerlicher Vorfall ereignete sich in den frühen Morgenstunden des Dienstags, als drei Männer aus dem Krankenhaus Hobart die sterblichen Überreste einer Eingeborenenfrau raubten. Der erste Verdacht kam auf, als ein Passant, Mr. Thomas Perch, der aus der Anchor Tavern heimkehrte, vor dem Hospital zwei Männer beobachtete, die offenbar gerade dabei waren, etwas, das wie ein menschlicher Körper aussah, hinten auf eine Droschke zu legen. Als er ihnen zurief, sie sollten stehenbleiben, antworteten sie nicht, sondern sprangen in das Fahrzeug, worauf ein dritter Mann, der ihr Fahrer war, mit den Zügeln knallte und davonpreschte.

In großer Sorge alarmierte Mr. Perch die Polizei von Hobart, und Wachtmeister Richards traf kurz darauf am Tatort ein. Bei der Überprüfung der Erdgeschoßfenster des Hospitals entdeckte er, daß eines davon halb offen stand und der Rahmen mit Blut beschmiert war. Als er hineinkletterte, bot sich ihm ein fürchterlicher Anblick. Überall auf dem Boden lagen menschliche Haut- und Fleischfetzen verstreut, was darauf schließen ließ, daß ein mörderischer Kampf stattgefunden hatte. Als der Direktor des Krankenhauses, Dr. Lionel Gifford, eintraf, erklärte er, daß in diesem Raum nur Leichen aufbewahrt wurden und daß die grauenvollen Überreste so gut wie sicher von einer Eingeborenenfrau namens Mary stammten, die erst zwei Tage zuvor eingeliefert worden war. Weitere Nachforschungen ergaben, daß die Einbrecher das Fenster nur teilweise öffnen konnten, da es durch Farbreste verklebt war, und daß sie die Leiche, die sehr korpulent war, verstümmelt hatten, um sie aus dem Raum zu schaffen. Bezüglich der Motive dieses grotesken, grausamen Diebstahls wird vermutet, daß das Interesse der Diebe dem Skelett der Frau galt. Da die Zahl der Ureinwohner der Kolonie stark abgenommen hat, ist bekannt, daß ihre Knochen für Museen und wissenschaftliche Institute in ganz Europa von großem Interesse sind.

Mrs. Gerald Denton, die Frau des Gouverneurs, die sämtliche überlebenden Eingeborenen im Government House bewirtet hatte, als die fragliche Mary verstarb, und die sich als große Freundin der unglücklichen Schwarzen bezeichnet, gab ihrem Kummer und Zorn über das Verbrechen Ausdruck. Ihr Gatte bestand darauf, daß die Verantwortlichen gefunden und bestraft würden. Da der Aufbewahrungsort der Leiche nicht allgemein bekannt war, wird spekuliert, daß vielleicht auch Angestellte des Hospitals in die Sache verwickelt sein könnten. Dr. Gifford betonte zwar, dies sei höchst unwahrscheinlich, bestätigte jedoch auch, daß jeder Arzt, der mit dem Vorfall zu tun hatte, mit härtsten Konsequenzen zu rechnen hat.

Kommissar McBride von der Polizei Hobart hat eine gründliche Untersuchung des Falls angekündigt. Der Zeuge, Mr. Perch, hat die Diebe zwar nur kurz gesehen, beschrieb den Fahrer jedoch als von kleiner, kräftiger Statur, während einer der beiden Männer, die die Leiche trugen, größer war und einen Bart trug. Den dritten Mann konnte er nicht erkennen.

Doctor Thomas Potter *1857*

19. Dezember

S.= absolut unnütz. Panik im entscheidenden Moment. Konnte ihn nur mit einer Ohrfeige beruhigen. Kein Zweifel, daß wir nur durch Hoopers rasche Abfahrt vor einer Katastrophe bewahrt wurden. Sehr kritischer Moment. Folgen bezgl. Entdekkung = sehr ernst bzgl. eigener Zukunftsaussichten + auch bzgl. Aufzeichnungen. Einzige Hoffnung = Augenzeuge = zu weit entfernt, um uns deutl. zu erkennen.

Versuchte, derlei Befürchtungen zu verdrängen. Fuhr aus Hobart (Straßen glücklicherw. leer) zu ruhiger Stelle am Strand. Baute Treibholzfeuer, um Wasser z. kochen, warf dann Abfall ins Meer. Arbeit = ermüdend + viel langsamer als gedacht (wenig hilfr. S. = quengelte ständig), so daß ich Hooper mit Nachricht an Mrs. S. senden mußte, damit sie nicht in Panik fiel bzgl. seiner langen Abwesenh. und Nachforschungen anstellte etc.

etc. Als Hooper zurückkam, mußte ich ihn mit einer Aufgabe betrauen. Hat sich als ausgezeichn. Assistent erw. + am Ende der Nacht richtiger kl. Chirurg (+ viel nützl. als S.) Immer beeindruckter von Hoopers Charakter. Er = kaum in der Schule gewesen, doch nicht unintelligent + zeigt größtes Interesse bzgl. Aufzeichnungen, die er recht gut versteht.

Im Morgengrauen endl. fertig. Erfreut, daß Präparate = exzellent + viel besser als die von Flinders, die alle = beschädigt oder unvollständig. War sogar in der Lage, schwache doch erkennb. Charakteristika zu unterscheiden (Mangel an Festigkeit + richtigem Fasergewebe etc. etc.: vgl. robuster angelsächs. Typus). Fand auch Amulett um Hals der Leiche, aus Tierhaut + irgendw. Knochen enthaltend. Gutes Bsp. für Aberglauben der Wilden. Hoffe deshalb, daß sich die Anstrengung gelohnt hat, trotz allem. Hatte Verpackungsmaterial mitgebracht + wickelte neue Präparate mit größter Vorsicht darin ein. Zuerst größere Präparate in Stoff gehüllt. Dann alles in mehrere Decken gewickelt, zur Polsterung. Als nächstes alles in Baumwollsack gesteckt, auf den ich Typus, Name, Geschlecht etc. etc. notierte. Knüpfte Amulett um oberen Teil des Sacks. Verstaute das Ganze schließl. in Lagerkiste.

Jagte S. noch mächtigen Schrecken ein, bevor ich ihn heimschickte (sehr einfach): warnte ihn, niemandem etwas bzgl. Sache zu erzählen, einschl. seiner törichten Frau, da dies sonst = Katastrophe für ihn. Hoffe + glaube, daß er tut wie geheißen. Erreichte Hafen 7 Uhr morgens. Manx zeigten kaum Interesse, da sehr mit eigenen Dingen beschäftigt. Konnte Präparate probleml. an Bord der *Sincerity* schaffen. Kehrte ins Hotel zurück, wusch mich + gönnte mir wohlverdiente Ruhe.

20. Dezember

Weiterhin schönes, warmes Wetter. Kaufte mir hiesige Zeitung, Colonial Times. Besorgt, da Vorfall offenb. = von großem Interesse für törichte sentimentale Zeitgenossen etc. etc., manche davon in höchsten Positionen. Sehr ärgerlich. Wenn Präparate erst einmal in England, sicher keine Erkundig. mehr, woher sie stammen. Hier jedoch drohen wirkl. Schwierigkeiten. Beschreibung des Augenzeugen glücklicherw. = sehr ungenau.

Peevay *Dezember 1857*

Am Morgen kam der Weiße MR. FORBES auf seinem Pferd, wie er es manchmal tat, und fragte, ob ich wieder Walfische zerlegen würde für GELD, und als ich sagte, nein, Mutter ist doch jetzt tot, sagte er überrascht ja, es täte ihm so leid, er hätte es in der Zeitung gelesen. Dann sah er zu Boden, runzelte ernst die Stirn und sagte etwas Interessantes. »Ich habe nicht gewußt, daß sie deine Mutter war. Es tut mir sehr leid. Ich hoffe, man erwischt sie, wer immer das war.«

Das war ein verflixtes Rätsel, und so fragte ich ihn: »Wer muß erwischt werden?«

Das machte ihn scheu, wie ich merkte, aber ich zwang ihn, es mir zu sagen, und stellte ihm alle Fragen, von denen eine der anderen entsprang, bis er alles erzählte, jeden abscheulichen Teil. So hörte ich vom Krankenhauszimmer, vom Mann, der es gesehen hatte, von den Dieben, die zu dritt waren, und von ihrer KUTSCHE. Ich hörte vom Fenster, das nicht aufging, und von Haut, die abgeschnitten wurde. Es war eine Entdeckung, und so kam es daß sich alles in der ganzen Welt veränderte. All das Schießen und Jagen und kleine Kinder ins Feuer werfen, all das Warten auf Todesinseln, wo einem Sand in die Augen wehte und man mit Gott betrogen wurde, nichts von all dem war so schlimm wie das, was sie Mutter angetan hatten. Töten war besser, ja, weil das hassenswert und ängstlich ist und Achtung bedeutet, während das Schneiden und Spielen nur etwas Verächtliches ist, so daß es nicht mehr gräßlicher geht. Das machte sie klein, zu nichts, nicht mal mehr Schmutz. Wirklich, ich hatte gedacht, ich sei längst ans Ende der Schlechtigkeit der weißen Kanaillen gelangt, aber nein, da gab es offenbar gar kein Ende, wähnte ich jetzt.

Forbes ging weg und sah besorgt aus, als würde er denken, ich haßte ihn jetzt, nur weil er weiß war wie die anderen, die das mit Mutter gemacht hatten, und ein bißchen stimmte es ja auch. Ich war allein, und mein Blut schmerzte, und ich wußte nicht, wo ich hingehen oder was ich tun sollte, weil alles so schlimm geworden war. Ich begann zu laufen, auf Oyster Cove zu, weil ich dachte, ich würde Pagerly und die anderen sehen und mit ihnen reden, aber Was-sie-Mutter-angetan-Hatten begleitete mich mit jedem Schritt, bis ich mich schämte und dachte, ich bin an allem schuld, weil ich zugelassen habe, daß sie die arme Mutter wegbrachten. Ich konnte nicht zu den anderen, weil ich ihre Augen fürchtete, und ich kehrte zur Hütte um. Ich hockte draußen, sah zu, wie der Fluß und die Sonne langsamer wurden, und hungerte nach etwas Ruhigem, aber nein, es kam nicht, weil Was-sie-Mutter-angetan-Hatten direkt neben mir saß, so daß ich kaum den Fluß erkennen konnte. Als es kalt wurde und beißende Insekten summten, ging ich nach drinnen, aber Was-sie-Mutter-angetan-Hatten war schneller. Es war immer noch da, als ich schlafen ging und mitten in der Nacht, als alles ganz still war, bis auf das Rascheln der Mäuse, weckte es mich plötzlich auf und sagte HIER BIN ICH, als wäre es wieder ganz neu.

In diesem Dunkel kam mir mein erster Gedanke. Der hieß DAS ALSO HALTEN DIE WEISSEN KANAILLEN VON UNS. Der Gedanke war erst ganz klein, ja, und brauchte nur den kürzesten Moment, aber kleine Dinge können wachsen, wie wenn der Wind ein winziges Loch ins Hüttendach macht und dann immer weiterbläst, bis das Loch größer und größer wird, und plötzlich fliegt das Dach davon. So war es. Als ich in der Nacht dalag, war mein nächster Gedanke: ICH WAR EIN DUMMKOPF, DASS ICH DIE WÖRTER UND DEN GOTT DER WEISSEN KANAILLEN GELERNT HABE, WEIL SIE NIE IRGENDEINEN SCHEISSNUTZEN GEHABT HABEN, UM GEGEN DIE WEISSEN ZU KÄMFEN. Und danach kam: ICH HÄTTE EINFACH EIN PAAR VON IHNEN MIT DEM SPEER TÖTEN UND SELBER STERBEN SOLLEN, WENN ICH DIE CHANCE BEKOMMEN HÄTTE. Der letzte Gedanke war der schlimmste, er hieß: MUTTER HATTE RECHT, ICH HATTE UNRECHT, UND ICH ALLEIN BIN SCHULD, DASS ES UNS JETZT SO GEHT.

Nachdem ich diese verschiedenen Gedanken gehabt hatte, stand ich auf und machte mich an die Arbeit. Zuerst zündete ich Kerzen an, damit ich etwas sah. Dann nahm ich die TEEKANNE und ließ sie wie einen Vogel an die Wand fliegen und in viele braune Stücke gehen. Als nächstes brach ich die Beine von STÜHLEN und TISCH ab und schlug damit gegen die REGALE, so daß sie laut herunterfielen. Danach legte ich die Stücke von TISCH und STÜHLEN zusammen mit BUCH und ZYLINDER auf einen großen STOSS, direkt neben die VORHÄNGE. Schließlich nahm ich KERZEN und zündete den STOSS an, so daß es ein Feuer wurde, sehr schön, das die HÜTTE niederbrannte.

Als die HÜTTE nicht mehr brannte, war es Morgen, und ich saß noch da, roch den Geruch der Asche und sah zu, wie kleiner Rauch aufstieg, und überlegte, was ich tun sollte. Es wäre glückselig gewesen, noch mehr zu verbrennen, eigentlich alles, aber nachts fiel Regen, und so wähnte ich, daß nichts richtig Feuer fangen würde. Dann dachte ich daran, weiße Kanaillen zu töten, ganz egal, wen, und obwohl sich das kaum wie ein wirklicher Gedanke anfühlte, lief ich nach Hobart Town, als wäre er doch wirklich.

An jenem Tag waren die Straßen heiß und staubig, wie ich mich erinnere, und es war interessant, mal hierhin mal dorthin zu gehen, einfach nur ich zwischen diese weißen Menschen, Tausende und Hunderte, alle eilten dahin oder sahen mich an, als ob ich falsch wäre und das nicht mein Ort. Ich versuchte zu ergründen, an welchem Tag die Welt zu ihrer geworden war, und ich dachte, wahrscheinlich damals, als Mutter im Wald krank wurde und ich den Baum niederbrannte und Robson damit zeigte, wo wir waren. Ja, ja, ich hätte ihn einfach mit meinem Speer töten sollen und die anderen auch. Es wäre leicht gewesen. Jetzt war es zu spät. Wenn ich jetzt ein paar tötete, würde es kaum einen Scheißunterschied machen, dachte ich, weil immer noch so viele übrig wären.

So beschloß ich, RUM zu trinken. Ich hatte bis dahin nie RUM getrunken, weil ich wußte, daß es mein Verderben wäre und das Ende alles Bestehens. Ich sah Palawa, die tranken, und es war, als würde ihr Leben müde und ginge schlafen, bis alles, was innen noch übrig war, verrückt und schwankend wurde und noch mehr Rum wollte. Aber plötzlich war mir das Bestehen egal, weil ich schnell sterben wollte, also war Rum das richtige. Ich ging in eine SCHENKE. Das war interessant, weil ich nie zuvor in so etwas hineingeschaut hatte. Die Sonne schien und machte aus dem Rauch der Tabakpfeifen etwas Hübsches, der Boden war hölzern und knarrte, und an den Wänden waren so viele Flaschen, sehr schön, alle in verschiedenen Farben. Die weißen Kanaillen saßen da und sahen mich an, als wäre ich etwas Lustiges, über das man sich amüsieren mußte, aber das machte mir nichts aus, und als der Mann vor den schönen Flaschen mißtrauisch war, zeigte ich Geld vor, das ich fürs Walfisch-Zerlegen bekommen hatte, und er gab mir Rum, wie ich es wollte, in einem kleinen, schweren Glas.

Rum war meine Überraschung. Ich dachte, er wäre wie Saft aus dem Gummibaum, aber nein, er hatte keine Farbe und wenig Süße und schmeckte wie Metall oder etwas Brennendes. Ich mußte husten, und die weißen Kanaillen lachten, und eine von ihnen, mit einem fetten Bauch, rief: »Zu stark für dich, Jack, wie?«, aber ich antwortete nicht, sondern trank weiter. Obwohl es abscheulich war, wollte ich es lernen, so wie ich früher Smiths LESEN UND RECHNEN und GOTT gelernt hatte, und so verstand ich den Rum allmählich. Ich dachte, ich würde mich glücklich fühlen, aber nein, es war nicht so. Ich fühlte NICHTS, und das war ein großes Glück, weil NICHTS genau das war, was ich suchte. Nach und nach trank ich noch einen und noch einen, weil mich hungerte nach all dem NICHTS in der Welt. Aber dann lernte ich, daß der Rum schwieriger war, als ich dachte, weil ich plötzlich schwindlig und krank wurde, so daß ich weggehen mußte. Die Beine neigten sich, als wäre ich auf einem Schiff, und die weißen Kanaillen lachten, und als ich hinausging, war mir schlecht, und all mein schönes NICHTS war weg.

Danach fühlte ich mich schlecht und saß eine Weile an der Wand. Dann wurde ich immer beschämter, und plötzlich schien das Sterben eine scheißfurchtsame Sache, wie Fliehen vor Schreck, was ich noch nie getan hatte. Wie konnte ich das tun, wo das Was-sie-Mutter-angetan-Hatten immer noch da war? Nein, dachte ich, Sterben war nicht meine Sache. Meine Sache war es, die arme Mutter zu finden und ihr ein schönes Lebewohl zu geben, wie es sein mußte. So kam es, daß dies meine Absicht wurde. Es war natürlich nicht leicht. Die weißen Kanaillen, die Mutter mitgenommen hatten, konnte ich nur mit Hilfe von anderen weißen Kanaillen finden, aber ich kannte ja keine, bis auf ein paar wie Forbes und die Walfisch-Zerleger, die freundlich waren, aber nicht von Nutzen. Ich mußte es mit Fremden versuchen.

Zuerst wusch ich mein Gesicht und säuberte meine Jacke, wo sie von der Wand schmutzig geworden war, dann ging ich ins Government House, um den Gouverneur zu besuchen. Den hielt ich für den Besten, weil er der Oberste der weißen Männer war. Ein Diener sagte, daß der Gouverneur beschäftigt sei, aber daß die Gouverneursfrau mich sehen könnte. Dann muß es so gehen, dachte ich. Er führte mich zu einem Raum, sehr groß mit Blumen hier und dort, und die Gouverneursfrau setzte sich auf ihren langen Stuhl, der rot und schön war. Sie ließ eine Dienerin Tee holen, und dann wurde sie tränenreich und sagte, wie jammervoll sie war, daß man Mutter so gestohlen hatte. Das gab mir Hoffnung, ja, aber nur für kurze Zeit, denn als ich fragte, ob der Gouverneur Mutters Diebe suchte, wurde sie ärgerlich in ihren Tränen und sagte: »Der gute Gerald tut, was er kann«, als ob ich dachte, er täte nicht viel, auch wenn ich das gar nicht gesagt hatte. Dann sagte sie, sie hätte sich wegen Mutter so jammervoll gefühlt, daß sie Not gelitten hätte und in der Nacht nicht gut schlafen konnte, und so glaubte ich, daß die Tränen der Gouverneursfrau doch nicht wegen Mutter waren, sondern wegen der Gouverneursfrau selbst, und was für ein Wunder ich erblickte, daß sie so traurig war. Sie sah aus ihrem Fenster und sagte: »Es tut mir leid, Mr. Cromwell, aber diese schreckliche Sache ist abscheulicher, als ich es ertragen kann«, als wäre es ihre Mutter, nicht meine, die man gestohlen und zerschnitten hatte. Dann sagte sie, daß ich gehen und jemand besuchen müßte, der POLIZIST MCBRIDE hieß, und ich wußte, das hieß: FORT JETZT, SCHWARZER, ICH HABE ANDERE DINGE ZU TUN.

Trotzdem besuchte ich Polizist McBride, einfach in der Hoffnung. Ich ahnte, daß er nicht von Nutzen war, schon weil ich draußen lange auf der Bank warten mußte, und andere Polizisten gähnten und mich ansahen, als wäre ich etwas Lustiges, über das man sich amüsieren muß, und wirklich, als ich endlich in seinen Raum kam, war er mehr an der Wand hinter mir interessiert als an meinen Fragen. »Versuchen Sie, nicht zu verzweifeln, Mr. Cromwell«, sagte er, »wir tun, was wir können«, aber sein Lächeln sagte: DU BIST EINFACH NUR EIN KERL, DER ÄRGER MACHT, und: WAS KÜMMERN MICH DIE KNOCHEN VON SO EINER ALTEN SCHWARZEN FRAU? Er sagte, daß der Polizist, der suchte, wundersam klug war, aber als ich fragte, was der wundersame Polizist denn schon gefunden habe, sagte er, es sei »noch zu früh«, und ich ahnte, es hieß, daß er nichts gefunden hatte. Schließlich sagte er, ich müßte den obersten Mann des Krankenhauses besuchen, der DR. GIFFORD hieß, und das hieß: GEH WEG, SCHWARZER, genau wie vorher bei der Gouverneursfrau.

Gifford war ein alter Mann, sehr dünn, und er berührte manchmal seinen haarlosen Kopf mit dem Finger, als ob er wissen wollte, ob da neue Haare waren. Er war sofort zornig, als hätte ich magische Worte zu ihm gesagt, was ich nie tat, und sagte, daß Was-sie-Mutter-angetan-Hatten beklagenswert war, aber doch nichts mit ihm zu tun hatte, sondern nur ein jammervolles Mißgeschick von geheimnisvollen Fremden wäre. Nein, sagte Gifford, sein Krankenhaus sei ein großes Glück und die Num dort seien alle frohe Botschaft, und so müßte ich glücklich sein. Aber ich war nicht glücklich. Ich bekam es satt, daß diese weißen Kanaillen mir immer erzählten, wie klug und wie richtig sie waren. Ich interessierte mich nicht für sie, ich interessierte mich für Mutter.

Es war ein jammervoller Augenblick. Ich ging hinaus, die Sonne war niedrig, aber noch warm, ich lief und ging nirgends hin und fühlte mich wie ein törichtes Verderben. Lernte ich denn nie etwas? Weiße Männer halfen einem Schwarzen nicht gegen andere weiße Männer. Sie hatten es früher nicht getan und würden es nie tun. Sie hatten die ganze Welt und konnten jedes verflixte Geheimnis für sich behalten. Sie waren wie eine Mauer, manche Teile davon hassend, manche Teil faul, aber alle verbargen sie die Abscheulichkeit der weißen Kanaillen. Sogar freundlichere wie Forbes und die Walfischzerleger halfen mir nicht gegen ihre Leute.

Beim Gedanke an Forbes überlegte ich, und erinnerte ich mich, wie er am Morgen zuvor zu meiner Hütte kam und fragte, ob ich arbeiten wollte, und wie er seine abscheulichen Neuigkeiten brachte. Hatte er nicht gesagt, er wüßte sie aus einer Geschichte, die in der ZEITUNG gestanden hatte? Ich hatte erst einmal eine Zeitung gesehen, und es schienen nur die Sachen der Weißen drinzustehen, aber jetzt waren es auch meine, vermutete ich. Außerdem gab es von den Zeitungen so viele, daß sie sie nicht verstecken konnten, und ich nahm an, die weißen Kanaillen paßten nicht auf, was drin stand, weil sie nicht dachten, daß unsere Leute es jemals sehen würden. Also fragte ich fremde Num, bis sie mir das Haus der COLONIAL TIMES zeigten.

Das waren nur Räume, ziemlich staubig, mit vielen Regalen hoch an den Wänden hinauf. Ein weißer Mann war da, und er wunderte sich über mich, aber endlich ging er doch in einen anderen Raum und holte die Zeitung und zeigte mir die SEITE, die von Mutters Jammer erzählte. Er beobachtete überrascht, wie ich mich hinsetzte und las, wo die Num doch meinten, das wäre für unsere Leute zu klug. Die Seite war hassenwert, weil ich sah, daß die Zeitung sich gar nicht um Mutter kümmerte. Als wäre es ein Witz, daß man sie zerschnitten hatte, aber trotzdem war es nützlich und besser, als ich hoffte. Die furchtbaren Dinge waren folgende: Erstens, daß es ein DOKTOR getan hatte, fast sicher. Zweitens, über den Mann, der zugeschaut hatte, THOMAS PERCH, und die Kerle, die er sah, einen Fahrer, klein, aber kräftig, und einen anderen, groß mit Bart. Das brachte mich zum Überlegen, ja, aber es reichte immer noch nicht. So beschloß ich, ich müßte in die Schenke des weißen Manns sehen, die ANCHOR TAVERN hieß, wie die Zeitung sagte.

Anchor Tavern war laut vom Singen der weißen Männer, weil morgen WEIHNACHTEN war, aber obwohl der Barmann mir mißtraute, antwortete er nach und nach, daß der Mann, der zugesehen hatte, Thomas Perch, da sei, und er zeigte auf einen kleinen Kerl mit blödem Gesicht, der am Fenster saß. Ich fragte ihn, ob er irgend etwas gesehen hätte, das die ZEITUNG nicht gesagt hatte. Er kratzte sich am Arm, nicht sicher, ob er antworten sollte, aber dann sagte er, ja, er könne sich an so etwas erinnern. Erst sagte er, der Karren war gelb, was mich fast nicht kümmerte. Aber dann sagte er etwas, das interessant war. Und wirklich, ich hatte schon daran gedacht. Schließlich, wer war denn da, als die arme Mutter starb, und sagte, sie müßte ins Krankenhaus?

Thomas Perch sagte, der Bart des größeren Manns war ein ROTER BART.

Dr. Thomas Potter *1857*

25. Dezember

Kleidete mich für Hotel-Weihnachtsdinner an und hörte Wilson plötzlich laut rufen: »Gepriesen sei Gott«, »Laßt uns Gott danken« etc. etc. Nahm zuerst an, er predige wg. Weihnacht, fand ihn aber beim Betreten des Salons mit Mischlings-Eingeborenem (namens Cromwell) zusammen, der = bei Teegesellschaft des Gouv. Ahnte sofort Ärger. Wilson erklärte aufgeregt, daß Mischling s. Meinung geändert + jetzt willens = unser Führer zu sein.

Hielt dies für = vollkommen absurd. Cromwell ist nicht einmal reiner Ureinwohner, d.h. primitive Wesensart weiter verdorben durch widersprüchlichen Einfluß gegensätzlicher Typen (geschätzte Entwicklung im Mutterleib nach circa achtundzwanzig Wochen beendet, d.h. elf Wochen früher als b. Angelsächs. Typus, selbst noch zwei früher als bei anderen Schwarzen). Analytische Fähigkeiten fehlen völlig. Absolut unvorstellbar, sich in solche Hände zu begeben. Konnte aber keine Einwände vorbr., weil Mischling (in sehr primitivem Englisch) fragte, ob ich etwas bzgl. Diebstahl der Leiche der Eingeborenen Mary wisse, da sie = seine Mutter. Sah mich sehr seltsam an: forschend + boshaft. Gestehe momentanes Unbehagen. Beharrte aber nachdrücklich, daß ich nichts bzgl. dieser Sache wisse, und schlug dann zurück, indem ich Wilson fragte, ob = klug, in diesem späten Stadium diesen Führer einzustellen, da das womöglich = große Beanspruchung der Vorräte etc. etc. (Mischling mit finsterer Miene) Wislon wie üblich = taub für Argumente: beharrte, daß = von größter Bedeutung, daß Mischling ausgerechn. am Weihnachtstag aufgetaucht sei, weil dieses = »Gottesgeschenk« »Zeichen des göttlichen Segens« etc. etc.

Später dann nochmals überlegt. Über Beunruhigung bzgl. vorwurfsv. Blick des Mischlings nachgedacht = völlig irrational, da absolut unmöglich, daß er die logischen Fähigkeiten besitzt, die für eine solche Schlußfolg. nötig wären. Vermutlich nur zufälliges Beispiel für sein barbarisches Verhalten. Wenn er als Führer jämmerlich versagt (was sicher der Fall ist), dann schlechtes Licht auf Wilson, nicht mich.

Sehe inzw., daß ihn einzustellen durchaus von Nutzen sein könnte, da er bestimmt sehr interess. Studienobjekt bzgl. Aufzeichnungen darstellt. Führt mich womögl. zu weiteren Präparaten in der Wildnis.

Kapitel Dreizehn

Reverend Geoffrey Wilson *Januar 1858*

Endlich war unsere Expedition am dritten Tag des neuen Jahres 1858 – ein Datum, dessen man sich zweifellos auch noch in kommenden Jahrhunderten entsinnen wird – zum Aufbruch bereit. Welche Freude erfüllte mich, als ich in den Sattel stieg und fröhlich »Auf geht's!« rief. Welches Staunen ergriff mich, als meinem Ruf das laute Knarren der Packsättel und das Gestampfe von zweihundert Hufen antwortete und sich unsere christliche Unternehmung, die ich in aller Demut leitete, tapfer auf den Weg machte.

Unser Aufbruch aus Hobart vollzog sich, wie ich gestehen muß, ein wenig gedämpft. Ich hatte aus Tag und Uhrzeit kein Hehl gemacht und zum Abschied eigentlich eine ansehnliche Menge erwartet, doch schien die frühe Stunde – ich war entschlossen, pünktlich aufzubrechen – den trägen Tasmaniern zuviel abzuverlangen. In der Tat waren die einzigen Leute, die man im Morgengrauen sah, ein paar Fischer, die in erster Linie damit beschäftigt schienen, ihren Fang auf den Kai zu tragen, und ein paar Nachtschwärmer, die erst jetzt aus der Schenke kamen und auf deren Aufmerksamkeit wir nur allzu gerne verzichtet hätten. Und doch: Als wir so durch die Straßen der Stadt zogen, stellte ich erfreut fest, daß unsere große Reisegesellschaft tatsächlich einiges Interesse erweckte, denn immer wieder erschienen hinter beiseitegeschobenen Vorhängen überraschte Gesichter und starrten zu uns heraus.

Nach kurzer Zeit ließen wir die Stadt hinter uns und hatten bald schon unsere erste Meile bewältigt, die zweite, die fünfte, und schließlich stieg die Morgensonne über dem Derwent River empor. Ich nannte ihn in Gedanken bereits nur noch Ghe Pyrenne oder Euphrates, breit und majestätisch strömte er zu unserer Rechten dahin. Wir kamen an zahllosen Farmgebäuden vorbei, oft traten die Bewohner heraus und fragten, wer wir denn seien und wohin die Reise gehe. Welche Verwunderung spiegelte sich in ihren Mienen, wenn ich ihnen fröhlich zurief: »Wir sind auf der Suche nach dem Garten Eden!«

Da ich noch nie zuvor an einem solchen Unternehmen teilgenommen hatte, war ich ehrlich gesagt angenehm überrascht, wie schnell ich mich mit dieser rauhen Art zu reisen anfreundete, denn schon nach wenigen Tagen war ich an das Leben im Freien gewöhnt wie jeder Ureinwohner. Morgens erwachte ich mit der Dämmerung und wartete mit der Geduld des Forschers, bis die Maultiertreiber das Feuer entfacht und ein primitives Frühstück aus gezuckertem Tee, Haferbrei, Keksen und frischgekochten Eiern bereitet hatten. Kaum hatten sie das Kochgeschirr gereinigt, die Zelte abgebaut und alles zusammengepackt, kletterte ich in den Sattel und führte uns furchtlos weiter. Kurz nach Mittag hielten wir Rast und nahmen eine spartanische Mahlzeit ein, die nur aus Brot, Dosenschinken, Rindfleisch und vielleicht ein paar kandierten Früchten bestand. Um vier Uhr machten wir abermals Rast und labten uns an Keksen und kaltem Tee. Schließlich, nachdem wir noch ein paar Meilen bewältigt hatten, suchten wir uns einen Lagerplatz, ohne groß darauf zu achten, wie unwirtlich und abgelegen er war. Dann saß ich mit herrlich müden Gliedern mit meinen Gefährten an unserem stabilen tragbaren Tisch und harrte des wohlverdienten Abendessens, das aus gekochtem Reis und Eintopf oder geräuchertem Lachs bestand. Renshaw und Potter wollten den Tag unbedingt mit einem Glas Brandy beschließen, und wenn ich auch selbst keinen trank, was ich wohl kaum eigens erwähnen muß, sah ich doch keinen Grund, unter diesen besonderen Umständen nicht ein Auge zuzudrücken.

Weniger nachsichtig zeigte ich mich hinsichtlich unserer Frömmigkeit. Für eine christliche Expedition war es von entscheidender Bedeutung, daß sie im wahren christlichen Geist durchgeführt wurde, doch zu meinem tiefen Kummer mußte ich mit ansehen, welch beklagenswerten Widerwillen meine Reisegefährten diesbezüglich an den Tag legten. Oft stimmte ich einen mitreißenden Choral an, um meinem Glauben Ausdruck zu verleihen, aber auch, um unseren Zug zu beflügeln, doch die anderen fielen nur stockend und mißtönend ein.

Noch mehr Sorge bereitete mir die Frage des Gebets. Es war von Anfang an mein Bestreben gewesen, jedem Tag ein festes spirituelles Gerüst zu geben. Vor dem Frühstück, vor dem Mittagessen, nach dem Vier-Uhr-Tee sowie nach jeder kurzen Rast versammelte ich alle zum Gebet, etwa nach einem besonders steilen Anstieg, wogegen abends, wenn wir unser Lager aufgeschlagen hatten, ein längerer Gottesdienst im Freien stattfand. Die Veranstaltungen erschienen mir absolut angemessen, und es betrübte mich zutiefst, wie zögerlich die Mitglieder unserer Reisegesellschaft darauf eingingen. Regelmäßig mußte ich die sechs Maultiertreiber für ihre Angewohnheit tadeln, immer gerade dann, wenn ich mit unserem Abendgottesdienst beginnen wollte, zu verschwinden, um irgendeine Arbeit zu erledigen. Renshaw mußte ich unter anderem dafür rügen, daß er während des Morgengebets sein weiches Ei weiterlöffelte. Am schlimmsten jedoch benahm sich Dr. Potter, der beim Morgengebet (trotz meiner tadelnden Blicke) so häufig unverhohlen gähnte, daß es mir wie Absicht erschien.

Eine weitere Quelle der Unzufriedenheit bot unser Führer, Mr. Cromwell. Da er teilweise von den Eingeborenen abstammte, hatte ich ohnehin keine großen Erwartungen hinsichtlich seines religiösen Empfindens gehegt, ich hatte jedoch immerhin geglaubt, er könne der Expedition nützlich sein. Leider traf dies keineswegs zu, denn sein Verhalten wurde mit der Zeit immer bizarrer. Fast von Anfang an weigerte er sich, in seinem Schlafquartier zu nächtigen, obwohl das Zelt ihm und den beiden anderen Maultiertreibern bequem Platz bot, sondern bestand darauf, die Nacht im Freien zu verbringen, auf einem gräßlichen Lager aus Zweigen und Laub. Nach einiger Zeit wurde er mäkelig mit dem Essen und weigerte sich, an unseren herzhaften Mahlzeiten teilzunehmen, zugunsten einer Kost, die er sich selbst zusammensuchte, obwohl sie alles an-dere als appetitlich war. Manchmal beobachtete ich ihn dabei, wie er schmutzverkrustete Wurzeln ausgrub, die er sauberkratzte und an Ort und Stelle roh verschlang, wogegen er sich abends oft ein bis zwei furchteinflößende Speere schnitzte und damit verschwand. Später kehrte er dann mit irgendwelchen gräßlichen Ratten oder Frettchen zurück, die er vergnügt häutete und über dem Feuer briet.

Als wäre dies nicht schon beunruhigend genug gewesen, kam auch noch die Sache mit seiner Kleidung hinzu. Da die Wege oft dornenreich waren, vor allem, wenn man zum Fluß hinunter mußte, um sich zu waschen oder Wasser zu holen, nahmen unsere Kleider alle ein wenig Schaden. Doch während wir übrigen uns nach Kräften bemühten, sie auszubessern, schien es unseren Führer nicht im mindesten zu kümmern, ob sein Hemd in Fetzen hing. Ja, es sollte noch schlimmer kommen. Nach einigen Tagen verströmte er einen seltsamen Geruch wie nach altem Fleisch und hatte eine matt glänzende Haut, ein Rätsel, das sich auf betrübliche Weise löste, als nämlich Dr. Potter berichtete, er habe ihn dabei beobachtet, wie er sich mit dem Fett eines erlegten Tieres einrieb. Obwohl ich ihn heftig dafür tadelte, zeigte er keinerlei Reue und behauptete, die Substanz halte ihn warm, auch wenn dies kaum als Entschuldigung gelten konnte.

Inzwischen bezweifelte ich allmählich sogar seine Fähigkeiten als Führer. Wie oft bat ich ihn nicht, sich in seine Kindheit zurückzuversetzen und sich an irgendwelche geologischen Besonderheiten der Landschaft zu erinnern, die ihm damals aufgefallen sein mochten. Eingedenk der Worte in der Genesis, daß der HERR im Osten des Garten Edens ein feuriges Schwert aufgerichtet hatte, um den Weg zum Baum des Lebens zu bewachen, fragte ich ihn, ob er vielleicht einmal einen hellen Lichtstrahl gesehen hatte. Ich neige nicht zum Argwohn, aber seine Antworten waren so stur und unergiebig, daß ich mich fragte, ob er wirklich durch die ganze Kolonie gewandert war, wie er behauptete.

Glücklicherweise zeigte sich bald, daß wir seines Rates womöglich gar nicht bedurften. Nachdem wir nämlich mehrere Tage einen breiten Lehmweg entlanggeritten waren – der Fluß neben uns verschmälerte sich immer mehr, von der mächtigen Mündung zum breiten Strom, dann zum reißenden Bach, bis das jenseitige Ufer gerade noch einen Steinwurf entfernt lag –, erreichten wir eine winzige Siedlung, die den Rand der Zivilisation darstellte, hinter dem nur noch die unbarmherzigste Wildnis herrschte. Als wir abstiegen, kam ein alter Mann heraus und fragte nach unserem Ziel, und dieser Mann war sachkundiger als jede Karte. Obwohl er selbst sich nie weiter den Fluß hinaufgewagt hatte, kannte er doch einen Jäger, von dem er erfahren hatte, daß der Fluß einem fernen See entspringe, und dieser See war offenbar nicht einmal schwer zu erreichen, weil dem Fluß bis dorthin ein alter Eingeborenenpfad folgte. Was für ein Segen! Aller Wahrscheinlichkeit nach handelte es sich bei dem See um die Quelle des Ghe Pyrrenne und der drei anderen in der Genesis erwähnten Flüsse. Wenn wir ihn erreichten, würde der Garten Eden ganz nahe sein, vielleicht sogar schon, für ein geübtes Auge, von den Ufern des Sees aus erkennbar.

Wir brachen am nächsten Morgen in die Wildnis auf.

Peevay *Januar 1858*

Zuerst war meine Absicht, sie alle rasch nacheinander zu töten. Wie köstlich wäre das. ROTBART POTTER, ja. Und DIENER HOOPER. Und auch die MAULTIERTREIBER, die in ihrem Haus aus Stoff, das ZELT hieß, haßvoll zu mir waren und nach mir traten und magische Worte zu mir sagten und mir versprachen, daß mir in der Nacht etwas Schreckliches passieren würde, und so ging ich weg und schlief am Feuer. Wirklich, sie mußten tot sein, jeder von ihnen.

Aber es war nicht so leicht, beklagenswerterweise. Sie waren zu zahlreich für Speere, obwohl ich viele hatte, und sogar die Gewehre waren schwierig. Zwei schöne neue Gewehre gehörten dem Diener HOOPER und dem abscheulichen obersten Maultiermann SKEGGS, aber damit konnte ich nur je eine weiße Kanaille erschießen. Mit dem Revolver ging es öfter, aber der gehörte Rotbart Potter, und der war sehr vorsichtig damit und sah mich hassend an, wenn ich zu interessiert wurde, fast so, als ahnte er meine innige Absicht. Außerdem kannte ich die Gewehre nicht richtig, weil ich nie eines gehabt hatte in jenen langvergangenen Kampftagen, und so würde es ein schreckliches verflixtes Geheimnis sein, selbst wenn ich eins bekam. Also beschloß ich, einfach wachsam zu sein und auf einen glücklichen Zufall zu hoffen.

Nach und nach beendeten wir den Num-Weg und gingen in die richtige Welt. Es war seltsam, noch einmal zurückzukommen. Ich war nie mehr hier gewesen, seit ich klein war und vor all diesen Sommern mit Mutters Stamm vor dem fetten Robson geflohen war. Es war auch haßvoll, nur ich allein mit den weißen Kanaillen, und immer wieder dachte ich, daß sie nicht hier sein und mit ihren Stiefeln stampfen sollten, wo früher meine Leute gegangen waren, daß sie den Duft der Bäume und Büsche nicht atmen sollten, der meinen Kopf mit stärksten Erinnerungen füllte. Es war nicht ihr Ort und würde es nie sein.

Hier in der Welt waren sie dumm, wie ich beobachten konnte. In ihrem Hobart Town waren sie immer die Klügsten, die höhnisch schauten und jede Antwort wußten, aber jetzt war es das Gegenteil, und alles schien ein verflixtes Rätsel für sie zu sein. Genauso war es mit den PFERDETIEREN. Die weißen Männer liebten sie, weil sie so hoch auf ihnen saßen, aber als wir in die richtige Welt kamen, waren sie unnütz, bekamen wahnsinnige Augen und kreischten, wenn sich etwas Kleines bewegte. Nach und nach kamen wir an einen engen Ort zwischen Felsen, der sie sorgenvoll machte, und als eine schwarze Schlange zischend aus ihrem Loch glitt, sprang ein Pferdetier auf und warf den kleinen RENSHAW gegen Steine, so daß er fast tot war. Danach wurde der Pfad nicht besser, sondern schlechter, und Pfarrer Wilson sagte, ein Maultiermann müsse jetzt alle Pferdetiere zurückbringen und alle müßten laufen, was sie sehr jammervoll machte. Natürlich hätte das schon lang passieren müssen, gleich am Anfang, aber sie hatten mich nicht gefragt.

Die MAULTIERE konnten weitergehen, doch selbst sie waren töricht, ja, und trotteten tapp-tapp-tapp mit ihren Taschen. Sie mußten alle mit SEILEN zusammengebunden sein, in einer langen Reihe, so daß jedes nichts sah als den nächsten Maultierarsch, und sie bekamen oft Schläge von den Treibern, weil sie sonst einfach stehenblieben. Dann wieder waren die weißen Kanaillen scheißjämmerlich, weil sie plötzlich laufen mußten, wie ich beobachten konnte. Einfach-nur-Schlamm war ein verflixtes Rätsel für sie, und die ganze Zeit stöhnten sie und verfluchten ihn mit magischen Wörtern oder gingen einen langen Weg darum herum und wurden heiß und wütend, so daß sie sauer rochen wie alte, verdorbene Wurzeln. Wußten sie nicht, daß die ganze Welt Schlamm ist und man sich nicht aufregen soll, sondern einfach weitergeht mit schnellen Füßen, platsch und weg? Mit anderen Weltsachen waren sie auch nicht besser, wie dornigen Büschen, stechenden Mücken, glitschigen Steinen oder kalten Flüssen, die wir durchqueren mußten.

Wirklich, es war ein verwirrendes Geheimnis, wie sie jemals alle meine Leute töten und die Welt stehlen konnten, und sogar, warum sie sie eigentlich wollten, wo es doch so gar kein Ort war, an dem sie bestehen konnten. Sie konnten hier nicht einfach alleine leben, sondern mußten irgendein HOBART TOWN mal hierhin, mal dorthin mit sich herumtragen. Jede Nacht stellten die Maultiertreiber ZELTE auf, um drin zu schlafen, obwohl es jetzt Sommer war und das Wetter warm. Sie hatten TISCHE und STÜHLE zum Sitzen dabei, und TASSEN zum BRANDY-Trinken, während die Maultiertreiber große Feuer machten, um das Essen der weißen Männer zu kochen, das aus DOSEN kam und wie immer abscheulich war, ganz salziges und glitschiges Fleisch. Unsere Leute hatten nie etwas dabei, außer den Feuerstock, einen Glücksbeutel von toten Lieben und Geschichten zum Erzählen. Alles andere konnten wir auf unserem Weg finden oder uns selber machen. Wer war jetzt der Oberste? Nicht ich, der einzige Palawa hier, sondern sie, die nichts wußten. Sie hatten Gewehre und waren viele, während ich nur ein DIENER war. Ja, sie lachten, weil ich so lebte, wie es richtig war, am Feuer schlief, unter den Sternen, die ich kannte, und weil ich mir richtiges Essen suchte, Wurzeln und Wild und so.

In Wahrheit wurden sie noch hassenwerter, wo wir ganz allein in der Welt waren, weg von den anderen Num. Einmal kamen die MAULTIERTREIBER nachts zu mir, nachdem sie heimlich RUM getrunken hatten, und lachten mich aus, daß meine Leute alle tot waren, was ein hassenswerter Witz war, und sagten, daß es mir bald genauso gehen würde. Als ich magische Wörter zu ihnen sagte, hielten mich zwei fest, während die anderen auf mein Bett aus Blättern pissten. So kam es, daß ich überlegte, ob ich einen schrecklichen Fehler gemacht hatte, hierherzukommen, und manchmal kamen nachts jammervolle Ängste, daß ich in ihrer klugen Falle war und sie einfach die Absicht hatten, mich zu töten und meine Knochen zu nehmen, so daß sie mich zu Nichts machen konnten, genau wie Mutter. Ich blieb wachsam. Das war nicht leicht, weil ich ganz allein war und sie jederzeit auf mich springen konnten, aber ich versuchte es. Am Tag trug ich die ganze Zeit eine kleine Messerklinge in der Tasche der HOSEN, und wenn mir jemand nahe kam, packte ich sie in Bereitschaft. Nachts befahl ich meinem Schlaf aufzupassen, damit ich beim kleinsten Geräusch aufsprang, und das tat ich auch, selbst beim Wind in den Bäumen oder wenn wieder einmal Mäuse raschelten.

Dann kam mir ein Gedanke. Was, wenn Mutter da war? Es war möglich, ahnte ich, weil die weißen Männer so viele SATTELTASCHEN hatten, daß ich dachte, sie müßten alles haben. So begann ich in der Nacht zu suchen. Erst lauschte ich, wenn sie stöhnend sagten: DAS IST DAS VERREGNETSTE ZELT, oder: WER HAT DIESE GABEL VERLOREN?, oder: JETZT MÜSSEN WIR WIEDER BETEN. Dann, wenn alles still war bis auf Schnarchen, Scharren und Furzen, wußte ich, daß sie schliefen und konnte beginnen. Es war trotzdem noch schwer, weil es zu viele Satteltaschen waren und ich nur langsam suchen konnte. Ich fühlte mit den Fingern im Dunkeln und dachte, das sind TELLER und GABELN oder SERVIETTEN oder Glasflaschen die CHAMPAGNER hießen, ich hatte ja gesehen, wie sie all das hineingetan hatten. Nach und nach glaubte ich, daß Mutter nicht in einer einfachen SATTELTASCHE war, sondern in einer von Rotbart oder Hooper, aber das war schwierig, weil sie ihre Taschen jede Nacht mit in ihr ZELT nahmen, als KISSEN, um darauf zu schlafen. Dennoch mußte es einen Weg geben.

19. Januar

Marsch heute morgen langsamer + beschwerlicher Tag sehr feucht + Schlamm so schlimm wie noch nie (Regen letzte Nacht). Maultiere rutschten aus, wir auch, bis alle = völlig besudelt, Stiefel schwer von Schmutz. Nur einer kaum betroffen = Mischling (barfuß), der nicht darauf zu achten schien. Dies noch ein Bsp. f. seine rasche Verwandlung in unzivilisierten Wilden. Weitere Bsp.: Rückkehr zu weitgehender Nacktheit, Schlafen im Freien, Verzehr abscheulichster roher Nahrung etc. etc. Alles sehr nützlich bzgl. Aufzeichnungen. Endgültiger Beweis, daß wenn zwei Typen widernatürlich vermischt, dann Charakteristika des minderwertigeren Typus stets vorherrschen. Habe vor, dieses Axiom Pottersches Gesetz zu nennen.

Erreichten endlich trockenere Gegend + machten Rast. Wilson wollte uns wie üblich alle beten lassen, wurde aber plötzlich von lautem Geschrei unterbrochen. Hooper, der sich von Reisegesellschaft bzgl. privater Verrichtungen abgesetzt hatte, kam zurück + trieb Mischling mit Gewehr vor sich her. Rief, er habe ihn gerade beim Stehlen erwischt! Hatte die Hand in meiner Satteltasche. Mischling rasend vor Wut. Vorfall sehr interessant, da weiterer Beweis für seine primitive Stufe: unwiderstehlicher Drang zu stehlen. Sagte zu Wilson: »Hatte ich Ihnen nicht gesagt, daß der Mischling als Führer völlig ungeeignet? Jetzt = klar. Er = nichts weiter als ein diebischer Wilder.«

Bevor Wilson etw. erwidern konnte, warf Mischling mir bitterbösen Blick zu und rief: »Nein, Sie sind der Dieb! Sie waren es, der die Knochen meiner Mutter gestohlen hat!«

Gestehe, daß ich = sehr verblüfft. Konnte einfach nicht verstehen, wie er zu einem solchen Schluß gelangt. Durch rationale Deduktion unmöglich. Irgendein sonderbarer primitiver Instinkt? Oder von mißgünstigem Europäer angestiftet? Sache sehr peinlich; sah, wie mich Wilson mit boshafter Neugier betrachtete. Renshaw ebenfalls. Bestand meinerseits darauf, daß dies = verrückte Lügen, um von seinem eig. Diebstahl abzulenken. Zum Glück machte Mischling dann dummen Fehler (unvermeidlich): behauptete, die Überreste seiner Mutter = in Satteltasche, die er durchsuchen wollte (d.h. meiner) + forderte Überprüfung. Stimmte gern zu. Sehr amüsant sein dummes schwarzes Gesicht, als Taschen ausgeleert + er nichts Verdächtiges entdeckt. Bemerkte, daß auch Wilson enttäuscht. Ergriff sogar jetzt noch Partei des Mischlings. Auf meine Forderung, ihn zu bestrafen + zurückzuschicken, weigerte sich Wilson: Alle sollten versuchen, Vorfall zu vergessen. Typisches Verhalten für Normannischen Typus: mißbraucht Amt und Stellung, um Wahrheit + Gerechtigkeit zu hintertreiben.

Sache bringt mich tatsächlich in sehr peinl. Lage. Könnte bezgl. eigener Berufsaussichten, Aufzeichnungen etc. größte Bedrohung darstellen. Glückl.w. ereignete sich Vorfall an diesem abgelegenen Ort. Blieb etwas zurück, als sich alle wieder in Beweg. setzten, damit ich mit Hooper sprechen konnte. Sein Vorschlag = kaum zu akzeptieren (außerdem sehr schwer in die Tat umzusetzen), bewies aber löbliche Ergebenheit. Trotzdem bleibt Tatsache bestehen, daß etw. getan werden muß.

Nach kurzem Marsch plötzlich Aufruhr vom vorderen Teil der Gesellschaft, Rufe »Hier ist er« etc. Trat kurz darauf selbst aus den Bäumen hervor und sah Ufer eines langen Sees, der = von zerklüfteten graubraunen Hügeln flankiert. Stellte fest, daß diese = ähnlich wie andere, die wir auf dem Weg gesehen hatten, nur höher. Ich = etwas überrascht. Wilson stand am Ufer, mit ziemlich verkniffener Miene.

Reverend Geoffrey Wilson — *Januar 1858*

Warum sollte ich verzweifeln? Ich tat es nicht. Natürlich nicht. Es mochte lästig sein – ich war so sicher gewesen, daß ich in der Ferne vor mir die glänzenden Mauern des Gartens Eden erblicken würde –, aber nichts weiter. Wie hätte denn auch ein kleiner Umweg die gewaltige Kraft meines Glaubens schwächen können? Nein, dies war nur ein Kieselstein, der gegen einen starken Berg geschleudert wurde, eine Ameise, die turmhohen Elefanten im Wege stand.

Mein Glaube gewann rasch die Oberhand. Nachdem ich nur wenige Momente gründlich nachgedacht hatte, fiel mir eine ebenso simple wie richtige Erklärung ein. Es ist ja allgemein bekannt, daß Gott der HERR seinen Kindern mitunter kleine Prüfungen auferlegt, um sich ihrer Frömmigkeit und Ergebung zu versichern. So war es jetzt: Er prüfte uns, ob wir würdig waren. Ich erwog sogar, ob uns so etwas wie ein Segen zuteil geworden war. War dies nicht eine wundersame Gelegenheit, meine unerschütterliche Verehrung zu demonstrieren? Zu beweisen, daß mein Glaube stark wie ein mächtiger Fels war? Ich würde auf diese Enttäuschung nicht mit Traurigkeit, sondern mit Freude reagieren!

»Ich habe keinen Zweifel, daß mehr sichtbar werden wird, wenn wir den See umrunden«, erklärte ich.

Mir entging nicht, daß Potter, sein Diener und auch die Maultiertreiber sich skeptische Blicke zuwarfen, da jedoch keiner protestierte, beschloß ich sie zu ignorieren. Ihre kleinlichen Zweifel würden bald genug auf das gleißende Licht der Tatsachen stoßen. Nachdem wir unser schlichtes Mahl verzehrt hatten, führte ich uns weiter und stimmte einen munteren Choral an, um die verzagten Gemüter wieder aufzumuntern.

Das Ufer wurde zu schlammig, um es zu überqueren. Also mußten wir dem Pfad landeinwärts folgen. Was machte das schon? Wir würden bald zum See zurückfinden, da hatte ich keinen Zweifel. Derlei Schwierigkeiten waren auf dem langen Weg, den ich bereits zurückgelegt hatte, ganz normal. Hatte ich nicht die verlogenen Argumente der atheistischen Geologen überwunden? Hatte ich nicht über die Beschlagnahmung unseres Schiffes triumphiert und die Unbilden des Ozeans ertragen? Verglichen mit solchen Kämpfen, war dieses geographische Hindernis nur ein Maulwurfshügel, den mein unbeugsamer Glaube überwand. Ja, noch nie hatte soviel Hoffnung mein Herz erfüllt. Natürlich ergriff ich jede Maßnahme, die uns helfen konnte. Vor allen Dingen betete ich. Ich dankte im Gebet für unsere Erhaltung. Ich betete um Führung in unserem demütigen Streben, Seinem Willen zu dienen. Ich betete darum, daß meinen Gefährten Hilfe zum Beten zuteil werden möge.

Ich war nicht so unbescheiden zu vermuten, daß diese Bitten sofort erhört würden, doch wunderbarerweise geschah genau dies. Kurz nachdem wir das Ufer des Sees verlassen hatten, sah ich etwas neben dem Pfad liegen, das mich staunend in die Hände klatschen ließ.

Es war der abgebrochene Ast eines Baumes. Den anderen mag dies nicht ungewöhnlich vorgekommen sein, doch für den, der Augen hatte zu sehen, konnte es keinen Zweifel an der Bedeutung des Gegenstands geben. Die Anordnung der Zweige wies eine bemerkenswerte Ähnlichkeit mit einem Pfeil auf, der, was noch viel erstaunlicher war, genau in die von uns eingeschlagene Richtung zeigte. Aber damit nicht genug. Binnen einer Stunde entdeckte ich auf einem mächtigen Felsen die schwache, aber unverwechselbare Prägung des Buchstaben *J*, so deutlich lesbar, als sei er in jener anderen großen Wildnis für Moses höchstpersönlich eingemeißelt worden. Es konnte keinen Zweifel geben, wessen Name hier angedeutet war und welch herrliche Hoffnung uns von diesem wackeren Stein entgegenstrahlte. Doch auch damit war es noch nicht genug. Während ich in Staunen versunken dastand und diesen heiligsten aller Buchstaben betrachtete, vernahm ich aus dem nahegelegenen Wald den leisen Schrei eines Vogels. Mühelos erkannte ich, welch segensreichen Sinn dieser Vogelruf barg: *E-den, E-den.* Ich glaube nicht, daß ich mich je so gesegnet gefühlt hatte wie in diesem Moment.

Kurz darauf stieg der Pfad steiler an und führte durch dichten Wald. Es war sehr mühsam wegen des schwülen Wetters, aber ich verbannte die Erschöpfung aus meinen Gliedern und schritt wacker fürbaß. Endlich wichen die Bäume zurück, und ich befand mich auf einem Bergsattel. Links und rechts erhoben sich flache zerklüftete Felsenhügel, wie man sie oft in Tasmanien findet. Neugierig bemerkte ich, daß sich der Pfad vor uns gabelte. Zu meiner Linken führte er offenbar ins nächste Waldgebiet hinab, während er zu meiner Rechten auf einen der Berge hinaufzuführen schien. Offenbar wurden wir mit einem weiteren Rätsel auf die Probe gestellt.

»Wir sollten links gehen«, sagte Potter mit Nachdruck, obwohl ich ihn gar nicht um seine Meinung gebeten hatte. »Der Weg nach unten scheint besser zu sein.«

Ich hatte nicht die Absicht, mich zu einer Entscheidung drängen zu lassen. »Was sagen Sie, Mr. Cromwell? Kennen Sie die Gegend?«

»Ich kenne sie nicht.« Der Führer sah den Hügel hinauf und schien ganz in Gedanken versunken. Dann nickte er plötzlich. »Hinauf ist besser. Da geht es mehr zu diesem See.«

Das gefiel Potter natürlich gar nicht. »Es scheint nicht klug, dem Ratschlag eines Diebs zu folgen«, bemerkte er vorwurfsvoll.

Ich wollte auf keinen Fall zu dieser kuriosen Meinungsverschiedenheit zurückkehren. »Was meinen Sie, Mr. Renshaw?«

»Abwärts müßten wir wenigstens nicht klettern«, antwortete er matt.

Es fehlte nicht viel, und ich hätte die anderen mit einem Wink aufgefordert, den Weg nach unten anzutreten, doch als ich so dastand und noch einmal nachdachte, fiel mir plötzlich eine Veränderung der wilden Landschaft auf. Der Himmel hatte sich zugezogen, und das Land zur Linken war dunstig und grau, allein der Berg zu unserer Rechten war in schwaches, doch prächtiges Sonnenlicht getaucht. »Dort! Das ist unser Weg.«

Potter war immer noch eingeschnappt. »So ein bißchen Sonnenschein beweist doch nichts.«

Mein Herz war wieder von Hoffnung erfüllt. Zweiflern antwortet man am besten mit Taten, und so rief ich nur: »Vorwärts!«, und schlug beherzt den rechten Pfad ein.

Berge haben etwas Geheimnisvolles. Der hier hatte von unten nicht sehr hoch gewirkt, doch der Eindruck erwies sich als trügerisch. Während des Aufstiegs begann es zu regnen, und mehrmals dachte ich, wir wären schon direkt unterhalb des Gipfels, doch dann tauchte im nächsten Augenblick wieder ein Höhenrücken auf. Nach und nach erkannte ich, daß wir tatsächlich einen richtigen Berg erklommen.

»Da entlang!« rief ich aus, als ich direkt vor uns einen Streifen Boden entdeckte, der nicht zugewuchert war. Wir hatten den nächsten Wald betreten, und es war ein richtiges Spiel, dem Pfad zu folgen, der sich neckisch immer wieder unseren Blicken entzog.

»Doch sicher eher dort entlang?« konterte Hooper, der schon schweißnaß war, und deutete auf einen anderen Streifen zur unserer Linken.

Renshaw kehrte wie stets den Zweifler hervor. »Glauben Sie wirklich, daß das richtig ist? Sieht doch eher nach Tierspuren aus.«

Als ob das möglich gewesen wäre. Vor so etwas hätte uns unser Führer doch sicher gewarnt. »Hier entlang«, beharrte ich munter, indem ich den Pfad beschritt, der eindeutig am besten zu erkennen war, und wir zogen weiter. Als der Pfad weiter anstieg, erhaschte ich durch die Bäume ab und zu einen verheißungsvollen Blick auf weitere Gipfel. Wer weiß, vielleicht lag der Garten Eden ja gleich hinter dem Gipfel ebendieses Berges. Ich konnte mir die Aussicht mit solcher Leichtigkeit vorstellen und war so voller Hoffnung, daß es fast schmerzte. Dort! Eine mächtige glatte, weiße Felswand, die steil und klar emporragte, ein von Riesenhand geschaffener Festungswall! Dort! Aus dem nackten Fels gehauene Stufen, die sich auf einen Eingang zuwinden, der vielleicht immer noch vom feurigen Schwert bewacht wird. Und jenseits davon erhascht man einen Blick auf eine uralte grüne Landschaft: eine Aussicht, die die Männer entzücken und sie mit Verwunderung und Reue erfüllen würde.

Ein einziger Blick auf die leuchtende grüne Landschaft würde genügen. Dies und eine Probe des Felsens, auf dem sie lag. Das Gestein würde zweifellos völlig unbekannt, außerdem gegen die gewaltigste Hitze gefeit sein und selbst die skeptischsten Gemüter überzeugen. Im Weiterschreiten stellte ich mir vor, wie meine Gegner in jenem Krieg der Pamphlete einsam in ihren Studierstuben hockten, inmitten ihrer Bücher, und nichts von den bedeutungsvollen Ereignissen ahnten, die sich auf diesem fernen Teil der Erdkugel abspielten. Meine Empfindungen für sie waren nicht zornig, sondern freundlich, ungefähr so wie die eines wissenden Vaters für seine irregeleiteten Kinder. Ich war ganz sicher, daß sie glücklicher sein würden, sobald sie den Beweis für ihren Irrtum erhielten. Von nun an würden sie mit einer neuen, beruhigenden Gewißheit gesegnet sein und in der Heiligen Schrift einen mächtigen Baum erkennen, an den sie ihre armen, zweifelsgeplagten Glieder lehnen konnten. Es waren genau diese Männer, meine Feinde, die ich unbedingt erretten wollte, geradeso, als wären es meine liebsten Verwandten und Freunde.

Ein Blick würde genügen. Tatsächlich? Nachdem ich über so viele Monate und Meilen hinweg hierhergeführt worden war, übers stürmische Meer, durch erbarmungslose Wildnis, war ich mir auf einmal nicht mehr sicher. Für die Laien, die an der Expedition teilnahmen, war es eigentlich ungehörig, einen so heiligen Ort zu betreten, das wußte ich, und ich selbst wollte natürlich keinen Frevel begehen, und doch fragte ich mich, ob es für den ersten ordinierten Geistlichen, der je diesen heiligen Ort erreichte, nicht Pflichtvergessenheit bedeutet hätte, dem Ort fernzubleiben? Das war noch nicht alles. Bei mehreren Gelegenheiten auf meiner langen Reise hatten mich ebenso seltsame wie lebhafte Träume heimgesucht, die alle genau den gleichen Verlauf nahmen.

Ich wandelte an jenem Ort, voll Ehrfurcht angesichts der üppigen Pracht, die mich umgab. Eine Weile schwelgte ich in seligem Entzücken, doch plötzlich bot sich mir ein schrecklicher Anblick. Dort stand er, ein Baum, wie ich ihn noch nie gesehen hatte: nicht groß und doch von einer furchtbaren Aura umgeben. Sein Stamm war schwarz und knorrig, die Äste bogen sich unter dem glänzenden Reichtum häßlich gefärbter Früchte, und während ich ihn ansah, vernahm ich eine mächtige Stimme, deren Weisheit die ganze Luft erfüllte und meine Glieder mit Entschlossenheit beseelte. Wie durch Zauberkraft hielt ich plötzlich eine goldene Axt in der Hand. So geschah es, daß ich, der Pastor einer bescheidenen Gemeinde in Yorkshire, mit entschlossenem Lächeln auf jenes hassenswerte Gewächs zuschritt und einen gewaltigen Schlag vollführte, dann den nächsten, und bei jedem Schlag von ganzem Herzen flehte, daß doch jene erste und größte aller Sünden Vergebung finden möge. Mit lautem Krachen stürzte der Baum um, und seine tödlichen Früchte zerschmetterten am Boden. Das Wunderbarste von allem war jedoch, daß mir die Luft um mich herum, kaum war die Tat vollbracht, auf subtile Weise reiner, unschuldiger erschien, als ich es je erlebt hatte. Diese Träume mochten pure Phantasie sein, das war mir bewußt, und doch schienen sie mir durch ihre ständige Wiederkehr eine Bedeutung nahezulegen, die über bloße Träumereien hinausging.

Nach kurzer Zeit hatten wir den Wald durchquert, und der Pfad führte uns zum Beginn eines steilen Anstiegs, wo er sich auf dem felsigen Hang verlor. Trotzdem sprach er eine deutliche Sprache, und ich zögerte keinen Augenblick: »Wir müssen hinauf.«

Potter schien geneigt, sich querzustellen. »Sieht aber sehr steil aus.«

Seine Worte ermutigten nun auch die Maultiertreiber zum Protest, was vermutlich genau seine Absicht gewesen war. »Ich bin mir wirklich nicht sicher«, pflichtete ihm Skeggs mit aufsässiger Zufriedenheit bei. »Vor allem bei dieser Nässe. Wäre es nicht besser, wenn die Herren allein hinaufgingen und wir hier bei den Tieren blieben?«

Ich sah unseren Führer an. »Was meinen Sie, Mr. Cromwell?«

Er überlegte einen Moment. »Nein, ich denke, es ist besser, die Maultiere mitzunehmen. Nach und nach kommt die Dunkelheit, und hier können wir nicht bleiben.«

Also erwies sich der Mischling doch noch als nützlich.

»Genau«, stimmte ich zu und schritt vergnügt voran. Ich muß zugeben, daß der Aufstieg ein wenig schwierig war. Je höher wir kamen, desto steiler und schmaler wurde der Pfad, und überall lagen Felsbrocken verstreut, oft so nah beieinander, daß man zwischen ihnen hindurchklettern mußte und sich Knie und Arme aufschürfte. All das wurde noch dadurch erschwert, daß sich der Himmel ziemlich zugezogen hatte und der felsige Untergrund durch den immer stärkeren Regen ganz glitschig wurde. Trotz alledem kam mir Skeggs Besorgnis übertrieben vor. Und wenn die Maultiere nicht mehr weiterwollten? Sie sind für ihre Sturheit schließlich wohlbekannt, und das war nun wirklich kein Grund, in unserem Bemühen nachzulassen, aber trotzdem verlangte er mehrfach, wir müßten umkehren, und ich glaube, er wäre tatsächlich umgekehrt, wäre der Weg nicht so schrecklich schmal gewesen. Glücklicherweise hatten wir inzwischen fast den Gipfel erreicht.

Als erster unserer Gesellschaft kletterte ich über einen niedrigen Felsvorsprung und sah mich plötzlich von Himmel umgeben. Ich stand am Ende eines langen Grats, der fast wie ein Hausdach geneigt war. Die Neigung machte mich zwar etwas nervös, aber nicht über Gebühr, denn wenn man achtgab, konnte man den Grat ohne weiteres erklimmen. Was meine Aufmerksamkeit am meisten fesselte, war die Aussicht, die mir das Gefühl gab, auf einem Balkon zu stehen und auf eine vergessene Gegend zu blicken. Als ich den höchsten Rand erreicht hatte, blickte ich in ein tiefes Tal, jenseits dessen sich ein gewaltiges Bergmassiv erhob. Auf der gegenüberliegenden Seite jedoch erwartete mich ein noch schwindelerregenderer Ausblick: Soweit das Auge reichte, erstreckte sich vor mir, immer wieder von dunklen Wolken verschleiert und enthüllt, ein zerklüftetes Meer aus Felswänden und Gipfeln, jäh abstürzendem Fels und verzweifelt sich anklammerndem Grün, bis hin zum Horizont. Direkt unter mir schien der Berghang zu einem Riff geformt, und eine Reihe von Bäumen reichten bis zu mir herauf. Ihre Wipfel befanden sich nur wenige Meter unter mir.

Zutiefst aufgewühlt erkannte ich, daß das die Wildnis sein mußte, die das Herz der Insel ausmachte. Irgendwo dort mußte also die Antwort auf all meine Fragen liegen. Ich machte mich an die Arbeit, ohne auf das Gejammere der anderen zu achten, die sich oben mit den Tieren versammelten, und ließ meinen Blick prüfend über das vor mir liegende Gebiet schweifen, möglichst rasch, bevor der Himmel noch dunkler wurde. Dort war der Fluß, an dem wir erst heute morgen entlanggezogen waren, obwohl dies schon eine Ewigkeit her schien. Ich wartete, bebend vor Ungeduld, daß sich ein Wolkenwirbel auflöste und den langen, schmalen See enthüllte. Jetzt würde ich es gewiß sehen.

»Wir hätten nie herkommen sollen«, quengelte Potter. Er kauerte neben mir und umklammerte den Fels mit beiden Händen. Mit saurer Miene quittierte er die Aussicht. »Für mich sieht das alles ziemlich gleich aus.«

Diese Unverschämtheit! Diese widerliche, satte Arroganz! Als hätte er das, wonach wir suchten, überhaupt zu erkennen vermocht! Ohne alle geologischen Kenntnisse! Von so einem Mann würde ich mich nicht hetzen lassen. Wenn ich neben dem See nichts Ungewöhnliches zu entdecken vermochte, was – verwirrenderweise – tatsächlich der Fall zu sein schien, dann mußte es einfach an einer anderen Stelle liegen. Was war denn mit dem anderen Teil des Sees, der noch in Wolken lag?

»Oh«, murmelte unser Führer, der sich auf meiner anderen Seite niedergelassen hatte. Er schien erregt und schüttelte den Kopf, während er über die Landschaft blickte.

»Haben Sie etwas gesehen?« ermutigte ich ihn.

»Der Berg dort.« Er zeigte auf einen, der weit entfernt lag, ohne sich aber von seinen zahlreichen Nachbarn zu unterscheiden. Er betrachtete ihn ganz seltsam, eben wie ein Wilder, der in einen Traum versunken ist. »Dort habe ich früher gelebt.«

»Was Sie nicht sagen«, erwiderte ich ziemlich kühl. Ich hatte auf eine nützlichere Auskunft gehofft, nicht bloß auf eine Erinnerung. Ich konnte es einfach nicht begreifen. Trotz der phantastischen Aussicht entdeckte ich nichts, was in geologischer Hinsicht ungewöhnlich gewesen wäre, weder am Ufer des Sees noch anderswo. Alles schien aus ähnlichen Felsen zu bestehen. Es ergab keinen Sinn. War ich denn nicht aus dem fernen England hierhergeführt worden? Hatten wir nicht freundliche Zeichen erhalten, die uns den Weg wiesen?

»Sie scheinen enttäuscht, Reverend.«

Diese Bemerkung hätte mich angesichts von Potters Charakter eigentlich nicht überraschen sollen, dennoch verblüffte mich der Tonfall, in dem eine ebenso leise wie unüberhörbare *Befriedigung* mitschwang. Obwohl es unglaublich schien, drängte sich mir der Schluß auf, daß Potter mein momentanes Unbehagen mehr bedeutete als der Erfolg der ganzen Expedition, der er doch selbst angehörte. Ich begegnete boshaftem Verhalten nicht zum erstenmal, und doch erschütterte mich diese gehässige Äußerung zutiefst.

»Ich bin nicht enttäuscht«, erwiderte ich.

»Dann haben Sie also etwas entdeckt?«

Wie seltsam sind doch die Wege des Schicksals. In diesem äußerst schwierigen Augenblick wurde mir aus ebenjener Quelle Hilfe zuteil, aus der ich sie zuletzt erwartet hätte: vom Doktor selbst. Not kann ein mächtiges Stimulans für den menschlichen Willen sein, und so war es auch an jenem Nachmittag auf dem Gipfel dieses namenlosen Berges. Ich wollte einfach nicht zulassen, daß man mich auf diese Weise verhöhnte. Plötzlich wußte ich, ich *wußte* es einfach, daß ich auf die Knie fallen mußte. Mit ruhiger Stimme, und doch voll leidenschaftlicher Inbrunst, rief ich über den vor mir liegenden Abgrund hinweg: »Oh, Herr, erhöre mein Gebet! Wende dich nicht von uns ab, ich flehe dich an, nachdem du uns soweit geführt hast!«

Alles war still, bis auf einen leichten Windstoß, der an unseren Kleidern zupfte. Potter hustete.

Ich gab nicht auf. »Bitte, Herr. Mein einziger Wunsch ist es, deinen Willen zu erfüllen. Zeige uns den Weg.«

Es vergingen Sekunden in schrecklicher Stille. Potter pfiff leise eine Melodie, um seine Ungeduld zu demonstrieren. Immer noch wartete ich mit klopfendem Herzen.

Und ich sollte nicht vergeblich warten.

Was als nächstes geschah, kann ich nur als wahres Wunder beschreiben: eine Offenbarung, so eindeutig und wundersam, als entstammte sie der Heiligen Schrift. Unversehens leuchtete der Himmel auf, ein gleißender Lichtstrahl zuckte über ihn hinweg und traf wie ein mächtiger Zeigefinger auf eine verborgene Stelle jenseits des fernen Rands des Bergkamms, auf dem wir standen. Wohl hatte ich an jenem Tag schon andere Zeichen erblickt, aber keines, das sich mit diesem vergleichen ließ!

»Dort!« schrie ich in höchstem Entzücken, während grollend der Donner über uns hereinbrach. »Dort liegt der Garten Eden. Dort müssen wir hin!«

Doch selbst jetzt ließ Potter nicht von seiner Gehässigkeit. »Meine Güte, Herr Pfarrer. Was erwarten Sie denn an so einem Tag?«

Ich verbarg meine Gedanken vor seinen Worten, wie der Hirte das neugeborene Lamm vor dem kreisenden Raubvogel schützt. Freudige Erregung erfüllte mich, und diese Empfindung wollte ich mir nicht verderben lassen. Darum antwortete ich nicht, sondern neigte nur mein Haupt, um ein inniges Dankgebet zu murmeln.

»Ich habe kurz vorher schon einen gesehen«, quengelte er weiter. »Der war sogar noch heller.«

»Wir werden sofort weiterziehen«, erklärte ich schlicht, drehte mich um und stieg den Weg zu den vordersten Maultieren hinab.

Potter kletterte mir hinterher. »Das ist doch Wahnsinn. Der Weg ist zu schwierig. Ich kann es einfach nicht zulassen, daß Sie uns alle in solche Gefahr bringen!«

Dies war eine ungeheuere Provokation, aber ich blieb immer noch ruhig. »Reden Sie keinen Unsinn«, beschied ich ihn leise.

Ich sah, wie sich sein Gesicht merkwürdig verzerrte, als habe er Schmerzen. Die folgenden Worte äußerte er so laut und deutlich, daß kein Irrtum möglich war: »Begreifen Sie denn nicht, Sie Dummkopf? Hier gibt es keinen Garten Eden. Es hat nie einen gegeben. Lassen Sie uns um Himmels willen wieder hinuntersteigen, bevor Sie uns noch alle umbringen.«

Schlagartig gewann ich eine andere Sicht der Dinge. In dem Mann steckten mehr Niedertracht und Hinterlist, als ich es je für möglich gehalten hatte. Er hatte nie an dieses große Unternehmen geglaubt! Ja, es konnte eigentlich nur einen einzigen Grund geben, warum er überhaupt mitgekommen war: *um zu verhindern, daß der Garten Eden gefunden wurde.* Es fiel mir wie Schuppen von den Augen. Meine Feinde, die gottlosen Geologen, hatten ihn gesandt. Es paßte alles zusammen. Hatte er sich uns nicht aufgedrängt und von dem guten, armen Jonah Childs verlangt, ihn als Arzt an der Expedition teilnehmen zu lassen? Hatte er uns nicht mit allen erdenklichen Mitteln Schwierigkeiten bereitet? Hatte er nicht versucht, mich von meinem Platz zu verdrängen? Endlich begriff ich, warum. Es gab keinen einfacheren Weg, diese Expedition zum Scheitern zu bringen, als ihr Leiter zu werden.

»Judas«, antwortete ich ihm. »Entlarvter Judas. Aber du sollst nicht triumphieren. Wir werden es schaffen, trotz deines Verrats.« Ich gab mich nicht mit Worten zufrieden, sondern packte das vorderste Maultier am Strick, um meinen furchtlosen Worten furchtlose Taten folgen zu lassen.

Nun hätte man denken können, daß der Doktor ob seiner Entlarvung beschämt gewesen wäre, aber bei den Handlangern des Teufels sucht man ein Gewissen vergebens. »Nein, das werden Sie nicht!« schrie er wütend und wollte den Strick packen, um das Tier mit brutaler Gewalt herumzureißen.

Seine Handlungsweise ließ mir keine Wahl. Ruhig und würdevoll versuchte ich ihm den Strick zu entwinden. Potter jedoch blieb sich treu und verdoppelte seine Anstrengungen.

»Hören Sie auf!« rief Skeggs laut, doch in diesem Moment bäumte sich das von Potters rücksichtslosem Gezerre erschreckte Tier auf und schlug so wild aus, daß wir beide zurückwichen. Was nun folgte, geschah so schnell und war so ungewöhnlich, daß es nicht wirklich zu sein schien, sondern mir eher wie ein langsam ablaufender Alptraum vorkam. Ich hätte ja versucht, die Zügel des Tiers zu packen und es zu beruhigen, aber dazu blieb keine Zeit mehr. Plötzlich verlor es den Halt, keilte panisch aus und stürzte zu Boden. Daraus entstand ein weiterer Tumult. Die Verzweiflung des Tieres steckte seine Gefährten an, von denen sich einige ängstlich aufbäumten. Ein paar warfen ihre Lasten ab, andere rutschten aus, während die, die ruhig stehenblieben, durch ihre stürzenden Nachbarn das Gleichgewicht verloren.

Skeggs erkannte die Gefahr. »Bindet sie los!« schrie er.

Doch leider war es unmöglich, sich den tobenden Tieren zu nähern. Ich bin nicht einmal sicher, ob jemand den Versuch dazu machte. Wir konnten uns nur noch in Sicherheit bringen. Mehrere Tiere stolperten jetzt den Hang hinunter, schlugen wild mit den Hufen aus und rissen die anderen mit sich. Mit einer Art schrecklicher Neugierde beobachtete ich, wie eine Woge zappelnder Tiere langsam den nassen Felsen hinunterrutschte. Ein Maultier in der Mitte der Reihe erreichte den Rand des Abgrunds als erstes und verschwand. Das Seil, das es mit seinem

Nachbarn verband, spannte sich kurz, und dann rutschten auch sie hinab, rasch von zwei weiteren gefolgt, bis sie schließlich zügig verschwanden, fast so, als würden zwei Schnüre durch ein Schlüsselloch gezogen.

Dann war alles ganz still.

Die Katastrophe war so unerwartet gekommen und war so verheerend, daß man es kaum fassen konnte. Ich sah mich um und bemerkte verblüfft, wie klein die Gruppe war, die jetzt noch auf diesem kahlen Berg stand. Wortlos setzten wir uns langsam in Bewegung und suchten vorsichtig einen Weg über den tückischen Felsen. Am Rand kauerte ich mich hin und spähte hinab, doch ich sah nur die naß glänzenden Baumwipfel. Den einzigen Hinweis auf das Geschehene gaben ein paar abgeknickte Äste und schwaches Eselsgeschrei – vom Tosen des Windes und des Regens gedämpft –, das mit fürchterlich mechanischer Regelmäßigkeit ertönte. Die Felswand unter uns fiel senkrecht ab, und ich konnte keinen Weg hinunter entdecken, nicht einmal von dem Hang aus, den wir hinaufgestiegen waren.

Freilich hätte man erwarten können, daß eine solche Katastrophe Reue bewirkte, aber nein. Unvermittelt rief jemand: »Er ist schuld!«, und Potters Diener Hooper zeigte wütend auf unseren Führer, den Mischling. »Er hat uns hier heraufgeführt!« Einige der Maultiertreiber zischten zustimmend, und schon sah ich entsetzt, daß Hooper sein Gewehr von der Schulter nahm.

»Halt!« rief ich.

Ich hätte ihn gewiß ohne Rücksicht auf meine eigene Person am Schießen gehindert, doch leider stand ich zu weit weg. Allein Renshaw stand nah genug, und bevor Hooper richtig zielen konnte, schlug der kleine Botaniker den Gewehrlauf nach oben, so daß der Schuß, ohne Schaden anzurichten, in die Luft ging. Aber damit war die Sache noch nicht ausgestanden. Die beiden begannen sich sofort um die Waffe zu balgen, und als ich hinzueilte, hörte ich ein seltsames, häßliches Geräusch, als schlage jemand mit einem Holzklotz auf einen hohlen Stein. Renshaw kippte nach hinten. Hooper versuchte ihn noch festzuhalten, wobei er fast selbst das Gleichgewicht verlor, aber vergebens. Beinahe erstaunt sah ich zu, wie sich der arme Renshaw nach hinten über den Abgrund lehnte und, entsetzlich langsam, wie es schien, hinabfiel und zwischen den Bäumen unter uns verschwand.

Zum zweitenmal trat Stille ein.

Hooper war völlig außer sich. »Das habe ich nicht gewollt. Ich wollte ihn doch nur festhalten!«

Als könne man sich angesichts eines so grauenvollen Vorfalls noch rechtfertigen. Es war verräterisch, daß ausgerechnet Potters Diener diese Tat begangen hatte!

Einer der Maultiertreiber, ein Mann namens Hodges, spähte über den Felsrand hinab und rief: »Mr. Renshaw?« Im Nu waren wir alle bei ihm und brüllten aus Leibeskräften durch den Regen, als könnten wir mit unserem Rufen eine Antwort erzwingen. Schließlich verstummten wir alle. Kein Laut war zu hören, bis auf das leise und doch so entsetzliche Eselsgeschrei. Obwohl niemand ein Wort sagte, hatten vermutlich alle den gleichen düsteren Gedanken.

»Glauben Sie, er könnte...?« begann ich.

Skeggs schüttelte den Kopf. »Nicht aus dieser Höhe.«

Da fiel mir Cromwell wieder ein. Als ich mich umdrehte, sah ich, daß er schon ein ganzes Stück entfernt war und zu dem Hang hinunterkletterte, den wir heraufgekommen waren. »Kommen Sie zurück!« rief ich, aber er wandte nicht einmal den Kopf. Verdenken konnte man es ihm nicht, doch schlug er einen aussichtslosen, unbesonnenen Weg ein. In dieser Wildnis würde er nicht lange überleben. Armer Narr! Ich hätte ihn doch beschützt.

Damit war die Katastrophe schließlich komplett.

»Das ist alles Ihre Schuld, Sie Idiot!«

Diese Bemerkung stammte, wie ich vielleicht erklären sollte, von Potter, und galt, so unglaublich dies auch scheinen mag, allen Ernstes meiner Person. *Er*, der Verräter und Atheist, der die alleinige Verantwortung für dieses Desaster trug, beschuldigte *mich*. Das war nun wirklich die Höhe. »*Sie* wollten uns vernichten«, sagte ich schlicht, »und das ist Ihnen gelungen.«

»Es ist doch *Ihre* Schuld, daß wir auf diesen schrecklichen Berg gestiegen sind.«

Ich wußte, was ich zu tun hatte. Ich erhob mich und richtete mich zu voller Größe auf, ein in gerechter Empörung entflammter Geistlicher. »Kraft der Befugnis, die mir von Jonah Childs und von unserem Herrgott selbst verliehen wurde, schließe ich Sie von dieser Expedition aus. Hinweg mit Ihnen, samt Ihrem mörderischen Diener. Ich verstoße Sie!«

Der Mann besaß keinerlei Schamgefühl. Er setzte sich doch allen Ernstes auf den Felsen und bedachte mich mit einem mürrischen Blick. Ich ignorierte ihn, wandte mich statt dessen würdevoll an die fünf Maultiertreiber und verkündete mit der volltönenden Rednerstimme christlicher Prediger längst vergangener Epochen: »Ich beschwöre Sie, geben Sie sich nicht der Verzweiflung hin. Das Geschehene, so schrecklich es auch scheinen mag, stellt nur eine Art Prüfung dar. Eine Prüfung, die die Niedertracht dieser beiden Männer offenbart hat, die wir jedoch im Triumph bestehen werden. Laßt uns gemeinsam ans Ende dieses Bergkamms wandern, um zu entdecken, wo unser heiliges Ziel liegt, und dann...«

Es war Skeggs, der darauf antwortete: »Ich folge Ihnen keinen Schritt mehr, Reverend.«

»Ich auch nicht«, stimmte ihm ein anderer zu.

Ich gestehe, daß mich das überaus schockierte. Ich musterte die übrigen drei, und alle schüttelten sie den Kopf und stießen die abscheulichsten Worte aus, um an ihrem Verrat auch nicht den geringsten Zweifel zu lassen. Es war wirklich ein dunkler Moment. Ich konnte mir nur denken, daß jeder einzelne von ihnen in den Bann meines Feindes geraten war. Potter mußte auf unserer Reise heimlich mit ihnen gesprochen, sie mit abscheulichen Worten bestrickt und Gift in ihre Seelen geträufelt haben.

Doch ich wankte nicht. Ich hielt den Kopf hoch. »Nun gut«, erklärte ich ruhig. »Dann gehe ich eben allein.«

»Nur zu, Reverend«, höhnte Potter.

Trotz all seiner bisherigen Untaten hatte er sein Gift immer noch nicht verspritzt. Als ich mir aus den Satteltaschen, die die

Tiere abgeworfen hatten, ein paar Vorräte zusammenklauben wollte, um mich während meiner einsamen Suche zu ernähren, zankte Potter sofort in gehässigster Manier herum und zählte alles ganz genau nach, als hätte ich die anderen betrügen wollen! Das meiste war sowieso ziemlich überflüssig geworden, wie etwa Tischtücher, Klappstühle und Silberbesteck. Die Flaschen mit dem edlen Cognac waren bis auf eine sämtlich zerschmettert, der Inhalt einer beschädigten Schachtel feinster kubanischer Zigarren verwandelte sich im Regen rasch zu Brei, und es gab kein einziges intaktes Zelt mehr. Die Nahrungsmittel – Zucker, Tee und Eintopfdosen, Fleischkonserven und luftdicht verschlossener Lachs – hätten uns unter normalen Umständen etliche Tage gereicht. Wie ein Pfennigfuchser zählte Potter meinen Anteil ab, wobei er völlig außer acht ließ, daß mir als einzigem, der nach wie vor entschlossen war, den Garten Eden zu finden, eigentlich mehr zugestanden hätte. Außerdem weigerte er sich, mir eines der Gewehre zu überlassen, mit der Begründung, als Mann der Kirche hätte ich doch sicher keine Verwendung dafür. Wäre nicht sein gehässiges Benehmen gewesen, ich hätte nicht im Traum daran gedacht, die zusätzliche Schachtel Zündhölzer einzustecken, als er sich kurz wegdrehte, ganz zu schweigen von der zweiten Tüte Zucker, die ich mir heimlich unter den Mantel schob.

So kam es, daß ich, eine Satteltasche unbequem über die Schulter gebunden, allen den Rücken kehrte und weiter dem Bergkamm folgte. Als ich mich kurze Zeit später umsah, hatten sie sich bereits auf den Weg zurück gemacht, und von der Expedition waren nur noch etliche leere Vorratskisten übrig. In ihrer Mitte stand ein einzelner Stuhl, der während der Suche nach Eßbarem aufgeklappt worden war. Er bot einen traurigen, sonderbaren Anblick, wie er da so auf die wilde Landschaft hinblickte, als warte er darauf, daß es sich jemand in ihm gemütlich machte. Trotz meiner Erleichterung, die gottlose Gesellschaft endlich loszusein, muß ich gestehen, daß es ein seltsames Gefühl war, ganz allein durch die Wildnis zu ziehen. Um mich ein wenig aufzuheitern, wollte ich einen Choral anstimmen, aber die Melodie verlor sich in dem starken Wind.

Als ich mich dem Ende des Bergkamms näherte, hob sich langsam und sanft die bis dahin verborgene Landschaft in mein Blickfeld. Der Regen hatte endlich aufgehört und die Wolken hingen nicht mehr ganz so tief, und so konnte ich – am äußersten Punkt, unter dem der Fels wie ein Wasserfall in die Tiefe stürzte – viele Meilen weit blicken, sah jedoch wieder nichts als Gipfel in Hülle und Fülle. Es mag unglaublich klingen, doch jeder Fels und jeder Berg war genauso zerklüftet wie alle anderen bisher. Ich erkannte nichts, was einem Zeichen geglichen, nichts, was mir den Weg gewiesen hätte. Doch selbst jetzt verzweifelte ich nicht. Ich betete und rief so laut ich konnte: »Oh, Herr, ich flehe dich an, weise mir den Weg!«

Ich wartete. Ich betete. Ich wartete abermals. Lange Sekunden verstrichen, aber kein Blitz, kein Sonnenstrahl leuchtete auf, um mich zu leiten. Die Berge starrten finster zu mir herauf, wie ein unergründliches Labyrinth.

Normalerweise beschleichen mich keine Zweifel, doch nun krochen sie in mir hoch wie Gift, das einem ins Blut gespritzt wird und plötzlich die kostbarste Gewißheit schwächt. Hatte ich mich von Anfang an geirrt? Waren all die langen Jahre des Studierens und Reisens, des Schreibens und Überzeugens nur Zeitverschwendung gewesen? Pure Illusion? Da ich fühlte, was auf mich zukam, versuchte ich meine Gedanken zu zerstreuen, sie in blankes Nichts zu verwandeln, um meinen Glauben zu schützen, doch mein Geist ließ sich nicht beruhigen, und schon spürte ich, daß mein Glaube wankte und nicht mehr der Fels war, dessen ich so dringend bedurfte. Mit einemmal suchte mich die schreckliche Vision einer Welt ohne göttliche Führung heim: ein leeres, ödes Land, in dem alles vom Wahnsinn des Zufalls regiert wurde. Wie konnte man einen Ort ertragen, aus dem jeder Sinn gewichen war? Ich selbst wäre nichts als eine Art Selbst-Erfindung, ein Stäubchen im Wind, das sich Wilson nannte. Ich fühlte meinen Geist wanken, als wolle er gleich in den vor mir liegenden Abgrund stürzen.

Ich verließ diesen grauenhaften Ort, ohne klares Ziel oder bewußten Vorsatz, sondern nur, weil mich die Elemente dazu zwangen. Zitternd und durchnäßt konnte ich einfach nicht länger auf dem stürmischen Bergkamm verweilen. Die Abenddämmerung nahte. Ich begann den Abstieg über die linke Seite des Bergs, die mir weniger schwierig erschien, obwohl ich selbst jetzt noch grausam genarrt wurde. Mehrere Male wurde mein Abstieg durch irgendeine Schlucht vereitelt, die mich zwang, umzukehren und es erneut zu versuchen, und als ich endlich wieder auf flachem Boden stand, war ich mit Kratzern und Schrammen übersät. Erschöpft und elend suchte ich eine Stelle, an der ich übernachten konnte, bevor die Dunkelheit vollends hereinbrach.

Der Boden unter meinen Füßen war so sumpfig, daß ich wieder in den Schatten des Bergs zurücklaufen mußte, bis ich eine Stelle mit festerem Untergrund fand. Ich wollte ein Feuer anzünden, schichtete ein wenig Holz auf und vergeudete einige der kostbaren Streichhölzer, aber es hatte keinen Zweck, da alles so naß war. Mir blieb nichts übrig, als mir ein Bett aus Blättern zu bauen, wie ich es beim Führer Cromwell gesehen hatte, doch war dies weder warm noch bequem. Im Liegen verzehrte ich eine Dose Eintopf, die, wenn schon nicht Seele und Geist, so doch wenigstens den Leib stärkte.

Ich sehnte mich nur noch nach Schlaf. Schrecklicherweise muß ich sagen, daß es mir beinahe gleichgültig war, ob ich je wieder aufwachen würde, so finstere Verzweiflung umfing mich. Doch der Schlaf floh mich. Ich fror, und im Dunkeln klang alles viel lauter, als es mir im Schutz des Zeltes vorgekommen war. Erst störte mich ein summendes Insekt am Ohr, dann besprühte mich ein Windstoß mit Wassertropfen von unsichtbaren Blättern, aber das Schlimmste war das leise, geheimnisvolle Rascheln im Unterholz. Obwohl ich mir sagte, daß es sicher nur ein Vogel oder eine Maus war, konnte ich mich kaum des Gedankens erwehren, daß in eben diesem Moment eine giftige Spinne oder Schlange auf mich zukroch, oder gar einer der einheimischen Wölfe, die wie Tiger Streifen auf dem Rücken hatten und bekanntlich Menschen anfielen. Außerdem schossen mir die ganze Zeit düstere Gedanken durch den Kopf. Hatte ich mir etwas zuschulden kommen lassen? Hatte ich unabsichtlich eine große Sünde begangen? Ich kam beim besten Willen nicht darauf. Solange ich denken konnte, war ich doch nur bestrebt gewesen, ein tugendhaftes Leben zu führen und meinem Herrn zu dienen. Weshalb wurde mir solcher Lohn zuteil?

Ich lag immer noch wach, als mir plötzlich der schwache Duft von Holzrauch in die Nase stieg, als würde irgendwo ein Lagerfeuer brennen. Dieser rätselhafte Duft war höchst willkommen, und wenn er mich nur von meinen traurigen Gedanken ablenkte. Ich hob meine Satteltasche auf und machte mich auf den Weg. Nach kurzer Zeit vernahm ich leise Stimmen. Einen Moment lang durchzuckte mich die wilde Hoffnung, es könne sich um freundlich gesinnte Fremde handeln, Teilnehmer einer anderen Expedition, und ich würde durch SEIN wunderbares Eingreifen doch noch gerettet. Aber als ich duch die Bäume trat, sah ich eine kleine Gruppe um ein lustig flackerndes Lagerfeuer versammelt. Es waren Potter, Hooper und die Maultiertreiber, die die letzte Flasche Cognac kreisen ließen. Wie konnten sie es wagen, ein Feuer anzuzünden? Was hatten sie überhaupt auf dieser Seite des Berges zu suchen? Hatten sie sich verirrt? Oder waren sie absichtlich hierhergekommen, um sich erneut über mich lustig zu machen?

Ich spürte, daß meine Lebensgeister, die so darnieder gelegen hatten, neu erwachten, und sei es nur kraft meiner rechtschaffenen Empörung. Hier saß die Ursache all meiner Unbill, trank Alkohol und wärmte sich die Füße am Feuer: Dr. Thomas Potter. Wenn er nicht gewesen wäre, hätte ich den Garten Eden längst gefunden. Plötzlich begriff ich. *Deshalb* hatte uns der Herr mit Unglück geschlagen. Was konnte man denn anderes erwarten von einer Expedition, die sich christlich nannte und nach den heiligsten Orten suchte und dabei die ganze Zeit einen Magneten der Verruchtheit in ihrer Mitte beherbergte? Ja, ER hatte versucht, mir SEINE Warnung zukommen zu lassen. Wie konnte ich mich auf die Suche nach dem Paradies machen, während sich neben mir ein Handlanger des Teufels schlangengleich dahinwand? Das wäre eine Ungeheuerlichkeit gewesen.

Ich erkannte meine Aufgabe. Ich würde gegen ihn kämpfen. Der Garten Eden würde doch gefunden werden, daran zweifelte ich nicht, aber im Augenblick mußte dies warten. Mir war der

Teufel erschienen, und ich würde mich nicht vor meiner Pflicht drücken. Ich würde das Banner der Gottesfurcht aufpflanzen, mich in die Schlacht stürzen und ihn in den Staub zwingen.

Dr. Thomas Potter *1858*

19. Januar (Forts.)

Hatte angenommen, daß wir Wilson endlich los seien, aber nein. Wärmte mich eben mit Cognac auf, als sein gräßliches Geschnatter durch die Dunkelheit drang. Predigte den Maultiertreibern »Sagt euch los von diesem Handlanger des Bösen (ich) bevor es = zu spät. Kommt zu mir + kehrt in die Arme Gottes zurück«, etc. etc. Hooper warf großen Stein. Plötzlich schoß Wilson herbei, stahl die zwei größten Feuerbrände + floh. Dachte kurz an Verfolgung und Bestrafung, war aber eigentlich zu erschöpft. Feuer sehr reduziert, erlosch nachts.

Timothy Renshaw *Januar 1858*

Kraftanstrengungen hatte ich bis dahin eigentlich eher vermieden, und es kam ziemlich häufig vor, daß ich den Tag verfluchte, an dem ich mich zu unserem kleinen Ausflug in den tasmanischen Busch hatte drängen lassen. Eines Morgens jedoch stellte ich zu meiner eigenen Überraschung fest, daß ich mich irgendwie an das mühsame Marschieren gewöhnt hatte. Meine Beine schienen nur so über Schlamm und Fels zu tanzen, und ich verspürte ein ganz eigenartiges Wohlbehagen. Es war etwas seltsam Befriedigendes an dieser schlichten Existenz, die einem nichts anderes abverlangte, als Stunde um Stunde wachsam zu sein, damit man nicht stolperte oder auf eine unsichtbare Schlange trat, was gegen Abend dann mit einem herrlichen Gefühl der Zufriedenheit belohnt wurde: endlich die Glieder ausstrecken zu dürfen und so viele Meilen zurückgelegt zu haben.

Als weitere erfreuliche Überraschung entpuppte sich das Land selbst. Es war auf eine wilde Art äußerst schön mit seinen felsigen Bergen, reißenden Flüssen und bleichen Wäldern. In der Abenddämmerung sah ich die seltsamen Tiere, die hier lebten, die Känguruhs und Wallabies, die mit unglaublicher Grazie durch die Gegend hüpften. Selbst die Vogelschreie, die ich erst als zu schrill empfunden hatte, wurden mir angenehm. Manchmal erwachte ich morgens mit dem seltsamen, unerklärlichen Gefühl, zu Hause zu sein. Erst jetzt wurde mir klar, wie sehr mir in England solche Empfindungen und Eindrücke gefehlt hatten.

Dann nahm uns Wilson mit auf seinen Berg.

Meine letzte Erinnerung ist die, daß ich kämpfte und dann plötzlich die ganze Welt nach oben verschwand und ich mich nirgends mehr festhalten konnte und daß mein Körper von Blättern und Ästen gepeitscht wurde. Als nächstes erinnere ich mich, daß ich zum Himmel starrte und völlig durchnäßt auf einem sehr merkwürdigen Bett lag, das teils aus Laub und teils aus toten Maultieren bestand. Es lebten nur noch zwei bis drei und ihren matten Schreien nach wohl auch nicht mehr lange.

Ich versuchte mich ein paarmal vorsichtig zu bewegen und entdeckte jedesmal eine neue, unerwartete Verletzung. Als ich mich schließlich aufzusetzen wagte, schmerzten besonders ein Bein, ein Handgelenk, beide Schultern, sämtliche Rippen, sowie Hals, Rücken und Hintern, nicht zu vergessen die Stirn, gegen die mir dieser mordgierige Idiot freundlicherweise eins mit dem Gewehrkolben versetzt hatte. Eigentlich wußte ich gar nicht, wem ich am meisten Dank schuldete: Wilson, weil er uns einen so unglaublich riskanten Pfad hinaufgeführt hatte, Cromwell, dem Führer, weil er ihn nicht davon abgebracht, Potter, weil er mit seinem Gezerre das Maultier erschreckt hatte, die Maultiertreiber, weil sie zugelassen hatten, daß ihre Tiere in den Tod stürzten, oder schließlich Hooper, der sich unbedingt als Mörder aufspielen wollte und mich mit seinem Kolbenhieb an diesen wunderschönen Ort befördert hatte.

Ich wußte, daß ich von Glück sagen durfte, überhaupt noch am Leben zu sein. Ich konnte bloß vermuten, daß mein Sturz durch die Bäume gebremst und dann von den Tieren aufgefangen worden war. Ich stand auf und stellte fest, daß ich noch gehen konnte, wenn es auch kein Vergnügen war. Ich blickte zu der schwarzen Linie am Ende der Felswand hinauf, sah aber keine Spur von den anderen, und obwohl ich mehrmals rief, kam keine Antwort. Anscheinend hatten sich meine Forschergefährten aus dem Staub gemacht.

Da es wenig Sinn hatte, sich der Enttäuschung darüber hinzugeben, machte ich mich daran, mein Überleben zu sichern. Als erstes brauchte ich einen Unterschlupf, bevor es dunkel wurde. Zum Glück fand sich gleich in der ersten Satteltasche ein Zelt, und ich baute es auf, wobei ich die rasenden Schmerzen von den zahllosen Verletzungen, so gut es ging, ignorierte. Ich baute das Zelt zwar nicht perfekt, aber doch ganz leidlich auf. Das Essen stellte kein Problem dar, weil überall auf dem Boden Töpfe, Dosen und Tüten herumlagen. Streichhölzer und Papier hatte ich bald gefunden, und obwohl mir das Holzsammeln Schmerzen bereitete, schaffte ich es, ein Feuer zu entzünden, bevor es dunkel wurde, und so saß ich beinahe behaglich vor meinem Zelt, aß Lachs und Entenbrust mit Reis und leerte eine Flasche Champagner, die den Sturz überstanden hatte. Ich trank darauf, daß ich noch am Leben war.

Ich versuchte das Feuer die ganze Nacht brennen zu lassen, in der Hoffnung, der Rauchgeruch würde die anderen zu mir führen. Tatsächlich schreckte mich am nächsten Morgen das Geräusch von Schritten auf, die sich durch die Bäume näherten. Ich dachte, es sei die ganze Reisegesellschaft, erblickte zu meiner Überraschung aber nur *einen* Mann. Es war Cromwell.

»Gott sei Dank!« rief ich aus. »Wo sind denn die anderen?«

Er antwortete nicht, sondern setzte sich vor mich hin und sah mich mit einem seltsamen, fast komischen Blick an: »Sie müssen mir dieses eine sagen. Warum haben Sie so mit Hooper gekämpft?«

Was für eine merkwürdige Frage. »Ich konnte doch nicht zulassen, daß er Sie erschießt.«

Er runzelte die Stirn, fast so, als habe er Schmerzen. Zumindest war er zutiefst verwirrt. Er streckte die Hand aus, berührte ganz kurz meinen Arm mit dem Finger und murmelte: »Renshaw.« Dann war der Blick verschwunden, genauso plötzlich, wie er gekommen war. Er sah auf meine zerschrammten Beine und Arme. »Sie können gehen?«

»Kaum.«

»Später?«

»Wahrscheinlich. Aber Sie haben mir noch nicht gesagt, was mit den anderen ist. Kommen sie noch?«

Er sah mich an, als hätte ich eine sehr törichte Frage gestellt. »Vergessen Sie sie. Die taugen nichts.«

»Was soll das heißen? Wo sind sie?«

»Weggegangen.«

»Aber sie kommen doch sicher zurück, um mich zu suchen?«

»Sie werden nicht kommen. Vergessen Sie sie.« Irgend etwas in seinem Blick hielt mich von weiteren Fragen ab. Er richtete sich auf und begann die Seile zu lösen, die das Zelt spannten. »Das ist zu nah bei den Maultieren. Riechen bald schlecht.«

Jede seiner Bemerkungen erschien mir rätselhaft. »Sie bleiben nicht hier?«

Er schüttelte den Kopf. »Dinge zu tun.«

Er machte sich an die Arbeit, ohne sich im mindesten von mir helfen zu lassen. Er stellte das Zelt in einiger Entfernung wieder auf, an einem winzigen Fluß, und begann hin- und herzulaufen, bis er einen großen Haufen Töpfe und Dosen beisammen hatte, sowie einen riesigen Stoß Feuerholz. Als nächstes setzte er sich ans Feuer und fertigte einige seiner leichten Speere, die beängstigend scharf aussahen. Mit dreien davon verschwand er zwischen den Bäumen und kehrte ein Weilchen später mit einem frisch erlegten Wallaby zurück, das er rasch häutete, ausweidete und dann über dem Feuer briet, wobei er den leeren Bauch des Tiers mit heißer Asche füllte. Zu meiner Überraschung schmeckte es sehr gut, um so mehr, als es seit Tagen meine erste frische Nahrung war. Als wir gegessen hatten, zeigte er auf die verbliebenen Speere.

»Die behalten Sie, falls Kanunnah, ein Wolf, kommt. Es wird die Maultiere riechen.« Er glättete den Boden vor dem Zelt und begann mit einem Stock etwas in den Boden zu kratzen, das ich als eine Art grobgezeichnete Landkarte erkannte. »Wenn Sie sich wieder besser fühlen, müssen Sie dort hinuntergehen. Der Pfad ist unten, und Sie müssen so mit ihm gehen, weg von der Sonne. Vor allem aufpassen, daß Sie immer auf der Seite des Bergs gehen, die aussieht wie ein Schädel. Gehen Sie keinen anderen Weg, auch wenn er leichter aussieht. So kommen Sie zu den anderen Weißen.« Er stand auf. »Jetzt muß ich gehen.«

»Werden Sie zurückkommen?«

Er schüttelte den Kopf. »Dinge zu tun. Sie warten, bis es besser geht, dann gehen Sie zu Ihren Leuten zurück.« Ohne weitere Umstände drehte er sich um und verschwand.

Dr. Thomas Potter *Januar–Februar 1858*

20. Januar

Morgen = sonnig + warm. Haben neues Feuer angezündet (als Ersatz für jenes, das Wilson nachts gestohlen hat) + saßen eine Weile in der Sonne + brauten Tee, um uns vollends von den Strapazen des Vortags zu erholen. Dachten dann über Situation nach. Alle einverstanden, daß ich künftig als Führer agiere. Als nächstes Überlegung, wie wir am besten der Wildnis entrinnen + uns retten können. Gebe zu, daß das nicht leicht wird. Dank Wilsons chaotischem Herumgewandere + unserer Konfusion beim Abstieg = keineswegs Klarheit bzgl. momentanem Standort. Weder wünschenswert noch praktisch, selben Weg zurückzugehen, da Berg viel zu steil (Hodges + Skeggs fast gestürzt), beschlossen deshalb am besten weiter in diesem Tal, den Strom entlang. Lage der Dinge bester Weg = S (flußabwärts) + dann O wenn s. Gelegenheit ergibt.

Zügiger Aufbruch. Neben Fluß Pfad gefunden: großes Glück. Richtung nicht ideal (eher SSW statt S) wird aber im Moment reichen. Kommen gut voran hinter kurios geformtem Berg, wie Faust oder Schädel. Erreichten später offenes Land, wo wir bemerkten, daß uns jem. folgte. Wilson = 1 Meile hinter uns. Wilson. Wenn alle stehenblieben, blieb er auch stehen, wenn wir weitergingen, ging er auch weiter etc. etc. Scheint entschlossen, uns zu verfolgen.

24. Januar

Wieder einen ganzen Tag gelaufen, obw. immer besorgter bzgl. Pfad. Kurz nach O gewandt, d.h. in Richtung besiedelter Gebiete, dann wieder nach WSW umgeschwenkt (ganz falsch). Versuchten nachmittags querfeldein abzukürzen, mußten aber umkehren, da dornige Vegetation = mit das Schlimmste, was bisher erlebt: restl. Kleidungsstücke völlig zerfetzt, Haut ebenso. Bemerkten auch, daß Weg in der Ferne blockiert durch Bergkette. Sehr entmutigend. Waren alle einig, daß zum Umkehren zu spät, da zurückgelegte Entfernung zu groß + Vorräte zu knapp. Hoffe + glaube, daß Pfad wieder nach O zurückschwenkt.

In Abenddämmerung Jagd auf Känguruh, aber erfolglos: Tiere zu schnell.

Noch ein nächtlicher Besuch von Wilson. Drohte den anderen mit ewiger Verdammnis, Fegefeuer etc. etc. weil sie dem »Handlanger des Teufels« (mir) dienen. Zu dunkel, um genau zu sehen, wo er ist, aber Hooper + ich warfen Dreck, Steine etc. etc. in ungefähre Richtung.

29. Januar

Fluß mündet in zweiten, viel größeren. Könnten wir dem bis zur Küste folgen? (Fluß biegt von S nach SW).

Mußte Essensrationen weiter reduzieren. Alle jetzt permanent hungrig. Wieder versucht, querfeldein zu gehen, aber erneut von dornigem Unterholz zurückgetrieben. Besser weiter voranzukommen, wenn auch in falscher Richtung?

2 Tage kein Zeichen von Wilson. Tot?

3. Februar

Skeggs schoß heute Wallaby, aber nur kleines. Brieten es auf Feuer, aber alle so ungeduldig, daß Fleisch halb roh verschlungen. Zu wenig für 7 Pers. Alle hungriger als zuvor.

Erneut nächtl. Belästigung durch Wilson, also doch nicht

tot. Kündigte an, uns wegen Meuterei zu verklagen, falls wir Hobart erreichten. (Falls!) Hooper feuerte in die Luft. Sehr effektiv: hörten ihn wegrennen.

6. Februar

Pfad + Fluß immer noch S oder SW. Nie O. Kommen immer langsamer voran, da durch Nahrungsmangel geschwächt. Letzten Zucker heute morgen verbraucht + gezwungen, tägl. Essensration noch einmal zu reduzieren, obw. = ohnehin völlig unzureichend. (Hätte nie zulassen sollen, daß Wilson etw. nimmt: Er hat sich von Gruppe abgesetzt und somit alle Ansprüche verloren.) Reden ständig vom Essen, träumen jede Nacht von Festmählern. Kein Zeichen von Siedlungen, Straßen etc. etc., nicht einmal in weitester Ferne. Kaum vorstellbar, daß außer Wilden je ein Mensch einen Fuß in diese verfluchte Gegend gesetzt hat.

Regen nachts (zum 3. mal hintereinander): Schutzdach aus Ästen undicht + wir (wieder) völlig durchnäßt. Alle = schlimm erkältet. Drohende Pneumonie.

12. Februar

Werden allmählich so erschöpft, daß wir eigener Wahrnehmung mißtrauen. Erwachte nachts, überzeugt, ganz schwach Fleisch zu riechen, das weit entfernt auf Feuer gebraten wird. Stellte mir so deutlich vor, wie Fett spritzt, Haut bräunt etc. etc., daß es schmerzte. Wußte aber, daß dies nur = reine Einbildung. Niemand Meilen ringsum außer Wilson, der kein Gewehr hat und = kein Jäger.

13. Februar

Höchst beunruhigende Entdeckung beim Zusammenpacken nach dem Frühstück. Gesamter Hauptvorrat an Munition (ein großer Beutel) verschwunden. Habe überall gesucht, aber vergeblich. Sehr mysteriös. Munition wurde von Tom Wright getragen, beharrt aber, Beutel sei ihm nicht abhanden gekommen. Doch wenn nicht durch seine Schuld, wie dann? Wilson? Unwahrscheinlich. Aber zweifellos = noch in der Nähe. Verlust = sehr schlimm. Haben jetzt nur noch das, was wir bei uns trugen, d.h. 12 Schuß Gewehrpatronen + 7 für Revolver. Größte Hoffnung war mehr Glück bei der Jagd, da Vorräte inzwischen sehr knapp.

14. Februar

Schrecklicher Tag. Frühmorgens Maultiertreiber Ben Fiddler zum Fluß gegangen, wg. Wasser für Tee. Warteten endlos, aber er kehrte nicht zurück. Suchten, riefen nach ihm etc. etc., doch keine Antwort. Fanden schließl. leere Wasserschüssel am Fluß + i. d. Nähe blutverschmierten Stein.

Wir = sehr wütend. Aber auch verwirrt. Wurde er von einheimischem Wolf angefallen? Unwahrscheinlich. Hooper meint, könnte Werk v. Mischling Cromwell sein, aber ich wußte, daß dies = unmöglich. Mischling = mangels Intelligenz + Ausdauer außerstande, uns hierher zu folgen, da sicher = viel zu verängstigt wg. seinem (Hoopers) Verhalten auf Berg. Außerdem = sicher längst tot (konnte nicht ohne Nahrung überleben). Falls irgendwer, dann = sicher Wilson. Unwahrscheinlich, aber nicht unmöglich. Er = hier (sah ihn gestern von fern) + so geistesgestört, daß zu jeder Untat fähig.

Beschloß = Zeit, daß wir ihn aufstöbern. Fanden ihn ganz leicht, 1/4 Meile hinter uns, zw. Bäumen versteckt. Hatte nicht bemerkt, daß er so nah + sah, daß er in schlechter Verfassung: abgemagert, wirrer Blick. Satteltasche fast leer. Hatte sich ein Kreuz aus 2 Stöcken gemacht, das er drohend schwang. Schrie: »Hinweg, Ihr Teufel«, etc. etc. Als wir näherkamen, lief er zum Flußufer zurück + sprang hinein. Dies sehr unbesonnen (Strömung schnell), aber er erreichte anderes Ufer + gab sofort wieder höhnische, wirre Sätze von sich, wie üblich: »Kommt nur, kommt durch die Fluten wie die Kohorten des Pharao!« etc. etc. Erwog Verfolgung, entschied mich dann dagegen. Brüllte statt dessen hinüber, ob er unsere Munition gestohlen + Ben Fiddler ermordet habe. Er schien sehr überrascht, sogar erfreut. Behauptete dies = »Strafe« für uns + wir »könnten uns vor den Augen des Herrn nicht verbergen« etc. etc. Bin im Zweifel ob er schuld. Außerdem = so dünn, daß schwer vorstellbar, daß Fiddler überwältigt (stärkster Maultiertreiber). Doch Wolf schuld?

Essen zu knapp, um uns aufzuhalten, also weiter. Sah 2 Wallabys und wollte sie mit Pistole erlegen, aber sie = wieder zu schnell. Bestandsaufnahme Munition: 4 Schuß Gewehrpatronen + 5 Schuß Pistolenkugeln. Bestandsaufnahme Essen: 2 Teelöffel Zucker, 3 1/4 Dosen Eintopf, 1 3/4 Dosen Lachskonserven, 1 1/4 Tüten Reis. 12 Streichhölzer. Haben versucht, Feuerbrand mitzunehmen, doch jedesmal erloschen.

15. Februar

Pfad teilte sich kurz nach Aufbruch heute morgen. Ein Weg SW, der andere SO. Letzterer am aussichtsreichsten, seit Wilsons Berg verlassen! Schlugen ihn besorgt ein, aber er behielt Richtung bei. Führt uns gewiß zu besiedelten Gebieten. Einzige Hoffnung, daß nicht schon zu spät.

17. Februar

Schlimmster Tag bisher. Erhitzten Wasser (kein Tee mehr da) zum Frühstück, Jim Bates ging austreten. Plötzlich alle durch lauten Schrei alarmiert. Rannten durch Bäume + sahen Bates stöhnend auf dem Boden, langer Stock (erkannte = Speer) ragte aus Bauch. Hörte jemand wegrennen. Nahm Verfolgung auf + erhaschte kurzen Blick auf fliehende Gestalt zw. Bäumen. Aber nicht Wilson. Mischling! Traute meinen Augen nicht. Schoß mit Pistole, doch verfehlte ihn.

Ließ Tommy Wright + Gewehr bei verletztem Bates + nahm Hooper + Hodges, um ihn zur Strecke zu bringen. Dies jedoch nicht einfach. Folgten Spuren zum Fluß, dort aber kein Zeichen mehr. Wollte weitersuchen, doch Hodges wurde sehr nervös, starrte angstvoll auf jeden Busch etc. etc. Gestehe, daß selbst ich etwas besorgt: Vegetation so dicht + wild, daß er sich überall verstecken und Speere werfen könnte. Beschloß am besten zu Wright + Bates zurückzukehren.

Höchst beunruhigend. Konnte nur vermuten, daß Mischling uns die ganze Zeit gefolgt (offenbar er, der Munition gestohlen, Ben Fiddler ermordet + = Ursache des nächtlichen Geruchs nach gebratenem Fleisch). Überleben + Verfolgung kaum zu glauben, da dieser Typus ganz ohne Intelligenz + Talent. Er = Ausnahme, da Mißgeburt? Charakteristika der Hälfte des weißen (angelsächsischen) Typus = ungewöhnlich dominant? Doch weshalb sein wildes Verhalten am Anfang der Reise? Wenn nicht spezielle primitive Widerstandsfähigkeit gg. wüste Bedingungen dieser Gegend? Gebe zu, alles sehr verwirrend.

Mußten auf Pfad weitergehen + dabei ständig auf der Hut sein. Kam zu dem Schluß: Mischling macht irgendwann Fehler. Hoffte, er würde wieder angreifen, damit wir ihn erledigen könnten. Wenn wir besiedelte Gebiete erreichen + er folgt, werden wir ihn als ganz gemeinen mordgierigen Wilden festnehmen + hängen lassen. Kamen leider nur sehr langsam voran wg. Bates, der nur mit viel Hilfe der anderen gehen kann, bei jedem Schritt stöhnt etc. etc. Mußten früh rasten. Schlugen Lager an kleinem Teich auf.

Nach Einbruch der Dunkelheit wieder schwacher Geruch nach gebratenem Fleisch. Dies nicht hinnehmbare Provokation. Bestand darauf, daß wir dem Geruch folgen, das Feuer finden, den Mischling erledigen + sein Fleisch essen sollten. Hodges ängstlich wie immer, ließ ihn bei Bates. Führte Rückweg entlang Pfad an, Hooper + Skeggs folgten. Schwierig im Dunkeln (Mond = 1/4), sah aber bald helles Lagerfeuer. Leider nicht von Mischling, sondern Wilson: er = in nahegelegenen Bäumen, brandmarkte uns als »Teufel« etc. etc. wie üblich. Zu meiner großen Überraschung nicht von Mischling mit Speer getötet. Gingen weiter + rochen bald weiteres Feuer + gebratenes Fleisch, sahen aber keine Flammen. Suchten eine Weile, obwohl nervenaufreibend, da man fast nichts sah: Mondlicht dringt kaum durch Bäume. Entdeckten schließlich kleines Feuer versteckt in Erdloch. Schien sehr hinterlistige + feige Vorkehrung. Kein Fleisch. Keine Spur von Mischling. Sehr ärgerlich.

Kam aber noch schlimmer. Auf Rückweg plötzlich Speer wie aus dem Nichts, traf Hooper in den Arm (Wunde = glücklicherweise leicht). Wollten Verfolgung aufnehmen, feuerten 2-mal, aber nichts. Kehrten zu den anderen zurück. Teilten Nachtwachen gg. weiteren Angriff ein.

Bates starb kurz vor Tagesanbruch. Großer Verlust. Ermöglicht aber zumindest kleinen Zuwachs bei Essensration (waren erst 7, jetzt = 5).

Reverend Geoffrey Wilson *Februar 1858*

Gott ist in meiner Zuckertüte. Der Teufel will, daß ich Zuckerkörnchen verschütte, wenn ich meine Mahlzeiten einnehme, aber ich bin vorsichtig, und er stiehlt kaum welche. Obwohl jetzt nur noch wenig übrig ist, erhält es mich noch, so daß ich weiß, ER ist bei mir.

Ich habe den Teufel nicht gesehen, doch oft gespürt, in meinen Kopfschmerzen, in den Geräuschen im Dunkeln, im Schlamm und in den ständigen Träumen, die davon handeln, daß ich Fleisch brate. Manchmal versucht er mich mit dem Gedanken zu erschrecken, daß ich mich irre, oder sogar, daß ER mich verlassen hat, aber ich recke mein Holzkreuz in die Höhe und höre nicht zu. Am allermeisten steckt der Teufel natürlich in Potter und seinen Helfern. Einmal waren sie so schnell, daß ich sie zwei ganze Tage aus den Augen verlor und, obwohl ich ihre Spuren sah, schon glaubte, sie seien mir entkommen. Das war eine schreckliche Zeit, und ich wurde von dem Gedanken geplagt, daß Potter in einem schönen Speisezimmer saß, bei Braten und Kartoffeln oder Fisch, vielleicht auch einer riesigen Lammkeule mit Erbsen und Möhren, und natürlich Brot mit Butter und danach Kuchen, und daß er dabei die gemeinsten Lügen murmelte, ich sei tot und den Garten Eden gebe es gar nicht. Aber dann sah ich sie wieder. Sie stolperten dahin und sahen noch schlechter aus als ich. Kurz darauf erfuhr ich, und zwar von Potter selbst, daß ER endlich zugeschlagen und den Maultiertreiber Fiddler vom Antlitz der Erde hinweggefegt hat.

Ich war also nicht vergessen. In diesem Augenblick kehrte mein ganzer Glaube zurück.

In derselben Nacht geschah etwas so Seltsames, daß ich einen Augenblick nicht wußte, ob ich vielleicht träumte. Plötzlich sah ich, wie aus dem Nichts, neben meinem Feuerchen unseren Führer Cromwell stehen, den ich längst tot geglaubt hatte. Er hielt ein paar schreckliche Speere in der Hand. Er sah mich merkwürdig an, und ich fürchtete schon, er sei gekommen, um mir meinen Zucker wegzunehmen.

»Was wollen Sie von mir?«

Er antwortete mit einer Gegenfrage. »Warum sind Sie nicht bei den anderen?«

»Weil sie Handlanger des Teufels sind. Sie sind Gottes Feinde.« Ich preßte meine Satteltasche mit dem Zucker fest an meine Brust. Zu meiner Überraschung achtete er nicht darauf, sondern nickte nur und wandte sich ab. Plötzlich kam mir ein Gedanke. »Sind Sie SEIN Werkzeug?« rief ich. »Haben *Sie* Ben Fiddler niedergestreckt?«

Er lachte leise, und ich war sicher, daß ich recht hatte. Schon am nächsten Tag hörte ich ihr Geschrei, als noch ein Maultiertreiber niedergestreckt wurde. So wie Ihr säet, werdet ihr ernten. Hatte ich sie nicht gewarnt, daß sie dem Teufel entsagen sollten und andernfalls schwer bestraft werden würden? Hätten sie nur auf meine Worte gehört, dann hätte ER ganz gewiß Milde walten lassen. Ja, wenn sie widerriefen, verschonte ER sie vielleicht immer noch, wenngleich es schon sehr spät war.

Indem er mit den Speeren SEINES Werkzeugs ihr Fleisch durchbohrt und ihr verderbtes Leben auslöscht, flüstert ER mir gütig zu, daß ich im Recht bin.

Doch jetzt wurde ich wieder in Angst und Schrecken versetzt. Heute nachmittag folgte ich ihnen in die Berge – eine Marter für meine müden Glieder, aber ich hielt durch. Als ich aus der Ferne einen Schrei hörte, blickte ich auf und sah, daß sie alle direkt vor mir auf dem Gipfel eines Bergkamms versammelt waren und aufgeregt jubelten und die Arme schwenkten. Alles, was ihnen Freude bereitet, kann für rechtschaffene Menschen nur Böses bedeuten. Ich versuchte mich zu beeilen, aber es dauerte trotzdem geraume Zeit, bis ich die Stelle erreichte, an der sie gestanden hatten.

Dort unter mir, nur wenige Meilen entfernt, lag das Meer. Welch seltsamer Anblick nach so vielen Wochen des Wanderns. Dies also war der Grund ihres Jubels gewesen. Einen Moment geriet ich in Verwirrung. Die Landschaft war unübersichtlich, weil sie nur aus steilen, schroffen Bergen bestand. Zwar schien weiter hinten eine halb verborgene Bucht zu liegen, aber ich konnte weder ein Haus noch eine Straße, noch andere menschliche Spuren entdecken. Oder etwa doch? Als ich die Gegend vor mir noch genauer studierte, bemerkte ich endlich, halb von den Baumwipfeln verdeckt, die Ursache für den Aufschrei der Handlanger des Teufels. Es war ein Strich, der ins Wasser ragte, sonst nichts: eine winzige Form, zu ordentlich und gerade, um ein Werk der Natur zu sein. Vermutlich war es eine Art Landungssteg. Auch wenn ich keine Häuser sah, mußte das nicht heißen, daß sie nicht irgendwo verborgen lagen. Plötzlich packte mich eine böse Ahnung. Genau jetzt, in ebendiesem Moment redeten sie vielleicht schon mit Fremden, wisperten verleumderisch etwas von Irrtümern, die passiert seien, und von Dingen, die nicht existierten.

Ich benötigte Kraft. Mein Zucker war fast aufgebraucht, bis auf eine winzige Spur am Boden der Tüte. Ich aß ihn ganz auf und leckte sogar noch das Papier ab, was mich ein klein wenig belebte. Dann betete ich inbrünstiger, als ich es seit Tagen getan hatte, und humpelte den Berg hinunter.

20. Februar

O Wunder über Wunder! Meer! Landungssteg? Hoffnung auf Rettung! Wir alle standen lachend wie die Kinder, schrien Hurra etc. etc. Tom Wright schlug vor, zur Feier des Tages sofort ganzes restliches Essen zu verzehren (verbleibende Gesamtmenge: 1 1/8 Dosen Eintopf). Ich blieb, obwohl überglücklich vorsichtiger, erlaubte aber, daß wir die 1/8 Dose aufaßen (jeder 1/2 Teelöffel).

Eilten hinunter, rannten sogar, trotz wunder Füße. Hielt Pistole bereit, als Pfad in Wald führte, falls Mischling auftauchte. Gingen bald langsamer, da Entfernung zu Küste = weiter als von oben vermutet: schon ziemlich dunkel, als wir endlich erschöpft flaches Land erreichten. Lebten wieder auf, als wir Zeichen der nahen Küste entdeckten: Boden sandig unter Füßen, Nebel zieht durch die Bäume, leicht salziger Geruch. Am schönsten aber, daß wir Pfad gefunden! Richtigen Pfad: breiter, ordentlicher Weißenpfad. Schleppte mich weiter, ungeduldig wg. meiner müden Beine. Stolperten endlich auf den Strand + fanden wie erwartet Landungssteg, der im Abendnebel verschwand.

Gebe zu, daß ich selbst jetzt noch Zweifel hatte. Alles = zu still. Keine menschlichen Geräusche. Kein Licht. Nichts als leises Plätschern der Wellen am Strand + Geruch von fauligem Holz. Traten auf Landungssteg und sahen, daß viele Bretter vermodert. Keiner sagte etwas. Alle begannen, in der Nähe zu suchen, immer ungeduldiger. Doch einziges menschliches Zeichen = altes Ruderboot am Strand (Wrack), Dauben von geborstenem Faß, langes aufgerolltes Tau, riesige Knochenstücke + stinkender Kadaver. Eindeutig = Walfangstation. Schlimmer, da offenbar = verlassene Walfangstation. Obwohl klar, begannen wir plötzlich laut in den Nebel zu schreien. Keine Antwort. Totenstille. Empfand etwas wie Verzweiflung. Nichts schwerer zu ertragen, als wenn hochfliegende Hoffnungen plötzlich zerschmettert.

Skeggs äußerte als erster seine Angst. Meinte, daß diese

Stelle weiter südlich entlang Küste als vermutet, so daß evt. viele Meilen Wildnis zw. hier und nächster Siedlung. Wußten alle, was das hieß. Hatten weder Kraft noch Nahrung, um weiterzulaufen, außerdem Gefahr weiterer Attacken v. Mischling. Hodges versuchte Optimismus: behauptete, vielleicht käme Schiff. Törichte Selbsttäuschung, hatte keine Geduld damit, sagte ihm: »Welcher Captain würde je sein Schiff in so eine stille + leere Bucht steuern, wo = niemand und nichts?«

Daraufhin düstere Stille. Gingen für die Nacht zu Bäumen hinter Strand zurück, mehr aus Gewohnheit als Hoffnung: fanden flache Stelle, machten Feuer (noch 6 Streichhölzer übrig). Hatte furchtbare Vorahnung, daß dies = letztes Lager und daß wir hier alle sterben würden. Erhitzte Wasser. Öffnete letzte Dose Eintopf. Aßen jeder 1/2 Teelöffel (danach noch viel hungriger). 7/8 Dose übrig. Dies = gesamter Rest an Nahrung. Sorgfältig in Satteltasche verstaut.

Tief geschlafen + von Festessen mit Rindfleisch, Röstkartoffeln, Steckrüben, Karotten, Erbsen, Zwiebeln, Bratensoße etc. etc. geträumt, als plötzlich durch Schrei und Gewehrschuß geweckt. Fuhr hoch und sah Tom Wright (hatte Wache: eingeschlafen?) mit Speer durch Brustkorb und Mischling, der auf mich zielte. Konnte gerade noch ausweichen, so daß Speer hinter mir im Baum steckenblieb. Griff nach Pistole, aber er floh schon durch Dunkelheit.

Wright mitten ins Herz getroffen. Tat bald letzten Atemzug. Dieser brutale Akt verjagte Lethargie + trieb alle zu rasender Wut. Selbst wenn wir = an diesem scheußlichen Ort sterben, könnten wir uns doch bzgl. brutaler Morde rächen und diesen verschlagenen + abscheulichen Wilden erledigen. Müssen ihn als die schädliche Mißgeburt, die er ist, zur Strecke bringen. Hooper, Skeggs, Hodges + ich begannen Suche, beleuchteten Weg mit Fackeln. Folgten Fußspuren durch Bäume, die auf härterem Boden verschwanden. Ärgerlich. Verteilten uns vorsichtig, falls neuer Angriff. Auch leises Rascheln im Unterholz (Vögel? Mäuse? Mischling?) = sehr beunruhigend. Hodges in Panik, wollte mit Gewehr ins Dunkel feuern (Hahn nicht gespannt). Rügte ihn scharf (es bleiben nur nch zwei Schuß Pistolenkugeln + 1 Schuß Gewehrpatronen, wenn alle abgefeuert = keinerlei Schutz mehr gg. Speere v. Mischling).

Kehrten schließlich zum Feuer zurück. Kein Gedanke an Schlaf. Beschlossen, Wright zu begraben, wg. Vögeln, wilden Tieren etc. etc. Sowieso nur noch wenig Fleisch an ihm – nur an Waden, Schenkeln, Hals + Schultern – trotzdem sehr wahrscheinlich verlockend für wilde Tiere. Brachten ihn zum Strand, wo Sand = weicher, + gruben bei Fackellicht. Schwierig, da kein Spaten, mußten Sand mit Händen wegschieben. Erreichten bald Wurzelschicht, so daß nur flaches Grab möglich. Legten Wright hinein + hatten ihn gerade bedeckt, als Hodges rief: »He, da ist jemand beim Feuer!«

Sah tatsächlich Silhouette von Mann vor kleiner werdenden Flammen. Schien etwas mit der Hand zu schöpfen. Alle rannten, bereit zum Schießen. Jedoch nicht Mischling. Dort direkt vor unseren Augen = Wilson, mit Dose in der Hand, stahl letzten Mundvoll Eintopf. Unseren Eintopf! Rannte hin, um ihn niederzuschlagen, doch Hooper schneller: schlug ihm Dose aus der Hand, versuchte Essen aus Wilsons Mund zu holen (zu spät, schluckte schon). Dose = ganz leer. Er hatte die ganzen 7/8 aufgegessen! Trauten kaum unseren Augen.

Sagte zu ihm: »Sie gemeiner Dieb!«

Er = ohne jede Reue. Behauptete, dies = sein »Recht«, da Essen = von »Gott, meinem Vater« geschenkt. Behauptete, es = seine Pflicht zu essen, damit Nahrung nicht an »Handlanger des Teufels« fällt.

Hooper erklärte schlicht: »Wir sollten ihn hängen.«

Fand dies ausgezeichnete Idee. Konnten altes Tau am Landungssteg nehmen. Hätten es wohl auf der Stelle getan, wenn nicht Hodges gewesen wäre. Jammerte, wir hätten kein Recht, Wilson zu hängen. Hatte persönlich weniger Bedenken, da alle = längst tot, bevor hier irgendwelche Juristen aufkreuzen. Außerdem hatten alle gesehen, daß er Eintopf aß. Schlug aber der Form wg. vor, eigenes Gerichtsverfahren abzuhalten. Sagte, er müsse von seinesgleichen gerichtet werden (wir) wie ein Lord. Alle einverstanden (bis auf Wilson).

Begannen sofort im maroden Ruderboot. Wilson im Heck,

wir anderen ihm gegenüber auf den Ruderbänken. Ich = Richter. Hodges = Verteidiger. Hooper = Ankläger. Skeggs = hielt Wache wg. Mischling. Wir alle = Geschworene. Hooper begann mit dem Verhör: »Haben Sie die letzte Dose Eintopf aufgegessen und somit geplant, uns alle verhungern zu lassen?« etc. etc. Wilson beharrte, dies sei kein richtiges Gerichtsverfahren, sondern die »Gerichtbarkeit des Teufels«, + sagte, wir alle = auf der Anklagebank eines »größeren Gerichts, des Gerichts der Engel«, von dem wir »ein höheres Urteil« empfangen würden etc. etc. Behauptete, Gott habe ihn »mit eigener Hand« mit Eintopf gespeist.

Fühlte mich müde. Himmel = langsam heller, waren fast die ganze Nacht wach. Inzwischen kalte Brise, die den Nebel wegwehte. Wollte, daß er so schnell wie möglich gehängt wird, damit ich schlafen konnte, und erlaubte nur kurze Zusammenfassung + Beratung. Verteidigung (Hodges) schlug vor, wir sollten nur noch abwarten. Anklage (Hooper) erwiderte, daß Hinauszögern sinnlos + er so schnell wie möglich gehängt werden muß »zur Abschreckung für andere«. Ich stand auf und rief: »Das hohe Gericht wird sich jetzt zur Urteilsverkündung erheben.« Fragte alle der Reihe nach.

Hooper: »Schuldig.«

Skeggs: »Schuldig.«

Hodges: »Ich meine immer noch, wir sollten warten.«

Verkündete Urteil = schuldig, wie von Mehrheit befürwortet, + verhängte Strafe, daß »der Reverend Geoffrey Wilson am Halse aufgehängt werden sollte, bis der Tod eintritt«. Wilson lächelte allen Ernstes + sagte, es sei ihm egal, da er wisse, daß er bald sicher an der »Brust meines gütigen Vaters ruhen« werde etc. etc. Ich überprüfte Tau, sah aber, daß zu grob für glatte Arbeit. Außerdem wußte niemand, wie man Schlinge knüpft. Weitere Schwierigkeit = Podest, um Wilson hinunterzustoßen. Hooper meinte, wir könnten ihm Schlinge einfach um den Hals legen, über Ast hängen, ihn hochziehen, das andere Ende befestigen + ihn baumeln lassen. »Ist vielleicht nicht so perfekt, klappt aber bestimmt, Sie werden sehen.« Hodges bestand wie immer darauf, daß alles korrekt erledigt wird. Ich schlug vor, simples Podest aus Ruderbootplanken zu bauen, den Rev. draufzustellen, Schlinge anzubringen + Podest wegzustoßen. Waren gerade dabei, Planken zu überprüfen und Konstruktion zu überlegen, als Wilson plötzlich seltsamerweise rief: »Ein Wunder ! Ein Wunder! O Herr, ich danke dir! Der Herr sei gepriesen!«

Dachte, er = endgültig übergeschnappt. Aber dann rief Skeggs: »Ein Schiff!«

Folgte seinem ausgestreckten Arm. Nebel jetzt durch Brise fast ganz aufgelöst. Und tatsächlich, am gegenüberliegenden Ende der Bucht, unterhalb des Kliffs, ganz schwache vertikale + horizontale Linien. Kein Zweifel, dies = Masten. Anscheinend nicht nur ein Schiff, sondern zwei.

War immer noch in großer Versuchung, die Sache hier zu Ende zu bringen. Leider schon zu spät: Wilson sprang aus Boot, Hodges, Skeggs + sogar Hooper schwankten auf die geheimnisvollen Schiffe zu. Mir blieb nichts übrig, als zu folgen.

Captain Illiam Quillian Kewley *Januar–Februar 1858*

Das war wirklich der Gipfel an Langsamkeit. Erst war da Parrick Quine, der Zöllner aus Hobart, der uns wie ein Geschenk des Himmels erschien, weil er ein Manx-Mann beim Zoll war, sich aber dann als umstandskrämerisches, geldgieriges Himmelsgeschenk erwies. Er hatte nämlich Angst, daß wir, nachdem er uns den Namen eines gewissen Händlers genannt hatte, unseren Handel abwickeln und das Weite suchen könnten, ohne ihm seinen Anteil abzugeben. Und dann kam der Käufer, den er endlich aufgetrieben hatte, Jed Grey, ein sorgenvoll gebeugter Hüne, der aussah, als hätte er sich schon an zu vielen Türrahmen den Kopf gestoßen, und der noch langsamer war als Quine. Er wiederum befürchtete, wir seien ihm vielleicht nur von einem schlauen Polizisten auf den Hals gehetzt worden und er würde eines schönen Morgens im Gefängnis von Port Arthur erwachen. Als er sich schließlich bequemte, uns eine kleine Anzahlung zu machen, mußten eine Menge Vorräte eingeladen werden, weil ich bei unserem fast schon sprichwörtlichen Pech diesmal kein Risiko eingehen und reichlich Nahrungsmittel und Wasser an Bord haben wollte. Nur für den Fall, daß wir in irgendeiner öden Gegend strandeten oder kehrtmachen und übers Meer fliehen mußten. Als *das* endlich geschafft war, kam diese Brise aus Süd, die sich einfach nicht mehr legte. Sie war so kalt, daß alle Tasmanier über den verdorbenen Sommer jammerten, und wir steckten in Hobart fest wie Stöpsel in der Flasche. Ich befürchtete sogar schon, die Engländer könnten von ihrem Ausflug zurückkommen und uns wieder einen Strich durch die Rechnung machen, aber dann sprang die Brise auf West, und wir setzten noch am gleichen Nachmittag Segel. Quine stellte uns fein säuberlich und diskret die benötigten Zolldokumente aus, und einer von Jed Greys Männern fuhr als Lotse mit.

Da die Brise frisch blieb, kamen wir gut voran, und schon am nächsten Abend erreichten wir die Bucht, die wir uns auf der Karte ausgesucht hatten, und gingen im Schatten eines ziemlich großen Kliffs vor Anker. Wir mußten noch ein paar Nächte warten, bis Jed Grey eintraf, weil es nicht gut gewesen wäre, wenn wir beide mit der gleichen Flut ausgelaufen wären. Aber endlich kam das andere Schiff in Sicht, und wir machten uns an die Arbeit, die eigentlich schon sieben Monate zuvor in einer einsamen Bucht in der Nähe von Maldon hätte getan werden sollen. Wirklich, nichts ruiniert einem so den Rücken wie das Schmuggelhandwerk. Ich mußte sogar selbst mit anpacken, weil so wenig Männer an Bord waren, obwohl das wirklich keine Arbeit für einen Schiffskapitän ist. Erst mußten wir die Waren aus ihrem Versteck in den Frachtraum schleppen. Dann schlangen wir ein Seil drumherum, hievten sie mit einem an der Fockrahe montierten Flaschenzug himmelwärts, ließen sie ausschwingen und endlich in das bereitstehende Langboot fallen. Das alles machten wir noch einmal und noch einmal und noch einmal, und zwischendurch ruderten wir ans Ufer und holten uns ein paar Steine als Ballast. Die Arbeit ging zäh voran, und wir waren erst halb fertig, als es dunkel wurde, Nebel aufzog und wir Schluß machen mußten. Am nächsten Morgen legten wir ab, sobald sich der Nebel lichtete, und kamen ganz gut voran, als ich plötzlich bemerkte, wie Brew stirnrunzelnd landeinwärts spähte.

»Captain, sehen Sie mal, dort am Strand!«

Drüben auf dem schmalen steinigen Strand unterhalb des Kliffs, wo es eigentlich nichts außer Möwen und Seegras geben sollte, standen ein paar Gestalten, zerlumpt wie ausgesetzte Matrosen, und schwenkten die Arme und schrien, als ginge es um Leben oder Tod, was wohl auch zutraf. Das war allerdings eine schöne Bescherung. Der einzige Grund, warum wir uns genau diese Stelle ausgesucht hatten, war nämlich der, daß es hier weit und breit keine Menschenseele gab. »Wer kann das sein?«

»Entflohene Sträflinge vielleicht?«

Das hätte mir gerade noch gefehlt, mich mit entsprungenen Schurken herumschlagen zu müssen. »Gib mir doch mal mein Fernrohr.«

Dann traf mich der zweite Schreck an diesem Morgen. Das waren nicht irgendwelche Burschen, die sich verirrt hatten, das waren unsere Passagiere. Ich erkannte sie eindeutig, trotz der langen Haare und der zerlumpten Kleider und ihrer Magerkeit. Da war der Reverend, der wie besessen winkte, und ich sah Potter mit seinem roten Bart, der lang und verwildert war wie der eines Irren. Dann standen da noch sein Diener Hooper und ein paar andere, nur keine Spur von Renshaw und auch nicht von diesem Heer von Maultieren, mit dem sie aufgebrochen waren. Das war noch viel schlimmer als Sträflinge. Mir kam es fast vor, als hätten sie sich absichtlich verirrt, nur um uns lästig zu fallen. All diese Monate hatten wir uns ordentlich und still verhalten, wenn es auch nicht leicht gewesen war, und jetzt, gerade als ich dachte, wir hätten es endlich geschafft, standen sie wieder da und verwickelten uns in ihr selbstverschuldetes Desaster.

Kurz darauf ließ sich Jed Grey mit dem nächsten Boot zu uns herüberrudern. Seine besorgte Miene sprach Bände, und die Neuigkeiten, die ich für ihn auf Lager hatte, heiterten ihn auch nicht gerade auf.

»Was, die kennen Sie? Aber das macht sie ja noch viel gefährlicher! Captain, wir können sie nicht an Bord holen.«

Brew gab sich genauso menschenfreundlich. »Es wäre nicht besonders schlau, ihnen das alles zu zeigen.« Er warf einen Blick auf die Cognacfässer und Tabakballen, die immer noch von unten hochgehievt wurden.

Sie hatten natürlich recht. Wenn wir diesen Narrenhaufen an Bord nahmen, konnte allerhand schiefgehen. Auch wenn sie heute hoch und heilig versprachen, alles für sich zu behalten, würden sie uns, als typische Engländer, morgen bestimmt an den Zoll verraten und uns allen möglichen Ärger bescheren.

Grey suchte nach einem Ausweg, um sein Gewissen zu entlasten, und sah fast wütend aus, als hätten sie ihm etwas angetan. »Schließlich ist es ja nicht unsere Schuld, daß die hier gestrandet sind!«

Brew versuchte dem Ganzen einen legalen Anstrich zu geben. »Außerdem war in unserem Vertrag nie davon die Rede, daß wir sie auch wieder von der Expedition abholen sollten.«

Wir brauchten also nichts zu unternehmen. So wie sie aussahen, würden sie höchstens noch ein, zwei Tage überleben. Es hätte keinen perfekteren Mord geben können. Und falls man sie später doch noch fand, was ich bezweifelte, würde nie herauskommen, daß wir je in der Nähe gewesen waren. Nein, es war das reinste Kinderspiel, und ich hatte nichts zu befürchten. Höchstens, daß ich mich immer an die fünf halbverhungerten Gestalten erinnern würde, die winkend am Strand gestanden und uns schreiend um Hilfe angefleht hatten.

Ich holte tief Luft und rief Kinvig zu: »Fahr mit dem Boot ans Ufer und lade die Männer ein.«

Greys Stimme überschlug sich fast. »Das lasse ich nicht zu! Die bringen uns alle ins Gefängnis!«

»Da könnte er recht haben«, murmelte Brew.

Für einen Schiffskapitän gehört es mit zum Schönsten, daß er niemandem eine Erklärung schuldig ist. Es ist sein Schiff, und damit hat sich's. »Wenn die Ihr Gesicht nicht sehen sollen, müßten Sie hinüberrudern, bevor man sie an Bord bringt«, sagte ich zu Grey. »Ich setze sie irgendwo an einer einsamen Stelle ab, damit wir ein bißchen Zeit gewinnen, hier zurücklassen werde ich sie nicht.«

Er setzte eine finstere Miene auf, konnte aber nichts tun, und so stahl er sich auf sein Schiff zurück, damit niemand sein hübsches Gesicht sah.

Brew war auch nicht begeistert. »Sollten wir nicht wenigstens warten, bis die Ware weg ist und wir die Luken geschlossen haben?«

Das schien mir wenig sinnvoll. »Die haben vom Ufer aus bestimmt schon genug gesehen. Wir können sie ebensogut an Bord nehmen und das hier zu Ende bringen.«

Nach kurzer Zeit kam das Langboot mit unseren Passagieren zurück. Ich hatte eigentlich erwartet, daß sie sich vor Dankbarkeit überschlagen würden, was nur recht und billig gewesen wäre, wenn man bedachte, wieviel Ärger ich mir mit ihrer Rettung einhandelte, aber nein, es reichte nicht mal zu einem »Danke, Captain«, weil sie viel zu sehr damit beschäftigt waren, sich gegenseitig anzubrüllen und sich die verrücktesten Beschuldigungen an den Kopf zu werfen. Ich hätte nie gedacht, daß Engländer überhaupt so durchdrehen können. Der Reverend war am schlimmsten. Schon aus fünfzig Metern Entfernung schrillte sein Gekreische übers Wasser zu uns herüber.

»Sie müssen diese Männer verhaften, Captain! Die wollten mich gerade ermorden! Sie müssen sie sofort in Ketten legen!«

Potter stand ihm an Freundlichkeit nicht nach. »Wilson hätte uns zehnmal hintereinander fast umgebracht, und jetzt will er mir die Schuld zuschieben! Hören Sie nicht auf ihn, Captain!«

Ich konnte nur vermuten, daß sie bei ihrer Suche nach dem Paradies kein allzu großes Glück gehabt hatten.

Der Reverend schenkte dem Durcheinander an Deck kaum Beachtung, da ihn sein Gegeifere völlig in Anspruch nahm, aber Potter starrte die vielen Cognacfässer und Tabakballen mit großen Augen an. Er wollte schon den Mund öffnen, um etwas zu sagen, doch dann besann er sich eines Besseren und klappte ihn wieder zu. Es würde Ärger geben, genau wie ich es vorausgesehen hatte. Die Männer wirkten zwar alle schwach und harmlos wie Säuglinge, ich wollte jedoch trotzdem kein Risiko eingehen. Ich nahm die Pistole an mich, die aus Potters Tasche ragte.

»Mylchreest wird Sie hinunterbringen und Ihnen etwas zu essen und zu trinken geben.«

Nun hätte man denken können, daß sie die Aussicht auf eine richtige Mahlzeit erst einmal ruhigstellen würde, aber nein. »Ich will nicht zu denen!« kreischte der Reverend. »Die bringen mich um!«

Der Doktor rollte nur mit den Augen, als hätte er noch nie so einen Unsinn gehört. Trotzdem war es einfacher, Wilson nachzugeben, und so steckte ich ihn in die Kombüse. Da die vier anderen nicht in die Schlafkabinen paßten, kamen sie in die Schreinerwerkstatt. Ich ließ Chalse Christian seine Werkzeuge wegräumen, vor allem die scharfen, und einen Riegel an die Tür montieren, damit niemand auf die Idee kam, einfach mal über das Schiff zu schlendern. Mylchreest brachte ihnen Zwieback und Rindfleisch, und als er mit ihren Tellern zurückkam, auf denen kein Krümelchen mehr zu sehen war, berichtete er, daß sie wie junge Kätzchen schliefen. Dem Geschnarche aus der Kombüse nach galt das wohl auch für den Reverend, den ich nicht einsperren ließ, weil er einfach nur ein Dummkopf war. Für alle Fälle gab ich Mylchreest den Revolver und befahl ihm, sich auf die Treppe zu setzen und aufzupassen. Am nächsten Morgen, wenn sie sich alle ausgeruht hatten, wollte ich versuchen, sie auf unsere Seite zu ziehen. Ich würde unseren Handel zugeben, da Leugnen zwecklos war, und sie inständig bitten, den Mund zu halten. Wahrscheinlich würde es nichts nützen, da Engländer die Gesetze bekanntlich mehr lieben als ihr eigen Fleisch und Blut, aber ein Versuch konnte nicht schaden, vor allem, da wir sie gerettet hatten.

Wegen dieses ganzen Theaters dauerte das Verladen der Ware länger als erwartet, und es wurde später Nachmittag, bis endlich alles weg war und wir unser Geld hatten. Ich zählte dreimal nach, und es stimmte auf den Penny genau, und das war doch noch eine Freude, denn es war ein ordentlicher Batzen, mehr, als wir von diesem Zollbetrüger in Melbourne je bekommen hätten. Jed Grey hielt sich nicht länger auf, ließ seine Jungs den Anker lichten und machte sich schnurstracks davon. Wir aber blieben wie abgemacht noch einen Tag länger, damit nicht der Eindruck entstand, daß wir uns kannten. Brew fand ein Fäßchen Cognac, das Greys Jungs zwar bezahlt, aber dann übersehen hatten, und es schien nur recht und billig, daß wir die Stunde begossen, in der wir – sieben Monate zu spät und eine halbe Welt vom eigentlichen Kurs entfernt – endlich diese ganz spezielle Fracht losgeworden waren.

Dr. Thomas Potter *1858*

20. Februar (Forts.)

Hätte nie gedacht, daß Schiffszwieback + gepökeltes Rindfleisch so gut schmecken könnten. Fühlte mich ganz schwach, als Verlangen endlich gestillt, hätte aber dreimal soviel vertragen. Während wir aßen, brachte Schiffszimmermann außen an Tür Riegel an. Behauptete, dies sei für den Fall, daß wir an Krankheit litten. Ich = zu müde um mir Sorgen zu machen. Fiel inmitten v. Hobelspänen auf dem Boden in tiefsten Schlaf.

Dunkel, als ich erwachte. Die anderen schnarchten noch in den Kojen. Fand Situation jetzt, wo ausgeruht, äußerst beunruhigend. Tür verschlossen, aber Riegel locker, so daß ich sie einen Spalt öffnen konnte: sah Stufen zum Deck + Beine von sitzendem Besatzungsmitglied. Kopf nicht sichtbar, sah aber aus wie Steward Mylchreest. Auf d. Schoß = Revolver, bestätigte meinen Verdacht, daß wir = Gefangene. Hatte keinen Zweifel weshalb. Tabakballen + Fässer mit Alkohol an Deck = eindeutiger Hinweis, daß Sincerity = umgebautes Schmugglerschiff. Dies also Erklärung für rätselhafte Vorgänge während der Reise, z.B. plötzlicher Aufbruch etc. etc. (Wombat?) Manx-Männer benutzten uns die ganze Zeit, um ihr Verbrechen zu decken. Meine Sorge = ihre Absichten bzgl. uns: Planen sie, uns die Kehlen durchzuschneiden + uns über Bord zu werfen, um Entdeckung, Verhaftung etc. etc. zu entgehen? Wer würde es je erfahren? Würde bewaffnete Wache auf Treppe erklären.

Weiteres Problem = Wilson. Eindeutig entschlossen, mich ins Verderben zu stürzen (wünschte, ich hätte Gerichtsverfahren nicht so i. d. Länge gezogen). Klagt uns gewiß wegen Mordversuchs an. Falls Sache je vor Gericht kommt, stünde sein Wort gg. unseres. Könnte gefährlich für mich werden, da er Geistlicher, während Skeggs + Hodges evt. = unzuverlässige Zeugen. Sehr beunruhigend. Kann momentan aber wenig tun, da Hauptsorge = Manx.

Habe die anderen geweckt + ihnen von meinen Befürchtungen erzählt. Gleichfalls sehr besorgt. Taten das wenige, was möglich: entfernten Beine von Zimmermannshocker, damit kleine Verteidigungsmöglichkeit, falls Manx in mörderischer Absicht hereinstürmen. Dann aufmerksam gelauscht wg. evt. Hinweis auf ihre Absichten. Hörten aber nichts als leises Reden (nutzlos, da alles auf manx). Dann Gesang.

Peevay *Februar 1858*

So bekam ich endlich doch noch meinen tödlichen Krieg gegen die Num, dreißig Sommer zu spät. Während ich sie verfolgte und beobachtete und auf meine Chance wartete und sie dann schnell ergriff, dachte ich oft an Mutter und vermutete, daß sie frohe Botschaft empfinden würde, wenn sie wüßte, was ich tat. Es war leicht, ja, weil die weißen Kanaillen ganz töricht waren: Sie fanden keine Wurzeln und waren zu laut und zu plump, um Wild zu erlegen, obwohl es reichlich zu essen gab, weil kein Palawa mehr da war, und ich konnte dick werden, wenn ich wollte. Während sie scheißjämmerlich wurden, wurde ich klüger und erinnerte mich an alte Dinge, die ich vor langer Zeit gelernt hatte. Ich mußte Potter und Hooper und die anderen mit dem Speer töten. Potter war am schwersten, weil er aufpaßte, immer seine Waffe in der Tasche trug und nie herumstreunte, aber ich würde ihn am Ende doch kriegen.

Dann, als ich fast fertig war, kamen SCHIFFE und holten sie vom Strand ab. Das war schwer zu ertragen. Es ist beklagenswert, wenn man meint, man hat etwas in der Hand, so einfach, und dann verschwindet es plötzlich. Ja, es war ein hassenswerter Gedanke, daß diese abscheulichen Dreckskerle, die Mutter zerschnitten hatten, doch noch entkommen waren und einfach irgendwo hinkonnten für ihre schönen Zeiten und nie gerecht mit dem Speer getötet wurden.

Die Zeit verging, und ich saß am Strand und hatte jammervolle Gefühle tief in meiner Brust. Ich wußte nicht, was ich tun sollte, weil nichts einen Sinn hatte. Ich war gekommen, um diese Kanaillen zu kriegen, und jetzt waren sie weg. Nach und nach wurde der Tag älter, das andere Schiff setzte SEGEL und flog davon, aber ich sah, daß Potters Schiff immer noch da war. Sogar als die Dunkelheit kam, war es noch da. Das war eine Überraschung. So wurde ich wieder hoffend und hoffte, daß ich eine letzte Anstrengung machen konnte. Ich mußte es versuchen, ja, auch wenn es eine Scheißdummheit war, weil es sonst nichts gab. Also nahm ich einen Feuerstock und machte ein kleines Feuer, versteckt hinter den Bäumen. Als nächstes baute ich mein Kanu, nach der alten Art, aus Baumrinde mit selbstgemachter Schnur. Es war mein erstes Kanu in diesen vielen Sommern, und es wurde seltsam und zeigte nach rechts, als wollte es um die Ecke, aber es war fertig, und als ich es ins Meer zog, schwamm es. Den Feuerstock steckte ich zwischen die Rinde, die ihn wie Finger hielt, hinter mir, damit er geheim blieb. Die Speere steckte ich der Länge nach unter die Schnur, genauso.

So fuhr ich vorsichtig, beugte mich vor und schob das Wasser mit den Händen zurück. Ich war noch nie allein auf dem Meer gewesen, nicht mal bei Tag, und es war seltsam. Der Mond war tief unten, die Sterne versteckten sich hinter den Wolken, so daß auf dem Wasser nur mein Feuerstock flackerte und das Licht der Lampen auf dem DECK des Schiffs, die hin und her schwangen, erst winzig klein, dann langsam größer. Es war, als wäre ich in einem riesigen Nichts, in dem ich nur gefühlte Dinge wußte, wie das kalte Wasser auf meinen Beinen und etwas Wind auf meinem Gesicht. Während ich fuhr, hörte ich, wie die Stimmen der weißen Männer lauter wurden, und sie kratzten Musik, die man FIEDEL nennt, und sangen auch, obwohl ich die Worte nicht verstand.

Die Wellen wurden immer höher, und obwohl sie nicht riesig waren, war eine zu groß für mein Kanu, das um seine Ecke wollte, und so war ich im Wasser und wollte wissen, was oben war, aber das ging schwer, weil überall das gleiche Dunkel war. Dann fühlte ich das Kanu in meinem Rücken und ich zog, bis ich hinaufklettern konnte und gerettet war. Erst da sah ich mein Unglück. Mein Zerren hatte die Speere zerbrochen und der Feuerstock war natürlich aus. So glaubte ich, ich sollte wieder zum Land zurückfahren, weil es ein jämmerliches Verderben war, wenn ich gegen dieses ganze Schiff voll weißer Männer ohne tödliche Waffe kämpfen wollte. Aber an den Strand zurückzufahren, wo nichts war, war zu hassenwert. Nein, ich konnte nicht dasitzen und zusehen, wie Potters Boot ihn weit wegbrachte und er war glücklich und entkommen und wieder der Sieger, nur durch mein Mißgeschick. Ich mußte etwas versuchen, obwohl ich nicht wußte, was.

So tauchte ich wieder die Hände ins Wasser und schob mich voran.

Reverend Geoffrey Wilson *Februar 1858*

Ich fuhr aus dem Schlaf, fast als wäre ich von einer mächtigen Hand wachgerüttelt worden. Ich saß da, ohne auf meine steifen Glieder zu achten, denen das Liegen auf dem harten Kombüsenboden nicht bekommen war. Ich hatte nur *einen* Gedanken. Ich *mußte* es den Manx-Männern begreiflich machen. Das Böse war in ihre Mitte gekommen, und sie mußten es als das Böse erkennen, mußten ihm als dem Bösen in die Augen blicken, mußten die Hand erheben und es als das Böse niederstrecken.

Es war dunkel, doch unter der Kombüsentür sah ich einen Lichtschein, und als ich sie leise öffnete, sah ich die Szene an Deck, die nicht gerade beruhigend war. Ein Mitglied der Besatzung saß oben auf der Treppe, die man die anderen hinuntergeführt hatte. Es war Mylchreest, der Steward, der eigentlich für derlei wichtige Aufgaben nicht der Richtige war. Ich sah, wie er seinen Platz verließ und zur Reling ging, um langsam ins Wasser zu spucken, und im Licht seiner Lampe konnte ich erkennen, daß er seine Pistole liegengelassen hatte. Waren meine Warnungen denn ungehört verhallt? Sie hätten hier geschlossen

Wache halten müssen, mit allen Waffen, die sie finden konnten. Statt dessen hockten sie im Heck des Schiffs und grölten betrunken Lieder. Sollte ich versuchen, sie erneut zu warnen? Aber nachdem der Captain meine Warnungen schon nüchtern ignoriert hatte, würde er im Zustand der Trunkenheit dies ebenso tun.

Was ich brauchte, war ein Beweis: ein unwiderleglicher Beweis für Potters Schlechtigkeit. Es mußte doch etwas geben, das die Wahrheit meiner Behauptungen bewies. Blitzschnell ließ ich unsere Reise Revue passieren und dachte daran, wie wir mit dem armen ermordeten Renshaw im Zwischendeck gewohnt hatten. Da kam mir ein Gedanke. Seine Notizbücher! Ständig hatte er darin herumgekritzelt und noch dazu immer sehr geheimnisvoll getan. Das war bestimmt etwas. Wie ich mich erinnerte, hatte er mehrere Bände vollgeschrieben, von denen sich sicher einer in seinem Gepäck befand, das an Bord des Schiffs verstaut war. Ich spähte nach vorn und sah, daß die Luke zum Frachtraum noch immer offenstand – die Mannschaft hatte da vorher etwas verladen –, und man sah das obere Ende einer Leiter. Mylchreest war an seinen Platz oben an der Treppe zurückgekehrt und wandte mir den Rücken zu, weil er sich gerade mit seiner Pfeife zu schaffen machte. Vorsichtig öffnete ich die Tür und schlich hinaus.

Dr. Thomas Potter *1858*

20. Februar (Forts.)

Hörte plötzlich lauten Tumult an Deck: Jemand schrie (Wilson?) + Gegenstände krachten laut aufs Deck, fast so regelmäßig wie Regentropfen. Flaschen? Steine? Etwas bzgl. Schmuggel? Aber warum fielen da Gegenstände auf Deck? Hörte Stiefelgestampfe, Manx-Männer schreien. Hodges wurde ängstlich, meinte, Wilson werde ermordet und wir = die nächsten.

War nicht bereit, tatenlos abzuwarten. Außerdem fortgesetztes Krachen mysteriöser Objekte = nützlich, um eigene Geräusche zu überdecken. Öffnete Türspalt + spähte hinaus. Sah, daß Mylchreest jetzt = von Treppe verschwunden. Dies = sehr ermutigend. Schaffte es mit Hooper, Hockerbeine zwischen Tür + Rahmen zu klemmen, stemmten sie hoch, bis Riegel schließlich wegsprang. Tür schwang auf. Wir = frei! Ging Treppe hinauf, sehr wachsam. Spähte vorsichtig durch Luke, Angst, Manx-Männer warten oben, bewaffnet und mordgierig.

Szene = völlig unerwartet. Deck = voller Gegenstände. Stöcke und Schüsseln? Im Dunkeln kaum erkennbar. Manx = nach vorn zu Frachtraumluke. Kewley rief (beunruhigt): »Was soll das bedeuten?« Plötzlich flogen zwei runde Gegenstände aus dem Frachtraum auf Deck, brachen auf, gefolgt von drei weiteren. Wilsons Stimme kreischte von unten. »Seht nur! Seht nur! Des Teufels Werk! Des Teufels Werk!«

Erkannte plötzlich furchtbare Wahrheit. Gegenstände = eigene Präparate! An Deck verstreut kostbare Beispiele, schwer beschädigt! Größter Teil eigener Sammlung! Monate harter + sorgfältiger Arbeit = alles zerstört.

Rief laut: »Hören Sie sofort auf damit!«

Manx drehten sich nach mir um. Kewley fragte: »Was machen Sie denn hier?«

Bevor ich antworten konnte, erschien Wilson oben auf Leiter in Luke, hielt weiteres Präparat umklammert + kreischte wie ein Wahnsinniger. »Haltet ihn fest! Haltet ihn fest! Sperrt ihn ein!« Hob dann Präparat, um es nach mir zu werfen!

Reagierte instinktiver als gedacht. Konnte weiteren Vandalismus einfach nicht zulassen. Nächststehender Manx-Mann, Mylchreest, starrte mich mit offenem Mund idiotisch an, in seiner Tasche = Revolver. Sprang hin, stieß ihn zurück, schnappte mir Waffe. Richtete sie auf Wilson, rief: »Hören Sie sofort damit auf!«

Wilson ließ Präparat sinken. Jetzt aber sehr strenger Blick von Kewley. »Den geben Sie mal besser mir, Doktor.«

Hatte nicht an ihn gedacht, nur an Wilson. Furchtbare Stille. Hooper, Skeggs + Hodges standen an Deck neben mir, sehr unsicher. Seltsames Gefühl, daß Dinge außer Kontrolle gerieten. Hatte diese Entwicklung nicht beabsichtigt. Sagte ihm: »Ich fürchte, das kann ich nicht, Captain.« Kewley runzelte die

Stirn. »Überlegen Sie noch mal, Doktor. Wissen Sie nicht, daß man das Meuterei nennen könnte?«

Konnte nicht zurück, mußte weitermachen, egal, wo es hinführte. Hatte eigenen Rubikon überschritten. Erklärte mit sehr fester Stimme: »Ich übernehme die Verantwortung für dieses Schiff.« Warum? Mußte Begründung geben. »Weil ich Grund zu der Annahme habe, daß es für das Schmuggeln von Waren mißbraucht wird.«

Hooper zappelte nervös herum und murmelte: »Sind Sie sicher, daß Sie das richtige tun?«

Ich eigentlich keineswegs sicher. Schwierigkeit = zu viele Manx. Sie 9 (+ Wilson= 10). Wir nur 4. Zudem sie Schiffsbesatzung, wir unfähig, *Sincerity* zu steuern. Situation unmöglich, aber unvorstellbar, anders zu handeln. Konnte nur versuchen, Lage zu entschärfen. Wandte mich an andere Manx: »Ich weiß, daß Sie mit diesem Vergehen nichts zu tun haben, seien Sie dessen versichert. Dies = allein das Werk von Captain Kewley + Mr. Wilson.«

Erwartete nicht, daß sie es glaubten (taten sie auch nicht, ihren Blicken nach), hoffte aber, es werde uns zumindest über den Moment hinweghelfen + verhindern, daß wir alle angeklagt wurden. Wirkung aber nur gering. Kewley tobte. »Ich lasse mir mein Schiff von niemandem wegnehmen!« Wilson zeterte wie üblich: »Zur Hölle mit Ihnen«, »Handlanger des Teufels« etc. etc. Größtes Problem jedoch Riese China Clucas. Schwer zu begreifen, da bisher immer sehr zugänglich, trat aber jetzt mit finsterem Blick auf mich zu. Mußte reagieren, durfte aber nicht solche Wut hervorrufen, daß Manx unbesonnen reagierten. Zielte mit Pistole über Clucas' Kopf + feuerte. Zum Glück = sehr effektiv. Obermaat Brew zog China Clucas am Arm zurück und rief: »Laß das!« Die anderen verstummten. Selbst Wilson zum Schweigen gebracht.

Machte mich sofort daran, Vorteil auszubauen. Befahl Hooper, aus Frachtraum 4 Gewehre zu holen, die sicher noch an Bord. Er gehorchte nervös, kam bald mit Waffen zurück, die wir sämtlich luden. Stimmungsumschwung an Deck, als wir alle bewaffnet. Hooper + Skeggs weniger ängstlich. Manx beobachteten uns mit grimmiger Unterwerfung. Befahl als nächstes Keweley + Wilson, in die Zimmermannskajüte hinunterzugehen. Kewley fluchte + nannte uns »Piraten«, Wilson schrie etwas von Teufeln, Hölle, etc. etc., doch als Hooper Wilson Fußtritt versetzte, gingen sie. Befahl Zimmermann Christian, zwei weitere + stabilere Riegel an der Tür anzubringen. Große Erleichterung, daß Zahlenverhältnis jetzt ausgeglichener (wir 4, sie 8), konnte Mannschaft aber trotzdem nicht frei herumlaufen lassen. Schickte alle in die Back (sagte, dies = nötig, »falls jemand Captain Kewleys Lügen aufgesessen ist«). Ließ Zimmermann Christian stabilen Riegel an Tür montieren. Er noch bei der Arbeit, als Hooper plötzlich rief: »He, du da!«

Zeigte auf Gestalt achtern. In der Dunkelheit kaum zu erkennen, trug aber eine Art Sack. Völlig rätselhaft. Dachte, alles = sicher weggeschlossen.

Lief nach achtern. »Wer ist da?«

Er trat mit Sack an Reling. Erkannte ihn plötzlich am Schritt. Er = mordgieriger Wilder, Mischling! Wie kam er an Bord? Erkannte außerdem Sack = Leinensack, der fast komplettes + kostbares Präparat enthielt: Eingeborene Mary. Sicher, da einziges Präparat in solchem Sack. Wie konnte er es wagen! Schoß mit Pistole, aber er schon über Bordwand. Nahm Lampe, rannte zu Reling, sah, daß er schon im Wasser + an primitives Kanu geklammert. Wollte erneut schießen, aber keine Munition mehr. Hooper feuerte Gewehr ab, worauf Mischling vor Schiff untertauchte, davonschwamm. Schwer zu treffen.

Erwog, Boot zu wassern und Verfolgung aufzunehmen, hätte aber Manx freilassen müssen, was Gefahr bedeutete, da sie Ärger machen konnten, wenn wir abgelenkt. Sehr lästig.

Peevay *Februar 1858*

So kletterte ich aus dem Kanu vorsichtig hinauf, bis zum DECK des Schiffs. Als ich über die RELING kletterte, sah ich Potter und die weißen Kanaillen am anderen Ende. Sie schlugen mit einem HAMMER, aber die Wahrheit war, daß ich kaum darauf achtete, weil mich mehr meine Überraschung beschäftigte, die schrecklich war. Überall waren Tote, einfach zerbrochen, mal hierhin, mal dorthin verstreut. Es waren so viele, sogar genug für einen Stamm. Ich stand dazwischen, so traurig und überrascht und zornig. Wer waren sie, überlegte ich. Vielleicht waren es welche, die ich kannte, wähnte ich. Dray, Mongana, Heedeek, seid ihr da?

Dann sah ich einen Sack, den einzigen, auf dem Worte geschrieben waren. »Schwarzer Typus Tasmanische Eingeborenenfrau (komplett)(Präparat: M) Vorsicht! Wertvoll! Eigentum von Dr. T. Potter. Londoner Ärztekammer.«

Der Buchstabe M machte mich stutzig. Dann sah ich etwas an dem Beutel festgebunden, und es war Mutters Amulett mit Tayaleahs Knochen drin, das sie unter den Kleidern trug, damit die Num es nicht sahen. Da wußte ich es. Der Beutel war ganz leicht, was eine traurige, seltsame Sache war, weil man Mutter nie leicht machen sollte, weil sie zu schön war. Dann hörte ich Hooper und Rotbart ganz überrascht schreien: »Wer ist da?«, und ich sah Rotbarts Pistole bereit, und so wußte ich, ich mußte gehen oder sterben, was scheißerbärmlich war. Als ich vor seinen Schießversuchen weglief, zurück ins Wasser sprang und mich am Kanu festhielt, damit ich nicht ertrank, tobte ich. Der Groll wurde schlimmer, als ich wieder am Ufer war, und mein inniger Wunsch war es zurückzukehren, damit ich die armen anderen retten, das Schiff anzünden und Potter und Diener Hooper zu Asche verbrennen konnte.

Nach und nach aber wußte ich, daß das eine vergebliche Hoffnung war. Sie würden warten, nach meinem Feuerstock schauen und konnten mich zu leicht töten. Wenigstens hatte ich die arme Mutter, was ein großes Glück war, weil ich schon die Hoffnung verloren hatte, sie noch zu finden. Mutter würde es hassen, ein Spielzeug für weiße Arschlöcher zu sein, dachte ich, und das war eine kleine frohe Botschaft. Vielleicht konnte ich nicht alles bekommen, was ich suchte, aber zumindest einige Dinge hatte ich bekommen, und jetzt mußte ich versuchen, meinen Frieden zu machen.

Ich sah durch die Bäume, falls die weißen Kanaillen kamen und mich suchten, aber das taten sie nicht. Gleich nach der Morgendämmerung fielen die Segel des Schiffs herunter, eines nach dem anderen, und es fuhr aus seiner Bucht nach irgendwo. Ich blieb allein zurück, was hieß, daß ich Mutter nun ihren schönen Abschied geben und versuchen konnte, all die hassenswerten Dinge zu zerschlagen, die sie ihr angetan hatten. Erst ging ich unter den Bäumen hin und her und holte trockenes Holz für ihren Scheiterhaufen, den sie längst hätte bekommen sollen, und als er groß genug war, legte ich sie ganz obendrauf. Dann sagte ich mein traurigstes Lebwohl und zündete ihr Feuer an. Der Tag war warm, kein Regen, das Holz war gut, und bald brannte alles heiß und knisternd. So bekam Mutter hier in der Welt, die ihre war, endlich ihre richtige Würde. Ja, es war eine Art kummervoller Jubel.

Während sie ging, überlegte ich, welches Leben sie gehabt hatte. Es war jammervoll, ja, nur Kampf und der Versuch durchzuhalten, aber ich vermutete, daß sie die Zeit, die sie ihr Leben lebte, das hassenswerteste, das es je gegeben hatte, gut gelebt hatte. Sie konnte nicht ihren innigsten Wunsch erfüllen, die Weißen zu bezwingen und sie zu vertreiben, weil das etwas Unmögliches war, aber sie hatte ihren Stamm um sich und kämpfte ihren Krieg und lebte tapfer und kümmerte sich nie darum, was irgend jemand sagte, was ein Wunder war. Wirklich, ich wünschte, mehr wie sie zu sein.

Nach und nach wurden die Flammen stark, und Rauch stieg auf wie eine große ausgestreckte Hand. Dann, als ich zusah, kam mir ein Gedanke, der interessant war. Es gab ein Verlangen tief in ihrer Brust, das nie erfüllt worden war in all dieser Zeit, aber es war noch möglich. Ja, in all diesen vielen langen Jahren und Sorgen, all diesem Durchhalten und Wandern hatten wir nie Vater getötet.

KAPITEL VIERZEHN

Timothy Renshaw *Januar–März 1858*

Da lag ich also zerschrammt und zerschlagen direkt unterhalb des Gipfels eines unbekannten tasmanischen Berges. Wenigstens an der windgeschützten Seite, so daß mich der Wind kaum störte, obwohl es nachts und bei Regen immer noch schrecklich kalt war.

Trotz Cromwells warnender Worte konnte ich es kaum glauben, daß die anderen nicht meinetwegen umkehren würden, und lauschte ständig auf das Geräusch von Schritten. Im Laufe der Tage wuchs meine Enttäuschung. Zwischendurch packten mich Wutanfälle, aber dann stellte ich mir auch immer wieder vor, wie sie getreulich zu den besiedelten Gebieten zurückmarschierten, um eine Rettungsmannschaft zusammenzustellen. Immer wieder versuchte ich zu berechnen, wie viele Tage sie wohl dafür brauchen würden. Meine Schätzungen fielen jedesmal anders aus – ich erwartete sie früher, wenn ich guter Stimmung war, und später, wenn mich wieder einmal der Trübsinn packte.

Je länger ich allein war, desto schwerer wurde es. Oft führte ich Selbstgespräche und sehnte mich danach, daß irgendwelche wilden Tiere vorbeikämen, denn selbst Wölfe wären so etwas wie Gesellschaft gewesen. Es dauerte auch nicht lang, da schlichen zwei von ihnen vorbei, wie Cromwell es vorausgesagt hatte, seltsame Wesen mit federndem Gang und dunkelgestreiftem Hinterteil, doch zum Glück hatten sie Angst vor mir und interessierten sich nur für die Maultiere. Manchmal kamen Wallabies durch die Bäume gehüpft, und in der Abenddämmerung besuchte mich regelmäßig ein Wombat, der sich schnobernd durchs Unterholz wühlte, stehenblieb, verblüfft mein Zelt anstarrte und dann gemächlich weitertrottete. Weniger vorsichtig waren die Opossums mit ihren komischen kleinen Köpfen. Sie kamen abends, wenn ich mein Essen zubereitete, das sie mir stiebitzten, kaum daß ich ihnen den Rücken zuwandte. Aber ich sehnte mich nach ihnen allen, ob sie nun Diebe waren oder nicht. Da ich genügend zu essen hatte, dachte ich nie daran, die Speere zu benutzen, die Cromwell mir dagelassen hatte.

Die sich aneinanderreihenden Tage brachten wenigstens den Nutzen, daß meine Verletzungen verheilten. Immer müheloser konnte ich mich in der Nähe des Zelts bewegen, wenn ich mich auch nie weiter wegwagte, aus lauter Angst, die anderen zu verpassen, falls sie doch noch kamen. Mittlerweile drehten sich meine Selbstgespräche immer mehr um das Dilemma, in dem ich steckte. »Die Abende werden kürzer. Ohne Uhr läßt sich das zwar nicht genau sagen, aber ich könnte schwören, die Sonne geht spätestens um halb sieben unter. Außerdem kommen mir die Nächte kälter vor. Je länger ich bleibe, desto schwerer wird es für mich, sicheres Gebiet zu erreichen, soviel steht fest. Aber wenn sie mich doch noch retten kommen? Vielleicht klettern sie ja in diesem Moment den Berg herauf? Falls sie mich nicht einfach schnöde als totgeglaubt zurückgelassen haben. Miese Verräter. Aber eigentlich kann ich nicht glauben, daß sie so etwas wirklich...«

Und so ging es weiter, immer im Kreis, und jedesmal kam ich der Entscheidung, einfach aufzubrechen, etwas näher. Bis ich dann eines Nachmittags alles zusammensuchte, was ich für den Weg brauchen würde. Als ich schließlich sah, was alles zusammen wog, erschrak ich. Das Zelt schien eine extra schwere Konstruktion zu sein, mit seiner dicken Leinwand und dem plumpen hölzernen Gestell, und schon die Tiegel mit Essen, die einzeln kaum etwas wogen, summierten sich zu einem ansehnlichen Gewicht. Hinzu kam, daß ich alles in Satteltaschen schleppen mußte, deren Gurte völlig verdreht waren. So beschloß ich, nur eine breite Zeltbahn mitzunehmen, die ich an den Bäumen befestigen wollte. Ich packte Essen für zehn Tage ein und konnte nur hoffen, daß es reichen würde.

Früh am nächsten Morgen brach ich auf. Ich hielt die Speere umklammert, die Cromwell mir dagelassen hatte. Meine Beine waren durch die Verletzungen immer noch steif und ungelenk. Anfangs blieb ich alle paar Meter stehen, selbst jetzt noch in der Hoffnung, die anderen kommen zu hören, aber alles, was ich vernahm, war die Brise in den Wipfeln und das leise Summen der Insekten. Ich schrie wüste Verwünschungen in den Wind, wandte meinem einsamen Zuhause der letzten Tage endgültig den Rücken zu und zog weiter. Cromwells Anweisungen waren von unschätzbarem Wert, und wenn es auch kein Honigschlecken war, gleich am Anfang mußte ich erst einmal mühsam den Berg hinunterklettern, fand ich doch bald den Pfad, den er mir beschrieben hatte, und ging auf ihm in südlicher Richtung. Am zweiten Tag erreichte ich den seltsamen schädelförmigen Gipfel, an dessen Ostseite ich mich hielt, genau wie Cromwell es mir geraten hatte. Am dritten Tag wurde die Gegend etwas freundlicher, und meine Lebensgeister kehrten zurück. Jetzt lachte ich über meine Angst vor dem Aufbruch, denn anscheinend war es gar nicht so schwer, in sichere Gefilde zurückzukehren.

Doch so etwas sollte man wahrscheinlich nie denken. Noch am gleichen Nachmittag stolperte ich und zerschrammte mir das Knie. Ich säuberte die Wunde im Fluß und hielt das Ganze einfach nur für lästig. Am nächsten Tag jedoch begann die Wunde zu pochen und anzuschwellen, und mit der Zeit tat sie so weh, daß ich mir aus einem Ast eine grobe Krücke machen mußte, um überhaupt gehen zu können. Ich kam nur noch sehr langsam voran, bis ich dann eines Morgens mit Fieber erwachte und in meiner ärmlichen Zeltbahnbehausung bleiben mußte, wo ich den ganzen Tag unruhig schlief. Gegen Abend erwachte ich durch ein Rascheln im Unterholz und erblickte nicht weit entfernt einen Wolf, der mich mit geduldigem Interesse beobachtete. Ich rappelte mich mühsam hoch und schleuderte einen von Cromwells Speeren nach ihm, und obwohl ich den Wolf weit verfehlte, lief er doch davon. Der Vorfall ängstigte mich so sehr, daß ich mit letzter Kraft einen Holzstoß für ein Feuer errichtete. Ich schichtete ihn so hoch wie möglich auf, entlang einer gedachten Linie, weil ich hoffte, so werde das Feuer langsam weiterwandern und die ganze Nacht brennen.

Frühmorgens wurde ich wach oder glaubte es zumindest. Am Feuer, das nur noch ganz schwach flackerte, standen meine Eltern und mein älterer Bruder und blickten in die Flammen.

»Er hat es ganz schlecht aufgeschichtet«, bemerkte mein Vater und stocherte mit seinem Regenschirm in der Asche herum. »Er hätte unbedingt mehr Holz sammeln müssen. Ich glaube kaum, daß das noch lange brennt.«

»Er war schon immer ein fauler Kerl«, stimmte meine Mutter kopfschüttelnd zu.

»Wenn ihn die wilden Tiere fressen, was sicherlich passieren wird, dann ist das ganz allein seine Schuld.«

Meine Mutter sah zu meinem Bruder hin. »Ja, wenn *Jeremy* den Holzstoß aufgeschichtet hätte...«

Mein Bruder war sichtlich zufrieden mit dieser Bemerkung, zuckte aber nur die Achseln. »Ich hätte mein Bestes gegeben, Mama, mehr kann ich nicht sagen.«

»Ach, Kind, du bist ja so bescheiden«, sagte meine Mutter voller Bewunderung.

Mir wurde übel. »Ich verstoße euch, hört ihr?« rief ich laut. »Ich verstoße euch alle! Laßt mich gefälligst in Ruhe.«

Die drei sahen mich überrascht, ja empört an. Dann wandten sie mir, einer nach dem anderen, den Rücken zu und verschwanden zwischen den Bäumen.

Ich erwachte und sah, daß es bereits dämmerte und das Feuer zu meiner großen Genugtuung immer noch recht wacker brannte. Obwohl ich nach wie vor Fieber hatte, fühlte ich mich ein wenig besser und kräftig genug, um mich an meiner Krücke hochzuziehen. Nach kurzer Zeit, ich hatte noch keine große Entfernung zurückgelegt, trat ich zwischen den Bäumen hervor und stand zu meiner Verblüffung einem Schaf gegenüber, das mich verständnislos anstarrte. Es gehörte zu einer großen Herde, die, als ich näherkam, wie ein Schwarm aufgeschreckter Vögel davonstob. Ich schrie vor Freude. Obwohl mich mein Bein jetzt, wo die Rettung nahe schien, noch schlimmer schmerzte, lief ich schneller und erreichte nach kurzer Zeit einen breiten, staubigen Weg, auf dem ich Hufabdrücke von Pferden erblickte, manche davon wunderbar frisch. Ich erklomm einen niedrigen Wall und sah ein Holzhaus, halb zwischen Bäumen versteckt, aus dessen Kamin Rauch aufstieg. Ich ließ die Satteltaschen fallen und humpelte weiter, bis ich beinahe kichernd ein Tor aufstieß und mich in einem bunt prangenden Garten befand, wie ich ihn viele Wochen lang nicht mehr erblickt hatte.

Aber wie seltsam sah es hier aus! Überall – auf Mauern, auf Steinen, auf dem Rasen – standen Dutzende von geflügelten Engeln herum, die mich mit lächelnden grauen Gesichtern betrachteten.

Dr. Thomas Potter *Februar 1858*

Das Schicksal der Nationen

Kapitel vier: Über das zukünftige Schicksal der Menschenrassen

Da das dominierende Merkmal des Schwarzen Typus die Wildheit ist, beschränkt sich sein Denken auf das unmittelbare Überleben. Er ist unfähig, sich eine Vorstellung von Ideen, Unternehmungen oder Zeit zu machen. Vielmehr gibt er sich mit seiner primitiven, trostlosen Existenz zufrieden und läuft nackt durch die Wildnis, auf der Suche nach seiner schrecklichen Nahrung, die ihn vielleicht ein paar Tage länger am Leben erhält. Und so mag er einem fast leid tun, angesichts des furchtbaren Schicksals, das ihn erwartet...

Das Schicksal der Nationen

Kapitel Vier: Über das zukünftige Schicksal der Menschenrassen

(Korrektur)

Da das dominierende Merkmal des Schwarzen Typus die Wildheit ist, ist er zwar unfähig, sich eine Vorstellung von Ideen, Unternehmungen oder Zeit zu machen, kann aber trotzdem nicht als harmlos gelten. Seine trostlose Existenz mag unschuldig erscheinen – nackt läuft er durch die Wildnis, auf der Suche nach seiner schrecklichen Nahrung, die ihn vielleicht ein paar Tage länger am Leben erhält –, und doch wird man bei näherer Untersuchung eine ganz andere Wahrheit zutage fördern. Man unterschätze den Wilden nicht, denn wenn ihm auch jede Fähigkeit mangelt, vernunftbegabt zu denken, wird er doch von gewalttätiger Schläue beherrscht. Ja, schlimmer noch, er ist von bösartigem Neid auf jene Rassen erfüllt, die, auf für ihn unbegreifliche Weise, die wundersamen Früchte der Zivilisation entwickelt haben. In Australien, Tasmanien, Neuseeland – und zweifellos bald auch in Afrika – war die jüngste Geschichte des Schwarzen Typus eine Geschichte des raschen, verhängnisvollen Niedergangs, bis fast zum Punkt der Auslöschung, und in der Folge ist es in gewissen intellektuellen und sentimentalen Kreisen Mode geworden, die dunkelhäutigen Rassen dieser Erde mit einem Gefühl des Mitleids zu betrachten: Man sieht sie als Opfer grausamster Umstände, denen durch rohe Eroberer Leid zugefügt wird. Eine solche Sicht ist ohne Zweifel gut gemeint, führt aber gefährlich in die Irre. Die Wahrheit ist, daß der Schwarze Typus aufgrund seines minderwertigen und gefährlichen Wesens in erster Linie selbst für sein trauriges Los verantwortlich ist.

Es gibt für diese Wahrheit keinen besseren Beweis als jenes am meisten dezimierte Volk, die Eingeborenen Tasmaniens. Seitdem die Insel in den Schoß der zivilisierten Welt geholt wurde, ist man weitgehend übereingekommen, daß dieser Stamm die niedrigste aller menschlichen Rassen – oder Spezies – darstellt, die auch der rudimentärsten Fertigkeiten entbehrt, einschließlich landwirtschaftlicher Kenntnisse, so daß man diese Rasse irgendwo zwischen Menschheit und Tierreich ansiedeln kann. Trotz dieser beklagenswerten Sachlage haben die Briten ihren neuen Schützlingen gegenüber großes Mitleid bewiesen – derlei Sentimentalitäten sind eine rare, bezaubernde Schwäche des angelsächsischen Typus (siehe oben Kapitel 2). Die Kolonialregierung hat jeden Versuch unternommen, die gefangengenommenen Schwarzen zu bessern und vom Müßiggang zu zivilisiertem Verhalten zu führen. Nun könnte man meinen, daß diese Bemühungen dankbar angenommen wurden, aber nein, die Eingeborenen begegneten allen kostbaren Belehrungen, die man ihnen erteilte, mit Verachtung und blieben unter einer dünnen Schicht zivilisierten Verhaltens so wild wie zuvor. Selbst die wenigen, die es heute noch gibt, sind zu jeder Art von Täuschung, Gewalt (bis hin zum Mord) und Diebstahl wertvollen Eigentums fähig.

Ihr Verhalten hat die Geduld selbst des freundlichsten und sentimentalsten Angelsachsen erschöpft, der, trotz seines keineswegs kriegerischen Wesens, nie vor der rechtmäßigen Verteidigung seiner Person und seines Besitzes zurückschrecken würde. Es kann kein Zweifel bestehen, daß der Schwarze Typus, wenn der Große Brand der Nationen auflodert, zu den ersten gehört, die vernichtet werden, und auch wenn es in der Natur des Menschen liegt, ein solches Geschehnis betrüblich zu finden, möge man doch bedenken, daß dieses Ende nicht der Gerechtigkeit entbehrt.

Der normannische Typus mag dank seiner Schläue war etwas länger überleben, wird aber vom gleichen Schicksal ereilt. Der Normanne zieht seine Macht aus der zentralen Stellung, die er sich erschlichen hat – insbesondere seine Herrschaft über Grundbesitz, Titel und Kirche –, und seiner Fähigkeit, den ihm überlegenen Angelsachsen mit dem hohlen Spektakel der Tradition zu blenden. Doch dieser Zustand wird nicht mehr von langer Dauer sein. Tag um Tag nimmt die Gutgläubigkeit des ehrbaren Angelsachsen unmerklich ab. Stunde um Stunde durchschaut er klarer die hohle Arroganz, die Pervertierung der Frömmigkeit, die sich »edel« nennt. Eines schönen Morgens wird der Angelsachse aus seinem Schlummer erwachen und den gewaltigen Betrug erkennen, der an ihm begangen wurde, und seine starken Arme werden mit einem mächtigen Schlag alle Ketten sprengen und die schmarotzerischen Lords und Priester, die sich während der letzten achthundert Jahre von seinem Fleiß ernährt haben, in den Abgrund des Vergessens schleudern.

Der keltische Typus hingegen wird überdauern, wenngleich sein Stand bescheiden sein wird. Die vorherrschenden Charaktermerkmale des Kelten mögen Faulheit und Betrug sein, doch ist er der Vernunft zugänglich, da er im allgemeinen von einem höchst nützlichen Instinkt des Gehorsams geleitet wird. In der Tat sind es gerade seine Mängel – seine Unentschlossenheit, die Scheu vor seinen mächtigeren und klügeren Mitbürgern –, die ihm ein Überleben ermöglichen werden. Seine Rolle wird darin bestehen, daß er dem Angelsachsen dient, ob er nun an seinem Tisch aufwartet, in seinen Armeen mitmarschiert, als Arbeiter in seinen Fabriken oder auf seinen Feldern und Ozeanschiffen eingesetzt wird. Die Verbindung zwischen dem Angelsachsen und dem Kelten wird somit von gegenseitigem Vorteil sein: eine Art Pakt zwischen Überlegenem und Unterlegenem, Meister und Sklaven.

Captain Illiam Quillian Kewley *April 1858*

Die Zahlen, die ich in die Wand geritzt hatte, erzählten die ganze Geschichte, und es war eine gemeine Geschichte. Wir waren jetzt schon mindestens zwölf Wochen unterwegs. Zwölf Wochen, die ich im Bauch meines eigenen Schiffes eingesperrt war, und das auch noch wegen eines Passagiers, den ich vor seinem durch Dummheit selbst verschuldeten Tod gerettet hatte. Zwölf Wochen, in denen ich wußte, daß dieser Schuft über das Achterdeck, mein Achterdeck, stolzierte, als sei es seins. Es war so, als müßte ich zusehen, wie ein Fremder, vor meinen Augen, die Finger unter die Röcke meiner Ealisad schiebt. So was nennt sich dann Dankbarkeit. Ich hätte ihn verhungern lassen sollen dort am Strand.

Der Wind war meist günstig gewesen und vermutlich hatten wir fast schon Kap Hoorn erreicht, das heißt, wir waren auf halbem Weg nach Potters England, das ja wohl unser Reiseziel war. Es gab da einen netten Gedanken, an den ich aber selbst kaum glaubte. Brew hätte das Schiff inzwischen siebenmal zurückerobern können, mit einem großen Überraschungsangriff aller Manx-Männer. Er hätte sogar durch einfaches Nichtstun, was einem Manx-Mann nicht besonders schwerfällt, einen ziemlichen Schlamassel anrichten können, schließlich konnten Potter und seine drei Halunken die *Sincerity* nicht mal zwei Schiffslängen weit steuern. Eine Weile dachte ich, er warte vielleicht nur den richtigen Zeitpunkt ab, aber im Lauf der Zeit wurde das immer unwahrscheinlicher. Der Reverend und ich wurden jeden Morgen und Abend an Deck geholt, um den Abtritt aufzusuchen, Skeggs und Hodges stießen uns mit ihren Gewehren vor sich her, und jedesmal sah ich Brew und die anderen forschend an und wartete darauf, daß sie verschwörerisch zurückzwinkerten. Aber sie würdigten mich keines Blicks. Tja, so etwas gibt einem natürlich zu denken, und mir kam oft die alte Redensart aus Peel in den Sinn: »*Kauf auf dem Markt nie was bei den Brews*«, und ich dachte daran, wie der Lump damals morgens in Melbourne überlegt hatte, was sich wohl besser für ihn auszahlte, an Bord zu bleiben, in der Hoffnung, daß er seinen Anteil kassierte, oder sich den verräterischen Schurken anzuschließen, die abgehauen waren, um nach Gold zu suchen. Hätte es nicht zu meiner langen Glückssträhne gepaßt, daß mir dieser Betrüger jetzt auch noch die ganze Schuld in die Schuhe schob, wie Potter es ja quasi vorgeschlagen hatte, und den Rest dieser nichtsnutzigen Trottel mitzog?

Wenn Potter uns nach England verfrachtet hatte, würden wir erst mal ein gefundenes Fressen für die Rechtsverdreher sein: Passagiere, die sich an Bord eines Schmugglerschiffs als Meuterer aufgespielt hatten, und dann noch die vielen Schädel und Knochen. Wie würde das auf einen griesgrämigen Londoner Richter wirken? Auf der einen Seite Dr. Potter, ein studierter Engländer mit seinen drei Handlangern und einer Bootsladung voll übergelaufener Manx-Männer. Auf der anderen Seite Captain Kewley, stolzer Eigentümer eines Schmugglerschiffs, sowie sein feiner Freund, ein schnatternder Pfaffe, der Stunde um Stunde verrückter wurde. Ich konnte mir lebhaft vorstellen, wer am Schluß der Dumme war und eine ellenlange Haftstrafe abbrummen mußte.

So etwas treibt einen natürlich um, und irgendwann war ich soweit, daß ich kaum noch der Versuchung widerstehen konnte, meinerseits Ärger zu machen, weil mir alles besser schien, als Tag für Tag nur dazuhocken und zu warten. Nach einer Woche erlaubte uns Potter endlich, in Kojen zu schlafen, statt auf dem blanken Holzboden, worauf ich versuchte, mit einem Brett aus meiner Koje die Tür aufzustemmen. Aber die Riegel waren äußerst stabil, und vom Reverend kam keine Hilfe. Der war nämlich stinksauer, seit er von unserem speziellen Schnaps- und Tabakhandel erfahren hatte (ich glaube, er hatte Angst, meine Sündhaftigkeit könnte auf ihn abfärben und ihm von seinem feinen Freund dort oben finstere Blicke eintragen). Trotz mehrerer Versuche schaffte ich es nicht mal, das Brett durch den Türrahmen zu zwängen und als Hebel anzusetzen. Außerdem hinterließ meine Betätigung leider Spuren am Holz, was Skeggs bemerkte und mir einen Besuch von Potter einbrachte, der mir einen angewiderten Blick zuwarf und Christian drei weitere Riegel anbringen ließ. Unsere Kojen wurden entfernt, wir mußten wieder auf dem nackten Boden schlafen, und die Miene des Reverend verfinsterte sich um so mehr. Es war das Ende meiner Fluchtversuche, denn jetzt war die Tür stabil wie aus Eisen, und Skeggs und Hodges paßten auf wie die Schießhunde, wenn sie mit unserem Essen hereinkamen. Beim Öffnen der Tür traten sie einen Schritt zurück und kamen erst herein, wenn sie sicher waren, daß sie von uns nichts zu befürchten hatten.

So hatte ich also das Vergnügen von Reverend Wilsons Gesellschaft, und das gleich wochenlang. Der Kerl war wirklich eine Pest. Ich glaube, ich hätte Potter sogar seinen Schiffsraub verziehen, wenn er nur so nett gewesen wäre, den alten Knaben in aller Stille über Bord zu werfen. Der Mann quasselte in einem fort. Da vergnügte ich mich zum Beispiel damit, die Nägel im Holz zu zählen oder einem interessanten Geräusch zu lauschen, einfach um mir die Zeit zu vertreiben, und plötzlich ging das Geschnattere wieder los, das mich fast zum Wahnsinn trieb. Am liebsten betete der Reverend, und es gab nichts unter der Sonne, für das der alte Narr nicht gebetet hätte, er betete für »die Seelen unserer Peiniger«, und er betete um »Hoffnung in dieser schwersten aller Stunden«, aber am schlimmsten war es, wenn er für mich betete, weil er da alle möglichen miesen Seitenhiebe mit hineinmischte. So vergab er mir zum Beispiel, daß ich Cognac geschmuggelt hatte, und sogar, daß ich nachts immer schnarchte, was ich bestimmt nie tat. Es gibt kaum etwas Schlimmeres, als wenn einem jemand vergibt, weil man keine Chance hat, etwas dagegenzusetzen, und wenn ich mich verteidigen wollte, wurde er ganz heiligenmäßig und nachsichtig.

So wie die Dinge standen, gab es Zeiten, wo ich die komische Beterei selber dringend nötig gehabt hätte, aber ich bekam nie Gelegenheit dazu, weil der Reverend Tag und Nacht vor sich hinbrabbelte. Es war, als hätte er Gott für sich allein gepachtet.

Manchmal gönnte er sich auch die Freude, mit Hodges und Skeggs einen Streit vom Zaun zu brechen. Das war pure Angabe, natürlich nicht meinetwegen, sondern wegen seinem großen Freund im Himmel, und es machte mich rasend. Die vier Kerle hatten die Gewehre, das Essen und dazu eine kuriose Vorliebe fürs Schädelsammeln, und so fand ich es nicht übermäßig schlau, sie mit höhnischen Bemerkungen zu ärgern, aber Wilson mußte ja seinen Kopf durchsetzen. Kaum kamen sie durch die Tür, predigte er ihnen mit seinem ganzen Charme, daß sie zwei niederträchtige Schurken seien, weil sie Potter folgten, in dem er anscheinend den Teufel höchstpersönlich sah, und er drohte ihnen, daß sie in der Hölle schmoren würden. Hodges nahm das meist ruhig hin, weil er ein bißchen begriffsstutzig war, aber Skeggs besaß ein ganz anderes Naturell und konnte oft kaum der Versuchung widerstehen, den Reverend zu verprügeln. Das wäre weiter kein Schaden gewesen, hätte mir in dem Fall nicht bestimmt auch eine Abreibung gedroht, obwohl ich ja nichts dafür konnte. Und noch schlimmer war es, wenn Wilson plötzlich anfing, den Märtyrer zu spielen, was er meistens sonntags tat.

»Euren ekelhaften Fraß könnt ihr gleich wieder mitnehmen«, erklärte er dann angewidert, obwohl er das Essen eigentlich bitter nötig hatte. »Ich brauche es nicht. Meine Nahrung ist von höherer Natur.«

Ich hatte ja nichts dagegen, daß er den Helden spielte, aber schließlich war es auch *mein* Essen, und ich wollte es unbedingt haben. Es gab zwar nie besonders viel, aber trotzdem war es eine der wenigen Freuden an diesen öden Tagen. Zumindest hätte er mich fragen können, bevor er loslegte, aber nein: Warum sollte er einen einfachen Schiffskapitän um Rat fragen, wenn ihn sein Gott persönlich anfeuerte? Ich machte dann meist einen kleinen Witz, um meine Ration zu retten, zum Beispiel: »Also, was mich betrifft – meine Nahrung ist stinknormal«, aber es klappte nie. Skeggs amüsierte sich nur königlich.

»Ganz, wie Sie wollen, Reverend.« Dann nahm er einen großen Bissen von meinem Essen und bot auch Hodges etwas davon an.

Allmählich hoffte ich fast, wir würden sinken, weil das immer noch besser war, als in einem englischen Gerichtssaal vor den Augen des feixenden Potter abgeführt zu werden. Und wenn ich mir das Wetter so betrachtete, sah es ganz danach aus. Die ganze Nacht hatten die Wellen wie Kanonenschüsse gegen das Heck gedonnert, und das Schiff rollte und stampfte wilder als ein Pferd, das einer Schlange auf den Schwanz getreten ist. Das paßte zu dem, was ich über Kap Hoorn gehört hatte. Wenn es noch schlimmer wurde, dann war, mit so wenig Besatzung an Bord, alles möglich.

Ich hatte gedacht, unsere Gefängniswärter würden ihre Morgenvisite angesichts des Wetters ausfallen lassen, aber nein, sie kamen wie immer mit unserem Festmahl aus hartem Rindfleisch, altem Schiffszwieback und einer verschrumpelten Limone, und alles schmeckte lecker nach dem Meerwasser, mit dem es unterwegs begossen worden war. Nach dem Frühstück wurden wir die Treppe hinaufgeschubst, um den Abtritt aufzusuchen. Das *war* vielleicht ein Wetter! Ein Schritt an Deck, und schon hatte mich die Gischt völlig durchnäßt, während eine so große Welle über den Bug brandete, daß es fast aussah, als würde das Schiff Tümmler spielen und untertauchen, um sich den Meeresboden mal von nahem anzusehen. Unseren armen Engländern gefiel das ganz und gar nicht. Oben auf dem Achterdeck stand totenbleich Potter und hielt die Arme um die Besanwanten geschlungen, als wären es keine Taue sondern seine liebe, verschollene Mama. In diesem Augenblick brandete tosend eine riesige Welle übers Heck und warf ihn auf die Knie, aber den Revolver ließ er trotzdem nicht los. Hooper hatte wohl gewartet, bis wir auftauchten, denn als sich jetzt das Wasser in die Speigatts ergoß, packte er die Gelegenheit beim Schopf und verzog sich nach unten.

Einen noch viel kurioseren Anblick als die Engländer aber bot die Mannschaft. Da war zum Beispiel Jamys Kinred, der Bursche, der am Steuerruder festgebunden war, damit es ihn nicht über Bord spülte. Nun war Kinred zwar sicher ein wackerer Seemann, aber er war kein Riese. Wenn es nach mir gegangen wäre, ich hätte bei so einem Wetterchen China Clucas ans Ruder gestellt. China war übrigens gar nicht weit entfernt, nämlich oben in der Takelage, wo er die Webeleinen des Besanmasts reparierte. Wieder ein hübsches kleines Rätsel. Webeleinen zu reparieren ist zwar ziemlich einfach, aber doch eher was für schönes Wetter, nicht für einen Orkan. Und eigentlich sahen sie gar nicht so aus, als seien sie beschädigt. Brew stand direkt unter China Clucas, und diesmal zwinkerte er mir tatsächlich zu. Da wurde ich wachsam. Offenbar hatte ich den Kleinen falsch eingeschätzt. Er hatte einfach nur auf einen richtig schlimmen Sturm gewartet.

Skeggs gab sich meist nicht damit ab, den Reverend und mich vor sich herzutreiben. Das überließ er Hodges und beschränkte sich aufs Aufpassen, aber heute war es an Deck so furchtbar naß, daß er sich wieder in den Treppenaufgang verzog. Eigentlich war es kaum nötig, sich bis zum Abtrittshäuschen durchzukämpfen, um dann doch bloß in den Ozean zu scheißen, wo der Ozean auch so zu uns kam. Gerade, als wir gehen wollten, stürzte das Schiff direkt in eine angehende Welle, und man sah vor lauter Wasser den Abtritt nicht mehr. Der Reverend winselte.

»Sie können doch nicht erwarten, daß ich da hinaufsteige!« sagte er stöhnend zu Hodges.

Ich hätte ihn niederschlagen können. Es war mir nämlich nicht entgangen, daß Chalse Christian, der Zimmermann, obwohl er schon bis auf die Knochen durchnäßt war, direkt hinter dem Abtrittshäuschen stand, wo er damit beschäftigt war, eines der Klüvertaue festzuzurren, obwohl es eigentlich gar nichts festzuzurren gab. Zum Glück stieß Hodges Wilson unsanft mit dem Gewehrkolben nach vorn, und so stolperten wir los, blieben aber gleich wieder stehen, um uns an der Reling festzuhalten und das Meer zu schmecken, als von hinten die nächste Welle über uns hereinbrach. Kaum waren wir angekommen und Hodges zurückgetreten, damit ich die Tür öffnete, als Christian auch schon einen Belegnagel aus seinem Gürtel zog und ihm ein Ding verpaßte, das nicht von schlechten Eltern war. Mir brauchte keiner zu sagen, was als nächstes zu tun war. Christian warf sich auf ihn, dann ich, und gemeinsam versuchten wir, ihm das Gewehr zu entreißen. Unser Problem war nicht etwa Hodges – der war kein großer Kämpfer –, sondern die nächste Welle, eine richtige Bestie, die das Schiff so schwer erschütterte, daß es uns alle umriß.

Jetzt meldete sich der Reverend zu Wort. »Hurra!« schrie er, so laut es seine gräßliche Piepsstimme zuließ. »Hurra! Hurra! Gott sei gepriesen!«

Nun gibt es zwar durchaus gute Gelegenheiten, »Hurra« zu schreien, diese gehörte jedoch sicherlich nicht dazu. Ich warf einen Blick nach achtern und sah, wie unser Freund Potter blitzschnell unser kleines Handgemenge erkannte und dann nach oben schaute. Was sah er da? China Clucas, der gerade ausholte, um ihm einen Belegnagel ans edle Haupt zu donnern. Es war Potters Glück, daß er hochgeschaut hatte, denn so konnte er sich schnell wegducken, so daß der Nagel nur das Spantenwerk traf. Potter hechtete zur Reling, bevor der nächste Brecher kam, und obwohl ihn jetzt Brews Belegnagel an der Schulter traf, ließ er seinen Revolver nicht etwa fallen, sondern feuerte in die Luft, worauf Brew erschrocken zurückwich. Das roch nach Ärger.

»Hurra! Hurra!« rief der Reverend.

Ich hätte ihm mit seinem »Hurra!« den Mund gestopft, wenn ich nicht Besseres zu tun gehabt hätte. Ich hechtete nach Hodges Gewehr. Als ich es gepackt hatte und mich wieder umdrehte, tobte ein richtig wilder Kampf. Skeggs hatte seinen Kopf aus dem Treppenaufgang gesteckt und rang im nächsten Moment erbittert mit Tom Karran um seine Waffe. Mittlerweile hielt sich Potter an der Reling fest, zielte auf alles und jeden und fuchtelte wild mit der Pistole herum. Die *Sincerity* stampfte und schlingerte. Zu viert standen sie ihm gegenüber, einschließlich Brew und China, ja sogar der alte Dummkopf, unser Koch, Rob

Quayle, alle warteten auf ihre Chance. Potter feuerte bestimmt nur deshalb nicht, weil er Angst hatte, wenn er einen von ihnen traf, würden sich die anderen auf ihn stürzen.

Ich konnte ihnen vielleicht ein bißchen helfen. Ich schwenkte Hodges Gewehr herum, bis ich den guten Doktor direkt im Visier hatte, und spannte den Hahn. Es mußte doch geladen sein, was hätte es sonst für einen Sinn gehabt, daß Hodges es Tag und Nacht mit sich herumschleppte? Aber ich hörte bloß ein leises Klicken. Vermutlich hatte es durch das Wasser gelitten. So ein Reinfall. Da prahlen die Engländer Tag und Nacht damit, wie schlau sie sind mit ihrem Stahl, ihrer Eisenbahn und ihren Schiffen, um die sich angeblich alle Welt reißt, und dann stellt sich heraus, daß ihre Gewehre nicht mal ein bißchen Feuchtigkeit vertragen. Erwarteten sie denn, daß alle Welt nur bei schönem, sonnigen Wetter gegen die Russen kämpft und Tiger jagt? Mir war es völlig schleierhaft, wie sie es je geschafft hatten, die halbe Welt zu erobern.

Das war dann auch schon das Ende unseres kleinen Gerangels. Eine Sekunde später schoß Hooper aus seinem Versteck hervor und versetzte Tom Karran mit dem Gewehrkolben einen wüsten Schlag auf den Kopf, was wiederum Skeggs von seinen Sorgen befreite, und plötzlich standen da, wo eben noch *ein* Engländer mit seiner Waffe auf uns gezielt hatte, drei Gegner, und das war einfach einer zuviel. Brew, China und die übrigen sackten irgendwie zusammen und wichen langsam zurück. Ich konnte es ihnen nicht verübeln. Als nächstes rappelte sich Hodges auf, schnappte sich sein nutzloses Gewehr und rammte es mir kräftig in die Rippen, aus Dankbarkeit. Das war ein richtig beschissener Augenblick. Der irre, arrogante Blick, den mir der Reverend zuwarf, machte es auch nicht eben besser.

»Hätten Sie doch nur um Vergebung für Ihre Sünden gebetet, Captain, wozu ich Sie so oft gedrängt habe! Glauben Sie nicht auch, daß dann alles ganz anders gekommen wäre?«

Dr. Thomas Potter *April 1858*

Das Schicksal der Nationen

Kapitel Vier: Über das zukünftige Schicksal der Menschenrassen

(Korrektur)

Dem keltischen Typus ist es, ebenso wie dem Schwarzen und dem normannischen Typus, bestimmt, während des Großen Brands der Nationen vernichtet zu werden. Mag sein, daß der Kelte versucht, alle mit seiner trägen, servilen Art hinters Licht zu führen, aber den wackeren Angelsachsen täuscht er nicht. Er wird die dominierenden Charaktermerkmale erkennen, die sich hinter diesem törichten Lächeln verbergen: die Schläue, die Falschheit und vor allem die Freude an grundloser, bösartiger Gewalt. Dem Kelten mangelt jegliche Vernunft, und dies allein schon wird ihn ins Verderben stürzen. Der Angelsachse, den er immer wieder mit aggressivem, tückischem Verhalten provoziert, wird die Grenzen seiner gewaltigen Geduld erreichen und seinen Feind wie eine lästige Fliege zerquetschen. So werden die Kelten selbst Urheber ihrer eigenen totalen Zerstörung sein, bis es auf dieser Erde kaum noch einen gibt...

Neue Regeln, um die Sincerity *zu befehligen:* die Manx-Männer

Um weitere Akte gewaltsamer Meuterei an den Mitgliedern des Kommandostabs zu verhindern, gelten künftig folgende Regeln. Alle Regeln werden unnachgiebig durchgesetzt.

REGEL EINS

Künftig sind keine Reparaturen am Schiff mehr erlaubt, vom Schrubben des Decks bis zum Teeren der Spieren, da diese Arbeiten erwiesenermaßen nur ein Mittel sind, geplante Attacken auf Mitglieder des Kommandostabs zu verschleiern. Die einzige Ausnahme wird die tägliche Betätigung der Pumpen sein, wobei diejenigen, die sie betätigen, an ihrem Platz festgebunden werden.

REGEL ZWEI

Die Besatzung macht sich unter keinen Umständen mehr am Besanmast zu schaffen. Die Besansegel bleiben eingerollt.

REGEL DREI

Die Manx-Männer dürfen sich unter keinen Umständen mehr auf dem Achterdeck aufhalten, bis auf folgende Ausnahmen:

1) das Besatzungsmitglied, das das Ruder übernimmt (und am Steuerruder festgebunden wird),

2) der diensthabende Erste Maat (der am Besanmast festgebunden wird)

Anmerkung: Jede Zuwiderhandlung wird aufs härteste bestraft.

REGEL VIER

Die ganze Besatzung bis auf den Steuermann und den diensthabenden Ersten Maat wird künftig in der Back eingesperrt bleiben, außer wenn Dr. Potter damit einverstanden ist, daß sie für Arbeiten an Deck benötigt werden.

REGEL FÜNF

Die Gefangenen unter Deck werden künftig dauernd festgekettet bleiben. Für Nachttöpfe wird gesorgt.

REGEL SECHS

Der Gebrauch der Manx-Sprache ist zu allen Zeiten untersagt. Jeder Verstoß gegen diese Regel wird als geplante Meuterei betrachtet werden.

Anmerkung: Jede Zuwiderhandlung wird aufs härteste bestraft.

Neue Regeln, um die Sincerity *zu leiten:* Mitglieder des Kommandostabs.

REGEL EINS

Alle Mitglieder des Kommandostabs müssen ständig geladene Waffen bei sich tragen.

REGEL ZWEI

Mindestens zwei Mitglieder des Kommandostabs müssen Tag und Nacht rund um die Uhr auf dem Achterdeck anwesend sein (siehe neues Wachsystem).

REGEL DREI

Alle vier Mitglieder des Kommandostabs müssen an Deck sein, wenn die Manx-Besatzung an Deck beschäftigt ist (mit Kreuzen, Segeleinholen etc. etc.), und zwar während des gesamten Arbeitsvorgangs.

24. April

Habe gesamte Mannschaft im Achterschiff eingesperrt, mußte sie aber freilassen, als Sturm schlimmer wurde (Vormarssegel + Großbramsegel gerissen). Hielten Wache mit schußbereiten Gewehren.

25. April

Wetter endlich ruhiger. Hooper schlug vor, wir sollten Brew + Kinvig als Rädelsführer über Bord werfen. Sehr verlockend.

Entschied jedoch, daß dies gefährlich bzgl. eigener Situation bei Ankunft in England (falls überhaupt). Brauche sie auch für Arbeit auf Schiff. Erlaubte Hooper jedoch, beide gründlich auszupeitschen, vor den Augen aller anderen Manx-Männer (Hooper hat aus Schiffsvorräten eigene Peitsche gemacht: sehr effektiv). Danach sperrte ich Brew zu Kewley + Wilson nach unten. Ließ Zimmermann Christian alle drei an Bodenbretter ketten, um weiteren Ärger zu vermeiden.

Verstärkte sodann Achterdeck mit Barrikade aus Kisten, Ballast etc. etc. Zog zudem Nutzen aus alter Kanone am Bug. Keine Munition dafür an Bord, nahm aber Schießpulver aus Gewehrpatronen + wickelte sie in Papier, um Sprengladung zu basteln, machte dann zweite Ladung aus losen Kugeln, kleinen Steinen vom Ballast etc. etc. Versammelte Manx-Männer an Deck zur Demonstration. War besorgt, ob Mengen richtig geschätzt, aber alles klappte sehr gut. Hooper setzte Zündschnur in Brand (= in Öl + etwas Schießpulver getauchte Schnur), dann sahen alle zu, wie Kanone dröhnte + mächtige Feuergarbe übers Meer schoß. Manx-Männer erfreulich eingeschüchtert.

Lud Waffe erneut + stellte sie auf Barrikade, aufs Hauptdeck gerichtet. Lampe muß an windgeschützter Stelle von Barrikade immer brennen.

Unglücklicherweise = Meuterei schwerster Schlag. Hatte zwar (zum Glück) nie geglaubt, aber doch gehofft, daß sie gegen Kewley = zu mir übergelaufen, und sei es nur aus Selbsterhaltungstrieb. Eigene Position jetzt = sehr ungünstig. England = besseres Reiseziel als Hobart mit seinen törichten Sentimentalisten, doch bleibt Tatsache, daß alle Reiseziele jetzt = gefährlich. Manx-Männer klagen mich bestimmt der Piraterie an. Reverend wird mich wg. Präparaten angreifen + behaupten, wir hätten seine Ermordung geplant. Habe keinen Zweifel, daß mein Verhalten stets = völlig korrekt, bin mir jedoch bewußt, daß dies von unwissenden Dritten evt. sehr hart beurteilt wird. Werde zumindest Opfer katastrophalen Skandals sein. Schlimmste Möglichkeit = jenseits aller Vorstellung. Aussicht auf Schädigung eigener Reputation = besonders bedrückend, da schrecklicher Schaden bzgl. Das Schicksal der Nationen. In Wahrheit = dies fast noch wichtiger für mich als eigene Berufsaussichten. Glaube fest, daß es = mein Vermächtnis an die Welt + von größter Bedeutung bzgl. menschlichem Verständnis der Zukunft sein wird. Kann einfach nicht zulassen, daß es verleumdet + zerstört wird.

Meine drei Burschen ebenfalls sehr verstört durch grundlose Gewalttätigkeit der Manx-Männer. Bin zu Überzeugung gelangt: Wir = völlig im Recht, da Schiff überführten Kriminellen entrissen. Beharre darauf, daß dies kein Gesetzesbruch, sondern Bürgerpflicht + wir Auszeichnung erhalten sollten (was ich aber in Wahrheit bezweifle). Glücklicherweise jetzt = viel zu spät umzukehren. Sie = bereits in diese Situation verwickelt. Hoffe nur, daß wir entschlossen bleiben.

Weitere Sorge = Vorräte. Hatte erwogen, Hafen anzusteuern (Falkland-Inseln? Argentinien?), dies aber jetzt völlig unmöglich, da von Manx-Männern sicherlich Flucht, Verrat, Angriff etc. etc zu erwarten. Trotzdem reicht Nahrung nicht für Rückreise nach England. War gezwungen, Rationen der Manx-Männer beträchtlich einschränken zu lassen, um sicherzustellen, daß verbleibende Vorräte länger halten. Halte inzwischen für möglich, daß frühere übertriebene Großzügigkeit Bereitschaft zur Rebellion gesteigert hat. Habe auch unsere Essensrationen eingeschränkt, wenn auch nicht so stark, da wir unbedingt bei Kräften bleiben müssen, um weitere Meutereiversuche abzuwehren (außerdem ganz falsch, angelsächsischen Typus von lebenswichtiger Nahrung abzuschneiden). Dies = sehr schwierige Entscheidungen, werde mich jedoch von großem Ziel nicht abbringen lassen.

Wenn Manx dies erleiden = selber schuld.

Neue Einteilung der Wachen etc. = schon sehr beschwerlich. Werde von quälenden Gedanken + Träumen heimgesucht. Suche Frieden in der Arbeit. Versuche weiterhin Präparate zu sortieren + zusammenzusetzen, obgleich dies = sehr schwierig, da furchtbar durch Wilson zerstört + viele zu beschädigt, durcheinandergewürfelt etc. etc., um erhalten zu werden (sehr bedrückend). Arbeite auch intensiv an Manuskript, und mache große Fortschritte. Kapitel über Schädelformen der minderwertigen Typen schon fast vollendet.

Peevay *Februar–April 1858*

Das Wetter war schön, als ich zum letztenmal durch die Welt ging. Die Bäume wurden wunderschön vor Herbst, aber es war ein trauriger Gedanke, daß ich der letzte Palawa hier war und nach mir nur noch weiße Kanaillen oder niemand mehr kommen würde. Das würde nie ihr Ort sein, dachte ich. Ja, sie konnten mal hierhin, mal dorthin gehen und denken: DAS IST JETZT MEINS, aber sie würden nie so fühlen wie meine Leute. Wie konnten sie auch, wenn sie nicht wußten, wie irgendwo hieß oder wie es hierhergekommen war? Die Num würden diesen Ort nie tief in ihrer Brust haben, nein. Sie würden hier nur wohnen.

Allmählich wurde es schwer, allein zu sein. Ich war fast traurig, daß der gehaßte Potter und die anderen weg waren, weil es sogar eine Art Gesellschaft war, sie zu hassen und zu töten. Nach und nach kam nachts der einsame Wahnsinn zu mir und flüsterte, daß alles nur Verderben war, und legte Schmerz in meine Schultern und Knochen, als ob Tränen hineingeflossen wären und sie aufweichten wie fauliges Holz. Aber dann kam der Tag, schön und neu, und ich reckte die Arme, stand auf und hielt wieder durch. So kam es, daß ich die Berge verließ und zu den Straßen und Farmen der Weißen zurückging. Ich ging vorsichtig, obwohl es sehr leicht war, weil sie nicht mehr aufpaßten. Warum sollten sie auch, wo unsere Leute doch alle tot waren? Ich sah sie aus meinem Versteck, wie sie in DROSCHKEN fuhren oder mal hierhin, mal dorthin ritten, damit die Schaftiere alle zusammenrannten, und ich bemerkte, daß ihre Augen still und leer aussahen, als ob nichts mehr drin wäre außer den kleinsten Gedanken: WAS IST MEINE NÄCHSTE ARBEIT? WAS IST MEIN NÄCHSTES ESSEN? WIRD DAS WETTER MORGEN WIEDER SCHÖN? Ja, das waren ihre Freuden, jetzt, wo wir tot waren. Ich verabscheute sie dafür.

Langsam, langsam wurde das Land flacher bis ich eines Tages über einen flachen Berg ging, und da war das Meer, das nördliche Meer. Ich folgte dem Strand nach Osten, bis ich an einem Morgen mit gutem, gutem Wetter weit weg hinter den Wellen den so vertrauten Berg sah, dünn und spitz wie ein Speer. Robsons Insel, wo er uns hingebracht hatte und gesehen hatte, wie wir starben. Das war ein seltsamer Anblick, wie wenn man den traurigsten Geist sieht. Näher im Meer war ein anderer Berg, rund und flach, und ich vermutete, daß das Vaters Insel war, weil ich mich erinnerte, daß er damals, als Mutter ihn mit ihrer Kriegskeule töten wollte, dorthin gerudert war. Ich lief schneller, die Inseln kamen näher, und nach einer Weile kam ich zu einem Num-Ort. Der war klein, nur ein paar Häuser am Fluß und ein paar weiße Männer in der Nähe, die machten, daß die Schafe mal hierhin, mal dorthin rannten, wie immer. Der Fluß am Meer war schlammig, und auf seinem Schlamm waren zwei Boote, eins davon genau richtig, mit zwei Rudern und einem kleinen Mast fürs Segel. So ging ich in den nahen Wald, wo ich Speere machte, sehr viele, und dann wartete ich. Als der Abend kam und die weißen Kanaillen alle in ihre Häuser gegangen waren, lief ich vorsichtig zu dem Boot und schob es ins Wasser, obwohl es sehr schwer war. Ich kletterte hinein und fuhr weg.

Die Nacht war durch den halben Mond hell genug, und ich hißte das Segel und ruderte außerdem noch manchmal. Als der Morgen kam war die Berginsel ganz nah, die Welt hinter mir war in Wolken verschwunden. Erst konnte ich nichts sehen, aber als ich herumfuhr, sah ich plötzlich Häuser, sechs davon, lang und niedrig. Die reichten für sehr viele Weiße, dachte ich, zu viele, um gegen sie zu kämpfen, was jammervoll war, weil sie mich wahrscheinlich töten würden, bevor ich Vater mit dem Speer erwischte. Dann sah ich ein verflixtes Rätsel. Ich konnte niemanden entdecken, weil die Kamine keinen Rauch hatten. Versteckten sie sich alle und warteten mit ihrer Todesüberraschung? Ich zog das Segel kleiner und fuhr langsam, aber immer noch kam niemand, um zu schauen oder mit seinem Gewehr zu schießen, und so fuhr ich zum Ufer und zog das Boot aus dem Meer. Ich ging zum nächsten Haus, die Speere bereit, und stieß die Tür auf. Drinnen waren keine Leute, aber TISCH und STÜHLE, und es roch nach Sturmtauchern, und als ich zum Feuer ging und die Asche mit meinen Fingern berührte, war sie noch warm. In den anderen Häusern war es das gleiche, was interessant war. So beschloß ich zu beobachten. Ich nahm mein Boot, das sehr schwer war, und versteckte es in den Büschen. Dann setzte ich mich wachsam dahinter, alle meine Speere in einer Linie bereit.

Es war fast dunkel, und ich schlief, als ich von weit entfernten Stimmen geweckt wurde, die übers Wasser murmelten. Vier Lichter leuchteten auf dem Meer, und ich hörte leises Plätschern, wenn die Ruder ins Wasser tauchten. So wie sich die Lichter bewegten, wußte ich, daß es vier Boote waren, und wenn ich auch die Ruderer nicht sehen konnte, hörte ich an ihren Stimmen, daß es viele waren. Das war schlecht. Es gab noch nichts zu tun, und so blieb ich sitzen und beobachtete, wie die Boote näher kamen. Manchmal berührte ich meine Speere, um bereit zu sein, und überlegte, ob Vater hier heutzutage einen ganzen abscheulichen Stamm hatte.

Jeden Tag kam die Abenddämmerung ein bißchen früher, und die Nacht war eine Spur kälter. Was das hieß, war klar. Wir kamen allmählich in nördliche Gewässer. Es konnte nicht mehr lange dauern, bis wir Potters England erreichten. Was für trübe Aussichten!

Nach meinen Zeichen an der Wand waren es jetzt neun Wochen, seit wir Kap Hoorn umrundet hatten, also zwei volle Monate, und ich konnte mich nicht erinnern, daß ich jemals schlimmere, hungrigere Monate erlebt hatte. Ich weiß nicht, ob ihnen der Schreck in die Knochen gefahren war oder ob sie sich nur als oberschlaue Sieger fühlten, jedenfalls war es seit unserem kleinen Kampf so, als sei in den Adern dieser Schiffsräuber das Blut erstarrt. Dr. Potter hatte die charmante Idee, Brew, den Reverend und mich an die Bodenbretter zu ketten, und kam sogar persönlich herunter um nachzusehen, ob alles seinen Wünschen entsprach. Wir waren viel zu fest gefesselt, und so war es schwer, nachts eine ordentliche Mütze Schlaf zu kriegen. Wir wurden auch nicht mehr zum Abtritt geführt, sondern mußten Eimer benutzen, was reine Schikane und sehr peinlich war. Selbst Hodges, der sanfteste von den vieren, teilte jetzt eifrig Stöße mit dem Gewehrkolben aus, fast so, als sei dies ein neues Spiel, zu dem er bisher nur noch nicht den Mut gehabt hatte.

Hooper war der allerschlimmste. Er peitschte den armen Brew und Kinvig aus – wir mußten alle dabei zusehen –, und seine Arbeit schien ihm ausgesprochen Spaß zu machen: Er feixte höhnisch und legte immer wieder kleine Pausen ein, damit er ihren Rücken noch übler zurichten konnte. Er schien an der Prügelei Geschmack gefunden zu haben, und ich hörte ihn einige Male leise wie einen Geist die Treppen heruntertappen, in der Hoffnung, er würde Brew und mich dabei erwischen, wie wir uns auf manx unterhielten, was durch Potters neue Gesetze verboten war. Manx-Männer mögen ihre Fehler haben, aber so hinterlistig und brutal sind sie nicht. Hooper schien es wirklich Spaß zu machen, anderen Schmerzen zuzufügen.

Aber schon nach kurzer Zeit hatte es mit diesem Spiel ein Ende. Potter merkte nämlich nach einigen Tagen, daß er nicht genügend Manx-Männer für das Schiff hatte, und schon war Brew seine Ketten los. Einerseits war das schade, weil meine einzige Gesellschaft nur noch dieser leiernde Querkopf von Reverend war, doch dann stellte sich heraus, daß Brews Anwesenheit sogar noch im nachhinein sehr nützlich war. Schließlich wußte er jetzt, wo ich angekettet war.

Schon am Abend, nachdem er losgemacht worden war, hörte ich an der Wand hinter mir ein leises Kratzen, wie von einer unternehmungslustigen Maus, und das kratzende Geräusch hielt die ganze Nacht an. Das erweckte mein Interesse, nicht zuletzt deshalb, weil ich wußte, daß hinter der Wand die Back lag. Tatsächlich drang am nächsten Morgen in aller Frühe ein glänzender Metallgegenstand durch das Brett neben meinem Ellbogen. Er verschwand wieder und ließ ein kleines Loch zurück, und als ich mich hinabbeugte, vernahm ich den süßen Klang von Manx. Brew erklärte mir wispernd, der Gegenstand sei ein Teelöffel, weil Potter zum Essen nichts anderes erlaubte. Anscheinend hatte er Angst, daß Gabeln und ähnliches die Männer aus Peel zu einer großen Gefahr für seine armen Wickelkinder machen würden, die ja nur mit Gewehren bewaffnet waren.

Das veränderte alles auf einen Schlag. Plötzlich konnte ich hören, was gesprochen wurde, und wußte, wie es an Deck stand. Nicht alle freuten sich darüber. Immer, wenn einer der Jungs »hallo« flüsterte, wurde Wilson verdrießlich, und er sah um die Ecke, als wolle er verstehen, was sie sagten, aber das hatte keinen Zweck, weil alles breitestes Manx war. Der Mann war neidisch, obwohl er nicht das geringste Recht dazu hatte. Es war ja nicht mal so, daß er meine reizende Gesellschaft verlor, denn es war sowieso Tage her, seit er mir zum letztenmal ein Wort hingeworfen hatte. Er zog es nämlich vor, sich alles, was er zu sagen hatte, für den Himmel aufzuheben. Manchmal, wenn Brew sich leise meldete, begann Wilson absichtlich laut zu beten, nur damit ich nichts hörte, und ich fürchtete schon, er würde es irgendwann Skeggs und Hodges ausposaunen oder so auffällig das Loch in der Wand anstarren, daß sie es entdeckten (ich bedeckte es, so gut es ging, mit meinem Arm).

Dieser Pfaffe war wirklich ein ziemlicher Mistkerl. Schließlich war das nur ein Ausgleich. Er hatte jemanden, mit dem er plaudern konnte, seinen guten Freund, den Allmächtigen, und ich hatte jetzt eben auch jemand. Wenn ich aber sah, wie neugierig Wilson die Ohren spitzte, hatte ich es in puncto Neuigkeiten mit meinem Gesprächspartner doch besser getroffen.

Erfreulich waren diese Neuigkeiten allerdings nie. Brew sagte, die Back sei jetzt nur noch das Privatgefängnis der Besatzung und strotze dermaßen von Riegeln, daß man nicht mal mit einem so mächtigen Hilfsmittel wie einem Teelöffel ausbrechen konnte. Die Jungs würden dort gefangengehalten, außer wenn man sie zum Pumpen oder für die Segel brauchte. Das Schlimmste war, daß es sich ganz so anhörte, als würden sie allmählich den Mut verlieren. Ich drängte sie, ein bißchen Verwirrung zu stiften, vielleicht nachts, wenn die Engländer schliefen, aber es führte zu nichts. Es ist leider wahr, daß alle Manx-Männer im Innersten ganz von der Stimmung abhängig sind. Sie blähen sich auf und erschlaffen wie Segel im Wind. Wenn sie hoffnungsvoll und guter Dinge sind, platzen sie vor Tatendrang, aber wenn alles schiefgeht, ist schnell die Luft raus, bis sie bald jeden Glauben an sich selbst verloren haben.

Daß sie von den Engländern besiegt worden waren, hatte die Jungs hart getroffen, und auch noch mitansehen zu müssen, wie Brew und Kinvig ausgepeitscht wurden, ohne ihnen irgendwie helfen zu können, das war noch schlimmer gewesen. Dabei war unsere Misere längst nicht zu Ende. Der Manx-Mann ist meist ziemlich abgebrüht, aber manche Dinge kriechen ihm doch unter die Haut und quälen ihn, und Potters rätselhafte Schädel und Knochen gehörten dazu. Ich selber kümmere mich ja kaum um so etwas, aber ich gebe zu, daß die anderen eine Spur nervös waren, und es ging das Gerücht, daß Potter *gewisse Leute* auf seiner Seite hätte, so daß man ihm nie am Zeug würde flicken können, egal, wie schlau wir es anstellten. So ein Gedanke ist natürlich bedrückend.

Auch mit dem Schiff ging es bergab. Potters neuer Spleen,

sämtliche Reparaturen zu verbieten, forderte bald seinen Preis, besonders, als wir in eine wochenlange Flaute gerieten. Da gab es nur noch heiße Sonne und zwischendurch kurze, windlose Schauer, genau die Mischung, die jedes Segelschiff zugrunde richtet, und als wir dann endlich wieder Wind in den Segeln hatten, drangen die Schmerzensschreie der *Sincerity* durch die Decksplanken. Ich hörte es am allzu schrillen Quietschen der metallenen Blöcke und im Dröhnen der Stiefel, wenn die Jungs über Deck stampften, das sich eigentlich dumpf und fest hätte anhören müssen, jetzt aber irgendwie hohl klang, als tanzten sie auf einem Armensarg herum. Aber am meisten hörte man es von unten am Geräusch des schwappenden Wassers, das allmählich immer träger und tiefer klang, wie wenn sich langsam eine Blechbadewanne füllt, und man hörte es am Ächzen der Pumpen, die den Schiffsbauch trocken halten sollten. Nun muß zwar jedes Schiff, das ein oder zwei Jahre unterwegs ist, ab und zu leergepumpt werden, bei uns war es jedoch anders. Die Pumpen schienen fast ohne Unterbrechung Tag und Nacht zu laufen.

Des Rätsels Lösung lag auf der Hand: Wir fielen allmählich auseinander. Zwar sehr langsam, aber unaufhaltsam. Man versage einem Segelschiff die Reparaturen, und es verwandelt sich schon bald in einen Haufen aus modrigem Holz, zerrissenen Tauen, rostigem Metall und ansteigendem Meerwasser. Wenn die Decksplanken nicht täglich mit Wasser begossen und kalfatert werden, schrumpfen sie so zusammen, daß Regenwasser in die Bilge schwappt, und fangen außerdem zu faulen an. Ich merkte schon bald, daß Regen durch die Decksplanken sickerte, bis an den Wänden feuchte Flecken erschienen. Brew berichtete, die Taue würden sich lockern und brüchig werden, weil Potter sie aus lauter Mißtrauen nicht regelmäßig straffziehen ließ. Wenn er nicht aufpaßte, mußten demnächst die Masten dran glauben, weil sie frisch geteert werden mußten, damit sie nicht verfaulten und brüchig wurden. Stück um Stück näherte sich die *Sincerity* jenem schönen Zustand, nach dem sich jedes Holzschiff sehnt: als breiter Streifen aus Treibholz und Segeltuch irgendeinen leeren Punkt des Ozeans zu schmücken.

Ein mieses, gemeines Zerstörungswerk. Meine *Sincerity*, die ich so gut wie mit eigenen Händen aus Wrackteilen zusammengebaut und einwandfrei in Schuß gehalten hatte – ruiniert von dummen, meuternden Halunken. Das war gerade so, als würde einem jemand auf sein Lieblingskind pissen. Ich war fast soweit, daß ich mich gefreut hätte, wenn sie gesunken wäre, aber nicht einmal dafür reichte unser Glück. Brew sagte, daß sie trotz ihrer vielen Lecks immer noch hoch im Wasser lag. Eine Zeitlang gab mir das Rätsel auf, bis ich die Erklärung dafür fand. Es waren die doppelten Wände für die Schmuggelware. Offenbar wirkten sie wie zwei riesige Flöße, die uns über Wasser hielten. Wahrscheinlich ist es gar nicht so leicht, ein Schiff zu versenken, wenn es zwei Schiffskörper hat, die es beschützen.

Leider hatten wir armen Manx-Männer aber keine zweite Hülle, die uns gerettet hätte. Seit unserem Kampf bei Kap Hoorn hatte Potter unsere Rationen immer mehr gekürzt, so daß nicht mal mehr eine Maus davon satt geworden wäre. Bald konnte ich nur noch ans Essen denken und spürte ständig den nagenden Schmerz im Gedärm. Man sah es uns auch an. Der Reverend, der von Beginn an spindeldürr gewesen war, war nach überstandener Flaute das reinste Skelett, und auch meine Arme und Beine wurde jeden Tag knochiger. Brew sagte, die Jungs seien so mager und ausgezehrt, daß sie Gesichter wie Totenköpfe hätten. Gleichzeitig konnte ich zu meiner Freude feststellen, daß die Engländer immer genug zu beißen hatten, und ich hätte schwören können, daß Skeggs an seinem fetten Ranzen noch mal ein oder zwei Fingerbreit Speck ansetzte.

Mit dem Skorbut hatte er weniger Glück. Ich wußte, daß uns das bevorstand, weil ich meine letzte Limone vor der Flaute gesehen hatte, und schon richtigen Heißhunger auf Gemüse verspürte. Skeggs erwischte es als ersten, trotz seiner Leibesfülle. Er wurde blaß und müde, bis sein Zahnfleisch schwoll und es keinen Zweifel mehr gab. Von da ab erzählte Brew nur noch vom Skorbut: Wer ihn schon hatte und wer wohl als nächster drankam. Ich kriegte ihn natürlich auch und könnte nicht behaupten, daß es ein Vergnügen war. Erst packte mich eine bleierne Müdigkeit, so daß ich mich zu nichts hätte aufraffen können, und dann kriegte ich offenes Zahnfleisch und einen wunden Mund, und Essen tat verdammt weh. Ich wußte schon, wie es weiterging. Als nächstes wurde man fleckig, als hätte man die Sieben Plagen, dann fielen einem die Zähne aus, bis man schließlich, in einen Streifen Segeltuch gewickelt, in aller Stille über Bord geworfen wurde, als Überraschung für die Fische.

Und wer war der letzte an Bord, den es erwischte? Der Reverend. Keine Ahnung, wie er das schaffte. Vielleicht hatte er ja irgendeine Möglichkeit gefunden, Limonen zu klauen. Ihn freute das natürlich, und es verging keine halbe Stunde, ohne daß er Gott seinem Vater dafür dankte, daß er, Reverend Geoffrey Wilson, immer noch kerngesund sei, während wir armen Schlucker schon aufgedunsen waren wie die Leichen und spürten, wie unsere Zähne locker wurden. Ich war richtig erleichtert, als es ihn endlich auch erwischte. Aber es machte kaum einen Unterschied. Ja, es wurde eher noch schlimmer. Er konnte keine Sekunde mehr stillhalten, und wenn ihm mal gerade nichts einfiel, was er seinem Freund, dem Allmächtigen, erzählen konnte, summte er einfach vor sich hin, tuckerte ganz komisch mit den Lippen oder trommelte mit den Fingerknöcheln auf die Planken, einfach, um mir auf die Nerven zu gehen. Ich hätte den ganzen Zaster dafür gegeben, die Ketten loszusein und ihm mit einer ordentlichen Tracht Prügel das Maul zu stopfen.

Währenddessen wurden die Abende immer länger und die Luft immer kühler. Es kam der Tag, wo sich Skeggs nicht mehr bei uns blicken ließ und uns statt dessen Hooper die paar Bissen herunterbrachte. Brew sagte, zwei der Jungs seien schon so geschwächt, daß sie es kaum noch in die Takelage schafften. Immer noch segelten wir sanft dahin. Stürme? Ich weiß wirklich nicht, was dieser Ozean im Schilde führte. Seit unserer Dusche bei Kap Hoorn war der Atlantik offenbar in sich gegangen und bescherte uns eigentlich nur noch wunderbares Segelwetter. Kap Finisterre, die Biskaya, die alle damit angeben, wie viele Schiffe sie schon zerschmettert und versenkt haben. Schämen sollten sie sich.

Eines Morgens, als ich gerade einen losen Zahn ausspucken wollte, wisperte Brew etwas durch die Wand, das ich auf keinen Fall hören wollte.

»Wir haben gestern nacht Ushant passiert.«

Dann waren wir also schon ziemlich weit im Ärmelkanal. Wir hatten fast wieder englische Gefilde erreicht.

Kinvig erriet meine Gedanken, obwohl ich schwieg. »Keine Sorge, Captain. Mir ist da ein Gedanke gekommen. Es ist noch nicht aller Tage abend, noch lange nicht.«

Reverend Geoffrey Wilson *Juni 1858*

Gott, mein Vater, der du bist im Himmel, diese kühlen Nächte zeigen mir, daß wir bald zurück sind. Ein anderer wäre vielleicht voller Verzweiflung angesichts der Torturen, die ich durchlitten habe: hungrig, angekettet, seekrank, dazu verurteilt, die Gesellschaft eines Schnapshändlers zu ertragen und mitansehen zu müssen, wie meine Peiniger – deine Feinde, die Handlanger des Bösen – triumphierend herumstolzieren. Ein anderer würde sich vielleicht verlassen fühlen, ja sogar grausam *verraten*. Ein anderer wäre vielleicht von *Wut* erfüllt, angesichts der scheinbaren Vergeblichkeit seiner großen Suche, die er mit so hochgespannten Hoffnungen angetreten und so tapfer durchgestanden hat, und alles nur um DIR zu dienen.

Ich aber fühle keine Bitterkeit. Ich erhebe keine *Vorwürfe*. Herr, mein Vater, der du bist im Himmel, ich bewahre immer noch tapfer meinen Glauben. Ich bitte dich nur, falls du mit mir noch Großes vorhast – denn so *muß* es wohl sein –, dann *laß es bald geschehen*. Ich bin mehr als bereit und achte auf das allerkleinste Zeichen, aber *bisher kam noch keines*.

War denn der Garten Eden die ganze Zeit hier, in England? Ist das die Antwort? War diese ganze große Unternehmung nur eine gewaltige Prüfung? *Aber warum hast du mich dann soweit weg gesandt?*

Gott, mein Vater, der du bist im Himmel, könntest du zumindest meinen Hunger lindern? Das ist doch gewiß nicht allzuviel verlangt? Ich habe ein so großes Verlangen nach Äpfeln und sehe sie oft in meinen Träumen. Selbst das Wunder einer *Zwiebel* wäre sehr willkommen oder vielleicht auch eine rohe Kartoffel.

Dr. Thomas Potter *Juni 1858*

Manx-Männer heimtückisch bis ganz zum Schluß. Hörte, wie Brew (am Großmast festgebunden wie immer) den Steuermann instruierte, NNW zu steuern. Auf meine diesbzgl. Frage behauptete er, wir von schwierigen Meeresströmungen in Bucht von Biskaya getragen + müßten Kurs festlegen, um bretonischer Halbinsel auszuweichen. Er deutete auf ferne Landgegend NNO und behauptete dies = Britannien. Bezweifle es. Eigenes Kartenstudium ergab, daß wir schon weiter nördlich. Sah auch mehrere ferne Schiffe nach O oder W segeln: Einfahrt in Ärmelkanal oder Ausfahrt? Wenn fernes Land nicht Britannien, sondern Cornwall, dann brächte uns NNW-Kurs zur irischen See + Isle of Man. Will Brew uns in Falle locken + Schiff an Manx-Strand zerschellen lassen, damit uns seine Landsleute (keltischer Typus) ermorden können? Seine Reaktion auf diesen Vorwurf matt und nicht überzeugend. Verdacht offenbar nur allzu begründet.

Kam zu dem Schluß, daß auf jüngsten Umsturzversuch mit radikalsten Maßnahmen reagiert werden muß. Kann uns keinem Risiko aussetzen, indem ich Schiff weiterhin verlogenen + verschwörerischen Kriminellen überlasse. Beschloß, daß wir Kommando vollständig übernehmen müssen, einschließlich Navigation + Kontrolle des Steuerruders. Kann nicht so schwierig sein, wenn selbst keltischer Typus der Manx dazu imstande, haben außerdem Brew, Kinvig etc. etc. lange genug beobachtet, um ihr Handwerk einigermaßen zu verstehen. Handelte sofort. Ließ Brew vom Großmast losbinden + vom Achterdeck jagen. Verkündete, daß künftig ich als Captain + Erster Maat fungieren werde + Mannschaft Befehle direkt von mir erhält. Brew protestierte, prophezeite Desaster etc. etc. (natürlich), was ich jedoch entschieden ignorierte. Ersetzte China Clucas am Steuerruder durch Hooper. Hooper besorgt, daß er selbst zu schwach (Skorbut), versicherte ihm aber, daß es nicht mehr weit sei. England in Sicht.

Erteilte ersten Befehl = »mehr Segel losmachen!« Wind leicht, habe Brew im Verdacht, daß er Fahrt absichtlich verlangsamt hat. Brew behauptete, mehr Segel = gefährlich, da Wind zunimmt + Masten schwach mangels Reparatur. Sein Einwand stärkt nur eigene Entschlossenheit. Habe noch mehr Segel befohlen! Mannschaft erfüllt Pflicht in Takelage sehr träge, so daß ich gezwungen, mit Pistole in die Luft zu feuern. Sehr effektiv. Eigene Einschätzung erwies sich sofort als zutreffend. Segel hielten, Schiff kam schneller voran. Schickte Mannschaft in die Back oder festgebunden zum Pumpen, wie zuvor. Legte Kurs ONO fest.

Fühlte mich sehr müde. Beschloß, unter Deck auszuruhen, ließ Hooper (Steuerruder) + Hodges als Wache zurück. Sah bei Skeggs vorbei. Sehr schlechter Zustand. Auch mir schmerzen Mund + Hände wg. Skorbut, so daß selbst dieser Eintrag schwierig. Sehr unglücklich bzgl. England, das immer näherrückt. Werde von heftigen Ängsten gequält. Muß Land erreichen oder sterben, was jedoch Anklage heißt, wenn nicht sogar Verhaftung + Gefängnisstrafe durch Ignoranten. Immerhin ein Trost, daß Schicksal der Nationen nun vollendet. Was immer eigenes Schicksal, hoffe + glaube ich, daß dieses Werk mein Kind für ein künftiges (+ weiseres) Zeitalter ist.

Captain Illiam Quillian Kewley — *Juni 1858*

Ich wurde wach, weil irgendwo Holz knarrte, aber so ein Knarren hatte ich noch nie gehört: Es war träge und fürchterlich laut, als würde ein halber Wald umfallen. Als ich mich aufsetzte, gab es einen ohrenbetäubenden Krach, und plötzlich schien irgendwo irgendwas aufgeschlitzt worden zu sein, denn von oben stürzten alle möglichen Gegenstände in rauhen Mengen herab und füllten die Luft mit dichtem Staub. Etwas fiel mir plump und schwer wie eine Leiche direkt in den Schoß, so daß ich kaum noch Luft kriegte, und im gleichen Moment merkte ich, daß das ganze Schiff scharf nach Backbord rollte, als ob eine riesige Hand daran zöge. Dann richtete es sich wieder auf, um gleich wieder umzukippen. War der Kiel weggebrochen? Wenn wir kenterten, würde das Meerwasser seinen Weg durch jedes Loch und jede modrige Stelle finden und uns im Nu versenken. Ertrinken war mir noch nie besonders verlockend erschienen, aber man kann es sich nicht aussuchen, und außerdem konnte ich sowieso nichts tun. Ich zählte die Sekunden und zählte immer weiter, aber obwohl das Schiff immer noch hin und herschaukelte, schwammen wir weiter. Schließlich pendelte es sich in einer starken Schräglage ein, und ich stellte fest, daß ich wohl doch noch kein Salzwasser atmen mußte.

Ich spie aus, um den ekelhaften Geschmack nach Teer und Farbstaub loszuwerden, und als ich auf meinen Schoß blickte, sah ich, daß da doch keine Leiche lag, nur eine große Taurolle. Inzwischen konnte man wieder ein bißchen klarer sehen. In unserem Kerker befand sich ein nagelneues Möbelstück: ein richtiger Baum aus Holz, der quer in der Kajüte lag und die Tür zerschmettert hatte.

Dinge, die an den allerverkehrtesten Platz gelangt sind, haben etwas Magisches an sich, und ich konnte mir nur mit Mühe vorstellen, daß das eine der Rahen sein sollte, die normalerweise quer am Mast befestigt sind und von denen ein Stück Segeltuch herunterhängt, um den Wind zu foppen. Toll sah sie aus, wie sie da durch die Planken ragte und die Kajüte mit einem Wirrwarr aus Segeltuch und Tauen füllte. Ich war froh, daß sich der Baum entschlossen hatte, schräg hereinzufallen, sonst hätte er mich auf die Planken genagelt. Es war klar, wie er hereingekommen war. Er hatte über uns ein Loch durch die Decksplanken gestanzt. Da hätten bequem ein bis zwei Kühe durchgepaßt, und das erklärte auch, warum es mir ins Gesicht geregnet hatte. Ich konnte gerade noch einen Teil des Masts erkennen, an dem die Rah eigentlich hätte befestigt sein sollen und der jetzt quer über dem Deck lag. Es war eine schöne Bescherung. Meine arme *Sin-*

cerity, zerstört von diesen miesen Engländern, die man nie in die Nähe eines Segelschiffs hätte lassen dürfen. Überrascht war ich dennoch nicht, da ich von Brew wußte, daß Potter Unmengen von Segeln gesetzt hatte. Auf einem anderen Schiff wäre so etwas mit ein oder zwei zerrissenen Segeln abgegangen, aber in unserem Fall eben nicht. Da Potter das Schiff so elend hatte verlottern lassen, waren vermutlich die Bänder und Bolzen durchgerostet, die Taue erschlafft und der Mast halbverfault und sowieso kurz davor gewesen, in tausend Stücke zu zersplittern. Bei einer etwas heftigeren Bö kippte er dann eben um. Eins war mir schleierhaft. Es konnte doch nur der Besanmast sein, weil sich die anderen zu weit vorne befanden, aber meiner Erinnerung nach hatte Potter in seinen Regeln festgelegt, daß backbord keine Segel gesetzt werden durften. Warum war der Mast dann umgefallen?

Ich schob die Taurolle beiseite wie ein alter Hund, dem es zu wohl wird, und reckte Arme und Beine. Obwohl ich ein paar tüchtige Schrammen abbekommen hatte, schien wenigstens nichts gebrochen, und das war schon etwas. Jetzt hörte ich von oben Stimmen. Der Richtung nach kamen sie von den zweien, die an den Pumpen festgebunden waren. Ich war froh, daß der Mast sie nicht erschlagen hatte. Obwohl ich durch den Wind nicht verstand, was sie sagten, klang es schrecklich wütend, und ich merkte bald auch, warum. Plötzlich hörte man nämlich einen lauten Krach von der Bordwand, der das ganze Schiff erschütterte. Dieses kleine Geräusch sagte mir, daß nicht nur einer, sondern gleich zwei Masten heruntergekommen sein mußten. Wahrscheinlich hatte der Großmast den Besanmast mitgerissen, und während dieser schön ordentlich aufs Deck gefallen war, hatte der Großmast über die Bordwand ausgeschert und wurde jetzt von den Wellen gegen den Schiffskörper geworfen. Wenn das so weiterging, war es nur eine Frage der Zeit, bis der Mast ein Loch durchs Spantenwerk bohrte und wir schwuppdiwupp versanken.

»Ich danke dir, Herr, daß du mich vor diesem Unglück bewahrt hast«, murmelte der Reverend in die staubige Luft, wie immer genau im falschen Moment.

Eine weitere interessante Veränderung fiel mir auf. Wenn jemand ein paar Monate lang am Boden festgekettet ist, kennt er bald alle kleinen Gewohnheiten und Launen seiner Ketten, fast besser als die seiner eigenen Frau. Die Kette zwischen meinen Handgelenken war kurz, nervte und klirrte bei der kleinsten Bewegung, während die größere, die an einem Ring in den Planken befestigt war, schwerer wog und mich immer gleich ruckartig zurückzerrte, als hätte sie etwas gegen mich. Jetzt aber schien die große Kette ein bißchen träger als sonst und gab ein klein wenig nach, bevor sie an meinen Armen zerrte. Den Grund dafür entdeckte ich bald. Die Rahe hatte einen mächtigen Spalt in die Bodenplanken gerissen, fast bis zum Metallring hinunter. Eine nette Überraschung. Ein Bolzen des Rings hatte sich so gelockert, daß ich ihn problemlos herausziehen konnte, und obwohl der andere noch festsaß, war es doch immerhin ein Anfang. Angesichts dieser Chance, doch noch nicht ertrinken zu müssen, machte ich mich mit zitternden Fingern daran, den zweiten Bolzen aus dem Boden zu reißen. Das war natürlich kein Kinderspiel, aber das Holz splitterte immer mehr, bis sich der Bolzen lockerte wie ein fauler Zahn. Ich kauerte mich hin, zog mit aller Kraft und schon sprang er heraus. Was für ein wunderbarer Moment. Ich war frei! Bis auf die zentnerschwere Kette natürlich, die ich immer noch hinter mir herschleifte.

Jetzt hätte ich doch gern gewußt, was eigentlich an Deck passierte. »Ist da noch jemand drin?« rief ich durch Brews Wandloch.

»Ja, wir alle!« rief Brew zurück. »Und quietschfidel, abgesehen davon, daß wir bald ersaufen.«

Das war nun allerdings eine böse Überraschung. Ich hatte gedacht, Potter würde ein paar von ihnen freilassen, damit sie den Mast kappen konnten. Was dachte der sich eigentlich? »Ich hol euch da raus, keine Bange«, versprach ich, obwohl das mehr ein Wunsch als eine Gewißheit war.

»Captain Kewley, Sie müssen mir helfen.«

Es war so lange her, daß der Reverend das Wort an mich, statt an seinen Freund im Himmel gerichtet hatte, daß ich zusammenfuhr. Er wollte also gerettet werden? Der hatte vielleicht Nerven. All diese Wochen hatte er sich nicht mal die Mühe gemacht, mir die Tageszeit zu verraten, und jetzt, wo er Hilfe brauchte, wurde er plötzlich redselig. Die Versuchung war groß, den alten Knaben einfach verfaulen zu lassen, denn er verdiente es nicht anders. Aber wenn man eine Ewigkeit neben so einem Kerl angekettet gelegen hat, ist es einfach peinlich, sich aus dem Staub zu machen und ihn ersaufen zu lassen, egal, wie lästig und überflüssig er auch sein mag. Unwillkürlich fragt man sich, was man selber empfinden würde, wenn einem jemand so etwas antäte, und schon hat man es nicht mehr so eilig, einfach zu verschwinden.

Ich trat die Überreste der Tür beiseite und war schon drauf und dran, in den Gang hinauszutreten, aber da drehte ich mich doch noch mal um. »Na gut, Herr Pfarrer.« Aber wie überrascht war ich, als ich einen Blick auf seine Ketten warf! Man sollte es nicht für möglich halten – ein Blick, und er hätte gemerkt, daß er kaum noch an den Boden gefesselt war! Die Planken neben seinen Füßen hatten offenbar mehr Regenwasser abbekommen als meine, sie waren schon fast zerbröselt, und der Mast hatte ihnen den Rest gegeben. Ich mußte nur noch ein wenig ziehen, und schon war er frei.

Egal, wieviel Zeit uns noch blieb und was vielleicht alles zu tun war, ich konnte es auf keinen Fall mit einer zentnerschweren Kette schaffen, das stand fest. Direkt neben dem Durchgang befand sich das Bootsmannsschapp, wo in normalen Zeiten eine Axt aufbewahrt wird, für den Fall, daß man schnell mal ein Tau durchhauen muß. Dies waren zwar keine normalen Zeiten, aber die Axt war da.

»Legen Sie Ihre Ketten drüber und ziehen sie straff«, befahl ich dem Reverend eilig und zeigte auf den Mast, der auf uns gestürzt war.

Er gehorchte mit einer Art Kichern, und ich ließ die Axt auf den kleinen Ring niedersausen, der die einzelnen Kettenteile zusammenhielt. Da ich wegen des Skorbuts kaum noch Kraft besaß, brauchte es vier Anläufe, aber am Ende sprang der Ring auf, die Hauptkette fiel herunter, und die kleinere wurde in zwei

Hälften zerteilt. Jetzt, wo seine Hände frei waren, hob Wilson einen Nagel vom Boden auf und begann an den Reifen um seine Handgelenke herumzubosseln.

»Dafür ist keine Zeit«, sagte ich hastig. »Hier.« Ich gab ihm die Axt und legte meine Kette zurecht, in der Hoffnung, daß Wilson beim Hacken ein gutes Augenmaß bewies. Aber ich sollte es natürlich nie erfahren. Eigentlich hätte ich meine Lektion inzwischen gelernt haben müssen, denn es steht ein für allemal fest, daß man Engländern niemals einen Gefallen tun soll. Statt auch nur das allerkleinste bißchen Dankbarkeit zu zeigen, wie man es doch hätte erwarten können, murmelte dieser bösartige alte Kerl nur: »Ich habe zu tun«, und während ich noch rätselte, was daran lustig sein sollte, kletterte er schon auf die Rahe und von dort weiter an Deck. Ich kriegte noch seinen Fuß zu fassen, aber er trat mir richtig heimtückisch ins Auge, und da ja immer noch die schweren Ketten an mir zerrten, haute mich das glatt um. Für so ein Benehmen gibt es Worte, und die brüllte ich ihm hinterher, aber er kraxelte unbeirrt weiter. Dieser Kerl war wirklich eine Pest. Während ich ihm noch hinterhersah, zog er sich schon durch das Loch in den Decksplanken.

Meine Zeit wurde plötzlich knapp, und meine Sorgen, von denen ich auch vorher schon mehr als genug gehabt hatte, verdoppelten und verdreifachten sich. Man muß schon ein Genie sein, um sich mit einer Axt, die man selber hielt, eine Kette zwischen den Handgelenken durchzuhauen. Noch schlimmer: Mein einziger Vorteil wäre die Überrumpelung gewesen, egal, welche Tollkühnheit ich gegen die Engländer begehen mußte, und jetzt, wo der Reverend durch das Loch krabbelte und an Deck erschien, war meine Überrumpelung so frisch wie die Heringe vom letzten Monat. Andererseits hatte es keinen Sinn, herumzustehen und zu warten, da konnte ich genausogut ein noch verrückteres Wagnis eingehen. Ich raffte meine Ketten zusammen, packte die Axt und eilte den Gang entlang die Treppen hinauf.

Ich erblickte eine Welt, die ich eine ganze Zeitlang nicht gesehen hatte, und es war wahrlich kein erfreulicher Anblick. Ich hatte ja gewußt, daß diese Mistkerle mein Schiff ruinierten, aber der Anblick, der sich mir bot, übertraf meine schlimmsten Befürchtungen. Die *Sincerity* sah aus wie ein richtiges Geisterschiff, mit ihren aufgeworfenen Planken und der abblätternden Farbe. Ja, eigentlich sah sie noch schlimmer aus, denn ein Geisterschiff besaß wenigstens noch seine volle Anzahl Masten. Die *Sincerity* hatte zwei verloren, genau wie ich vermutet hatte. Es waren nur noch die Stümpfe übrig, wie bei abgehackten Bäumen, und der Fockmast stand fürchterlich verlassen in der Gegend herum. Ja, eigentlich war es gar kein Segelschiff mehr, nur noch Himmel und kreuz und quer verstreute Wrackteile. Ein Gewirr von Tauen, die sich straff über die Bordwand zogen, zeigte mir, wo der Großmast hing, aber das wäre gar nicht nötig gewesen, denn in diesem Augenblick packte ihn die nächste Welle und schmetterte ihn krachend gegen das Spantenwerk. Diese kleine Katastrophe kostete uns das Steuerrad und das Schiff trieb nur noch wie ein totes Ding im Meer, ein großes hölzernes Wrack, das auf den Untergang wartete.

Was ich aber dann erleben mußte, setzte allem die Krone auf. In einer Situation wie dieser kennt ein normaler Seemann, egal, ob Engel oder Pirat, eigentlich nur den einen Gedanken, sein Schiff zu retten. Er wird blitzschnell nach der nächstliegenden Axt greifen und die Wrackteile zerhacken, bevor sie das Schiff zum Sinken bringen. Nicht so die Engländer: Die waren zwar bienenfleißig, aber sie setzten ihren ganzen Eifer einzig und allein daran, das Langboot zu wassern. Es sah ganz so aus, als seien sie keineswegs erpicht darauf, sich mit uns Manx-Männern zusammenzutun, sondern als wollten sie bei dieser kleinen Ruderpartie lieber unter sich bleiben. Ich sah das Ufer mit einer wunderschönen Linie aus schäumender Brandung, und obwohl es noch einige Meilen entfernt lag, wirkte es doch so nah, daß sie es schaffen konnten.

Eine ganz schön raffinierte Mordmethode hatten sich unsere Engländer da ausgedacht! Mord durch *Nichtstun*, was ihnen bestimmt sehr zupaß kam. Eine Schiffsladung voller Männer zu erschießen oder totzuschlagen, ist ja auch so schmutzig und unappetitlich, und außerdem kommt man mit dem Gesetz in Konflikt. Gibt es also etwas Besseres, als heimlich, still und leise ans

Ufer zu rudern und den ganzen Schlamassel einfach hinter sich zu lassen, als würde man ein paar Kätzchen im Eimer ertränken? Mein Freund Potter brauchte nur einen Moment lang die Augen zu schließen, sich für neugierige Frager eine feine kleine Geschichte auszudenken, und schon war er mit ein paar sanften Ruderschlägen all seine Sorgen los. Vermutlich klopfte er sich in Gedanken gerade selbst auf die Schulter. Kein Wunder, daß die beiden Burschen an den Pumpen so wütend brüllten, und die Jungs hinten mußten sie gehört haben, denn sie klopften und schrien wie die Irren.

Aber so flott ging das Morden dann doch nicht. Eine solche Bande von Halunken, die derart unbeholfen mit einem Boot umging, hatte die Welt noch nicht gesehen. Sie mußten das Boot eigentlich nur wassern, was kaum zu den schwierigsten Aufgaben eines Seemanns gehört, aber sie benahmen sich wie die Volltrottel. Das Boot hing über der Bordwand, nur ein bis zwei Fuß, weil es sich völlig verkantet hatte. Drinnen lag, bleich wie der Tod, der Engländer Skeggs, den Kopf an eine der Ruderbänke gelehnt. Neben ihm standen Hodges und Hooper und stümperten an den Blocks herum, und Potter war an Deck und sah sie über die Reling hinweg an. Vor seinen Füßen lag ein Haufen Gewehre und ein Lederkoffer. War da unser Gold drin? Unser Gold, für das wir um die ganze Welt gesegelt waren? Diese dreckigen Halunken.

Schlechtgelaunt waren sie obendrein und schrien sich an wie Besoffene, die sich wütend um den letzten Schluck aus der Flasche zanken. Wahrscheinlich kriegten sie allmählich Angst, daß ihnen die Flucht womöglich doch nicht mehr gelang und sie sich aus Versehen mit uns gemeinsam umbringen würden. Die Armen. Hätten sie mich nur gefragt, ich hätte ihnen sagen können, was los war. Die Blöcke waren fast starr vor lauter Rost, und die Taue, die das Boot hielten, ausgefranst wie Schafswolle. Auch das war ihre Schuld, denn schließlich hatten *sie* das Schiff in diesen feinen Zustand gebracht.

»Wir müssen die Taue durchschneiden!« schrie Hooper.

»Das ist doch Wahnsinn!« brüllte Potter zurück. »Das Boot könnte kentern, wenn es auf dem Wasser aufschlägt!«

Wenn ich es nur bis zur Back schaffte und die drei anderen befreien konnte, hatten wir vielleicht noch eine Chance. Es würde nicht leicht sein, mit unseren Ketten und dem Haufen Gewehre zu Potters Füßen. Ich wollte gerade losrennen, als ich plötzlich jemanden rufen hörte: »Herr, mein Gott, der du bist im Himmel, ich flehe dich an, vernichte deine Feinde!«

Seltsamerweise hatte ich den Reverend ganz vergessen, aber da schritt er unverfroren übers Deck. Eine Sekunde lang fürchtete ich, er würde mich verraten, aber nein, er grinste nicht mal höhnisch in meine Richtung, weil er viel zu sehr von seinem eigenen Wahn besessen war. Höchste Zeit, daß er zur Abwechslung jemand anderem auf die Nerven ging. Ja, eigentlich paßte es mir ganz gut, daß er Potter ablenkte.

»Zurück!« schrie Potter, als sähe er einen Geist.

Ich wartete nicht, sondern schoß blitzschnell aus dem Treppenaufgang zum Stumpf des abgebrochenen Besanmasts, den ich auch wirklich erreichte, ohne daß auf mich geschossen wurde. Zur Back zu kommen, würde schwerer sein. Ich signalisierte den beiden armen Skeletten bei den Pumpen mit einem Wink, keinen Mucks zu machen.

Hinter mir leierte Wilson: »Ich muß dieses Boot haben.«

»Zurück, habe ich gesagt!« Potter hätte eigentlich wissen müssen, daß es sinnlos war, dem Reverend etwas befehlen zu wollen.

»Gott sagt, es gehört mir.«

»Dann hat Gott sich eben geirrt.«

Ich drehte mich kurz um und sah, daß Potter dem Reverend mit der Pistole drohte. Das half natürlich nichts, denn die einzige Möglichkeit, den alten Knaben zu überzeugen, bestand darin, ihm eine Kugel in den Leib zu jagen. Im nächsten Moment stieß Wilson einen quiekenden Schrei aus, stürzte sich auf die Reling und schwang sich – der fliegende Pfaffe – irgendwie hinüber ins Boot. Die eigentliche Überraschung folgte aber erst dann. Sein Gewicht konnte man eigentlich vergessen, er war ja nur noch Haut und Knochen, für die zerschlissenen Taue jedoch reichte es. Eines hielt und eines gab nach, und so stürzte das Ding genau senkrecht hinab. Wie Wilson sich festhalten konnte, weiß ich nicht, aber er schaffte es. Die anderen hatten weniger Glück oder waren weniger zäh. Jedenfalls landeten Hooper, Skeggs und Hodges , mitsamt der Ruder, platschend im Meer. Ich hörte ihr Jammergeschrei, aber es wurde schnell schwächer, weil uns der Wind weitertrug. Das reinste Wunder. Ich hätte dem Reverend am liebsten die Hand dafür geschüttelt, daß er drei Viertel von Potters Engländern so blitzsauber beiseite geschafft hatte.

Ich wartete nicht ab, sondern packte die neue Chance beim Schopf. Mit einem Sprung stand ich vor der Tür der Back. Ich ließ meine Ketten auf einen Haufen fallen und schob die Riegel auf. Es gab endlos viele von diesen elenden Dingern, die Hälfte davon auch noch halb eingerostet.

»Wie können Sie es wagen?« schrie Potter den Reverend an. Irgendwie unentschlossen blickte er erst über die Bordwand, wahrscheinlich in der Hoffnung, seine Freunde zu entdecken, wobei offenbar keine Spur mehr von ihnen zu sehen war. Wütend starrte er Wilson an, als wolle er sich in die richtige Stimmung bringen, um den alten Knaben zu erschießen. Falls er das wirklich beabsichtigte, war er zu langsam. Das zweite Tau hatte sich wohl schon ziemlich gespannt, weil es das ganze Boots-gewicht allein tragen mußte. Plötzlich riß es, und das Boot prallte mit einem lauten Platscher aufs Wasser. Potters Gesicht wurde noch röter als sein Bart, und er beugte sich über die Reling und feuerte seine ganze Pistole leer. Ich konnte nicht sehen, ob ihm Erfolg beschieden war, weil das Boot zu nah an der Bordwand schwamm, aber er schien einfach wild draufloszuschießen.

Eigentlich blieb keine Zeit, mich mit solchen Dingen aufzuhalten. Endlich hatte ich den letzten Riegel aufgeschoben, die Tür wurde von innen geöffnet und vertraute Gesichter starrten heraus. Na ja, eigentlich nur beinahe vertraut. Wenn ich geglaubt hatte, mir ginge es schlecht, so waren die da vor mir noch siebenmal schlimmer dran. So ausgezehrte Männer hatte ich noch nie gesehen. Ihre Gesichter wirkten wie Masken, und ihre Arme und Beine waren bloß noch Knochen, um die ein bißchen Haut gewickelt war, als hätten Skelette Strümpfe und

Handschuhe an. Selbst China Clucas schien halb verhungert. Ich hatte sowieso schon eine wahnsinnige Wut im Bauch, aber das brachte das Faß zum Überlaufen. Es verblüffte mich, daß sie überhaupt herauswanken konnten, vor allem die zwei, die der Skorbut schon fast umgebracht hatte. Andererseits macht es einem wahrscheinlich Beine, wenn man eingesperrt und zum Ertrinken verdammt ist. Im Nu hatten wir auch die beiden, die an den Pumpen festgebunden waren, befreit.

Potter starrte uns wütend und verblüfft an. »Zurück mit euch!« schrie er. Wie fett er im Vergleich zu uns war! Ich gab keinen Befehl, aber irgendwie wußten wir alle, was zu tun war. Wir wankten langsam auf ihn zu, wobei der Kranke den Todkranken stützte.

»Einen Schritt weiter, und ich schieße!« brüllte Potter.

Uns war vor lauter Wut alles egal. Während wir immer näher kamen, schnappte er sich sämtliche Gewehre, hängte sich drei davon über die Schulter und umklammerte das vierte mit der einen Hand, während er in der anderen den Revolver hielt, so daß er wie ein richtiger Seeräuber aussah. Ein feiner Kampf: auf der einen Seite neun Manx-Skelette, eins davon in Ketten und zwei, die sich kaum auf den Beinen halten konnten, bewaffnet nicht mal mit einem Zahnstocher, auf der anderen Seite ein Engländer, der sich wie eine ganze Armee aufspielte.

»Ich werde schießen!« Er zielte mit dem Gewehr an uns entlang, aber offenbar waren wir einfach zu viele, als daß er sich entscheiden konnte. Einmal griff er kurz in seine Tasche, wahrscheinlich, um noch mehr Pistolenkugeln herauszuholen, aber dann jaulte er auf wie ein getretener Hund, packte den Lederkoffer und rannte mit klappernden Gewehren zur Treppe, die zu den Offizierskajüten hinunterführte. Fast hätten ihm seine Gewehre einen Strich durch die Rechnung gemacht, weil sie sich scheppernd in der Luke verfingen, was ihm die wildesten Flüche entlockte, aber irgendwie schaffte er es dann doch hinunter, bevor wir ihn uns schnappen konnten.

»Wer hier herunterkommt, wird erschossen!« versprach er uns freundlich. Ich hörte ein schabendes Geräusch, als würden Kisten verschoben. Offenbar verbarrikadierte er sich.

Ich ließ ihn machen, weil ich dringendere Sorgen hatte. »Die Wrackteile!« rief ich. Aber ich hätte mich gar nicht darum zu kümmern brauchen. China Clucas griff schon nach der Axt. In wenigen Augenblicken war der Mast und sein ganzes Kuddelmuddel gekappt und trieb davon, und Vartin Clague versuchte sich an den Überresten des Ruders, damit wir nicht zu sehr schlingerten. Ich beugte mich kurz über die Reling und warf einen Blick auf das Spantenwerk. Es sah schlimm aus, weil der Mast es fürchterlich zerkratzt und beschädigt hatte. Ich konnte nur hoffen, daß es nicht unter der nächsten großen Welle nachgab. Das war allerdings nicht unsere einzige Sorge.

»Da kommen wir nie dran vorbei«, knurrte Brew. Während wir uns mit den Engländern amüsierten, hatte der Wind das Schiff direkt auf die Küste zugetrieben, und wir hielten geradewegs auf eine Bucht zu. Brew deutete auf eine Landspitze, die backbord ins Meer ragte. »Selbst wenn wir mehr Segel auf den Fockmast setzen und selbst wenn er halten würde, was ich bezweifle, schaffen wir den Bogen nie.«

Leider, leider hatte er recht. Wir hätten tausendmal versuchen können, den fetten Felsbrocken zu umfahren, es hatte keinen Sinn. Es sah ganz so aus, als bereiteten diese Engländer meiner armen *Sincerity* nun doch noch den Garaus. So eine Gemeinheit! Um die halbe Welt hatte sie uns gefahren und dann noch um die andere Hälfte, und jetzt sollte sie ausgerechnet an den Felsen ihres eigenen Landes zerschellen. Uns blieb nur noch die Hoffnung, daß wir nicht gemeinsam mit ihr untergingen. Ich breitete meine Ketten über den herabgestürzten Besanmast, befahl China Clucas, die Axt zu schwingen, was er auch erfolgreich tat, und dann ließ ich ihn mit Christians Stemmeisen die Fesseln aufbrechen. Es war herrlich. Nach dieser langen Zeit in Fesseln fühlten sich meine Arme so leicht wie Luft an und schwebten immerzu nach oben, ohne daß ich es wollte.

»Schaut mal, dort ist der Reverend!« rief Kinvig.

Da saß er tatsächlich im Langboot, zwei Schiffslängen entfernt, die Hände mal wieder zu einem kleinen Gebet gefaltet. Nur für den Fall, daß Gott sich vernachlässigt fühlte. Weil sein Boot tief im Wasser lag, machte ihm der Wind nicht zu schaffen, und er trieb mit der Strömung dahin. Wie es aussah, würde er sogar an der Landspitze vorbeikommen. Dieser Kerl hatte verteufeltes Glück, kein Zweifel, wenn er denn sicher an Land kam. Von den anderen dreien fehlte jede Spur.

Uns war das Glück nicht so hold. Ich betrachtete die restlichen Boote, aber die herabgestürzten Spieren hatten sie übel zugerichtet: Von zweien waren nur noch Splitter übrig, und das dritte hatte einen ansehnlichen Riß, der über den ganzen Bug reichte. Also mußten wir es wohl einfach drauf ankommen lassen. Es ließ sich schwer abschätzen, wie ruppig es für uns werden würde, aber die Art, wie sich die Brandung am Ufer brach, verhieß nichts Gutes.

In diesem Moment erkundigte sich Brew: »Wo ist eigentlich das Gold?«

Eine vortreffliche Frage. Ich hatte gedacht, die Engländer hätten uns schon übel genug mitgespielt, aber nein, dem Herrn Doktor war eine allerliebste Möglichkeit eingefallen, wie er uns sogar jetzt noch ärgern konnte. Dieser verdammte Dieb mit seinem Lederkoffer! Ein Blick durch die Luke hinab zeigte mir, daß er die Tür der Messe mit einem Haufen Packkisten blokkiert hatte. Aus einem Loch in der Mitte ragte ein Gewehrlauf.

»Bleibt, wo ihr seid!« schrie er. »Einen Schritt näher, und ich schieße!«

Es wäre nicht klug gewesen, da runterzugehen, das war sonnenklar.

»Wir könnten jemanden übers Heck hinunterlassen«, schlug Brew vor.

»Er würde es sicher merken und ihm eine Kugel verpassen.«

»Was ist mit der Kanone?« überlegte China Clucas grimmig. »Warum pusten wir ihn nicht einfach weg?«

Ein Blick, und wir sahen, daß das nicht ging. Der Besanmast war direkt auf der Kanone gelandet und hatte sie plattgemacht wie eine Ratte in der Wäschemangel. Aber da kam mir eine Idee. »Was ist mit den Laderäumen für das Schmuggelgut? Kennt er die?«

Brew war sich nicht sicher. »Er ahnt bestimmt, daß es sie gibt.«

Es bestand die Chance, daß es zwischen der Ahnung um ihr Vorhandensein und dem Wissen, wie wir in sie hineingelangten, einen Unterschied gab, wie man ja sehr schön beim Londoner Zoll erlebt hatten. Natürlich gingen wir ein Risiko ein, vor allem, da wir keine Gewehre besaßen, aber was hieß schon Risiko, wenn man in Kürze an einem Felsufer zerschellen würde. »Einen Versuch ist es wert.«

»Ich komme mit«, bot China Clucas an und packte die Axt.

Er taugte für diesen kleinen Ausflug genausogut wie jeder andere. Ich bewaffnete mich mit einem Belegnagel, und schon waren wir bereit. Außer durch die Messe kam man auch noch vom Frachtraum aus hinein, also öffneten wir die Hauptluke. Unter mir sah ich einen richtigen See aus Bilgewasser. Das Wasser schwappte durch den Ballast, leckte an den leeren Vorratskisten hoch und durchnäßte mich bis auf die Haut, als ich das Seil hinunterkletterte. Zum Glück hatte es die ganz speziellen Wandbretter noch nicht erreicht. Ich hörte ein leises Klicken, als Kinvig an der gewissen Schnur zog, die Bretter ruckten und glitten problemlos auf. Ich zündete eine Kerze an und spähte hinein. Der Laderaum für die Schmuggelware war, abgesehen von ein paar Wassertropfen am Boden, völlig trocken. Bessere Schwimmkörper hätten wir der *Sincerity* beim besten Willen nicht bauen können.

Ich kletterte hinein. Von Potters Ende her sah ich kein Licht, also mußte die Luke zur Messe noch geschlossen sein, das war immerhin schon etwas. Natürlich nur, wenn er unseren Plan nicht erriet und einfach bloß den passenden Moment abwartete. Auf jeden Fall konnten wir es uns nicht leisten, daß er uns hörte, soviel stand fest, und so befahl ich den Jungs flüsternd, nach backbord zu gehen und dort einen Höllenlärm zu veranstalten. Kurz darauf hörte ich, wie sie zu ihm hinunterbrüllten und ihn beschimpften, wofür Manx-Männer ein besonderes Talent haben. China und ich traten unsere kleine Reise an.

Es war nicht leicht. Wir mußten uns bis dorthin fallen lassen, wo es enger und schiefer wurde, damit wir nicht ausglitten, und selbst jetzt war es schwer, sich den Weg zu ertasten, weil wir uns wegen des Spantenwerks fast die Beine verrenkten. Außerdem mußten wir die ganze Zeit achtgeben, daß wir nicht mit der Axt oder dem Belegnagel an der Wand entlangkratzten und uns verrieten. Je weiter wir kamen, desto dunkler wurde es und um so stärker roch es nach Tabak und Brandy. Rings um uns herum knarrte das Spantenwerk, als wollte es uns daran erinnern, daß wir uns nur in einer kleinen Lufttasche befanden, gegen die seitlich Tonnen von Meerwasser drückten. Ich hatte die Seite ausgesucht, die vom Mast nicht ramponiert worden war, aber es machte keinen großen Unterschied. Wenn das Spantenwerk nachgab, würde die *Sincerity* schneller untertauchen als ein Tümmler. Meine zweite Sorge war, daß plötzlich ein Stück England durch die Seite brach, als kleine Überraschung. Während wir uns weiter vortasteten, veränderte sich das Hohngeschrei der Jungs immer wieder, wurde lauter und leiser, schrill und wieder gedämpft, je nachdem, wie es durchs Spantenwerk des Schiffes drang. Schließlich gab es einen lauten Knall, der von Gelächter beantwortet wurde, und mir war klar, daß Potter aus lauter Wut eine Kugel vergeudet hatte. Offenbar waren ihnen endlich die richtigen Schimpfnamen für ihn eingefallen.

Inzwischen hatten wir unser Ziel fast erreicht. Wir quetschten uns wie zwei Schornsteinfeger zwischen den Planken durch und hangelten uns hoch, bis ich die Schnur ertastete, die die Falltür betätigte. Ich hörte kein Geräusch außer dem Gebrüll der Jungs. Falls Potter irgendwann zufällig über den Eingang gestolpert war – schließlich hatte er all die Monate in meiner Kabine gehaust –, würde er aufpassen wie ein Schießhund, aber uns blieb keine Wahl. Die Luke hatte bisher noch nie geknarrt, und ich hoffte, daß sie nach wie vor Wert auf gutes Benehmen legte. So behutsam wie möglich zog ich an der Schnur und hielt dabei den Schnapper fest, damit er nicht so laut klickte. Er sprang auf, und die Luke ließ sich öffnen. Ich wartete einen Moment – einfach nur, um es noch ein bißchen hinauszuzögern –, und dann drückte ich sie ganz behutsam nach oben, so daß Queen Victoria sanft nach hinten kippte.

Ich spähte hinaus, ganz geblendet vom Licht. Da war Potter, oder vielmehr sein Rücken. Er kauerte mit seinen Gewehren hinter einem richtigen Packkisten-Wall und starrte den Gang hinunter. Wir hatten unverschämtes Glück! Einer der Jungs hatte wohl gerade irgendwas gesagt, denn jetzt zielte Potter mit der Pistole und feuerte los. Soviel Glück war ja kaum zu fassen. Meine Ohren dröhnten wie sieben Glocken, und ihm ging es sicher nicht besser. Ich hielt den Belegnagel bereit und wollte mich gerade durch die Luke ziehen, als ich unversehens zurückgezerrt wurde. Da schob mich doch wahrhaftig dieser große Tolpatsch China Clucas beiseite, um selbst hinauszuklettern. Einen schlimmen Moment fürchtete ich, er könne Potter warnen, schließlich hatte er ihn einmal ziemlich verehrt, weil er die böse Wunde, die ihm das Schwein beigebracht hatte, geheilt hatte. Aber nein, ich täuschte mich gewaltig. Als ich meinen Kopf erneut durch die Luke steckte, drehte sich Potter gerade um, er hatte China wohl gehört, aber er war zu langsam. Ich bin sicher, daß ihn China nicht umbringen wollte, denn er benutzte nicht das Blatt der Axt, sondern versetzte ihm lediglich mit der metallenen Rückseite des Griffs einen leichten Schlag. Andererseits gibt es nichts, was die Wut so sehr anheizt wie enttäuschte Bewunderung. Er traf Potter am Kopf, direkt über dem Auge, und es gab ein sehr merkwürdiges Geräusch, als schlage man ein Loch in ein Faß. Es reichte. Der Doktor ging zu Boden, und die Gewehre flogen klappernd hinterher.

Ich zog mich durch die Luke hoch und kratzte mich am Kinn. »So, das wär's dann wohl.«

China sah irgendwie verlegen aus. »Ich wollte ihn doch nicht...«

Ich schüttelte den Kopf. »Hab jetzt bloß keine Gewissensbisse, China. Er hat's nicht verdient.« Durch das Loch zwischen den Packkisten rief ich zu den Jungs hinauf: »Alles in Ordnung! Wir sind hier unten fertig.«

Brew spähte den Treppenaufgang herunter. »Sie sollten besser mal hochkommen, Captain. Wir nähern uns dem Ufer.«

In diesem Moment bemerkte ich etwas Seltsames. Auf meinem Regal, genau dort, wo ich ihn vor Monaten hingelegt hatte, lag der Beutel mit Gold, den mir Jed Grey für unseren Brandy und Tabak gegeben hatte. Potter hatte ihn einfach liegengelassen. Anscheinend war er nicht einmal auf die Idee gekommen, ihn aufzumachen und nachzuschauen, was drin war. Ein komischer Kauz. Aber was war dann in dem Lederkoffer? Es mußte wertvoll sein, sonst hätte er sich nicht so daran geklammert.

»Schnell, Captain!«

China hatte die Packkisten beiseite geräumt. Ich schnappte mir das Gold und den Lederkoffer und eilte an Deck.

So hatten wir endlich unser Desaster auf See, und noch dazu ein ziemlich kurioses. Zum traditionellen Schiffbruch gehören Lärm und Wind und Körper, die gegen den Felsen geschmettert werden, in unserem Fall ging alles ganz anders vor sich. Die See, die zuvor etwas kabbelig gewesen war, beruhigte sich, und es schien sogar ein bißchen die Sonne und wärmte unsere Knochen. Wir prallten nicht gegen die Felsen, sondern wurden zwischen zwei Felsen eingeklemmt. Das Spantenwerk der *Sincerity* knirschte und knarrte fürchterlich, während die Wellen sie immer wieder von hinten anschoben. Wir warteten nicht ab, bis sich unser Glück wendete, sondern ließen ein Tau zu einem der beiden Felsen hinab. Geschwind wie der Wind kletterten wir hinunter und halfen den beiden, die so schlimm vom Skorbut gezeichnet waren.

Weiter als bis zu diesen Felsen hatte ich noch nicht gedacht. Warum auch? Schließlich war es schon mehr als erfreulich, daß wir nicht alle ertrunken waren. Erst jetzt, als wir wunderbarerweise wieder auf festem Boden saßen und keuchend nach Luft schnappten, sah ich allerlei neue häßliche Probleme auf uns zukommen.

Es war gut, daß wir nicht getrödelt hatten. Kaum hatten wir uns nämlich hingesetzt und etwas verschnauft, hörten wir ein häßliches Knirschen, und die arme *Sincerity* erbebte mächtig. Die Bordwand, gegen die der Mast gedonnert war, mußte wohl von den Felsen zermalmt worden sein, denn plötzlich hörten wir ein wildes Gurgeln, und die *Sincerity* kippte nach hinten. Die Lagerräume für die Schmuggelware hatten keine Schotts und liefen blitzschnell mit Wasser voll, und so verschwand der arme Rumpf im Nu. Der Fockmast ragte noch für kurze Zeit aus dem Wasser, aber bald neigte auch er sich zur Seite und verschwand. Die *Sincerity* war komplett gesunken.

Es war ein böser Moment. Der *Sincerity*, dem ersten und einzigen Schiff, das mir je gehört hatte, Lebewohl sagen zu müssen. Für mich war sie immer mein Schiff geblieben, sogar in all diesen Monaten meiner Gefangenschaft, während Potter sich als Captain aufspielte und sie in ein Wrack verwandelte. Sie hatte uns das Leben gerettet und uns gerade lang genug über Wasser gehalten. Aber nicht nur daran dachte ich. Auch an das klitzekleine Problem, daß sich ja noch etwas in ihr befand, oder vielmehr jemand, und nur darauf wartete, gefunden zu werden. Plötzlich wünschte ich mir, ich hätte China Clucas nicht auf diesen kleinen Ausflug mitgenommen. Aber was hätten wir tun sollen?

»Ist da das Geld drin?« fragte Brew und zeigte auf den Lederkoffer.

Den hatte ich ganz vergessen, und wie sich zeigte, war es die reinste Zeitverschwendung, ihn überhaupt zu öffnen. Da hatte ich diesen Koffer vom Schiff geschleppt, als hinge mein Leben davon ab, und als ich ihn aufmachte, enthielt er bloß Papier. Was nützte uns das? Soviel ich sah, war es außerdem reines Kauderwelsch, über »Typen« und »Charakteristika« und ähnlichen Unsinn. Ich konnte mir wirklich keinen Reim darauf machen, warum es Potter so wichtig gewesen war.

China zeigte auf die Sanddüne hinter uns. »Da kommt jemand.«

Seinem Blick folgend, sah ich zwei Männer, die auf uns zugeritten kamen. Retter, das war das letzte, was wir jetzt brauchten. Ihrer Kleidung nach zu urteilen, waren es Bauern. Sie waren richtig erschüttert, als sie uns schließlich von den Felsen geholfen hatten und sahen, wie abgezehrt wir waren.

»Was um alles in der Welt ist denn Ihnen passiert?«

Fragen konnten uns jedoch an den Galgen bringen, und die hier machte den Anfang. »Wir kommen aus Tasmanien. Uns sind die Vorräte ausgegangen.«

Das stellte sie fürs erste ruhig. »Ich hole einen Karren.«

Das einzig Sichere wäre gewesen, möglichst weit wegzulaufen, und zwar bald, bevor es zu spät war. Es konnten Retter oder Aasgeier sein oder einfach nur neugierige Engländer. Egal. Später würde sich niemand mehr einen Dreck darum scheren, daß wir im Recht gewesen waren. Was zählt, ist nicht, daß man im *Recht* ist, sondern daß einem *geglaubt* wird, und das ist etwas völlig anderes. Eine kurze Untersuchung des Schiffs würde genügend Rätsel aufwerfen, um uns als Schmuggler und Mörder vor ein englisches Gericht zu bringen. Und inzwischen würden diese Kerle mit den Buchstaben vor ihrem Namen sich daran erinnern, was für ein feiner, ehrenwerter Bursche Dr. Potter doch gewesen war.

Das wäre doch mal wieder typisch für mein Glück gewesen. Da hatte ich monatelang gegen den alten Schurken gekämpft, und gerade, als ich endlich glaubte, gewonnen zu haben, brachte mich seine Leiche an den Galgen.

Kapitel Fünfzehn

Timothy Renshaw, Marsch *April 1858*

Ich befand mich in einem schlichten Zimmer, und auf meine Bettdecke fiel der gelbe Abendsonnenschein. Eine junge Frau, die ich noch nie gesehen hatte, blickte mich lächelnd an, als hätte ich gerade einen Scherz gemacht, was aber wohl kaum möglich war.

»So, so, guten Abend.«

Ich fühlte mich wie betäubt. »Wo bin ich denn?«

»Auf Dads Farm natürlich.«

»Schon lange?«

»Fast zwei Tage.« Sie lächelte wieder. »Wir sind schon sehr gespannt. Ihrem Aussehen nach müssen Sie quer durch den ganzen Busch gelaufen sein. Haben Sie auch einen Namen?«

»Timothy Renshaw.«

»Ich bin Liz. Liz Sheppard.«

Meine Erinnerung kehrte wieder, obwohl alles schon endlos lange zurückzuliegen schien und mir nicht ganz real vorkam. »Ich habe Engel gesehen.«

Das Lächeln trübte sich. »Ja. Dad haut sie aus Stein. Bei uns wimmelt es davon.«

Erst nach einem Monat erfuhr ich die ganze Wahrheit über die Engel. An jenem Morgen – Liz' Vater war weg, um Vorräte zu kaufen, und ihre Brüder überprüften die Zäune – verzogen Liz und ich uns in die Scheune. Ich durfte ihr Kleid aufknöpfen und ihr Mieder aufschnüren, und wenn ich auch gern noch mehr aufgeschnürt hätte, war es fürs erste doch ganz allerliebst. Ich amüsierte mich prächtig, als ihre Stimmung plötzlich umschlug. »Das reicht jetzt«, sagte sie verärgert, stieß mich zurück und verhüllte ihre hübschen runden Brüste. »Dazu hast du kein Recht.«

Ich war völlig verwirrt. »Was ist denn los? Gerade hat's dir doch noch gefallen.«

Sie sah mich vorwurfsvoll an. »Du machst dir doch gar nichts aus mir. Ich bin nur ein Spielzeug für dich.«

Frauen haben so eine Art, im unpassendsten Moment ernst zu werden. »Das ist nicht wahr«, sagte ich, wobei ein gut Teil von mir hoffte, ich würde sie möglichst schnell dazu bringen, sich wieder aufzuschnüren. Statt dessen brach sie in Tränen aus.

»Ich weiß gar nicht, warum ich dich überhaupt an mich heranlasse. Du wirst mir doch nur weh tun.« Ein fast gehetzter Ausdruck trat in ihre Augen. »Du würdest mich ja keines Blikkes würdigen, wenn du es wüßtest.«

Ich wurde hellhörig. »Was wüßte?«

»Das mit Dad.« Sie senkte die Stimme, die sonst munter und sorglos klang. »Er war in Port Arthur. Dabei hat er doch nur in einer Kutscherschenke jemandem die Tasche gestohlen, weil er Hunger hatte, und dann hat er einmal im falschen Moment zurückgeschlagen, aber das hat schon gereicht. In Port Arthur hat er dann mit dem Steinebehauen angefangen. Er hat Skulpturen für den Garten der Gouverneursfrau gemacht.«

Ich hatte mich auch schon gewundert. Sonntags zuvor war es mir endlich so gut gegangen, daß ich sie und ihre Familie in die Kirche begleiten konnte, eine kleine Baracke mit Blechdach, und da hatte ich die Blicke der Nachbarn bemerkt.

Sie wurde wütend. »Na los, geh schon. Hau ab und laß dich bloß nicht mehr blicken. Du willst doch sicher nicht mit der Tochter eines Sträflings gesehen werden.«

Ich küßte sie, und sie erwiderte den Kuß gierig. Danach entblätterte sie sich fast ganz, und war wirklich ein reizender Anblick, wie sie da so im Heu lag.

Ich hatte bereits verschiedentlich auf der Farm mitgeholfen, und an diesem Nachmittag sattelte ich das Pferd, um unten beim Fluß nach den Schafen zu sehen. Der Vater von Liz hatte dort angeblich einen Wolf herumschleichen sehen. Es war ein schöner Herbsttag, die Bäume verfärbten sich schon, und es war ein gutes Gefühl, so über Land zu reiten. Gegen die Sonne schützte mich ein breitkrempiger Hut, und falls es regnete, trug ich einen Umhang. In dieser Landschaft fühlte ich mich so lebendig, wie ich es von London nie gekannt hatte.

Man konnte kaum glauben, daß Mr. Sheppard in Port Arthur eingesessen hatte. Mit seinen hängenden Schultern, dem scheuen, erschrockenen Blick wirkte er wie ein ganz stiller Mensch. Ich hatte also die Tochter eines Sträflings geküßt. Was würde Mutter dazu sagen? Das gehörte sicher nicht zu jenen Neuigkeiten, die sie gern ihren vornehmen Freundinnen erzählte. Der Gedanke an Mutter erweckte in mir den Wunsch, auf der Stelle zum Haus zurückzureiten und Liz erneut aufzuschnüren. Was ich tat, ging sie alle nichts mehr an. Sie hatten mich hergeschickt und damit fast umgebracht. Ich war ihnen keine Rechenschaft mehr schuldig.

Warum sollte ich nicht bleiben? Das Leben hier gefiel mir gut. Die Farm schien zwar nicht besonders viel abzuwerfen, aber der Boden war nicht schlecht, und Liz' Leute konnten sich ernähren, ohne sich halbtot schuften zu müssen. Ja, hier gefielen mir sogar die Pflanzen. In London waren sie für mich nur ein schwieriges Fach gewesen, das ich gegen meinen Willen studieren sollte, aber hier waren sie nützlich. Zur Farm gehörten mehrere Weizenfelder, ein Küchengarten sowie ein kleiner Obstgarten mit Apfelbäumen, und ich hatte etliche nützliche Ratschläge geben können. Und Liz? Abgesehen davon, daß sie mich aus meinem halbtoten Zustand wieder hochgepäppelt hatte, war sie eine verführerische Frau mit hübschen Rundungen und brachte mir außerdem eine Zuneigung entgegen, wie ich sie von meinen eigenen Verwandten nie erfahren hatte. Ja, vielleicht würde ich sogar die Tochter eines Sträflings heiraten, wenn mir danach war.

Ich sah, daß eins der Lämmer durch den Zaun entwischt und in den Busch gelaufen war. Es hielt sich wohl für ganz besonders schlau. Dabei es würde seine Meinung rasch ändern, wenn plötzlich ein Wolf aus dem Dickicht sprang, um es zu verspeisen. Ich ritt dem Lamm nach, das mich ganz schön durch die Gegend hetzte und ständig hin und her sprang. Einmal landete ich sogar im Dreck, aber schließlich konnte ich es einfangen und zu den anderen zurückbringen. Danach reparierte ich die

Stelle im Zaun, durch die es entwischt war, und als ich endlich zum Haus zurückkehrte, brach fast schon die Abenddämmerung an. Liz werkelte noch im Küchengarten und sah mich vorbeireiten. Sie schien sich von den Aufregungen des Nachmittags erholt zu haben.

»Schau dich nur an«, rief sie lachend. Ich hatte wohl ziemlich viel Staub abbekommen. »Du siehst ja schon wie ein richtiger Tasmanier aus!«

Mr. P.T. Windrush *1865*

Die Wunder der Isle of Wight:
*Kapitel sechs: Eine Insel der Exzentriker (*Auszug*)*

Eine der bemerkenswertesten Persönlichkeiten der Insel findet man jedoch gleich hinter St. Catherine's Point, in dem kleinen Dorf Chale. Wenn man die reizende alte Kirche mit ihrem schönen Ausblick auf die sich nach Westen erstreckende Küste besucht, hat man gute Chancen, gleich in der Vorhalle jenen vergnügten, verwilderten Mann sitzen zu sehen, der auf der ganzen Insel als »Der Messias von Chale« bekannt ist.

Er wurde vom Dorfwirt am Strand unterhalb der dunklen, zerklüfteten Klippen aufgefunden, die für diesen Teil der Insel typisch sind. Er war bis auf die Knochen abgemagert, fast verhungert und anscheinend knapp dem Ertrinken entronnen. Wie er dort hingekommen war, bleibt ein Rätsel, über das man sich bis zum heutigen Tag in Chale die Köpfe heißredet. Ein paar Planken, die wohl von einem Ruderboot stammten, lagen neben ihm, aber sie trugen keinerlei Aufschrift, und der Unglückliche selbst vermochte keine Erklärung zu geben, da sein Verstand so umnachtet war, daß er nicht einmal seinen eigenen Namen nennen konnte. Ob dies seine angeborene Natur war oder vielmehr die Folge eines auf dem Meer durchlittenen Martyriums – manche meinten, er sei der Versuchung erlegen, Salzwasser zu trinken –, wird sicher niemals in Erfahrung zu bringen sein.

Dem Wirt und seiner Frau gelang es zwar, seine Gesundheit halbwegs wieder herzustellen, doch traurigerweise kam er nicht wieder zu Verstand: Unablässig plapperte er aufgeregt vor sich hin, doch seine Worte ergeben keinerlei Sinn. Von Anfang an äußerte er den schlichten, sehr anrührenden Wunsch, die nahe gelegene Kirche zu besuchen, deren Glocken er von seinem Krankenbett aus hören konnte, und er fühlte sich von dem Gotteshaus so stark angezogen, daß er gleich nach seiner Genesung darauf bestand, in die Vorhalle einzuziehen und dort zu wohnen. Er entpuppte sich als glücklicher Idiot, der jedem, der ihm zuhört, lächelnd närrisches Zeug erzählt und zufällige Passanten drängt, für ihr Seelenheil zu beten. Selbst wenn man ihn sich selbst überläßt, plappert er in einem fort, wobei er sich stets nach rechts wendet, als säße dort ein unsichtbares Phantom, das er über die kleinsten Neuigkeiten unterrichtet, vom Wetterwechsel bis hin zu dem Umstand, daß ihm gerade ein Blatt in den Schoß gefallen ist. Fragt man ihn jedoch, zu wem er da spreche, sieht er einen merkwürdig an und antwortet stets das gleiche: »Mein Vater. Mein Vater im Himmel.« Dies hat ihm seinen Spitznamen eingetragen.

Es gibt immer jemanden, der dem Messias einen Penny oder einen Kanten Brot schenkt, und so hat er einigermaßen sein Auskommen. Doch nicht allen ist er willkommen. Von Anfang an ist er dem hiesigen Pfarrer, Mr. Roberts, voller Abneigung begegnet und brandmarkt ihn gelegentlich als »Beelzebubs Scheusal«. Es kam sogar schon soweit, daß sich Mr. Roberts zu dem Vorschlag genötigt sah, ihn ins Irrenhaus schaffen zu lassen. Doch zeigte sich alsbald, daß der Messias über Freunde verfügte. Unter anderem zählt dazu ein hiesiger Farmer von freikirchlicher Gesinnung, der ihm großzügig einen Wohnplatz anbot, einen leerstehenden Schuppen auf seinem Grund und Boden, der bis dahin als Stall gedient hatte, was ja für einen Messias durchaus passend erschien.

Er lebt dort bis zum heutigen Tag, sitzt, wenn nicht in der Vorhalle der Kirche, meist auf der Friedhofsmauer und plaudert vergnügt mit seinem Vater, dem Herrgott. Sein Ruhm hat sich verbreitet, ja sogar die Neugierde der Menschen aus anderen Inselteilen erweckt. Wenn ein Besucher erscheint, zeigt ihm der Messias freudig einen kleinen überwucherten Flecken Land, dicht neben seiner schlichten Behausung, wo sich früher die Schweine in der Sonne wärmten, und beharrt darauf, daß dies der Garten Eden sei!

Ebenso rätselhaft an dem Mann sind seine Kenntnisse über Steine. Obwohl er sich nicht einmal an seinen eigenen Namen erinnert, weiß er über Steine vorzüglich Bescheid. Man zeige ihm irgendein Gestein oder Mineral, egal, wie selten es sein mag, und er wird es sofort benennen. Er irrt sich nie.

Peevay *1858–70*

So erlebte ich meine Überraschung. Als ich von meinem geheimen Platz aus zu den Leuten hinschaute, die in ihren vier Booten ankamen und sie ans Ufer zogen und die mitgebrachten VORRÄTE herausholten, sah ich, daß sie überhaupt nicht wie Vater waren, sondern ganz anders. Die Lampe leuchtete einen an, der aussah wie ein Weißer – weißes Gesicht und bleiche Augen wie sie alle –, aber dann, direkt neben ihm, war einer so dunkel wie Mutter. Wieder andere waren gemischt wie ich, bleiche Haut mit Palawa-Nase oder schwarzes Gesicht und rotes Haar. Und sogar die Weißen waren nicht wie die meisten Num, nein, weil sie sich nie stolz machten wie die Kanaillen. Nein, das waren keine Feinde, dachte ich. Ich kam aus meinem Versteck hervor und rief hallo, und sie drehten sich um wegen dieses verflixten Rätsels.

So erlebte ich meine zweite Überraschung. Es waren keine Fremden, sondern meine eigenen Brüder und Schwestern. Brüder und Schwestern, die ich bis dahin nicht einmal vermutet hatte, sehr viele. Nicht, daß alle von Vater waren, nein, weil hier auch schon andere weiße Männer gelebt hatten und Robben und Sturmtaucher fingen wie er, aber viele waren meine Leute. Das war wahrlich großes Glück und frohe Botschaft, besser als alles, was ich bis dahin erlebt hatte. So war ich doch nicht allein. Ich hatte eine ganze Familie, die ich nie vermutet hatte. Das war PEEVAYS STAMM.

Vater starb vor fünf Jahren, sagten sie mir in dieser Nacht.

Sein Sterben war nichts Interessantes, nein, er war nur im Boot zu Robsons Sterbeinsel hinübergefahren, um VORRÄTE zu holen, betrank sich, schlief in einer kalten Nacht vor dem LAGERHAUS ein und kam mit Fieber heim. Danach ging er zu Bett und war morgens tot. Er war der letzte weiße Mann hier und der hassenswerteste, und niemand war traurig. Sie brachten ihn auf die andere Seite des Bergs, so daß sie nur manchmal auf sein Grab schauen mußten. Mütter, die alle Palawa waren und genauso geraubt wie Mutter, und die jetzt auch alle tot waren, begrub man bei den Häusern, damit man sie jeden Tag grüßen konnte.

So lebte Mutter länger als Vater, obwohl sie es nie erfuhr. Das würde ihr gefallen, überlegte ich.

Das Seltsame war: Obwohl die Geschichten über Vater alle schlimm waren – er hatte immer zuviel getrunken oder für Scheißdinge fürchterliche Schläge ausgeteilt –, haßte ich ihn trotzdem nicht nur. Ja, er war eine abscheuliche Kanaille, durch und durch schlecht, aber es kam auch Gutes von ihm, selbst wenn das nur ein dummer Zufall war, den er gar nicht geplant hatte. Er hat mich gemacht, und jetzt gab er mir auch noch meinen Stamm. Es war ein verflixtes Geheimnis.

Jetzt bin ich hier, an meinem Ort. Manchmal wache ich nachts auf und es ist ein neues verwirrendes Rätsel, daß ich hier bin und so ein Glück habe. Ich lebe einfach nur und gehe mit den anderen auf Robbenjagd, fange Sturmtaucher und hole Eier aus den Löchern im Boden. Weiße sehe ich nur, wenn wir zu Robsons Sterbeinsel fahren, um Sachen zu verkaufen und mehr Vorräte zu holen. Der LAGERVERWALTER lächelt, weil er unseren Handel will, aber ich sehe, daß seine Augen voller Verachtung sind. Die weißen Farmerkanaillen, denen jetzt die Insel gehört, sind schlimmer, die lachen und schreien magische Namen, wenn sie betrunken werden. Aber in Wahrheit ist das nützlich, weil es mich daran erinnert, daß ich kämpfen muß. Meine neuen Leute wissen nicht viel über die Welt, nicht einmal über sich selbst, weil Vater ihnen nie etwas gesagt hat, deshalb ist es mein schönes Ziel, sie zu unterrichten. Ich bringe ihnen das Schreiben und die GESETZE bei, die Tricks der Weißen und den BIBELBETRUG und vieles mehr. Sie müssen alles wissen, damit sie durchhalten. Wer weiß, vielleicht können sie eines Tages diese abscheulichen Ratten bekämpfen. Das ist mein Traum. Das ist mein innigster Wunsch tief in meiner Brust, und ich werde mich jeden Tag darum bemühen.

Captain Illiam Quillian Kewley *1858–59*

Es lag gerade ein bis zwei Wochen zurück, daß ich nach Peel City heimgekehrt war. Ealisads Gezeter hallte mir noch in den Ohren, als ich die Nachricht erhielt. Sie stammte von der Versicherung der *Sincerity* in Douglas und war eine wahre Hiobsbotschaft. Die Versicherung hatte einen Brief von einem gewissen Mr. Jonah Childs bekommen, in dem er mitteilte, daß er die *Sincerity* bergen lassen wolle, und zwar auf eigene Kosten, da sich keine Fracht an Bord befand.

Das scheuchte uns auf. Die meisten von uns begaben sich gleich nach Whitehaven oder Liverpool, um auf einem Schiff anzuheuern, das sie möglichst weit wegbrachte. Brew wurde Zweiter Maat auf einem Schiff nach Südamerika, Kinvig verschwand auf einem schmutzigen Dampfer nach New York, und China Clucas spielte den Schiffsriesen auf einem Teehandelsschiff, das ausgerechnet nach China fuhr, was ich sehr passend fand. Ich hätte das gleiche tun können, aber mir war einfach nicht danach. Ich weiß nicht, ob es an unserer Rückreise lag, mit all dem Hunger und Schlimmerem, oder ob es von dem Erlebnis an jenem letzten Morgen herrührte, jedenfalls war mein ganzer Schwung verflogen. Welchen Zweck hatte es, um die halbe Welt zu fliehen, wenn sie mich am Ende doch erwischten? Seekapitäne von der Isle of Man gibt es nicht besonders viele, und wenn jemand »Mord!« schreit, sperren die Leute rund um den Globus die Augen auf.

Da ich aber nicht einfach abwarten konnte, fuhr ich eines Tages mit dem Schiff nach Dublin. Meine Rückreise war etwas umständlicher, denn sie führte mich über Liverpool und Douglas Town nach Peel City zurück: zu Fuß und bei Nacht über die Hügel. Von dort ging ich direkt zu Cousin Tobms Haus und stieg leise in sein Souterrain hinunter, wo ich mucksmäuschenstill ausharrte. Ich könnte nicht behaupten, daß es ein Vergnügen war, aber zumindest blieb ich so am Leben. Mit der Feuchtigkeit kam ich zurecht, mit der Langeweile auch, weil man sich an derlei Dinge auf Schiffen gewöhnt. Cousin Tobm besuchte mich täglich, und Ealisad kam einmal die Woche, um mich noch mehr auszuzanken. Nein, ich hätte keinen Grund zur Klage gehabt, wenn nicht Tobms Katze gewesen wäre. Es gab kein richtiges Fenster, nur ein paar Glasstücke im Pflaster oben in Tobms Garten. Wenn die Sonne hoch am Himmel stand, schien sie haargenau hindurch und malte neben dem Tisch schöne helle Quadrate auf den Boden, aber genau dann beliebte es Tobms fetter Katze, sich an eben dieser Stelle hinzufläzen und alles in Dunkelheit zu tauchen. Wahrscheinlich ist das Glas schön warm. Was hab ich nicht alles versucht: geschrien, mit einem Stuhlbein gegen die Decke geklopft, aber genutzt hat es nichts. Tiere spüren ganz genau, wenn man wehrlos ist.

Aus dem Sommer wurde Herbst, dann kam Weihnachten mit seinem Schmuddelwetter, und ich verfluchte hustend mein Privatverließ. Die ganze Zeit rätselte ich herum, warum nicht längst gewisse Leute aus England herübergekommen waren, was ja irgendwann passieren *mußte*, um überall herumzuschnüffeln und sich nach Illiam Quillian Kewley zu erkundigen. Wenn sie gekommen wären, hätte ich es längst erfahren, weil Vetter Tobm immer die Ohren spitzte und sich die Ankunft von Fremden wie ein Lauffeuer in Peel verbreitet hätte. Ich kann nicht behaupten, daß ich mich nach ihnen sehnte, aber gibt es etwas Schlimmeres als ein ungelöstes Rätsel? Außerdem, je länger sie auf sich warten ließen, desto länger saß ich in diesem Keller fest.

Endlich folgte auf den Winter der Frühling, und ob man's glaubt oder nicht, kaum schien die Sonne zum erstenmal richtig warm in mein Verließ herunter, fläzte sich diese Katze prompt auf ihren alten Platz, und ich hockte im Dunkeln. Kurz danach brachte mir Ealisad einen an mich adressierten Brief, der von Jonah Childs persönlich stammte. Er enthielt eine nette Einladung, sowie Zugfahrkarten und das Geld für den Dampfer. »*Wir laden Sie herzlich in die Londoner Ärztekammer zu einer Ausstellung der kompletten Artefakte des zutiefst betrauerten Dr. Thomas Potter ein. Der bedeutende Forscher und Schriftsteller sammelte sie kürzlich auf seiner Reise nach bzw. seiner Expedition durch Ihrer Majestät Kolonie Tasmanien.*«

Ich konnte die Falle förmlich riechen, aber es war mir egal. Ich wollte mich nicht mehr Monat für Monat im Dunkeln verstecken und frierend auf Ärger warten. Wenn ich schon an den Galgen sollte, wollte ich's hinter mich bringen, und so kletterte ich ans Tageslicht hinauf, versetzte der Katze einen Tritt und kehrte in die Welt zurück. Kurz darauf dampfte ich über die frühlingshafte Irische See und sah zu, wie sich die Passagiere über ein bißchen Sturm aufregten. Von Liverpool aus fuhr ich weiter mit dem Zug, der gellend pfiff und alle mit Ruß verschmierte. Und dann befand ich mich plötzlich wieder in diesem hektischen, verrückten London, von dem ich nie gedacht hätte, daß ich es noch einmal zu Gesicht bekommen würde. Eine Fahrt mit der Droschke, und ich stand vor einem düsteren Gebäude, in dem die Londoner Ärzte hausten. Die Türsteher nickten, als ich ihnen meine Einladung zeigte, und schickten mich ein paar Treppen hoch.

Eigentlich hatte ich fast damit gerechnet, daß sich gleich ein Haufen Londoner Polizisten auf mich stürzen würde, aber nein, es handelte sich wirklich um eine Ausstellung. Ich betrat einen riesigen Saal, in dem es wimmelte wie in einem Ameisenhaufen. Alle möglichen Londoner Schnösel schlenderten in ihrem besten Sonntagsstaat herum, plauderten miteinander und begrüßten sich mit lautem Hallo. Direkt in der Mitte befand sich ein tolles Portrait des guten Doktors selbst, der über beide Ohren grinste. Danke, gleichfalls. Ringsum standen Glaskästen mit all den Knochen und Schädeln, die er gesammelt hatte. Manche waren wieder zusammengesetzt worden und standen auf Gestellen, zurückgelehnt, mit hängenden Armen, als gäbe es noch Hoffnung für sie. Man hatte das Schiff also tatsächlich geborgen. Um so rätselhafter war es, daß immer noch niemand auf mich zueilte, um mich festzunehmen.

»Captain Kewley!« Das war Jonah Childs, der lächelnd die Zähne bleckte, als seien wir alte Freunde. »Ich freue mich sehr, daß Sie kommen konnten, und auch noch von so weit her! Darf ich bekannt machen?«

Und eh ich mich's versah, schüttelte ich irgendeinem englischen Major – einem großen Kerl, der laut Childs auf einem Maultier durch die Wüste gezogen war, obwohl er eher aussah, als bräuchte er dazu einen Elefanten – und noch zwei Freunden des Doktors die Hand. Die beiden hatten die Ausstellung zusammen mit Childs organisiert.

»Auch Captain Kewley schulden wir großen Dank«, sagte Childs und strahlte mich an. »Ohne ihn wäre uns Dr. Potters Buch nämlich nicht erhalten geblieben. Wenn irgend jemandem Dank gebührt, dann Ihnen, Captain.«

Das war mir völlig neu. »Welches Buch denn?«

Er lachte nur. »Aber das müssen Sie doch wissen. *Das Schicksal der Nationen*. Sie haben es schließlich mit an Land gebracht!«

Ich konnte mir nur denken, daß es sich um den Packen Kauderwelsch in Potters Lederkoffer handelte.

Childs grinste über seinen gelungenen Scherz. »Wirklich, Captain, Sie sollten stolz auf sich sein. Sie haben ein großes Werk gerettet. Die Leute reden von nichts anderem mehr. Es gehen so viele Bestellungen ein, daß der Drucker kaum nachkommt!«

Einen Moment lang überlegte ich, ob das vielleicht ein Trick war. Hatte mich irgend etwas in dem Kauderwelsch als Verbrecher gebrandmarkt? Jonah Childs und seine Arztfreunde strahlten wie die Honigkuchenpferde. Ich *mußte* die Frage einfach stellen, obwohl ich damit todsicher mein Schicksal versuchte. »Dann ist die Bergung also gut verlaufen?«

Childs lachte quiekend. »Sie machen Witze, Captain! Im Gegenteil, ich hab noch nie so eine Strapaze erlebt. Erst mal hätte das Wetter nicht schlechter sein können, obwohl ja eigentlich Hochsommer war. Dann lag das Schiff tiefer als vermutet, und schließlich hat uns auch noch die treulose Bergungsmannschaft im Stich gelassen. Die Männer sind davongelaufen, zu einer anderen Bergung nach Devon, wo sie besser bezahlt wurden. Deshalb hat das Ganze über vier Monate gedauert.«

Jetzt hatte ich mich schon so weit vorgewagt, daß ich nicht mehr zurückkonnte. »Und haben Sie irgendwas Überraschendes gefunden?«

Childs sah mich besorgt an, als stehe *er* unter Verdacht. »Ich versichere Ihnen, da war nichts außer Dr. Potters Präparatbehältern. Wenn wir sonst irgend etwas gefunden hätten, hätte ich unter allen Umständen unsere Versicherungsfirma informiert.«

»Natürlich, Mr. Childs.« Hatte ihn vielleicht die Flut fortgeschwemmt? Womöglich war die *Sincerity* auf dem Meeresboden auseinandergebrochen, und er war einfach herausgefallen. Ich konnte das Lächeln, das in mir hochstieg, kaum noch unterdrücken. Was kann einem an so einem Abend Schöneres passieren, als zu entdecken, daß man doch nicht am Galgen landet?

»Aber hier sind noch andere Gäste, die Sie kennenlernen sollten«, flötete Childs liebenswürdig. »Ich hätte ja nie gedacht, daß die Ausstellung so viele bedeutende Persönlichkeiten anziehen würde! Der hochgewachsene Herr dort mit den grauen Haaren ist Mitglied des Parlaments, und der Besucher da drüben bei der Tür verfaßt philosophische Werke, die große Bewunderung hervorrufen. Der Mann neben ihm...«

Mir war es völlig schnurz, wer das war. Ich wollte nur ein bißchen für mich allein sein und mich über die guten Neuigkeiten freuen. »Wenn Sie gestatten, würde ich mir gern die Ausstellung ansehen. Sie interessiert mich sehr.«

»Aber bitte, Captain. Nur zu.«

So schlenderte ich durch den Saal, ohne die Ausstellungsstücke besonders gründlich zu betrachten, weil ich viel zu sehr meinen eigenen erfreulichen Gedanken nachhing. Ich war frei. Ich hatte mich die ganze Zeit umsonst in diesem Souterrain versteckt. Was war ich doch für ein Esel gewesen!

Ich hatte kaum die Hälfte des Saals hinter mir, da stand ich wieder vor einem Haufen Knochen, die ordentlich zusammengefügt und auf ein hübsches Metallgestell montiert waren. Im ersten Moment dachte ich mir nichts. Aber dann sah ich, daß der Schädel direkt über dem rechten Auge ein großes Loch aufwies. Es konnte natürlich purer Zufall sein, aber war das nicht genau die Stelle, wo China Clucas Potter mit seiner Axt getroffen hatte? An dem Metallgestell hing ein kleines Messingschild, auf dem in gestochen feiner Schrift folgendes eingraviert war:

»Unbekannter Mann, vermutlich tasmanischer Eingeborener. Möglicherweise Menschenopfer.«

Direkt daneben stand ein Glaskästchen, in dem etwas lag, das wie ein Stückchen Pelz aussah: *»Abwehrzauber der Eingeborenen.«*

Ich erkannte die Haare sofort. Sie waren kurz, hatten die Länge von Barthaaren und schimmerten rötlich.

Es hatte ihn also nicht fortgeschwemmt. Er war abgenagt worden. Natürlich. In vier Monaten hatte sich das Meeresgetier an einer reichgedeckten Tafel sattessen können.

Einen Moment lang rechnete ich damit, daß Jonah Childs und die anderen plötzlich doch noch erscheinen und mich ins Gefängnis schleppen würden, aber es kam niemand. Sie tauschten weiter Begrüßungen und Höflichkeiten aus und machten kleine Scherze, wie zuvor.

Keiner schien besonders interessiert.

Epilog

Jedes Buch, ob Roman oder Sachbuch, gibt das, was es darstellt, in veränderter und konzentrierter Form wieder. Dennoch habe ich versucht, jene Ära so wahrheitsgemäß und präzise wie möglich darzustellen. Alle wichtigen Ereignisse des in Tasmanien spielenden Handlungsstranges beruhen auf realen Begebenheiten: der Raub der Eingeborenenfrauen durch die Robbenfänger, das Massaker auf der Klippe, die bizarren Grausamkeiten des Strafsystems sowie das Fiasko der »Black Line« und die schreckliche Farce, die Flinders Island darstellte. Auch einige Figuren basieren stark auf Personen der damaligen Zeit, einschließlich Robson, der verschiedenen Gouverneure und ihrer Ehefrauen sowie der Mutter (Walyeric). Zu ihr hat mich eine eindrucksvolle Frau namens Walyer inspiriert, die gegen die Weißen kämpfte und sehr von ihnen gefürchtet wurde. Sie konnte mit Feuerwaffen umgehen und schlug sich zur besseren Durchführung ihrer Feldzüge angeblich einen neuen Pfad durch den Busch. Außerdem fluchte sie bei ihren Angriffen fließend auf englisch. Nachdem sie von den Briten Ende 1831 gefangengenommen wurde, versuchte sie, einen Aufstand der Eingeborenen zu organisieren. Kurze Zeit später starb sie.

Eine weitere Gestalt, die auf einer wahren Figur basiert, ist Tayaleah oder George Vandiemen. Der wirkliche George Vandiemen war ein tasmanisches Eingeborenenkind, das 1821 in der Nähe von New Norfolk entdeckt wurde, wo es allein herumzog, nachdem es von seiner Familie getrennt worden war. Sein ursprünglicher Name ist nicht überliefert. Ein kurz zuvor angekommener Siedler, William Kermode – kurioserweise ein Manx-Mann –, hörte von ihm und beschloß, ihn nach Lancashire zu schicken, damit er dort eine Schulausbildung erhielt. Der Junge stellte sich gelehrig an und wurde 1828 nach Tasmanien zurückgeschickt, wo er jedoch erkrankte und bald darauf starb. Seine kurze Lebensgeschichte geriet rasch in Vergessenheit.

Jetzt möchte ich einen kleinen Zeitsprung nach vorn machen. In den 50er Jahren des neunzehnten Jahrhunderts fand in England eine stille Revolution statt. Bis dahin hatten die Europäer andere Völker zwar äußerst grausam behandelt – das schlimmste und berühmteste Beispiel dafür ist die Sklaverei –, doch gab es in gebildeten Kreisen kaum Versuche, dieses Verhalten zu rechtfertigen. Der biblische Gedanke, daß alle Menschen im Grunde gleich sind, mag vielleicht ignoriert worden sein, wurde im allgemeinen aber wenigstens nicht bestritten. Dies sollte sich gründlich ändern.

Im Jahre 1850 veröffentlichte ein in Ungnade gefallener Arzt namens Robert Knox das Buch *Die Menschenrassen, ein Fragment.* Dieses Machwerk war in vielerlei Hinsicht ein Vorläufer von Hitlers *Mein Kampf* und betonte, die Geschichte sei nur ein Ablauf von Rassenkonflikten (so wie Karl Marx in seinem drei Jahre zuvor erschienenen *Kommunistischen Manifest* erklärt hatte, daß die Geschichte nur ein Kampf der ökonomischen Klassen sei). Knox war einer der ersten Autoren, die behaupteten, die verschiedenen Menschenrassen seien tatsächlich verschiedene Spezies (vom Standpunkt der modernen Wissenschaft aus eine absurde These), wobei es kaum überraschen wird, daß er die Angelsachsen zu den höchststehenden Rassen zählte. Sein Buch wurde sofort ein Bestseller. Zum ersten Mal galt es als akzeptabel, ja sogar salonfähig, die Welt unter diesem Aspekt zu betrachten. Obwohl derlei Ideen in manchen Kreisen auf heftigen Widerspruch stießen, gewannen sie immer mehr Einfluß und bildeten eine häßliche Hintergrundmusik zum letzten Teil des Jahrhunderts. Ihre Auswirkungen seither sind abscheulich, wir leben noch heute damit.

Hätten die Briten der viktorianischen Zeit doch nur etwas sorgfältiger die vor ihnen liegenden Beweise in Augenschein genommen. Im neunzehnten Jahrhundert war man sich in weiten Kreisen einig, daß die minderwertigste aller Rassen die der Ureinwohner Tasmaniens sei – sonst hätten sie ja wohl kaum so dumm sein können, sich ausrotten zu lassen, nicht wahr? Sie wurden oft so dargestellt, als seien sie irgendwo zwischen Mensch und Affe angesiedelt und entbehrten jeglicher Verstandeskräfte. Daß die Mathematik die höchste und rarste Form der Mathematik sei, war eine weitere Annahme der damaligen Zeit.

Ich möchte hier gern ein authentisches Dokument von damals anfügen. Es handelt sich um George Vandiemens abschließendes Schulzeugnis, verfaßt von seinem Lehrer in Lancashire, John Bradley. Ich gebe es im vollen Wortlaut wieder.

»Mr. Kermode,
Sie werden in Georges Rechenheft bemerken, wie leicht es war, ihm das Rechnen beizubringen, ein Schulfach, zu dem ihm jede Befähigung abgesprochen worden war. Ich bin jedoch überzeugt, daß diese Einschätzung weniger auf Georges fehlendes Talent als vielmehr auf einen Mangel an pädagogischem Geschick oder Erfahrung jener Personen zurückzuführen ist, die ihm das Rechnen beizubringen versuchten. Wenn sein Aufenthalt bei mir auch nur von kurzer Dauer war, so bin ich doch überzeugt, daß sein gutes Gedächtnis – das Sie bei der Rezitation von Psalmen und anderen gelernten Dingen bemerken – ihn sicherlich befähigen wird, die Grundrechenarten ebenso gut zu beherrschen wie andere Jungen auch.

Ich bin sehr dankbar, daß ich diesen Jungen, wenn auch nur für kurze Zeit, bei mir haben durfte; denn dies bestärkt mich in meiner längst gehegten Meinung, daß alle Menschen auf der ganzen Welt gleich sind; daß der Mensch sein eigener Herr ist und sich als solcher zur Vollkommenheit entwickeln oder sich unter das Tier erniedrigen kann & daß Erziehung, Regierung und herrschende Sitten die grundlegenden Ursachen für die zwischen den Nationen herrschenden Unterschiede sind. Man siedle unterschiedslos alle Farbschattierungen der menschlichen Spezies im gleichen Klima an, eröffne ihnen dieselben Möglichkeiten, ihren Intellekt auszubilden, und ich wage zu prophezeien, daß die Schwarzen mit den Weißen Schritt halten würden, da die Hautfarbe weder die Muskeln beeinträchtigt noch den Verstand schwächt. Wir wissen, daß ein Rappe einem Schimmel beim Pferderennen ebenbürtig sein kann und daß Hannibal und seine schwarzen Afrikaner mit Rom rühmlich um die Weltherrschaft kämpften. Möge die Revolution in den Köpfen ein Weltreich der Vernunft und Güte über den Trümmern der Ignoranz und des Vorurteils errichten. Aber ich fürchte, ich bin vom Thema abgekommen, nämlich Ihrem Wunsch zu erfahren, nach welcher Lernmethode während der Überfahrt weiter vorgegangen werden soll.

Das Rechnen kann mit den leichten Beispielen aus dem Gedruckten, das er mitführt, weiter geübt werden. Man sollte jedoch darauf achten, daß er sein Rechenheft nicht vollkritzelt, da es vielleicht dem Gouverneur vorgelegt wird. Wenn er also irgendwelche Rechenaufgaben niederschreibt, sollte er dies auf normalem Papier tun und sie gegebenenfalls zu einem späteren Zeitpunkt übertragen, falls dies für nötig befunden wird.

Die *Psalmen*: täglich einen wiederholen, damit er jene, die er schon kann, im großen und ganzen behält.

Täglich eine Lektion aus dem Jugendlesebuch lesen und einen Teil davon auswendig lernen.

Das kleine und große Einmaleins soll er oft hersagen, außerdem etwas Geographie sowie eine Lektion aus der Rechtschreiblehre abschreiben & die betreffende Regel lernen.

Alles Weitere stelle ich in Ihr Ermessen. Möge Er, der uns unseren Verstand verliehen hat, Ihre Bemühungen segnen und Ihnen für Ihre Mildtätigkeit Glück bescheren. Ich bete auch darum, daß unsere Nation so gerecht sein möge, wie sie groß ist, und George einen Teil jenes Landes sichern wird, in dem er geboren wurde; daß unsere Regierenden in diesem Falle von Gerechtigkeit geleitet werden und den Eingeborenen das geben, was ihnen die Stimme der Vernunft und Billigkeit zuerkennt, und nicht zulassen werden, daß die Macht über das Recht triumphiert.

Nehmen Sie meine Wünsche entgegen für Ihr eigenes und Georges Wohlergehen & für eine gute Reise zur anderen Seite des Globus.

Ihr ergebener Diener
John Bradley.«